In seiner großen Familiensaga *Radetzkymarsch* erzählt Joseph Roth vom Aufstieg und Untergang der Familie Trotta, deren Lebenswege schicksalhaft verbunden sind mit dem Niedergang der habsburgischen Monarchie.

In der Schlacht bei Solferino im Jahre 1859 rettet der slowenische Infantrieleutnant Joseph Trotta dem österreichischen Kaiser Franz Joseph I. das Leben. Er wird dafür geadelt und mit Orden ausgezeichnet und verläßt unwiderruflich den Weg seiner bäuerlichen Vorfahren. So beginnt die Geschichte der Familie von Trotta in einer Zeit, in der die Herrschaft der Habsburger noch einmal eine glorreiche Blüte erlebt. Der Kaiser ist mächtig, das Reich ist groß, die bestehende Ordnung der Welt scheint unvergänglich. Und doch wird hinter diesem Glanz eine Ahnung von Verfall und Auflösung spürbar. Von der knorrigen Stärke des »Helden von Solferino« ist bei seinem weichen und feinfühligen Enkel Carl Joseph von Trotta nichts übriggeblieben. Er erkennt, daß neue Kräfte die Zukunft bestimmen werden, aber er kann nicht selbst daran teilnehmen.

Joseph Roth, am 2. September 1894 in Brody/Ostgalizien geboren, ist am 27. Mai 1939 in Paris gestorben.

»*Radetzkymarsch* ist das schönste Buch der Welt. Das traurigste. Sentimentalste. Wundersamste. Es ist ein Wunder.« Volker Weidermann, *FAZ* insel taschenbuch 3476

Joseph Roth

Radetzkymarsch

Joseph Roth
Radetzkymarsch

Roman

Insel Verlag

Erstveröffentlichung: Berlin 1932
Umschlagabbildung: © ullstein bild/Imagno

Klimaneutral
Druckprodukt
ClimatePartner.com/14438-2110-1001

2. Auflage 2024
insel taschenbuch 3476
Erste Auflage 2010

Vertrieb durch den Suhrkamp Taschenbuch Verlag
Umschlag nach Entwürfen von Willy Fleckhaus
Satz: Satz-Offizin Hümmer GmbH, Waldbüttelbrunn
Druck: CPI books GmbH, Leck
Printed in Germany
ISBN 978-3-458-35176-4

www.insel-verlag.de

Radetzkymarsch

Erster Teil

I

Die Trottas waren ein junges Geschlecht. Ihr Ahnherr hatte nach der Schlacht bei Solferino den Adel bekommen. Er war Slowene. Sipolje – der Name des Dorfes, aus dem er stammte – wurde sein Adelsprädikat. Zu einer besondern Tat hatte ihn das Schicksal ausersehn. Er aber sorgte dafür, daß ihn die späteren Zeiten aus dem Gedächtnis verloren.

In der Schlacht bei Solferino befehligte er als Leutnant der Infanterie einen Zug. Seit einer halben Stunde war das Gefecht im Gange. Drei Schritte vor sich sah er die weißen Rücken seiner Soldaten. Die erste Reihe seines Zuges kniete, die zweite stand. Heiter waren alle und sicher des Sieges. Sie hatten ausgiebig gegessen und Branntwein getrunken, auf Kosten und zu Ehren des Kaisers, der seit gestern im Felde war. Hier und dort fiel einer aus der Reihe. Trotta sprang flugs in jede Lücke und schoß aus den verwaisten Gewehren der Toten und Verwundeten. Bald schloß er dichter die gelichtete Reihe, bald wieder dehnte er sie aus, nach vielen Richtungen spähend mit hundertfach geschärftem Auge, nach vielen Richtungen lauschend mit gespanntem Ohr. Mitten durch das Knattern der Gewehre klaubte sein flinkes Gehör die seltenen, hellen Kommandos seines Hauptmanns. Sein scharfes Auge durchbrach den blaugrauen Nebel vor den Linien des Feindes. Niemals schoß er, ohne zu zielen, und jeder seiner Schüsse traf. Die Leute spürten seine Hand und seinen Blick, hörten seinen Ruf und fühlten sich sicher.

Der Feind machte eine Pause. Durch die unabsehbar lange Reihe der Front lief das Kommando: »Feuer einstellen!« Hier und dort klapperte noch ein Ladestock, hier und dort knallte noch ein Schuß, verspätet und einsam. Der blaugraue Nebel zwischen den Fronten lichtete sich ein wenig. Man stand auf einmal in der mittäglichen Wärme der silbernen, verdeckten, gewitterlichen Sonne. Da erschien zwischen dem Leutnant und den Rücken der Soldaten der Kaiser mit zwei Offizieren des Generalstabs. Er wollte gerade einen Feldstecher, den ihm einer der Begleiter reichte, an die Augen führen. Trotta wußte, was das bedeutete: selbst wenn man annahm, daß der Feind auf dem Rückzug begriffen war, so stand seine Nachhut gewiß gegen die Österreicher gewendet, und wer einen Feldstecher hob, gab ihr zu erkennen, daß er ein Ziel sei, würdig, getroffen zu werden. Und es war der junge Kaiser. Trotta fühlte sein Herz im Halse. Die Angst vor der unausdenkbaren, der grenzenlosen Katastrophe, die ihn selbst, das Regiment, die Armee, den Staat, die ganze Welt vernichten würde, jagte glühende Fröste durch seinen Körper. Seine Knie zitterten. Und der ewige Groll des subalternen Frontoffiziers gegen die hohen Herren des Generalstabs, die keine Ahnung von der bitteren Praxis hatten, diktierte dem Leutnant jene Handlung, die seinen Namen unauslöschlich in die Geschichte seines Regiments einprägte. Er griff mit beiden Händen nach den Schultern des Monarchen, um ihn niederzudrücken. Der Leutnant hatte wohl zu stark angefaßt. Der Kaiser fiel sofort um. Die Begleiter stürzten auf den Fallenden. In diesem Augenblick durchbohrte ein Schuß die linke Schulter des Leutnants, jener Schuß eben, der dem Herzen des Kaisers gegolten hatte. Während er sich erhob, sank der Leutnant nieder. Überall, die ganze Front entlang, erwachte das wirre und unregelmäßige Geknatter der erschrockenen und aus dem Schlummer gerissenen Gewehre. Der Kaiser, ungeduldig von seinen Begleitern gemahnt, die gefährliche Stelle zu verlassen, beugte sich dennoch über den liegenden Leutnant und fragte, eingedenk seiner kaiserlichen Pflicht, den Ohnmächtigen, der nichts mehr hörte, wie er denn heiße. Ein Regimentsarzt, ein Sanitätsunteroffizier und zwei Mann mit einer Tragbahre galoppierten herbei, die Rücken geduckt und die Köpfe gesenkt. Die Offiziere des Generalstabs rissen erst den Kaiser nieder und warfen sich dann selbst zu Boden. »Hier den Leutnant!« rief der Kaiser zum atemlosen Regimentsarzt empor.

Inzwischen hatte sich das Feuer wieder beruhigt. Und während der Kadettoffizierstellvertreter vor den Zug trat und mit heller Stimme verkündete: »Ich übernehme das Kommando!«, erhoben sich Franz Joseph und seine Begleiter, schnallten die Sanitäter vorsichtig den Leutnant auf die Bahre, und alle zogen sich zurück, in die Richtung des Regimentskommandos, wo ein schneeweißes Zelt den nächsten Verbandplatz überdachte.

Das linke Schlüsselbein Trottas war zerschmettert. Das Geschoß, unmittelbar unter dem linken Schulterblatt steckengeblieben, entfernte man in Anwesenheit des Allerhöchsten Kriegsherrn und unter dem unmenschlichen Gebrüll des Verwundeten, den der Schmerz aus der Ohnmacht geweckt hatte.

Trotta wurde nach vier Wochen gesund. Als er in seine südungarische Garnison zurückkehrte, besaß er den Rang eines Hauptmanns, die höchste aller Auszeichnungen: den Maria-Theresien-Orden und den Adel. Er hieß von nun ab: Hauptmann Joseph Trotta von Sipolje.

Als hätte man ihm sein eigenes Leben gegen ein fremdes, neues, in einer Werkstatt angefertigtes vertauscht, wiederholte er sich jede Nacht vor dem Einschlafen und jeden Morgen nach dem Erwachen seinen neuen Rang und seinen neuen Stand, trat vor den Spiegel und bestätigte sich, daß sein Angesicht das alte war. Zwischen der linkischen Vertraulichkeit, mit der seine Kameraden den Abstand zu überwinden versuchten, den das unbegreifliche Schicksal plötzlich zwischen ihn und sie gelegt hatte, und seinen eigenen vergeblichen Bemühungen, aller Welt mit der gewohnten Unbefangenheit entgegenzutreten, schien der geadelte Hauptmann Trotta das Gleichgewicht zu verlieren, und ihm war, als wäre er von nun ab sein Leben lang verurteilt, in fremden Stiefeln auf einem glatten Boden zu wandeln, von heimlichen Reden verfolgt und von scheuen Blicken erwartet. Sein Großvater noch war ein kleiner Bauer gewesen, sein Vater Rechnungsunteroffizier, später Gendarmeriewachtmeister im südlichen Grenzgebiet der Monarchie. Seitdem er im Kampf mit bosnischen Grenzschmugglern ein Auge verloren hatte, lebte er als Militärinvalide und Parkwächter des Schlosses Laxenburg, fütterte die Schwäne, beschnitt die Hecken, bewachte im Frühling den Goldregen, später den Holunder vor räuberischen, unberechtigten Händen und fegte in milden Nächten obdachlose Liebespaare von den wohltätig finstern Bänken. Natürlich und angemessen schien der Rang eines gewöhnlichen Leutnants der Infanterie dem Sohn eines Unteroffiziers. Dem adeligen und ausgezeichneten Hauptmann aber, der im fremden und fast unheimlichen Glanz der kaiserlichen Gnade umherging wie in einer goldenen Wolke, war der leibliche Vater plötzlich ferngerückt, und die gemessene Liebe, die der Nachkomme dem Alten entgegenbrachte, schien ein verändertes Verhalten und eine neue Form des Verkehrs zwischen Vater und Sohn zu verlangen. Seit fünf Jahren hatte der Hauptmann seinen Vater nicht gesehen; wohl aber jede zweite Woche, wenn er nach dem ewig unveränderlichen Turnus in den Stationsdienst kam, dem Alten einen kurzen Brief geschrieben, im Wachtzimmer, beim kärglichen und unruhigen Schein der Dienstkerze, nachdem er die Wachen visitiert, die Stunden ihrer Ablösung eingetragen und in die Rubrik »Besondere Vorfälle« ein energisches und klares »Keine« gezeichnet hatte, das gleichsam auch nur jede leise Möglichkeit besonderer Vorfälle leugnete. Wie Urlaubsscheine und Dienstzettel glichen die Briefe einander, geschrieben auf gelblichen und holzfaserigen Oktavbogen, die Anrede »Lieber Vater!« links, vier Finger Abstand vom oberen Rand und zwei vom seitlichen, beginnend mit der kurzen Mitteilung vom Wohlergehen des Schreibers, fortfahrend mit der Hoffnung auf das des Empfängers und abgeschlossen von der steten, in einen neuen Absatz gefaßten und rechts unten im diagonalen Abstand zur Anrede hingemalten Wendung: »In Ehrfurcht Ihr treuer und dankbarer Sohn Joseph Trotta, Leutnant.« Wie aber sollte man jetzt, zumal da man dank dem neuen Rang nicht mehr den alten Turnus mitmachte, die gesetzmäßige, für ein ganzes Soldatenleben berechnete Form der Briefe ändern und zwischen die normierten Sätze ungewöhnliche Mitteilungen von ungewöhnlich gewordenen Verhältnissen rükken, die man selbst noch kaum begriffen hatte? An jenem stillen Abend, an dem der Hauptmann Trotta sich zum erstenmal nach seiner Genesung an den von spielerischen Messern gelangweilter Männer reichlich zerschnitzten und durchkerbten Tisch setzte, um die Pflicht der Korrespondenz zu erfüllen, sah er ein, daß er über die Anrede »Lieber

Vater!« niemals hinauskommen würde. Und er lehnte die unfruchtbare Feder ans Tintenfaß, und er zupfte ein Stück vom flackernden Docht der Kerze ab, als erhoffte er von ihrem besänftigten Licht einen glücklichen Einfall und eine passende Wendung, und schweifte sachte in Erinnerungen ab, an Kindheit, Dorf, Mutter und Kadettenschule. Er betrachtete die riesigen Schatten, von geringen Gegenständen an die kahlen, blau getünchten Wände geworfen, und die leicht gekrümmte, schimmernde Linie des Säbels am Haken neben der Tür und, durch den Korb des Säbels gesteckt, das dunkle Halsband. Er lauschte dem unermüdlichen Regen draußen und seinem trommelnden Gesang am blechbeschlagenen Fensterbrett. Und er erhob sich endlich mit dem Entschluß, den Vater in der nächsten Woche zu besuchen, nach vorgeschriebener Dank-Audienz beim Kaiser, zu der man ihn in einigen Tagen abkommandieren sollte.

Eine Woche später fuhr er unmittelbar von der Audienz, die aus knappen zehn Minuten bestanden hatte, nicht mehr als aus zehn Minuten kaiserlicher Huld und jener zehn oder zwölf aus Akten gelesenen Fragen, auf die man in strammer Haltung ein »Jawohl, Majestät!« wie einen sanften, aber bestimmten Flintenschuß abfeuern mußte, im Fiaker zu seinem Vater nach Laxenburg. Er traf den Alten in der Küche seiner Dienstwohnung, in Hemdärmeln, am blankgehobelten, nackten Tisch, auf dem ein dunkelblaues Taschentuch mit roten Säumen lag, vor einer geräumigen Tasse mit dampfendem und wohlriechendem Kaffee. Der knotenreiche, rotbraune Stock aus Weichselholz hing mit der Krücke an der Tischkante und schaukelte leise. Ein runzliger Lederbeutel mit faserigem Knaster lag dick geschwellt und halb offen neben der langen Pfeife aus weißem, gebräuntem, gelblichem Ton. Ihre Färbung paßte zu dem mächtigen, weißen

Schnurrbart des Vaters. Hauptmann Joseph Trotta von Sipolje stand mitten in dieser ärmlichen und ärarischen Traulichkeit wie ein militärischer Gott, mit glitzernder Feldbinde, lackiertem Helm, der eine Art eigenen, schwarzen Sonnenscheins verbreitete, in glatten, feurig gewichsten Zugstiefeln, mit schimmernden Sporen, mit zwei Reihen glänzender, beinahe flackernder Knöpfe am Rock und von der überirdischen Macht des Maria-Theresien-Ordens gesegnet. Also stand der Sohn vor dem Vater, der sich langsam erhob, als wollte er durch die Langsamkeit der Begrüßung den Glanz des Jungen wettmachen. Hauptmann Trotta küßte die Hand seines Vaters, beugte den Kopf tiefer und empfing einen Kuß auf die Stirn und einen auf die Wange. »Setz dich!« sagte der Alte. Der Hauptmann schnallte Teile seines Glanzes ab und setzte sich. »Ich gratulier' dir!« sagte der Vater mit gewöhnlicher Stimme, im harten Deutsch der Armee-Slawen. Er ließ die Konsonanten wie Gewitter hervorbrechen und beschwerte die Endsilben mit kleinen Gewichten. Vor fünf Jahren noch hatte er zu seinem Sohn slowenisch gesprochen, obwohl der Junge nur ein paar Worte verstand und nicht ein einziges selbst hervorbrachte. Heute aber mochte dem Alten der Gebrauch seiner Muttersprache von dem so weit durch die Gnade des Schicksals und des Kaisers entrückten Sohn als eine gewagte Zutraulichkeit erscheinen, während der Hauptmann auf die Lippen des Vaters achtete, um den ersten slowenischen Laut zu begrüßen, wie etwas vertraut Fernes und verloren Heimisches. »Gratuliere, gratuliere!« wiederholte der Wachtmeister donnernd. »Zu meiner Zeit ist es nie so schnell gegangen! Zu meiner Zeit hat uns noch der Radetzky gezwiebelt!« Es ist tatsächlich aus! dachte der Hauptmann Trotta. Getrennt von ihm war der Vater durch einen schweren Berg militärischer Grade. »Haben Sie noch Rakija, Herr Vater?« sagte er, um den letzten Rest der familiären Gemeinsamkeit zu bestätigen. Sie tranken, stießen an, tranken wieder, nach jedem Trunk ächzte der Vater, verlor sich in einem unendlichen Husten, wurde blaurot, spuckte, beruhigte sich langsam und begann, Allerweltsgeschichten aus der eigenen Militärzeit zu erzählen, mit der unbezweifelbaren Absicht, Verdienste und Karriere des Sohnes geringer erscheinen zu lassen. Schließlich erhob sich der Hauptmann, küßte die väterliche Hand, empfing den väterlichen Kuß auf Stirn und Wange, gürtete den Säbel um, setzte den Tschako auf und ging – – mit dem sichern Bewußtsein, daß er den Vater zum letztenmal in diesem Leben gesehen hatte ...

Es war das letztemal gewesen. Der Sohn schrieb dem Alten die gewohnten Briefe, es gab keine andere sichtbare Beziehung mehr zwischen beiden – losgelöst war der Hauptmann Trotta von dem langen Zug seiner bäuerlichen slawischen Vorfahren. Ein neues Geschlecht brach mit ihm an. Die runden Jahre rollten nacheinander ab wie gleichmäßige, friedliche Räder. Standesgemäß heiratete Trotta die nicht mehr ganz junge, begüterte Nichte seines Obersten, Tochter eines Bezirkshauptmanns im westlichen Böhmen, zeugte einen Knaben, genoß das Gleichmaß seiner gesunden, militärischen Existenz in der kleinen Garnison, ritt jeden Morgen zum Exerzierplatz, spielte nachmittags Schach mit dem Notar im Kaffeehaus, wurde heimisch in seinem Rang, seinem Stand, seiner Würde und seinem Ruhm. Er besaß eine durchschnittliche militärische Begabung, von der er jedes Jahr bei den Manövern durchschnittliche Proben ablegte, war ein guter Gatte, mißtrauisch gegen Frauen, den Spielen fern, mürrisch, aber gerecht im Dienst, grimmiger Feind jeder Lüge, unmännlichen Gebarens, feiger Geborgenheit, geschwätzigen Lobs und ehrgeiziger Süchte. Er war so einfach und untadelig wie seine Konduitenliste, und nur der Zorn, der ihn manchmal ergriff, hätte einen Kenner der Menschen ahnen lassen, daß auch in der Seele des Hauptmanns Trotta die nächtlichen Abgründe dämmerten, in denen die Stürme schlafen und die unbekannten Stimmen namenloser Ahnen.

Er las keine Bücher, der Hauptmann Trotta, und bemitleidete im stillen seinen heranwachsenden Sohn, der anfangen mußte, mit Griffel, Tafel und Schwamm, Papier, Lineal und Einmaleins zu hantieren, und auf den die unvermeidlichen Lesebücher bereits warteten. Noch war der Hauptmann überzeugt, daß auch sein Sohn Soldat werden müsse. Es fiel ihm nicht ein, daß (von nun bis zum Erlöschen des Geschlechts) ein Trotta einen andern Beruf würde ausüben können. Wenn er zwei, drei, vier Söhne gehabt hätte – aber seine Frau war schwächlich, brauchte Arzt und Kuren, und Schwangerschaft brachte sie in Gefahr –, alle wären sie Soldaten geworden. So dachte damals noch der Hauptmann Trotta. Man sprach von einem neuen Krieg, er war jeden Tag bereit. Ja, es schien ihm fast gewiß, daß er ausersehen war, in der Schlacht zu sterben. Seine solide Einfalt hielt den Tod im Feld für eine notwendige Folge kriegerischen Ruhms. Bis er eines Tages das erste Lesebuch seines Sohnes, der gerade fünf Jahre alt geworden war und den ein Hauslehrer schon, dank dem Ehrgeiz der Mutter, die Nöte der Schule viel zu früh schmecken ließ, mit lässiger Neugier in die Hand nahm. Er las das gereimte Morgengebet, es war seit Jahrzehnten das gleiche, er erinnerte sich noch daran. Er las die ›Vier Jahreszeiten‹, den ›Fuchs und den Hasen‹, den ›König der Tiere‹. Er schlug das Inhaltsverzeichnis auf und fand den Titel eines Lesestückes, das ihn selbst zu betreffen schien, denn es hieß: ›Franz Joseph der Erste in der Schlacht bei Solferino‹; las und mußte sich setzen. »In der Schlacht bei Solferino« – so begann der Abschnitt – »geriet unser Kaiser und König Franz Joseph der Erste in große Gefahr.« Trotta selbst kam darin vor. Aber in welcher Verwandlung! »Der Monarch« – hieß es – »hatte sich im Eifer des Gefechts so weit vorgewagt, daß er sich plötzlich von feindlichen Reitern umdrängt sah. In diesem Augenblick der höchsten Not sprengte ein blutjunger Leutnant auf schweißbedecktem Fuchs herbei, den Säbel schwingend. Hei! wie fielen da die Hiebe auf Kopf und Nacken der feindlichen Reiter!« Und ferner: »Eine feindliche Lanze durchbohrte die Brust des jungen Helden, aber die Mehrzahl der Feinde war bereits erschlagen. Den blanken Degen in der Hand, konnte sich der junge, unerschrockene Monarch leicht der immer schwächer werdenden Angriffe erwehren. Damals geriet die ganze feindliche Reiterei in Gefangenschaft. Der junge Leutnant aber – Joseph Ritter von Trotta war sein Name – bekam die höchste Auszeichnung, die unser Vaterland seinen Heldensöhnen zu vergeben hat: den Maria-Theresien-Orden.«

Hauptmann Trotta ging, das Lesebuch in der Hand, in den kleinen Obstgarten hinter das Haus, wo sich seine Frau an linderen Nachmittagen beschäftigte, und fragte sie, die Lippen blaß, mit ganz leiser Stimme, ob ihr das infame Lesestück bekannt gewesen sei. Sie nickte lächelnd. »Es ist eine Lüge!« schrie der Hauptmann und schleuderte das Buch auf die feuchte Erde. »Es ist für Kinder«, antwortete sanft seine Frau. Der Hauptmann kehrte ihr den Rücken. Der Zorn schüttelte ihn wie der Sturm einen schwachen Strauch. Er ging schnell ins Haus, sein Herz flatterte. Es war die Stunde des Schachspiels. Er nahm den Säbel vom

Haken, schnallte den Gurt mit einem bösen und heftigen Ruck um den Leib und verließ mit wilden und langen Schritten das Haus. Wer ihn sah, konnte glauben, daß er ausziehe, ein Schock Feinde zu erlegen. Nachdem er im Kaffeehaus, ohne noch ein Wort gesprochen zu haben, vier tiefe Querfurchen auf der blassen, schmalen Stirn unter dem harten, kurzen Haar, zwei Partien verloren hatte, warf er mit einer grimmen Hand die klappernden Figuren um und sagte zu seinem Partner: »Ich muß mich mit Ihnen beraten!« – Pause. – »Man hat mit mir Mißbrauch getrieben«, begann er wieder, sah geradewegs in die blitzenden Brillengläser des Notars und merkte nach einer Weile, daß ihm die Worte fehlten. Er hätte das Lesebuch mitnehmen müssen. Mit diesem odiosen Gegenstand in Händen wäre ihm die Erklärung bedeutend leichter gefallen. »Was für ein Mißbrauch?« fragte der Jurist. »Ich habe nie bei der Kavallerie gedient«, glaubte Hauptmann Trotta am besten anfangen zu müssen, obwohl er selbst einsah, daß man ihn so nicht begreifen konnte. »Und da schreiben diese schamlosen Schreiber in den Kinderbüchern, daß ich auf einem Fuchs, einem schweißbedeckten Fuchs, schreiben sie, herangesprengt bin, um den Monarchen zu retten, schreiben sie.« – Der Notar verstand. Er selbst kannte das Lesestück aus den Büchern seiner Söhne. »Sie überschätzen das, Herr Hauptmann«, sagte er. »Bedenken Sie, es ist für Kinder!« Trotta sah ihn erschrocken an. In diesem Augenblick schien es ihm, daß sich die ganze Welt gegen ihn verbündet hatte: die Schreiber der Lesebücher, der Notar, seine Frau, sein Sohn, der Hauslehrer. »Alle historischen Taten«, sagte der Notar, »werden für den Schulgebrauch anders dargestellt. Es ist auch so richtig, meiner Meinung nach. Die Kinder brauchen Beispiele, die sie begreifen, die sich ihnen einprägen. Die richtige Wahrheit erfahren sie dann später!« »Zahlen!« rief der Hauptmann und erhob sich. Er ging in die Kaserne, überraschte den diensthabenden Offizier, Leutnant Amerling, mit einem Fräulein in der Schreibstube des Rechnungsunteroffiziers, visitierte selbst die Wachen, ließ den Feldwebel holen, bestellte den Unteroffizier vom Dienst zum Rapport, ließ die Kompanie antreten und befahl Gewehrübungen im Hof. Man gehorchte verworren und zitternd. In jedem Zug fehlten ein paar Mann, sie waren unauffindbar. Hauptmann Trotta befahl, die Namen zu verlesen. »Abwesende morgen zum Rapport!« sagte er zum Leutnant. Mit keuchendem Atem machte die Mannschaft Gewehrübungen. Es klapperten die Ladestöcke, es flogen die Riemen, die heißen Hände schlugen klatschend auf die kühlen, metallenen Läufe, die mächtigen Kolben stampften auf den dumpfen, weichen Boden. »Laden!« kommandierte der Hauptmann. Die Luft zitterte von dem hohlen Geknatter der blinden Patronen. »Eine halbe Stunde Salutierübungen!« kommandierte der Hauptmann. Nach zehn Minuten änderte er den Befehl. »Kniet nieder zum Gebet!« Beruhigt lauschte er dem dumpfen Aufprall der harten Knie auf Erde, Schotter und Sand. Noch war er Hauptmann, Herr seiner Kompanie. Diesen Schreibern wird er's schon zeigen.

Er ging heute nicht ins Kasino, er aß nicht einmal, er legte sich schlafen. Er schlief traumlos und schwer. Den nächsten Morgen beim Offiziersrapport brachte er knapp und klingend seine Beschwerde vor den Obersten. Sie wurde weitergeleitet. Und nun begann das Martyrium des Hauptmanns Joseph Trotta, Ritter von Sipolje, des Ritters der Wahrheit. Es dauerte Wochen, bis vom Kriegsministerium die Antwort kam, daß die Beschwerde an das Kultus- und

Unterrichtsministerium weitergegeben sei. Und abermals vergingen Wochen, bis eines Tages die Antwort des Ministers einlief. Sie lautete:

»Euer Hochwohlgeboren, sehr geehrter Herr Hauptmann!

In Erwiderung auf Euer Hochwohlgeboren Beschwerde, betreffend Lesebuchstück Nummer fünfzehn der autorisierten Lesebücher für österreichische Volks- und Bürgerschulen nach dem Gesetz vom 21. Juli 1864, verfaßt und herausgegeben von den Professoren Weidner und Srdcny, erlaubt sich der Herr Unterrichtsminister respektabelst, Euer Hochwohlgeboren Aufmerksamkeit auf den Umstand zu lenken, daß die Lesebuchstücke von historischer Bedeutung, insbesondere diejenigen, die Seine Majestät, den Kaiser Franz Joseph höchst persönlich, sowie auch andere Mitglieder des Allerhöchsten Herrscherhauses betreffen, laut Erlaß vom 21. März 1840, dem Fassungsvermögen der Schüler angepaßt und bestmöglichen pädagogischen Zwecken entsprechend gehalten sein sollen. Besagtes, in Euer Hochwohlgeboren Beschwerde erwähntes Lesestück Nummer fünfzehn hat Seiner Exzellenz dem Herrn Kultusminister persönlich vorgelegen und ist dasselbe von ihm zum Schulgebrauch autorisiert worden. In den Intentionen der hohen sowie auch nicht minder der niederen Schulbehörden ist es gelegen, den Schülern der Monarchie die heroischen Taten der Armeeangehörigen dem kindlichen Charakter, der Phantasie und den patriotischen Gefühlen der heranwachsenden Generationen entsprechend darzustellen, ohne die Wahrhaftigkeit der geschilderten Ereignisse zu verändern, aber auch, ohne sie in dem trocknen, jeder Aneiferung der Phantasie wie der patriotischen Gefühle entbehrenden Tone wiederzugeben. Zufolge dieser und ähnlicher Erwägungen ersucht der Unterzeichnete Euer Hochwohlgeboren respektvollst, von Euer Hochwohlgeboren Beschwerde Abstand nehmen zu wollen.«

Dieses Schriftstück war vom Kultus- und Unterrichtsminister gezeichnet. Der Oberst übergab es dem Hauptmann Trotta mit den väterlichen Worten: »Laß die Geschichte!«

Trotta nahm es entgegen und schwieg. Eine Woche später ersuchte er auf dem vorgeschriebenen Dienstwege um eine Audienz bei Seiner Majestät, und drei Wochen später stand er am Vormittag in der Burg, Aug' in Aug' gegenüber seinem Allerhöchsten Kriegsherrn.

»Sehn Sie zu, lieber Trotta!« sagte der Kaiser. »Die Sache ist recht unangenehm. Aber schlecht kommen wir beide dabei nicht weg! Lassen S' die Geschicht'!«

»Majestät«, erwiderte der Hauptmann, »es ist eine Lüge!«

»Es wird viel gelogen«, bestätigte der Kaiser.

»Ich kann nicht, Majestät«, würgte der Hauptmann hervor.

Der Kaiser trat nahe an den Hauptmann. Der Monarch war kaum größer als Trotta. Sie sahen sich in die Augen.

»Meine Minister«, begann Franz Joseph, »müssen selber wissen, was sie tun. Ich muß mich auf sie verlassen. Verstehen Sie, lieber Hauptmann Trotta?« Und, nach einer Weile: »Wir wollen's besser machen. Sie sollen es sehen!«

Die Audienz war zu Ende.

Der Vater lebte noch. Aber Trotta fuhr nicht nach Laxenburg. Er kehrte in die Garnison zurück und bat um seine Entlassung aus der Armee.

Er wurde als Major entlassen. Er übersiedelte nach Böhmen, auf das kleine Gut seines Schwiegervaters. Die kaiserliche Gnade verließ ihn nicht. Ein paar Wochen später erhielt er die Mitteilung, daß der Kaiser geruht habe, dem Sohn seines Lebensretters für Studienzwecke aus der Privatschatulle fünftausend Gulden anzuweisen. Gleichzeitig erfolgte die Erhebung Trottas in den Freiherrnstand.

Joseph Trotta, Freiherr von Sipolje, nahm die kaiserlichen Gaben mißmutig entgegen, wie Beleidigungen. Der Feldzug gegen die Preußen wurde ohne ihn geführt und verloren. Er grollte. Schon wurden seine Schläfen silbrig, sein Auge matt, sein Schritt langsam, seine Hand schwer, sein Mund schweigsamer als zuvor. Obwohl er ein Mann in den besten Jahren war, sah er aus, als würde er schnell alt. Vertrieben war er aus dem Paradies der einfachen Gläubigkeit an Kaiser und Tugend, Wahrheit und Recht, und gefesselt in Dulden und Schweigen, mochte er wohl erkennen, daß die Schlauheit den Bestand der Welt sicherte, die Kraft der Gesetze und den Glanz der Majestäten. Dank dem gelegentlich geäußerten Wunsch des Kaisers verschwand das Lesebuchstück Nummer fünfzehn aus den Schulbüchern der Monarchie. Der Name Trotta verblieb lediglich in den anonymen Annalen des Regiments. Der Major lebte dahin als der unbekannte Träger früh verschollenen Ruhms, gleich einem flüchtigen Schatten, den ein heimlich geborgener Gegenstand in die helle Welt des Lebendigen schickt. Auf dem Gut seines Schwiegervaters hantierte er mit Gießkanne und Gartenschere, und ähnlich wie sein Vater im Schloßpark von Laxenburg beschnitt der Baron die Hecken und mähte den Rasen, bewachte er im Frühling den Goldregen und später den Holunder vor räuberischen und unbefugten Händen, ersetzte er mürbe gewordene Zaunlatten durch frische und blankgehobelte, richtete er Gerät und Geschirr, zäumte und sattelte eigenhändig die Braunen, erneuerte rostige Schlösser an Pforte und Tor, legte bedächtig sauber geschnitzte, hölzerne Stützen zwischen müde Angeln, die sich senkten, blieb tagelang im Wald, schoß Kleintier, nächtigte beim Förster, kümmerte sich um Hühner, Dung und Ernte, Obst und Spalierblumen, Knecht und Kutscher. Knauserig und mißtrauisch erledigte er Einkäufe, zog mit spitzen Fingern Münzen aus dem filzigen Ledersäckchen und barg es wieder an der Brust. Er wurde ein kleiner slowenischer Bauer. Manchmal kam noch sein alter Zorn über ihn und schüttelte ihn wie ein starker Sturm einen schwachen Strauch. Dann schlug er den Knecht und die Flanken der Pferde, schmetterte die Türen ins Schloß, das er selbst gerichtet hatte, bedrohte die Taglöhner mit Mord und Vernichtung, schob am Mittagstisch den Teller mit bösem Schwung von sich, fastete und knurrte. Neben ihm lebten, schwach und kränklich, die Frau in getrennten Zimmern, der Junge, der den Vater nur bei Tische sah und dessen Zeugnisse ihm zweimal jährlich vorgelegt wurden, ohne daß sie ihm Lob oder Tadel entlockt hätten, der Schwiegervater, der heiter seine Pension verzehrte, die Mädchen liebte, wochenlang in der Stadt blieb und seinen Schwiegersohn fürchtete. Er war ein kleiner, alter, slowenischer Bauer, der Baron Trotta. Immer noch schrieb er zweimal im Monat, am späten Abend bei flackernder Kerze, dem Vater einen Brief auf gelblichen Oktavbogen, vier Mannesfinger Abstand von oben, zwei Mannesfinger Abstand vom seitlichen Rand die Anrede »Lieber Vater!«. Sehr selten erhielt er eine Antwort.

Wohl dachte der Baron manchmal daran, seinen Vater zu besuchen. Längst hatte er Heimweh nach dem Wachtmeister der kärglichen, ärarischen Armut, dem faserigen Knaster und dem selbstgebrannten Rakija. Aber der Sohn scheute die Kosten, nicht anders als es sein Vater, sein Großvater, sein Urgroßvater getan hätten. Jetzt war er dem Invaliden im Laxenburger Schloß wieder näher als vor Jahren, da er im frischen Glanz seines neuen Adels in der blau getünchten Küche der kleinen Dienstwohnung gesessen und Rakija getrunken hatte. Mit der Frau sprach er nie von seiner Abkunft. Er fühlte, daß die Tochter des älteren Staatsbeamtengeschlechts ein verlegener Hochmut von einem slowenischen Wachtmeister trennen würde. Also lud er den Vater nicht ein. Einmal, es war ein heller Tag im März, der Baron stampfte über die harten Schollen zum Gutsverwalter, brachte ihm ein Knecht einen Brief von der Schloßverwaltung Laxenburg. Der Invalide war tot, schmerzlos entschlafen im Alter von einundachtzig Jahren. Der Baron Trotta sagte nur: »Geh zur Frau Baronin, mein Koffer soll gepackt werden, ich fahr' abends nach Wien!« Er ging weiter, ins Haus des Verwalters, erkundigte sich nach der Saat, sprach vom Wetter, gab Auftrag, drei neue Pflüge zu bestellen, den Tierarzt am Montag kommen zu lassen und die Hebamme heute noch zur schwangeren Magd, sagte beim Abschied: »Mein Vater ist gestorben. Ich werde drei Tage in Wien sein!«, salutierte mit einem nachlässigen Finger und ging.

Sein Koffer war gepackt, man spannte die Pferde vor den Wagen, es war eine Stunde Fahrt bis zur Station. Er aß hastig die Suppe und das Fleisch. Dann sagte er zur Frau: »Ich kann nicht weiter! Mein Vater war ein guter Mann. Du hast ihn nie gesehen!« War es ein Nachruf? War's eine Klage? »Du kommst mit!« sagte er zu seinem erschrokkenen Sohn. Die Frau erhob sich, um auch die Sachen des Knaben zu packen. Während sie einen Stock höher beschäftigt war, sagte Trotta zum Kleinen: »Jetzt wirst du deinen

Großvater sehen.« Der Knabe zitterte und senkte die Augen.

Der Wachtmeister war aufgebahrt, als sie ankamen. Er lag mit mächtigem, gesträubtem Schnurrbart, von acht meterlangen Kerzen und zwei invaliden Kameraden bewacht, in dunkelblauer Uniform, mit drei blinkenden Medaillen an der Brust, auf dem Katafalk in seinem Wohnzimmer. Eine Ursulinerin betete in der Ecke neben dem einzigen, verhangenen Fenster. Die Invaliden standen stramm, als Trotta eintrat. Er trug die Majorsuniform mit dem Maria-Theresien-Orden, kniete nieder, sein Sohn fiel zu Füßen des Toten ebenfalls auf die Knie, vor dem jungen Angesicht die mächtigen Stiefelsohlen der Leiche. Der Baron Trotta fühlte zum erstenmal im Leben einen schmalen, scharfen Stich in der Gegend des Herzens. Seine kleinen Augen blieben trocken. Er murmelte ein, zwei, drei Vaterunser, aus frommer Verlegenheit, erhob sich, beugte sich über den Toten, küßte den mächtigen Schnurrbart, winkte den Invaliden und sagte zu seinem Sohn: »Komm!«

»Hast du ihn gesehen?« fragte er draußen.

»Ja«, sagte der Knabe.

»Er war nur ein Gendarmeriewachtmeister«, sagte der Vater, »ich habe dem Kaiser in der Schlacht von Solferino das Leben gerettet – und dann haben wir die Baronie bekommen.«

Der Junge sagte nichts.

Man begrub den Invaliden auf dem kleinen Friedhof in Laxenburg, Militärabteilung. Sechs dunkelblaue Kameraden trugen den Sarg von der Kapelle zum Grabe. Der Major Trotta, in Tschako und Paradeuniform, hielt die ganze Zeit eine Hand auf der Schulter seines Sohnes. Der Knabe schluchzte. Die traurige Musik der Militärkapelle, der wehmütige und eintönige Singsang der Geistlichen, der immer wieder hörbar wurde, wenn die Musik eine Pause machte, der sanft verschwebende Weihrauch bereiteten dem Jungen einen unbegreiflichen, würgenden Schmerz. Und die Gewehrschüsse, die ein Halbzug über dem Grab abfeuerte, erschütterten ihn mit ihrer lang nachhallenden Unerbittlichkeit. Man schoß soldatische Grüße der Seele des Toten nach, die geradewegs in den Himmel zog, für immer und ewig dieser Erde entschwunden.

Vater und Sohn fuhren zurück. Unterwegs, die ganze Zeit, schwieg der Baron. Nur, als sie die Eisenbahn verließen und hinter dem Garten der Station den Wagen, der sie erwartete, bestiegen, sagte der Major: »Vergiß ihn nicht, den Großvater!«

Und der Baron ging wieder seinem gewohnten Tagewerk nach. Und die Jahre rollten dahin wie gleichmäßige, friedliche, stumme Räder. Der Wachtmeister war nicht die letzte Leiche, die der Baron zu bestatten hatte. Er begrub zuerst seinen Schwiegervater, ein paar Jahre später seine Frau, die schnell, bescheiden und ohne Abschied nach einer heftigen Lungenentzündung gestorben war. Er gab seinen Jungen in ein Pensionat nach Wien und verfügte, daß der Sohn niemals aktiver Soldat werden dürfte. Er blieb allein auf dem Gut, im weißen, geräumigen Haus, durch das noch der Atem der Verstorbenen ging, sprach nur mit dem Förster, dem Verwalter, dem Knecht und dem Kutscher. Immer seltener brach die Wut aus ihm. Das Gesinde aber spürte ständig seine bäurische Faust, und sein zorngeladenes Schweigen lag wie ein hartes Joch über den Nacken der Leute. Vor ihm wehte furchtsame Stille einher wie vor einem Gewitter. Zweimal im Monat empfing er gehorsame Briefe seines Kindes. Einmal im Monat antwortete er in zwei kurzen Sätzen, auf kleinen, sparsamen Zetteln, den Respektsrändern, die er von den erhaltenen Briefen abgetrennt hatte. Einmal im Jahr, am achtzehnten August, dem Geburtstag des Kaisers, fuhr er in Uniform in die nächste Garnisonstadt. Zweimal im Jahr kam der Sohn zu Besuch, in den Weihnachts- und in den Sommerferien. An jedem Weihnachtsabend erhielt der Junge drei harte, silberne Gulden, die er durch Unterschrift quittieren mußte und niemals mitnehmen durfte. Die Gulden gelangten noch am selben Abend in eine Kassette, in die Lade des Alten. Neben den Gulden lagen die Schulzeugnisse. Sie kündeten von des Sohnes ordentlichem Fleiß und seiner mäßigen, stets hinreichenden Begabung. Niemals erhielt der Knabe ein Spielzeug, niemals ein Taschengeld, niemals ein Buch, abgesehen von den vorgeschriebenen Schulbüchern. Er schien nichts zu entbehren. Er besaß einen saubern, nüchternen und ehrlichen Verstand. Seine karge Phantasie gab ihm keinen anderen Wunsch ein als den, die Schuljahre, so schnell es ging, zu überstehen.

Er war achtzehn Jahre alt, als ihm der Vater am Weihnachtsabend sagte: »Dies Jahr kriegst du keine drei Gulden mehr! Du darfst dir gegen Quittung neun aus der Kassette nehmen. Gib acht mit den Mädeln! Die meisten sind krank!« Und, nach einer Pause: »Ich habe beschlossen, daß du Jurist wirst. Bis dahin hast du noch zwei Jahre. Mit dem Militär hat es Zeit. Man kann's aufschieben, bis du fertig bist.«

Der Junge nahm die neun Gulden ebenso gehorsam entgegen wie den Wunsch des Vaters. Er besuchte die Mädchen selten, wählte sorgfältig unter ihnen und besaß noch sechs Gulden, als er in den Sommerferien wieder heimkam. Er bat den Vater um die Erlaubnis, einen Freund einzuladen. »Gut«, sagte etwas erstaunt der Major. Der Freund kam mit wenig Gepäck, aber einem umfangreichen Malkasten, der dem Hausherrn nicht gefiel. »Er malt?« fragte der Alte. »Sehr schön!« sagte Franz, der Sohn. »Er soll keine Kleckse im Haus machen! Er soll die Landschaft malen!« Der Gast malte zwar draußen, aber keineswegs die Landschaft. Er porträtierte den Baron Trotta aus dem Gedächtnis. Jeden Tag am Tisch lernte er die Züge seines Hausherrn auswendig. »Was fixiert Er mich?« fragte der Baron. Beide Jungen wurden rot und sahen aufs Tischtuch. Das Porträt kam dennoch zustande und wurde dem Alten beim Abschied im Rahmen überreicht. Er studierte es bedächtig und lächelnd. Er drehte es um, als suchte er auf der Rückseite noch weitere Einzelheiten, die auf der vorderen Fläche ausgelassen sein mochten, hielt es gegen das Fenster, dann weit vor die Augen, betrachtete sich im Spiegel, verglich sich mit dem Porträt und sagte schließlich: »Wo soll es hängen?« Es war seit vielen Jahren seine erste Freude. »Du kannst deinem Freund Geld borgen, wenn er was braucht«, sagte er leise zu Franz. »Vertragt euch nur gut!« Das Porträt war und blieb das einzige, was man jemals vom alten Trotta angefertigt hatte. Es hing später im Wohnzimmer seines Sohnes und beschäftigte noch die Phantasie des Enkels ...

Inzwischen erhielt es den Major ein paar Wochen in seltener Laune. Er hängte es bald an diese, bald an jene Wand, betrachtete mit geschmeicheltem Wohlgefallen seine harte, vorspringende Nase, seinen bartlosen, blassen und schmalen Mund, die mageren Backenknochen, die wie Hügel vor den kleinen, schwarzen Augen lagen, und die kurze, vielgefurchte Stirn, überdacht von dem scharf gestutzten, borstigen und stachelig vorgeneigten Haar. Er lernte erst jetzt sein Angesicht kennen, er hielt manchmal stumme Zwiesprache mit seinem Angesicht. Es weckte in ihm nie gekannte Gedanken, Erinnerungen, unfaßbare, rasch verschwimmende Schatten von Wehmut. Er hatte erst des Bildes bedurft, um sein frühes Alter und seine große Einsamkeit zu erfahren, aus der bemalten Leinwand strömten sie ihm entgegen, die Einsamkeit und das Alter. War es immer so? fragte er sich. Immer war es so? Ohne Absicht ging er hie und da auf den Friedhof, zum Grab seiner Frau, betrachtete den grauen Sockel und das kreideweiße Kreuz, das Datum der Geburt und des Sterbetages, berechnete, daß sie zu früh gestorben war, und gestand, daß er sich ihrer nicht genau erinnern konnte. Ihre Hände zum Beispiel hatte er vergessen. »China-Eisenwein« kam ihm in den Sinn, eine Arznei, die sie lange Jahre hindurch genommen hatte. Ihr Gesicht? Er konnte es noch mit geschlossenen Augen heraufbeschwören, bald verschwand es und verschwamm in rötlichem, kreisrundem Dämmer. Er wurde milde in Haus und Hof, streichelte manchmal ein Pferd, lächelte den Kühen zu, trank häufiger als bisher einen Schnaps und schrieb eines Tages seinem Sohn einen kurzen Brief außerhalb der üblichen Termine. Man begann, ihn mit einem Lächeln zu grüßen, er nickte gefällig. Der Sommer kam, die Ferien brachten den Sohn und den Freund, mit beiden fuhr der Alte in die Stadt, trat in ein Wirtshaus, trank ein paar Schluck Sliwowitz und bestellte den Jungen reichliches Essen.

Der Sohn wurde Jurist, kam häufiger heim, sah sich auf dem Gut um, verspürte eines Tages Lust, es zu verwalten und von der juristischen Karriere zu lassen. Er gestand es dem Vater. Der Major sagte: »Es ist zu spät! Du wirst in deinem Leben kein Bauer und kein Wirt! Du wirst ein tüchtiger Beamter, nichts mehr!« Es war eine beschlossene Sache. Der Sohn wurde politischer Beamter, Bezirkskommissär in Schlesien. War der Name Trotta auch aus den autorisierten Schulbüchern verschwunden, so doch nicht aus den geheimen Akten der hohen politischen Behörden, und die fünftausend Gulden, von der Huld des Kaisers gespendet, sicherten dem Beamten Trotta eine ständige wohlwollende Beobachtung und Förderung unbekannter höherer Stellen. Er avancierte schnell. Zwei Jahre vor seiner Ernennung zum Bezirkshauptmann starb der Major.

Er hinterließ ein überraschendes Testament. Da er sicher sei des Umstandes – so schrieb er –, daß sein Sohn kein guter Landwirt wäre, und da er hoffe, daß die Trottas, dem Kaiser dankbar für seine währende Huld, im Staatsdienst zu Rang und Würden kommen und glücklicher als er, der Verfasser des Testaments, im Leben werden könnten, habe er sich entschlossen, im Andenken an seinen seligen Vater, das Gut, das ihm der Herr Schwiegervater vor Jahren verschrieben, mit allem, was es an beweglichem wie unbeweglichem Vermögen enthielt, dem Militärinvalidenfonds zu vermachen, wohingegen die Nutznießer des Testaments keine andere Verpflichtung hätten als die, den Erblasser in möglichster Bescheidenheit auf jenem Friedhof zu bestatten, auf dem sein Vater beigesetzt worden sei, ginge es leicht, dann in der Nähe des Verstorbenen. Er, der Erblasser, bäte, von jedem Pomp abzusehen. Das vorhandene Bargeld, fünfzehntausend Florin samt Zinsen, angelegt im Bankhaus Efrussi zu Wien, sowie restliches, im Hause befindliches Geld, Silber und Kupfer, ebenso Ring, Uhr und Kette der seligen Mutter gehören dem einzigen Sohn des Erblassers, Baron Franz von Trotta und Sipolje.

Eine Wiener Militärkapelle, eine Kompanie Infanterie, ein Vertreter der Ritter des Maria-Theresien-Ordens, Vertreter des südungarischen Regiments, dessen bescheidener Held der Major gewesen war, alle marschfähigen Militärinvaliden, zwei Beamte der Hof- und Kabinettskanzlei, ein Offizier des Militärkabinetts und ein Unteroffizier mit dem Maria-Theresien-Orden auf schwarz behangenem Kissen: Sie bildeten das offizielle Leichenbegängnis. Franz, der Sohn, ging schwarz, schmal und allein. Die Kapelle spielte den Marsch, den sie beim Begräbnis des Großvaters gespielt hatte. Die Salven, die diesmal abgefeuert wurden, waren stärker und verhallten mit längerem Echo.

Der Sohn weinte nicht. Niemand weinte um den Toten. Alles blieb trocken und feierlich. Niemand sprach am Grabe. In der Nähe des Gendarmeriewachtmeisters lag Major Freiherr von Trotta und Sipolje, der Ritter der Wahrheit. Man setzte ihm einen einfachen, militärischen Grabstein, auf dem in schmalen, schwarzen Buchstaben neben Namen, Rang und Regiment der stolze Beiname eingegraben war: »Der Held von Solferino«.

Wenig mehr blieb also von dem Toten zurück als dieser Stein, ein verschollener Ruhm und das Porträt. Also geht ein Bauer im Frühling über den Acker – – und später, im Sommer, ist die Spur seiner Schritte überweht vom Segen des Weizens, den er gesät hat. Der kaiserlich-königliche Oberkommissär Trotta von Sipolje erhielt noch in derselben Woche ein Beileidsschreiben Seiner Majestät, in dem von den immerdar »unvergessenen Diensten« des selig Verstorbenen zweimal die Rede war.

II

Es gab im ganzen Machtbereich der Division keine schönere Militärkapelle als die des Infanterieregiments Nr. X in der kleinen Bezirksstadt W. in Mähren. Der Kapellmeister gehörte noch zu jenen österreichischen Militärmusikern, die dank einem genauen Gedächtnis und einem immer wachen Bedürfnis nach neuen Variationen alter Melodien jeden Monat einen Marsch zu komponieren vermochten. Alle Märsche glichen einander wie Soldaten. Die meisten begannen mit einem Trommelwirbel, enthielten den marschrhythmisch beschleunigten Zapfenstreich, ein schmetterndes Lächeln der holden Tschinellen und endeten mit einem grollenden Donner der großen Pauke, dem fröhlichen und kurzen Gewitter der Militärmusik. Was den Kapellmeister Nechwal vor seinen Kollegen auszeichnete, war nicht so sehr die außerordentlich fruchtbare Zähigkeit im Komponieren wie die schneidige und heitere Strenge, mit der er Musik exerzierte. Die lässige Gewohnheit anderer Musikkapellmeister, den ersten Marsch vom Musikfeldwebel dirigieren zu lassen und erst beim zweiten Punkt des Programms den Taktstock zu heben, hielt Nechwal für ein deutliches Anzeichen des Untergangs der kaiserlichen und königlichen Monarchie. Sobald sich die Kapelle im vorgeschriebenen Rund aufgestellt und die zierlichen Füßchen der winzigen Notenpulte in die schwarzen Erdritzen zwischen den großen Pflastersteinen des Platzes eingegraben hatte, stand der Kapellmeister auch schon in der Mitte seiner Musikanten, den schwarzen Taktstock aus Ebenholz mit silbernem Knauf diskret gehoben. Alle Platzkonzerte – sie fanden unter dem Balkon des Herrn Bezirkshauptmanns statt – begannen mit dem Radetzkymarsch. Obwohl er den Mitgliedern der Kapelle so geläufig war, daß sie ihn mitten in der Nacht und im Schlaf hätten spielen können, ohne dirigiert zu werden, hielt es der Kapellmeister dennoch für notwendig, jede Note vom Blatt zu lesen. Und als probte er den Radetzkymarsch zum erstenmal mit seinen Musikanten, hob er jeden Sonntag in militärischer und musikalischer Gewissenhaftigkeit den Kopf, den Stab und den Blick und richtete alle drei gleichzeitig gegen die seiner Befehle jeweils bedürftig scheinenden Segmente des Kreises, in dessen Mitte er stand. Die herben Trommeln wirbelten, die süßen Flöten pfiffen, und die holden Tschinellen schmetterten. Auf den Gesichtern aller Zuhörer ging ein gefälliges und versonnenes Lächeln auf, und in ihren Beinen prickelte das Blut. Während sie noch standen, glaubten sie schon zu marschieren. Die jüngeren Mädchen hielten den Atem an und öffneten die Lippen. Die reiferen Männer ließen die Köpfe hängen und gedachten ihrer Manöver. Die ältlichen Frauen saßen im benachbarten Park, und ihre kleinen, grauen Köpfchen zitterten. Und es war Sommer.

Ja, es war Sommer. Die alten Kastanien gegenüber dem Haus des Bezirkshauptmanns bewegten nur am Morgen und am Abend ihre dunkelgrünen, reich und breit belaubten Kronen. Tagsüber verharrten sie reglos, atmeten einen herben Atem aus und schickten ihre weiten, kühlen Schatten bis in die Mitte der Straße. Der Himmel war ständig blau. Unaufhörlich trillerten die unsichtbaren Lerchen über der stillen Stadt. Manchmal rollte über ihr holpriges Kopfsteinpflaster ein Fiaker, in dem ein Fremder saß, vom Bahnhof zum Hotel. Manchmal trappelten die Hufe des Zweigespanns, das Herrn von Winternigg spazierenführte, durch die breite Straße, von Norden nach Süden, vom Schloß des Gutsbesitzers zu seinem immensen Jagdrevier. Klein, alt und kümmerlich, ein gelbes Greislein in einer großen, gelben Decke und mit einem winzigen, verdorrten Gesicht, saß Herr von Winternigg in seiner Kalesche. Wie ein kümmerliches Stückchen Winter fuhr er durch den satten Sommer. Auf elastischen und lautlosen hohen Gummirädern, deren braun lackierte, zarte Speichen die Sonne spiegelten, rollte er geradewegs aus dem Bett zu seinem ländlichen Reichtum. Die großen, dunklen Wälder und die blonden grünen Förster harrten schon seiner. Die Bewohner der Stadt grüßten ihn. Er antwortete nicht. Unbewegt fuhr er durch ein Meer von Grüßen. Sein schwarzer Kutscher ragte steil in die Höhe, der Zylinder streifte fast die Kronen der Kastanien, die biegsame Peitsche streichelte die braunen Rücken der Rösser, und aus dem geschlossenen Munde des Kutschers kam in ganz bestimmten, regelmäßigen Abständen ein knallendes Schnalzen, lauter als das Hufgetrappel und ähnlich einem melodischen Flintenschuß.

Um diese Zeit begannen die Ferien. Der fünfzehnjährige Sohn des Bezirkshauptmanns, Carl Joseph von Trotta, Schüler der Kavalleriekadettenschule in Mährisch-Weißkirchen, empfand seine Geburtsstadt als einen sommerlichen Ort; sie war die Heimat des Sommers wie seine eigene. Weihnachten und Ostern war er bei seinem Onkel eingeladen. Nach Hause kam er nur in den Sommerferien. Der Tag seiner Ankunft war immer ein Sonntag. Es geschah nach dem Willen seines Vaters, des Herrn Bezirkshauptmanns Franz Freiherrn von Trotta und Sipolje. Sommerferien hatten, mochten sie in der Anstalt an welchem Tag immer beginnen, zu Hause jedenfalls am Samstag anzubrechen. Am Sonntag hatte Herr von Trotta und Sipolje keinen Dienst. Den ganzen Vormittag von neun bis zwölf reservierte er für seinen Sohn. Pünktlich zehn Minuten vor neun, eine Viertelstunde nach der ersten Messe, stand der Junge in der Sonntagsuniform vor der Tür seines Vaters. Fünf Minuten vor neun kam Jacques in der grauen Livree die Treppe herunter und sagte: »Junger Herr, der Herr Papa kommt.« Carl Joseph zog noch einmal an seinem Rock, rückte das Koppel zurecht, nahm die Mütze in die Hand und stemmte sie, wie es Vorschrift war, gegen die Hüfte. Der Vater kam, der Sohn schlug die Hacken zusammen, es knallte durch das stille, alte Haus. Der Alte öffnete die Tür und ließ mit leichtem Gruß der Hand dem Sohn den Vortritt. Der Junge blieb stehen, er nahm die Einladung nicht zur Kenntnis. Der Vater schritt also durch die Tür, Carl Joseph folgte ihm und blieb an der Schwelle stehen. »Mach dir's bequem!« sagte nach einer Weile der Bezirkshauptmann. Jetzt erst trat Carl Joseph an den großen Lehnstuhl aus rotem Plüsch und setzte sich, dem Vater gegenüber, die Knie steif angezogen und die Mütze mit den weißen Handschuhen auf den Knien. Durch die dünnen Ritzen der grünen Jalousien fielen schmale Sonnenstreifen auf den dunkelroten Teppich. Eine Fliege summte, die Wanduhr begann zu schlagen. Nachdem die neun goldenen Schläge verhallt waren, begann der Bezirkshauptmann: »Was macht Herr Oberst Marek?« »Danke, Papa, es geht ihm gut!« »In der Geometrie immer noch schwach?« »Danke, Papa, etwas besser!« »Bücher gelesen?« »Jawohl, Papa!« »Wie steht's mit dem Reiten? Voriges Jahr war's nicht sonderlich …« »In diesem Jahr«, begann Carl Joseph, wurde aber sofort unterbrochen. Sein Vater hatte die schmale Hand ausgestreckt, die halb in der runden, glänzenden Manschette geborgen war. Golden glitzerte der viereckige, mächtige Manschettenknopf. »Es war nicht sonderlich, habe ich eben gesagt. Es war« – hier machte der Bezirkshauptmann eine Pause und sagte dann mit tonloser Stimme: »eine Schande!« – Vater und Sohn schwiegen. So lautlos das Wort »Schande« auch ausgesprochen war, es wehte noch durch den Raum. Carl Joseph wußte, daß nach einer strengen Kritik seines Vaters eine Pause einzuhalten war. Man hatte das Urteil in seiner ganzen Bedeutung aufzunehmen, zu verarbeiten, sich einzuprägen, dem Herzen und dem Gehirn einzuverleiben. Die Uhr tickte, die Fliege summte. Dann begann Carl Joseph mit heller Stimme: »In diesem Jahr war's bedeutend besser. Der Wachtmeister selbst hat's oft gesagt. Ich habe auch vom Herrn Oberleutnant Koppel eine Belobung gekriegt.« »Es soll mich freuen«, bemerkte mit Grabesstimme der Herr Bezirkshauptmann. Er stieß am Tischrand die Manschette in den Ärmel zurück, es gab ein hartes Scheppern. »Erzähle weiter!« sagte er und zündete sich eine Zigarette an. Es war das Signal für den Anbruch der Gemütlichkeit. Carl Joseph legte Mütze und Handschuhe auf ein kleines Pult, erhob sich und begann, alle Ereignisse des letzten Jahres vorzutragen. Der Alte nickte. Auf einmal sagte er: »Du bist ja ein großer Bub, mein Sohn! Du mutierst ja! Etwa verliebt?« Carl Joseph wurde rot. Sein Gesicht brannte wie ein roter Lampion, er hielt es tapfer dem Vater entgegen. »Also noch nicht!« sagte der Bezirkshauptmann. »Laß dich nicht stören! Erzähl nur weiter!« Carl Joseph schluckte, die Röte wich, er fror auf einmal. Langsam berichtete er und mit vielen Pausen. Dann zog er den Bücherzettel aus der Tasche und reichte ihn dem Vater. »Recht anständige Lektüre!« sagte der Bezirkshauptmann. »Bitte die Inhaltsangabe von ›Zriny‹!« Carl Joseph erzählte das Drama Akt für Akt. Dann setzte er sich, müde, blaß, mit trokkener Zunge.

Er warf einen geheimen Blick nach der Uhr, es war erst

halb elf. Anderthalb Stunden ging noch die Prüfung. Es konnte dem Alten einfallen, Geschichte des Altertums zu prüfen oder germanische Mythologie. Er ging rauchend durchs Zimmer, die Linke am Rücken. An der Rechten klapperte die Manschette. Immer stärker wurden die Sonnenstreifen auf dem Teppich, immer näher rückten sie zum Fenster. Die Sonne mußte schon hoch stehen. Die Kirchenglocken begannen zu dröhnen, ganz nahe schlugen sie ins Zimmer, als schaukelten sie knapp hinter den dichten Jalousien. Der Alte prüfte heute lediglich Literatur. Er sprach sich ausführlich über die Bedeutung Grillparzers aus und empfahl dem Sohn als »leichte Lektüre« für Ferientage Adalbert Stifter und Ferdinand von Saar. Dann sprang er wieder auf militärische Themen, Wachdienst, Dienstreglement Zweiter Teil, Zusammensetzung eines Armeekorps, Kriegsstärke der Regimenter. Plötzlich fragte er: »Was ist Subordination?« »Subordination ist die Pflicht des unbedingten Gehorsams«, deklamierte Carl Joseph, »welchen jeder Untergebene seinem Vorgesetzten und jeder Niedere ...« »Halt!« unterbrach ihn der Vater und verbesserte: »... *sowie auch* jeder Niedere dem Höheren« – und Carl Joseph fuhr fort: »zu leisten schuldig ist, wenn ...« – »sobald«, korrigierte der Alte, »sobald diese die Befehlsgebung ergreifen.« Carl Joseph atmete auf. Es schlug zwölf.

Jetzt erst begannen die Ferien. Noch eine Viertelstunde, und er hörte von der Kaserne her den ersten ratternden Trommelwirbel der ausrückenden Musik. Jeden Sonntag spielte sie um die Mittagszeit vor dem Amtshaus des Bezirkshauptmanns, der in diesem Städtchen keinen Geringeren vertrat als Seine Majestät den Kaiser. Carl Joseph stand verborgen hinter dem dichten Weinlaub des Balkons und nahm das Spiel der Militärkapelle wie eine Huldigung entgegen. Er fühlte sich ein wenig den Habsburgern verwandt, deren Macht sein Vater hier repräsentierte und verteidigte und für die er einmal selbst ausziehen sollte, in den Krieg und in den Tod. Er kannte die Namen aller Mitglieder des Allerhöchsten Hauses. Er liebte sie alle aufrichtig, mit einem kindlich ergebenen Herzen, vor allen andern den Kaiser, der gütig war und groß, erhaben und gerecht, unendlich fern und sehr nahe und den Offizieren der Armee besonders zugetan. Am besten starb man für ihn bei Militärmusik, am leichtesten beim Radetzkymarsch. Die flinken Kugeln pfiffen im Takt um den Kopf Carl Josephs, sein blanker Säbel blitzte, und Herz und Hirn erfüllt von der holden Hurtigkeit des Marsches, sank er hin in den trommelnden Rausch der Musik, und sein Blut sickerte in einem dunkelroten und schmalen Streifen auf das gleißende Gold der Trompeten, das tiefe Schwarz der Pauken und das siegreiche Silber der Tschinellen.

Jacques stand hinter seinem Rücken und räusperte sich. Das Mittagessen begann also. Wenn die Musik eine Pause machte, hörte man ein leises Tellerklirren aus dem Speisezimmer. Es lag durch zwei weite Räume vom Balkon getrennt, genau in der Mitte des ersten Stockwerks. Während des Essens klang die Musik fern, aber deutlich. Leider spielte sie nicht jeden Tag. Sie war gut und nützlich, sie umrankte die feierliche Zeremonie des Essens mild und versöhnend und ließ keins der peinlichen, kurzen und harten Gespräche aufkommen, die der Vater so oft anzubrechen liebte. Man konnte schweigen, zuhören und genießen. Die Teller hatten schmale, verblassende, blau-goldene Streifen. Carl Joseph liebte sie. Oft im Laufe des Jahres gedachte er ihrer. Sie und der Radetzkymarsch und das Wandbildnis der verstorbenen Mutter (an die sich der Junge nicht mehr erinnerte) und der schwere, silberne Schöpflöffel und die Fischterrine und die Obstmesser mit den gezackten Rükken und die winzigen Kaffeetäßchen und die gebrechlichen Löffelchen, die dünn waren wie dünne Silbermünzen: All das zusammen bedeutete Sommer, Freiheit, Heimat.

Er gab Jacques Überschwung, Mütze und Handschuhe und ging ins Speisezimmer. Der Alte betrat es zu gleicher Zeit und lächelte dem Sohn zu. Fräulein Hirschwitz, die Hausdame, kam eine Weile später, im sonntäglich Grauseidenen, mit erhobenem Haupt, den schweren Haarknoten im Nacken, eine mächtige, krumme Spange quer über der Brust wie eine Art Tatarensäbel. Gewappnet und gepanzert sah sie aus. Carl Joseph hauchte einen Kuß auf ihre lange, harte Hand. Jacques rückte die Sessel. Der Bezirkshauptmann gab das Zeichen zum Niedersitzen. Jacques verschwand und trat nach einer Weile wieder mit weißen Handschuhen ein, die ihn völlig zu verändern schienen. Sie strömten einen schneeigen Glanz über sein ohnehin schon weißes Gesicht, seinen ohnehin schon weißen Backenbart, seine ohnehin weißen Haare. Aber sie übertrafen ja auch an Helligkeit wohl alles, was in dieser Welt hell genannt werden konnte. Mit diesen Handschuhen hielt er ein dunkles Tablett. Darauf stand die dampfende Suppenterrine. Bald hatte er sie in der Mitte des Tisches hingesetzt, sorgfältig, lautlos und sehr schnell. Nach alter Gewohnheit verteilte Fräulein Hirschwitz die Suppe. Man kam den Tellern, die sie hinhielt, mit gastfreundlich ausgestreckten Armen entgegen und mit einem dankbaren Lächeln in den Augen. Sie lächelte wieder. Ein warmer, goldener Schimmer wallte in den Tellern; es war die Suppe: Nudelsuppe. Durchsichtig, mit goldgelben, kleinen, verschlungenen, zarten Nudeln. Herr von Trotta und Sipolje aß sehr schnell, manchmal grimmig. Es war, als vernichtete er mit geräuschloser, adeliger und flinker Gehässigkeit einen Gang um den andern, er machte ihnen den Garaus. Fräulein Hirschwitz nahm bei Tisch winzige Portionen und aß nach vollendeter Mahlzeit in ihrem Zimmer die ganze Reihenfolge der Speisen aufs neue. Carl Joseph schluckte furchtsam und hastig heiße Löffelladungen und mächtige Bissen. So wurden sie alle zugleich fertig. Man sprach kein Wort, wenn Herr von Trotta und Sipolje schwieg.

Nach der Suppe trug man den garnierten Tafelspitz auf, das Sonntagsgericht des Alten seit unzähligen Jahren. Die wohlgefällige Betrachtung, die er dieser Speise widmete, nahm längere Zeit in Anspruch als die halbe Mahlzeit. Das Auge des Bezirkshauptmanns liebkoste zuerst den zarten Speckrand, der das kolossale Stück Fleisch umsäumte, dann die einzelnen Tellerchen, auf denen die Gemüse gebettet waren, die violett schimmernden Rüben, den sattgrünen, ernsten Spinat, den fröhlichen, hellen Salat, das herbe Weiß des Meerrettichs, das tadellose Oval der jungen Kartoffeln, die in schmelzender Butter schwammen und an zierliche Spielzeuge erinnerten. Er unterhielt merkwürdige Beziehungen zum Essen. Es war, als äße er die wichtigsten Stücke mit den Augen, sein Schönheitssinn verzehrte vor allem den Gehalt der Speisen, gewissermaßen ihr Seelisches; der schale Rest, der dann in Mund und Gaumen gelangte, war langweilig und mußte unverzüglich verschlungen werden. Die schöne Ansicht der Speisen bereitete dem Alten ebensoviel Vergnügen wie ihre einfache Beschaffenheit. Denn er hielt auf ein sogenanntes »bürgerliches« Essen: ein Tribut, den er seinem Geschmack ebenso wie seiner Gesinnung zollte; diese nämlich nannte er eine spartanische. Mit einem glücklichen Geschick vereinigte er also die Sättigung seiner Lust mit den Forderungen der Pflicht. Er war ein Spartaner. Aber er war ein Österreicher.

Er machte sich nun, wie jeden Sonntag, daran, den Spitz zu zerschneiden. Er stieß die Manschetten in die Ärmel, hob beide Hände, und indem er Messer und Gabel an das Fleisch ansetzte, begann er, zu Fräulein Hirschwitz gewendet: »Sehn Sie, meine Gnädige, es genügt nicht, beim Fleischer ein zartes Stück zu verlangen. Man muß darauf achten, in welcher Art es geschnitten ist. Ich meine, Querschnitt oder Längsschnitt. Die Fleischer verstehen heutzutage ihr Handwerk nicht mehr. Das feinste Fleisch ist verdorben, nur durch einen falschen Schnitt. Sehen Sie her, Gnädigste! Ich kann es kaum noch retten. Es zerfällt in Fasern, es zerflattert geradezu. Als Ganzes kann man's wohl ›mürbe‹ nennen. Aber die einzelnen Stückchen werden zäh sein, wie Sie bald selbst sehen werden. Was aber die Beilagen, wie es die Reichsdeutschen nennen, betrifft, so wünsche ich ein anderes Mal den Kren, genannt Meerrettich, etwas trockener. Er darf die Würze nicht in der Milch verlieren. Auch muß er, knapp bevor er zum Tisch kommt, angerichtet werden. Zu lange naß gewesen. Ein Fehler!«

Fräulein Hirschwitz, die viele Jahre in Deutschland gelebt hatte, immer hochdeutsch sprach und auf deren Vorliebe für die literaturfähige Ausdrucksweise sich Herrn von Trottas »Beilagen« und »Meerrettich« bezogen hatten, nickte schwer und langsam. Es kostete sie offensichtlich Mühe, das bedeutende Gewicht des Haarknotens vom Nacken zu lösen und ihr Haupt zu einer zustimmenden Neigung zu veranlassen. So bekam ihre beflissene Freundlichkeit etwas Gemessenes, ja, sie schien sogar eine Abwehr zu enthalten. Und der Bezirkshauptmann sah sich veranlaßt zu sagen: »Ich habe sicherlich nicht Unrecht, meine Gnädigste!«

Er sprach das nasale österreichische Deutsch der höheren Beamten und des kleinen Adels. Es erinnerte ein wenig an ferne Gitarren in der Nacht, auch an die letzten, zarten Schwingungen verhallender Glocken, es war eine sanfte, aber auch präzise Sprache, zärtlich und boshaft zugleich. Sie paßte zu dem mageren, knochigen Angesicht des Sprechers, zu seiner schmalen, gebogenen Nase, in der die klingenden, etwas wehmütigen Konsonanten zu liegen schienen. Nase und Mund waren, wenn der Bezirkshauptmann sprach, eher eine Art von Blasinstrumenten als Gesichtspartien. Außer den Lippen bewegte sich nichts in diesem Gesicht. Der dunkle Backenbart, den Herr von Trotta als ein Uniformstück trug, als ein Abzeichen, das seine Zugehörigkeit zu der Dienerschaft Franz Josephs des Ersten beweisen sollte, als einen Beweis seiner dynastischen Gesinnung; auch dieser Backenbart blieb reglos, wenn Herr von Trotta und Sipolje sprach. Aufrecht saß er am Tisch, als hielte er Zügel in den harten Händen. Wenn er saß, sah es aus, als stünde er, und wenn er sich erhob, überraschte immer wieder seine kerzengrade Größe. Er trug immer Dunkelblau, Sommer und Winter, an Sonn- und Wochentagen; einen dunkelblauen Rock und graue, gestreifte Hosen, die eng um seine langen Beine lagen und von Stegen um die glatten Zugstiefel straff gespannt wurden. Zwischen dem zweiten und dritten Gang pflegte er aufzustehen, um sich »Bewegung zu machen«. Aber es war eher, als wollte er seinen Hausgenossen vorführen, wie man sich erhebt, steht und wandelt, ohne die Reglosigkeit aufzugeben. Jacques räumte das Fleisch ab und fing einen hurtigen Blick von Fräulein Hirschwitz auf, der ihn ermahnte, den Rest für sie aufwärmen zu lassen. Herr von Trotta ging mit gemessenen Schritten zum Fenster, lüftete ein wenig die Gardine und kehrte an den Tisch zurück. In diesem Augenblick erschienen die Kirschknödel auf einem geräumigen Teller. Der Bezirkshauptmann nahm nur einen, zerschnitt ihn mit dem Löffel und sagte zu Fräulein Hirschwitz: »Das, meine Gnädigste, ist ein Muster von einem Kirschknödel. Er besitzt die nötige Konsistenz, wenn er aufgeschnitten wird, und gibt auf der Zunge dennoch sofort nach.« Und zu Carl Joseph gewendet: »Ich rate dir, heute zwei zu nehmen!« Carl Joseph nahm zwei. Er verschlang sie im Nu, war eine Sekunde früher fertig als sein Vater und trank ein Glas Wasser nach – denn Wein gab es nur am Abend –, um sie aus der Speiseröhre, in der sie noch stecken mochten, in den Magen hinunterzuspülen. Er faltete, im gleichen Rhythmus wie der Alte, seine Serviette.

Man erhob sich. Die Musik spielte draußen die Tannhäuser-Ouvertüre. Unter ihren sonoren Klängen schritt man ins Herrenzimmer, Fräulein Hirschwitz voran. Dorthin brachte Jacques den Kaffee. Man erwartete den Herrn Kapellmeister Nechwal. Er kam, während sich seine Musikanten unten zum Abmarsch formierten, im dunkelblauen Paraderock, mit glänzendem Degen und zwei funkelnden, goldenen, kleinen Harfen am Kragen. »Ich bin entzückt von Ihrem Konzert«, sagte Herr von Trotta heute wie jeden Sonntag. »Es war heute ganz außerordentlich.« Herr Nechwal verbeugte sich. Er hatte schon vor einer Stunde in der Offiziersmesse gegessen, den schwarzen Kaffee nicht abwarten können, er hatte noch den Geschmack der Speisen im Mund, er dürstete nach einer Virginier. Jacques brachte ihm ein Paket Zigarren. Der Kapellmeister sog lange am Feuer, das Carl Joseph standhaft vor die Mündung der langen Zigarre hielt, auf die Gefahr hin, daß seine Finger verbrannten. Man saß in breiten Lederstühlen. Herr Nechwal erzählte von der letzten Lehár-Operette in Wien. Er war ein Weltmann, der Kapellmeister. Er kam zweimal im Monat nach Wien, und Carl Joseph ahnte, daß der Musiker auf dem Grunde seiner Seele viele Geheimnisse aus der großen, nächtlichen Halbwelt barg. Er hatte drei Kinder und eine Frau »aus einfachen Verhältnissen«, aber er selbst stand im vollsten Glanz der Welt, losgelöst von den Seinen. Er genoß und erzählte jüdische Witze mit pfiffigem Behagen. Der Bezirkshauptmann verstand sie nicht, lachte auch nicht, sagte aber: »Sehr gut, sehr gut!« »Wie geht es Ihrer Frau Gemahlin?« fragte Herr von Trotta regelmäßig. Seit Jahren stellte er diese Frage. Er hatte Frau Nechwal nie gesehen, er wünschte auch nicht, der »Frau aus einfachen Verhältnissen« jemals zu begegnen. Beim Abschied sagte er immer zu Herrn Nechwal: »Empfehlen Sie mich Ihrer Frau Gemahlin, unbekannterweise!« Und Herr Nechwal versprach, die Grüße auszurichten, und versicherte, daß sich seine Frau sehr freuen würde. – »Und wie geht es Ihren Kindern?« fragte Herr von Trotta, der immer wieder vergaß, ob es Söhne oder Töchter waren. »Der älteste lernt gut!« sagte der Kapellmeister. »Wird wohl auch Musiker?« fragte Herr von Trotta mit leiser Geringschätzung. »Nein!« erwiderte Herr Nechwal, »noch ein Jahr, und er kommt in die Kadettenschule.« »Ah, Offizier!« sagte der Bezirkshauptmann. »Das ist richtig. Infanterie?« Herr Nechwal lächelte: »Natürlich! Er ist tüchtig. Vielleicht kommt er einmal in den Stab.« »Gewiß, gewiß!« sagte der Bezirkshauptmann. »Man hat derlei schon erlebt!« Eine Woche später hatte er alles vergessen. Man merkte sich nicht die Kinder des Kapellmeisters.

Herr Nechwal trank zwei kleine Tassen Kaffee, nicht mehr, nicht weniger. Mit Bedauern zerdrückte er das letzte

Drittel der Virginier. Er mußte gehen, man schied nicht mit rauchender Zigarre. »Es war heute ganz besonders großartig. Empfehlen Sie mich Ihrer Frau Gemahlin. Ich hatte leider noch nicht das Vergnügen!« sagte Herr von Trotta und Sipolje. Carl Joseph schlug die Hacken zusammen. Er begleitete den Kapellmeister bis zum ersten Absatz der Treppe. Dann kehrte er ins Herrenzimmer zurück. Er stellte sich vor dem Vater auf und sagte: »Ich gehe spazieren, Papa!« »Recht, recht! Gute Erholung!« sagte Herr von Trotta und winkte mit der Hand.

Carl Joseph ging. Er gedachte, langsam spazierenzugehen, er wollte schlendern, seinen Füßen beweisen, daß sie Ferien hatten. Es riß ihn zusammen, wie man beim Militär sagte, als er dem ersten Soldaten begegnete. Er begann zu marschieren. Er erreichte die Stadtgrenze, das große gelbe Finanzamt, das gemächlich in der Sonne briet. Der süße Duft der Felder schlug ihm entgegen, der schmetternde Gesang der Lerchen. Den blauen Horizont begrenzten im Westen graublaue Hügel, die ersten dörflichen Hütten mit Schindel- und Strohdächern traten auf, Geflügelstimmen stießen wie Fanfaren in die sommerliche Stille. Das Land schlief, eingehüllt in Tag und Helligkeit.

Hinter dem Bahndamm stand das Gendarmeriekommando, das ein Wachtmeister führte. Carl Joseph kannte ihn, den Wachtmeister Slama. Er beschloß anzuklopfen. Er betrat die brütende Veranda, klopfte, zog am Klingeldraht, niemand meldete sich. Ein Fenster ging auf. Frau Slama beugte sich über die Geranien und rief: »Wer dort?« Sie erblickte den kleinen Trotta und sagte: »Sofort!« Sie machte die Flurtür auf, es roch kühl und ein wenig nach Parfüm. Frau Slama hatte einen Tropfen Wohlgeruch auf das Kleid getupft. Carl Joseph dachte an die Wiener Nachtlokale. Er sagte: »Der Wachtmeister ist nicht da?« »Dienst hat er, Herr von Trotta!« erwiderte die Frau. »Treten Sie nur ein!«

Jetzt saß Carl Joseph im Salon der Slamas. Es war ein rötliches, niedriges Zimmer, sehr kühl, man saß wie in einem Eisschrank, die hohen Lehnen der gepolsterten Sessel bestanden aus braun gebeiztem Schnitzwerk und Blättergerank, das dem Rücken weh tat. Frau Slama holte kühle Limonaden, sie trank zierliche Schlückchen, hielt den kleinen Finger gespreizt und ein Bein übers andere geschlagen. Sie saß neben Carl Joseph und ihm zugewandt und wippte mit einem Fuß, der in einem rotsamtenen Pantoffel gefangen war, nackt, ohne Strumpf. Carl Joseph sah auf den Fuß, dann auf die Limonade. Frau Slama sah er nicht ins Gesicht. Seine Mütze lag auf den Knien, die Knie hielt er steif, aufrecht saß er vor der Limonade, als wäre es eine Dienstobliegenheit, sie zu trinken. »Waren lange nicht da, Herr von Trotta!« sagte die Frau Wachtmeister. »Sind recht groß geworden! Schon vierzehn vorbei?« »Jawohl, schon lange!« Er dachte daran, möglichst schnell das Haus zu verlassen. Die Limonade mußte man in einem Zug austrinken und eine schöne Verbeugung machen und den Mann grüßen lassen und weggehen. Er sah hilflos auf die Limonade, man wurde nicht mit ihr fertig. Frau Slama schüttete nach. Sie brachte Zigaretten. Rauchen war verboten. Sie zündete selbst eine Zigarette an und sog an ihr, nachlässig, mit geblähten Nasenflügeln, und wippte mit dem Fuß. Plötzlich nahm sie, ohne ein Wort, die Mütze von seinen Knien und legte sie auf den Tisch. Dann steckte sie ihm ihre Zigarette in den Mund, ihre Hand duftete nach Rauch und Kölnisch Wasser, der helle Ärmel ihres sommerlich geblümten Kleides schimmerte vor seinen Augen. Er rauchte höflich die Zigarette weiter, an deren Mundstück noch die Feuchtigkeit ihrer Lippen lag, und sah auf die Limonade. Frau Slama steckte die Zigarette wieder zwischen die Zähne und stellte sich hinter Carl Joseph. Er hatte Angst sich umzuwenden. Auf einmal lagen ihre beiden schimmernden Ärmel an seinem Hals, und ihr Gesicht lastete auf seinen Haaren. Er rührte sich nicht. Aber sein Herz klopfte laut, ein großer Sturm brach in ihm aus, krampfhaft zurückgehalten vom erstarrten Körper und den festen Knöpfen der Uniform. »Komm!« flüsterte Frau Slama. Sie setzte sich auf seinen Schoß, küßte ihn flugs und machte schelmische Augen. Von ungefähr fiel ein blondes Büschel Haare in ihre Stirn, sie schielte hinauf und versuchte, es mit gespitzten Lippen wegzublasen. Er begann, ihr Gewicht auf seinen Beinen zu fühlen, gleichzeitig durchströmte ihn neue Kraft und spannte seine Muskeln im Schenkel und in den Armen. Er umschlang die Frau und fühlte die weiche Kühle ihrer Brust durch das harte Tuch der Uniform. Ein leises Kichern brach aus ihrer Kehle, es war ein wenig wie Schluchzen und etwas wie Trillern. Tränen standen in ihren Augen. Dann lehnte sie sich zurück und begann, mit zärtlicher Genauigkeit einen Knopf der Uniform nach dem andern zu lösen. Sie legte eine kühle, zarte Hand auf seine Brust, küßte seinen Mund lange, mit systematischem Genuß, und erhob sich plötzlich, als hätte sie irgendein Geräusch aufgeschreckt. Er sprang sofort auf, sie lächelte und zog ihn langsam, rückwärts schreitend, mit beiden ausgestreckten Händen und den Kopf zurückgeworfen, ein Leuchten im Gesicht, zur Tür, die sie von rückwärts mit dem Fuß aufstieß. Sie glitten ins Schlafzimmer.

Wie ein ohnmächtig Gefesselter sah er zwischen halb geschlossenen Lidern, daß sie ihn entkleidete, langsam, gründlich und mütterlich. Mit einigem Entsetzen bemerkte er, wie Stück um Stück seiner Paradekleidung schlaff auf die Erde sank, er hörte den dumpfen Fall seiner Schuhe und fühlte sofort an seinem Fuß die Hand der Frau Slama. Von unten her stieg eine neue Welle von Wärme und Kühle bis an seine Brust. Er ließ sich fallen. Er empfing die Frau wie eine weiche, große Welle aus Wonne, Feuer und Wasser.

Er erwachte. Frau Slama stand vor ihm, hielt ihm Stück um Stück seiner Kleidung entgegen; er begann, sich hastig anzuziehen. Sie lief in den Salon, brachte ihm Handschuhe und Mütze. Sie rückte an seinem Rock, er fühlte ihre ständigen Blicke auf seinem Gesicht, aber er vermied es, sie anzuschauen. Er schlug die Absätze aneinander, daß es knallte, drückte der Frau die Hand, sah aber hartnäckig auf ihre rechte Schulter und ging.

Von einem Turm schlug es sieben. Die Sonne näherte sich den Hügeln, die jetzt blau waren wie der Himmel und von Wolken kaum zu unterscheiden. Von den Bäumen am Wegrand strömte süßer Duft. Der Abendwind kämmte die kleinen Gräser der Wiesenhänge zu beiden Seiten der Straße; man sah, wie sie sich zitternd wellten unter seiner unsichtbaren, leisen und breiten Hand. In fernen Sümpfen begannen die Frösche zu quaken. Aus dem offenen Fenster eines knallgelben Vorstadthäuschens sah eine junge Frau in die leere Straße. Obwohl Carl Joseph sie nie gesehen hatte, grüßte er sie, stramm und voller Ehrfurcht. Sie nickte etwas befremdet und dankbar. Es war ihm, als hätte er jetzt erst Frau Slama zum Abschied gegrüßt. Wie ein Grenzposten zwischen der Liebe und dem Leben stand die fremde, vertraute Frau am Fenster. Nachdem er sie gegrüßt hatte, fühlte er sich wieder der Welt zurückgegeben. Er schritt schnell aus. Schlag dreiviertel acht war er zu Hause und meldete seinem Vater die Rückkehr, blaß, kurz und entschlossen, wie es sich für Männer geziemt.

Der Wachtmeister hatte jeden zweiten Tag Patrouillendienst. Jeden Tag kam er mit einem Aktenbündel in die Bezirkshauptmannschaft. Den Sohn des Bezirkshauptmanns traf er niemals. Jeden zweiten Tag, nachmittags um vier, marschierte Carl Joseph in das Gendarmeriekommando. Um sieben Uhr abends verließ er es. Der Duft, den er von Frau Slama mitbrachte, vermischte sich mit den Gerüchen der trockenen sommerlichen Abende und blieb an Carl Josephs Händen Tag und Nacht. Er gab acht, dem Vater bei Tisch nicht näher zu kommen, als nötig war. »Es riecht hier nach Herbst«, sagte eines Abends der Alte. Er verallgemeinerte. Frau Slama gebrauchte grundsätzlich Reseda.

III

Im Herrenzimmer des Bezirkshauptmanns hing das Porträt, den Fenstern gegenüber und so hoch an der Wand, daß Stirn und Haar im dunkelbraunen Schatten des alten, hölzernen Suffits verdämmerten. Die Neugier des Enkels kreiste beständig um die erloschene Gestalt und den verschollenen Ruhm des Großvaters. Manchmal, an stillen Nachmittagen – die Fenster standen offen, der dunkelgrüne Schatten der Kastanien aus dem Stadtpark erfüllte das Zimmer mit der ganzen satten und kräftigen Ruhe des Sommers, der Bezirkshauptmann leitete eine seiner Kommissionen außerhalb der Stadt, von fernen Treppen her schlurfte der Geisterschritt des alten Jacques, der auf Filzpantoffeln durch das Haus ging, um Schuhe, Kleider, Aschenbecher, Leuchter und Stehlampen zum Putzen einzusammeln – stieg Carl

Joseph auf einen Stuhl und betrachtete das Bildnis des Großvaters aus der Nähe. Es zerfiel in zahlreiche tiefe Schatten und helle Lichtflecke, in Pinselstriche und Tupfen, in ein tausendfältiges Gewebe der bemalten Leinwand, in ein hartes Farbenspiel getrockneten Öls. Carl Joseph stieg vom Stuhl. Der grüne Schatten der Bäume spielte auf dem braunen Rock des Großvaters, die Pinselstriche und Tupfen fügten sich wieder zu der vertrauten, aber unergründlichen Physiognomie, und die Augen erhielten ihren gewohnten, fernen, dem Dunkel der Decke entgegendämmernden Blick. Jedes Jahr in den Sommerferien fanden die stummen Unterhaltungen des Enkels mit dem Großvater statt. Nichts verriet der Tote. Nichts erfuhr der Junge. Von Jahr zu Jahr schien das Bildnis blasser und jenseitiger zu werden, als stürbe der Held von Solferino noch einmal dahin, als zöge er sein Andenken langsam zu sich hinüber und als müßte eine Zeit kommen, in der eine leere Leinwand aus dem schwarzen Rahmen noch stummer als das Porträt auf den Nachkommen niederstarren würde.

Unten im Hof, im Schatten des hölzernen Balkons, saß Jacques auf einem Schemel, vor der militärisch ausgerichteten Reihe gewichster Stiefel. Immer, wenn Carl Joseph von Frau Slama heimkehrte, ging er zu Jacques in den Hof und setzte sich auf die Kante. »Erzählen Sie vom Großvater, Jacques!« – Und Jacques legte Bürste, Pasta und Sidol weg, rieb die Hände aneinander, als wüsche er sie von Arbeit und Schmutz, bevor er anfing, von dem Seligen zu sprechen. Und wie immer und wie schon gute zwanzig Mal begann er: »Ich bin immer mit ihm ausgekommen! Gar nicht jung mehr bin ich auf den Hof gekommen, geheiratet hab' ich nicht, das hätt' dem Seligen nicht gefallen. Frauenzimmer hat er nicht gern gesehn, ausgenommen seine eigene Frau Baronin, aber die ist bald gestorben, auf der Lunge. Alle haben gewußt: Er hat dem Kaiser das Leben gerettet, in der Schlacht bei Solferino, aber er hat nichts davon gesagt, keinen Mucks hat er gegeben. Deshalb haben sie ihm auch ›Der Held von Solferino‹ auf den Grabstein geschrieben. Gar nicht alt ist er gestorben, so am Abend, gegen neun, im November wird's gewesen sein. Geschneit hat es schon, nachmittags ist er schon im Hof gestanden und hat gesagt: ›Jacques, wo hast du die Pelzstiefel hingetan?‹ Ich hab's nicht gewußt, aber gesagt hab' ich: ›Gleich hol' ich sie, Herrn Baron!‹ ›Hat Zeit bis morgen!‹ sagt er – und morgen hat er sie nicht mehr gebraucht. Geheiratet hab' ich nie!«

Das war alles.

Einmal (es waren die letzten Ferien, in einem Jahr sollte Carl Joseph ausgemustert werden) sagte der Bezirkshauptmann beim Abschied: »Ich hoffe, daß alles glattgeht. Du bist der Enkel des Helden von Solferino. Denk daran, dann kann dir nichts passieren!«

Auch der Oberst, alle Lehrer, alle Unteroffiziere dachten daran, und also konnte Carl Joseph in der Tat nichts passieren. Obwohl er kein ausgezeichneter Reiter war, in der Terrainlehre schwach, in der Trigonometrie ganz versagt hatte, kam er »mit einer guten Nummer« durch, wurde als Leutnant ausgemustert und den X-ten Ulanen zugeteilt.

Die Augen trunken vom eigenen, neuen Glanz und von der letzten feierlichen Messe, das Ohr erfüllt von den donnernden Abschiedsreden des Obersten, im azurenen Waffenrock mit goldenen Knöpfen, das silberne Patronentäschchen mit dem goldenen, erhabenen Doppeladler am Rücken, die Tschapka mit Schuppenriemen und Haarschweif in der Linken, in knallroten Reithosen, spiegelnden Stiefeln, singenden Sporen, den Säbel mit breitem Korb an der Hüfte: So präsentierte sich Carl Joseph an einem heißen Sommertag seinem Vater. Es war diesmal kein Sonntag. Ein Leutnant durfte auch am Mittwoch kommen. Der Bezirkshauptmann saß in seinem Arbeitszimmer. »Mach dir's bequem!« sagte er. Er legte den Zwicker ab, zog die Augenlider zusammen, erhob sich, musterte seinen Sohn und fand alles in Ordnung. Er umarmte Carl Joseph, sie küßten sich flüchtig auf die Wangen. »Nimm Platz!« sagte der Bezirkshauptmann und drückte den Leutnant in einen Sessel. Er selbst ging auf und ab durchs Zimmer. Er überlegte einen passenden Anfang. Ein Tadel war diesmal nicht anzubringen, mit einem Ausdruck der Zufriedenheit konnte man nicht beginnen. »Du solltest dich jetzt«, sagte er endlich, »mit der Geschichte deines Regiments beschäftigen und auch ein wenig in der Geschichte des Regiments nachlesen, in dem dein Großvater gekämpft hat. Ich hab' zwei Tage dienstlich in Wien zu tun, wirst mich begleiten.« Dann schwang er die Tischglocke. Jacques kam. »Fräulein Hirschwitz«, befahl der Bezirkshauptmann, »möchte heute den Wein heraufholen lassen und, wenn's geht, Rindfleisch vorbereiten und Kirschknödel. Wir essen heute zwanzig Minuten später als gewöhnlich.« »Jawohl, Herr Baron«, sagte Jacques, sah Carl Joseph an und flüsterte: »Gratuliere herzlich!« Der Bezirkshauptmann ging zum Fenster, die Szene drohte rührend zu werden. Hinter seinem Rücken vernahm er, wie der Sohn dem Diener die Hand gab, Jacques mit den Füßen scharrte, etwas Unverständliches vom seligen Herrn murmelte. Er wandte sich erst um, als Jacques das Zimmer verlassen hatte.

»Es ist heiß, nicht?« begann der Alte.

»Jawohl, Papa!«

»Ich denke, wir gehn an die Luft!«

»Jawohl, Papa!«

Der Bezirkshauptmann nahm den schwarzen Stock aus Ebenholz mit dem silbernen Griff, nicht das gelbe Rohr, das er sonst an hellen Vormittagen zu tragen liebte. Auch die Handschuhe behielt er nicht in der Linken, er streifte sie über. Er setzte den Halbzylinder auf und verließ das Zimmer, gefolgt von dem Jungen. Langsam und ohne ein Wort zu wechseln, gingen beide durch die sommerliche Stille des Stadtparks. Der Stadtpolizist salutierte, Männer erhoben sich von den Bänken und grüßten. Neben der dunklen Gravität des Alten nahm sich die klirrende Buntheit des Jungen noch leuchtender und geräuschvoller aus. In der Allee, in der ein hellblondes Mädchen Sodawasser mit Himbeersaft unter einem roten Sonnenschirm ausschenkte, hielt der Alte ein und sagte: »Ein frischer Trunk kann nicht schaden!« – Er bestellte zwei Soda ohne und beobachtete mit verstohlener Würde das blonde Fräulein, das wollüstig und willenlos ganz in den farbigen Schimmer Carl Josephs einzutauchen schien. Sie tranken und gingen weiter. Manchmal schwenkte der Bezirkshauptmann ein bißchen den Stock, es war wie die Andeutung eines Übermuts, der sich in Grenzen zu halten weiß. Obwohl er schwieg und ernst war wie gewöhnlich, erschien er seinem Sohn heute beinahe flott. Aus seinem frohen Innern brach gelegentlich ein wohlgefälliges Hüsteln, eine Art Lachen. Grüßte ihn jemand, so hob er kurz den Hut. Es gab Augenblicke, in denen er sich sogar zu kühnen Paradoxen vortraute, wie zum Beispiel: »Auch Höflichkeit kann lästig werden!« Er sprach lieber ein gewagtes Wort aus, als daß er sich die Freude über die staunenden Blicke der Vorbeikommenden hätte anmerken lassen. Als sie sich wieder dem Haustor näherten, blieb er noch einmal stehen. Er wandte sein Angesicht dem Sohn zu und sagte: »In meiner Jugend wär' ich auch gern Soldat geworden. Dein Großvater hat's ausdrücklich verboten. Jetzt bin ich zufrieden, daß du nicht Beamter bist!« »Jawohl, Papa!« erwiderte Carl Joseph.

Es gab Wein, auch Rindfleisch und Kirschknödel hatte man ermöglicht. Fräulein Hirschwitz kam im sonntäglich Grauseidenen und ließ beim Anblick Carl Josephs den größten Teil ihrer Strenge ohne weiteres fallen. »Ich freue mich sehr«, sagte sie, »und beglückwünsche Sie herzlich.« »Beglückwünschen heißt gratulieren«, bemerkte der Bezirkshauptmann. Und man begann zu essen.

»Du brauchst dich nicht zu eilen!« sagte der Alte. »Wenn ich schneller fertig bin, so wart' ich noch ein bißchen.« Carl Joseph sah auf. Er begriff, daß der Vater seit Jahr und Tag wohl gewußt hatte, wieviel Mühe es kostete, mit ihm Schritt zu halten. Und zum erstenmal war es ihm, als sähe er durch den Panzer des Alten in sein lebendiges Herz und in das Gewebe seiner geheimen Gedanken. Obwohl er bereits ein Leutnant war, wurde Carl Joseph rot. »Danke, Papa!« sagte er. Der Bezirkshauptmann löffelte hastig weiter. Er schien nicht zu hören.

Ein paar Tage später stiegen sie in den Zug nach Wien. Der Sohn las in der Zeitung, der Alte in den Akten. Einmal blickte der Bezirkshauptmann auf und sagte: »Wir wollen in Wien eine Salonhose bestellen, du hast nur zwei.« »Danke, Papa!« Sie lasen weiter.

Sie waren knapp eine Viertelstunde vor Wien, als der Vater die Akten zusammenklappte. Der Sohn legte sofort die Zeitung weg. Der Bezirkshauptmann sah auf die Fensterscheibe, dann ein paar Sekunden auf den Sohn. Plötzlich sagte er: »Du kennst doch den Wachtmeister Slama?«

Der Name schlug an Carl Josephs Gedächtnis, ein Ruf aus verlorenen Zeiten. Er sah sofort den Weg, der zum Gendarmeriekommando führte, das niedrige Zimmer, den geblümten Schlafrock, das breite und wohlbepackte Bett, er roch den Duft der Wiesen und gleichzeitig das Reseda der Frau Slama. Er lauschte. »Er ist leider Witwer geworden, in diesem Jahr«, fuhr der Alte fort. »Traurig. Die Frau ist an einer Geburt gestorben. Solltest ihn besuchen.«

Es wurde auf einmal unerträglich heiß im Kupee. Carl Joseph versuchte, den Kragen zu lockern. Während er vergeblich nach einem passenden Wort rang, stieg eine törichte, heiße, kindische Lust zu weinen in ihm auf, würgte ihn im Hals, sein Gaumen wurde trocken, als hätte er seit Tagen nicht getrunken. Er fühlte den Blick seines Vaters, sah angestrengt in die Landschaft, empfand die Nähe des Ziels, dem sie unaufhaltsam entgegenfuhren, als eine Verschärfung seiner Qual, wünschte sich wenigstens in den Korridor und sah gleichzeitig ein, daß er dem Blick und der Mitteilung des Alten nicht davonlaufen könnte. Er raffte schnell ein paar schwache, vorläufige Kräfte zusammen und sagte: »Ich werde ihn besuchen!«

»Es scheint, daß du die Eisenbahn nicht verträgst«, bemerkte der Vater.

»Jawohl, Papa!«

Stumm und aufrecht, von einer Qual bedrängt, der er keinen Namen hätte geben können, die er niemals gekannt hatte und die wie eine rätselhafte Krankheit aus fernen Zonen war, fuhr Carl Joseph ins Hotel. Es gelang ihm noch: »Pardon, Papa!« zu sagen. Dann schloß er sein Zimmer ab, packte den Koffer aus und zog die Mappe hervor, in der ein paar Briefe der Frau Slama lagen, in den Umschlägen, wie sie gekommen waren, mit der chiffrierten Adresse, Mährisch-Weißkirchen, poste restante. Die blauen Blätter hatten die Farbe des Himmels und ein Hauch von Reseda, und die zarten, schwarzen Buchstaben flogen wie eine geordnete Schar schlanker Schwalben dahin. Briefe der toten Frau Slama! Sie erschienen Carl Joseph als die frühen Künder ihres plötzlichen Endes, von der geisterhaften Feinheit, die nur todgeweihten Händen entströmt, vorweggenommene Grüße aus dem Jenseits. Den letzten Brief hatte er nicht beantwortet. Die Ausmusterung, die Reden, der Abschied, die Messe, die Ernennung, der neue Rang und die neuen Uniformen verloren ihre Bedeutung vor dem gewichtlosen, dunklen Zug der beschwingten Buchstaben auf blauem Hintergrund. Noch lagen auf seiner Haut die Spuren der liebkosenden Hände der toten Frau, und in seinen eigenen, warmen Händen barg sich noch die Erinnerung an ihre kühle Brust, und mit geschlossenen Augen sah er die selige Müdigkeit in ihrem liebessatten Angesicht, den offenen, roten Mund und den weißen Schimmer der Zähne, den lässig gekrümmten Arm, in jeder Linie des Körpers den fließenden Abglanz wunschloser Träume und glücklichen Schlafs. Jetzt krochen die Würmer über Brust und Schenkel, und gründliche Verwesung zerfraß das Gesicht. Je stärker die gräßlichen Bilder des Zerfalls vor den Augen des jungen Mannes wurden, desto heftiger entzündeten sie seine Leidenschaft. Sie schien in die unbegreifliche Unbegrenztheit jener Bezirke hinauszuwachsen, in denen die Tote verschwunden war. Wahrscheinlich hätte ich sie gar nicht mehr besucht! dachte der Leutnant. Ich hätte sie vergessen. Ihre Worte waren zärtlich, sie war eine Mutter, sie hat mich geliebt, sie ist gestorben! Es war klar, daß er Schuld an ihrem Tode trug. An der Schwelle seines Lebens lag sie, eine geliebte Leiche.

Es war die erste Begegnung Carl Josephs mit dem Tode. An seine Mutter erinnerte er sich nicht mehr. Nichts mehr kannte er von ihr als Grab und Blumenbeet und zwei Photographien. Nun zuckte der Tod vor ihm auf wie ein schwarzer Blitz, traf seine harmlose Freude, versengte seine Jugend und schmetterte ihn an den Rand der verhängten Gründe, die das Lebendige vom Gestorbenen trennen. Vor ihm lag also ein langes Leben voller Trauer. Er rüstete sich, es zu erleiden, entschlossen und blaß, wie es einem Manne geziemt. Er packte die Briefe ein. Er schloß den Koffer. Er ging in den Korridor, klopfte an die Tür seines Vaters, trat ein und hörte wie durch eine dicke Wand aus Glas die Stimme des Alten: »Es scheint, daß du ein weiches Herz hast!« Der Bezirkshauptmann ordnete seine Krawatte vor dem Spiegel. Er hatte noch in der Statthalterei zu tun, in der Polizeidirektion, im Oberlandesgericht. »Du begleitest mich!« sagte er.

Sie fuhren im Zweispänner auf Gummirädern. Festlicher als je erschienen die Straßen Carl Joseph. Das breite, sommerliche Gold des Nachmittags floß über Häuser und Bäume, Straßenbahnen, Passanten, Polizisten, grüne Bänke, Monumente und Gärten. Man hörte den hurtigen, schnalzenden Aufschlag der Hufe auf das Pflaster. Junge Frauen glitten wie helle, zärtliche Lichter vorbei. Soldaten salutierten. Schaufenster schimmerten. Der Sommer wehte milde durch die große Stadt.

Alle Schönheiten des Sommers aber glitten an Carl Josephs gleichgültigen Augen vorüber. An sein Ohr schlugen die Worte des Vaters. Hundert Veränderungen hatte der Alte festzustellen: verlegte Tabaktrafiken, neue Kioske, verlängerte Omnibuslinien, verschobene Haltestellen. Vieles war zu seiner Zeit anders gewesen. Aber an alles Verschwundene wie an alles Bewahrte heftete er seine treue Erinnerung, seine Stimme hob mit leiser und ungewohnter Zärtlichkeit winzige Schätze aus verschütteten Zeiten, seine magere Hand deutete grüßend nach den Stellen, an denen einst seine Jugend geblüht hatte. Carl Joseph schwieg. Auch er hatte soeben die Jugend verloren. Seine Liebe war tot, aber sein Herz aufgetan der väterlichen Wehmut, und er begann zu ahnen, daß hinter der knöchernen Härte des Bezirkshauptmanns ein anderer verborgen war, ein Geheimnisvoller und dennoch Vertrauter, ein Trotta, Abkömmling eines slowenischen Invaliden und des merkwürdigen Helden von Solferino. Und je lebhafter des Alten Ausrufe und Bemerkungen wurden, desto spärlicher und leiser kamen die gehorsamen und gewohnten Bestätigungen des Sohnes, und das stramme und diensteifrige »Jawohl, Papa«, der Zunge eingeübt seit frühen Jahren, klang nunmehr anders, brüderlich und heimisch. Jünger schien der Vater zu werden und älter der Sohn. Sie hielten vor mehreren Amtsgebäuden, in denen der Bezirkshauptmann nach früheren Genossen, Zeugen seiner Jugend, suchte. Der Brandl war Polizeirat geworden, der Smekal Sektionschef, Monteschitzky Oberst und Hasselbrunner Legationsrat. Sie hielten vor den Läden, bestellten bei Reitmeyer in den Tuchlauben ein Paar Salonstiefeletten, matt, Chevreaux, für Hofball und Audienz, eine Salonhose auf der Wieden beim Hof- und Militärschneider Ettlinger, und es ereignete sich das Unglaubliche, daß der Bezirkshauptmann beim Hofjuwelier Schafransky eine silberne Tabatiere, solide und mit gerripptem Rücken, auswählte; ein Luxusgegenstand, in den er die tröstlichen Worte eingravieren ließ: »in periculo securitas. Dein Vater«.

Sie landeten vor dem Volksgarten und tranken Kaffee. Weiß im dunkelgrünen Schatten leuchteten die runden Tische der Terrasse, auf den Tischtüchern blauten die Siphons. Wenn die Musik innehielt, hörte man den jubelnden Gesang der Vögel. Der Bezirkshauptmann hob den Kopf, und als zöge er Erinnerungen aus der Höhe, begann er: »Hier hab' ich einmal ein kleines Mädel kennengelernt. Wie lang wird's her sein?« Er verlor sich in stummen Berechnungen. Lange, lange Jahre schienen seit damals vergangen; es war Carl Joseph, als säße neben ihm nicht sein Vater, sondern ein Urahn. »Mizzi Schinagl hat's geheißen!« sagte der Alte. In den dichten Kronen der Kastanien suchte er nach dem verschollenen Bildnis Fräulein Schinagls, als wäre sie ein Vögelchen gewesen. »Sie lebt noch?« fragte Carl Joseph aus Höflichkeit und wie um einen Anhaltspunkt für die Abschätzung der verschwundenen Epochen zu gewinnen. »Hoffentlich! Zu meiner Zeit, weißt du, war man nicht sentimental. Man nahm Abschied von Mädchen und auch von Freunden ...« Er unterbrach sich plötzlich. Ein Fremder stand an ihrem Tisch, ein Mann mit Schlapphut und flatternder Krawatte, in einem grauen und sehr alten Cutaway mit schlaffen Schößen, dichtes, langes Haar im Nakken, das breite, graue Gesicht mangelhaft rasiert, auf den ersten Blick ein Maler, von jener übertriebenen Deutlichkeit der überlieferten künstlerischen Physiognomie, die unwirklich erscheint und ausgeschnitten aus alten Illustrationen. Der Fremde legte seine Mappe auf den Tisch und machte Anstalten, seine Werke anzubieten, mit dem hochmütigen Gleichmut, den ihm Armut und Sendung zu gleichen Teilen eingeben mochten. »Aber Moser!« sagte Herr von Trotta. Der Maler rollte langsam die schweren Lider von seinen großen, hellen Augen empor, betrachtete ein paar Sekunden den Bezirkshauptmann, streckte die Hand aus und sagte: »Trotta!«

Im nächsten Augenblick schon hatte er die Bestürzung wie die Sanftheit abgelegt, schmetterte die Mappe hin, daß die Gläser zitterten, rief dreimal hintereinander: »Donnerwetter!«, so mächtig, als erzeugte er es wirklich, ließ den Blick triumphierend über die benachbarten Tische kreisen und schien Applaus von den Gästen zu erwarten, setzte sich, lüftete den Schlapphut und warf ihn auf den Kies neben den Stuhl, schob mit dem Ellbogen die Mappe vom Tisch, bezeichnete sie gelassen als »Dreck«, neigte den Kopf gegen den Leutnant vor, zog die Augenbrauen zusammen, lehnte sich wieder zurück und sagte: »Wie, Herr Statthalter, dein Herr Sohn?«

»Das ist mein Jugendfreund, der Herr Professor Moser!« erklärte der Bezirkshauptmann.

»Donnerwetter, Herr Statthalter!« wiederholte Moser. Er faßte gleichzeitig nach dem Frack eines Kellners, erhob sich und flüsterte eine Bestellung wie ein Geheimnis, setzte sich und schwieg, die Augen in jene Richtung gewendet, aus der die Kellner mit den Getränken kommen mußten. Schließlich stand ein Sodawasserglas vor ihm, halbgefüllt mit wasserklarem Sliwowitz; er führte es vor geblähter Nase ein paarmal hin und her, setzte mit einer mächtigen Armbewegung an, als gälte es, einen schweren Humpen auf einen Zug zu leeren, nippte schließlich nur ein wenig und sammelte dann mit vorgestreckter Zungenspitze die Tropfen von den Lippen ab.

»Du bist zwei Wochen hier und besuchst mich nicht!« begann er mit der forschenden Strenge eines Vorgesetzten.

»Lieber Moser«, sagte Herr von Trotta, »ich bin gestern gekommen und fahre morgen wieder zurück.«

Der Maler sah lange in das Gesicht des Bezirkshauptmanns. Dann setzte er das Glas wieder an und trank es ohne Aufenthalt leer, wie Wasser. Als er es hinstellen wollte, traf er nicht mehr die Untertasse und ließ es sich von Carl Joseph aus der Hand nehmen. »Danke!« sagte der Maler, und mit ausgestrecktem Zeigefinger auf den Leutnant: »Außerordentlich, die Ähnlichkeit mit dem Helden von Solferino! Nur etwas weicher! Schwächliche Nase! Weicher Mund! Kann sich aber mit der Zeit ändern ...«

»Professor Moser hat den Großvater gemalt!« bemerkte der alte Trotta. Carl Joseph sah den Vater und den Maler an, und in seiner Erinnerung erstand das Porträt des Großvaters, verdämmernd unter dem Suffit des Herrenzimmers. Unfaßbar erschien ihm die Beziehung des Großvaters zu diesem Professor; die Vertrautheit des Vaters mit Moser erschreckte ihn, er sah die schmutzige, breite Hand des Fremden mit freundschaftlichem Schlag auf die gestreifte Hose des Bezirkshauptmanns niederfallen und den abwehrenden, sanften Rückzug des väterlichen Oberschenkels. Da saß nun der Alte, würdig wie sonst, zurückgelehnt und gleichsam abgehalten vom Alkoholgeruch, der gegen seine Brust und sein Angesicht gerichtet war, lächelte und ließ sich alles gefallen. »Solltest dich renovieren lassen«, sagte der Maler. »Schäbig bist du geworden! Dein Vater hat anders ausgesehn.«

Der Bezirkshauptmann strich seinen Backenbart und lächelte. »Ja, der alte Trotta!« begann wieder der Maler.

»Zahlen!« sagte plötzlich leise der Bezirkshauptmann. »Du entschuldigst, Moser, wir haben eine Verabredung.«

Der Maler blieb sitzen, Vater und Sohn verließen den Garten.

Der Bezirkshauptmann schob seinen Arm unter den des Sohnes. Zum erstenmal fühlte Carl Joseph den dürren Arm des Vaters an der Brust. Die väterliche Hand im dunkelgrauen Glacéhandschuh lag in leicht gekrümmter Zutraulichkeit auf dem blauen Ärmel der Uniform. Es war die gleiche Hand, die, hager und zürnend, umscheppert von der steifen Manschette, mahnen konnte und warnen, mit leisen und spitzen Fingern in Papieren blättern, die Schubladen mit grimmem Ruck in ihre Fächer stieß, Schlüssel so entschieden abzog, daß man glauben konnte, die Schlösser seien für alle Ewigkeit versperrt. Es war die Hand, die mit lauernder Ungeduld auf die Tischkante trommelte, wenn es nicht nach dem Willen ihres Herrn ging, und an die Fensterscheibe, wenn im Zimmer irgendeine Verlegenheit entstanden war. Diese Hand hob den mageren Zeigefinger, wenn jemand im Haus etwas unterlassen hatte, ballte sich zur stummen, niemals aufschlagenden Faust, bettete sich zärtlich um die Stirn, nahm behutsam den Zwicker ab, bog sich leicht um das Weinglas, führte die schwarze Virginier liebkosend zum Mund. Es war die linke Hand des Vaters, dem Sohn seit langem vertraut. Und dennoch war es, als erführe er jetzt erst, daß es die Hand des Vaters war, die väterliche Hand. Carl Joseph verspürte das Verlangen, diese Hand an seine Brust zu drücken.

»Siehst du, der Moser!« begann der Bezirkshauptmann, schwieg eine Weile, suchte nach einem gerecht abwägenden Wort und sagte endlich: »Aus dem hätte was werden können!«

»Ja, Papa!«

»Wie er das Bild vom Großvater gemacht hat, war er sechzehn Jahre alt. Waren wir beide sechzehn Jahre alt! Es war mein einziger Freund in der Klasse! Dann ist er in die Akademie gekommen. Der Schnaps hat ihn halt erwischt. Er ist trotzdem ...« Der Bezirkshauptmann schwieg und sagte erst nach ein paar Minuten: »Unter allen, die ich heut wiedergesehn hab', ist er trotzdem mein Freund!«

»Ja – Vater.«

Zum erstenmal sagte Joseph das Wort »Vater«! »Jawohl, Papa!« verbesserte er sich schnell.

Es wurde dunkel. Der Abend fiel heftig in die Straße.

»Du frierst, Papa?«

»Keine Spur.«

Aber der Bezirkshauptmann schritt rascher aus. Bald waren sie in der Nähe des Hotels.

»Herr Statthalter!« erscholl es hinter ihnen. Der Maler Moser war ihnen offenbar gefolgt. Sie wandten sich um. Da stand er, den Hut in der Hand, mit gesenktem Kopf, demütig, als wollte er den ironischen Anruf ungeschehen machen. »Die Herren entschuldigen!« sagte er. »Habe zu spät bemerkt, daß mein Etui leer ist!« Er zeigte eine offene, leere Blechschachtel. Der Bezirkshauptmann zog ein Zigarrenetui. »Zigarren rauch' ich nicht!« sagte der Maler.

Carl Joseph hielt einen Zigarettenkarton hin. Moser legte umständlich die Mappe vor die Füße, auf das Pflaster, füllte seine Schachtel, bat um Feuer, hielt beide Hände um das blaue Flämmchen. Seine Hände waren rot und klebrig, zu groß im Verhältnis zu ihren Gelenken, zitterten leise, erinnerten an sinnlose Werkzeuge. Seine Nägel waren wie kleine, flache, schwarze Spaten, mit denen er eben in Erde, Kot, farbigem Brei und flüssigem Nikotin geschaufelt hatte. »Wir sollen uns also nicht mehr wiedersehen«, sagte er und bückte sich nach der Mappe. Er stand auf, über seine Wangen rannen dicke Tränen. »Nie mehr wiedersehn!« schluchzte er. »Ich muß für einen Augenblick ins Zimmer«, sagte Carl Joseph und ging ins Hotel.

Er rannte die Stufen hinauf ins Zimmer, beugte sich aus dem Fenster, beobachtete ängstlich seinen Vater, sah, wie der Alte die Brieftasche zog, der Maler zwei Sekunden darauf mit verjüngten Kräften dem Bezirkshauptmann die schauerliche Hand auf die Schulter legte, und hörte, wie Moser ausrief: »Also, Franz, am dritten, wie gewöhnlich!« Carl Joseph rannte wieder hinunter, es war ihm, als müßte er den Vater schützen; der Professor salutierte und trat zurück, ging, mit letztem Gruß, erhobenen Hauptes, mit nachtwandlerischer Sicherheit schnurgerade über die Fahrbahn und winkte vom gegenüberliegenden Bürgersteig noch einmal zurück, bevor er in einer Seitengasse verschwand. Aber einen Augenblick später kam er wieder zum Vorschein, rief laut: »Einen Moment!«, daß es in der stillen Gasse widerhallte, setzte mit unwahrscheinlich sicheren und großen Sprüngen über die Fahrbahn und stand vor dem Hotel, so unbekümmert und gleichsam neu angekommen, als hätte er sich nicht erst vor ein paar Minuten verabschiedet. Und als sähe er jetzt zum erstenmal seinen Jugendfreund und dessen Sohn, begann er mit einer klagenden Stimme: »Wie traurig ist es, sich so wiederzusehn! Weißt du noch, wie wir nebeneinander in der dritten Bank gesessen sind? In Griechisch warst du schwach, ich habe dich immer abschreiben lassen. Wenn du wirklich ehrlich bist, sag's selbst, vor deinem Sprößling! Hab' ich dich nicht alles abschreiben lassen?« Und zu Carl Joseph: »Er war ein guter Kerl, aber ein Traumichnicht, Ihr Herr Vater! Auch zu den Mädeln ist er spät gegangen, ich hab' ihm Kurasch machen müssen, sonst hätt' er nie hingefunden. Sei gerecht, Trotta! Sag, daß ich dich hingeführt habe!«

Der Bezirkshauptmann schmunzelte und schwieg. Maler Moser machte Anstalten, einen längeren Vortrag zu beginnen. Er legte die Mappe auf das Pflaster, nahm den Hut ab, streckte einen Fuß vor und begann: »Wie ich zum erstenmal dem Alten begegnet bin, es war in den Ferien, du erinnerst dich doch.« Er unterbrach sich plötzlich und tastete mit hastigen Händen alle Taschen ab. Der Schweiß trat in dicken Perlen auf seine Stirn. »Ich hab's verloren!« rief er aus und zitterte und wankte. »Ich habe das Geld verloren!«

Aus der Tür des Hotels trat in diesem Augenblick der Portier. Er grüßte den Bezirkshauptmann und den Leutnant mit einem heftigen Schwung der goldbetreßten Mütze und zeigte ein unwilliges Gesicht. Es sah aus, als könnte er im nächsten Augenblick dem Maler Moser Lärm und Aufenthalt und Beleidigung der Gäste vor dem Hotel verbieten wollen. Der alte Trotta griff in die Brusttasche, der Maler verstummte. »Kannst du mir aushelfen?« fragte der Vater. Der Leutnant sagte: »Ich werde den Herrn Professor ein wenig begleiten. Auf Wiedersehn, Papa!« Der Bezirkshauptmann lüftete den Halbzylinder und ging ins Hotel. Der Leutnant gab dem Professor einen Schein und folgte dem Vater. Der Maler Moser hob die Mappe auf und entfernte sich mit gemessen wankender Würde.

Schon lag der tiefe Abend in den Straßen, und auch in der Halle des Hotels war es dunkel. Der Bezirkshauptmann saß, den Zimmerschlüssel in der Hand, den Halbzylinder und den Stock neben sich, ein Bestandteil der Dämmerung, im ledernen Sessel. Der Sohn blieb in achtungsvoller Entfernung von ihm stehen, als wollte er die Erledigung der Affäre Moser dienstlich melden. Noch waren die Lampen nicht entzündet. Aus dem dämmernden Schweigen kam die Stimme des Alten: »Wir fahren morgen nachmittag zwei Uhr fünfzehn.«

»Jawohl, Papa.«

»Es ist mir bei der Musik eingefallen, daß du den Kapellmeister Nechwal besuchen müßtest. Nach dem Besuch beim Wachtmeister Slama, versteht sich. Hast du noch was in Wien zu erledigen?«

»Die Hosen abholen lassen und die Zigarettendose.«

»Was sonst?«

»Nichts, Papa!«

»Du machst morgen vormittag noch deine Aufwartung bei deinem Onkel. Hast du offenbar vergessen. Wie oft bist du sein Gast gewesen?«

»Jedes Jahr zweimal, Papa!«

»Na also! Richtest einen Gruß von mir aus. Sagst, ich lass' mich entschuldigen. Wie sieht er übrigens aus, der gute Stransky?«

»Sehr gut, wie ich ihn zuletzt gesehen habe.«

Der Bezirkshauptmann griff nach seinem Stock und stützte die vorgestreckte Hand auf die silberne Krücke, wie er es gewohnt war, im Stehen zu tun, und als müßte man auch sitzend noch einen besonderen Halt haben, sobald von jenem Stransky die Rede war: »Ich hab' ihn zuletzt vor neunzehn Jahren gesehn. Da war er noch Oberleutnant. Schon verliebt in diese Koppelmann. Unheilbar! Die Geschichte war recht fatal. Verliebt war er halt in eine Koppelmann.« Er sprach den Namen lauter als das übrige und mit einer deutlichen Zäsur zwischen den beiden Teilen. »Sie konnten die Kaution natürlich nicht aufbringen. Deine Mutter hätt' mich beinah dazu gebracht, die Hälfte herzugeben.«

»Er hat den Dienst quittiert?«

»Ja, das hat er. Und ist zur Nordbahn gekommen. Wie weit ist er heute? Bahnrat, glaub' ich, wie?«

»Jawohl, Papa!«

»Na also. Hat er nicht den Sohn Apotheker werden lassen?«

»Nein, Papa, der Alexander ist noch im Gymnasium.«

»So. Hinkt ein bißchen, hab' ich gehört, wie?«

»Er hat ein kürzeres Bein.«

»Na ja!« schloß der Alte befriedigt, als hätte er schon vor neunzehn Jahren vorausgesehn, daß Alexander hinken würde.

Er erhob sich, die Lampen im Vestibül flammten auf und beleuchteten seine Blässe. »Ich will Geld holen!« sagte er. Er näherte sich der Treppe. »Ich hol's, Papa!« sagte Carl Joseph. »Danke!« sagte der Bezirkshauptmann.

»Ich empfehle dir«, sagte er dann, während sie die Mehlspeise aßen, »die Bacchussäle. Soll so eine neue Sache sein! Triffst dort vielleicht den Smekal.«

»Danke, Papa! Gute Nacht!«

Zwischen elf und zwölf vormittags besuchte Carl Joseph den Onkel Stransky. Der Bahnrat war noch im Büro, seine Frau, geborene Koppelmann, ließ den Bezirkshauptmann herzlich grüßen. Carl Joseph ging langsam über den Ringkorso ins Hotel. Er bog in die Tuchlauben ein, ließ die Hosen ins Hotel schicken, holte die Zigarettendose ab. Die Zigarettendose war kühl, man fühlte ihre Kühle durch die Tasche der dünnen Bluse an der Haut. Er dachte an den Kondolenzbesuch beim Wachtmeister Slama und faßte den Beschluß, keinesfalls das Zimmer zu betreten. Herzlichstes Beileid, Herr Slama! wird er sagen, auf der Veranda noch. Die Lerchen trillern unsichtbar im blauen Gewölbe. Man hört das schleifende Wispern der Grillen. Man riecht das Heu, den späten Duft der Akazien, die eben aufblühenden Knospen im Gärtchen des Gendarmeriekommandos. Frau Slama ist tot. Kathi, Katharina Luise nach dem Taufschein. Sie ist tot. – Sie fuhren nach Hause. Der Bezirkshauptmann legte die Akten weg, bettete den Kopf zwischen die roten Samtpolster in der Fensterecke und schloß die Augen.

Carl Joseph sah zum erstenmal den Kopf des Bezirkshauptmanns waagerecht gelegt, die Flügel der schmalen, knöchernen Nase gebläht, die zierliche Mulde im glattrasierten, gepuderten Kinn und den Backenbart ruhig gespreizt in zwei breiten, schwarzen Fittichen. Schon silberte er ein wenig an den äußersten Ecken, schon hatte ihn dort das Alter gestreift und an den Schläfen auch. Er wird eines Tages sterben! dachte Carl Joseph. Sterben wird er und begraben werden. Ich werde bleiben.

Sie waren allein im Kupee. Das schlummernde Angesicht des Vaters wiegte sich friedlich im rötlichen Dämmer der Polsterung. Unter dem schwarzen Schnurrbart waren die blassen, schmalen Lippen wie ein einziger Strich, an dem dünnen Hals zwischen den blanken Ecken des Stehkragens wölbte sich der kahle Adamsapfel, die tausendfach gerunzelten, bläulichen Häute der geschlossenen Lider zitterten ständig und leise, die breite, weinrote Krawatte hob und senkte sich gleichmäßig, und auch die Hände schliefen, geborgen in den Achselhöhlen an den quer über der Brust gekreuzten Armen. Eine große Stille ging vom ruhenden Vater aus. Entschlafen und besänftigt schlummerte auch seine Strenge, eingebettet in der stillen, senkrechten Furche zwischen Nase und Stirn, wie ein Sturm schläft im schroffen Spalt zwischen den Bergen. Diese Furche war Carl Joseph bekannt, sogar wohlvertraut. Das Angesicht des Großvaters auf dem Porträt im Herrenzimmer zierte sie, dieselbe Furche, der zornige Schmuck der Trottas, das Erbteil des Helden von Solferino.

Der Vater öffnete die Augen: »Wie lange noch?« »Zwei Stunden, Papa!«

Es begann zu regnen. Es war Mittwoch, Donnerstagnachmittag war der Kondolenzbesuch bei Slama fällig. Es regnete auch Donnerstagvormittag. Eine Viertelstunde nach dem Essen, sie hielten noch beim Kaffee im Herrenzimmer, sagte Carl Joseph: »Ich gehe zu den Slamas, Papa!« »Er ist leider allein!« erwiderte der Bezirkshauptmann. »Du triffst ihn am besten um vier.« Man hörte in diesem Augenblick vom Kirchturm zwei helle Schläge, der Bezirkshauptmann hob den Zeigefinger und deutete in die Richtung der Glokken zum Fenster. Carl Joseph wurde rot. Es schien, daß der Vater, der Regen, die Uhren, die Menschen, die Zeit und die Natur selbst entschlossen waren, ihm den Weg noch schwerer zu machen. Auch an jenen Nachmittagen, an denen er noch zur lebenden Frau Slama gehen durfte, hatte er auf den goldenen Schlag der Glocken gelauscht, ungeduldig wie heute, aber darauf bedacht, den Wachtmeister eben nicht zu treffen. Hinter vielen Jahrzehnten schienen jene Nachmittage vergraben zu liegen. Der Tod beschattete und barg sie, der Tod stand zwischen damals und heute und schob seine ganze zeitlose Finsternis zwischen Vergangenheit und Gegenwart. Und dennoch war der goldene Schlag der Stunden nicht verwandelt – und genauso wie damals saß man heute im Herrenzimmer und trank Kaffee.

»Es regnet«, sagte der Vater, als bemerkte er es jetzt zum erstenmal. »Du nimmst vielleicht einen Wagen?«

»Ich geh' gern im Regen, Papa!« Er wollte sagen: Lang, lang muß der Weg sein, den ich gehe. Vielleicht hätte ich damals einen Wagen nehmen müssen, als sie noch gelebt hat! Es war still, der Regen trommelte gegen die Fenster. Der Bezirkshauptmann erhob sich: »Ich muß hinüber!«

Er meinte das Amt. »Wir sehen uns dann!« Er schloß sanfter, als er gewohnt war, die Tür. Es war Carl Joseph, als stände der Vater noch eine Weile draußen und lauschte.

Jetzt schlug es ein Viertel vom Turm, dann halb. Halb drei, noch anderthalb Stunden. Er ging in den Korridor, nahm den Mantel, richtete lange die vorschriftsmäßigen Falten am Rücken, zerrte den Korb des Säbels durch den Schlitz der Tasche, setzte mechanisch die Mütze vor dem Spiegel auf und verließ das Haus.

IV

Er ging den gewohnten Weg, unter den offenen Bahnschranken durch, am schlafenden, gelben Finanzamt vorbei. Von hier aus sah man bereits das einsame Gendarmeriekommando. Er ging weiter. Zehn Minuten hinter dem Gendarmeriekommando lag der kleine Friedhof mit dem hölzernen Gitter. Dichter schien der Schleier des Regens über die Toten zu fließen. Der Leutnant berührte die nasse, eiserne Klinke, er trat ein. Verloren flötete ein unbekannter Vogel, wo mochte er sich wohl verbergen, sang er nicht aus einem Grab? Er klinkte die Tür des Wächters auf, eine alte Frau, mit Brille auf der Nase, schälte Kartoffeln. Sie ließ die Schalen wie die Früchte aus dem Schoß in den Eimer fallen und stand auf. »Ich möchte das Grab der Frau Slama!« »Vorletzte Reihe, vierzehn, Grab sieben!« sagte die Frau prompt und als hätte sie längst auf diese Frage gewartet.

Das Grab war noch frisch, ein winziger Hügel, ein kleines, vorläufiges Holzkreuz und ein verregneter Kranz aus gläsernen Veilchen, die an Konditoreien und Bonbons erinnerten. »Katharina Luise Slama, geboren, gestorben.« Unten lag sie, die fetten, geringelten Würmer begannen soeben, behaglich an den runden, weißen Brüsten zu nagen. Der Leutnant schloß die Augen und nahm die Mütze ab. Der Regen streichelte mit nasser Zärtlichkeit seine gescheitelten Haare. Er achtete nicht auf das Grab, der zerfallende Körper unter diesem Hügel hatte nichts mit Frau Slama zu tun; tot war sie, tot, das hieß: unerreichbar, stand man auch an ihrem Grab. Näher war ihm der Körper, der in seiner Erinnerung begraben lag, als der Leichnam unter diesem Hügel. Carl Joseph setzte die Mütze auf und zog die Uhr. Noch eine halbe Stunde. Er verließ den Friedhof.

Er gelangte zum Gendarmeriekommando, drückte die Klingel, niemand kam. Der Wachtmeister war noch nicht zu Haus. Der Regen rauschte auf das dichte, wilde Weinlaub, das die Veranda umhüllte. Carl Joseph ging auf und ab, auf und ab, zündete sich eine Zigarette an, warf sie wieder weg, fühlte, daß er einer Schildwache glich, wendete, sooft sein Blick jenes rechte Fenster traf, aus dem Katharina immer geblickt hatte, den Kopf, zog die Uhr, drückte noch einmal den weißen Knopf der Klingel, wartete.

Verhüllte vier Schläge kamen langsam vom Kirchturm der Stadt. Da tauchte der Wachtmeister auf. Er salutierte mechanisch, bevor er noch sah, wen er vor sich hatte. Als gälte es, nicht dem Gruß, sondern einer Bedrohung des Gendarmen entgegenzukommen, rief Carl Joseph lauter, als er beabsichtigt hatte: »Grüß Gott, Herr Slama!« Er streckte die Hand aus, stürzte sich gleichsam in die Begrüßung wie in eine Schanze, erwartete mit der Ungeduld, mit der man einem Angriff entgegensieht, die schwerfälligen Vorbereitungen des Wachtmeisters, die Anstrengung, mit der er den nassen Zwirnhandschuh abstreifte und seine beflissene Hingabe an dieses Unterfangen und seinen gesenkten Blick. Endlich legte sich die entblößte Hand feucht, breit und ohne Druck in die des Leutnants. »Danke für den Besuch, Herr Baron!« sagte der Wachtmeister, als wäre der Leutnant nicht eben gekommen, sondern im Begriff zu gehn. Der Wachtmeister holte den Schlüssel hervor. Er sperrte die Tür auf. Ein Windstoß peitschte den prasselnden Regen gegen die Veranda. Es war, als triebe er den Leutnant ins Haus. Dämmrig war der Flur. Leuchtete nicht ein schmaler Streifen auf, schmal, silbern, irdische Spur der Toten? – Der Wachtmeister machte die Küchentür auf, die Spur ertrank im einströmenden Licht. »Bitte abzulegen!« sagte Slama. Er steht selbst noch im Mantel und gegürtet. Herzliches Beileid! denkt der Leutnant. Ich sage es jetzt schnell und gehe dann wieder. Schon breitet Slama die Arme aus, um Carl Joseph den Mantel abzunehmen. Carl Joseph ergibt sich in die Höflichkeit, die Hand Slamas streift einen Augenblick den Nacken des Leutnants, den Haaransatz über dem Kragen, just an jener Stelle, an der sich die Hände der Frau Slama zu verschränken pflegten, zarte Riegel der geliebten Fessel. Wann, genau, zu welchem Zeitpunkt, wird man endlich die Kondolenzformel abstoßen können? Wenn wir in den Salon treten oder erst, wenn wir uns gesetzt haben? Muß man sich dann wieder erheben? Es ist, als ob man nicht den geringsten Laut hervorbringen könnte, bevor nicht jenes dumme Wort gesagt ist, ein Ding, das man auf den Weg mitgenommen und die ganze Zeit im Mund getragen hat. Es liegt auf der Zunge, lästig und unnütz, von schalem Geschmack.

Der Wachtmeister drückt die Klinke nieder, die Salontür ist verschlossen. Er sagt: »Pardon!«, obwohl er nichts dafür kann. Er greift wieder nach der Tasche im Mantel, den er bereits abgelegt hat – es scheint schon sehr lange her –, und klirrt mit dem Schlüsselbund. Niemals war diese Tür verschlossen gewesen, zu Lebzeiten der Frau Slama. Sie ist also nicht da! denkt der Leutnant auf einmal, als wäre er nicht hergekommen, weil sie eben nicht mehr da ist, und merkt, daß er die ganze Zeit noch die verborgene Vorstellung gehegt hat, sie könnte dasein, in einem Zimmer sitzen und warten. Nun ist sie bestimmt nicht mehr da. Sie liegt in der Tat draußen unter dem Grab, das er eben gesehn hat.

Ein feuchter Geruch liegt im Salon, von den zwei Fenstern ist eines verhangen, durch das andere schwimmt das graue Licht des trüben Tages. »Bitte einzutreten!« wiederholt der Wachtmeister. Er steht hart hinter dem Leutnant. »Danke!« sagt Carl Joseph. Und er tritt ein und geht an den runden Tisch, er kennt genau das Muster der gerippten Decke, die ihn verhüllt, und den zackigen, kleinen Fleck in der Mitte, die braune Politur und die Schnörkel der gerillten Füße. Hier steht die Kredenz mit den Glasfenstern, Pokale aus Neusilber dahinter und kleine Puppen aus Porzellan und ein Schwein aus gelbem Ton mit einem Spalt für Sparmünzen im Rücken. »Erweisen mir die Ehre, Platz zu nehmen!« murmelt der Wachtmeister. Er steht hinter der Lehne eines Sessels, umfaßt sie mit den Händen, er hält sie vor sich wie einen Schild. Vor mehr als vier Jahren hat ihn Carl Joseph zuletzt gesehn. Damals war er im Dienst. Er trug einen schillernden Federbusch am schwarzen Hut, Riemen überkreuzten seine Brust, das Gewehr hielt er bei Fuß, er wartete vor der Kanzlei des Bezirkshauptmanns. Er war der Wachtmeister Slama, der Name war wie der Rang, der Federbusch gehörte wie der blonde Schnurrbart zu seiner Physiognomie. Jetzt steht der Wachtmeister barhäuptig da, ohne Säbel, Riemen und Gurt, man sieht den fettigen Glanz des gerippten Uniformstoffs auf der leichten Wölbung des Bauchs über der Lehne, und es ist nicht mehr der Wachtmeister Slama von damals, sondern der Herr Slama, ein Wachtmeister der Gendarmerie im Dienst, früher Mann der Frau Slama, jetzt Witwer und Herr dieses Hauses. Die kurzgeschnittenen, blonden Härchen liegen, in der Mitte gescheitelt, wie ein zweiflügeliges Bürstchen über der faltenlosen Stirn mit dem waagerechten, rötlichen Streifen, den der dauernde Druck der harten Mütze hinterlassen hat. Verwaist ist dieser Kopf ohne Mütze und Helm. Das Angesicht ohne den Schatten des Schirmrandes ein regelmäßiges Oval, ausgefüllt von Wangen, Nase, Bart und kleinen, blauen, verstockten, treuherzigen Augen. Er wartet, bis Carl Joseph sich gesetzt hat, rückt dann den Sessel, setzt sich ebenfalls und zieht seine Tabatiere. Sie hat einen Deckel aus buntbemaltem Email. Der Wachtmeister legt sie in die Mitte des Tisches, zwischen sich und den Leutnant und sagt: »Eine Zigarette gefällig?« – Es ist Zeit zu kondolieren, denkt Carl Joseph, erhebt sich und sagt: »Herzliches Beileid, Herr Slama!« Der Wachtmeister sitzt, beide Hände vor sich an der Tischkante, scheint nicht sofort zu erkennen, worum es sich handelt, versucht zu lächeln, erhebt sich zu spät in dem Augenblick, in dem Carl Joseph sich wieder setzen will, nimmt die Hände vom Tisch und führt sie an die Hose, neigt den Kopf, erhebt ihn wieder, sieht Carl Joseph an, als wollte er fragen, was zu tun sei. – Sie setzen sich wieder. – Es ist vorbei. Sie schweigen. »Sie war eine brave Frau, die selige Frau Slama!« sagt der Leutnant.

Der Wachtmeister führt die Hand an den Schnurrbart und sagt, ein dünnes Bartende zwischen den Fingern: »Sie ist schön gewesen, Herr Baron haben sie ja gekannt.« »Ich hab' sie gekannt, Ihre Frau Gemahlin. Ist sie leicht gestorben?« »Zwei Tage hat's gedauert. Wir haben den Doktor zu spät geholt. Sie wär' sonst am Leben geblieben. Ich hab' Dienst gehabt in der Nacht. Wie ich heimkomm', ist sie tot. Vom Finanzer die Frau drüben ist bei ihr gewesen.« Und gleich darauf: »Vielleicht ein Himbeerwasser gefällig?«

»Bitte, bitte!« sagte Carl Joseph, mit einer helleren Stimme, als könnte das Himbeerwasser eine ganz veränderte Lage schaffen, und er sieht den Wachtmeister aufstehn und zur Kommode gehn, und er weiß, daß es dort kein Himbeerwasser gibt. Es steht in der Küche im weißen Schrank, hinter Glas, dort hat es Frau Slama immer geholt. Er verfolgt aufmerksam alle Bewegungen des Wachtmeisters, die kurzen, starken Arme in den engen Ärmeln, die sich rekken, um auf der höchsten Etagere nach der Flasche zu fassen, und die sich dann hilflos senken, während die gestreckten Füße wieder auf ihre Sohlen zurückfallen, und Slama, gleichsam heimgekehrt aus einem fremden Gebiet, in das er eine überflüssige und leider erfolglose Entdeckungsfahrt unternommen hat, sich wieder umwendet und mit rührender Hoffnungslosigkeit in den blitzblauen Augen die schlichte Mitteilung macht: »Bitte um Entschuldigung, ich find's leider nicht!«

»Das macht nichts, Herr Slama!« tröstet der Leutnant. Der Wachtmeister aber, als hätte er diesen Trost nicht gehört oder als hätte er einem Befehl zu gehorchen, der, von höherer Stelle ausdrücklich erteilt, keine Milderung mehr durch ein Eingreifen Niederer erfahren könne, verläßt das Zimmer. Man hört ihn in der Küche hantieren, er kommt zurück, die Flasche in der Hand, holt Gläser mit matten

Randornamenten aus der Kredenz und stellt eine Karaffe Wasser auf den Tisch und gießt aus der dunkelgrünen Flasche die zähe, rubinrote Flüssigkeit ein und wiederholt noch einmal: »Erweisen mir die Ehre, Herr Baron!« Der Leutnant gießt Wasser aus der Karaffe in den Himbeersaft, man schweigt, es rinnt mit starkem Strahl aus dem geschwungenen Mund der Karaffe, plätschert ein wenig und ist wie eine kleine Antwort auf das unermüdliche Fließen des Regens draußen, den man die ganze Zeit über hört. Er hüllt, man weiß es, das einsame Haus ein und scheint die beiden Männer noch einsamer zu machen. Allein sind sie. Carl Joseph hebt das Glas, der Wachtmeister tut das gleiche, der Leutnant schmeckt die süße, klebrige Flüssigkeit. Slama trinkt das Glas mit einem Zug leer, Durst hat er, merkwürdigen, unerklärlichen Durst an diesem kühlen Tag. »Rükken jetzt zu den X-ten Ulanen ein?« fragt Slama. »Ja, ich kenne das Regiment noch nicht.« »Ich habe einen bekannten Wachtmeister dort, Rechnungsunteroffizier Zenower. Er hat mit mir bei den Jägern gedient, hat sich dann transferieren lassen. Ein nobles Haus, sehr gebildet. Er wird die Offiziersprüfung sicher machen. Unsereins bleibt, wo es gewesen ist. Bei der Gendarmerie sind keine Aussichten mehr.« Der Regen ist stärker geworden, die Windstöße heftiger, es prasselt immer wieder an die Fenster. – Carl Joseph sagt: »Es ist überhaupt schwer, in unserm Beruf, beim Militär mein' ich!« Der Wachtmeister bricht in ein unverständliches Lachen aus, es scheint ihn außerordentlich zu freuen, daß es schwer ist in dem Beruf, den er und der Leutnant ausüben. Er lacht ein wenig stärker, als er möchte. Man sieht es an seinem Mund, der weiter geöffnet ist, als das Lachen erfordert, und der länger offenbleibt, als es dauert. Also ist es einen Augenblick so, als könnte sich der Wachtmeister aus körperlichen Gründen allein schon schwer entschließen, zu seinem alltäglichen Ernst zurückzufinden. Freut es ihn wirklich, daß er und Carl Joseph es so schwer im Leben haben? »Herr Baron belieben«, beginnt er, »von ›unserm‹ Beruf zu sprechen. Bitte, es mir nicht übel zu nehmen, bei unsereinem ist es doch etwas anders.« Carl Joseph weiß nichts darauf zu erwidern. Er fühlt (auf eine unbestimmte Weise), daß der Wachtmeister eine Gehässigkeit gegen ihn hegt, vielleicht gegen die Zustände in Armee und Gendarmerie überhaupt. Man hat in der Kadettenschule nie etwas darüber gelernt, wie sich ein Offizier in einer ähnlichen Lage zu benehmen hat. Auf jeden Fall lächelt Carl Joseph, ein Lächeln, das wie eine eiserne Klammer seine Lippen herabzieht und zusammenpreßt; es sieht aus, als geize er mit dem Ausdruck des Vergnügens, den der Wachtmeister so unbedenklich verschwendet. Das Himbeerwasser, auf der Zunge soeben noch süß, schickt aus der Kehle einen bittern, schalen Geschmack zurück, man möchte einen Cognac darauf trinken. Niedriger und kleiner als sonst erscheint heute der rötliche Salon, vielleicht vom Regen zusammengepreßt. Auf dem Tisch liegt das wohlbekannte Album mit den steifen, glänzenden Messingohren. Alle Bilder sind Carl Joseph bekannt. Wachtmeister Slama sagt: »Gestatten gefälligst?« und schlägt das Album auf und hält es vor den Leutnant hin. In Zivil ist er hier photographiert, an der Seite seiner Frau, als junger Ehemann. »Damals war ich noch Zugsführer!« sagt er etwas bitter, als hätte er sagen mögen, daß ihm dazumal bereits eine höhere Charge gebührt hätte. Frau Slama sitzt neben ihm in einem engen, hellen Sommerkleid mit Wespentaille wie in einem duftigen Panzer, einen breiten, weißen Tellerhut schief auf dem Haar. Was ist das? Hat Carl Joseph noch niemals das Bild gesehn? Warum scheint es ihm denn heute so neu? Und so alt? Und so fremd? Und so lächerlich? Ja, er lächelt, als betrachte er ein komisches Bild aus längst vergangenen Zeiten und als wäre Frau Slama ihm niemals nahe und teuer gewesen und als wäre sie nicht erst vor ein paar Monaten, sondern schon vor Jahren gestorben. »Sie war sehr hübsch! Man sieht's!« sagt er, nicht mehr aus Verlegenheit, wie früher, sondern aus ehrlicher Heuchelei. Man sagt etwas Nettes von einer Toten, im Angesicht des Witwers, dem man kondoliert.

Er fühlt sich sofort befreit und von der Toten geschieden, als wäre alles, alles ausgelöscht. Einbildung war alles gewesen! Das Himbeerwasser trinkt er aus, steht auf und sagt: »Ich werde also gehn, Herr Slama!« Er wartet auch nicht, er macht kehrt, der Wachtmeister hat kaum Zeit gehabt, aufzustehn, schon stehn sie wieder im Flur, schon hat Carl Joseph den Mantel an, streift mit Wohlbehagen den linken Handschuh langsam über, dazu hat er plötzlich mehr Zeit, und wie er »Na, auf Wiedersehn, Herr Slama!« sagt, vernimmt er selbst mit Befriedigung einen fremden, hochmütigen Klang in seiner Stimme. Slama steht da, mit gesenkten Augen und mit ratlosen Händen, die auf einmal leer geworden sind, als hätten sie bis zu diesem Augenblick etwas gehalten und soeben fallen gelassen und für immer verloren. Sie reichen einander die Hände. Hat Slama noch etwas zu sagen? – Egal! – »Vielleicht ein anderes Mal wieder, Herr Leutnant!« sagt er dennoch. Ja, er wird es wohl nicht ernstlich glauben, Carl Joseph hat das Angesicht Slamas schon vergessen. Er sieht nur die goldgelben Kanten am Kragen und die drei goldenen Zacken am schwarzen Ärmel der Gendarmeriebluse. »Leben Sie wohl, Wachtmeister!«

Es regnet noch immer, milde, unermüdlich, mit einzelnen, föhnigen Windstößen. Es ist, als hätte es schon längst Abend sein müssen, und es könnte immer noch nicht Abend werden. Ewig dieses schraffierte, nasse Grau. Zum erstenmal, seitdem er Uniform trägt, ja, zum erstenmal, seitdem er denken kann, hat Carl Joseph das Gefühl, daß man den Kragen des Mantels hochschlagen müßte. Und er hebt sogar für einen Augenblick die Hände und erinnert sich, daß er Uniform trägt, und läßt sie wieder fallen. Es ist, als hätte er eine Sekunde lang seinen Beruf vergessen. Er geht langsam und klirrend über den nassen, knirschenden Kies des Vorgartens und freut sich seiner Langsamkeit. Er hat's nicht nötig, sich zu beeilen; nichts ist gewesen, ein Traum war alles. Wie spät mag es sein? Die Taschenuhr ist zu tief geborgen unter der Bluse in der kleinen Hosentasche. Schade, den Mantel aufzuknöpfen. Bald wird es ohnehin vom Turm schlagen.

Er öffnet das Gartengitter, er tritt auf die Straße. »Herr Baron!« sagt plötzlich hinter ihm der Wachtmeister. Rätselhaft, wie unhörbar er gefolgt ist. Ja, Carl Joseph erschrickt. Er bleibt stehn, kann sich aber nicht entschließen, sich sogleich umzuwenden. Vielleicht ruht der Lauf einer Pistole genau in der Mulde, zwischen den vorschriftsmäßigen Rükkenfalten des Mantels. Grauenhafter und kindischer Einfall! Fängt alles aufs neue an? »Ja!« sagt er, immer noch mit hochmütiger Lässigkeit, die wie eine mühselige Fortsetzung seines Abschieds ist und ihn sehr anstrengt – und macht kehrt. Ohne Mantel und barhäuptig steht der Wachtmeister im Regen, mit dem nassen, zweiflügeligen Bürstchen und dicken Wasserperlen an der blonden, glatten Stirn. Er hält ein blaues Päckchen, kreuzweis mit silbernem Bindfaden verschnürt. »Das ist für Sie, Herr Baron!« sagt er, die Augen niedergeschlagen. »Bitte um Entschuldigung! Der Herr Bezirkshauptmann hat's angeordnet. Ich hab's damals gleich hingebracht. Der Herr Bezirkshauptmann hat's schnell überflogen und gesagt, ich soll's persönlich übergeben!«

Es ist einen Augenblick still, nur der Regen prasselt auf das arme, blaßblaue Päckchen, färbt es ganz dunkel, es kann nicht länger warten, das Päckchen. Carl Joseph nimmt es, versenkt es in die Manteltasche, wird rot, denkt einen Moment daran, den Handschuh von der Rechten abzustreifen, besinnt sich, streckt die Hand im Leder dem Wachtmeister hin, sagt »Herzlichen Dank!« und geht schnell.

Er fühlt das Päckchen wohl in der Tasche. Von dort her, durch die Hand, den Arm entlang, quillt eine unbekannte Hitze auf und rötet noch stärker sein Angesicht. Er fühlt jetzt, daß man den Kragen aufmachen müßte, wie er früher geglaubt hat, ihn hochschlagen zu müssen. Der bittere Nachgeschmack des Himbeerwassers ist wieder im Mund. Carl Joseph zieht das Päckchen aus der Tasche. Ja, es ist kein Zweifel. Das sind seine Briefe.

Es müßte jetzt endlich Abend werden und der Regen aufhören. Es müßte sich manches in der Welt verändern, die Abendsonne vielleicht noch einen letzten Strahl hierherschicken. Durch den Regen atmen die Wiesen den wohlbekannten Duft, und der einsame Ruf eines fremden Vogels ertönt, niemals hat man ihn hier gehört, es ist wie eine fremde Gegend. Man hört fünf Uhr schlagen, es ist also genau eine Stunde her – nicht mehr als eine Stunde. Soll man schnell gehn oder langsam? Die Zeit hat einen fremden, rätselhaften Gang, eine Stunde ist wie ein Jahr. Es schlägt fünf ein Viertel. Man hat kaum ein paar Schritte zurückgelegt. Carl Joseph beginnt, schneller auszuschreiten. Er geht über die Geleise, hier beginnen die ersten Häuser der Stadt. Man geht an dem Café des Städtchens vorbei, es ist das einzige Lokal mit einer modernen Drehtür im Ort. Es ist vielleicht gut, einzutreten, einen Cognac zu trinken, im Stehn, und wieder wegzugehn. Carl Joseph tritt ein.

»Schnell, einen Cognac«, sagt er am Büfett. Er bleibt in Mütze und Mantel, ein paar Gäste stehen auf. Man hört das Klappern der Billardkugeln und der Schachfiguren. Offiziere der Garnison sitzen im Schatten der Nischen, Carl Joseph sieht sie nicht und grüßt sie nicht. Nichts ist dringender als Cognac. Er ist blaß, die fahlblonde Kassiererin lächelt mütterlich von ihrem erhabenen Platz und legt mit gütiger Hand ein Stück Würfelzucker neben die Tasse. Carl Joseph trinkt auf einen Zug. Er bestellt sofort das nächste. Er sieht vom Angesicht der Kassiererin nur einen hellblonden Schimmer und die zwei Goldplomben in den Mundwinkeln. Es ist ihm, als täte er etwas Verbotenes, und er weiß nicht, warum es verboten sein sollte, zwei Cognacs zu trinken. Er ist schließlich nicht mehr Kadettenschüler. Warum sieht ihn die Kassierin so merkwürdig lächelnd an? Ihr marineblauer Blick ist ihm peinlich und das gekohlte Schwarz der Augenbrauen. Er wendet sich um und sieht in den Saal. Dort in der Ecke neben dem Fenster sitzt sein Vater.

Ja, es ist der Bezirkshauptmann – und was ist daran weiter verwunderlich? Jeden Tag sitzt er da, zwischen fünf und sieben, liest das ›Fremdenblatt‹ und die Amtszeitung und raucht eine Virginier. Die ganze Stadt weiß es, seit drei Jahrzehnten. Der Bezirkshauptmann sitzt da, er betrachtet seinen Sohn und scheint zu lächeln. Carl Joseph nimmt die Mütze ab und geht auf den Vater zu. Der alte Herr von Trotta blickt kurz von seiner Zeitung auf, ohne sie abzulegen, und sagt: »Kommst von Slama?« »Jawohl, Papa!« »Er hat dir deine Briefe gegeben?« »Jawohl, Papa!« »Setz dich, bitte!« »Jawohl, Papa!«

Der Bezirkshauptmann legt endlich die Zeitung aus der Hand, stützt die Ellenbogen auf den Tisch, wendet sich dem Sohn zu und sagt: »Sie hat dir einen billigen Cognac gegeben. Ich trinke immer Hennessy.« »Werd's mir merken, Papa!« »Trinke übrigens selten.« »Jawohl, Papa!« »Bist noch etwas blaß. Leg ab! Der Major Kreidl ist drüben, sieht herüber!« Carl Joseph erhebt sich und grüßt mit einer Verbeugung den Major. »War er unangenehm, der Slama?« »Nein, recht netter Kerl!« »Na also!« Carl Joseph legt den Mantel ab. »Wo hast denn die Briefe?« fragt der Bezirkshauptmann. Der Sohn holt das Päckchen aus der Manteltasche. Der alte Herr von Trotta faßt es an. Er wiegt es in der Rechten, legt es wieder hin und sagt: »Recht viele Briefe!« »Jawohl, Papa!«

Es ist still, man hört das Klappern der Billardkugeln und der Schachfiguren, und draußen rinnt der Regen. »Übermorgen rückst du ein!« sagt der Bezirkshauptmann, mit einem Blick zum Fenster. Auf einmal fühlt Carl Joseph die dürre Hand des Vaters über seiner Rechten. Die Hand des Bezirkshauptmanns liegt über der des Leutnants, kühl und knöchern, eine harte Schale. Carl Joseph senkt die Augen auf die Tischplatte. Er wird rot. Er sagt: »Jawohl, Papa!«

»Zahlen!« ruft der Bezirkshauptmann und entfernt seine Hand. »Sagen Sie dem Fräulein«, bemerkt er zum Kellner, »daß wir nur Hennessy trinken!«

In einer schnurgeraden Diagonale gehn sie durch das Lokal zur Tür, der Vater und hinter ihm der Sohn.

Es tropft nur noch sacht und singend von den Bäumen, während sie langsam durch den feuchten Garten nach Hause gehn. Aus dem Tor der Bezirkshauptmannschaft tritt der Wachtmeister Slama im Helm, mit Gewehr und aufgepflanztem Bajonett und Dienstbuch unter dem Arm. »Grüß Gott, lieber Slama!« sagt der alte Herr von Trotta. »Nichts Neues, was?«

»Nichts Neues!« wiederholt der Wachtmeister.

V

Im Norden der Stadt lag die Kaserne. Sie schloß die breite und wohlgepflegte Landstraße ab, die hinter dem roten Ziegelbau ein neues Leben begann und weit ins blaue Land hineinführte. Es schien, als wäre die Kaserne als ein Zeichen der habsburgischen Macht von der kaiser- und königlichen Armee in die slawische Provinz hineingestellt worden. Der uralten Landstraße selbst, die von der jahrhundertelangen Wanderung slawischer Geschlechter so breit und geräumig geworden war, verstellte sie den Weg. Die Landstraße mußte ihr ausweichen. Sie machte einen Bogen um die Kaserne. Stand man am äußersten Nordrand der Stadt, am Ende der Straße, dort, wo die Häuser immer kleiner wurden und schließlich zu dörflichen Hütten, so konnte man an klaren Tagen in der Ferne das breite, gewölbte, schwarzgelbe Tor der Kaserne erblicken, das wie ein mächtiges habsburgisches Schild der Stadt entgegengehalten wurde, eine Drohung, ein Schutz und beides zugleich. Das Regiment war in Mähren gelegen. Aber seine Mannschaft bestand nicht aus Tschechen, wie man hätte glauben mögen, sondern aus Ukrainern und Rumänen.

Zweimal in der Woche fanden die militärischen Übungen im südlichen Gelände statt. Zweimal in der Woche ritt das Regiment durch die Straßen der kleinen Stadt. Der helle und schmetternde Ton der Trompeten unterbrach in regelmäßigen Abständen das regelmäßige Klappern der Pferdehufe, und die roten Hosen der berittenen Männer auf den glänzenden, braunen Leibern der Rösser erfüllten das Städtchen mit blutiger Pracht. An den Straßenrändern blieben die Bürger stehn. Die Kaufleute verließen ihre Läden, die müßigen Besucher der Kaffeehäuser ihre Tische, die städtischen Polizisten ihre gewohnten Posten und die Bauern, die mit frischem Gemüse aus den Dörfern auf den Marktplatz gekommen waren, ihre Pferde und Wagen. Nur die Kutscher auf den wenigen Fiakern, die ihren Standplatz in der Nähe des städtischen Parkes hatten, blieben unbeweglich auf den Böcken sitzen. Von oben her übersahen sie das militärische Schauspiel noch besser als die am Straßenrand Stehenden. Und die alten Gäule schienen mit dumpfem Gleichmut die prachtvolle Ankunft ihrer jüngeren und gesünderen Genossen zu begrüßen. Die Rösser der Kavalleristen waren weit entfernte Verwandte der trüben Pferde, die seit fünfzehn Jahren nur Droschken zum Bahnhof führten und zurück.

Carl Joseph, Freiherrn von Trotta, blieben die Tiere gleichgültig. Manchmal glaubte er, in sich das Blut seiner Ahnen zu fühlen: Sie waren keine Reiter gewesen. Die kämmende Egge in den harten Händen, hatten sie Schritt vor Schritt auf die Erde gesetzt. Sie stießen den furchenden Pflug in die saftigen Schollen des Ackers und gingen mit geknickten Knien hinter dem wuchtigen Zweigespann der Ochsen einher. Mit Weidenruten trieben sie die Tiere an, nicht mit Sporen und Peitsche. Die geschliffene Sense schwangen sie im hocherhobenen Arm wie einen Blitz, und sie mähten den Segen, den sie selbst gesät hatten. Der Vater des Großvaters noch war ein Bauer gewesen. Sipolje war der Name des Dorfes, aus dem sie stammten. Sipolje: Das Wort hatte eine alte Bedeutung. Auch den heutigen Slowenen war es kaum mehr bekannt. Carl Joseph aber glaubte, es zu kennen, das Dorf. Er sah es, wenn er an das Porträt seines Großvaters dachte, das verdämmernd unter dem Suffit des Herrenzimmers hing. Eingebettet lag es zwischen unbekannten Bergen, unter dem goldenen Glanz einer unbekannten Sonne, mit armseligen Hütten aus Lehm und Stroh. Ein schönes Dorf, ein gutes Dorf! Man hätte seine Offizierskarriere darum gegeben!

Ach, man war kein Bauer, man war Baron und Leutnant bei den Ulanen! Man hatte kein eigenes Zimmer in der Stadt wie die andern. Carl Joseph wohnte in der Kaserne. Das Fenster seines Zimmers führte in den Hof. Gegenüber lagen die Mannschaftsstuben. Immer, wenn er in die Kaserne am Nachmittag heimkehrte und das große, doppelflügelige Tor sich hinter ihm schloß, hatte er die Empfindung, gefangen zu sein; niemals mehr würde es sich vor ihm auftun. Seine Sporen klirrten frostig auf der kahlen, steinernen Stiege, und der Tritt seiner Stiefel widerhallte auf dem hölzernen, braunen, geteerten Boden des Korridors. Die weißen, gekalkten Wände hielten das Licht des schwindenden Tages noch ein wenig gefangen und strahlten es jetzt wider, als achteten sie in ihrer kahlen Sparsamkeit noch darauf, daß die ärarischen Petroleumlampen in den Winkeln nicht früher entzündet würden, als bis der Abend vollständig eingebrochen wäre; als hätten sie zu rechter Zeit den Tag gesammelt, um ihn in der Not der Dunkelheit auszugeben. Er machte kein Licht, Carl Joseph. Die Stirn an das Fenster gepreßt, das ihn von der Finsternis scheinbar trennte und in Wirklichkeit wie die vertraute, kühle Außenwand der Finsternis selber war, sah er in die gelblich beleuchtete Traulichkeit der Mannschaftsstuben. Er hätte gern mit einem von den Männern getauscht. Dort saßen sie, halb ausgezogen, in den groben, gelblichen, ärarischen Hemden, ließen die nackten Füße über die Ränder ihrer Schlaffächer baumeln, sangen, sprachen und spielten Mundharmonika. Um diese Tageszeit – der Herbst war schon lange vorgerückt –, eine Stunde nach dem Befehl, anderthalb Stunden vor dem Zapfenstreich, glich die ganze Kaserne einem riesengroßen Schiff. Und es war Carl Joseph auch, als schaukelte sie leise und als bewegten sich die kümmerlichen, gelben Petroleumlampen mit den großen, weißen Schirmen im gleichmäßigen Rhythmus irgendwelcher Wellen eines unbekannten Ozeans. Die Leute sangen Lieder in einer unbekannten Sprache, in einer slawischen Sprache. Die alten Bauern von Sipolje hätten sie wohl verstanden! Der Großvater Carl Josephs noch hätte sie vielleicht verstanden! Sein rätselhaftes Bildnis verdämmerte unter dem Suffit des Herrenzimmers. An dieses Bildnis klammerte sich die Erinnerung Carl Josephs, als an das einzige und letzte Zeichen, das ihm die unbekannte, lange Reihe seiner Vorfahren vermacht hatte. Ihr Nachkomme war er. Seitdem er zum Regiment eingerückt war, fühlte er sich als der Enkel seines Großvaters, nicht als der Sohn seines Vaters; ja, der Sohn seines merkwürdigen Großvaters war er. Ohne Unterlaß bliesen sie drüben die Mundharmonika. Er konnte deutlich die Bewegungen der groben, braunen Hände sehen, die das blecherne Instrument vor den roten Mündern hin- und zurückschoben, und hie und da das Aufblinken des Metalls. Die große Wehmut dieser Instrumente strömte durch die geschlossenen Fenster in das schwarze Rechteck des Hofes und erfüllte die Finsternis mit einer lichten Ahnung von

Heimat und Weib und Kind und Hof. Daheim wohnten sie in niedrigen Hütten, befruchteten nächtens die Frauen und tagsüber die Felder! Weiß und hoch lag winters der Schnee um ihre Hütten. Gelb und hoch wogte im Sommer das Korn um ihre Hüften. Bauern waren sie, Bauern! Nicht anders hatte das Geschlecht der Trottas gelebt! Nicht anders! ...

Weit vorgeschritten war schon der Herbst. Wenn man am Morgen aufsaß, tauchte die Sonne wie eine blutrote Orange am Ostrand des Himmels auf. Und wenn die Gelenksübungen auf der Wasserwiese begannen, in der breiten, grünlichen Lichtung, umrandet von schwärzlichen Tannen, erhoben sich schwerfällig die silbrigen Nebel, auseinandergerissen von den heftigen, regelmäßigen Bewegungen der dunkelblauen Uniformen. Blaß und schwermütig stieg dann die Sonne empor. Zwischen das schwarze Geäst brach ihr mattes Silber, kühl und fremd. Der frostige Schauer strich wie ein grausamer Kamm über die rostbraunen Felle der Rösser; und ihr Wiehern kam aus der nachbarlichen Lichtung, ein schmerzlicher Ruf nach Heimat und Stall. Man machte »Übungen mit dem Karabiner«. Carl Joseph konnte kaum die Rückkehr in die Kaserne abwarten. Er fürchtete die Viertelstunde »Rast«, die gegen zehn Uhr pünktlich eintrat, und das Gespräch mit den Kameraden, die sich manchmal in der nahen Wirtschaft zusammenfanden, um ein Bier zu trinken und den Obersten Kovacs zu erwarten. Noch peinlicher war der Abend im Kasino. Bald brach er an. Es war Pflicht zu erscheinen. Schon näherte sich die Stunde des Zapfenstreiches. Schon durcheilten die dunkelblauen, klirrenden Schatten der heimkehrenden Mannschaften das finstere Rechteck des Kasernenhofes. Schon trat drüben der Wachtmeister Reznicek aus der Tür, die gelblich blinkende Laterne in der Hand, und die Bläser versammelten sich in der Finsternis. Die gelben Messinginstrumente schimmerten vor dem dunklen, leuchtenden Blau der Uniformen. Aus den Ställen kam das schläfrige Wiehern der Pferde. Am Himmel die Sterne blinzelten golden und silbrig.

Es klopfte an der Tür, Carl Joseph rührte sich nicht. Es ist sein Diener, er wird schon eintreten. Sofort wird er eintreten. Er heißt Onufrij. Wie lange hat man gebraucht, um sich diesen Namen zu merken! Onufrij! Dem Großvater wäre der Name noch geläufig gewesen. – Onufrij trat ein. Carl Joseph preßte die Stirn gegen das Fenster. Er hörte im Rücken den Diener die Hacken zusammenschlagen. Es war Mittwoch heute. Onufrij hatte »Ausgang«. Man mußte Licht machen und einen Zettel unterschreiben. »Machen Sie Licht!« befahl Carl Joseph, ohne sich umzusehen. Drüben spielten die Leute immer noch Mundharmonika.

Onufrij machte Licht. Carl Joseph hörte das Knacken des Schalters an der Türleiste. Es wurde ganz hell drinnen, hinter dem Rücken. Vor dem Fenster starrte immer noch die rechteckige Finsternis, und drüben blinzelte das gelbe, heimische Licht der Mannschaftsstuben. (Das elektrische Licht war ein Privileg der Offiziere.)

»Wohin gehst du heute?« fragte Carl Joseph und sah immer noch in die Mannschaftsstuben. »Zu Mädchen!« sagte Onufrij. Zum erstenmal hatte ihm heute der Leutnant du gesagt. »Zu welchem Mädchen?« fragte Carl Joseph. »Zu Katharina!« sagte Onufrij. Man hörte, wie er »Habt acht« stand. »Ruht!« kommandierte Carl Joseph. Onufrij schob hörbar den rechten Fuß vor den linken.

Carl Joseph wandte sich um. Vor ihm stand Onufrij, die großen Pferdezähne schimmerten zwischen den breiten, roten Lippen. Er konnte nicht »Ruht!« stehn, ohne zu lächeln. »Wie sieht sie aus, deine Katharina?« fragte Carl Joseph. »Herr Leutnant, melde gehorsamst, große, weiße Brust!«

»Große, weiße Brust!« Der Leutnant höhlte die Hände und fühlte eine kühle Erinnerung an die Brüste Kathis. Tot war sie, tot!

»Den Zettel!« befahl Carl Joseph. Onufrij hielt den Dienstzettel hin. »Wo ist Katharina?« fragte Carl Joseph. »Dienstmädchen bei Herrschaften!« erwiderte Onufrij. Und »große, weiße Brust!« fügte er glücklich hinzu. »Gib her!« sagte Carl Joseph. Er nahm den Dienstzettel, glättete ihn, unterschrieb. »Geh zu Katharina!« sagte Carl Joseph. Onufrij schlug noch einmal die Hacken zusammen. »Abtreten!« befahl Carl Joseph.

Er knipste das Licht aus. Er tastete im Dunkeln nach seinem Mantel. Er trat in den Korridor. In dem Augenblick, in dem er unten die Tür schloß, setzten die Bläser zum letzten Abgesang des Zapfenstreiches an. Die Sterne am Himmel flimmerten. Der Posten vor dem Tor salutierte. Hinter Carl Josephs Rücken schloß sich das Tor. Silbern im Mondlicht schimmerte die Straße. Die gelben Lichter der Stadt grüßten herüber wie heruntergefallene Sterne. Der Schritt klang hart auf dem frisch gefrorenen, herbstlichnächtlichen Boden.

Hinter dem Rücken vernahm er die Stiefel Onufrijs. Der Leutnant ging schneller, um sich nicht vom Diener überholen zu lassen. Aber auch Onufrij beschleunigte den Schritt. So liefen sie auf der einsamen, harten und widerhallenden Straße, einer hinter dem andern. Offenbar machte es Onufrij Freude, seinen Leutnant einzuholen. Carl Joseph blieb stehen und wartete. Onufrij reckte sich deutlich im Mondlicht, er schien zu wachsen, er hob den Kopf gegen die

Sterne, als bezöge er von dorther neue Kraft für die Begegnung mit seinem Herrn. Seine Arme bewegte er ruckartig, im gleichen Rhythmus wie die Beine; es war, als träte er auch die Luft mit den Händen. Drei Schritte vor Carl Joseph blieb er stehen, die Brust noch einmal reckend, mit einem fürchterlichen Knall der Stiefelabsätze, und die Hand salutierte mit zusammengewachsenen fünf Fingern. Ratlos lächelte Carl Joseph. Jeder andere, dachte er, wüßte etwas Nettes zu sagen. Es war rührend, wie ihm Onufrij folgte. Er hatte ihn eigentlich niemals genau angesehen. Solange er den Namen nicht behalten konnte, war es ihm auch unmöglich gewesen, das Angesicht zu betrachten. Es war so, als hätte er jeden Tag einen anderen Burschen gehabt. Die anderen sprachen von ihren Burschen mit kennerischer Sorgfalt, wie von Mädchen, Kleidern, Lieblingsspeisen und Pferden. Carl Joseph dachte an den alten Jacques zu Hause, wenn von Dienern die Rede war, an den alten Jacques, der noch dem Großvater gedient hatte. Es gab, außer dem alten Jacques, keinen Diener auf der Welt! Jetzt stand Onufrij vor ihm auf der mondbelichteten Landstraße, mit mächtig aufgepumptem Brustkorb, mit glitzernden Knöpfen, spiegelnd gewichsten Stiefeln und im breiten Angesicht eine krampfhaft verborgene Freude über die Zusammenkunft mit dem Leutnant. »Stehen S'! Ruht!« sagte Carl Joseph.

Er hätte etwas Liebenswürdigeres sagen mögen. Der Großvater hätte es zu Jacques gesagt. Onufrij setzte knallend den rechten Fuß vor den linken. Sein Brustkorb blieb aufgepumpt, der Befehl hatte keine Wirkung. »Stehen S' kommod!« sagte Carl Joseph, etwas traurig und ungeduldig. »Steh' ich kommod, melde gehorsamst!« erwiderte Onufrij. »Wohnt sie weit von hier, dein Mädchen?« fragte Carl Joseph. »Nicht weit, eine Stunde Marsch, melde gehorsamst,

Herr Leutnant!« – Nein, es ging nicht! Carl Joseph konnte kein Wort mehr finden. Er würgte an irgendeiner unbekannten Zärtlichkeit, er wußte nicht, mit Burschen umzugehen! Mit wem denn sonst? Seine Ratlosigkeit war groß, auch vor den Kameraden fand er kaum ein Wort. Warum flüsterten sie alle, wenn er sich von ihnen abwandte und ehe er zu ihnen stieß? Warum saß er so schlecht zu Pferd? Ach, er kannte sich! Er sah seine Silhouette wie im Spiegel, man konnte ihm nichts einreden. Hinter seinem Rücken zischelten die geheimen Reden der Kameraden. Ihre Antworten begriff er erst, nachdem man sie ihm erklärt hatte, und auch dann konnte er nicht lachen; dann erst recht nicht! Der Oberst Kovacs liebte ihn dennoch. Und er hatte sicher eine ausgezeichnete Konduitenliste. Man lebte im Schatten des Großvaters! Das war es! Man war ein Enkel des Helden von Solferino, der einzige Enkel. Man fühlte den dunklen, rätselhaften Blick des Großvaters ständig im Nacken! Man war der Enkel des Helden von Solferino!

Ein paar Minuten lang standen Carl Joseph und sein Bursche Onufrij einander schweigend gegenüber, auf der milchig schimmernden Landstraße. Der Mond und die Stille verlängerten noch die Minuten. Onufrij rührte sich nicht. Er stand wie ein Denkmal, überglänzt vom silbernen Mond. Carl Joseph wandte sich plötzlich um und begann zu marschieren. Genau drei Schritte hinter ihm folgte Onufrij. Carl Joseph hörte den regelmäßigen Aufschlag der schweren Stiefel und den eisernen Klang der Sporen. Es war die Treue selbst, die ihm folgte. Jeder Aufschlag des Stiefels war wie ein neues, kurzes, gestampftes Gelöbnis soldatischer Burschentreue. Carl Joseph fürchtete umzukehren. Er wünschte, daß diese schnurgerade Straße plötzlich eine unerwartete, unbekannte Abzweigung böte, einen Seitenweg; Flucht vor der beharrlichen Dienstfertigkeit Onufrijs. Der Bursche folgte ihm im gleichen Takt. Der Leutnant bemühte sich, mit den Stiefeln hinter seinem Rücken Schritt zu halten. Er fürchtete, Onufrij zu enttäuschen, wenn er den Schritt etwa achtlos wechselte. In den zuverlässig aufstampfenden Stiefeln war sie, die Treue Onufrijs. Und jeder neue Aufschlag rührte Carl Joseph. Es war, als versuchte dort hinter seinem Rücken ein ungelenker Kerl, mit schweren Sohlen an das Herz des Herrn zu klopfen; hilflose Zärtlichkeit eines gestiefelten und gespornten Bären.

Schließlich erreichten sie den Stadtrand. Carl Joseph war ein gutes Wort eingefallen, das für den Abschied taugte. Er wandte sich um und sagte: »Viel Vergnügen, Onufrij!« Und er bog schnell in die Seitengasse ein. Der Dank des Burschen traf ihn nur noch als ein fernes Echo.

Er mußte einen Umweg machen. Er erreichte das Kasino zehn Minuten später. Es lag im ersten Stock eines der besten Häuser am alten Ring. Alle Fenster strömten, wie jeden Abend, Licht auf den Platz, auf den Korso der Bevölkerung. Es war spät, man mußte sich geschickt durch die dichten Scharen der spazierfreudigen Bürger und ihrer Frauen winden. Tag für Tag bereitete es dem Leutnant unsagbare Pein, in klirrender Buntheit zwischen den dunklen Zivilisten aufzutauchen, von neugierigen, gehässigen und lüsternen Blicken getroffen zu werden und schließlich wie ein Gott in die hellerleuchtete Toreinfahrt des Kasinos einzutauchen. Er schlängelte sich hurtig durch die Korsobesucher. Zwei Minuten dauerte der ziemlich lange Korso, ekelhafte zwei Minuten. Er nahm zwei Stufen auf einmal. Niemandem begegnen! Begegnungen auf der Treppe mußte man meiden: schlimme Vorzeichen. Wärme, Licht und Stimmen kamen ihm im Flur entgegen. Er trat ein, er tauschte

Grüße aus. Er suchte den Obersten Kovacs im gewohnten Winkel. Dort spielte er jeden Abend Domino, jeden Abend mit einem andern Herrn. Er spielte Domino mit Begeisterung; vielleicht aus einer unmäßigen Angst vor Karten. »Ich habe noch nie eine Karte in der Hand gehabt«, pflegte er zu sagen. Nicht ohne Gehässigkeit sprach er das Wort »Karten« aus; und er zeigte dabei mit dem Blick in die Richtung seiner Hände, als hielte er in ihnen seinen tadellosen Charakter. »Ich empfehle euch«, fuhr er manchmal fort, »das Dominospiel, meine Herren! Es ist sauber und erzieht zur Mäßigkeit.« Und er hob gelegentlich einen der schwarzweißen, vieläugigen Steine in die Höhe, wie ein magisches Instrument, mit dem man lasterhafte Kartenspieler von ihrem Teufel befreien kann.

Heute war der Rittmeister Taittinger an der Reihe, den Dominodienst zu versehen. Das Angesicht des Obersten warf einen bläulich-roten Widerschein auf das gelbliche, hagere des Rittmeisters. Carl Joseph blieb mit sanftem Klirren vor dem Obersten stehn. »Servus!« sagte der Oberst, ohne von den Dominosteinen aufzusehn. Er war ein gemütlicher Mann, der Oberst Kovacs. Seit Jahren hatte er sich eine väterliche Haltung angewöhnt. Und nur einmal im Monat geriet er in einen künstlichen Zorn, vor dem er selbst mehr Angst hatte als das Regiment. Jeder Anlaß war ihm da willkommen. Er schrie, daß die Wände der Kaserne und die alten Bäume rings um die Wasserwiese bebten. Sein blaurotes Angesicht wurde blaß bis in die Lippen, und seine Reitpeitsche schlug in zitternder Unermüdlichkeit gegen den Stiefelschaft. Er schrie lauter wirres Zeug, zwischen dem lediglich die rastlos wiederkehrenden, zusammenhanglos vorgebrachten Worte »in meinem Regiment« leiser klangen als alles andere. Er machte endlich halt, ohne

Grund, genauso, wie er angefangen hatte, und verließ die Kanzlei, das Kasino, den Exerzierplatz oder was er sonst immer zum Schauplatz seines Gewitters gewählt hatte. Ja, man kannte ihn, den Obersten Kovacs, das gute Tier! Man konnte sich auf die Regelmäßigkeit seiner Zornausbrüche verlassen wie auf die Wiederkehr der Mondphasen. Rittmeister Taittinger, der sich schon zweimal hatte transferieren lassen und der eine genaue Kenntnis von Vorgesetzten besaß, bezeugte jedermann unermüdlich, daß es in der ganzen Armee keinen harmloseren Regimentskommandanten gebe.

Oberst Kovacs sah schließlich von der Dominopartie auf und gab Trotta die Hand. »Schon gegessen?« fragte er. »Schade«, sagte er weiter, und sein Blick verlor sich in einer rätselhaften Ferne: »Das Schnitzel war heute ausgezeichnet.« Und »Ausgezeichnet!« wiederholte er eine Weile später. Es tat ihm leid, daß Trotta das Schnitzel versäumt hatte. Er hätte es dem Leutnant gern noch einmal vorgekaut; zumindest zugesehen, wie man eines mit Appetit verzehrt. »Na, gute Unterhaltung!« sagte er schließlich und wandte sich wieder den Dominosteinen zu.

Die Verwirrung war um diese Stunde groß, man konnte keinen angenehmen Platz mehr finden. Rittmeister Taittinger, der die Messe seit undenklichen Zeiten verwaltete und dessen einzige Leidenschaft der Genuß von süßem Backwerk war, hatte das Kasino im Laufe der Zeit nach dem Muster jener Zuckerbäckerei eingerichtet, in der er jeden Nachmittag verbrachte. Man konnte ihn dort hinter der Glastür sitzen sehen, in der düsteren Unbeweglichkeit einer merkwürdigen uniformierten Reklamefigur. Er war der beste Stammgast der Konditorei, wahrscheinlich auch ihr hungrigster. Ohne sein gramvolles Angesicht um eine Spur zu beleben, verschlang er einen Teller Süßigkeiten nach dem andern, nippte von Zeit zu Zeit am Wasserglas, sah unbeweglich durch die Glastür auf die Straße, nickte gemessen, wenn ein vorbeikommender Soldat salutierte, und in seinem großen, mageren Schädel mit den spärlichen Haaren schien einfach gar nichts vorzugehen. Er war ein sanfter und sehr fauler Offizier. Die Beschäftigung mit den Angelegenheiten der Messe, ihrer Küche, der Köche, der Ordonnanzen, des Weinkellers war ihm unter allen dienstlichen Obliegenheiten die einzig genehme. Und seine ausgedehnte Korrespondenz mit Weinhändlern und Likörfabrikanten beschäftigte nicht weniger als zwei Kanzleischreiber. Es gelang ihm im Laufe der Jahre, die Einrichtung des Kasinos jener der geliebten Konditorei anzugleichen, niedliche Tischchen in den Winkeln aufzustellen und die Tischlampen mit rötlichen Schirmen zu bekleiden.

Carl Joseph blickte um sich. Er suchte einen erträglichen Platz. Zwischen dem Fähnrich in der Reserve Bärenstein, Ritter von Zaloga, einem jüngst geadelten reichen Advokaten, und dem rosigen Leutnant Kindermann, reichsdeutscher Abkunft, war man verhältnismäßig am sichersten. Der Fähnrich, zu dessen gesetztem Alter und leicht gewölbtem Bauch die jugendliche Charge so wenig paßte, daß er aussah wie ein militärisch verkleideter Bürger, und dessen Angesicht mit dem kleinen, kohlschwarzen Schnurrbart befremdete, weil ihm gleichsam ein naturnotwendiger Zwikker fehlte, strömte in diesem Kasino eine zuverlässige Würde aus. Er erinnerte Carl Joseph an eine Art Hausarzt oder Onkel. Ihm allein in diesen zwei großen Sälen glaubte man, daß er wirklich und ehrlich saß – während die andern auf ihren Sitzen herumzuhüpfen schienen. Das einzige Zugeständnis, das der Fähnrich Doktor Bärenstein außer seiner

Uniform dem Militär machte, war das Monokel während seiner Dienstzeit; denn er trug tatsächlich einen Zwicker in seinem bürgerlichen Leben.

Beruhigender als die andern war auch der Leutnant Kindermann, kein Zweifel. Er bestand aus einer blonden, rosigen und durchsichtigen Substanz, man hätte beinahe durch ihn durchgreifen können wie durch einen abendlich besonnten, luftigen Dunst. Alles, was er sagte, war luftig und durchsichtig, aus seinem Wesen fortgehaucht, ohne daß er sich vermindert hätte. Und der Ernst sogar, mit dem er den ernsten Gesprächen folgte, hatte etwas sonnig Lächelndes. Ein heiteres Nichts, saß er am Tischchen. »Servus!« pfiff er mit seiner hohen Stimme, von der Oberst Kovacs sagte, sie sei eines der Blasinstrumente der preußischen Armee. Fähnrich in der Reserve Bärenstein erhob sich vorschriftsgemäß, aber gravitätisch. »Respekt, Herr Leutnant!« sagte er. Guten Abend, Herr Doktor! hätte Carl Joseph ehrfurchtsvoll beinahe geantwortet. »Ich störe nicht?« fragte er nur und setzte sich. »Der Doktor Demant kommt heute zurück«, begann Bärenstein, »ich bin ihm zufällig am Nachmittag begegnet!« »Ein reizender Kerl«, flötete Kindermann, es klang wie ein zarter Windhauch, der über eine Harfe streicht, hinter dem starken, forensischen Bariton Bärensteins. Kindermann, ständig darauf bedacht, sein äußerst schwaches Interesse für Frauen durch eine besondere Aufmerksamkeit wettzumachen, die er ihnen zu widmen vorgab, bekundete ferner: »Und seine Frau – kennt ihr sie? – ein reizendes Geschöpf, eine charmante Frau!« Und er hob bei dem Wort »charmant« seine Hand, an der die lockeren Finger in der Luft tänzelten. »Ich hab' sie noch als junges Mädel gekannt«, sagte der Fähnrich. »Interessant«, sagte Kindermann. Er heuchelte deutlich.

»Ihr Vater war früher einer der reichsten Hutfabrikanten«, fuhr der Fähnrich fort. Es war, als läse er in Akten. Er schien über seinen Satz erschrocken und hielt ein. Das Wort »Hutfabrikanten« klang ihm zu zivilistisch, er saß schließlich nicht mit Rechtsanwälten zusammen. Er schwor sich im stillen zu, von nun ab jeden Satz genau vorher zu überlegen. Soviel war er der Kavallerie schon schuldig. Er versuchte, Trotta anzusehen. Der saß just an der Linken, und vor dem rechten Auge trug Bärenstein das Monokel. Deutlich konnte er nur den Leutnant Kindermann sehen: und der war gleichgültig. Um zu erkennen, ob die familiäre Erwähnung des Hutfabrikanten einen niederschmetternden Eindruck auf den Leutnant Trotta gemacht habe, zog Bärenstein sein Zigarettenetui und hielt es links hin, entsann sich gleichzeitig, daß Kindermann rangälter war, und sagte, nach rechts gewandt, hastig: »Pardon!«

Schweigend rauchten jetzt alle drei. Carl Josephs Blicke richteten sich gegen das Bildnis des Kaisers an der Wand gegenüber. Da war Franz Joseph in blütenweißer Generalsuniform, die breite, blutrote Schärpe quer über der Brust und den Orden des goldenen Vlieses am Halse. Der große, schwarze Feldmarschallshut mit dem üppigen, pfauengrünen Reiherbusch lag neben dem Kaiser auf einem wacklig aussehenden Tischchen. Das Bild schien ganz fern zu hängen, weiter war es als die Wand. Carl Joseph erinnerte sich, daß ihm dieses Bildnis in den ersten Tagen, da er eingerückt war, einen gewissen stolzen Trost bedeutet hatte. Damals war es jeden Augenblick so gewesen, als könnte der Kaiser aus dem schmalen, schwarzen Rahmen treten. Allmählich aber bekam der Allerhöchste Kriegsherr das gleichgültige, gewohnte und unbeachtete Angesicht, das seine Briefmarken und seine Münzen zeigten. Sein Bild hing an der Wand des Kasinos, eine merkwürdige Art von einem Opfer, das ein Gott sich selber darbringt ... Seine Augen – früher einmal hatten sie an sommerliche Ferienhimmel erinnert – bestanden nunmehr aus einem harten, blauen Porzellan. Und es war immer noch der gleiche Kaiser! Daheim, im Arbeitszimmer des Bezirkshauptmanns, hing dieses Bild ebenfalls. Es hing in der großen Aula der Kadettenschule. Es hing in der Kanzlei des Obersten in der Kaserne. Und hunderttausendmal verstreut im ganzen weiten Reich war der Kaiser Franz Joseph, allgegenwärtig unter seinen Untertanen wie Gott in der Welt. Ihm hatte der Held von Solferino das Leben gerettet. Der Held von Solferino war alt geworden und gestorben. Jetzt fraßen ihn die Würmer. Und sein Sohn, der Bezirkshauptmann, der Vater Carl Josephs, wurde auch schon ein alter Mann. Bald werden auch ihn die Würmer fressen. Nur der Kaiser, der Kaiser schien eines Tages, innerhalb einer ganz bestimmten Stunde, alt geworden zu sein; und seit jener Stunde in seiner eisigen und ewigen, silbernen und schrecklichen Greisenhaftigkeit eingeschlossen zu bleiben, wie in einem Panzer aus ehrfurchtgebietendem Kristall. Die Jahre wagten sich nicht an ihn heran. Immer blauer und immer härter wurde sein Auge. Seine Gnade selbst, die über der Familie der Trottas ruhte, war eine Last aus scheidendem Eis. Und Carl Joseph fror es unter dem blauen Blick seines Kaisers.

Daheim, er erinnerte sich, wenn er zu den Ferien heimgekehrt war und am Sonntag, vor dem Mittagessen, der Kapellmeister Nechwal seine Militärkapelle im vorgeschriebenen Rund aufgestellt hatte, war man bereit gewesen, für diesen Kaiser in einem wonnigen, warmen und süßen Tod dahinzusterben. Lebendig war das Vermächtnis des Großvaters gewesen, dem Kaiser das Leben zu retten. Und ohne

Unterbrechung rettete man, wenn man ein Trotta war, dem Kaiser das Leben.

Nun war man kaum vier Monate im Regiment. Auf einmal war es, als bedurfte der Kaiser, unnahbar geborgen in seinem kristallenen Panzer, keiner Trottas mehr. Man hatte zu lange Frieden. Der Tod lag weit vor einem jungen Leutnant der Kavallerie, wie die letzte Stufe des vorschriftsmäßigen Avancements. Man wird einmal Oberst werden und hierauf sterben. Indessen ging man jeden Abend ins Kasino, man sah das Bild des Kaisers. Je länger der Leutnant Trotta es betrachtete, desto ferner wurde ihm der Kaiser.

»Da schau her!« flötete die Stimme Leutnant Kindermanns. »Der Trotta hat sich in den Alten verschaut!«

Carl Joseph lächelte Kindermann zu. Der Fähnrich Bärenstein hatte längst eine Partie Domino begonnen und war im Begriff zu verlieren. Er hielt es für eine Anstandspflicht zu verlieren, wenn er mit Aktiven spielte. Im Zivil gewann er immer. Er war sogar unter Rechtsanwälten ein gefürchteter Spieler. Wenn er aber zu den jährlichen Übungen einrückte, schaltete er seine Überlegung aus und bemühte sich, töricht zu werden. »Der verliert unaufhörlich«, sagte Kindermann zu Trotta. Der Leutnant Kindermann war überzeugt, daß die »Zivilisten« minderwertige Wesen waren. Nicht einmal im Domino konnten sie gewinnen.

Der Oberst saß immer noch in seiner Ecke mit dem Rittmeister Taittinger. Einige Herren wandelten gelangweilt zwischen den Tischchen. Sie wagten nicht, das Kasino zu verlassen, solange der Oberst spielte. Die sanfte Pendeluhr weinte jede Viertelstunde sehr deutlich und langsam, ihre wehmütige Melodie unterbrach das Klappern der Dominosteine und der Schachfiguren. Manchmal schlug eine der Ordonnanzen die Hacken zusammen, lief in die Küche und kehrte mit einem Gläschen Cognac auf einer lächerlich großen Platte wieder. Manchmal lachte einer schallend auf, und sah man in die Richtung, aus der das Gelächter kam, so erblickte man vier zusammengesteckte Köpfe und begriff, daß es sich um Witze handelte. Diese Witze! Diese Anekdoten, bei denen alle andern sofort erkannten, ob man aus Gefälligkeit mitlachte oder aus Verständnis! Sie schieden die Heimischen von den Fremden. Wer sie nicht verstand, gehörte nicht zu den Bodenständigen. Nein, nicht zu ihnen gehörte Carl Joseph!

Er war im Begriff, eine neue Partie zu dritt vorzuschlagen, als die Tür geöffnet wurde und die Ordonnanz mit einem auffällig lauten Knall der Stiefelhacken salutierte. Es wurde im Augenblick still. Der Oberst Kovacs sprang von seinem Sitz auf und sah nach der Tür. Kein anderer war eingetreten als der Regimentsarzt Demant. Er selbst erschrak über die Aufregung, die er verursacht hatte. Er blieb an der Tür stehn und lächelte. Die Ordonnanz an seiner Seite stand immer noch stramm und störte ihn sichtlich. Er winkte mit der Hand. Aber der Bursche merkte es nicht. Die starken Brillengläser des Doktors waren leicht überhaucht von dem herbstlichen Abendnebel draußen. Er war gewohnt, die Brille abzunehmen, um sie zu putzen, wenn er aus der kalten Luft in die Wärme trat. Hier aber wagte er es nicht. Es dauerte eine Weile, ehe er die Schwelle verließ. »Ah, schau her, da ist ja der Doktor!« rief der Oberst. Er schrie aus Leibeskräften, als gälte es, sich im Getümmel eines Volksfestes verständlich zu machen. Er glaubte, der Gute, daß Kurzsichtige auch taub seien und daß ihre Brillen klarer würden, wenn ihre Ohren besser hörten. Die Stimme des Obersten bahnte sich eine Gasse. Die Offiziere traten zurück. Die wenigen, die noch an den Tischen gesessen hatten, erhoben sich. Der Regimentsarzt setzte vorsichtig einen Fuß vor den andern, als ginge er auf Eis. Seine Brillengläser schienen allmählich klarer zu werden. Grüße kamen ihm von allen Seiten entgegen. Nicht ohne Mühe erkannte er die Herren wieder. Er beugte sich vor, um in den Gesichtern zu lesen, wie man in Büchern studiert. Vor dem Obersten Kovacs blieb er endlich stehen, mit gereckter Brust. Es sah stark übertrieben aus, wie er so den ewig vorgeneigten Kopf am dünnen Hals zurückwarf und seine abschüssigen, schmalen Schultern mit einem Ruck zu heben suchte. Man hatte ihn, während seines langen Krankheitsurlaubs, beinahe vergessen; ihn und sein unmilitärisches Wesen. Man betrachtete ihn jetzt nicht ohne Überraschung. Der Oberst beeilte sich, dem vorschriftsmäßigen Ritus der Begrüßung ein Ende zu machen. Er schrie, daß die Gläser zitterten: »Gut schaut er aus, der Doktor!«, als wollte er es der ganzen Armee mitteilen. Er schlug seine Hand auf die Schulter Demants, wie um sie wieder in ihre natürliche Lage zu bringen. Sein Herz war allerdings dem Regimentsarzt zugetan. Aber der Kerl war unmilitärisch, Sapperlot, Donnerwetter! Wenn er nur ein bißchen militärischer wäre, brauchte man sich nicht immer so anzustrengen, um ihm gut zu sein. Man hätte auch, zum Teufel, einen anderen Doktor schicken können, grad in sein Regiment! Und diese ewigen Schlachten, die das Gemüt des Obersten seinem soldatischen Geschmack zu liefern hatte, wegen dieses verfluchten, netten Kerls, konnten schon einen alten Soldaten aufreiben. An diesem Doktor gehe ich noch zugrunde! dachte der Oberst, wenn er den Regimentsarzt zu Pferde sah. Und eines Tages hatte er ihn gebeten, lieber nicht durch die Stadt zu reiten.

Man muß ihm was Nettes sagen, dachte er aufgeregt.

Das Schnitzel war heute ausgezeichnet! fiel ihm in der Eile ein. Und er sagte es. Der Doktor lächelte. Er lächelt ganz zivilistisch, der Kerl! dachte der Oberst. Und plötzlich entsann er sich, daß da noch einer war, der den Doktor nicht kannte. Der Trotta natürlich! Er war eingerückt, als der Doktor in Urlaub gegangen war. Der Oberst lärmte: »Unser Jüngster, der Trotta! Ihr kennt euch noch nicht!« Und Carl Joseph trat vor den Regimentsarzt.

»Enkel des Helden von Solferino?« fragte Doktor Demant.

Man hätte ihm diese genaue Kenntnis der militärischen Geschichte nicht zugetraut.

»Alles weiß er, unser Doktor!« rief der Oberst. »Er ist ein Bücherwurm!«

Und zum erstenmal in seinem Leben gefiel ihm das verdächtige Wort Bücherwurm so gut, daß er noch einmal wiederholte: »Ein Bücherwurm!« in dem liebkosenden Ton, in dem er sonst nur zu sagen pflegte: »Ein Ulane!«

Man setzte sich wieder, und der Abend nahm den üblichen Verlauf. »Ihr Großvater«, sagte der Regimentsarzt, »war einer der merkwürdigsten Menschen der Armee. Haben Sie ihn noch gekannt?« »Ich habe ihn nicht mehr gekannt«, antwortete Carl Joseph. »Sein Bild hängt bei uns zu Hause im Herrenzimmer. Wie ich klein war, hab' ich es oft betrachtet. Und sein Diener, der Jacques, ist noch bei uns.« »Was ist das für ein Bild?« fragte der Regimentsarzt. »Ein Jugendfreund hat es gemalt!« sagte Carl Joseph. »Es ist ein merkwürdiges Bild. Es hängt ziemlich hoch. Als ich klein war, mußte ich auf einen Stuhl steigen. Da hab' ich es betrachtet.«

Sie waren ein paar Augenblicke still. Dann sagte der Doktor: »Mein Großvater war ein Schankwirt; ein jüdischer Schankwirt in Galizien. Galizien, kennen Sie das?« (Ein Jude war der Doktor Demant. Alle Anekdoten enthielten jüdische Regimentsärzte. Zwei Juden hatte es auch in der Kadettenschule gegeben. Sie waren dann zur Infanterie gekommen.)

»Zu Resi, zu Tante Resi!« rief plötzlich jemand.

Und alle wiederholten: »Zu Resi. Man geht zur Resi!«

»Zur Tante Resi!«

Nichts hätte Carl Joseph stärker erschrecken können als dieser Ruf. Seit Wochen erwartete er ihn voller Angst. Vom letzten Besuch im Bordell der Frau Horwath behielt er noch alles in deutlicher Erinnerung: alles! den Sekt, der aus Kampfer und Limonade bestand, den weichen, fleischigen Teig der Mädchen, das schmetternde Rot und das irrsinnige Gelb der Tapeten, im Korridor den Geruch von Katzen, Mäusen und Maiglöckchen und das Sodbrennen zwölf Stunden später. Er war kaum eine Woche eingerückt, und es war sein erster Besuch in einem Bordell gewesen. »Liebesmanöver!« sagte Taittinger. Er war der Anführer. Es gehörte zu den Obliegenheiten eines Offiziers, der die Messe seit undenklichen Zeiten verwaltete. Bleich und hager, den Korb des Säbels im Arm, mit langen, dünnen und sanft klirrenden Schritten ging er im Salon der Frau Horwath von einem Tisch zum andern, ein schleichender Mahner zu saurer Freude. Kindermann war der Ohnmacht nahe, wenn er nackte Frauen roch, das weibliche Geschlecht machte ihm Übelkeiten. Der Major Prohaska stand in der Toilette, ehrlich bemüht, seinen dicken, kurzen Finger in den Gaumen zu stecken. Die seidenen Röcke der Frau Resi Horwath raschelten gleichzeitig in allen Winkeln des Hauses. Ihre großen, schwarzen Augenbälle rollten ohne Richtung und Ziel in ihrem breiten, mehligen Antlitz herum, weiß und groß wie Klaviertasten schimmerte in ihrem breiten Mund das falsche Gebiß. Trautmannsdorff verfolgte von seiner Ecke aus alle ihre Bewegungen mit winzigen, flinken, grünlichen Blicken. Er stand schließlich auf und steckte eine Hand in den Busen der Frau Horwath. Sie verlor sich drinnen wie eine weiße Maus in weißen Bergen. Und Pollak, der Klavierspieler, saß mit gebeugtem Rücken, Sklave der Musik, am schwärzlich spiegelnden Flügel, und an seinen hämmernden Händen schepperten die harten Manschetten, wie heisere Tschinellen begleiteten sie die blechernen Klänge.

Zu Tante Resi! Man ging zu Tante Resi. Der Oberst machte unten kehrt, er sagte: »Viel Vergnügen, meine Herren!«, und auf der stillen Straße riefen zwanzig Stimmen: »Respekt, Herr Oberst!«, und vierzig Sporen klirrten aneinander. Der Regimentsarzt Doktor Max Demant machte einen schüchternen Versuch, sich ebenfalls zu empfehlen. »Müssen Sie mit?« fragte er den Leutnant Trotta leise. »Es wird wohl so sein!« flüsterte Carl Joseph. Und der Regimentsarzt ging wortlos mit. Sie waren die letzten in der unordentlichen Reihe der Offiziere, die mit Gerassel durch die stillen, mondbelichteten Straßen der kleinen Stadt gingen. Sie sprachen nicht miteinander. Beide fühlten, daß sie die geflüsterte Frage und die geflüsterte Antwort verband, da war nichts mehr zu machen. Sie waren beide vom ganzen Regiment geschieden. Und sie kannten sich kaum eine halbe Stunde.

Plötzlich, er wußte nicht warum, sagte Carl Joseph: »Ich hab' eine Frau namens Kathi geliebt. Sie ist gestorben!«

Der Regimentsarzt blieb stehen und wandte sich ganz dem Leutnant zu. »Sie werden noch andere Frauen lieben!« sagte er.

Und sie gingen weiter.

Man hörte vom fernen Bahnhof her späte Züge pfeifen, und der Regimentsarzt sagte:

»Ich möchte wegfahren, weit wegfahren!«

Nun standen sie vor Tante Resis blauer Laterne. Rittmeister Taittinger klopfte an das verschlossene Tor. Jemand öffnete. Drinnen begann das Klavier sofort zu klimpern: den Radetzkymarsch. Die Offiziere marschierten in den Salon. »Einzeln abfallen!« kommandierte Taittinger. Die nackten Mädchen schwirrten ihnen entgegen, eine emsige Schar von weißen Hennen. »Gott mit euch!« sagte Prohaska. Trautmannsdorff griff diesmal sofort und noch im Stehen in den Busen der Frau Horwath. Er ließ sie vorläufig nicht mehr los. Sie hatte Küche und Keller zu überwachen, sie litt sichtlich unter den Liebkosungen des Oberleutnants, aber die Gastfreundschaft verpflichtete sie zu Opfern. Sie ließ sich verführen. Leutnant Kindermann wurde bleich. Er war weißer als der Puder auf den Schultern der Mädchen. Der Major Prohaska bestellte Sodawasser. Wer ihn näher kannte, wußte vorauszusagen, daß er heute sehr besoffen sein würde. Er bahnte nur dem Alkohol einen Weg mit Wasser, wie man Straßen reinigt vor einem Empfang. »Der Doktor ist mitgekommen?« fragte er laut. »Er muß die Krankheiten an der Quelle studieren!« sagte mit wissenschaftlichem Ernst, bleich und hager wie immer, der Rittmeister Taittinger. Fähnrich Bärensteins Monokel steckte jetzt im Auge eines weißblonden Mädchens. Er saß da, mit kleinen, zwinkernden, schwarzen Äuglein, seine braunen, behaarten Hände krochen wie merkwürdige Tiere über das Fräulein. Allmählich hatten alle ihre Plätze eingenommen. Zwischen dem Doktor und Carl Joseph, auf dem roten Sofa, saßen zwei Frauen, steif, mit angezogenen Knien, eingeschüchtert von den verzweifelten Gesichtern der beiden Männer. Als der Sekt kam – die strenge Hausdame in schwarzem Taft brachte ihn feierlich –, zog Frau Horwath entschlossen die Hand des Oberleutnants aus ihrem Ausschnitt, legte sie ihm auf die schwarze Hose, aus Ordnungsliebe, wie man einen geborgten Gegenstand zurückerstattet, und erhob sich, mächtig und gebieterisch. Sie löschte den Kronleuchter aus. Nur die kleinen Lampen brannten in den Nischen. Im rötlichen Halbdämmer leuchteten die gepuderten, weißen Leiber, blinkten die goldenen Sterne, schimmerten die silbernen Säbel. Ein Paar nach dem andern erhob sich und verschwand. Prohaska, der schon längst beim Cognac hielt, trat an den Regimentsarzt und sagte: »Ihr braucht sie ja doch nicht, ich nehm' sie mit!« Und er nahm die Frauen und torkelte zwischen beiden der Treppe entgegen.

So waren sie auf einmal allein, Carl Joseph und der Doktor. Der Klavierspieler Pollak streichelte nur so über die Tasten in der gegenüberliegenden Ecke des Salons. Ein sehr zärtlicher Walzer kam zage und dünn durch den Raum gezogen. Sonst war es still und beinahe traulich, und die Standuhr am Kamin tickte. »Ich glaube, wir zwei haben hier nichts zu tun, wie?« fragte der Doktor. Er stand auf, Carl Joseph sah nach der Uhr auf dem Kamin und erhob sich ebenfalls. Er konnte im Dunkel nicht die Stunde erkennen, ging nahe an die Standuhr und trat wieder einen Schritt zurück. In einem bronzenen, von Fliegen betupften Rahmen stand der Allerhöchste Kriegsherr, in Verkleinerung, das bekannte, allgegenwärtige Porträt Seiner Majestät, im blütenweißen Gewande, mit blutroter Schärpe und goldenem Vlies. Es muß etwas geschehen, dachte der Leutnant schnell und kindisch. Es muß etwas geschehen! Er fühlte, daß er bleich geworden war und daß sein Herz klopfte. Er griff nach dem Rahmen, öffnete die papierene, schwarze Rückwand und nahm das Bild heraus. Er faltete es zusammen, zweimal, noch einmal und steckte es in die Tasche. Er wandte sich um. Hinter ihm stand der Regimentsarzt. Er zeigte mit dem Finger auf die Tasche, in der Carl Joseph das kaiserliche Porträt verborgen hatte. Auch der Großvater hat ihn gerettet, dachte Doktor Demant. Carl Joseph wurde rot. »Schweinerei!« sagte er. »Was denken Sie?«

»Nichts«, erwiderte der Doktor. »Ich hab' nur an Ihren Großvater gedacht!«

»Ich bin sein Enkel!« sagte Carl Joseph. »Ich hab' keine Gelegenheit, ihm das Leben zu retten; leider!«

Sie legten vier Silbermünzen auf den Tisch und verließen das Haus der Frau Resi Horwath.

VI

Seit drei Jahren war der Regimentsarzt Max Demant beim Regiment. Er wohnte außerhalb der Stadt, an ihrem Südrande, dort, wo die Landstraße zu den beiden Friedhöfen führte, zum »alten« und zum »neuen«. Beide Friedhofswächter kannten den Doktor gut. Er kam ein paarmal in der Woche, die Toten besuchen, die längst verschollenen wie die noch nicht vergessenen Toten. Und er verweilte manchmal lange zwischen ihren Gräbern, und man hörte hier und da seinen Säbel mit zartem Klirren gegen einen Grabstein anschlagen. Er war ohne Zweifel ein sonderbarer Mann; ein guter Arzt, sagte man, und also unter Militärärzten in jeder Beziehung eine Seltenheit. Er mied jeglichen Verkehr. Nur dienstliche Pflicht gebot ihm, hie und da (aber immer noch häufiger, als er gewünscht hatte) unter Kameraden zu erscheinen. Seinem Alter wie seiner Dienstzeit nach hätte er Stabsarzt sein müssen. Niemand wußte, warum er es noch nicht war. Vielleicht wußte er selbst es nicht. »Es gibt Karrieren mit Widerhaken.« Es war ein Wort von Rittmeister Taittinger, der das Regiment auch mit trefflichen Sprüchen versorgte.

»Karriere mit Widerhaken«, dachte der Doktor selber oft. »Leben mit Widerhaken«, sagte er zu Leutnant Trotta. »Ich habe ein Leben mit Widerhaken. Wenn mir das Schicksal günstig gewesen wäre, hätte ich Assistent des großen Wiener Chirurgen und wahrscheinlich Professor werden können.« – In die düstere Enge seiner Kindheit hatte der große Name des Wiener Chirurgen frühen Glanz geschickt. Max Demant war schon als Knabe entschlossen gewesen, später Arzt zu werden. Er stammte aus einem der östlichen Grenzdörfer der Monarchie. Sein Großvater war ein frommer jüdischer Schankwirt gewesen, und sein Vater, nach zwölfjähriger Dienstzeit bei der Landwehr, mittlerer Beamter im Postamt des nächstgelegenen Grenzstädtchens geworden. Er erinnerte sich noch deutlich seines Großvaters. Vor dem großen Torbogen der Grenzschenke saß er zu jeder Stunde des Tages. Sein mächtiger Bart aus gekräuseltem Silber verhüllte seine Brust und reichte bis zu den Knien. Um ihn schwebte der Geruch von Dünger und Milch und Pferden und Heu. Vor seiner Schenke saß er, ein alter König unter den Schankwirten. Wenn die Bauern, vom allwöchentlichen Schweinemarkt heimkehrend, vor der Schenke anhielten, erhob sich der Alte, gewaltig wie ein Berg in menschlicher Gestalt. Da er schon schwerhörig war, mußten die kleinen Bauern ihre Wünsche zu ihm emporschreien, durch die gehohlten Hände vor den Mündern.

Er nickte nur. Er hatte verstanden. Er bewilligte die Wünsche seiner Kundschaft, als wären sie Gnaden und als würden sie ihm nicht in baren, harten Münzen bezahlt. Mit kräftigen Händen spannte er selbst die Pferde aus und führte sie in die Ställe. Und während seine Töchter den Gästen in der breiten, niedrigen Gaststube Branntwein mit getrockneten und gesalzenen Erbsen verabreichten, fütterte er mit begütigendem Zuspruch draußen die Tiere. Am Samstag saß er gebeugt über großen und frommen Büchern. Sein silberner Bart bedeckte die untere Hälfte der schwarzbedruckten Seiten. Wenn er gewußt hätte, daß sein Enkel einmal in der Uniform eines Offiziers und mörderisch bewaffnet durch die Welt spazieren würde, hätte er sein Alter verflucht und die Frucht seiner Lenden. Schon sein Sohn, Doktor Demants Vater, der mittlere Postbeamte, war dem Alten nur ein zärtlich geduldeter Greuel. Die Schenke, von Urvätern her vermacht, mußte den Töchtern und den Schwiegersöhnen überlassen bleiben; während die männlichen Nachkommen bis in die fernste Zukunft Beamte, Gebildete, Angestellte und Dummköpfe zu bleiben bestimmt waren. Bis in die fernste Zukunft: Das paßte allerdings nicht! Der Regimentsarzt hatte keine Kinder. Er wünschte sich auch keine ... Seine Frau nämlich –

An dieser Stelle pflegte Doktor Demant seine Erinnerungen abzubrechen. Er dachte an seine Mutter: Sie lebte in ständiger, hastiger Suche nach irgendwelchen Nebeneinnahmen. Der Vater sitzt nach der Dienstzeit im kleinen Kaffeehaus. Er spielt Tarock und verliert und bleibt die Zeche schuldig. Er wünscht, daß der Sohn vier Mittelschulklassen absolviere und dann Beamter werde; bei der Post natürlich. »Du willst immer hoch hinaus!« sagt er zur Mutter. Er hält, mag sein ziviles Leben noch so unordentlich sein, eine lächerliche Ordnung in allen Requisiten, die er aus der Militärzeit mitgebracht hat. Seine Uniform, die Uniform eines »längerdienenden Rechnungsunteroffiziers«, mit den goldenen Ecken an den Ärmeln, den schwarzen Hosen und dem Infanterietschako, hängt im Schrank wie eine in drei Teile zerlegte und immer noch lebendige Persönlichkeit, mit leuchtenden, jede Woche frisch geputzten Knöpfen. Und der schwarze, gebogene Säbel mit dem gerippten, ebenfalls jede Woche aufgefrischten Griff liegt quer, von zwei Nägeln gehalten, an der Wand über dem nie benutzten Schreibtisch, mit lässig baumelnder, goldgelber Troddel, die an eine knospenhaft geschlossene und etwas verstaubte Sonnenblume erinnert. »Wenn du nicht gekommen wärst«, sagt der Vater zur Mutter, »hätt' ich die Prüfung gemacht und wäre heute Rechnungshauptmann.« An Kaisers Geburtstag zieht der Postoffiziant Demant seine Beamtenuniform an, mit Krappenhut und Degen. An diesem Tage spielt er nicht Tarock. Jedes Jahr an Kaisers Geburtstag nimmt er sich vor, ein neues, schuldenfreies Leben zu beginnen. Er betrinkt sich also. Und er kommt spät in der Nacht heim, zieht in der Küche seinen Degen und kommandiert ein ganzes Regiment. Die Töpfe sind Züge, die Teetassen Mannschaften, die Teller Kompanien. Simon Demant ist ein Oberst, ein Oberst im Dienste Franz Josephs des Ersten. Die Mutter, mit Spitzenhaube und vielgefälteltem Nachtunterrock und flatterndem Jäckchen, steigt aus dem Bett, um den Mann zu beruhigen.

Eines Tages, einen Tag nach Kaisers Geburtstag, trifft den Vater im Bett der Schlag. Er hatte einen freundlichen Tod gehabt und ein glänzendes Leichenbegängnis. Alle Briefträger gingen hinter dem Sarg. Und im getreuen Gedächtnis der Witwe blieb der Tote haften, das Muster eines Ehemannes, gestorben im Dienste des Kaisers und der kaiserköniglichen Post. Die Uniformen, die des Unteroffiziers, die des Postoffizianten Demant, hingen noch nebeneinander im Schrank, von der Witwe mittels Kampfer, Bürste und Sidol in stetem Glanz erhalten. Sie sahen aus wie Mumien, und sooft der Schrank geöffnet wurde, glaubte der Sohn, zwei Leichen seines seligen Vaters nebeneinander zu sehn.

Man wollte um jeden Preis Arzt werden. Man erteilte Unterricht für kümmerliche sechs Kronen im Monat. Man hatte zerrissene Stiefel. Man hinterließ, wenn es regnete, auf den guten, gewichsten Fußböden der Wohlhabenden nasse und übergroße Spuren. Man hatte größere Füße, wenn die Sohlen zerrissen waren. Und man machte schließlich die Reifeprüfung. Und man wurde Mediziner. Die Armut stand immer noch vor der Zukunft, eine schwarze Wand, an der man zerschellte. Man sank der Armee geradezu in die Arme. Sieben Jahre Essen, sieben Jahre Trinken, sieben Jahre Kleidung, sieben Jahre Obdach, sieben, sieben lange Jahre! Man wurde Militärarzt. Und man blieb es.

Das Leben schien schneller dahinzulaufen als die Gedanken. Und ehe man einen Entschluß gefaßt hatte, war man ein alter Mann.

Und man hatte Fräulein Eva Knopfmacher geheiratet.

Hier unterbrach der Regimentsarzt Doktor Demant noch einmal den Zug seiner Erinnerungen. Er begab sich nach Hause.

Der Abend war schon angebrochen, eine ungewohnt festliche Beleuchtung strömte aus allen Zimmern. »Der alte Herr ist gekommen«, meldete der Bursche. Der alte Herr: Es war sein Schwiegervater, Herr Knopfmacher.

Er trat in diesem Augenblick aus dem Badezimmer, im

langen, geblümten, flaumigen Schlafrock, ein Rasiermesser in der Hand, mit freundlich geröteten, frisch rasierten und duftenden Backen, die breit auseinanderstanden. Sein Angesicht schien in zwei Hälften zu zerfallen. Es wurde lediglich durch den grauen Spitzbart zusammengehalten. »Mein lieber Max!« sagte Herr Knopfmacher, indem er das Rasiermesser sorgfältig auf ein Tischchen legte, die Arme ausbreitete und den Schlafrock auseinanderklaffen ließ. Sie umarmten sich so, mit zwei flüchtigen Küssen, und gingen zusammen ins Herrenzimmer. »Ich möchte einen Schnaps!« sagte Herr Knopfmacher. Doktor Demant öffnete den Schrank, sah eine Weile mehrere Flaschen an und wandte sich um: »Ich kenn' mich nicht aus«, sagte er, »ich weiß nicht, was dir schmeckt.« Er hatte sich eine Alkoholauswahl zusammenstellen lassen, etwa wie sich ein Ungebildeter eine Bibliothek bestellt. »Du trinkst immer noch nicht!« sagte Herr Knopfmacher. »Hast du Sliwowitz, Arrak, Rum, Cognac, Enzian, Wodka?« fragte er geschwind, wie es seiner Würde keineswegs entsprach. Er erhob sich. Er ging (die Schöße seines Mantels flatterten) zum Schrank und holte mit sicherem Griff eine Flasche aus der Reihe.

»Ich hab' der Eva eine Überraschung machen wollen!« begann Herr Knopfmacher. »Und ich muß dir gleich sagen, mein lieber Max, du warst den ganzen Nachmittag nicht da. Statt deiner« – er machte eine Pause und wiederholte: »Statt deiner hab' ich hier einen Leutnant angetroffen. Einen Dummkopf!«

»Es ist der einzige Freund«, erwiderte Max Demant, »den ich seit dem Anfang meiner Dienstzeit beim Militär gefunden habe. Es ist der Leutnant Trotta. Ein feiner Mensch!«

»Ein feiner Mensch!« wiederholte der Schwiegervater.

»Ein feiner Mensch bin ich auch zum Beispiel! Nun, ich würde dir nicht raten, mich eine Stunde allein mit einer hübschen Frau zu lassen, wenn dir auch nur so viel an ihr gelegen ist.« Knopfmacher legte die Spitze von Daumen und Zeigefinger zusammen und wiederholte nach einer Weile: »Nur so viel!« Der Regimentsarzt wurde blaß. Er nahm die Brille ab und putzte sie lange. Er hüllte auf diese Weise die Umwelt in einen wohltuenden Nebel, in dem der Schwiegervater in seinem Bademantel ein undeutlicher, wenn auch äußerst geräumiger, weißer Fleck war. Und er setzte die Brille, nachdem sie geputzt war, nicht sofort wieder auf, sondern er behielt sie in der Hand und sprach in den Nebel hinein:

»Ich habe gar keine Veranlassung, lieber Papa, Eva oder meinem Freund zu mißtrauen.«

Er sagte es zögernd, der Regimentsarzt. Es klang ihm selbst wie eine ganz fremde Wendung, entnommen irgendeiner fernen Lektüre, abgelauscht einem vergessenen Schauspiel.

Er setzte die Brille auf, und sofort rückte der alte Knopfmacher, deutlich an Umfang und Umriß, an den Doktor heran. Jetzt schien auch die Wendung, deren er sich soeben bedient hatte, sehr weit zurückzuliegen. Sie war bestimmt nicht mehr wahr. Der Regimentsarzt wußte es genausogut wie sein Schwiegervater.

»Gar keine Veranlassung!« wiederholte Herr Knopfmacher. »Ich aber habe Veranlassung! Ich kenne meine Tochter! Du kennst deine Frau nicht! Die Herren Leutnants kenn' ich auch! Und überhaupt die Männer! Ich will nichts gegen die Armee gesagt haben. Bleiben wir bei der Sache. Als meine Frau, deine Schwiegermutter, noch jung war, hab' ich Gelegenheit gehabt, die jungen Männer – in Zivil und in Uniform – kennenzulernen. Ja, komische Leute seid ihr, ihr, ihr –«

Er suchte nach einer gemeinsamen Bezeichnung irgendeiner ihm selbst nicht genau bekannten Gemeinschaft, der sein Schwiegersohn und noch andere Dummköpfe angehören mochten. Am liebsten hätte er »ihr akademisch Gebildeten!« gesagt. Denn er war gescheit, wohlhabend und angesehen geworden, ohne Studium. Ja, man war im Begriff, ihm in diesen Tagen den Titel des Kommerzialrats zu verschaffen. Er spann einen süßen Traum in die Zukunft, einen Traum von Geldspenden, großen Geldspenden. Deren unmittelbare Folge war der Adel. Und wenn man zum Beispiel die ungarische Staatsbürgerschaft annahm, so konnte man noch schneller adelig werden. In Budapest machte man einem das Leben nicht so schwer. Es waren übrigens auch Akademiker, die einem das Leben schwermachten, lauter Konzeptsbeamte, Dummköpfe! Sein eigener Schwiegersohn machte es ihm schwer. Wenn jetzt ein kleiner Skandal mit den Kindern ausbricht, kann man noch lange auf den Kommerzialrat warten! Überall muß man nach dem Rechten sehn, selbst, persönlich! Auf die Tugend fremder Gattinnen muß man auch aufpassen!

»Ich möchte dir, lieber Max, ehe es zu spät ist, reinen Wein einschenken!«

Der Regimentsarzt liebte dieses Wort nicht, er liebte nicht, um jeden Preis die Wahrheit zu hören. Ach, er kannte seine Frau genausogut wie Herr Knopfmacher seine Tochter! Aber er liebte sie, was war dagegen zu tun! Er liebte sie. In Olmütz hatte es den Bezirkskommissär Herdall gegeben, in Graz den Bezirksrichter Lederer. Wenn es nur nicht Kameraden waren, dankte der Regimentsarzt Gott und auch seiner Frau. Wenn man nur die Armee verlassen könnte. Man schwebte ständig in Lebensgefahr. Wie oft hatte er schon einen Anlauf genommen, dem Schwiegervater vorzuschlagen ... Er setzte noch einmal an.

»Ich weiß«, sagte er, »daß sich Eva in Gefahr befindet. Immer. Seit Jahren. Sie ist leichtsinnig, leider. Sie treibt es nicht bis zum Äußersten«, er hielt ein und betonte: »nicht bis zum Äußersten!« Er mordete mit diesem Wort alle seine eigenen Zweifel, die ihn seit Jahren nicht in Ruhe ließen. Er rottete seine Unsicherheit aus, er bekam die Gewißheit, daß seine Frau ihn nicht betrog. »Keineswegs!« sagte er noch einmal laut. Er wurde ganz sicher: »Eva ist ein anständiger Mensch, trotz allem!«

»Ganz bestimmt!« bekräftigte der Schwiegervater.

»Aber dieses Leben«, fuhr der Regimentsarzt fort, »halten wir beide nicht lange aus. Mich befriedigt dieser Beruf keineswegs, wie du weißt. Wo wäre ich heute schon, ohne diesen Dienst? Ich hätte eine ganz große Stellung in der Welt, und Evas Ehrgeiz wäre zufriedengestellt. Denn sie ist ehrgeizig, leider!«

»Das hat sie von mir!« sagte Herr Knopfmacher, nicht ohne Vergnügen.

»Sie ist unzufrieden«, sprach der Regimentsarzt weiter, während sein Schwiegervater ein neues Gläschen füllte, »sie ist unzufrieden und sucht sich zu zerstreuen. Ich kann's ihr nicht übelnehmen.«

»Du sollst sie selbst zerstreuen!« unterbrach der Schwiegervater.

»Ich bin –« Doktor Demant fand kein Wort, schwieg eine Weile und blickte nach dem Schnaps.

»Na, trink doch endlich!« sagte aufmunternd Herr Knopfmacher. Und er stand auf, holte ein Gläschen, füllte es; sein Mantel klaffte auseinander, man sah seine behaarte Brust und seinen fröhlichen Bauch, der so rosig war wie seine Wangen. Er näherte das gefüllte Gläschen den Lippen seines Schwiegersohnes. Max Demant trank endlich.

»Da gibt es noch was, es zwingt mich eigentlich, den Dienst zu verlassen. Als ich einrückte, war es mit den Augen noch ganz gut. Nun, es wird mit jedem Jahre schlimmer. Ich habe jetzt, ich kann jetzt, es ist mir jetzt unmöglich, ohne Brille etwas deutlich zu sehen. Und eigentlich müßte ich es melden und den Abschied nehmen.«

»Ja?« fragte Herr Knopfmacher.

»Und wovon ...«

»Wovon leben?« Der Schwiegervater schlug ein Bein übers andere, es fröstelte ihn auf einmal; er hüllte sich in den Bademantel und hielt mit den Händen den Kragen am Halse fest.

»Ja«, sagte er, »glaubst du denn, daß ich das aufbringe? Seitdem ihr verheiratet seid, beträgt mein Zuschuß (ich weiß es zufällig auswendig) dreihundert Kronen im Monat. Aber ich weiß schon, ich weiß schon! Eva braucht viel. Und wenn ihr eine neue Existenz anfangt, wird sie auch soviel brauchen. Und du auch, mein Sohn!« Er wurde zärtlich. »Ja, mein lieber, lieber Max! Es geht nicht mehr so gut wie vor Jahren!«

Max schwieg. Herr Knopfmacher empfand, daß er den Angriff abgeschlagen hatte, und ließ den Bademantel wieder aufgehen. Er trank noch einen. Sein Kopf konnte klar bleiben. Er kannte sich. Diese Dummköpfe! Es war immerhin noch besser, so eine Art Schwiegersohn, als der andere, der Hermann, der Mann der Elisabeth. Sechshundert Kronen monatlich kosteten beide Töchter. Er wußte es ganz genau auswendig. Wenn der Regimentsarzt einmal blind werden sollte – er betrachtete die funkelnden Brillen. Er soll auf seine Frau aufpassen! Kurzsichtigen darf es auch nicht schwerfallen!

»Wie spät ist es jetzt?« fragte er, sehr freundlich und sehr harmlos.

»Bald sieben!« sagte der Doktor.

»Ich werde mich anziehn!« entschied der Schwiegervater. Er stand auf, nickte und wallte würdig und langsam zur Tür hinaus.

Der Regimentsarzt blieb. Nach der vertrauten Einsamkeit des Friedhofs schien ihm die Einsamkeit im eigenen Hause riesengroß, ungewohnt, feindlich beinahe. Zum erstenmal in seinem Leben schenkte er sich selbst einen Schnaps ein. Es war, als tränke er überhaupt zum erstenmal in seinem Leben. Ordnung machen, dachte er, man muß Ordnung machen. Er war entschlossen, mit seiner Frau zu sprechen. Er trat in den Korridor. »Wo ist meine Frau?« »Im Schlafzimmer!« sagte der Bursche. Anklopfen? fragte sich der Doktor. Nein! befahl sein eisernes Herz. Er klinkte die Tür auf. Seine Frau stand, in blauen Höschen, eine große, rosarote Puderquaste in der Hand, vor dem Schrankspiegel. »Ach!« schrie sie und hielt eine Hand vor die Brust. Der Regimentsarzt blieb an der Tür. »Du bist es?« sagte die Frau. Es war eine Frage, sie klang wie ein Gähnen. »Ich bin es!« antwortete der Regimentsarzt mit fester Stimme. Ihm war, als spräche ein anderer. Er hatte die Brille an; aber er sprach in einen Nebel. »Dein Vater«, begann er, »hat mir gesagt, daß der Leutnant Trotta hier war!«

Sie wandte sich um. Sie stand in den blauen Höschen, die Quaste, wie eine Waffe in der Rechten, gegen ihren Mann gewendet und sagte mit zwitschernder Stimme:

»Dein Freund, der Trotta, war hier! Papa ist gekommen! Hast ihn schon gesehn?«

»Eben darum!« sagte der Regimentsarzt und wußte sofort, daß er verspielt hatte.

Es blieb eine Weile still.

»Warum klopfst du nicht?« fragte sie.

»Ich wollte dir eine Freude machen!«

»Du erschreckst mich!«

»Ich –«, begann der Regimentsarzt. Er wollte sagen: Ich bin dein Mann!

Aber er sagte: »Ich liebe dich!«

Er liebte sie in der Tat. Sie stand da, in blauen Höschen, die rosarote Puderquaste in der Hand. Und er liebte sie.

Ich bin ja eifersüchtig, dachte er. Er sagte: »Ich hab's nicht gern, wenn die Leute ins Haus kommen, und ich weiß nichts davon!«

»Er ist ein reizender Bursche!« sagte die Frau und begann, sich langsam und ausgiebig vor dem Spiegel zu pudern.

Der Regimentsarzt trat nahe an seine Frau heran und ergriff ihre Schultern. Er sah in den Spiegel. Er sah seine braunen, behaarten Hände auf ihren weißen Schultern. Sie lächelte. Er sah es, im Spiegel, das gläserne Echo ihres Lächelns. »Sei aufrichtig!« flehte er. Es war, als knieten seine Hände auf ihren Schultern. Er wußte sofort, daß sie nicht aufrichtig sein würde. Und er wiederholte: »Sei aufrichtig, bitte!« Er sah, wie sie mit hurtigen, blassen Händen ihre blonden Haare an den Schläfen lockerte. Eine überflüssige Bewegung: sie regte ihn auf. Aus dem Spiegel traf ihn ihr Blick, ein grauer, kühler, trockener und flinker Blick, wie ein stählernes Geschoß. Ich liebe sie, dachte der Regimentsarzt. Sie tut mir weh, und ich liebe sie. Er fragte: »Bist du mir bös, daß ich den ganzen Nachmittag fort war?«

Sie wandte sich halb um. Jetzt saß sie, den Oberkörper

in den Hüften verrenkt, ein lebloses Wesen, Modell aus Wachs und seidener Wäsche. Unter dem Vorhang ihrer langen, schwarzen Wimpern erschienen die hellen Augen, falsche, nachgemachte Blitze aus Eis. Ihre schmalen Hände lagen auf den Höschen wie weiße Vögel, gestickt auf blauseidenem Grund. Und mit einer tiefen Stimme, die er niemals von ihr vernommen zu haben glaubte und die ebenfalls ein Mechanismus in ihrer Brust hervorzubringen schien, sagte sie ganz langsam:

»Ich vermisse dich nie!«

Er begann, auf und ab zu gehn, ohne die Frau anzuschaun. Er schob zwei Stühle aus dem Weg. Es war ihm, als müßte er vieles noch aus seinem Weg räumen, die Wände vielleicht wegschieben, mit dem Kopf die Decke zertrümmern, mit den Füßen die Dielen in die Erde treten. Seine Sporen klirrten ihm leise in die Ohren, von ferne her, als trüge sie ein anderer. Ein einziges Wort belebte seinen Kopf, es rauschte hin und zurück, es flog durch sein Gehirn, unaufhörlich. Aus, aus, aus! Ein kleines Wort. Hurtig, federleicht und zentnerschwer zugleich flog es durch sein Gehirn. Seine Schritte wurden immer schneller, die Füße hielten gleichen Takt mit dem beschwingten Pendelschlag des Wortes in seinem Kopf. Plötzlich blieb er stehen: »Du liebst mich also nicht?« fragte er. Er war sicher, daß sie nicht darauf antworten würde. Schweigen wird sie, dachte er. Sie antwortete: »Nein!« Sie hob den schwarzen Vorhang ihrer Wimpern und maß ihn mit nackten, schrecklich nackten Augen von Kopf zu Fuß und fügte hinzu: »Du bist ja betrunken!«

Es wurde ihm klar, daß er zuviel getrunken hatte. Er dachte befriedigt: Ich bin betrunken und will es auch. Und er sagte, mit einer fremden Stimme, als hätte er jetzt die Pflicht, betrunken und nicht er selbst zu sein: »So, aha!«

Nach seinen unklaren Vorstellungen waren es diese Worte und dieser Klang, die ein betrunkener Mann in solchen Augenblicken zu singen hatte. Er sang also. Und er tat ein übriges: »Ich werde dich töten!« sagte er ganz langsam.

»Töte mich!« zwitscherte sie mit ihrer alten, hellen, gewohnten Stimme. Sie erhob sich. Sie erhob sich flink und geschmeidig, die Puderquaste in der Rechten. Der schlanke und volle Schwung ihrer seidenen Beine erinnerte ihn flüchtig an Gliedmaßen in den Schaufenstern der Modehäuser, die ganze Frau war zusammengesetzt, aus Stücken zusammengesetzt. Er liebte sie nicht mehr, er liebte sie nicht mehr. Er war erfüllt von einer Gehässigkeit, die er selbst haßte, einem Zorn, der wie ein unbekannter Feind aus fernen Gegenden zu ihm gekommen war und nun in seinem Herzen wohnte. Er sagte laut, was er vor einer Stunde gedacht hatte: »Ordnung machen! Ich werde Ordnung machen!«

Sie lachte, mit einer schallenden Stimme, die er nicht kannte. Eine Theaterstimme! dachte er. Ein unbezwinglicher Drang, ihr zu beweisen, daß er Ordnung machen könne, gab seinen Muskeln Fülle, seinen schwachen Augen eine ungewöhnliche Stärke. Er sagte: »Ich lasse dich mit deinem Vater allein! Ich gehe, den Trotta aufsuchen!«

»Geh nur, geh!« sagte die Frau.

Er ging. Er kehrte, bevor er das Haus verließ, noch einmal ins Herrenzimmer zurück, um einen Schnaps zu trinken. Er kehrte zum Alkohol zurück wie zu einem heimischen Freund, zum erstenmal in seinem Leben. Er schenkte sich ein Gläschen ein, noch eines und ein drittes. Er verließ das Haus mit klirrenden Schritten. Er ging ins Kasino. Er fragte die Ordonnanz: »Wo ist Herr Leutnant Trotta?«

Leutnant Trotta war nicht im Kasino.

Der Regimentsarzt schlug die schnurgerade Landstraße

ein, die zur Kaserne führte. Schon war der Mond im Abnehmen. Er leuchtete noch silbern und stark, beinahe ein Vollmond. Auf der stillen Landstraße rührte sich kein Hauch. Die dürren Schatten der kahlen Kastanien zu beiden Seiten zeichneten ein verworrenes Netz auf die leichtgewölbte Mitte der Straße. Hart und gefroren klang der Schritt Doktor Demants. Er ging zum Leutnant Trotta. Er sah von ferne, in bläulichem Weiß, die mächtige Mauer der Kaserne, er ging auf sie los, auf die feindliche Burg. Ihm entgegen kam der kalte, blecherne Ton des Zapfenstreichs, Doktor Demant marschierte geradewegs auf die gefrorenen, metallenen Töne zu, er zertrat sie. Bald, jeden Augenblick, mußte der Leutnant Trotta erscheinen. Er löste sich, ein schwarzer Strich, von dem mächtigen Weiß der Kaserne und näherte sich dem Doktor. Noch drei Minuten. Sie standen einander gegenüber. Jetzt standen sie einander gegenüber. Der Leutnant salutierte. Doktor Demant hörte sich selbst wie aus einer unendlichen Ferne: »Sie waren heute nachmittag bei meiner Frau, Herr Leutnant?«

Die Frage widerhallte vom blauen, gläsernen Gewölbe des Himmels. Längst, seit Wochen, sagten sie einander du. Sie sagten einander du. Nun aber standen sie sich gegenüber wie Feinde.

»Ich war heute nachmittag bei Ihrer Frau, Herr Regimentsarzt!« sagte der Leutnant.

Doktor Demant trat ganz nahe an den Leutnant: »Was gibt es zwischen meiner Frau und Ihnen, Herr Leutnant?« Die starken Brillengläser des Doktors funkelten. Der Regimentsarzt hatte keine Augen mehr, nur Brillen.

Carl Joseph schwieg. Es war, als gäbe es in der ganzen weiten, großen Welt keine Antwort auf die Frage Doktor Demants. Man hätte Jahrzehnte umsonst nach einer Antwort suchen können; als wäre die Sprache der Menschen ausgeschöpft und für ewige Zeiten verdorrt. Das Herz schlug mit schnellen, trockenen, harten Schlägen gegen die Rippen. Trocken und hart klebte die Zunge am Gaumen. Eine große, grausame Leere rauschte durch den Kopf. Es war, als stünde man knapp vor einer namenlosen Gefahr und als hätte sie einen zugleich bereits verschlungen. Man stand vor einem riesigen, schwarzen Abgrund, und gleichzeitig war man bereits von seiner Finsternis überwölbt. Aus einer vereisten, glasigen Ferne erklangen die Worte Doktor Demants, tote Worte, Leichen von Worten: »Antworten Sie, Herr Leutnant!«

Nichts. Stille. Die Sterne funkeln, und der Mond schimmert. »Antworten Sie, Herr Leutnant!« Damit ist Carl Joseph gemeint, er muß antworten. Er nimmt die kümmerlichen Reste seiner Kräfte zusammen. Aus der rauschenden Leere in seinem Kopf schlängelt sich ein dünner, nichtswürdiger Satz. Der Leutnant schlägt die Absätze zusammen (aus militärischem Instinkt und auch, um irgendwie Geräusch zu hören), und das Klirren seiner Sporen beruhigt ihn. Und er sagt ganz leise: »Herr Regimentsarzt, zwischen Ihrer Frau und mir ist gar nichts!«

Nichts. Stille. Die Sterne funkeln, und der Mond schimmert. Doktor Demant sagt nichts. Aus toten Brillen schaut er Carl Joseph an. Der Leutnant wiederholt ganz leise: »Gar nichts, Herr Regimentsarzt!«

Er ist verrückt geworden, denkt der Leutnant. Und: Es ist zerbrochen! Es ist etwas zerbrochen. Es ist, als hätte er ein dürres, splitterndes Zerbrechen vernommen. Gebrochene Treue! fällt ihm ein, er hat die Wendung einmal gelesen. Zerbrochene Freundschaft. Ja, es ist eine zerbrochene Freundschaft.

Auf einmal weiß er, daß der Regimentsarzt seit Wochen sein Freund ist; ein Freund! Sie haben sich jeden Tag gesehn. Einmal ist er mit dem Regimentsarzt auf dem Friedhof, zwischen den Gräbern, spazierengegangen. »Es gibt so viel Tote«, sagte der Regimentsarzt. »Fühlst du nicht auch, wie man von den Toten lebt?« »Ich lebe vom Großvater«, sagte Trotta. Er sah das Bildnis des Helden von Solferino, verdämmernd unter dem Suffit des väterlichen Hauses. Ja, etwas Brüderliches klang aus dem Regimentsarzt, aus dem Herzen Doktor Demants schlug das Brüderliche wie ein Feuerchen. »Mein Großvater«, hat der Regimentsarzt gesagt, »war ein alter, großer Jude, mit silbernem Bart!« Carl Joseph sah den alten, großen Juden mit dem silbernen Bart. Sie waren Enkel, sie waren beide Enkel. Wenn der Regimentsarzt sein Pferd besteigt, sieht er ein wenig lächerlich aus, kleiner, winziger als zu Fuß, das Pferd trägt ihn auf dem Rücken wie ein Säckchen Hafer. So kümmerlich reitet auch Carl Joseph. Er kennt sich genau. Er sieht sich wie im Spiegel. Es gibt zwei Offiziere im ganzen Regiment, hinter deren Rücken die andern zu tuscheln haben: Doktor Demant und der Enkel des Helden von Solferino! Zwei sind sie im ganzen Regiment. Zwei Freunde.

»Ihr Ehrenwort, Herr Leutnant?« fragt der Doktor. Ohne zu antworten, streckt Trotta seine Hand aus. Der Doktor sagt: »Danke!« und nimmt die Hand. Sie gehen zusammen die Landstraße zurück, zehn Schritte, zwanzig Schritte, und sprechen kein Wort.

Auf einmal beginnt der Regimentsarzt: »Du sollst es mir nicht übelnehmen. Ich habe getrunken. Mein Schwiegervater ist heute gekommen. Er hat dich gesehn. Sie liebt mich nicht. Sie liebt mich nicht. Kannst du verstehn?« – »Du bist jung!« sagt der Regimentsarzt nach einer Weile, als wollte er sagen, daß er vergeblich gesprochen hat. »Du bist jung!«

»Ich verstehe!« sagt Carl Joseph.

Sie marschieren im gleichen Schritt, ihre Sporen klirren, ihre Säbel scheppern. Gelblich und heimisch winken ihnen die Lichter der Stadt entgegen. Sie haben beide den Wunsch, die Straße möge kein Ende finden. Lange, lange möchten sie so nebeneinander marschieren. Jeder von den beiden hätte irgendein Wort zu sagen, und beide schweigen. Ein Wort, ein Wort ist leicht gesprochen. Es ist nicht gesprochen. Zum letztenmal, denkt der Leutnant, zum letztenmal gehen wir so nebeneinander her!

Jetzt erreichen sie die Stadtgrenze. Der Regimentsarzt muß noch etwas sagen, bevor sie die Stadt betreten. »Es ist nicht wegen meiner Frau«, sagt er. »Das ist ja unwichtig geworden! Damit bin ich fertig. Es ist deinetwegen.« Er wartet auf eine Antwort und weiß, daß keine kommen wird. »Es ist gut, ich danke dir!« sagt er ganz schnell. »Ich gehe noch ins Kasino. Kommst du mit?«

Nein. Leutnant Trotta geht heute nicht ins Kasino. Er kehrt um. »Gute Nacht!« sagt er und macht kehrt. Er geht in die Kaserne.

VII

Der Winter kam. Am Morgen, wenn das Regiment ausrückte, war die Welt noch finster. Unter den Hufen der Rösser zersplitterte die zarte Eishülle auf den Straßen. Grauer Hauch strömte aus den Nüstern der Tiere und aus den Mündern der Reiter. Über den Scheiden der schweren Säbel und über den Läufen der leichten Karabiner perlte der matte Hauch des Frostes. Die kleine Stadt wurde noch kleiner. Die gedämpften, gefrorenen Rufe der Trompeten lockten keinen der gewohnten Zuschauer mehr an den Straßenrand. Nur die Kutscher am alten Standplatz hoben jeden Morgen die bärtigen Köpfe. Sie fuhren Schlitten, wenn reichlich Schnee gefallen war. Die Glöckchen am Gehänge ihrer Gäule klingelten leise, unaufhörlich bewegt von der Unruhe der frierenden Tiere. Alle Tage glichen einander wie Schneeflocken. Die Offiziere des Ulanenregiments warteten auf irgendein außerordentliches Ereignis, das die Eintönigkeit ihrer Tage unterbrechen sollte. Niemand wußte zwar, welcher Art das Ereignis sein würde. Dieser Winter aber schien irgendeine furchtbare Überraschung in seinem klirrenden Schoße zu bergen. Und eines Tages brach sie aus ihm hervor, wie ein roter Blitz aus weißem Schnee ...

An diesem Tage saß der Rittmeister Taittinger nicht einsam wie sonst hinter der großen Spiegelscheibe an der Tür der Konditorei. Seit dem frühen Nachmittag hielt er sich, umgeben von den jüngeren Kameraden, im Hinterstübchen auf. Blasser und hagerer als gewöhnlich erschien er den Offizieren. Sie waren übrigens alle bleich. Sie tranken viele Liköre, und ihre Gesichter röteten sich nicht. Sie aßen nicht. Nur vor dem Rittmeister erhob sich heute, wie immer, ein Berg von Süßigkeiten. Ja, er naschte vielleicht sogar heute mehr als an andern Tagen. Denn der Kummer nagte an seinem Innern und höhlte es aus, und er mußte sich am Leben erhalten. Und während er so ein Backwerk nach dem andern mit seinen hageren Fingern in den weit geöffneten Mund schob, wiederholte er seine Geschichte, zum fünftenmal schon, vor seinen ewig begierigen Zuhörern:

»Also, Hauptsache, meine Herren, ist strengste Diskretion gegenüber der Zivilbevölkerung! Wie ich noch bei den

Neuner-Dragonern war, da hat's dort so einen Schwätzer gegeben, Reserve natürlich, schweres Vermögen, nebenbei bemerkt, und grad, wie er einrückt, muß die Geschichte passieren! Natürlich, wie wir dann den armen Baron Seidl begraben haben, hat die ganze Stadt schon gewußt, warum der so plötzlich gestorben ist. Ich hoffe, meine Herren, daß wir diesmal ein diskreteres –«, er wollte »Begräbnis« sagen, hielt ein, überlegte lange, fand kein Wort, sah zum Plafond, und um seinen Kopf wie um die Köpfe der Zuhörer rauschte eine furchtbare Stille. Endlich schloß der Rittmeister: »– einen diskreteren Vorgang haben werden.« Er atmete einen Augenblick auf, verschluckte ein kleines Backwerk und trank sein Wasser in einem Zug leer.

Alle fühlten, daß er den Tod angerufen hatte. Der Tod schwebte über ihnen, und er war ihnen keineswegs vertraut. Im Frieden waren sie geboren und in friedlichen Manövern und Exerzierübungen Offiziere geworden. Damals wußten sie noch nicht, daß jeder von ihnen, ohne Ausnahme, ein paar Jahre später mit dem Tod zusammentreffen sollte. Damals war keiner unter ihnen scharfhörig genug, das große Räderwerk der verborgenen, großen Mühlen zu vernehmen, die schon den großen Krieg zu mahlen begannen. Winterlicher, weißer Friede herrschte in der kleinen Garnison. Und schwarz und rot flatterte über ihnen der Tod im Dämmer des Hinterstübchens. »Ich kann's nicht begreifen!« sagte einer von den Jungen. Alle hatten schon ähnliches gesagt. »Aber ich erzähl's doch schon zum x-ten Mal!« erwiderte Taittinger. »Die Wandertruppe, damit hat's angefangen! Mich hat der Teufel geritten, grad zu der Operette hinzugehn, zu dem, wie heißt's denn, jetzt hab' ich den Namen auch schon vergessen, also, wie heißt's denn?« – »Der Rastelbinder!« sagte einer. »Richtig! also mit dem ›Rastelbinder‹ hat's angefangen! Wie ich grad aus dem Theater komm', steht der Trotta gottverlassen einsam im Schnee auf dem Platz, ich bin nämlich vor Schluß fortgegangen, das mach' ich immer so, meine Herren! Ich kann's nie bis zum End' aushalten, 's geht gut aus, das kann man gleich erkennen, wann der dritte Akt anfangt, und dann weiß ich eh alles, und dann geh' ich eben, so leis wie möglich, aus dem Saal. Außerdem hab' ich das Stück schon dreimal gesehn! – na! – Da steht also der arme Trotta mutterseelenallein im Schnee. Ich sag': ›Ganz nett ist das Stück gewesen.‹ Und erzähl' noch das merkwürdige Benehmen von Demant! Der hat mich kaum angeschaut, läßt seine Frau im zweiten Akt allein und geht einfach weg und kommt nicht wieder! Er hätt' mir ja auch die Frau anvertrauen können, aber so einfach fortgehn, das ist beinah ein Skandal, und all das sag' ich dem Trotta. ›Ja‹, sagt der, ›mit dem Demant hab' ich schon lang nicht mehr gesprochen‹ ...«

»Den Trotta und den Demant hat man wochenlang zusammen gesehn!« rief jemand.

»Weiß ich natürlich, und deshalb hab' ich auch dem Trotta von dem kuriosen Benehmen Demants erzählt. Aber ich misch' mich ja auch nicht weiter in fremde Angelegenheiten, und deshalb frag' ich den Trotta, ob er noch auf einen Sprung mit mir in die Konditorei kommt. ›Nein‹, sagt er, ›hab' noch ein Rendezvous.‹ Also, ich geh'. Und grad an dem Abend ist die Konditorei früher geschlossen. Schicksal, meine Herren! Ich – ins Kasino natürlich. Erzähl' ahnungslos dem Tattenbach und wer sonst noch dabei war, die Geschichte von Demant und daß der Trotta mitten am Theaterplatz ein Rendezvous hat. Ich hör' noch, wie der Tattenbach pfeift. ›Was pfeifst denn da?‹ frag' ich. ›Hat nichts zu bedeuten‹, sagt er. ›Paßt auf, ich sag' nix als: paßt auf! Der Trotta und die Eva, der Trotta und die Eva‹, singt er zweimal, wie ein Chanson aus dem Tingeltangel, und ich weiß nicht, wer die Eva ist, ich mein' halt, es ist die aus dem Paradies, also symbolisch und generaliter, meine Herren! Verstanden?«

Alle hatten verstanden und bestätigten es durch Zurufe und Kopfnicken. Sie hatten nicht nur die Erzählung des Rittmeisters verstanden, sie kannten sie schon ganz genau, vom Anfang bis zum Ende. Und dennoch ließen sie sich die Begebenheiten immer wieder erzählen, denn sie hofften im törichtesten und geheimsten Abteil ihrer Herzen, daß die Erzählung des Rittmeisters sich einmal verändern und eine spärliche Aussicht auf einen günstigeren Ausgang offenlassen könnte. Sie fragten Taittinger immer wieder. Aber seine Erzählung hatte stets den gleichen Klang. Nicht die geringste der traurigen Einzelheiten veränderte sich.

»Und nun?« fragte einer.

»Das andere wißt ihr ja auch schon!« erwiderte der Rittmeister. »In dem Augenblick, in dem wir das Kasino verlassen, der Tattenbach, der Kindermann und ich, läuft uns der Trotta mit der Frau Demant geradezu in die Arme. ›Paßt auf!‹ sagt der Tattenbach. ›Hat der Trotta nicht gesagt, daß er ein Rendezvous hat?‹ ›Es kann ja auch Zufall sein‹, sag' ich zu Tattenbach. Und es war ja auch ein Zufall, wie ich jetzt weiß. Die Frau Demant ist allein aus dem Theater gekommen. Der Trotta hat sich verpflichtet gefühlt, sie nach Haus zu führen. Auf sein Rendezvous hat er verzichten müssen. Gar nix wär' passiert, wenn mir der Demant in der Pause die Frau übergeben hätt'! Gar nix!«

»Gar nix!« bestätigten alle.

»Am nächsten Abend ist der Tattenbach im Kasino besoffen, wie gewöhnlich. Und gleich, wie der Demant eintritt, erhebt er sich und sagt: ›Servus, Doktorleben!‹ So begann's!«

»Schäbig!« bemerkten zwei gleichzeitig.

»Gewiß, schäbig, aber besoffen! Was soll man da? Ich sage korrekt: ›Servus, Herr Regimentsarzt!‹ Und der Demant mit einer Stimme, die ich ihm nicht zugetraut hätt', zum Tattenbach:

›Herr Rittmeister, Sie wissen, daß ich Regimentsarzt bin!‹

›Ich tät' lieber zu Haus sitzen und aufpassen!‹ sagt der Tattenbach und hält sich am Sessel fest. Es war übrigens Sein Namenstag. Hab' ich euch's schon gesagt?«

»Nein!« riefen alle.

»Also, nun wißt ihr's: Sein Namenstag war's grad!« wiederholte Taittinger.

Diese Neuigkeit schlürften alle mit gierigen Sinnen. Es war, als könnte sich aus der Tatsache, daß Tattenbach Namenstag gehabt hatte, eine ganz neue, günstige Lösung der traurigen Affäre ergeben. Jeder überlegte für sich, welcher Nutzen aus dem Namenstag Tattenbachs zu ziehen wäre. Und der kleine Sternberg, durch dessen Gehirn die Gedanken einzeln dahinzuschießen pflegten, wie einsame Vögel durch leere Wolken, ohne Geschwister und ohne Spur, äußerte sofort, vorzeitigen Jubel in der Stimme: »Aber, dann ist ja alles gut! Situation total verändert! Namenstag hat er halt gehabt!«

Sie sahen zum kleinen Grafen Sternberg hin, verblüfft und trostlos und dennoch bereit, nach dem Unsinn zu greifen. Es war äußerst töricht, was der Sternberg da von sich gab, aber wenn man genau überlegte, konnte man sich nicht daran halten, war da nicht eine Hoffnung, winkte da kein Trost? Das hohle Gelächter, das Taittinger gleich darauf ausstieß, überschüttete sie mit neuem Schrecken. Die Lippen halb geöffnet, hilflose Laute auf den stummen Zungen, die Augen aufgerissen und ohne Blick, blieben sie still, Verstummte und Geblendete, die einen Augenblick lang geglaubt hatten, einen trostreichen Klang zu vernehmen, einen tröstlichen Schimmer zu erblicken. Taub und finster war es rings um sie. In der ganzen großen, stummen, tief verschneiten winterlichen Welt gab es nichts anderes mehr als die fünfmal schon wiederholte, ewig unveränderliche Erzählung Taittingers. Er fuhr fort:

»Also, ›ich tät' lieber zu Haus sitzen und aufpassen‹, sagt der Tattenbach. Und der Doktor, wißt ihr, wie bei der Marodenvisit' und als ob der Tattenbach krank wär', streckt den Kopf gegen den Tattenbach vor und sagt: ›Herr Rittmeister, Sie sind besoffen!‹ –

›Ich tät' lieber auf meine Frau aufpassen‹, lallt der Tattenbach weiter. – ›Unsereins läßt seine Frau nicht um Mitternacht mit Leutnants spazieren!‹ –

›Sie sind besoffen und ein Schuft!‹ sagt der Demant. Und wie ich aufstehn will und eh' ich mich noch rühren kann, fängt der Tattenbach an, wie verrückt zu rufen: ›Jud, Jud, Jud!‹ Achtmal sagt er's hintereinander, ich hab' noch die Geistesgegenwart gehabt, genau zu zählen.«

»Bravo!« sagt der kleine Sternberg, und Taittinger nickt ihm zu.

»Ich hab' aber auch«, fuhr der Rittmeister fort, »die Geistesgegenwart, zu kommandieren: ›Ordonnanzen abtreten!‹ Denn was sollten die Burschen dabei?«

»Bravo!« rief der kleine Sternberg noch einmal. Und alle nickten Beifall.

Sie wurden wieder still. Man hörte aus der nahen Küche der Konditorei hartes Klappern des Geschirrs und von der

Straße her das helle Geklingel eines Schlittens. Taittinger schob noch ein Backwerk in den Mund.

»Jetzt haben wir die Bescherung!« rief der kleine Sternberg.

Taittinger verschluckte den letzten Rest seiner Süßigkeit und sagte nur: »Morgen, sieben Uhr zwanzig!«

Morgen, sieben Uhr zwanzig! Sie kannten die Bedingungen: gleichzeitiger Kugelwechsel, zehn Schritt Entfernung. Säbel hatte man beim Doktor Demant unmöglich durchsetzen können. Er konnte nicht fechten. Morgen, sieben Uhr früh, rückt das Regiment zur Exerzierübung auf die Wasserwiese aus. Von der Wasserwiese bis zu dem sogenannten »Grünen Platz« hinter dem alten Schloß, wo das Duell stattfinden wird, sind kaum zweihundert Schritte. Jeder von den Offizieren weiß, daß er morgen, während der Gelenksübungen noch, zwei Schüsse vernehmen wird. Jeder hörte sie schon jetzt, die zwei Schüsse. Mit schwarzen und roten Fittichen rauschte der Tod über ihren Köpfen.

»Zahlen!« rief Taittinger. Und sie verließen die Konditorei.

Es schneite neuerlich. Ein stummes, dunkelblaues Rudel, gingen sie durch den stummen, weißen Schnee, verloren sich zu zweit und einzeln. Jeder von ihnen hatte Angst, allein zu bleiben; aber es war ihnen auch nicht möglich, zusammenzusein. Sie trachteten, sich in den Gäßchen der winzigen Stadt zu verlieren, und mußten einander wieder nach ein paar Augenblicken begegnen. Die gekrümmten Gassen trieben sie zusammen. Sie waren gefangen in der kleinen Stadt und in der großen Ratlosigkeit. Und immer, wenn einer dem andern entgegenkam, erschraken beide, jeder vor der Angst des andern. Sie warteten auf die Stunde des Abendessens, und sie fürchteten gleichzeitig den nahenden Abend im Kasino, wo sie heute, heute schon, nicht alle anwesend sein würden.

In der Tat, sie waren nicht alle vorhanden! Tattenbach fehlte, der Major Prohaska, der Doktor, der Oberleutnant Zander und der Leutnant Christ und überhaupt die Sekundanten. Taittinger aß nicht. Er saß vor einem Schachbrett und spielte mit sich selbst. Niemand sprach. Die Ordonnanzen standen still und steinern an den Türen, man hörte das langsame, harte Ticken der großen Standuhr, links von ihr sah der Allerhöchste Kriegsherr aus kalten, porzellanblauen Augen auf seine schweigsamen Offiziere. Es wagte weder jemand allein fortzugehn noch den Nächsten mitzunehmen. Und also blieben sie, jeder an seinem Platz. Wo zwei oder drei zusammensaßen, tropften die Worte einzeln und schwer von den Lippen, und zwischen Wort und Antwort lastete eine große Stille aus Blei. Jeder fühlte die Stille auf seinem Rücken.

Sie gedachten derer, die nicht da waren, als wären die Abwesenden schon Tote. Alle erinnerten sich an den Eintritt Doktor Demants, vor einigen Wochen, nach seinem langen Krankheitsurlaub. Sie sahen seinen zögernden Schritt und seine funkelnden Brillen. Sie sahen den Grafen Tattenbach, den kurzen, rundlichen Leib auf gekrümmten Reiterbeinen, den ewig roten Schädel mit den gestutzten, wasserblonden, in der Mitte gescheitelten Haaren und den hellen, kleinen, rotgeränderten Äugelein. Sie hörten die leise Stimme des Doktors und die polternde des Rittmeisters. Und obwohl in ihren Herzen und Sinnen, seitdem sie denken und fühlen konnten, die Worte Ehre und Sterben, Schießen und Schlagen, Tod und Grab heimisch waren, schien es ihnen heute unfaßbar, daß sie vielleicht für ewig geschieden waren von der polternden Stimme des Rittmeisters und von der sanften des Doktors. Sooft die wehmütigen Glokken der großen Wanduhr erklangen, glaubten die Männer, daß ihre eigene letzte Stunde geschlagen habe. Sie wollten ihren Ohren nicht trauen und blickten nach der Wand. Kein Zweifel: Die Zeit hielt nicht. Sieben Uhr zwanzig, sieben Uhr zwanzig, sieben Uhr zwanzig: hämmerte es in allen Hirnen.

Sie erhoben sich, einer nach dem andern, zögernd und schamhaft; während sie einander verließen, war es ihnen, als verrieten sie einander. Sie gingen beinahe lautlos. Ihre Sporen klirrten nicht, ihre Säbel schepperten nicht, ihre Sohlen traten taub einen tauben Boden. Vor Mitternacht noch war das Kasino leer. Und eine Viertelstunde vor Mitternacht erreichten der Oberleutnant Schlegel und der Leutnant Kindermann die Kaserne, in der sie wohnten. Aus dem ersten Stock, wo die Offiziersstuben lagen, warf ein einziges belichtetes Fenster ein gelbes Rechteck in die quadratische Finsternis des Hofes. Beide blickten gleichzeitig hinauf. »Das ist der Trotta!« sagte Kindermann.

»Das ist der Trotta!« wiederholte Schlegel.

»Wir sollten noch einen Blick hineintun!«

»Es wird ihm nicht passen!«

Sie gingen klirrend durch den Korridor, hemmten den Schritt vor der Tür des Leutnants Trotta und lauschten. Nichts rührte sich. Oberleutnant Schlegel griff nach der Klinke, drückte sie aber nicht nieder. Er zog wieder die Hand zurück, und beide entfernten sich. Sie nickten einander zu und gingen in ihre Zimmer.

Der Leutnant Trotta hatte sie in der Tat nicht gehört. Seit nunmehr vier Stunden bemühte er sich, seinem Vater einen ausführlichen Brief zu schreiben. Er kam über die ersten Zeilen nicht hinaus. »Lieber Vater!«, so begann er, »ich bin ahnungslos und unschuldig der Anlaß einer tragischen Ehrenaffäre geworden.« Seine Hand war schwer. Ein totes, nutzloses Werkzeug, schwebte sie mit der zitternden Feder über dem Papier. Dieser Brief war der erste schwere seines Lebens. Es erschien dem Leutnant unmöglich, den Ausgang der Angelegenheit abzuwarten und erst dann dem Bezirkshauptmann zu schreiben. Seit dem unseligen Streit zwischen Tattenbach und Demant hatte er den Bericht von Tag zu Tag hinausgeschoben. Es war unmöglich, ihn nicht heute noch abzuschicken. Heute noch, vor dem Duell. Was hätte der Held von Solferino in dieser Lage getan? Carl Joseph fühlte den gebieterischen Blick des Großvaters im Nacken. Der Held von Solferino diktierte dem zaghaften Enkel bündige Entschlossenheit. Man mußte schreiben, sofort, auf der Stelle. Ja, man hätte vielleicht sogar zum Vater fahren müssen. Zwischen dem toten Helden von Solferino und dem unentschiedenen Enkel stand der Vater, der Bezirkshauptmann, Hüter der Ehre, Wahrer des Erbteils. Lebendig und rot in den Adern des Bezirkshauptmanns rollte noch das Blut des Helden von Solferino. Es war, wenn man dem Vater nicht rechtzeitig berichtete, als versuchte man, auch dem Großvater etwas zu verheimlichen.

Aber um diesen Brief zu schreiben, hätte man so stark sein müssen wie der Großvater, so einfach, so entschieden, so nahe den Bauern von Sipolje. Man war nur der Enkel! Dieser Brief unterbrach in einer schrecklichen Weise die gemächliche Reihe der gewohnten wöchentlichen, gleichklingenden Berichte, die in der Familie der Trottas die Söhne den Vätern immer geschrieben hatten. Ein blutiger Brief; man mußte ihn schreiben.

Der Leutnant fuhr fort: »Ich hatte, allerdings gegen Mitternacht, einen harmlosen Spaziergang mit der Frau unseres Regimentsarztes gemacht. Die Situation ließ mir keine andere Möglichkeit. Kameraden sahen uns. Der Rittmeister Tattenbach, der leider häufig betrunken ist, machte dem Doktor gegenüber eine schäbige Anspielung. Morgen, sieben Uhr zwanzig früh, schießen sich die beiden. Ich werde wahrscheinlich gezwungen sein, den Tattenbach zu fordern, wenn er am Leben bleibt, wie ich hoffe. Die Bedingungen sind schwer.

Dein treuer Sohn

Carl Joseph Trotta, Leutnant.

Nachschrift: Vielleicht werde ich auch das Regiment verlassen müssen.«

Nun schien es dem Leutnant, das Schwerste sei überstanden. Als er aber seinen Blick über den beschatteten Suffit wandern ließ, sah er auf einmal wieder das mahnende Angesicht seines Großvaters. Neben dem Helden von Solferino glaubte er auch das weißbärtige Angesicht des jüdischen Schankwirts zu sehen, dessen Enkel der Regimentsarzt Doktor Demant war. Und er fühlte, daß die Toten die Lebenden riefen, und ihm war, als würde er selbst morgen schon, sieben Uhr zwanzig, zum Duell antreten. Zum Duell antreten und fallen. Fallen! Fallen und sterben!

An jenen längst entschwundenen Sonntagen, an denen Carl Joseph auf dem väterlichen Balkon gestanden war und die Militärkapelle Herrn Nechwals den Radetzkymarsch intoniert hatte, wäre es eine Kleinigkeit gewesen, zu fallen und zu sterben! Dem Zögling der kaiser- und königlichen Kavalleriekadettenanstalt war der Tod vertraut gewesen, aber es war ein sehr ferner Tod gewesen! Morgen früh, sieben Uhr zwanzig, wartete der Tod auf den Freund, den Doktor Demant. Übermorgen, oder in einigen Tagen, auf den Leutnant Carl Joseph von Trotta. O Graus und Finsternis! Anlaß seiner schwarzen Ankunft zu sein und endlich sein Opfer zu werden! Und sollte man selbst nicht sein Opfer werden, wie viele Leichen lagen noch unterwegs? Wie Meilensteine auf den Wegen anderer lagen die Grabsteine auf dem Wege Trottas! Es war gewiß, daß er den Freund nie mehr wiedersehn würde, wie er Katharina nicht mehr gesehn hatte. Niemals! Vor den Augen Carl Josephs dehnte sich dieses Wort ohne Ufer und Grenze, ein totes Meer der tauben Ewigkeit. Der kleine Leutnant ballte die weiße, schwache Faust gegen das große, schwarze Gesetz, das die Leichensteine heranrollte, der Unerbittlichkeit des Niemals keinen Damm setzte und die ewige Finsternis nicht erhellen wollte. Er ballte seine Faust, trat zum Fenster, um sie gegen den Himmel zu erheben. Aber er erhob nur seine Augen. Er sah das kalte Flimmern der winterlichen Sterne. Er erinnerte sich an die Nacht, in der er zum letztenmal mit Doktor Demant zusammen gegangen war, von der Kaserne zur Stadt. Zum letztenmal, er hatte es damals gewußt.

Plötzlich überfiel ihn ein Heimweh nach dem Freund; und auch die Hoffnung, daß es noch möglich sei, den Doktor zu retten! Es war ein Uhr zwanzig. Sechs Stunden hatte Doktor Demant bestimmt noch zu leben, sechs große Stunden. Diese Zeit erschien dem Leutnant jetzt beinahe so mächtig wie vorher die uferlose Ewigkeit. Er stürzte zum Kleiderhaken, schnürte den Säbel um und fuhr in den Mantel, eilte den Korridor entlang und schwebte fast die Treppe hinunter, jagte über das nächtliche Viereck des Hofes zum Tor hinaus, am Posten vorbei, lief durch die stille Landstraße, erreichte in zehn Minuten das Städtchen und eine Weile später den einzigen Schlitten, der einsamen Nachtdienst hatte, und glitt unter tröstlichem Geklingel gegen den Südrand der Stadt, der Villa des Doktors zu. Hinter dem Gitter schlief das Häuschen mit blinden Fenstern. Trotta drückte die Klingel. Alles blieb still. Er schrie den Namen Doktor Demants. Nichts rührte sich. Er wartete. Er ließ den Kutscher mit der Peitsche knallen. Niemand gab Antwort.

Wenn er den Grafen Tattenbach gesucht hätte, es wäre leicht gewesen, ihn zu finden. Eine Nacht vor seinem Duell saß er wahrscheinlich bei Resi und trank auf seine eigene Gesundheit. Unmöglich aber, zu erraten, wo Demant sich aufhielt. Vielleicht ging der Regimentsarzt durch die Gassen der Stadt. Vielleicht spazierte er zwischen den vertrauten Gräbern und suchte sich schon sein eigenes. »Zum Friedhof!« befahl der Leutnant dem erschrockenen Kutscher. Nicht weit von hier lagen die Friedhöfe beieinander. Der Schlitten hielt vor der alten Mauer und dem verschlossenen Gitter. Trotta stieg ab. Er trat an das Gitter. Dem irrsinnigen Einfall folgend, der ihn hierhergetrieben hatte, hielt er die gehöhlten Hände vor den Mund und rief gegen die Gräber hin mit einer fremden Stimme, die wie ein Heulen aus seinem Herzen kam, den Namen Doktor Demants; und glaubte selbst, während er schrie, daß er schon den Toten riefe und nicht mehr den Lebendigen; und erschrak und fing an zu zittern wie einer der nackten Sträucher zwischen den Gräbern, über die jetzt der winterliche Nachtsturm pfiff; und der Säbel schepperte an der Hüfte des Leutnants.

Den Kutscher auf dem Bock des Schlittens grauste es vor seinem Fahrgast. Er dachte, einfältig, wie er war, der Offizier sei ein Gespenst oder ein Wahnsinniger. Er fürchtete aber auch, das Pferd anzutreiben und davonzufahren. Seine Zähne klapperten, sein Herz raste mächtig gegen den dicken Katzenpelz. »Steigen Sie doch ein, Herr Offizier!« bat er.

Der Leutnant folgte. »Zur Stadt zurück!« sagte er. In der Stadt stieg er ab und trabte gewissenhaft durch die gewundenen Gäßchen und über die winzigen Plätze. Die blechernen Melodien eines Musikautomaten, der irgendwoher durch die nächtliche Stille zu schmettern begann, gaben ihm ein vorläufiges Ziel; er eilte dem metallenen Gerassel entgegen. Es drang durch die matt belichtete Glastür einer Kneipe in der Nähe des Unternehmens der Frau Resi, einer Kneipe, die häufig von den Mannschaften aufgesucht wurde und von Offizieren nicht betreten werden durfte. Der Leutnant trat an das hellerleuchtete Fenster und schaute über den rötlichen Vorhang ins Innere der Schenke. Er sah die Theke und den hageren Wirt in Hemdärmeln. An einem Tisch spielten drei Männer, ebenfalls in Hemdärmeln, Karten, an einem andern saß ein Korporal, ein Mädchen neben sich, Biergläser standen vor den beiden. In der Ecke saß ein Mann allein, einen Bleistift hielt er in der Hand, über ein Blatt Papier beugte er sich, schrieb etwas, unterbrach sich, nippte an einem Schnaps und sah in die Luft. Auf einmal richtete er seine Brillengläser gegen das Fenster. Carl Joseph erkannte ihn: Es war Doktor Demant in Zivil.

Carl Joseph klopfte an die Glastür, der Wirt kam; der Leutnant bat ihn, den einsamen Herrn herauszuschicken. Der Regimentsarzt trat auf die Straße. »Ich bin's, Trotta!« sagte der Leutnant und streckte die Hand aus. »Du hast mich gefunden!« sagte der Doktor. Er sprach leise, wie gewöhnlich, aber viel deutlicher als sonst, so schien es dem Leutnant; denn auf eine rätselhafte Weise übertönten seine stillen Worte den rasselnden Musikautomaten. Zum erstenmal stand er vor Trotta in Zivil. Die vertraute Stimme kam aus der veränderten Erscheinung des Doktors dem Leutnant entgegen wie ein guter, heimatlicher Gruß. Ja, die Stimme klang um so vertrauter, je fremder Demant erschien. Alle Schrecken, die den Leutnant in dieser Nacht verwirrten, zerstoben nun vor der Stimme des Freundes, die Carl Joseph seit langen Wochen nicht mehr gehört und die er entbehrt hatte. Ja, entbehrt hatte er sie; er wußte es jetzt. Der Musikautomat hörte auf zu schmettern. Man hörte den Nachtwind von Zeit zu Zeit aufheulen und spürte den Schneestaub, den er aufwirbelte, im Gesicht. Der Leutnant trat noch einen Schritt näher an den Doktor. (Man konnte ihm gar nicht nahe genug kommen.) Du sollst nicht sterben! wollte er sagen. Es schoß ihm durch den Sinn, daß Demant ohne Mantel vor ihm stand, im Schnee, im Wind. Wenn man in Zivil ist, sieht man's nicht sofort, dachte er auch. Und mit einer zärtlichen Stimme sagte er: »Du wirst dich noch erkälten!«

Im Angesicht Doktor Demants leuchtete sofort das alte, wohlbekannte Lächeln auf, das die Lippen ein wenig schürzte, den schwarzen Schnurrbart ein bißchen hob. Carl Joseph errötete. Er kann sich ja gar nicht mehr erkälten, dachte der Leutnant. Gleichzeitig hörte er die sanfte Stimme Doktor Demants: »Ich hab' keine Zeit mehr, krank zu werden, mein lieber Freund.« Er konnte sprechen, während er lächelte. Mitten durch das alte Lächeln gingen die Worte des Doktors, und es blieb dennoch ganz; ein kleines, trauriges, weißes Schleierchen, hing es vor seinen Lippen. »Wir wollen aber hinein!« sagte der Doktor weiter. Er stand, ein schwarzer, unbeweglicher Schatten, vor der matt belichteten Tür und warf einen zweiten, blasseren, auf die beschneite Straße. Auf seinen schwarzen Haaren lag der silberne Schneestaub, belichtet von dem matten Schein, der aus der Kneipe drang. Über seinem Haupt war bereits gleichsam der Schimmer der himmlischen Welt, und Trotta war beinahe bereit, wieder umzukehren. Gute Nacht! wollte er sagen und ganz schnell davongehn.

»Wir wollen doch hineingehn!« sagte der Doktor wieder. »Ich werde fragen, ob du unbemerkt hineinkannst!« Er ging und ließ Trotta draußen. Dann kam er mit dem Wirt zurück. Sie durchschritten einen Flur und einen Hof und gelangten in die Küche der Wirtsstube. »Du bist hier bekannt?« fragte Trotta. »Ich komme manchmal hierher«, erwiderte der Doktor, »das heißt: Ich pflegte oft hierherzukommen!« Carl Joseph sah den Doktor an. »Du wunderst dich? Ich hatte so meine besonderen Gewohnheiten«, sagte der Regimentsarzt. – Warum sagt er: hatte? – dachte der Leutnant; und erinnerte sich aus der Deutschstunde, daß man so was »Mitvergangenheit« nannte. Hatte! Warum sagte der Regimentsarzt: hatte?

Der Wirt brachte ein Tischchen und zwei Stühle in die Küche und entzündete eine grünliche Gaslampe. In der Wirtsstube schmetterte der Musikapparat wieder, ein Potpourri aus bekannten Märschen, zwischen denen die ersten Trommeltakte des Radetzkymarsches, entstellt durch heisere Nebengeräusche, aber immer noch kenntlich, in bestimmten Zeitabständen erklangen. Im grünlichen Schatten, den der Lampenschirm über die weiß getünchten Küchenwände zeichnete, dämmerte das bekannte Porträt des Obersten Kriegsherrn in blütenweißer Uniform auf, zwischen zwei riesigen Pfannen aus rötlichem Kupfer. Das weiße Gewand des Kaisers war von zahllosen Fliegenspuren betupft, wie von winzigen Schrotkügelchen durchsiebt, und die Augen Franz Josephs des Ersten, sicher auch auf diesem

Porträt im selbstverständlichen Porzellanblau gemalt, waren im Schatten des Lampenschirmes erloschen. Der Doktor zeigte mit ausgestrecktem Finger auf das Kaiserbild. »In der Gaststube hat es noch vor einem Jahr gehangen!« sagte er. »Jetzt hat der Wirt keine Lust mehr, zu beweisen, daß er ein loyaler Untertan ist.« Der Automat verstummte. Im selben Augenblick erklangen zwei harte Schläge einer Wanduhr. »Schon zwei Uhr!« sagte der Leutnant. »Noch fünf Stunden!« erwiderte der Regimentsarzt. Der Wirt brachte Sliwowitz. Sieben Uhr zwanzig! hämmerte es im Hirn des Leutnants.

Er griff nach dem Gläschen, hob es in die Luft und sagte mit der starken, angelernten Stimme, mit der man die Kommandos hervorzustoßen hatte:

»Auf dein Wohl! Du mußt leben!«

»Auf einen leichten Tod!« erwiderte der Regimentsarzt und leerte das Glas, während Carl Joseph den Schnaps wieder auf den Tisch stellte.

»Dieser Tod ist unsinnig!« sagte der Doktor weiter. »So unsinnig, wie mein Leben gewesen ist!«

»Ich will nicht, daß du stirbst!« schrie der Leutnant und stampfte auf die Fliesen des Küchenbodens. »Und ich will auch nicht sterben. Und mein Leben ist auch unsinnig!«

»Sei still!« erwiderte Doktor Demant. »Du bist der Enkel des Helden von Solferino. Der wäre fast ebenso unsinnig gestorben. Obwohl es ein Unterschied ist, ob man so gläubig wie er in den Tod geht oder so schwachmütig wie wir beide.« Er schwieg. »Wie wir beide«, begann er nach einer Weile. »Unsere Großväter haben uns nicht viel Kraft hinterlassen, wenig Kraft zum Leben, es reicht gerade noch, um unsinnig zu sterben. Ach!« Der Doktor schob sein Gläschen von sich, und es war, als schöbe er die ganze Welt weit fort und den Freund ebenfalls. »Ach!« wiederholte er, »ich bin müde, seit Jahren müde! Ich werde morgen wie ein Held sterben, wie ein sogenannter Held, ganz gegen meine Art und ganz gegen die Art meiner Väter und meines Geschlechts und gegen den Willen meines Großvaters. In den großen, alten Büchern, in denen er gelesen hat, steht der Satz: ›Wer die Hand gegen seinesgleichen erhebt, ist ein Mörder.‹ Morgen wird einer gegen mich eine Pistole erheben, und ich werde eine Pistole gegen ihn erheben. Und ich werde ein Mörder sein. Aber ich bin kurzsichtig, ich werde nicht zielen. Ich werde meine kleine Rache haben. Wenn ich die Brille abnehme, sehe ich gar nichts, gar nichts. Und ich werde schießen, ohne zu sehn! Das wird natürlicher sein, ehrlicher und ganz passend!«

Der Leutnant Trotta begriff nicht vollkommen, was der Regimentsarzt sagte. Die Stimme des Doktors war ihm vertraut und, nachdem er sich an das Zivil des Freundes gewöhnt hatte, auch Gestalt und Angesicht. Aber aus einer ganz unermeßlichen Ferne kamen die Gedanken Doktor Demants, aus jener unermeßlich fernen Gegend, in der Demants Großvater, der weißbärtige König unter den jüdischen Schankwirten, gelebt haben mochte. Trotta strengte sein Gehirn an, wie einst in der Kadettenschule in der Trigonometrie, er begriff immer weniger. Er fühlte nur, wie sein frischer Glaube an die Möglichkeit, alles noch zu retten, allmählich matt wurde, wie seine Hoffnung langsam verglühte zu weißer, windiger Asche, ähnlich den verglimmenden Netzfäden über dem singenden Gasflämmchen. Sein Herz klopfte laut wie die hohlen, blechernen Schläge der Wanduhr. Er verstand den Freund nicht. Er war auch vielleicht zu spät gekommen. Vieles noch hatte er zu sagen.

Aber seine Zunge lag schwer im Mund, von Gewichten belastet. Er öffnete die Lippen. Sie waren fahl, sie zitterten sachte, er konnte sie nur mit Mühe wieder schließen.

»Du dürftest Fieber haben!« sagte der Regimentsarzt, genauso, wie er zu Patienten zu sprechen gewohnt war. Er klopfte an den Tisch, der Wirt kam mit neuen Schnapsgläsern. »Und du hast noch das erste nicht getrunken!«

Trotta leerte gehorsam das erste Glas. »Zu spät hab' ich den Schnaps entdeckt – schade!« sagte der Doktor. »Du wirst es nicht glauben: Es tut mir leid, daß ich nie getrunken habe.«

Der Leutnant machte eine ungeheure Anstrengung, hob den Blick und starrte ein paar Sekunden dem Doktor ins Angesicht. Er hob das zweite Glas, es war schwer, die Hand zitterte und verschüttete ein paar Tropfen. Er trank in einem Zug; Zorn erglühte in seinem Innern, stieg in den Kopf, rötete sein Angesicht. »Ich werde also gehn!« sagte er. »Ich kann deine Witze nicht vertragen. Ich war froh, wie ich dich gefunden hab'! Ich war bei dir zu Haus. Ich habe geläutet. Ich bin vor den Friedhof gefahren. Ich hab' deinen Namen durch das Tor hineingerufen, wie ein Verrückter. Ich hab' – – –« Er brach ab. Zwischen seinen bebenden Lippen formten sich lautlose Worte, taube Worte, taube Schatten von tauben Lauten. Plötzlich füllten sich seine Augen mit einem warmen Wasser, und ein lautes Stöhnen kam aus seiner Brust. Er wollte aufstehn und weglaufen, denn er schämte sich sehr. Ich weine ja! dachte er, ich weine ja! Er fühlte sich ohnmächtig, grenzenlos ohnmächtig gegenüber der unbegreiflichen Macht, die ihn zwang zu weinen. Er lieferte sich ihr willig aus. Er ergab sich der Wonne seiner Ohnmacht. Er hörte sein Stöhnen und genoß es, schämte sich und genoß noch seine Scham. Er warf sich dem süßen

Schmerz in die Arme und wiederholte sinnlos, unter fortwährendem Schluchzen, ein paarmal hintereinander: »Ich will nicht, daß du stirbst, ich will nicht, daß du stirbst, ich will nicht! Ich will nicht!«

Doktor Demant erhob sich, ging ein paarmal durch die Küche, verharrte vor dem Porträt des Obersten Kriegsherrn, begann, die schwarzen Fliegentupfen auf dem Rock des Kaisers zu zählen, unterbrach seine törichte Beschäftigung, trat zu Carl Joseph, legte seine Hände sachte auf die zuckenden Schultern und näherte seine funkelnden Brillengläser dem hellbraunen Scheitel des Leutnants. Er hatte, der kluge Doktor Demant, bereits mit der Welt Schluß gemacht, seine Frau zu ihrem Vater nach Wien geschickt, seinen Burschen beurlaubt, sein Haus verschlossen. Im Hotel zum goldenen Bären wohnte er seit dem Ausbruch der unseligen Affäre. Er war fertig. Seitdem er angefangen hatte, den ungewohnten Schnaps zu trinken, war es ihm sogar möglich gewesen, in diesem sinnlosen Duell irgendeinen geheimen Sinn zu finden, den Tod herbeizuwünschen als den gesetzmäßigen Abschluß seiner irrtümlichen Laufbahn, ja, einen Schimmer der jenseitigen Welt zu erahnen, an die er immer geglaubt hatte. Lange noch vor der Gefahr, in die er sich nun begab, waren ihm ja die Gräber vertraut gewesen und die toten Freunde. Ausgelöscht war die kindische Liebe zu seiner Frau. Die Eifersucht, vor wenigen Wochen noch ein schmerzlicher Brand in seinem Herzen, war ein kaltes Häufchen Asche. Sein Testament, eben geschrieben, an den Obersten adressiert, lag in seiner Rocktasche. Er hatte nichts zu vermachen, weniger Menschen zu gedenken und also nichts vergessen. Der Alkohol machte ihn leicht, ungeduldig nur das Warten. Sieben Uhr zwanzig, die Stunde, die fürchterlich in allen Hirnen seiner Kameraden seit Tagen hämmerte, schwang in dem seinen wie ein silbernes Glöckchen. Zum erstenmal, seitdem er die Uniform angezogen hatte, fühlte er sich leicht, stark und mutig. Er genoß die Nähe des Todes, wie ein Genesender die Nähe des Lebens genießt. Er hatte Schluß gemacht, er war fertig! ...

Nun stand er wieder, kurzsichtig und hilflos wie immer, vor seinem jungen Freund. Ja, es gab noch Jugend und Freundschaft und Tränen, die um ihn vergossen wurden. Auf einmal fühlte er wieder Heimweh nach der Kümmerlichkeit seines Lebens, nach der ekelhaften Garnison, der verhaßten Uniform, der Stumpfheit der Marodenvisite, dem Gestank der versammelten und entkleideten Mannschaften, den öden Impfungen, dem Karbolgeruch des Spitals, den häßlichen Launen seiner Frau, der wohlgesicherten Enge seines Hauses, den aschgrauen Wochentagen, den gähnenden Sonntagen, den qualvollen Reitstunden, den blöden Manövern und seiner eigenen Betrübnis über all diese Schalheit. Durch das Schluchzen und Stöhnen des Leutnants brach gewaltig der schmetternde Ruf dieser lebendigen Erde, und während der Doktor nach einem Wort suchte, um Trotta zu beruhigen, überschwemmte das Mitleid sein Herz, flackerte die Liebe in ihm mit tausend Feuerzungen auf. Weit hinter ihm lag schon die Gleichgültigkeit, in der er die letzten Tage zugebracht hatte.

Da erklangen drei harte Schläge der Wanduhr. Trotta war auf einmal still. Man hörte das Echo der drei Glocken, es ertrank langsam im Summen der Gaslampe. Der Leutnant begann mit einer ruhigen Stimme: »Du sollst wissen, wie dumm diese ganze Geschichte ist! Der Taittinger langweilt mich wie uns alle. Ich sag' ihm also, daß ich ein Rendezvous hab', an jenem Abend vor dem Theater. Dann kommt deine

Frau allein. Ich muß sie begleiten. Und grad wie wir am Kasino vorbeigehn, treten sie alle auf die Straße.«

Der Doktor nahm die Hände von den Schultern Trottas und begann wieder seine Wanderung. Er ging beinahe lautlos, mit sanften und horchenden Schritten.

»Ich muß dir noch sagen«, fuhr der Leutnant fort, »daß ich sofort geahnt hab', es wird was Schlimmes passieren. Ich hab' auch kaum noch ein nettes Wort zu deiner Frau sagen können. Und wie ich dann vor eurem Garten gestanden bin, vor deiner Villa, hat die Laterne gebrannt; ich erinnere mich, da hab' ich im Schnee auf dem Weg vom Gartentor zur Haustür deutlich die Spuren deiner Schritte sehn können, und da hab' ich eine merkwürdige Idee gehabt, eine verrückte Idee ...«

»Ja?« sagte der Doktor und blieb stehen.

»Eine komische Idee: Ich hab' einen Moment gedacht, deine Spuren sind so was wie Wächter, ich kann's nicht ausdrücken, ich hab' halt gedacht, sie schaun aus dem Schnee herauf zu deiner Frau und mir.«

Doktor Demant setzte sich wieder, sah Trotta genau an und sagte langsam:

»Vielleicht liebst du meine Frau und weißt es nur selber nicht?«

»Ich hab' keine Schuld an der ganzen Sache!« sagte Trotta.

»Nein, du hast keine Schuld!« bestätigte der Regimentsarzt.

»Aber immer ist es so, als hätt' ich Schuld!« sagte Carl Joseph. »Du weißt, ich hab' dir erzählt, wie das mit der Frau Slama gewesen ist!« Er blieb still. Dann flüsterte er: »Ich hab' Angst, ich hab' Angst, überall!«

Der Regimentsarzt breitete die Arme aus, hob die Schultern und sagte: »Du bist auch ein Enkel!«

Er dachte in diesem Augenblick nicht an die Ängste des Leutnants. Es schien ihm sehr wohl möglich, jetzt noch allem Bedrohlichen zu entgehn. Verschwinden! dachte er. Ehrlos werden, degradiert, drei Jahre als Gemeiner dienen oder ins Ausland fliehen! Nicht erschossen werden! Schon war ihm der Leutnant Trotta, Enkel des Helden von Solferino, ein Mensch aus einer anderen Welt, vollkommen fremd. Und er sagte laut und mit höhnender Lust:

»Diese Dummheit! Diese Ehre, die in der blöden Troddel da am Säbel hängt. Man kann eine Frau nicht nach Haus begleiten! Siehst du, wie dumm das ist? Hast du nicht jenen dort« – er zeigte auf das Bild des Kaisers – »aus dem Bordell gerettet? Blödsinn!« schrie er plötzlich, »infamer Blödsinn!«

Es klopfte, der Wirt kam und brachte zwei gefüllte Gläschen. Der Regimentsarzt trank. »Trink!« sagte er. Carl Joseph trank. Er begriff nicht ganz genau, was der Doktor sagte, aber er ahnte, daß Demant nicht mehr bereit war zu sterben. Die Uhr tickte ihre blechernen Sekunden. Die Zeit hielt nicht. Sieben Uhr zwanzig, sieben Uhr zwanzig! Ein Wunder mußte sich ereignen, wenn Demant nicht sterben sollte. Es ereigneten sich keine Wunder, soviel wußte der Leutnant schon! Er selbst – phantastischer Gedanke – wird morgen, sieben Uhr zwanzig, erscheinen und sagen: Meine Herren, der Demant ist verrückt geworden, in dieser Nacht, ich schlage mich für ihn! Kinderei, lächerlich, unmöglich! Er sah wieder ratlos auf den Doktor. Die Zeit hielt nicht, die Uhr steppte unaufhörlich ihre Sekunden weiter. Bald ist es vier: noch drei Stunden!

»Also!« sagte schließlich der Regimentsarzt. Es klang, als hätte er schon einen Entschluß gefaßt, als wüßte er genau, was zu tun sei. Aber er wußte nichts Genaues! Seine Gedanken zogen blind und ohne Zusammenhang verworrene Bahnen durch blinde Nebel. Er wußte nichts! Ein nichtswürdiges, infames, dummes, eisernes, gewaltiges Gesetz fesselte ihn, schickte ihn gefesselt in einen dummen Tod. Er vernahm aus der Gaststube die späten Geräusche. Offenbar saß dort niemand mehr. Der Wirt steckte die klirrenden Biergläser ins plätschernde Wasser, schob die Stühle zusammen, rückte an den Tischen, klirrte mit dem Schlüsselbund. Man mußte gehn. Von der Straße, vom Winter, vom nächtlichen Himmel, von seinen Sternen, vom Schnee vielleicht kamen Rat und Trost. Er ging zum Wirt, zahlte, kam im Mantel zurück, schwarz, in einem schwarzen, breiten Hut stand er vermummt und noch einmal verwandelt vor dem Leutnant. Er erschien Carl Joseph gerüstet, stärker gerüstet als jemals in Uniform mit Säbel und Mütze.

Sie gingen durch den Hof, durch den Flur zurück, in die Nacht. Der Doktor sah zum Himmel hinauf, von den ruhigen Sternen kam kein Rat, kälter waren sie als der Schnee ringsum. Finster waren die Häuser, taubstumm die Gassen, der Nachtwind zerblies den Schnee zu Staub, die Sporen Trottas klirrten sacht, die Sohlen des Doktors knirschten daneben. Sie gingen schnell, als hätten sie ein bestimmtes Ziel. In ihren Köpfen jagten Fetzen von Vorstellungen einher, von Gedanken, von Bildern. Wie schwere und flinke Hämmer klopften ihre Herzen. Ohne es zu wissen, gab der Regimentsarzt die Richtung an, ohne es zu wissen, folgte ihm der Leutnant. Sie näherten sich dem Hotel zum goldenen Bären. Sie standen vor dem gewölbten Tor des Gasthauses. In der Vorstellung Carl Josephs erwachte das Bild vom Großvater Demants, dem silberbärtigen König unter den jüdischen Schankwirten. Vor solch einem Tor, einem viel größeren wahrscheinlich, saß er zeit seines Lebens.

Er stand auf, wenn die Bauern anhielten. Weil er nicht mehr hörte, schrien die kleinen Bauern durch die gehöhlten Hände vor den Mündern ihre Wünsche zu ihm empor. Sieben Uhr zwanzig, sieben Uhr zwanzig, klang es wieder. Sieben Uhr zwanzig war der Enkel dieses Großvaters tot.

»Tot!« sagte der Leutnant laut. Oh, er war nicht mehr klug, der kluge Doktor Demant! Er war vergeblich frei und mutig gewesen, ein paar Tage; es zeigte sich jetzt, daß er nicht Schluß gemacht hatte. Man wurde nicht leicht fertig! Sein kluger Kopf, ererbt von einer langen, langen Reihe kluger Väter, wußte ebensowenig Rat wie der einfache Kopf des Leutnants, dessen Ahnen die einfachen Bauern von Sipolje gewesen waren. Ein stupides, eisernes Gesetz ließ keinen Ausweg frei.

»Ich bin ein Dummkopf, mein lieber Freund!« sagte der Doktor. »Ich hätte mich von Eva längst trennen müssen. Ich habe keine Kraft, diesem blöden Duell zu entrinnen. Ich werde aus Blödheit ein Held sein, nach Ehrenkodex und Dienstreglement. Ein Held!« Er lachte. Es schallte durch die Nacht. »Ein Held!« wiederholte er und stapfte hin und zurück vor dem Tor des Gasthofes.

Durch das junge, trostbereite Hirn des Leutnants schoß blitzschnell eine kindische Hoffnung; sie werden nicht aufeinander schießen und sich versöhnen! Alles wird gut sein! Man wird sie zu andern Regimentern transferieren! Mich auch! Töricht, lächerlich, unmöglich! dachte er gleich darauf. Und verloren, verzweifelt, mit schalem Kopf, trockenem Gaumen, zentnerschweren Gliedern stand er regungslos vor dem hin und her wandelnden Doktor.

Wie spät war es schon? – Er wagte nicht, auf die Uhr zu sehn. Bald mußte es ja vom Turm schlagen. Er wollte warten. »Wenn wir uns nicht wiedersehn sollten«, sagte der Doktor, hielt ein und sagte ein paar Sekunden später: »Ich rate dir, verlaß diese Armee!« Dann streckte er die Hand aus: »Leb wohl! Geh heim! Ich werde allein fertig! Servus!« Er zog am Glockendraht. Man hörte aus dem Innern das dröhnende Klingeln. Schon näherten sich Schritte. Man schloß auf. Leutnant Trotta ergriff die Hand des Doktors. Mit einer gewöhnlichen Stimme, die ihn selbst verwunderte, sagte er ein gewöhnliches »Servus!« Er hatte nicht einmal den Handschuh ausgezogen. Schon fiel die Tür zu. Schon gab es keinen Doktor Demant mehr. Wie von einer unsichtbaren Hand gezogen, ging der Leutnant Trotta den gewohnten Weg in die Kaserne. Er hörte nicht mehr, wie über ihm im zweiten Stock ein Fenster aufgeklinkt wurde. Der Doktor beugte sich noch einmal hinunter, sah den Freund um die Ecke verschwinden, schloß das Fenster, entzündete alle Lichter im Zimmer, ging zum Waschtisch, schliff sein Rasiermesser, prüfte es am Daumennagel, seifte sein Gesicht ein, in aller Ruhe, wie jeden Morgen. Er wusch sich. Er nahm aus dem Schrank die Uniform. Er kleidete sich an, schnallte den Säbel um und wartete. Er nickte ein. Er schlief traumlos, ruhig, im breiten Lehnstuhl vor dem Fenster.

Als er erwachte, war der Himmel über den Dächern schon hell, ein zarter Schimmer blaute über dem Schnee. Bald mußte es klopfen. Schon hörte er von fern das Klingeln eines Schlittens. Er näherte sich, er hielt. Jetzt schepperte die Glocke. Jetzt knarrte die Stiege. Jetzt klirrten die Sporen. Jetzt klopfte es.

Jetzt standen sie im Zimmer, der Oberleutnant Christ und der Hauptmann Wangert vom Infanterieregiment der Garnison. Sie blieben in der Nähe der Tür, der Leutnant einen halben Schritt hinter dem Hauptmann. Der Regimentsarzt warf einen Blick zum Himmel. Als ein ferner Widerhall aus ferner Kindheit zitterte die erloschene Stimme des Großvaters: »Höre Israel«, sprach die Stimme, »der Herr, unser Gott, ist der einzige Gott!« – »Ich bin fertig, meine Herren!« sagte der Regimentsarzt.

Sie saßen, ein wenig eng, im kleinen Schlitten; die Schellen klingelten mutig, die braunen Rösser hoben die gestutzten Schwänze und ließen große, runde, gelbe, dampfende Äpfel in den Schnee fallen. Der Regimentsarzt, dem alle Tiere zeit seines Lebens sehr gleichgültig gewesen waren, fühlte auf einmal Heimweh nach seinem Pferd. Es wird mich überleben! dachte er. Nichts verriet sein Angesicht. Seine Begleiter schwiegen.

Sie hielten etwa hundert Schritte vor der Lichtung. Bis zum »Grünen Platz« gingen sie zu Fuß. Schon war der Morgen da, aber die Sonne noch nicht aufgegangen. Still standen die Tannen, den Schnee auf den Ästen trugen sie stolz, schmal und aufrecht. Von ferne her krähten die Hähne Ruf und Widerruf. Tattenbach sprach laut mit seinen Begleitern. Der Oberarzt Doktor Mangel ging hin und her zwischen den Parteien. »Meine Herren!« sagte eine Stimme. In diesem Augenblick nahm der Regimentsarzt Doktor Demant umständlich, wie er immer gewohnt war, die Brille ab und legte sie sorgfältig auf einen breiten Baumstumpf. Merkwürdigerweise sah er dennoch vor sich deutlich seinen Weg, den angewiesenen Platz, die Distanz zwischen sich und dem Grafen Tattenbach und diesen selbst. Er wartete. Bis zum letzten Augenblick wartete er auf den Nebel. Aber alles blieb deutlich, als ob der Regimentsarzt nie kurzsichtig gewesen wäre. Eine Stimme zählte: »Eins!« Der Regimentsarzt hob die Pistole. Er fühlte sich wieder frei und mutig, ja, übermütig, zum erstenmal in seinem Leben übermütig. Er zielte wie einst als Einjährig-Freiwilliger beim Scheibenschießen (obwohl er damals schon ein miserabler Schütze gewesen war). Ich bin ja nicht kurzsichtig, dachte er, ich werde die Brille nie mehr brauchen. Vom medizinischen Standpunkt war es kaum erklärlich. Der Regimentsarzt beschloß, sich in der Ophthalmologie umzusehen. In dem Augenblick, in dem ihm der Name eines bestimmten Facharztes einfiel, zählte die Stimme: »Zwei.« Der Doktor sah immer noch klar. Ein zager Vogel unbekannter Art begann zu zwitschern, und von ferne hörte man das Blasen der Trompeten. Um diese Zeit erreichte das Ulanenregiment den Exerzierplatz.

In der zweiten Eskadron ritt Leutnant Trotta, wie alle Tage. Der matte Hauch des Frostes perlte über den Scheiden der schweren Säbel und über den Läufen der leichten Karabiner. Die gefrorenen Trompeten weckten das schlafende Städtchen. Die Kutscher in ihren dicken Pelzen, am gewohnten Standplatz, hoben die bärtigen Häupter. Als das Regiment die Wasserwiese erreichte und absaß und die Mannschaften sich wie gewöhnlich zu den allmorgendlichen Gelenksübungen in Doppelreihen aufstellten, trat der Leutnant Kindermann zu Carl Joseph und sagte: »Bist du krank? Weißt du, wie du ausschaust?« Er zog seinen koketten Taschenspiegel und hielt ihn vor Trottas Augen. In dem kleinen, schimmernden Rechteck erblickte Leutnant Trotta ein uraltes Angesicht, das er sehr genau kannte: glühende, schmale, schwarze Augen, den scharfen, knöchernen Rücken einer großen Nase, aschgraue, eingefallene Wangen und einen schmalen, langen, festgeschlossenen und blutleeren Mund, der wie ein längstvernarbter Säbelhieb das Kinn vom Schnurrbart schied. Nur dieser kleine, braune Schnurrbart erschien Carl Joseph fremd. Daheim, unter dem Suffit des väterlichen Herrenzimmers, war das verdämmernde Angesicht des Großvaters ganz nackt gewesen.

»Danke!« sagte der Leutnant. »Ich hab' diese Nacht nicht geschlafen.« Er verließ den Exerzierplatz.

Er ging zwischen den Stämmen links ab, wo ein Pfad zur breiten Landstraße abzweigte. Es war sieben Uhr vierzig. Man hatte keine Schüsse gehört. Alles ist gut, alles ist gut, sagte er sich, es ist ein Wunder geschehn! In spätestens zehn Minuten muß der Major Prohaska dahergeritten kommen, dann wird man alles wissen. Man hörte die zögernden Geräusche der erwachenden kleinen Stadt und das langgedehnte Heulen einer Lokomotive vom Bahnhof. Als der Leutnant die Stelle erreichte, wo der Pfad in die Straße mündete, erschien auf seinem Braunen der Major, Leutnant Trotta grüßte. »Guten Morgen!« sagte der Major, und nichts weiter. Der schmale Pfad hatte keinen Platz für Reiter und Fußgänger nebeneinander. Leutnant Trotta ging also hinter dem reitenden Major. Etwa zwei Minuten vor der Wasserwiese (man vernahm schon die Kommandos der Unteroffiziere) hielt der Major, wandte sich halb im Sattel um und sagte nur: »Beide!« – Dann, während er weiterritt, mehr vor sich hin als zum Leutnant: »Es war halt nix zu machen!«

An diesem Tage kehrte das Regiment eine gute Stunde früher in die Kaserne zurück. Die Trompeten bliesen wie an allen andern Tagen. Am Nachmittag verlasen die dienstführenden Unteroffiziere vor der Mannschaft den Befehl, in dem der Oberst Kovacs mitteilte, daß der Rittmeister Graf Tattenbach und der Regimentsarzt Doktor Demant für die Ehre des Regiments den Soldatentod gefunden hatten.

VIII

Damals, vor dem großen Kriege, da sich die Begebenheiten zutrugen, von denen auf diesen Blättern berichtet wird, war es noch nicht gleichgültig, ob ein Mensch lebte oder starb. Wenn einer aus der Schar der Irdischen ausgelöscht wurde, trat nicht sofort ein anderer an seine Stelle, um den Toten vergessen zu machen, sondern eine Lücke blieb, wo er fehlte, und die nahen wie die fernen Zeugen des Unterganges verstummten, sooft sie diese Lücke sahen. Wenn das Feuer ein Haus aus der Häuserzeile der Straße hinweggerafft hatte, blieb die Brandstätte noch lange leer. Denn die Maurer arbeiteten langsam und bedächtig, und die nächsten Nachbarn wie die zufällig Vorbeikommenden erinnerten sich, wenn sie den leeren Platz erblickten, an die Gestalt und an die Mauern des verschwundenen Hauses. So war es damals! Alles, was wuchs, brauchte viel Zeit zum Wachsen; und alles, was unterging, brauchte lange Zeit, um vergessen zu werden. Alles aber, was einmal vorhanden gewesen war, hatte seine Spuren hinterlassen, und man lebte dazumal von den Erinnerungen, wie man heutzutage lebt von der Fähigkeit, schnell und nachdrücklich zu vergessen. Lange Zeit bewegte und erschütterte der Tod des Regimentsarztes und des Grafen Tattenbach die Gemüter der Offiziere, der Mannschaften des Ulanenregiments und auch der Zivilbevölkerung. Man begrub die Toten nach den vorschriftsmäßigen militärischen und religiösen Riten. Obwohl über die Art ihres Todes keiner der Kameraden außerhalb der eigenen Reihen ein Wort hatte fallenlassen, schien es doch in der Bevölkerung der kleinen Garnison ruchbar geworden zu sein, daß beide ihrer strengen Standesehre zum Opfer gefallen waren. Und es war, als trüge von nun ab auch jeder der überlebenden Offiziere das Merkmal eines nahen, gewaltsamen Todes in seinem Antlitz, und für die Kaufleute und Handwerker des Städtchens waren die fremden Herren noch fremder geworden. Wie unbegreifliche Anbeter einer fernen, grausamen Gottheit, deren buntverkleidete und prachtgeschmückte Opfertiere sie gleichzeitig waren, gingen die Offiziere umher. Man sah ihnen nach und schüttelte die Köpfe. Man bedauerte sie sogar. Sie haben viele Vorteile, sagten sich die Leute. Sie können mit Säbeln herumgehn und Frauen gefallen, und der Kaiser sorgt für sie persönlich, als wären sie seine eigenen Söhne. Aber, eins, zwei, drei, hast du nicht gesehn, fügt einer dem andern eine Kränkung zu, und das muß mit rotem Blut abgewaschen werden! ...

Diejenigen, von denen man also sprach, waren in der Tat nicht zu beneiden. Sogar der Rittmeister Taittinger, von dem das Gerücht ging, daß er bei andern Regimentern ein paar Duelle mit tödlichem Ausgang miterlebt hatte, veränderte sein gewohntes Gebaren. Während die Lauten und Leichtfertigen still und kleinlaut wurden, bemächtigte sich des allezeit leisen, hageren und genäschigen Rittmeisters eine merkwürdige Unruhe. Er konnte nicht mehr stundenlang allein hinter der Glastür der kleinen Konditorei sitzen und Backwerk verschlingen oder mit sich selbst oder mit dem Obersten wortlos Schach und Domino spielen. Er fürchtete die Einsamkeit. Er klammerte sich geradezu an die andern. War kein Kamerad in der Nähe, so betrat er einen Laden, um irgend etwas Überflüssiges zu kaufen. Er blieb lange stehen und plauderte mit dem Händler unnützes und törichtes Zeug und konnte sich nicht entschließen, den Laden zu verlassen; es sei denn, daß er einen gleichgültigen Bekannten draußen vorbeigehn sah, auf den er sich sofort stürzte. Dermaßen hatte sich die Welt verändert. Das Kasino blieb leer. Man unterließ die geselligen Ausflüge ins Unternehmen der Frau Resi. Die Ordonnanzen hatten wenig zu tun. Wer einen Schnaps bestellte, dachte beim Anblick des Glases, daß es just jenes wäre, aus dem vor ein paar Tagen noch Tattenbach getrunken hatte. Man erzählte zwar noch die alten Anekdoten, aber man lachte nicht mehr laut, sondern lächelte höchstens. Den Leutnant Trotta sah man nicht mehr außerhalb des Dienstes.

Es war, als hätte eine geschwinde, zauberhafte Hand den Anstrich der Jugend aus dem Angesicht Carl Josephs weggewaschen. Man hätte in der ganzen kaiser- und königlichen Armee keinen ähnlichen Leutnant finden können. Es war ihm, als müßte er jetzt etwas Besonderes tun – aber weit und breit fand sich nichts Besonderes! Es verstand sich von selbst, daß er das Regiment verließ und in ein anderes eingereiht wurde. Er aber suchte nach irgendeiner schwierigen Aufgabe. Er suchte in Wirklichkeit nach einer freiwilligen Buße. Er hätte es niemals ausdrücken können, aber wir können es ja von ihm sagen: Es bedrängte ihn unsäglich, daß er ein Werkzeug in der Hand des Unglücks war.

In diesem Zustand befand er sich, als er seinem Vater den Ausgang des Duells mitteilte und seine unumgängliche Transferierung zu einem anderen Regiment ankündigte. Er verschwieg, daß ihm bei dieser Gelegenheit ein kurzer Urlaub zustand; denn er hatte Angst, sich seinem Vater zu zeigen. Es erwies sich aber, daß er den Alten nicht kannte. Denn der Bezirkshauptmann, das Muster eines Staatsbeamten, wußte in den militärischen Bräuchen Bescheid. Und merkwürdigerweise schien er sich auch in den Kümmernissen und Verwirrungen seines Sohnes auszukennen, was zwischen den Zeilen seiner Antwort deutlich sichtbar wurde. Die Antwort des Bezirkshauptmanns lautete nämlich folgendermaßen:

»Lieber Sohn!

Ich danke Dir für Deine genauen Mitteilungen und für Dein Vertrauen. Das Schicksal, das Deine Kameraden getroffen hat, berührt mich schmerzlich. Sie sind gestorben, wie es sich für ehrenwerte Männer geziemt.

Zu meiner Zeit waren Duelle noch häufiger und die Ehre weit kostbarer als das Leben. Zu meiner Zeit waren auch die Offiziere, wie mir scheinen will, aus einem härteren Holz. Du bist Offizier, mein Sohn, und der Enkel des Helden von Solferino. Du wirst es zu tragen wissen, daß Du unfreiwillig und schuldlos an dem tragischen Ereignis beteiligt bist. Gewiß tut es Dir auch leid, das Regiment zu verlassen, aber in jedem Regiment, im ganzen Bereich der Armee, dienst Du unserem Kaiser.

Dein Vater

Franz von Trotta.

Nachschrift: Deinen zweiwöchigen Urlaub, der Dir bei der Transferierung zusteht, kannst Du, nach Deinem Belieben, in meinem Haus verbringen, oder, noch besser, in dem neuen Garnisonsort, damit Du Dich mit den dortigen Verhältnissen leichter vertraut machst.

Der Obige.«

Diesen Brief las der Leutnant Trotta nicht ohne Beschämung. Der Vater hatte alles erraten. Die Gestalt des Bezirkshauptmanns wuchs in den Augen des Leutnants zu einer fast furchtbaren Größe. Ja, sie erreichte bald den Großvater.

Und hatte der Leutnant schon vorher Angst gehabt, dem Alten gegenüberzutreten, so war es ihm jetzt ganz unmöglich, den Urlaub zu Hause zu verleben. Später, später, wenn ich den ordentlichen Urlaub habe, sagte sich der Leutnant, der aus einem ganz andern Holz geschnitzt war als die Leutnants aus der Jugendzeit des Bezirkshauptmanns.

»Gewiß tut es Dir auch leid, das Regiment zu verlassen«, schrieb der Vater. Hatte er es geschrieben, weil er das Gegenteil ahnte? Was hätte Carl Joseph nicht gern verlassen mögen? Dieses Fenster vielleicht, den Blick in die Mannschaftsstuben gegenüber, die Mannschaften selbst, wenn sie auf den Betten hockten, den wehmütigen Klang ihrer Mundharmonikas und die Gesänge, die fernen Lieder, die wie ein unverstandenes Echo ähnlicher Lieder klangen, die von den Bauern in Sipolje gesungen wurden! Vielleicht müßte man nach Sipolje gehn, dachte der Leutnant. Er trat vor die Generalstabskarte, den einzigen Wandschmuck in seinem Zimmer. Mitten im Schlaf hätte er Sipolje finden können. Im äußersten Süden der Monarchie lag es, das stille, gute Dorf. Mitten in einem leicht schraffierten, hellen Braun steckten die hauchdünnen, winzigen, schwarzen Buchstaben, aus denen sich der Name Sipolje zusammensetzte. In der Nähe waren: ein Ziehbrunnen, eine Wassermühle, der kleine Bahnhof einer eingleisigen Waldbahn, eine Kirche und eine Moschee, ein junger Laubwald, schmale Waldpfade, Feldwege und einsame Häuschen. Es ist Abend in Sipolje. Vor dem Brunnen stehen die Frauen in bunten Kopftüchern, golden überschminkt vom glühenden Sonnenuntergang. Die Moslems liegen auf den alten Teppichen der Moschee im Gebet. Die winzige Lokomotive der Waldbahn klingelt durch das dichte Dunkelgrün der Tannen. Die Wassermühle klappert, der Bach murmelt. Es war das vertraute Spiel aus der Kadettenzeit. Die gewohnten Bilder kamen auf den ersten Wink. Über allen glänzte der rätselhafte Blick des Großvaters. Es gab in der Nähe wahrscheinlich keine Kavalleriegarnison. Man mußte sich also zur Infanterie transferieren lassen. Nicht ohne Mitleid sahen die berittenen Kameraden auf die Truppen zu Fuß, nicht ohne Mitleid werden sie auf den transferierten Trotta sehn. Der Großvater war auch nur ein einfacher Hauptmann bei der Infanterie gewesen. Zu Fuß marschieren über den heimatlichen Boden war fast eine Heimkehr zu den bäuerlichen Vorfahren. Mit schweren Füßen gingen sie über die harten Schollen, den Pflug stießen sie in das saftige Fleisch des Ackers, den fruchtbaren Samen verstreuten sie mit segnenden Gebärden. Nein! Es tat dem Leutnant durchaus nicht leid, dieses Regiment und vielleicht die Kavallerie zu verlassen! Der Vater mußte es erlauben. Ein Infanteriekurs, vielleicht ein bißchen lästig, war noch zu absolvieren.

Man mußte Abschied nehmen. Kleiner Abend im Kasino. Eine Runde Schnaps. Kurze Ansprache des Obersten. Eine Flasche Wein. Den Kameraden herzlichen Händedruck. Hinter dem Rücken zischelten sie schon. Eine Flasche Sekt. Vielleicht, wer weiß, erfolgt am Ende noch gesammelter Abmarsch ins Lokal der Frau Resi: noch eine Runde Schnaps. Ach, wenn dieser Abschied schon überstanden wäre! Den Burschen Onufrij wird man mitnehmen. Man kann sich nicht wieder mühsam an einen neuen Namen gewöhnen! Dem Besuch beim Vater wird man entgehn. Überhaupt wird man versuchen, allen lästigen und schwierigen Ereignissen zu entgehen, die mit einer Transferierung verbunden sind. Blieb allerdings noch der schwere, schwere Weg zur Witwe Doktor Demants.

Welch ein Weg! Der Leutnant Trotta versuchte, sich einzureden, daß Frau Eva Demant nach dem Begräbnis ihres Mannes wieder zu ihrem Vater nach Wien abgereist wäre. Er wird also vor der Villa stehn, lange und vergeblich läuten, die Adresse in Wien erfahren und einen knappen, möglichst herzlichen Brief schreiben. Es ist sehr angenehm, daß man nur einen Brief zu schreiben hat. Man ist keineswegs mutig, denkt der Leutnant zu gleicher Zeit. Fühlte man nicht ständig im Nacken den dunklen, rätselhaften Blick des Großvaters, wer weiß, wie jämmerlich man durch dieses schwere Leben torkeln müßte. Mutig wurde man nur, wenn man an den Helden von Solferino dachte. Immer mußte man beim Großvater einkehren, um sich ein bißchen zu stärken.

Und der Leutnant machte sich langsam auf den schweren Weg. Es war drei Uhr nachmittags. Die kleinen Kaufleute warteten kümmerlich und erfroren vor den Läden auf ihre spärlichen Kunden. Aus den Werkstätten der Handwerker klangen trauliche und fruchtbare Geräusche. Es hämmerte fröhlich in der Schmiede, beim Klempner schepperte der hohle, blecherne Donner, es klapperte hurtig aus dem Keller des Schusters, und beim Tischler surrten die Sägen. Alle Gesichter und alle Geräusche der Werkstätten kannte der Leutnant. Täglich ritt er zweimal an ihnen vorbei. Vom Sattel aus konnte er über die alten, blauweißen Schilder sehen, die sein Kopf überragte. Jeden Tag sah er das Innere der morgendlichen Stuben in den ersten Stockwerken, die Betten, die Kaffeekannen, die Männer in Hemden, die Frauen mit offenen Haaren, die Blumentöpfe an den Fensterbrettern, gedörrtes Obst und eingelegte Gurken hinter verzierten Gittern.

Nun stand er vor der Villa Doktor Demants. Das Tor

knarrte. Er trat ein. Der Bursche öffnete. Der Leutnant wartete. Frau Demant kam. Er zitterte ein wenig. Er erinnerte sich an den Kondolenzbesuch beim Wachtmeister Slama. Er fühlte die schwere, feuchte, kalte und lockere Hand des Wachtmeisters. Er sah das dunkle Vorzimmer und den rötlichen Salon. Er spürte im Gaumen den schalen Nachgeschmack des Himbeerwassers. Sie ist also nicht in Wien, dachte der Leutnant, erst in dem Augenblick, in dem er die Witwe erblickte. Ihr schwarzes Kleid überraschte ihn. Es war, als erführe er jetzt erst, daß Frau Demant die Witwe des Regimentsarztes sei. Auch das Zimmer, das man jetzt betrat, war nicht das gleiche, in dem man zu Lebzeiten des Freundes gesessen hatte. An der Wand hing, schwarz umflort, das große Bildnis des Toten. Es rückte immer weiter, ähnlich wie der Kaiser im Kasino, als wäre es nicht den Augen nahe und den Händen greifbar, sondern unerreichbar weit hinter der Wand, wie durch ein Fenster gesehen. »Danke, daß Sie gekommen sind!« sagte Frau Demant. »Ich wollte mich verabschieden«, erwiderte Trotta. Frau Demant erhob ihr blasses Angesicht. Der Leutnant sah den schönen, grauen, hellen Glanz ihrer großen Augen. Sie waren geradeaus gegen sein Gesicht gerichtet, zwei runde Lichter aus blankem Eis. Im winterlichen Nachmittagsdämmer des Zimmers leuchteten nur die Augen der Frau. Der Blick des Leutnants floh zu ihrer schmalen, weißen Stirn und weiter zur Wand, zum fernen Bildnis des toten Mannes. Die Begrüßung dauerte viel zu lange, es war Zeit, daß Frau Demant zum Sitzen aufforderte. Aber sie sagte nichts. Indessen fühlte man, wie die Dunkelheit des nahenden Abends durch die Fenster fiel, und hatte kindische Angst, daß in diesem Hause niemals ein Licht entzündet würde. Kein passendes Wort kam dem Leutnant zu

Hilfe. Er hörte den leisen Atem der Frau. »Wir stehn hier so herum«, sagte sie endlich. »Setzen wir uns!« Sie setzten sich einander gegenüber an den Tisch. Wie einst beim Wachtmeister Slama saß Carl Joseph, die Tür im Rücken. Bedrohlich, wie damals, fühlte er die Tür. Ohne Sinn schien sie von Zeit zu Zeit lautlos aufzugehn und sich lautlos zu schließen. Tiefer färbte sich die Dämmerung. In ihr verrann das schwarze Kleid der Frau Eva Demant. Nun war sie von der Dämmerung selbst bekleidet. Ihr weißes Angesicht schwebte nackt, entblößt, auf der dunklen Oberfläche des Abends. Verschwunden war das Bildnis des toten Mannes an der Wand gegenüber. »Mein Mann«, sagte die Stimme der Frau Demant durch die Dunkelheit. Der Leutnant konnte ihre Zähne schimmern sehn; sie waren weißer als das Angesicht. Allmählich unterschied er auch wieder den blanken Glanz ihrer Augen. »Sie waren sein einziger Freund! Er hat es oft gesagt! Wie oft hat er von Ihnen gesprochen! Wenn Sie wüßten! Ich kann nicht begreifen, daß er tot ist. Und« – sie flüsterte: »daß ich schuld daran bin!«

»Ich bin schuld daran!« sagte der Leutnant. Seine Stimme war sehr laut, hart und seinen eigenen Ohren fremd. Es war kein Trost für die Witwe Demant. »Ich bin schuldig!« wiederholte er. »Ich hätte Sie vorsichtiger nach Hause führen müssen. Nicht am Kasino vorbei.«

Die Frau begann zu schluchzen. Man sah das blasse Angesicht, das sich immer tiefer über den Tisch beugte, wie eine große, weiße, ovale, langsam niedersinkende Blume. Plötzlich tauchten rechts und links die weißen Hände auf, nahmen das niedersinkende Antlitz in Empfang und betteten es. Und nun war nichts mehr hörbar eine Zeitlang, eine Minute, noch eine, als das Schluchzen der Frau. Eine

Ewigkeit für den Leutnant. Aufstehn und sie weinen lassen und fortgehn, dachte er. Er erhob sich wirklich. Im Nu fielen ihre Hände auf den Tisch. Mit einer ruhigen Stimme, die gleichsam aus einer anderen Kehle kam als das Weinen, fragte sie: »Wohin wollen Sie denn?«

»Licht machen!« sagte Trotta.

Sie erhob sich, ging um den Tisch an ihm vorbei und streifte ihn. Er roch eine zarte Welle Parfüm, vorbei war sie und schon verweht. Das Licht war hart; Trotta zwang sich, geradeaus in die Lampen zu sehen. Frau Demant hielt eine Hand vor die Augen. »Zünden Sie das Licht über der Konsole an«, befahl sie. Der Leutnant gehorchte. Sie wartete an der Türleiste, die Hand über den Augen. Als die kleine Lampe unter dem sanften, goldgelben Schirm brannte, löschte sie das Deckenlicht aus. Sie nahm die Hand von den Augen, wie man ein Visier abnimmt. Sie sah sehr kühn aus, im schwarzen Kleid, mit dem blassen Angesicht, das sie Trotta entgegenreckte. Zornig und tapfer war sie. Man sah auf ihren Wangen die winzigen, getrockneten Rinnsale der Tränen. Die Augen waren blank wie immer.

»Setzen Sie sich dorthin, aufs Sofa!« befahl Frau Demant, Carl Joseph setzte sich. Die angenehmen Polster glitten von allen Seiten, von der Lehne, aus den Winkeln, tükkisch und behutsam gegen den Leutnant. Er fühlte, daß es gefährlich war, hier zu sitzen, und rückte entschlossen an den Rand, legte die Hände über den Korb des aufgestützten Säbels und sah Frau Eva herankommen. Wie der gefährliche Befehlshaber all der Kissen und Polster sah sie aus. An der Wand, rechts vom Sofa, hing das Bild des toten Freundes. Frau Eva setzte sich. Ein sanftes, kleines Kissen lag zwischen beiden. Trotta rührte sich nicht. Wie immer, wenn er keinen Weg aus einer der zahlreichen peinigenden Situationen sah, in die er zu gleiten pflegte, stellte er sich vor, daß er schon imstande sei fortzugehn.

»Sie werden also transferiert?« fragte Frau Demant.

»Ich lasse mich transferieren!« sagte er, den Blick auf den Teppich gesenkt, das Kinn in den Händen und die Hände über dem Korb des Säbels.

»Das muß sein?«

»Jawohl, es muß sein!«

»Es tut mir leid! – Sehr leid!«

Frau Demant saß, wie er, die Ellenbogen auf die Knie gestützt, das Kinn in den Händen und die Augen auf den Teppich gerichtet. Sie wartete wahrscheinlich auf ein tröstliches Wort, auf ein Almosen. Er schwieg. Er genoß das wonnige Gefühl, den Tod des Freundes durch ein hartherziges Schweigen fürchterlich zu rächen. Geschichten von gefährlichen, kleinen, Männer mordenden, hübschen Frauen, oft wiederkehrend in den Gesprächen der Kameraden, fielen ihm ein. Zu dem gefährlichen Geschlecht der schwachen Mörderinnen gehörte sie höchstwahrscheinlich. Man mußte trachten, unverzüglich ihrem Bereich zu entkommen. Er rüstete zum Aufbruch. In diesem Augenblick veränderte Frau Demant ihre Haltung. Sie nahm die Hände vom Kinn. Ihre Linke begann, gewissenhaft und sachte die seidene Borte zu glätten, die den Rand des Sofas einsäumte. Ihre Finger gingen so den schmalen, glänzenden Pfad, der von ihr zu Leutnant Trotta führte, auf und ab, regelmäßig und langsam. Sie stahlen sich in sein Blickfeld, er wünschte sich Scheuklappen. Die weißen Finger verwickelten ihn in ein stummes, aber keineswegs abzubrechendes Gespräch. Eine Zigarette rauchen: glücklicher Einfall! Er zog die Zigarettendose, die Streichhölzer. »Geben Sie mir eine!« sagte Frau Demant. Er mußte in ihr Gesicht sehen, als er ihr Feuer gab.

Er hielt es für ungehörig, daß sie rauchte; als wäre Nikotingenuß in der Trauer nicht erlaubt. Und die Art, in der sie den ersten Zug einatmete und wie sie die Lippen rundete zu einem kleinen, roten Ring, aus dem die zarte, blaue Wolke kam, war übermütig und lasterhaft.

»Haben Sie eine Ahnung, wohin Sie transferiert werden?«

»Nein«, sagte der Leutnant, »aber ich werde mich bemühen, sehr weit weg zu kommen!«

»Sehr weit? Wohin zum Beispiel?«

»Vielleicht nach Bosnien!«

»Glauben Sie, daß Sie dort glücklich sein können?«

»Ich glaube nicht, daß ich irgendwo glücklich sein kann!«

»Ich wünsche Ihnen, daß Sie es werden!« sagte sie flink, sehr flink, wie es Trotta vorkam.

Sie erhob sich, kam mit einem Aschenbecher zurück, stellte ihn auf den Boden, zwischen sich und den Leutnant, und sagte:

»Wir werden uns also wahrscheinlich nie mehr wiedersehn!«

Nie mehr! Das Wort, das gefürchtete, das uferlose, tote Meer der tauben Ewigkeit! Nie mehr konnte man Katharina sehn, den Doktor Demant, diese Frau! Carl Joseph sagte:

»Wahrscheinlich! Leider!« Er wollte hinzufügen: Auch Max Demant werde ich nie mehr wiedersehn! »Witwen gehören verbrannt!«, eines der kühnen Sprichwörter Taittingers, kam dem Leutnant gleichzeitig in den Sinn.

Man hörte die Klingel, darauf Bewegung im Korridor. »Das ist mein Vater!« sagte Frau Demant. Schon trat Herr Knopfmacher ein. »Ah, da sind Sie ja, Sie sind es ja!« sagte er. Er brachte einen herben Schneegeruch ins Zimmer. Er entfaltete ein großes, blütenweißes Taschentuch, schneuzte sich dröhnend, barg das Tuch behutsam in der Brusttasche, wie man einen wertvollen Besitz einsteckt, streckte die Hand nach der Türleiste und entzündete die Deckenlampe, trat näher an Trotta, der sich beim Eintritt Knopfmachers erhoben hatte und nun seit einer Weile stehend wartete, und drückte ihm stumm die Hand. In diesem Händedruck kündigte Herr Knopfmacher alles an, was an Kummer über den Tod des Doktors auszudrücken war. Schon sagte Knopfmacher, nach der Deckenlampe zeigend, zu seiner Tochter: »Entschuldige, ich kann so trauriges Stimmungslicht nicht ausstehen!« Es war, als hätte er einen Stein nach dem umflorten Porträt des Toten geworfen.

»Sie sehen aber schlecht aus!« sagte Knopfmacher im nächsten Augenblick mit frohlockender Stimme. »Hat Sie furchtbar hergenommen, dieses Unglück, wie?«

»Er war mein einziger Freund!«

»Sehn Sie«, sagte Knopfmacher und setzte sich an den Tisch und bat lächelnd: »Behalten Sie doch Ihren Platz!« und fuhr fort, als der Leutnant wieder auf dem Sofa saß: »Genau das hat er von Ihnen gesagt, wie er noch gelebt hat. Welch ein Malheur!« Und er schüttelte ein paarmal den Kopf, und seine vollen, geröteten Wangen wackelten ein bißchen.

Frau Demant zog ein Tüchlein aus dem Ärmel, hielt es vor die Augen, stand auf und ging aus dem Zimmer.

»Wer weiß, wie sie's überstehn wird!« sagte Knopfmacher. »Na, ich hab' ihr lange genug zugeredet, vorher! Sie hat nix hören wollen! Sehn Sie doch, lieber Herr Leutnant! Jeder Stand hat seine Gefahren. Aber ein Offizier! Ein Offizier – verzeihn Sie – sollte eigentlich nicht heiraten. Unter uns gesagt, aber Ihnen wird er's ja auch gewiß erzählt haben, er wollte den Abschied nehmen und sich ganz der Wissenschaft widmen. Und wie froh ich darüber war, kann ich ja gar nicht sagen. Er wäre gewiß ein großer Arzt geworden. Der liebe, gute Max!« Herr Knopfmacher erhob die Augen zum Porträt, ließ sie oben verweilen und schloß seinen Nachruf: »Eine Kapazität!«

Frau Demant brachte den Sliwowitz, den ihr Vater liebte. »Sie trinken doch?« fragte Knopfmacher und schenkte ein. Er trug selbst das gefüllte Gläschen in vorsichtiger Hand zum Sofa. Der Leutnant erhob sich. Er fühlte einen schalen Geschmack im Mund wie einst nach dem Himbeerwasser. Er trank den Alkohol in einem Zug.

»Wann haben Sie ihn zuletzt gesehn?« fragte Knopfmacher.

»Einen Tag vorher!« sagte der Leutnant.

»Er hat Eva gebeten, nach Wien zu fahren, ohne etwas anzudeuten. Und sie ist ahnungslos abgefahren. Und dann ist sein Abschiedsbrief gekommen. Und da hab' ich gleich gewußt, daß nix mehr zu machen ist.«

»Nein, es war nichts zu machen!«

»Es ist etwas nicht mehr Zeitgemäßes, entschuldigen Sie schon, an diesem Ehrenkodex! Wir sind immerhin im zwanzigsten Jahrhundert, bedenken Sie! Wir haben das Grammophon, man telephoniert über hundert Meilen, und Blériot und andere fliegen sogar schon in der Luft! Und, ich weiß nicht, ob Sie auch Zeitung lesen und in der Politik beschlagen sind: Man hört so, daß die Konstitution gründlich geändert wird. Seit dem allgemeinen, gleichen und geheimen Wahlrecht ist allerlei vorgegangen, bei uns und in der Welt. Unser Kaiser, Gott erhalte ihn uns lange, denkt gar nicht so unmodern, wie manche glauben. Freilich, die sogenannten konservativen Kreise haben ja auch nicht so ganz unrecht. Man muß langsam, bedächtig, mit Überlegung vorgehn. Nur nix überstürzen!«

»Ich verstehe nichts von Politik!« sagte Trotta.

Knopfmacher fühlte Unwillen im Herzen. Er grollte dieser blöden Armee und ihren hirnverbrannten Einrichtungen. Sein Kind war jetzt Witwe, der Schwiegersohn tot, man mußte einen neuen suchen, zivil diesmal, und der Kommerzialrat war ebenfalls vielleicht hinausgeschoben. Es war höchste Zeit, daß man mit diesem Unfug aufräumte. So junge Taugenichtse wie die Leutnants durften im zwanzigsten Jahrhundert nicht übermütig werden. Die Nationen wollten ihre Rechte, Bürger ist Bürger, keine Privilegien mehr für den Adel; die Sozialdemokratie war ja gefährlich, aber ein gutes Gegengewicht. Vom Krieg redet man fortwährend, aber er kommt gewiß nicht. Man wird ihnen schon zeigen. Die Zeiten sind aufgeklärt. In England zum Beispiel hatte der König nichts zu sagen.

»Natürlich!« sagte er. »In der Armee ist ja auch Politik nicht angebracht. Er« – Knopfmacher wies nach dem Porträt – »hat allerdings manches davon verstanden.«

»Er war sehr klug!« sagte Trotta leise.

»Es war nix mehr zu machen!« wiederholte Knopfmacher.

»Er war vielleicht«, sagte der Leutnant, und ihm selbst schien es, daß aus ihm eine fremde Weisheit sprach, eine aus den alten, großen Büchern des silberbärtigen Königs unter den Schankwirten, »er war vielleicht sehr klug und ganz allein!«

Er wurde blaß. Er fühlte die blanken Blicke der Frau Demant. Er mußte jetzt gehen. Es wurde sehr still. Es war nichts mehr zu sagen.

»Auch den Baron Trotta werden wir nicht mehr wiedersehn, Papa! Er wird transferiert!« sagte Frau Demant.

»Aber ein Lebenszeichen?« fragte Knopfmacher.

»Sie werden mir schreiben!« sagte Frau Demant.

Der Leutnant stand auf. »Alles Gute!« sagte Knopfmacher. Seine Hand war groß und weich, wie warmen Sammet fühlte man sie. Frau Demant ging voraus. Der Bursche kam, hielt den Mantel. Frau Demant stand daneben. Trotta schlug die Hacken zusammen. Sehr schnell sagte sie: »Sie schreiben mir! Ich will wissen, wo Sie bleiben.« Es war ein hurtiger, warmer Lufthauch, schon verweht. Schon öffnete der Bursche die Tür. Da lagen die Stufen. Nun erhob sich das Gitter; wie damals, als er den Wachtmeister verlassen hatte.

Er ging schnell zur Stadt, trat ins erste Kaffeehaus, das auf seinem Wege lag, trank stehend, am Büfett, einen Cognac, noch einen. »Wir trinken nur Hennessy!« hörte er den Bezirkshauptmann sagen. Er hastete der Kaserne zu.

Vor der Tür seines Zimmers, ein blauer Strich zwischen kahlem Weiß, wartete Onufrij. Der Kanzleigefreite hatte im Auftrag des Obersten ein Paket für den Leutnant gebracht. Es lehnte, schmal, in braunem Papier, in der Ecke. Auf dem Tisch lag ein Brief.

Der Leutnant las:

»Mein lieber Freund, ich hinterlass' Dir meinen Säbel und meine Taschenuhr. Max Demant.«

Trotta packte den Säbel aus. Am Korb hing die glatte, silberne Taschenuhr Doktor Demants. Sie ging nicht. Ihr Zifferblatt zeigte zehn Minuten vor zwölf. Der Leutnant zog sie auf und hielt sie ans Ohr. Ihre zarte, hurtige Stimme tickte tröstlich. Er öffnete den Deckel mit dem Taschenmesser, neugierig und spielsüchtig, ein Knabe. Auf der Innenseite standen die Initialen: M. D. Er zog den Säbel aus der Scheide. Hart unter dem Griff hatte Doktor Demant mit dem Messer ein paar schwerfällige und unbeholfene Zeichen in den Stahl geritzt. »Lebe wohl und frei!« lautete die Inschrift. Der Leutnant hängte den Säbel in den Schrank. Er hielt das Portepee in der Hand. Die metallumwobene Seide rieselte zwischen den Fingern, ein kühler, goldener Regen. Trotta schloß den Kasten; er schloß einen Sarg.

Er löschte das Licht aus und streckte sich angekleidet auf das Bett. Der gelbe Schimmer aus den Mannschaftsstuben schwamm im weißen Lack der Tür und spiegelte sich in der blitzenden Klinke. Die Ziehharmonika seufzte drüben heiser und wehmütig auf, umtost von den tiefen Stimmen der Männer. Sie sangen das ukrainische Lied vom Kaiser und der Kaiserin:

> Oh, unser Kaiser ist ein guter, braver Mann,
> Und unsere Herrin ist seine Frau, die Kaiserin,
> Er reitete allen seinen Ulanen voran,
> Und sie bleibt allein im Schloß,
> Und sie wartet auf ihn – – –
> Auf den Kaiser wartet sie, die Kaiserin – –

Die Kaiserin war zwar schon lange tot. Aber die ruthenischen Bauern glaubten, sie lebe noch. –

Zweiter Teil

IX

Die Strahlen der habsburgischen Sonne reichten nach dem Osten bis zur Grenze des russischen Zaren. Es war die gleiche Sonne, unter der das Geschlecht der Trottas zu Adel und Ansehn herangewachsen war. Die Dankbarkeit Franz Josephs hatte ein langes Gedächtnis, und seine Gnade hatte einen langen Arm. Wenn eines seiner bevorzugten Kinder im Begriffe war, eine Torheit zu begehn, griffen die Minister und Diener des Kaisers rechtzeitig ein und zwangen den Törichten zu Vorsicht und Vernunft. Es wäre kaum schicklich gewesen, den einzigen Nachkommen des neugeadelten Geschlechts derer von Trotta und Sipolje in jener Provinz dienen zu lassen, welcher der Held von Solferino entstammte, der Enkel analphabetischer slowenischer Bauern, der Sohn eines Wachtmeisters der Gendarmerie. Mochte es dem Nachfahren immer noch gefallen, den Dienst bei den Ulanen mit dem bescheidenen bei den Fußtruppen zu vertauschen: Er blieb also treu dem Gedächtnis des Großvaters, der als einfacher Leutnant der Infanterie dem Kaiser das Leben gerettet hatte. Aber die Umsicht des kaiser- und königlichen Kriegsministeriums vermied es, den Träger eines Adelsprädikats, das genau so hieß wie das slowenische Dorf, dem der Begründer des Geschlechtes entstammte, in die Nähe dieses Dorfes zu schicken. Ebenso wie die Behörden dachte auch der Bezirkshauptmann, der Sohn des Helden von Solferino. Zwar gestattete er – und gewiß nicht leichten Herzens – seinem Sohn die Transferierung zur Infanterie. Aber mit dem Verlangen Carl Josephs, in die slowenische Provinz zu kommen, war er keineswegs einverstanden. Er selbst, der Bezirkshauptmann, hatte niemals den Wunsch gespürt, die Heimat seiner Väter zu sehn. Er war ein Österreicher, Diener und Beamter der Habsburger, und seine Heimat war die Kaiserliche Burg zu Wien. Wenn er politische Vorstellungen von einer nützlichen Umgestaltung des großen und vielfältigen Reiches gehabt hätte, so wäre es ihm genehm gewesen, in allen Kronländern lediglich große und bunte Vorhöfe der Kaiserlichen Hofburg zu sehn und in allen Völkern der Monarchie Diener der Habsburger. Er war ein Bezirkshauptmann. In seinem Bezirk vertrat er die Apostolische Majestät. Er trug den goldenen Kragen, den Krappenhut und den Degen. Er wünschte sich nicht, den Pflug über die gesegnete slowenische Erde zu führen. In dem entscheidenden Brief an seinen Sohn stand der Satz: »Das Schicksal hat aus unserm Geschlecht von Grenzbauern Österreicher gemacht. Wir wollen es bleiben.«

Also kam es, daß dem Sohn Carl Joseph, Freiherrn von Trotta und Sipolje, die südliche Grenze verschlossen blieb und er lediglich die Wahl hatte, im Innern des Reiches zu dienen oder an dessen östlicher Grenze. Er entschied sich für das Jägerbataillon, das nicht weiter als zwei Meilen von der russischen Grenze stationiert war. In der Nähe lag das Dorf Burdlaki, die Heimat Onufrijs. Dieses Land war die verwandte Heimat der ukrainischen Bauern, ihrer wehmütigen Ziehharmonikas und ihrer unvergeßlichen Lieder: Es war die nördliche Schwester Sloweniens.

Siebzehn Stunden saß Leutnant Trotta im Zug. In der achtzehnten tauchte die letzte östliche Bahnstation der Monarchie auf. Hier stieg er aus. Sein Bursche Onufrij begleitete ihn. Die Jägerkaserne lag in der Mitte des Städtchens. Bevor sie in den Hof der Kaserne traten, bekreuzigte sich Onufrij dreimal. Es war Morgen. Der Frühling, lange schon heimisch im Innern des Reiches, war erst vor kurzem hierhergelangt. Schon leuchtete der Goldregen an den Hängen des Eisenbahndamms. Schon blühten die Veilchen in den feuchten Wäldern. Schon quakten die Frösche in den unendlichen Sümpfen. Schon kreisten die Störche über den niederen Strohdächern der dörflichen Hütten, die alten Räder zu suchen, die Fundamente ihrer sommerlichen Behausung.

Die Grenze zwischen Österreich und Rußland, im Nordosten der Monarchie, war um jene Zeit eines der merkwürdigsten Gebiete. Das Jägerbataillon Carl Josephs lag in einem Ort von zehntausend Einwohnern. Er hatte einen geräumigen Ringplatz, in dessen Mittelpunkt sich seine zwei großen Straßen kreuzten. Die eine führte von Osten nach Westen, die andere von Norden nach Süden. Die eine führte vom Bahnhof zum Friedhof. Die andere von der Schloßruine zur Dampfmühle. Von den zehntausend Einwohnern der Stadt ernährte sich ungefähr ein Drittel von Handwerk aller Art. Ein zweites Drittel lebte kümmerlich von seinem kargen Grundbesitz. Und der Rest beschäftigte sich mit einer Art von Handel.

Wir sagen: eine Art von Handel: denn weder die Ware noch die geschäftlichen Bräuche entsprachen den Vorstellungen, die man sich in der zivilisierten Welt vom Handel gemacht hat. Die Händler jener Gegend lebten viel eher von Zufällen als von Aussichten, viel mehr von der unberechenbaren Vorsehung als von geschäftlichen Überlegungen, und jeder Händler war jederzeit bereit, die Ware zu ergreifen, die ihm das Schicksal jeweilig auslieferte, und auch eine Ware zu erfinden, wenn ihm Gott keine beschert hatte. In der Tat, das Leben dieser Händler war ein Rätsel. Sie hatten keine Läden. Sie hatten keinen Namen. Sie hatten keinen Kredit. Aber sie besaßen einen scharfgeschliffenen Wundersinn für alle geheimen und geheimnisvollen Quellen des Geldes. Sie lebten von fremder Arbeit; aber sie schufen Arbeit für Fremde. Sie waren bescheiden. Sie lebten so kümmerlich, als erhielten sie sich von der Arbeit ihrer Hände. Aber es war die Arbeit anderer. Stets in Bewegung, immer unterwegs, mit geläufiger Zunge und hellem Gehirn, wären sie geeignet gewesen, eine halbe Welt zu erobern, wenn sie gewußt hätten, was die Welt bedeutet. Aber sie wußten es nicht. Denn sie lebten fern von ihr, zwischen dem Osten und dem Westen, eingeklemmt zwischen Nacht und Tag, sie selbst eine Art lebendiger Gespenster, welche die Nacht geboren hat und die am Tage umgehn.

Sagten wir: sie hätten »eingeklemmt« gelebt? Die Natur ihrer Heimat ließ es sie nicht fühlen. Die Natur schmiedete einen unendlichen Horizont um die Menschen an der Grenze und umgab sie mit einem edlen Ring aus grünen Wäldern und blauen Hügeln. Und gingen sie durch das Dunkel der Tannen, so konnten sie sogar glauben, von Gott bevorzugt zu sein; wenn sie die tägliche Sorge um das Brot für Weib und Kinder die Güte Gottes hätte erkennen lassen. Sie aber gingen durch die Tannenwälder, um Holz für die städtischen Käufer einzuhandeln, sobald der Winter herannahte. Denn sie handelten auch mit Holz. Sie handelten übrigens mit Korallen für die Bäuerinnen der umliegenden Dörfer und auch für die Bäuerinnen, die jenseits der Grenze, im russischen Lande, lebten. Sie handelten mit Bettfedern, mit Roßhaaren, mit Tabak, mit Silberstangen, mit Juwelen, mit chinesischem Tee, mit südländischen Früchten, mit Pferden und Vieh, mit Geflügel und Eiern, mit Fischen und Gemüse, mit Jute und Wolle, mit Butter und Käse, mit

Wäldern und Grundbesitz, mit Marmor aus Italien und Menschenhaaren aus China zur Herstellung von Perücken, mit Seidenraupen und mit fertiger Seide, mit Stoffen aus Manchester, mit Brüsseler Spitzen und mit Moskauer Galoschen, mit Leinen aus Wien und Blei aus Böhmen. Keine von den wunderbaren und keine von den billigen Waren, an denen die Welt so reich ist, blieb den Händlern und Maklern dieser Gegend fremd. Was sie nach den bestehenden Gesetzen nicht bekommen oder verkaufen konnten, verschafften sie sich und verkauften sie gegen jedes Gesetz, flink und geheim, mit Berechnung und List, verschlagen und kühn. Ja, manche unter ihnen handelten mit Menschen, mit lebendigen Menschen. Sie verschickten Deserteure der russischen Armee nach den Vereinigten Staaten und junge Bauernmädchen nach Brasilien und Argentinien. Sie hatten Schiffsagenturen und Vertretungen fremdländischer Bordelle. Und dennoch waren ihre Gewinste kümmerlich, und sie hatten keine Ahnung von dem breiten und prächtigen Überfluß, in dem ein Mann leben kann. Ihre Sinne, so geschliffen und geübt, Geld zu finden, ihre Hände, die Gold aus Schottersteinen schlagen konnten, wie man Funken aus Steinen schlägt, waren nicht fähig, den Herzen Genuß zu verschaffen und den Leibern Gesundheit. Sumpfgeborene waren die Menschen dieser Gegend. Denn die Sümpfe lagen unheimlich ausgebreitet über der ganzen Fläche des Landes, zu beiden Seiten der Landstraße, mit Fröschen, Fieberbazillen und tückischem Gras, das den ahnungslosen, des Landes unkundigen Wanderern eine furchtbare Lockung in einen furchtbaren Tod bedeutete. Viele kamen um, und ihre letzten Hilferufe hatte keiner gehört. Alle aber, die dort geboren waren, kannten die Tücke des Sumpfes und besaßen selbst etwas von seiner Tücke. Im Frühling und im Sommer war die Luft erfüllt von einem unaufhörlichen, satten Quaken der Frösche. Unter den Himmeln jubelte ein ebenso sattes Trillern der Lerchen. Und es war eine unermüdliche Zwiesprach' des Himmels mit dem Sumpf.

Unter den Händlern, von denen wir gesprochen haben, waren viele Juden. Eine Laune der Natur, vielleicht das geheimnisvolle Gesetz einer unbekannten Abstammung von dem legendären Volk der Chasaren machte, daß viele unter den Grenzjuden rothaarig waren. Auf ihren Köpfen loderte das Haar. Ihre Bärte waren wie Brände. Auf den Rükken ihrer hurtigen Hände starrten rote und harte Borsten wie winzige Spieße. Und in ihren Ohren wucherte rötliche, zarte Wolle wie der Dunst von den roten Feuern, die im Innern ihrer Köpfe glühen mochten.

Wer immer von Fremden in diese Gegend geriet, mußte allmählich verlorengehn. Keiner war so kräftig wie der Sumpf. Niemand konnte der Grenze standhalten. Um jene Zeit begannen die hohen Herren in Wien und Petersburg bereits, den großen Krieg vorzubereiten. Die Menschen an der Grenze fühlten ihn früher kommen als die andern; nicht nur, weil sie gewohnt waren, kommende Dinge zu erahnen, sondern auch, weil sie jeden Tag die Vorzeichen des Untergangs mit eigenen Augen sehen konnten. Auch von diesen Vorbereitungen noch zogen sie Gewinn. So mancher lebte von Spionage und Gegenspionage, bekam österreichische Gulden von der österreichischen Polizei und russische Rubel von der russischen. Und in der weltfernen, sumpfigen Erde der Garnison verfiel der und jener Offizier der Verzweiflung, dem Hasardspiel, den Schulden und finsteren Menschen. Die Friedhöfe der Grenzgarnisonen bargen viele junge Leiber schwacher Männer.

Aber auch hier exerzierten die Soldaten, wie in allen andern Garnisonen des Reiches. Jeden Tag rückte das Jägerbataillon, vom Frühlingskot bespritzt, grauen Schlamm an den Stiefeln, in die Kaserne ein. Major Zoglauer ritt voran. Den zweiten Zug der ersten Kompanie führte Leutnant Trotta. Den Takt, in dem die Jäger marschierten, gab ein breites, biederes Signal des Hornisten an, nicht der hochmütige Fanfarenruf, der bei den Ulanen das Hufgetrappel der Rösser ordnete, unterbrach und umschmetterte. Zu Fuß ging Carl Joseph, und er bildete sich ein, daß ihm wohler war. Rings um ihn knirschten die genagelten Stiefel der Jäger über den kantigen Schottersteinchen, die immer wieder, jede Woche im Frühling, auf das Verlangen der Militärbehörde dem Sumpf der Wege geopfert wurden. Alle Steine, Millionen von Steinen, verschluckte der unersättliche Grund der Straße. Und immer neue, siegreiche, silbergraue, schimmernde Schichten von Schlamm quollen aus den Tiefen empor, fraßen den Stein und den Mörtel und schlugen klatschend über den stampfenden Stiefeln der Soldaten zusammen.

Die Kaserne lag hinter dem Stadtpark. Links neben der Kaserne war das Bezirksgericht, ihr gegenüber die Bezirkshauptmannschaft, hinter deren festlichem und baufälligem Gemäuer lagen zwei Kirchen, eine römische, eine griechische, und rechts ab von der Kaserne erhob sich das Gymnasium. Die Stadt war so winzig, daß man sie in zwanzig Minuten durchmessen konnte. Ihre wichtigen Gebäude drängten sich aneinander in lästiger Nachbarschaft. Wie Gefangene in einem Kerkerhof kreisten die Spaziergänger am Abend um das regelmäßige Rund des Parkes. Eine gute halbe Stunde Marsch brauchte man bis zum Bahnhof. Die Messe der Jägeroffiziere war in zwei kleinen Stuben eines Privathauses untergebracht. Die meisten Kameraden aßen im Bahnhofsrestaurant. Carl Joseph auch. Er marschierte gern durch den klatschenden Kot, nur um einen Bahnhof zu sehen. Es war der letzte aller Bahnhöfe der Monarchie, aber immerhin: Auch dieser Bahnhof zeigte zwei Paar glitzernder Schienenbänder, die sich ununterbrochen bis in das Innere des Reiches erstreckten. Auch dieser Bahnhof hatte helle, gläserne und fröhliche Signale, in denen ein zartes Echo von heimatlichen Rufen klirrte, und einen unaufhörlich tickenden Morseapparat, auf dem die schönen, verworrenen Stimmen einer weiten, verlorenen Welt fleißig abgehämmert wurden, gesteppt wie von einer emsigen Nähmaschine. Auch dieser Bahnhof hatte einen Portier, und dieser Portier schwang eine dröhnende Glocke, und die Glocke bedeutete Abfahrt, Einsteigen! Einmal täglich, just um die Mittagszeit, schwang der Portier seine Glocke zu dem Zug, der in die westliche Richtung abging, nach Krakau, Oderberg, Wien. Ein guter, lieber Zug! Er hielt beinahe so lange, wie das Essen dauerte, vor den Fenstern des Speisesaals erster Klasse, in dem die Offiziere saßen. Erst wenn der Kaffee kam, pfiff die Lokomotive. Der graue Dampf schlug an die Fenster. Sobald er anfing, in feuchten Perlen und Streifen die Scheiben hinunterzurinnen, war der Zug bereits fort. Man trank den Kaffee und kehrte in langsamem, trostlosem Rudel zurück durch den silbergrauen Schlamm. Selbst die inspizierenden Generäle hüteten sich hierherzukommen. Sie kamen nicht, niemand kam. In dem einzigen Hotel des Städtchens, in dem die meisten Jägeroffiziere als Dauermieter wohnten, stiegen nur zweimal im Jahr die reichen Hopfenhändler ab, aus Nürnberg und Prag und Saaz. Wenn ihre unbegreiflichen Geschäfte gelungen waren, ließen sie Musik kommen und spielten Karten im einzigen Kaffeehaus, das zum Hotel gehörte.

Das ganze Städtchen übersah Carl Joseph vom zweiten Stock des Hotels Brodnitzer. Er sah den Giebel des Bezirksgerichts, das weiße Türmchen der Bezirkshauptmannschaft, die schwarzgelbe Fahne über der Kaserne, das doppelte Kreuz der griechischen Kirche, den Wetterhahn über dem Magistrat und alle dunkelgrauen Schindeldächer der kleinen Parterrehäuser. Das Hotel Brodnitzer war das höchste Haus im Ort. Es gab eine Richtung an, wie die Kirche, der Magistrat und die öffentlichen Gebäude überhaupt. Die Gassen hatten keine Namen und die Häuschen keine Nummern, und wer hierorts nach einem bestimmten Ziel fragte, richtete sich nach dem Ungefähr, das man ihm bezeichnet hatte. Der wohnte hinter der Kirche, jener gegenüber dem städtischen Gefängnis, der dritte rechter Hand vom Bezirksgericht. Man lebte wie im Dorf. Und die Geheimnisse der Menschen in den niederen Häusern, unter den dunkelgrauen Schindeldächern, hinter den kleinen, quadratischen Fensterscheiben und den hölzernen Türen quollen durch Ritzen und Sparren in die kotigen Gassen und selbst in den ewig geschlossenen, großen Hof der Kaserne. Den hatte die Frau betrogen, und jener hatte seine Tochter dem russischen Kapitän verkauft; hier handelte einer mit faulen Eiern, und dort lebte ein anderer von regelmäßigem Schmuggel; dieser hat im Gefängnis gesessen, und jener ist dem Kerker entgangen; der borgte den Offizieren Geld, und sein Nachbar trieb ein Drittel der Gage ein. Die Kameraden, Bürgerliche zumeist und deutscher Abstammung, lebten seit vielen Jahren in dieser Garnison, waren heimisch in ihr geworden und ihr anheimgefallen. Losgelöst von ihren heimischen Sitten, ihrer deutschen Muttersprache, die hier eine Dienstsprache geworden war, ausgeliefert der unendlichen Trostlosigkeit der Sümpfe, verfielen sie dem Hasardspiel und dem scharfen Schnaps, den man in dieser Gegend herstellte und der unter dem Namen »Neunziggrädiger« gehandelt wurde. Aus der harmlosen Durchschnittlichkeit, zu der sie Kadettenschule und überlieferter Drill herangezogen hatten, glitten sie in die Verderbnis dieses Landes, über das bereits der große Atem des großen feindlichen Zarenreiches strich. Kaum vierzehn Kilometer waren sie von Rußland entfernt. Die russischen Offiziere vom Grenzregiment kamen nicht selten herüber, in ihren langen sandgelben und taubengrauen Mänteln, die schweren silbernen und goldenen Epauletten auf den breiten Schultern und spiegelnde Galoschen an den spiegelblanken Schaftstiefeln, bei jedem Wetter. Die Garnisonen unterhielten sogar einen gewissen kameradschaftlichen Verkehr. Manchmal fuhr man auf kleinen, zeltüberspannten Bagagewagen über die Grenze, den Reiterkunststücken der Kosaken zuzusehn und den russischen Schnaps zu trinken. Drüben in der russischen Garnison standen die Schnapsfässer an den Rändern der hölzernen Bürgersteige, von Mannschaften mit Gewehr und aufgepflanzten langen, dreikantigen Bajonetten bewacht. Wenn der Abend einbrach, rollten die Fäßchen polternd durch die holprigen Straßen, angetrieben von den Stiefeln der Kosaken, gegen das russische Kasino, und ein leises Plätschern und Glucksen verriet der Bevölkerung den Inhalt der Fässer. Die Offiziere des Zaren zeigten den Offizieren Seiner Apostolischen Majestät, was russische Gastfreundschaft hieß. Und keiner von den Offizieren des Zaren und keiner von den Offizieren der Apostolischen Majestät wußte um jene Zeit, daß über den gläsernen Kelchen, aus denen sie tranken, der Tod schon seine hageren, unsichtbaren Hände kreuzte.

In der weiten Ebene zwischen den beiden Grenzwäldern,

dem österreichischen und dem russischen, jagten die Sotnien der Grenzkosaken einher, uniformierte Winde in militärischer Ordnung, auf den kleinen, huschgeschwinden Pferdchen ihrer heimatlichen Steppen, die Lanzen schwenkend über den hohen Pelzmützen wie Blitze an langen, hölzernen Stielen, kokette Blitze mit niedlichen Fahnenschürzchen. Auf dem weichen, federnden Sumpfboden war das Getrappel kaum zu vernehmen. Nur mit einem leisen, feuchten Seufzen antwortete die nasse Erde auf den fliegenden Anschlag der Hufe. Kaum daß sich die tiefgrünen Gräschen niederlegten. Es war, als schwebten die Kosaken über das Gefilde. Und wenn sie über die gelbe, sandige Landstraße setzten, erhob sich eine große, helle, goldige, feinkörnige Staubsäule, flimmernd in der Sonne, breit zerflatternd, aufgelöst wieder niedersinkend in tausend kleinen Wölkchen. Die geladenen Gäste saßen auf rohgezimmerten, hölzernen Tribünen. Die Bewegungen der Reiter waren fast schneller als die Blicke der Zuschauer. Mit den starken, gelben Pferdezähnen hoben die Kosaken vom Sattel aus ihre roten und blauen Taschentücher vom Boden, mitten im Galopp, die Leiber senkten sich, jäh gefällt, unter die Bäuche der Rösser, und die Beine in den spiegelnden Stiefeln preßten gleichzeitig noch die Flanken der Tiere. Andere warfen die Lanzen weit von sich in die Luft, die Waffen wirbelten und fielen dann dem Reiter gehorsam wieder in die erhobene Faust; wie lebendige Jagdfalken kehrten sie zurück in die Hand ihrer Herren. Andere wieder sprangen geduckt, den Oberkörper waagerecht über dem Leib des Pferdes, den Mund brüderlich an das Maul des Tieres gepreßt, durch das erstaunlich kleine Rund eiserner Reifen, die etwa ein mäßiges Faß hätten umgürten können. Die Rösser streckten alle viere von sich. Ihre Mähnen erhoben sich wie

Schwingen, ihre Schweife standen waagerecht wie Steuer, ihre schmalen Köpfe glichen dem schlanken Bug eines dahinschießenden Kahns. Wieder andere sprengten über zwanzig Bierfässer, die, Boden an Boden, hintereinanderlagen. Hier wieherten die Rösser, bevor sie zum Sprung ansetzten. Der Reiter kam aus unendlicher Ferne dahergesprengt, ein grauer, winziger Punkt war er zuerst, wuchs in rasender Geschwindigkeit zu einem Strich, einem Körper, einem Reiter, ward ein riesengroßer, sagenhafter Vogel aus Mensch und Pferdeleib, geflügelter Zyklop, um dann, wenn der Sprung geglückt war, ehern stehenzubleiben, hundert Schritte vor den Fässern, ein Standbild, ein Denkmal aus leblosem Stoff. Wieder andere schossen, während sie pfeilschnell dahinflogen (und sie selbst, die Schützen, sahen aus wie Geschosse), nach fliegenden Zielen, die seitwärts von ihnen dahinjagende Reiter auf großen, runden, weißen Scheiben hielten: Die Schützen galoppierten, schossen und trafen. So mancher sank vom Pferd. Die Kameraden, die ihm folgten, huschten über seinen Leib, kein Huf traf ihn. Es gab Reiter, die ein Pferd neben sich dahergaloppieren ließen und im Galopp aus einem Sattel in den andern sprangen, in den ersten zurückkehrten, plötzlich wieder auf das begleitende Roß fielen und schließlich, beide Hände auf je einen Sattel gestützt, die Beine schlenkernd zwischen den Leibern der Tiere, mit einem Ruck am angegebenen Ziel stehenblieben, beide Rösser haltend, daß sie reglos dastanden wie Pferde aus Bronze.

Diese Reiterfeste der Kosaken waren nicht die einzigen in dem Grenzgebiet zwischen der Monarchie und Rußland. In der Garnison stationierte noch ein Dragonerregiment. Zwischen den Offizieren des Jägerbataillons, denen des Dragonerregiments und den Herren der russischen Grenzregimenter stellte der Graf Chojnicki die innigsten Beziehungen her, einer der reichsten polnischen Grundbesitzer der Gegend. Graf Wojciech Chojnicki, verwandt mit den Ledochowskis und den Potockis, verschwägert mit den Sternbergs, befreundet mit den Thuns, Kenner der Welt, vierzig Jahre alt, aber ohne erkennbares Alter, Rittmeister der Reserve, Junggeselle, leichtlebig und schwermütig zu gleicher Zeit, liebte die Pferde, den Alkohol, die Gesellschaft, den Leichtsinn und auch den Ernst. Den Winter verbrachte er in großen Städten und in den Spielsälen der Riviera. Wie ein Zugvogel pflegte er, wenn der Goldregen an den Dämmen der Eisenbahn zu blühen begann, in die Heimat seiner Ahnen zurückzukehren. Er brachte mit sich einen leicht parfümierten Hauch der großen Welt und galante und abenteuerliche Geschichten. Er gehörte zu den Leuten, die keine Feinde haben können, aber auch keine Freunde, lediglich Gefährten, Genossen und Gleichgültige. Mit seinen hellen, klugen, ein wenig hervorquellenden Augen, seiner spiegelnden, kugelblanken Glatze, seinem kleinen, blonden Schnurrbärtchen, den schmalen Schultern, den übermäßig langen Beinen gewann Chojnicki die Zuneigung aller Menschen, denen er zufällig oder absichtlich in den Weg kam.

Er bewohnte abwechselnd zwei Häuser, die als »altes« und als »neues Schloß« bei der Bevölkerung bekannt und respektiert waren. Das sogenannte »alte Schloß« war ein größerer, baufälliger Jagdpavillon, den der Graf aus unerforschlichen Gründen nicht instand setzen wollte. Das »neue Schloß« war eine geräumige, einstöckige Villa, deren oberes Geschoß jederzeit von merkwürdigen und manchmal auch von unheimlichen Fremden bewohnt wurde. Es waren die »armen Verwandten« des Grafen. Ihm wäre es, selbst beim eifrigsten Studium seiner Familiengeschichte, nicht möglich gewesen, den Grad der Verwandtschaft seiner Gäste zu kennen. Es war allmählich Sitte geworden, als Familienangehöriger Chojnickis auf das »neue Schloß« zu kommen und hier den Sommer zu verbringen. Gesättigt, erholt und manchmal vom Ortsschneider des Grafen auch mit neuen Kleidern versehen, kehrten die Besucher, sobald die ersten Züge der Stare in den Nächten hörbar wurden und die Zeit der Kukuruzkolben vorbei war, in die unbekannten Gegenden zurück, in denen sie heimisch sein mochten. Der Hausherr merkte weder die Ankunft noch den Aufenthalt, noch die Abreise seiner Gäste. Ein für allemal hatte er verfügt, daß sein jüdischer Gutsverwalter die Familienbeziehungen der Ankömmlinge zu prüfen hatte, ihren Verbrauch zu regeln, ihre Abreise vor Einbruch des Winters festzusetzen. Das Haus hatte zwei Eingänge. Während der Graf und die nicht zur Familie zählenden Gäste den vorderen Eingang benutzten, mußten seine Angehörigen den großen Umweg durch den Obstgarten machen und durch eine kleine Pforte in der Gartenmauer ein und aus gehn. Sonst durften die Ungebetenen machen, was ihnen gefiel. Zweimal in der Woche, und zwar Montag und Donnerstag, fanden die sogenannten »kleinen Abende« beim Grafen Chojnicki statt und einmal im Monat das sogenannte »Fest«. An den »kleinen Abenden« waren nur sechs Zimmer erleuchtet und für den Aufenthalt der Gäste bestimmt, an den »Festen« aber zwölf. An den »kleinen Abenden« bediente das Personal ohne Handschuhe und in dunkelgelber Livree; an den »Festen« trugen die Lakaien weiße Handschuhe und ziegelbraune Röcke mit schwarzsamtenen Kragen und silbernen Knöpfen. Man begann immer mit Wermut und herben spanischen Weinen. Man ging über zu Burgunder und Bordeaux. Hierauf kam der Champagner. Ihm folgte der Cognac. Und man schloß, um der Heimat den gehörigen Tribut zu zollen, mit dem Gewächs des Bodens, dem Neunziggrädigen.

Die Offiziere des außerordentlichen feudalen Dragonerregiments und die meist bürgerlichen Offiziere des Jägerbataillons schlossen beim Grafen Chojnicki rührselige Bündnisse fürs Leben. Die anbrechenden Sommermorgen sahen durch die breiten und gewölbten Fenster des Schlosses auf ein buntes Durcheinander von Infanterie- und Kavallerieuniformen. Die Schläfer schnarchten der goldenen Sonne entgegen. Gegen fünf Uhr morgens rannte eine Schar verzweifelter Offiziersburschen zum Schloß, die Herren zu wecken. Denn um sechs Uhr begannen die Regimenter zu exerzieren. Längst war der Hausherr, den der Alkohol nicht müde machte, in seinem kleinen Jagdpavillon. Er hantierte dort mit sonderbaren Glasröhren, Flämmchen, Apparaten. In der Gegend lief das Gerücht um, daß der Graf Gold machen wolle. In der Tat schien er sich mit törichten alchimistischen Versuchen abzugeben. Wenn es ihm auch nicht gelang, Gold herzustellen, so wußte er doch, es im Roulettespiel zu gewinnen. Er ließ manchmal durchblicken, daß er von einem geheimnisvollen, längst verstorbenen Spieler ein zuverlässiges »System« geerbt hatte.

Seit Jahren war er Reichsratsabgeordneter, regelmäßig wiedergewählt von seinem Bezirk, alle Gegenkandidaten schlagend mit Geld, Gewalt und Überrumpelung, Günstling der Regierung und Verächter der parlamentarischen Körperschaft, der er angehörte. Er hatte nie eine Rede gehalten und nie einen Zwischenruf getan. Ungläubig, spöttisch, furchtlos und ohne Bedenken pflegte Chojnicki zu sagen, der Kaiser sei ein gedankenloser Greis, die Regierung eine Bande von Trotteln, der Reichsrat eine Versammlung gutgläubiger und pathetischer Idioten, die staatlichen Behörden bestechlich, feige und faul. Die deutschen Österreicher waren Walzertänzer und Heurigensänger, die Ungarn stanken, die Tschechen waren geborene Stiefelputzer, die Ruthenen verkappte und verräterische Russen, die Kroaten und Slowenen, die er »Krowoten und Schlawiner« nannte, Bürstenbinder und Maronibrater, und die Polen, denen er ja selbst angehörte, Courmacher, Friseure und Modephotographen. Nach jeder Rückkehr aus Wien und den andern Teilen der großen Welt, in der er sich heimisch tummelte, pflegte er einen düsteren Vortrag zu halten, der etwa so lautete:

»Dieses Reich muß untergehn. Sobald unser Kaiser die Augen schließt, zerfallen wir in hundert Stücke. Der Balkan wird mächtiger sein als wir. Alle Völker werden ihre dreckigen, kleinen Staaten errichten, und sogar die Juden werden einen König in Palästina ausrufen. In Wien stinkt schon der Schweiß der Demokraten, ich kann's auf der Ringstraße nicht mehr aushalten. Die Arbeiter haben rote Fahnen und wollen nicht mehr arbeiten. Der Bürgermeister von Wien ist ein frommer Hausmeister. Die Pfaffen gehn schon mit dem Volk, man predigt tschechisch in den Kirchen. Im Burgtheater spielt man jüdische Saustücke, und jede Woche wird ein ungarischer Klosettfabrikant Baron. Ich sag' euch, meine Herren, wenn jetzt nicht geschossen wird, ist's aus. Wir werden's noch erleben!«

Die Zuhörer des Grafen lachten und tranken noch eins. Sie verstanden ihn nicht. Man schoß gelegentlich, besonders bei den Wahlen, um dem Grafen Chojnicki zum Beispiel das Mandat zu sichern, und zeigte also, daß die Welt nicht ohne weiteres untergehn konnte. Der Kaiser lebte noch. Nach ihm kam der Thronfolger. Die Armee exerzierte und leuchtete in allen vorschriftsmäßigen Farben. Die Völker liebten die Dynastie und huldigten ihr in den verschiedensten Nationaltrachten. Chojnicki war ein Witzbold.

Der Leutnant Trotta aber, empfindlicher als seine Kameraden, trauriger als sie und in der Seele das ständige Echo der rauschenden, dunklen Fittiche des Todes, dem er schon zweimal begegnet war: Der Leutnant spürte zuweilen das finstere Gewicht der Prophezeiungen.

X

Jede Woche, wenn er Stationsdienst hatte, schrieb Leutnant Trotta seine gleichtönigen Berichte an den Bezirkshauptmann. Die Kaserne hatte keine elektrische Beleuchtung. In den Wachstuben brannte man die alten, reglementmäßigen Dienstkerzen, wie zur Zeit des alten Helden von Solferino. Jetzt waren es »Apollokerzen« aus schneeweißem und weniger sprödem Stearin, mit gutgeflochtenem Docht und steter Flamme. Die Briefe des Leutnants verrieten nichts von seiner veränderten Lebensweise und von den ungewöhnlichen Verhältnissen der Grenze. Der Bezirkshauptmann vermied jede Frage. Seine Antworten, die er regelmäßig jeden vierten Sonntag an den Sohn abschickte, waren ebenso gleichförmig wie die Briefe des Leutnants.

Jeden Morgen brachte der alte Jacques die Post in das Zimmer, in dem der Bezirkshauptmann seit vielen Jahren sein Frühstück einzunehmen pflegte. Es war ein etwas entlegenes, tagsüber nicht benutztes Zimmer. Das Fenster, dem Osten zugewandt, ließ bereitwillig alle Morgen, die klaren, die trüben, die warmen, die kühlen und die regnerischen, ein; es war Sommer und Winter während des Frühstücks geöffnet. Im Winter hielt der Bezirkshauptmann die Beine in einen warmen Schal gewickelt, der Tisch war nahe an den breiten Ofen gerückt, und im Ofen prasselte das Feuer, das der alte Jacques eine halbe Stunde früher angezündet hatte. Jedes Jahr am fünfzehnten April hörte Jacques auf, den Ofen zu heizen. Jedes Jahr am fünfzehnten April nahm der Bezirkshauptmann, ohne Rücksicht auf die Witterung, seine sommerlichen Morgenspaziergänge auf. Der Friseurgehilfe kam, unausgeschlafen und selbst noch unrasiert, um sechs Uhr ins Schlafzimmer Trottas. Sechs Uhr fünfzehn lag das Kinn des Bezirkshauptmanns glatt und gepudert zwischen den leicht angesilberten Fittichen des Backenbarts. Der kahle Schädel war bereits massiert, von ein paar verriebenen Tropfen Kölnischen Wassers leicht gerötet, und alle überflüssigen Härchen, die teils vor den Nasenlöchern, teils aus den Ohrmuscheln wuchsen und gelegentlich auch am Nacken über dem hohen Stehkragen wucherten, waren spurlos entfernt. Dann griff der Bezirkshauptmann zum hellen Spazierstock und zum grauen Halbzylinder und begab sich in den Stadtpark. Er trug eine weiße Weste mit grauen Knöpfen und winzigem Ausschnitt und einen taubengrauen Schlußrock. Die engen Hosen ohne Bügelfalte umspannten mittels dunkelgrauer Stege die schmalen, spitz auslaufenden Zugstiefel, ohne Kappen und Nähte, aus zartestem Chevreau. Noch waren die Straßen leer. Der städtische Sprengwagen, von zwei schwerfälligen braunen Rössern gezogen, kam über das holprige Kopfsteinpflaster dahergerattert. Der Kutscher auf dem hohen Bock senkte, sobald er den Bezirkshauptmann erblickte, die Peitsche, schlang die Zügel um den Griff der Bremse und zog die Mütze so tief, daß sie seine Knie berührte. Es war der einzige

Mensch des Städtchens, ja, des Bezirks, dem Herr von Trotta mit der Hand heiter, beinahe übermütig zuwinkte. Am Eingang zum Stadtpark salutierte der Gemeindepolizist. Diesem sagte der Bezirkshauptmann ein herzliches »Grüß Gott!«, ohne die Hand zu rühren. Hierauf begab er sich zu der blonden Inhaberin des Sodawasserpavillons. Hier lüftete er ein wenig den Halbzylinder, trank einen Kelch Magenwasser, zog eine Münze aus der Westentasche, ohne die grauen Handschuhe abzulegen, und setzte seinen Spaziergang fort. Bäcker, Schornsteinfeger, Gemüsehändler, Fleischhauer begegneten ihm. Jedermann grüßte. Der Bezirkshauptmann erwiderte, indem er den Zeigefinger sachte an den Hutrand legte. Erst vor dem Apotheker Kronauer, der ebenfalls Morgenspaziergänge liebte und übrigens Gemeinderat war, zog Herr von Trotta den Hut. Manchmal sagte er: »Guten Morgen, Herr Apotheker!«, blieb stehen und fragte: »Wie geht's?« »Ausgezeichnet!« sagte der Apotheker. »Das freut mich!« bemerkte der Bezirkshauptmann, lüftete noch einmal den Hut und setzte seine Wanderung fort.

Er kam nicht vor acht Uhr zurück. Manchmal begegnete er dem Briefträger im Flur oder auf der Treppe. Dann ging er noch für eine Weile in die Kanzlei. Denn er liebte es, die Briefe schon neben dem Tablett beim Frühstück vorzufinden. Es war ihm unmöglich, jemanden während des Frühstücks zu sehn oder gar zu sprechen. Der alte Jacques mochte noch von ungefähr eintreten, an Wintertagen, um im Ofen nachzusehn, an sommerlichen, um das Fenster zu schließen, wenn es zufällig allzu stark regnete.

Von Fräulein Hirschwitz konnte keine Rede sein. Vor ein Uhr mittags war ihr Anblick dem Bezirkshauptmann ein Greuel.

Eines Tages, es war Ende Mai, kehrte Herr von Trotta fünf Minuten nach acht von seinem Spaziergang heim. Der Briefträger mußte längst dagewesen sein. Herr von Trotta setzte sich an den Tisch im Frühstückszimmer. Das Ei stand, »kernweich« wie immer, auch heute im silbernen Becher. Golden schimmerte der Honig, die frischen Kaisersemmeln dufteten nach Feuer und Hefe wie alle Tage; die Butter leuchtete gelb, gebettet in ein riesiges, dunkelgrünes Blatt, im goldgeränderten Porzellan dampfte der Kaffee. Nichts fehlte. Wenigstens schien es Herrn von Trotta im ersten Augenblick, daß gar nichts fehlte. Aber gleich darauf erhob er sich, legte die Serviette wieder hin und überprüfte noch einmal den Tisch. Am gewohnten Platz fehlten die Briefe. Es war, soweit sich der Bezirkshauptmann erinnern konnte, kein Tag ohne dienstliche Post vergangen. Herr von Trotta ging zuerst zum offenen Fenster, wie um sich zu überzeugen, daß draußen die Welt noch bestand. Ja, die alten Kastanien im Stadtpark trugen noch ihre dichten, grünen Kronen. In ihnen lärmten unsichtbar die Vögel wie an jedem Morgen. Auch der Milchwagen, der um diese Zeit vor der Bezirkshauptmannschaft zu halten pflegte, stand heute da, unbekümmert, als wäre es ein Tag wie alle anderen. Es hat sich also draußen gar nichts verändert, stellte der Bezirkshauptmann fest. War es möglich, daß keine Post gekommen war? War es möglich, daß Jacques sie vergessen hatte? Herr von Trotta schwang die Tischglocke. Ihr silberner Klang lief hurtig durch das stille Haus. Niemand kam. Der Bezirkshauptmann rührte vorläufig das Frühstück nicht an. Er schwenkte noch einmal das Glöckchen. Endlich klopfte es. Er war erstaunt, erschrocken und beleidigt, als er seine Haushälterin, Fräulein Hirschwitz, eintreten sah.

Sie trug eine Art von Morgenrüstung, in der er sie noch nie gesehen hatte. Eine große Schürze aus dunkelblauem Wachstuch hüllte sie vom Hals bis zu den Füßen ein, und eine weiße Haube saß stramm auf ihrem Kopf und ließ ihre großen Ohren mit den weichen, fleischigen und breiten Läppchen sehn. Also erschien sie Herrn von Trotta außerordentlich scheußlich – er konnte den Geruch von Wachstuch nicht vertragen. »Höchst fatal!« sagte er, ohne ihren Gruß zu erwidern. »Wo ist Jacques?«

»Jacques ist heute von einer Unpäßlichkeit befallen worden.«

»Befallen?« wiederholte der Bezirkshauptmann, der nicht sofort begriff. »Krank ist er?« fragte er weiter.

»Er hat Fieber!« sagte Fräulein Hirschwitz.

»Danke!« sagte Herr von Trotta und winkte mit der Hand.

Er setzte sich an den Tisch. Er trank nur den Kaffee. Das Ei, den Honig, die Butter und die Kaisersemmeln ließ er auf dem Tablett. Er verstand nun zwar, daß Jacques krank geworden war und also nicht imstande, die Briefe zu bringen. Warum aber war Jacques krank geworden? Er war immer ebenso gesund gewesen wie die Post zum Beispiel. Wenn sie plötzlich aufgehört hätte, Briefe zu befördern, so wäre es keineswegs überraschender gewesen. Der Bezirkshauptmann selbst war niemals krank. Wenn man krank wurde, mußte man sterben. Die Krankheit war nichts anderes als ein Versuch der Natur, den Menschen an das Sterben zu gewöhnen. Epidemische Krankheiten – die Cholera hatte man in der Jugendzeit Herrn von Trottas noch gefürchtet – konnte der und jener überwinden. Andern Krankheiten aber, die so einzeln dahergeschlichen kamen, mußte man erliegen; mochten sie noch so verschiedene Namen tragen. Die Ärzte – die der Bezirkshauptmann »Feldscher« nannte – gaben vor, heilen zu können; aber nur, um nicht zu verhungern. Mochte es aber immerhin noch Ausnahmen geben, die nach einer Krankheit weiterlebten, soweit sich Herr von Trotta erinnern konnte, war in seiner näheren und weiteren Umgebung keine derartige Ausnahme zu bemerken.

Er klingelte noch einmal. »Ich möchte die Post«, sagte er zu Fräulein Hirschwitz, »aber schicken Sie sie mit irgend jemanden, bitte! – Was fehlt denn dem Jacques übrigens?«

»Er hat Fieber!« sagte Fräulein Hirschwitz. »Er wird sich erkältet haben!«

»Erkältet?! Im Mai!?«

»Er ist nicht mehr jung!«

»Lassen Sie den Doktor Sribny kommen!«

Dieser Doktor war der Bezirksarzt. Er amtierte in der Bezirkshauptmannschaft von neun bis zwölf. Bald mußte er dasein. Nach Ansicht des Bezirkshauptmanns war er ein »honetter Mann«.

Indessen brachte der Amtsdiener die Post. Der Bezirkshauptmann sah nur die Umschläge an, gab sie zurück und befahl, sie in die Kanzlei zu legen. Er stand am Fenster und konnte sich nicht genug darüber verwundern, daß die Welt draußen noch gar nichts von den Veränderungen in seinem Hause zu wissen schien. Er hatte heute weder gegessen noch die Post gelesen. Jacques lag an einer rätselhaften Krankheit danieder. Und das Leben ging weiter seinen gewohnten Gang.

Sehr langsam, mit mehreren unklaren Gedanken beschäftigt, schritt Herr von Trotta ins Amt, zwanzig Minuten später als sonst setzte er sich an den Schreibtisch. Der erste Bezirkskommissär kam, Bericht zu erstatten. Es hatte gestern wieder eine Versammlung tschechischer Arbeiter gegeben. Ein Sokolfest war angesagt, Delegierte aus »slawischen Staaten« – gemeint waren Serbien und Rußland, aber im dienstlichen Dialekt niemals namentlich erwähnt – sollten morgen schon kommen. Auch die Sozialdemokraten deutscher Zunge machten sich bemerkbar. In der Spinnerei wurde ein Arbeiter von seinen Kameraden geschlagen, angeblich und nach den Spitzelberichten, weil er es ablehnte, in die rote Partei einzutreten. All dies bekümmerte den Bezirkshauptmann, es schmerzte ihn, es kränkte ihn, es verwundete ihn. Alles, was die ungehorsamen Teile der Bevölkerung unternahmen, um den Staat zu schwächen, Seine Majestät den Kaiser mittelbar oder unmittelbar zu beleidigen, das Gesetz ohnmächtiger zu machen, als es ohnehin schon war, die Ruhe zu stören, den Anstand zu verletzen, die Würde zu verhöhnen, tschechische Schulen zu errichten, oppositionelle Abgeordnete durchzusetzen: All das waren gegen ihn selbst, den Bezirkshauptmann, unternommene Handlungen. Zuerst hatte er die Nationen, die Autonomie und das »Volk«, das »mehr Rechte« verlangte, nur geringgeschätzt. Allmählich begann er, sie zu hassen, die Schreier, die Brandstifter, die Wahlredner. Er schärfte dem Bezirkskommissär ein, jede Versammlung sofort aufzulösen, in der man es sich etwa einfallen ließ, »Resolutionen« zu fassen. Von allen in der letzten Zeit modern gewordenen Worten haßte er dieses am stärksten; vielleicht, weil es nur eines winzigen andern Buchstabens bedurfte, um in das schändlichste aller Worte verwandelt zu werden: in Revolution. Dieses hatte er vollends ausgerottet. In seinem Sprachschatz, auch im dienstlichen, kam es nicht vor; und wenn er in dem Bericht eines seiner Untergebenen etwa die Bezeichnung »revolutionärer Agitator« für einen der aktiven Sozialdemokraten las, so strich er dieses Wort und verbesserte mit roter Tinte: »verdächtiges Individuum«. Vielleicht gab es irgendwo in der Monarchie Revolutionäre: Im Bezirk des Herrn von Trotta kamen sie nicht vor.

»Schicken Sie mir nachmittags den Wachtmeister Slama!« sagte Herr von Trotta zum Kommissär. »Verlangen Sie für diese Sokoln Gendarmerieverstärkung. Schreiben Sie einen kurzen Bericht für die Statthalterei, geben Sie ihn mir morgen. Vielleicht müssen wir uns mit der Militärbehörde in Verbindung setzen. Der Gendarmerieposten hat jedenfalls ab morgen Bereitschaft. Ich möchte gern einen knappen Auszug aus dem letzten Ministerialerlaß betreffend Bereitschaft haben.«

»Jawohl, Herr Bezirkshauptmann!«

»So. Ist der Doktor Sribny schon dagewesen?« »Er ist gleich zu Jacques gerufen worden.«

»Ich hätte ihn gern gesprochen.«

Der Bezirkshauptmann berührte heute kein Aktenstück mehr. Damals, in den ruhigen Jahren, als er angefangen hatte, sich in der Bezirkshauptmannschaft einzurichten, hatte es noch keine Autonomisten, keine Sozialdemokraten und verhältnismäßig wenig »verdächtige Individuen« gegeben. Es war auch im langsamen Laufe der Jahre kaum zu merken, wie sie wuchsen, sich ausbreiteten und gefährlich wurden. Es war nun dem Bezirkshauptmann, als machte ihn erst die Erkrankung Jacques' mit einemmal auf die grausamen Veränderungen der Welt aufmerksam und als bedrohte der Tod, der jetzt am Bettrand des alten Dieners sitzen mochte, nicht diesen allein. Wenn Jacques stirbt, fiel es dem Bezirkshauptmann ein, so stirbt gewissermaßen der Held von Solferino noch einmal und vielleicht – und hier stockte eine Sekunde das Herz des Herrn von Trotta –

derjenige, den der Held von Solferino vor dem Tode bewahrt hatte. Oh! Nicht nur Jacques war heute krank geworden! Uneröffnet lagen noch die Briefe vor dem Bezirkshauptmann auf dem Schreibtisch: Wer weiß, was sie enthalten mochten! Unter den Augen der Behörden und der Gendarmerie versammelten sich die Sokoln im Innern des Reiches. Diese Sokoln, die der Bezirkshauptmann für sich »Sokolisten« nannte, wie um aus ihnen, die eine große Gruppe unter den slawischen Völkern darstellten, eine Art kleinerer Partei zu machen, gaben nur vor, Turner zu sein und die Muskeln zu kräftigen. In Wirklichkeit waren sie Spione oder Rebellen, vom Zaren bezahlt. Im ›Fremdenblatt‹ hatte man gestern noch lesen können, daß die deutschen Studenten in Prag die ›Wacht am Rhein‹ gelegentlich singen, diese Hymne der Preußen, der mit Österreich verbündeten Erbfeinde Österreichs. Auf wen konnte man sich da noch verlassen? Den Bezirkshauptmann fröstelte es. Und zum erstenmal, seitdem er in dieser Kanzlei zu arbeiten angefangen hatte, ging er an einem unleugbar warmen Frühlingstag zum Fenster und schloß es.

Den Bezirksarzt, der in diesem Augenblick eintrat, fragte Herr von Trotta nach dem Befinden des alten Jacques. Doktor Sribny sagte: »Wenn's eine Lungenentzündung wird, hält er's nicht durch. Er ist sehr alt. Er hat jetzt vierzig Fieber. Er hat um den Geistlichen gebeten.« Der Bezirkshauptmann beugte sich über den Tisch. Er fürchtete, Doktor Sribny könnte irgendeine Veränderung in seinem Angesicht wahrnehmen, und er fühlte, daß sich in der Tat irgend etwas in seinem Angesicht zu verändern begann. Er zog die Schublade auf, holte die Zigarren hervor und bot sie dem Doktor an. Er wies stumm auf den Lehnstuhl. Jetzt rauchten beide. »Sie haben also wenig Hoffnung?« fragte Herr von Trotta endlich. »Eigentlich sehr wenig, um die Wahrheit zu sagen!« erwiderte der Doktor. »In diesem Alter – –« Er vollendete den Satz nicht und sah den Bezirkshauptmann an, als wollte er erkennen, ob der Herr um vieles jünger sei als der Diener. »Er ist nie krank gewesen!« sagte der Bezirkshauptmann, als wäre das eine Art Milderungsgrund und der Doktor eine Instanz, von der das Leben abhing. »Ja, ja«, sagte der Doktor nur. »Das kommt vor. Wie alt mag er sein?« Der Bezirkshauptmann dachte nach und sagte: »An die achtundsiebzig bis achtzig.« »Ja«, sagte Doktor Sribny, »so hab' ich ihn auch geschätzt. Das heißt: erst heute. Solang einer herumläuft, denkt man, er wird ewig leben!«

Hierauf erhob sich der Bezirksarzt und ging an seine Arbeit.

Herr von Trotta schrieb auf einen Zettel: »Ich bin in der Wohnung Jacques'«, legte das Papier unter einen Briefbeschwerer und ging in den Hof.

Er war noch niemals in Jacques' Wohnung gewesen. Sie lag, ein winziges Häuschen mit einem allzu großen Schornstein auf dem Dächlein, an die rückwärtige Hofmauer angebaut. Sie hatte drei Wände aus gelblichen Ziegeln und eine braune Tür in der Mitte. Man betrat zuerst die Küche und dann durch eine Glastür die Wohnstube. Jacques' zahmer Kanarienvogel stand auf dem Kuppelknauf seines Käfigs, neben dem Fenster mit der etwas kurzen, weißen Gardine, hinter der die Scheibe ausgewachsen erschien. Der glattgehobelte Tisch war an die Wand gerückt. Über ihm hing eine blaue Petroleumlampe, mit rundem Spiegel und Lichtverstärker. Die Heilige Mutter Gottes stand in einem großen Rahmen auf dem Tisch, gegen die Mauer gelehnt, wie etwa Porträts von Verwandten aufgestellt werden. Im Bett, mit dem Kopf gegen die Fensterwand, unter einem weißen Berg von Tüchern und Kissen, lag Jacques. Er glaubte, der Priester sei gekommen, und seufzte tief und befreit, als käme schon zu ihm die Gnade. »Ach, Herr Baron!« sagte er dann. Der Bezirkshauptmann trat nahe an den Alten. In einem ähnlichen Zimmer, in den Ubikationen der Laxenburger Invaliden, war der Großvater des Bezirkshauptmanns aufgebahrt gelegen, der Wachtmeister der Gendarmerie. Der Bezirkshauptmann sah noch den gelben Glanz der großen, weißen Kerzen im Halbdämmer des verhängten Zimmers, und die übergroßen Stiefelsohlen der festlich bekleideten Leiche erhoben sich hart vor seinem Angesicht. Kam nun bald an Jacques die Reihe? Der Alte stützte sich auf den Ellenbogen. Er trug eine gestickte Schlafmütze aus dunkelblauer Wolle, zwischen den dichten Maschen schimmerte sein silbernes Kopfhaar. Sein glattrasiertes Angesicht, knochig und vom Fieber gerötet, erinnerte an gefärbtes Elfenbein. Der Bezirkshauptmann setzte sich auf einen Stuhl neben dem Bett und sagte: »Na, das ist ja nicht so schlimm, sagt mir eben der Doktor. Wird ein Katarrh sein!« »Jawohl, Herr Baron!« erwiderte Jacques und machte unter der Decke einen schwachen Versuch, die Fersen zusammenzuschlagen. Er setzte sich aufrecht. »Ich bitte um Entschuldigung!« fügte er hinzu. »Morgen, denk' ich, wird's vorbei sein!« »In einigen Tagen, ganz gewiß!« »Ich warte auf den Geistlichen, Herr Baron!« »Ja, ja«, sagte Herr von Trotta, »er wird schon kommen. Dazu ist noch lange Zeit!« »Er ist schon unterwegs!« erwiderte Jacques in einem Ton, als sähe er den Geistlichen mit eigenen Augen näher kommen. »Er kommt schon«, fuhr er fort, und er schien plötzlich nicht mehr zu wissen, daß der Bezirkshauptmann neben ihm saß. »Wie der selige Herr

Baron gestorben ist«, sprach er weiter, »haben wir alle nichts gewußt. Am Morgen, oder war's ein Tag vorher, ist er noch in den Hof gekommen und hat gesagt: ›Jacques, wo sind die Stiefel?‹ Ja, ein Tag vorher ist das gewesen. Und am Morgen hat er sie nicht mehr gebraucht. Der Winter hat dann gleich angefangen, es war ein ganz kalter Winter. Bis zum Winter, glaub' ich, werd' ich auch noch durchhalten. Bis zum Winter ist gar nicht mehr so weit, ein wenig Geduld muß ich halt haben. Jetzt haben wir schon Juli, also Juli, Juni, Mai, April, August, November, und zu Weihnachten, denk' ich, kann's ausgehn, abmarschieren, Kompanie, marsch!« Er hörte auf und sah mit großen, glänzenden, blauen Augen durch den Bezirkshauptmann wie durch Glas.

Herr von Trotta versuchte, den Alten sachte in die Polster zu drücken, aber Jacques' Oberkörper war steif und gab nicht nach. Nur sein Kopf zitterte, und seine dunkelblaue Nachtmütze zitterte ebenfalls unaufhörlich. Auf seiner gelben, hohen und knochigen Stirn glitzerten winzige Schweißperlchen. Der Bezirkshauptmann trocknete sie von Zeit zu Zeit mit seinem Taschentuch, es kamen aber immer wieder neue. Er nahm die Hand des alten Jacques, betrachtete die rötliche, schuppige und spröde Haut auf dem breiten Handrücken und den kräftigen, weit abstehenden Daumen. Dann legte er die Hand wieder sorgfältig auf die Decke, ging in die Kanzlei zurück, befahl dem Amtsdiener, den Geistlichen und eine Barmherzige Schwester zu holen, Fräulein Hirschwitz, inzwischen bei Jacques zu wachen, ließ sich Hut, Stock und Handschuhe reichen und schritt zu dieser ungewohnten Stunde in den Park, zur Überraschung aller, die sich dort befanden.

Es trieb ihn aber bald aus dem tiefen Schatten der Kastanien ins Haus zurück. Als er sich seiner Tür näherte, vernahm er das silberne Geläute des Priesters mit dem Allerheiligsten. Er zog den Hut und neigte den Kopf und verharrte so vor dem Eingang. Manche der Vorübergehenden blieben ebenfalls stehn. Nun verließ der Priester das Haus. Einige warteten, bis der Bezirkshauptmann im Hausflur verschwunden war, folgten ihm neugierig und erfuhren vom Amtsdiener, daß Jacques im Sterben liege. Man kannte ihn im Städtchen. Und man widmete dem Alten, der von dannen schied, ein paar Minuten ehrfürchtigen Schweigens.

Der Bezirkshauptmann durchschritt geradewegs den Hof und trat in das Zimmer des Sterbenden. Bedächtig suchte er in der dunklen Küche nach einem Platz für Hut, Stock und Handschuhe, versorgte schließlich alles in den Fächern der Etagere, zwischen Töpfen und Tellern. Er schickte Fräulein Hirschwitz hinaus und setzte sich ans Bett. Die Sonne stand nun so hoch am Himmel, daß sie den ganzen weiten Hof der Bezirkshauptmannschaft erfüllte und durch das Fenster in Jacques' Stube fiel. Die weiße, kurze Gardine hing jetzt wie ein fröhliches, besonntes Schürzchen vor den Scheiben. Der Kanarienvogel zwitscherte munter und ohne Unterlaß; die nackten, blanken Dielenbretter leuchteten gelblich im Sonnenglanz; ein breiter, silberner Sonnenstreifen lag über dem Fußende des Bettes, der untere Teil der weißen Bettdecke zeigte nunmehr eine stärkere, gleichsam himmlische Weiße, und zusehends kletterte der Sonnenstreifen auch die Wand empor, an der das Bett stand. Von Zeit zu Zeit ging ein sanfter Wind im Hof durch die paar alten Bäume, die dort die Mauern entlang aufgestellt waren und die so alt sein mochten wie Jacques oder noch älter und die ihn jeden Tag in ihrem Schatten beherbergt hatten. Der Wind ging, und ihre Kronen säuselten, und Jacques schien es zu wissen. Denn er erhob sich und sagte: »Bitte, Herr Baron, das Fenster!« Der Bezirkshauptmann klinkte das Fenster auf, und sofort drangen die heiteren, maienhaften Geräusche des Hofes ins kleine Zimmer. Man hörte das Säuseln der Bäume, den sachten Atem des Windchens, das übermütige Summen der funkelnden spanischen Fliegen und das Trillern der Lerchen aus blauen, unendlichen Höhen. Der Kanarienvogel schwang sich hinaus, aber nur, um zu zeigen, daß er noch fliegen könne. Denn er kam nach ein paar Augenblicken wieder, setzte sich aufs Fensterbrett und begann, mit verdoppelter Kraft zu schmettern. Fröhlich war die Welt, drinnen und draußen. Und Jacques beugte sich aus dem Bett, lauschte regungslos, die Schweißperlchen glitzerten auf seiner harten Stirn, und sein schmaler Mund öffnete sich langsam. Zuerst lächelte er nur stumm. Dann kniff er die Augen zu, seine hageren, geröteten Wangen falteten sich an den Backenknochen, jetzt sah er aus wie ein alter Schelm, und ein dünnes Kichern kam aus seiner Kehle. Er lachte. Er lachte, ohne Aufhören; die Kissen zitterten leise, und das Bettgestell stöhnte sogar ein wenig. Auch der Bezirkshauptmann schmunzelte. Ja, der Tod kam zum alten Jacques wie ein munteres Mädchen im Frühling, und Jacques öffnete den alten Mund und zeigte ihm die spärlichen, gelben Zähne. Er hob die Hand, wies auf das Fenster und schüttelte, immerfort kichernd, den Kopf. »Schöner Tag heute!« bemerkte der Bezirkshauptmann. »Da kommt er ja, da kommt er ja!« sagte Jacques. »Auf dem Schimmel, ganz weiß angezogen, warum reitet er denn so langsam? Schau, schau, wie langsam der reitet! Grüß Gott! Grüß Gott! Wollen S' nicht näher kommen? Kommen S' nur! Kommen S' nur! Schön ist's heut, was?« Er zog die Hand zurück, richtete den Blick auf den Bezirkshauptmann und sagte: »Wie langsam der reitet! Das kommt, weil er von drüben ist! Er ist schon lange tot und gar nicht mehr gewohnt, hier auf den Steinen herumzureiten! Ja, früher! Weißt noch, wie der ausg'schaut hat? Ich möcht' das Bild sehn. Ob der sich wirklich verändert hat? Bring's her, das Bild, sei so gut, bring's her! Bitte, Herr Baron!«

Der Bezirkshauptmann begriff sofort, daß es sich um das Porträt des Helden von Solferino handelte. Er ging gehorsam hinaus. Er nahm auf der Treppe sogar zwei Stufen auf einmal, trat schnell ins Herrenzimmer, stieg auf einen Stuhl und holte das Bild des Helden von Solferino vom Haken. Es war ein wenig verstaubt; er blies darauf und fuhr mit dem Taschentuch darüber, mit dem er früher die Stirn des Sterbenden getrocknet hatte. Auch jetzt schmunzelte der Bezirkshauptmann unaufhörlich. Er war fröhlich. Er war schon lange nicht mehr fröhlich gewesen. Er ging eilends, das große Bildnis unter dem Arm, durch den Hof. Er trat an Jacques' Bett. Jacques schaute lange auf das Porträt, streckte den Zeigefinger aus, fuhr im Antlitz des Helden von Solferino herum und sagte endlich: »Halt's in die Sonne!« Der Bezirkshauptmann gehorchte. Er hielt das Porträt in den besonnten Streifen am Bettende, Jacques richtete sich auf und sagte: »Ja, genau so hat er ausg'schaut!« und legte sich wieder in die Kissen.

Der Bezirkshauptmann stellte das Bild auf den Tisch, neben die Mutter Gottes, und kehrte ans Bett zurück. »Da geht's bald aufwärts!« sagte Jacques lächelnd und zeigte auf den Suffit. »Hast noch lange Zeit!« erwiderte der Bezirkshauptmann. »Nein, nein!« sagte Jacques und lachte sehr hell. »Lang' genug hab' ich Zeit gehabt. Jetzt geht's hinauf. Schau mal nach, wie alt ich bin. Ich hab's vergessen.« »Wo soll ich nachsehn?« »Da unten!« sagte Jacques und deutete auf das Bettgestell. Es enthielt eine Schublade. Der Bezirkshauptmann zog sie heraus. Er sah ein sauber verschnürtes Päckchen in braunem Packpapier, daneben eine runde Blechschachtel mit einem bunten, aber verblaßten Bild auf dem Deckel, das eine Schäferin mit weißer Perücke darstellte, und erinnerte sich, daß es eine jener Konfektschachteln war, die in seiner Kindheit unter manchen Weihnachtsbäumen der Kameraden gelegen hatten. »Hier ist das Büchlein!« sagte Jacques. Es war Jacques' Militärbuch. Der Bezirkshauptmann setzte den Zwicker auf und las: »Franz Xaver Joseph Kromichl.« »Ist das dein Büchl?« fragte Herr von Trotta. »Freilich!« sagte Jacques. »Aber du heißt ja Franz Xaver Joseph?« »Werd' schon so heißen!« »Warum hast dich denn Jacques genannt?« »Das hat er so befohlen!« »So«, sagte Herr von Trotta und las das Geburtsjahr. »Dann bist du also zweiundachtzig im August!« »Was ist denn heut?« »Der neunzehnte Mai!« »Wie lang haben wir noch bis August?« »Drei Monate!« »So!« sagte Jacques ganz ruhig und lehnte sich wieder zurück. »Das erleb' ich also nicht mehr!«

»Mach die Schachtel auf!« sagte Jacques, und der Bezirkshauptmann öffnete die Schachtel. »Da liegt der heilige Antonius und der heilige Georg«, sprach Jacques weiter. »Die kannst du behalten. Dann ein Stück Lohwurzel, gegen Fieber. Das gibst deinem Sohn, dem Carl Joseph. Grüß ihn schön von mir! Das kann er brauchen, dort ist's sumpfig! Und jetzt mach's Fenster zu. Ich möcht' schlafen!«

Es war Mittag geworden. Das Bett lag jetzt ganz im hellsten Sonnenschein. An den Fenstern klebten reglos große spanische Fliegen, und der Kanarienvogel zwitscherte nicht mehr, sondern knabberte am Zucker. Zwölf Schläge dröhnten vom Turm des Rathauses, ihr goldenes Echo verhallte im Hof. Jacques atmete still. Der Bezirkshauptmann ging ins Speisezimmer.

»Ich esse nicht!« sagte er zu Fräulein Hirschwitz. Er überblickte das Speisezimmer. Hier, an dieser Stelle, war Jacques immer mit der Platte gestanden, so war er an den Tisch getreten, und so hatte er sie dargereicht. Herr von Trotta konnte heute nicht essen. Er ging in den Hof hinunter, setzte sich auf die Bank an der Wand unter das braune Gebälk des hölzernen Vorsprungs und wartete auf die Barmherzige Schwester. »Er schläft jetzt!« sagte er, als sie kam. Der zarte Wind fächelte von Zeit zu Zeit vorüber. Der Schatten des Gebälks wurde langsam breiter und länger. Die Fliegen summten rings um den Backenbart des Bezirkshauptmanns. Von Zeit zu Zeit schlug er nach ihnen mit der Hand, und seine Manschette schepperte. Zum erstenmal, seitdem er im Dienste seines Kaisers stand, tat er am hellichten Wochentag gar nichts. Er hatte niemals das Bedürfnis gehabt, einen Urlaub zu nehmen. Zum erstenmal erlebte er einen freien Tag. Er dachte fortwährend an den alten Jacques und war dennoch fröhlich. Der alte Jacques starb, aber es war, als feierte er ein großes Ereignis und der Bezirkshauptmann hätte aus diesem Anlaß seinen ersten Ferientag.

Auf einmal hörte er die Barmherzige Schwester aus der Tür treten. Sie erzählte, daß Jacques, anscheinend bei klarer Vernunft und ohne Fieber, aus dem Bett aufgestanden und eben im Begriff sei sich anzuziehn. In der Tat erblickte der Bezirkshauptmann gleich darauf den Alten am Fenster. Er hatte Pinsel, Seife und Rasiermesser auf das Fensterbrett gelegt, wie er es an gesunden Tagen jeden Morgen zu tun pflegte, und den Handspiegel an der Fensterschnalle aufgehängt, und er war im Begriff sich zu rasieren. Jacques öffnete das Fenster, und mit seiner gesunden, gewohnten

Stimme rief er: »Es geht mir gut, Herr Baron, ich bin ganz gesund, bitte um Entschuldigung, bitte, sich nicht zu inkommodieren!«

»Na, dann ist alles gut! Das freut mich, freut mich außerordentlich. Jetzt wirst du als Franz Xaver Joseph ein neues Leben beginnen!«

»Ich bleib' lieber beim Jacques!«

Herr von Trotta, von solch wunderbarem Ereignis erfreut, aber auch ein wenig ratlos, kehrte auf seine Bank zurück, bat die Barmherzige Schwester, für alle Fälle noch dazubleiben, und fragte sie, ob ihr derlei schnelle Heilungen bei so bejahrten Menschen bekannt seien. Die Schwester, die Blicke auf den Rosenkranz gesenkt und die Antwort mit den Fingern zwischen den Perlen hervorklaubend, erwiderte, daß Gesundung und Erkrankung, schnelle und langsame, in der Hand Gottes lägen; und Sein Wille hätte schon oft sehr schnell aus Sterbenden Lebendige gemacht. Eine wissenschaftlichere Antwort hätte dem Bezirkshauptmann besser gefallen. Und er beschloß, morgen den Bezirksarzt zu fragen. Vorläufig ging er in die Kanzlei, von einer großen Sorge zwar befreit, aber auch erfüllt von einer noch größeren und unerklärlichen Unruhe. Er konnte nicht mehr arbeiten. Dem Wachtmeister Slama, der schon lange auf ihn gewartet hatte, gab er Anweisungen für das Fest der Sokoln, aber ohne Strenge und Nachdruck. Alle Gefahren, von denen der Bezirk W. und die Monarchie bedroht waren, erschienen Herrn von Trotta auf einmal geringer als am Vormittag. Er verabschiedete den Wachtmeister, rief ihn aber gleich darauf zurück und sagte: »Hören Sie, Slama, ist Ihnen schon so was zu Ohren gekommen, der alte Jacques sieht heut vormittag aus, als ob er sterben müßt', und jetzt ist er wieder ganz vergnügt!«

Nein, der Wachtmeister Slama hatte noch nie etwas Ähnliches gehört. Und auf die Frage des Bezirkshauptmanns, ob er den Alten sehen wolle, sagte Slama, er sei gewiß dazu bereit. Und beide gingen sie in den Hof.

Da saß nun Jacques auf seinem Schemel, eine Reihe militärisch geordneter Stiefelpaare vor sich, die Bürste in der Hand und in die hölzerne Schachtel mit der Schuhwichse kräftig spuckend. Er wollte sich erheben, als der Bezirkshauptmann vor ihm stand, konnte es aber nicht schnell genug und fühlte auch schon die Hände Herrn von Trottas auf seinen Schultern. Heiter salutierte er mit der Bürste vor dem Wachtmeister. Der Bezirkshauptmann setzte sich auf die Bank, der Wachtmeister lehnte das Gewehr an die Wand und setzte sich ebenfalls, in gehöriger Entfernung; Jacques blieb auf seinem Schemel und putzte die Stiefel, wenn auch sanfter und langsamer als sonst. In seiner Stube saß indessen betend die Barmherzige Schwester.

»Jetzt is mir eingefallen«, sagte Jacques, »daß ich heut Herrn Barón du gesagt hab'! Ich hab' mich plötzlich erinnert!«

»Macht nix, Jacques!« sagte Herr von Trotta. »Das war das Fieber!«

»Ja, da hab' ich halt als Leich' geredet. Und wegen Falschmeldung müssen S' mich einsperren, Herr Wachtmeister. Weil ich nämlich Franz Xaver Joseph heiß'! Aber auf'm Grabstein hätt' ich auch den Jacques gern drauf. Und mein Sparkassenbüchl liegt unterm Militärbüchl, da is was fürs Begräbnis und eine heilige Meß, und da heiß' ich aber wieder Jacques!«

»Kommt Zeit, kommt Rat!« sagte der Bezirkshauptmann. »Wir können warten!«

Der Wachtmeister lachte laut und wischte sich die Stirn.

Jacques hatte alle Stiefel blank geputzt. Ihn fröstelte ein wenig; er ging hinein, kam wieder, in seinen winterlichen Pelz gehüllt, den er auch im Sommer trug, wenn es regnete, und setzte sich auf den Schemel. Der Kanarienvogel folgte ihm, flatternd über seinem silbernen Haupt, suchte eine Weile nach einem Plätzchen, hockte sich auf die Reckstange, auf der ein paar Teppiche hingen, und begann zu schmettern. Sein Gesang weckte Hunderte von Spatzenstimmen in den Kronen der wenigen Bäume, und ein paar Minuten war die Luft erfüllt von einer zwitschernden und pfeifenden lustigen Wirrnis. Jacques hob den Kopf und lauschte nicht ohne Stolz der siegreichen Stimme seines Kanarienvogels, die alle andern übertönte. Der Bezirkshauptmann lächelte. Der Wachtmeister lachte, das Taschentuch vor dem Mund, und Jacques kicherte. Die Schwester selbst hörte mit dem Beten auf und lächelte durch das Fenster. Die goldene Nachmittagssonne lag schon auf dem hölzernen Gebälk und spielte hoch oben in den grünen Kronen. Die Mücken tänzelten abendlich und müd, in zarten, runden Schwärmen, und manchmal surrte schwer ein Maikäfer an den Sitzenden vorüber, geradewegs ins Laub und ins Verderben und wahrscheinlich in die offenen Schnäbel der Spatzen. Der Wind ging stärker. Jetzt schwiegen die Vögel. Tiefblau wurde der Ausschnitt des Himmels und rosa die weißen Wölkchen.

»Jetzt gehst du ins Bett!« sagte Herr von Trotta zu Jacques.

»Ich muß noch das Bild hinauftragen!« murmelte der Alte, ging und holte das Porträt des Helden von Solferino und verschwand im Dunkel der Treppe. Der Wachtmeister sah ihm nach und sagte: »Merkwürdig!«

»Ja, recht merkwürdig!« antwortete Herr von Trotta.

Jacques kam zurück und näherte sich der Bank. Er setzte

sich ohne ein Wort und überraschend zwischen den Bezirkshauptmann und den Wachtmeister, öffnete den Mund, atmete tief, und ehe sich noch beide ihm zugewandt hatten, sank sein alter Nacken auf die Lehne, seine Hände fielen auf den Sitz, sein Pelz öffnete sich, seine Beine streckten sich starr, und die aufwärtsgeschweiften Pantoffelspitzen ragten in die Luft. Der Wind fuhr heftig und kurz durch den Hof. Sachte segelten oben die rötlichen Wölkchen dahin. Die Sonne war hinter der Mauer verschwunden. Der Bezirkshauptmann bettete den silbernen Schädel seines Dieners in seine linke Hand und tastete mit der Rechten nach dem Herzen des Ohnmächtigen. Der Wachtmeister stand erschrocken da, seine schwarze Mütze lag am Boden. Die Barmherzige Schwester kam mit breiten, eiligen Schritten. Sie nahm die Hand des Alten, hielt sie eine Weile zwischen den Fingern, legte sie sanft auf den Pelz und machte das Zeichen des Kreuzes. Sie sah den Wachtmeister still an. Er verstand und griff Jacques unter die Arme. Sie faßte seine Beine. So trugen sie ihn in die kleine Stube, legten ihn auf das Bett, falteten ihm die Hände und umwanden sie mit dem Rosenkranz und stellten ihm das Bild der Mutter Gottes zu Häupten. An seinem Bett knieten sie nieder, und der Bezirkshauptmann betete. Er hatte schon lange nicht mehr gebetet. Aus verschütteten Tiefen seiner Kindheit kam ein Gebet zu ihm wieder, ein Gebet für das Seelenheil toter Anverwandten, und dieses flüsterte er. Er erhob sich, warf einen Blick auf die Hose, fegte den Staub von den Knien und schritt hinaus, gefolgt vom Wachtmeister.

»So möcht' ich einmal sterben, lieber Slama!« sagte er statt des gewöhnlichen »Grüß Gott!« und ging ins Herrenzimmer.

Er schrieb die Anordnungen für die Aufbahrung und das

Begräbnis seines Dieners auf einen großen Bogen Kanzleipapier, mit allem Bedacht, wie ein Zeremonienmeister, Punkt für Punkt, Abteilungen und Unterabteilungen. Er fuhr am nächsten Morgen, ein Grab zu suchen, auf den Friedhof, kaufte einen Grabstein und gab die Inschrift an: »Hier ruht in Gott Franz Xaver Joseph Kromichl, genannt Jacques, ein alter Diener und ein treuer Freund« und bestellte ein Leichenbegängnis erster Klasse, mit vier Rappen und acht livrierten Begleitern. Er ging drei Tage später zu Fuß hinter dem Sarg, als einziger Leidtragender, in gebührendem Abstand gefolgt vom Wachtmeister Slama und manchen andern, die sich anschlossen, weil sie Jacques gekannt hatten und besonders weil sie Herrn von Trotta zu Fuß sahen. So kam es, daß eine stattliche Anzahl von Leuten den alten Franz Xaver Joseph Kromichl, genannt Jacques, zu Grabe geleitete.

Von nun an erschien dem Bezirkshauptmann sein Haus verändert, leer und nicht mehr heimisch. Er fand die Post nicht mehr neben seinem Frühstückstablett, und er zögerte auch, dem Amtsdiener neue Anweisungen zu geben. Er rührte nicht mehr eine einzige seiner kleinen, silbernen Tischglocken an, und wenn er manchmal zerstreut die Hand nach ihnen ausstreckte, so streichelte er sie nur. Manchmal, am Nachmittag, lauschte er auf und glaubte, den Geistesschritt des alten Jacques auf der Treppe zu vernehmen. Manchmal ging er in die kleine Stube, in der Jacques gelebt hatte, und reichte dem Kanarienvogel ein Stückchen Zucker zwischen die Käfigstangen.

Eines Tages, es war gerade vor dem Sokolfest und seine Anwesenheit im Amt nicht ohne Bedeutung, faßte er einen überraschenden Entschluß.

Davon wollen wir im nächsten Kapitel berichten.

XI

Der Bezirkshauptmann beschloß, seinen Sohn in der fernen Grenzgarnison zu besuchen. Für einen Mann von der Art Herrn von Trottas war es kein leichtes Unternehmen. Er hatte ungewöhnliche Vorstellungen von der östlichen Grenze der Monarchie. Zwei seiner Schulkollegen waren wegen peinlicher Verfehlungen im Amt in jenes ferne Kronland versetzt worden, an dessen Rändern man wahrscheinlich schon den sibirischen Wind heulen hörte. Bären und Wölfe und noch schlimmere Ungeheuer wie Läuse und Wanzen bedrohten dort den zivilisierten Österreicher. Die ruthenischen Bauern opferten heidnischen Göttern, und grausam wüteten gegen fremdes Hab und Gut die Juden. Herr von Trotta nahm seinen alten Trommelrevolver mit. Die Abenteuer schreckten ihn keineswegs; vielmehr erlebte er jenes berauschende Gefühl aus längst verschütteter Knabenzeit wieder, das ihn und seinen alten Freund Moser in die geheimnisvollen Waldgründe auf dem väterlichen Gut getrieben hatte, zur Jagd und in mitternächtlicher Stunde auf den Friedhof. Von Fräulein Hirschwitz nahm er wohlgemut kurzen Abschied, mit der unbestimmten und kühnen Hoffnung, sie nie mehr wiederzusehen. Allein fuhr er zur Bahn. Der Kassierer hinter dem Schalter sagte: »Oh, endlich eine weite Reise. Glückliche Fahrt!« Der Stationschef eilte auf den Perron. »Sie reisen dienstlich?« fragte er. Und der Bezirkshauptmann, in jener aufgeräumten Stimmung, in der man gelegentlich gerne rätselhaft erscheinen mag, antwortete: »Sozusagen, Herr Stationschef! Man kann schon ›dienstlich‹ sagen!« »Für längere Zeit?« »Noch unbestimmt.« »Werden wahrscheinlich auch Ihren Sohn besuchen?« »Wenn es sich machen läßt!« – Der Bezirkshauptmann stand am Fenster und winkte mit der Hand. Er nahm heitern Abschied von seinem Bezirk. Er dachte nicht an die Rückkehr. Er las im Kursbuch noch einmal alle Stationen. »In Oderberg umsteigen!« wiederholte er für sich. Er verglich die angegebenen mit den wirklichen Ankunfts- und Abfahrtszeiten und seine Taschenuhr mit allen Bahnhofsuhren, an denen der Zug vorüberfuhr. Merkwürdigerweise erfreute, ja, erfrischte jede Unregelmäßigkeit sein Herz. In Oderberg ließ er einen Zug aus. Neugierig, nach allen Seiten Umschau haltend, ging er über die Bahnsteige, durch die Wartesäle und ein bißchen auch auf dem langen Weg zur Stadt. In den Bahnhof zurückgekehrt, tat er, als hätte er sich wider Willen verspätet, und sagte ausdrücklich dem Portier: »Ich habe meinen Zug versäumt!« Es enttäuschte ihn, daß sich der Portier nicht wunderte. Er mußte in Krakau noch einmal umsteigen. Das war ihm willkommen. Wenn er Carl Joseph nicht die Ankunft angegeben hätte und wenn in jenem »gefährlichen Nest« zwei Züge täglich angekommen wären, hätte er gerne noch eine Rast gemacht, um die Welt zu betrachten. Immerhin, auch durch das Fenster ließ sie sich in Augenschein nehmen. Der Frühling grüßte ihn die ganze Fahrt entlang. Am Nachmittag kam er an. In munterer Gelassenheit stieg er vom Trittbrett, mit jenem »elastischen Schritt«, den die Zeitungen dem alten Kaiser nachzurühmen pflegten und den allmählich viele ältliche Staatsbeamte gelernt hatten. Denn es gab um jene Zeit in der Monarchie eine ganz besondere, seither völlig vergessene Art, Eisenbahnen und Gefährte zu verlassen, Gaststätten, Perrons und Häuser zu betreten, sich Angehörigen und Freunden zu nähern; eine Art des Schreitens, die vielleicht auch von den schmalen Hosen der älteren Herren bestimmt wurde und von den Gummistegen, die viele von ihnen noch um die Zugstiefel zu schnallen liebten. Mit diesem besonderen Schritt verließ also Herr von Trotta den Waggon. Er umarmte seinen Sohn, der sich vor dem Trittbrett aufgestellt hatte. Herr von Trotta war der einzige Fremde, der heute den Waggon erster und zweiter Klasse verließ. Ein paar Urlauber und Eisenbahner und Juden in langen, schwarzen, flatternden Gewändern kamen aus der dritten. Alle sahen auf den Vater und den Sohn. Der Bezirkshauptmann beeilte sich, in den Wartesaal zu gelangen. Hier küßte er Carl Joseph auf die Stirn. Am Büfett bestellte er zwei Cognacs. An der Wand, hinter den Regalen mit den Flaschen, hing der Spiegel. Während sie tranken, betrachteten Vater und Sohn ihre Gesichter. »Ist der Spiegel so miserabel«, fragte Herr von Trotta, »oder siehst du wirklich so schlecht aus?« Bist du wirklich so grau geworden? hätte Carl Joseph gerne gefragt. Denn er sah viel Silber im dunklen Backenbart und an den Schläfen des Vaters schimmern. »Laß dich anschaun!« fuhr der Bezirkshauptmann fort. »Das ist allerdings nicht der Spiegel! Das ist der Dienst hier, vielleicht?! Geht's schlimm?!« Der Bezirkshauptmann stellte fest, daß sein Sohn nicht so aussah, wie ein junger Leutnant auszusehen hatte. Krank ist er vielleicht, dachte der Vater. Es gab außer den Krankheiten, an denen man starb, nur noch jene schrecklichen Krankheiten, von denen Offiziere dem Vernehmen nach nicht selten befallen wurden. »Darfst auch Cognac trinken?« fragte er, um auf Umwegen den Sachverhalt aufzuklären. »Ja, gewiß, Papa«, sagte der Leutnant. Diese Stimme, die ihn vor Jahren geprüft hatte, an den stillen Sonntagvormittagen, sie lag ihm noch in den Ohren, diese nasale Stimme des Staatsbeamten, die strenge, immer ein wenig verwunderte und forschende Stimme, vor der jede Lüge noch auf der

Zunge erstarb. »Gefällt's dir bei der Infanterie?« »Sehr gut, Papa!« »Und dein Pferd?« »Hab' ich mitgenommen, Papa!« »Reitest oft?« »Selten, Papa!« »Magst nicht?« »Nein, ich hab's nie gemocht, Papa!« »Hör auf mit dem: Papa«, sagte plötzlich Herr von Trotta. »Bist schon groß genug! Und ich hab' Ferien!«

Sie fuhren in die Stadt. »Na, gar so wild ist es hier nicht!« sagte der Bezirkshauptmann. »Amüsiert man sich hier?«

»Sehr viel!« sagte Carl Joseph. »Beim Grafen Chojnicki. Da kommt alle Welt zusammen. Du wirst ihn sehen. Ich hab' ihn sehr gern.«

»Das wär' also der erste Freund, den du je gehabt hast?«

»Der Regimentsarzt Max Demant war's auch«, erwiderte Carl Joseph.

»Hier ist dein Zimmer, Papa!« sagte der Leutnant. »Die Kameraden wohnen hier und machen manchmal Lärm in der Nacht. Aber es gibt kein anderes Hotel. Sie werden sich auch zusammennehmen, solang du da bist!«

»Macht nix, macht nix!« sagte der Bezirkshauptmann.

Er packte aus dem Koffer eine runde Blechdose, öffnete den Deckel und zeigte sie Carl Joseph. »Da ist so eine Wurzel – soll gegen Sumpffieber gut sein. Jacques schickt sie dir!«

»Was macht er?«

»Er ist schon drüben!« Der Bezirkshauptmann zeigte auf die Decke.

»Er ist drüben!« wiederholte der Leutnant. Dem Bezirkshauptmann war es, als spräche ein alter Mann. Der Sohn mochte viele Geheimnisse haben. Der Vater kannte sie nicht. Man sagte: Vater und Sohn, aber zwischen beiden lagen viele Jahre, große Berge! Man wußte nicht viel mehr von Carl Joseph als von einem andern Leutnant. Er war zur Kavallerie eingerückt und hatte sich dann zur Infanterie transferieren lassen. Die grünen Aufschläge der Jäger trug er statt der roten der Dragoner. Nun ja! Mehr wußte man nicht! Man wurde offenbar alt. Man wurde alt. Man gehörte nicht ganz dem Dienst mehr und nicht den Pflichten! Man gehörte zu Jacques und zu Carl Joseph. Man brachte die steinharte, verwitterte Wurzel von einem zum andern.

Der Bezirkshauptmann öffnete den Mund, immer noch gebeugt über den Koffer. Er sprach in den Koffer hinein wie in ein offenes Grab. Aber er sagte nicht, wie er gewollt hatte: Ich hab' dich lieb, mein Sohn!, sondern: »Er ist sehr leicht gestorben! Es war ein echter Maiabend, und alle Vögel haben gepfiffen. Erinnerst dich an den Kanarienvogel? Der hat am lautesten gezwitschert. Jacques hat alle Stiefel geputzt. Dann erst ist er gestorben, im Hof, auf der Bank! Der Slama ist auch dabeigewesen. Am Vormittag nur hat er Fieber gehabt. Ich soll dich schön grüßen!«

Dann blickte der Bezirkshauptmann vom Koffer auf und sah seinem Sohn ins Gesicht:

»Genauso möcht' ich auch einmal sterben!«

Der Leutnant ging in sein Zimmer, öffnete den Schrank und legte in die oberste Lade das Stückchen Wurzel gegen Fieber, neben die Briefe Katharinas und den Säbel Max Demants. Er zog die Taschenuhr des Doktors. Er glaubte, den dünnen Sekundenzeiger hurtiger als je einen andern über das winzige Rund kreisen zu sehn und heftiger das klingende Ticken zu vernehmen. Die Zeiger hatten kein Ziel, das Ticken hatte keinen Sinn. Bald werde ich auch Papas Taschenuhr ticken hören, er wird sie mir vermachen. In meiner Stube wird das Porträt des Helden von Solferino hängen und der Säbel Max Demants und ein Erbstück von Papa. Mit mir wird alles begraben. Ich bin der letzte Trotta!

Er war jung genug, um süße Wollust aus seiner Trauer zu schöpfen und aus der Sicherheit, der Letzte zu sein, eine schmerzliche Würde. Von den nahen Sümpfen kam das breite und schmetternde Quaken der Frösche. Die untergehende Sonne rötete Möbel und Wände des Zimmers. Man hörte einen leichten Wagen heranrollen, das weiche Getrapp der Hufe auf der staubigen Straße. Der Wagen hielt, eine strohgelbe Britschka, das sommerliche Vehikel des Grafen Chojnicki. Dreimal unterbrach seine knallende Peitsche den Gesang der Frösche.

Er war neugierig, der Graf Chojnicki. Keine andere Leidenschaft als die Neugierde schickte ihn auf Reisen in die weite Welt, fesselte ihn an die Tische der großen Spielsäle, schloß ihn hinter die Türen seines alten Jagdpavillons, setzte ihn auf die Bank der Parlamentarier, gebot ihm jeden Frühling die Heimkehr, ließ ihn seine gewohnten Feste feiern und verstellte ihm den Weg zum Selbstmord. Lediglich die Neugierde erhielt ihn am Leben. Er war unersättlich neugierig. Der Leutnant Trotta hatte ihm erzählt, daß er seinen Vater, den Bezirkshauptmann, erwarte; und obwohl Graf Chojnicki ein gutes Dutzend österreichischer Bezirkshauptleute kannte und zahllose Väter von Leutnants, war er dennoch begierig, den Bezirkshauptmann Trotta kennenzulernen. »Ich bin der Freund Ihres Sohnes«, sagte Chojnicki. »Sie sind mein Gast. Ihr Sohn wird es Ihnen gesagt haben! Ich habe Sie übrigens schon irgendwo gesehn. Sind Sie nicht mit dem Doktor Swoboda im Handelsministerium bekannt?« »Wir sind Schulkollegen!« »Na also!« rief Chojnicki. »Das ist mein guter Freund, der Swoboda. Etwas verteppert mit der Zeit! Aber ein feiner Mann! Gestatten Sie mir, ganz aufrichtig zu sein? – Sie erinnern mich an Franz Joseph.«

Es wurde einen Augenblick still. Der Bezirkshauptmann hatte niemals den Namen des Kaisers ausgesprochen. Bei feierlichen Anlässen sagte man: Seine Majestät. Im gewöhnlichen Leben sagte man: der Kaiser. Dieser Chojnicki aber sagte: Franz Joseph, wie er soeben Swoboda gesagt hatte. »Ja, Sie erinnern mich an Franz Joseph«, wiederholte Chojnicki.

Sie fuhren. Zu beiden Seiten lärmten die unendlichen Chöre der Frösche, dehnten sich die unendlichen, blaugrünen Sümpfe. Der Abend schwamm ihnen entgegen, violett und golden. Sie hörten das weiche Rollen der Räder im weichen Sande des Feldwegs und das helle Knirschen der Achsen. Chojnicki hielt vor dem kleinen Jagdpavillon.

Die rückwärtige Wand lehnte sich an den dunklen Rand des Tannenwaldes. Von der schmalen Straße war er durch einen kleinen Garten und ein steinernes Gitter getrennt. Die Hecken, die an beiden Seiten den kurzen Weg vom Gartengitter zum Hauseingang säumten, waren seit langer Zeit nicht beschnitten worden; so wucherten sie in wilder Willkür hier und da über den Weg, bogen ihre Zweige einander entgegen und erlaubten zwei Menschen nicht gleichzeitig den Durchgang. Also gingen die drei Männer hintereinander, ihnen folgte das Pferd gehorsam, zog das Wägelchen nach, schien mit diesem Pfad vertraut zu sein und wie ein Mensch im Pavillon zu wohnen. Hinter den Hecken dehnten sich weite Flächen, von Distelblüten bewachsen, von den breiten, dunkelgrünen Gesichtern des Huflattichs überwacht. Rechts erhob sich ein abgebrochener, steinerner Pfeiler, Überrest eines Turms vielleicht. Wie ein mächtiger, abgebrochener Zahn wuchs der Stein aus dem Schoß des

Vorgartens gegen den Himmel, mit vielen dunkelgrünen Moosflecken und schwarzen, zarten Rissen. Das schwere, hölzerne Tor zeigte das Wappen der Chojnickis, ein dreifach geteiltes, blaues Schild mit drei goldenen Hirschböken, deren Geweihe unentwirrbar ineinander verwachsen waren. Chojnicki zündete Licht an. Sie standen in einem weiten, niedrigen Raum. Noch fiel der letzte Dämmer des Tages durch die schmalen Ritzen der grünen Jalousien. Der gedeckte Tisch unter der Lampe trug Teller, Flaschen, Krüge, silbernes Besteck und Terrinen. »Ich hab' mir erlaubt, Ihnen einen kleinen Imbiß vorzubereiten!« sagte Chojnicki. Er schüttete den wasserklaren Neunziggrädigen in drei kleine Gläschen, reichte zwei den Gästen und erhob selbst das dritte. Alle tranken. Der Bezirkshauptmann war etwas verwirrt, als er das Gläschen wieder auf den Tisch stellte. Immerhin widersprach die Wirklichkeit der Speisen dem geheimnisvollen Wesen des Pavillons, und der Appetit des Bezirkshauptmanns war größer als seine Verwirrung. Die braune Leberpastete, von pechschwarzen Trüffeln durchsetzt, stand in einem glitzernden Kranz aus frischen Eiskristallen. Die zarte Fasanenbrust ragte einsam im schneeigen Teller, umgeben von einem bunten Gefolge aus grünen, roten, weißen und gelben Gemüsen, jedes in einer blaugold geränderten und wappenverzierten Schüssel. In einer geräumigen, kristallenen Vase wimmelten Millionen schwarzgrauer Kaviarperlchen, umrandet von goldenen Zitronenscheiben. Und die runden, rosafarbenen Schinkenräder, von einer großen, silbernen, dreizackigen Gabel bewacht, reihten sich gehorsam aneinander auf länglicher Schüssel, begleitet von rotbäckigen Radieschen, die an kleine, knusprige Dorfmädchen erinnerten. Gekocht, gebraten und mit süß-säuerlichen Zwiebeln mariniert, lagen die fetten, breiten Karpfenstücke und die schmalen, schlüpfrigen Hechte auf Glas, Silber und Porzellan. Runde Brote, schwarz, braun und weiß, ruhten in einfachen, ländlich geflochtenen Strohkörbchen, wie Kinder in Wiegen, kaum sichtbar zerschnitten, und die Scheiben so kunstvoll wieder aneinandergefügt, daß die Brote heil und ungeteilt aussahen. Zwischen den Speisen standen fette, bauchige Flaschen und schmale, hochgewachsene, vier- und sechskantige Kristallkaraffen und glatte, runde; solche mit langen und andere mit kurzen Hälsen; mit und ohne Etiketten; und alle gefolgt von einem Regiment vielgestaltiger Gläser und Gläschen.

Sie begannen zu essen.

Dem Bezirkshauptmann war diese ungewöhnliche Art, zu einer ungewöhnlichen Stunde einen »Imbiß« einzunehmen, ein äußerst angenehmes Anzeichen für die außergewöhnlichen Sitten der Grenze. In der alten kaiser- und königlichen Monarchie waren selbst spartanische Naturen wie Herr von Trotta beachtenswerte Liebhaber von Genüssen. Es war schon eine geraume Zeit seit dem Tage verflossen, an dem der Bezirkshauptmann außergewöhnlich gegessen hatte. Der Anlaß war damals das Abschiedsfest des Statthalters, des Fürsten M., gewesen, der mit einem ehrenvollen Auftrag in die frisch okkupierten Gebiete von Bosnien und Herzegowina abgegangen war, dank seinen berühmt gewordenen Sprachkenntnissen und seiner angeblichen Kunst, »wilde Völker zu zähmen«. Ja, damals hatte der Bezirkshauptmann ungewöhnlich gegessen und getrunken! Und dieser Tag, neben andern Trink- und Gelagetagen, hatte sich in seiner Erinnerung ebenso stark erhalten wie die besonderen Tage, an denen er eine Belobung der Statthalterei bekommen hatte, wie die Tage, an denen er zum Bezirksoberkommissär und später zum Bezirkshauptmann ernannt worden war. Die Vorzüglichkeit der Nahrung schmeckte er mit den Augen wie andere mit dem Gaumen. Sein Blick schweifte ein paarmal über den reichen Tisch und genoß und verweilte hier und dort im Genießen. Er hatte die geheimnisvolle, ja, etwas unheimliche Umgebung beinahe vergessen. Man aß. Man trank aus den verschiedenen Flaschen. Und der Bezirkshauptmann lobte alles, indem er, sooft er von einer Speise zur andern überging, »delikat« und »ausgezeichnet« sagte. Sein Angesicht rötete sich langsam. Und die Flügel seines Backenbartes bewegten sich fortwährend.

»Ich habe die Herren hierher eingeladen«, sagte Chojnicki, »weil wir im ›neuen Schloß‹ nicht ungestört gewesen wären. Dort ist meine Tür sozusagen immer offen, und alle meine Freunde können kommen, wann sie wollen. Sonst pflege ich hier nur zu arbeiten.«

»Sie arbeiten?« fragte der Bezirkshauptmann. »Ja«, sagte Chojnicki, »ich arbeite. Ich arbeite sozusagen zum Spaß. Ich setze nur die Tradition meiner Vorfahren fort, ich meine es, offen gestanden, gar nicht immer so ernst, wie es noch mein Großvater gemeint hat. Die Bauern dieser Gegend haben ihn für einen mächtigen Zauberer gehalten, und vielleicht ist er auch einer gewesen. Mich selbst halten sie auch für einen, ich bin es nicht. Es ist mir bis jetzt noch nicht gelungen, auch nur ein Stäubchen herzustellen!«

»Ein Stäubchen?« fragte der Bezirkshauptmann, »wovon ein Stäubchen?« »Von Gold natürlich!« sagte Chojnicki, als handele es sich um die selbstverständlichste Sache von der Welt.

»Ich verstehe was von Chemie«, fuhr er fort, »es ist ein altes Talent in unserer Familie. Ich habe hier an den Wänden, wie Sie sehen, die ältesten und die modernsten Apparate.« Er zeigte auf die Wände. Der Bezirkshauptmann sah sechs Reihen hölzerner Regale an jeder Wand. Auf den Regalen standen Mörser, kleine und große Papiersäckchen, gläserne Behälter wie in altertümlichen Apotheken, merkwürdige Kugeln aus Glas, gefüllt mit bunten Flüssigkeiten, Lämpchen, Gasbrenner und Röhren.

»Sehr seltsam, seltsam, seltsam!« sagte Herr von Trotta.

»Und ich kann selber nicht genau sagen«, fuhr Chojnicki fort, »ob ich es ernst meine oder nicht. Ja, manchmal ergreift mich die Leidenschaft, wenn ich am Morgen hierherkomme, und ich lese in den Rezepten meines Großvaters und gehe hin und probiere und lache mich selber aus und gehe fort. Und komme immer wieder her und probiere immer wieder.«

»Seltsam, seltsam!« wiederholte der Bezirkshauptmann.

»Nicht seltsamer«, sagte der Graf, »als alles andere, was ich sonst machen könnte. Soll ich Kultus- und Unterrichtsminister werden? Man hat's mir nahegelegt. Soll ich Sektionschef im Ministerium des Innern werden? Man hat's mir ebenfalls nahegelegt. Soll ich an den Hof, ins Obersthofmeisteramt? Auch das kann ich, Franz Joseph kennt mich – – –«

Der Bezirkshauptmann rückte seinen Stuhl um zwei Zoll zurück. Wenn Chojnicki den Kaiser so vertraulich beim Namen nannte, als wäre er einer jener lächerlichen Abgeordneten, die seit der Einführung des allgemeinen, gleichen und geheimen Wahlrechts im Parlament saßen, oder als wäre er, im besten Falle, schon tot und eine Figur der vaterländischen Geschichte, gab es dem Bezirkshauptmann einen Stich ins Herz. Chojnicki verbesserte:

»Seine Majestät kennt mich!«

Der Bezirkshauptmann rückte wieder näher an den Tisch und fragte: »Und warum – Pardon! – wäre es genauso überflüssig, dem Vaterland zu dienen wie Gold zu machen?«

»Weil das Vaterland nicht mehr da ist.«

»Ich verstehe nicht!« sagte Herr von Trotta.

»Ich hab' mir's gedacht, daß Sie mich nicht verstehen!« sagte Chojnicki. »Wir alle leben nicht mehr!«

Es war sehr still. Der letzte Dämmer des Tages war längst erloschen. Man hätte durch die schmalen Sparren der grünen Jalousien schon ein paar Sterne am Himmel sehen können. Den breiten und schmetternden Gesang der Frösche hatte der leise, metallische der nächtlichen Feldgrillen abgelöst. Von Zeit zu Zeit hörte man den harten Ruf des Kuckucks. Der Bezirkshauptmann, vom Alkohol, von der sonderlichen Umgebung und von den ungewöhnlichen Reden des Grafen in einen nie gekannten, beinahe verzauberten Zustand versetzt, blickte verstohlen auf seinen Sohn, lediglich, um einen vertrauten und nahen Menschen zu sehn. Aber auch Carl Joseph schien ihm gar nicht mehr vertraut und nahe! Vielleicht hatte Chojnicki richtig gesprochen, und sie waren in der Tat alle nicht mehr da: das Vaterland nicht und nicht der Bezirkshauptmann und nicht der Sohn! Mit großer Anstrengung brachte Herr von Trotta noch die Frage zustande: »Ich verstehe nicht! Wie sollte die Monarchie nicht mehr dasein?«

»Natürlich!« erwiderte Chojnicki, »wörtlich genommen, besteht sie noch. Wir haben noch eine Armee« – der Graf wies auf den Leutnant – »und Beamte« – der Graf zeigte auf den Bezirkshauptmann. »Aber sie zerfällt bei lebendigem Leibe. Sie zerfällt, sie ist schon verfallen! Ein Greis, dem Tode geweiht, von jedem Schnupfen gefährdet, hält den alten Thron, einfach durch das Wunder, daß er auf ihm noch sitzen kann. Wie lange noch, wie lange noch? Die Zeit will uns nicht mehr! Diese Zeit will sich erst selbständige Nationalstaaten schaffen! Man glaubt nicht mehr an Gott. Die neue Religion ist der Nationalismus. Die Völker gehn nicht mehr in die Kirchen. Sie gehn in nationale Vereine. Die Monarchie, unsere Monarchie, ist gegründet auf der Frömmigkeit: auf dem Glauben, daß Gott die Habsburger erwählt hat, über soundso viel christliche Völker zu regieren. Unser Kaiser ist ein weltlicher Bruder des Papstes, es ist Seine K. u. K. Apostolische Majestät, keine andere wie er apostolisch, keine andere Majestät in Europa so abhängig von der Gnade Gottes und vom Glauben der Völker an die Gnade Gottes. Der deutsche Kaiser regiert, wenn Gott ihn verläßt, immer noch; eventuell von der Gnade der Nation. Der Kaiser von Österreich-Ungarn darf nicht von Gott verlassen werden. Nun aber hat ihn Gott verlassen!«

Der Bezirkshauptmann erhob sich. Niemals hätte er geglaubt, daß es einen Menschen in der Welt gebe, der sagen könnte, Gott habe den Kaiser verlassen. Dennoch schien ihm, der zeit seines Lebens die Angelegenheiten des Himmels den Theologen überlassen und im übrigen die Kirche, die Messe, die Zeremonie am Fronleichnamstag, den Klerus und den lieben Gott für Einrichtungen der Monarchie gehalten hatte, auf einmal der Satz des Grafen alle Wirrnis zu erklären, die er in den letzten Wochen und besonders seit dem Tode des alten Jacques gefühlt hatte. Gewiß, Gott hatte den alten Kaiser verlassen! Der Bezirkshauptmann machte ein paar Schritte, unter seinen Füßen knarrten die alten Dielen. Er trat zum Fenster und sah durch die Ritzen der Jalousien die schmalen Streifen der dunkelblauen Nacht. Alle Vorgänge der Natur und alle Ereignisse des täglichen Lebens erhielten auf einmal einen bedrohlichen und unverständlichen Sinn. Unverständlich war der wispernde Chor der Grillen, unverständlich das Flimmern der Sterne, unverständlich das samtene Blau der Nacht, unverständlich war dem Bezirkshauptmann seine Reise an die Grenze und sein Aufenthalt bei diesem Grafen. Er kehrte an den Tisch zurück, mit der Hand strich er einen Flügel seines Backenbartes, wie er es zu tun pflegte, wenn er ein wenig ratlos war. Ein wenig ratlos! So ratlos wie jetzt war er nie gewesen!

Vor ihm stand noch ein volles Glas. Er trank es schnell. »Also«, sagte er, »glauben Sie, glauben Sie, daß wir – –«

»verloren sind«, ergänzte Chojnicki. »Verloren sind wir, Sie und Ihr Sohn und ich. Wir sind, sage ich, die Letzten einer Welt, in der Gott noch die Majestäten begnadet und Verrückte wie ich Gold machen. Hören Sie! Sehen Sie!« Und Chojnicki erhob sich, ging an die Tür, drehte einen Schalter, und an dem großen Lüster erstrahlten die Lampen. »Sehen Sie!« sagte Chojnicki, »dies ist die Zeit der Elektrizität, nicht der Alchimie. Der Chemie auch, verstehen Sie! Wissen Sie, wie das Ding heißt? Nitroglyzerin«, der Graf sprach jede einzelne Silbe getrennt aus. »Nitroglyzerin!« wiederholte er. »Nicht mehr Gold! Im Schloß Franz Josephs brennt man oft noch Kerzen! Begreifen Sie? Durch Nitroglyzerin und Elektrizität werden wir zugrunde gehn! Es dauert gar nicht mehr lang, gar nicht mehr lang!«

Der Glanz, den die elektrischen Lampen verbreiteten, weckte an den Wänden auf den Regalen grüne, rote und blaue, schmale und breite zitternde Reflexe in den Glasröhren. Still und blaß saß Carl Joseph da. Er hatte die ganze Zeit getrunken. Der Bezirkshauptmann sah zum Leutnant hin. Er dachte an seinen Freund, den Maler Moser. Und da er selbst schon getrunken hatte, der alte Herr von Trotta, erblickte er, wie in einem sehr entfernten Spiegel, das blasse Abbild seines betrunkenen Sohnes unter den grünen Bäumen des Volksgartens, mit einem Schlapphut am Kopfe, einer großen Mappe unter dem Arm, und es war, als hätte sich die prophetische Gabe des Grafen, die geschichtliche Zukunft zu sehen, auch auf den Bezirkshauptmann übertragen und ihn fähig gemacht, die Zukunft seines Nachkommen zu erkennen. Halb geleert und traurig waren Teller, Terrinen, Flaschen und Gläser. Zauberhaft leuchteten die Lichter in den Röhren ringsum an den Wänden. Zwei alte, backenbärtige Diener, beide dem Kaiser Franz Joseph und dem Bezirkshauptmann ähnlich wie Brüder, begannen, den Tisch abzuräumen. Von Zeit zu Zeit fiel der harte Ruf des Kuckucks wie ein Hammer auf das Zirpen der Grillen. Chojnicki hob eine Flasche hoch. »Den heimischen« – so nannte er den Schnaps – »müssen Sie noch trinken. Es ist nur noch ein Rest!« Und sie tranken den letzten Rest des »Heimischen«.

Der Bezirkshauptmann zog seine Uhr, konnte aber den Stand der Zeiger nicht genau erkennen. Es war, als rotierten sie so schnell über den weißen Kreis des Zifferblattes, daß es hundert Zeiger gab statt der regelrechten zwei. Und statt der zwölf Ziffern gab es zwölf mal zwölf! Denn die Ziffern drängten sich aneinander wie sonst nur die Striche der Minuten. Es konnte neun Uhr abends sein oder schon Mitternacht.

»Zehn Uhr!« sagte Chojnicki.

Die backenbärtigen Diener faßten die Gäste sachte bei den Armen und führten sie hinaus. Die große Kalesche Chojnickis wartete. Der Himmel war sehr nahe, eine gute, vertraute, irdische Schale aus einem vertrauten blauen Glas, lag er, mit der Hand zu greifen, über der Erde. Der steinerne Meiler rechts vom Pavillon schien ihn zu berühren. Die Sterne waren von irdischen Händen in den nahen Himmel mit Stecknadeln gespießt wie Fähnchen in eine Landkarte. Manchmal drehte sich die ganze blaue Nacht um den Bezirkshauptmann, schaukelte sachte und hielt wieder still. Die Frösche quakten in den unendlichen Sümpfen. Es roch feucht nach Regen und Gras. Die gespenstisch weißen Pferde vor dem schwarzen Wagen überragte der Kutscher im schwarzen Mantel. Die Schimmel wieherten, und weich wie Katzenpfoten scharrten ihre Hufe den feuchten, sandigen Boden.

Der Kutscher schnalzte mit der Zunge, und sie fuhren. Sie fuhren den Weg zurück, den sie gekommen waren, bogen in die breite, geschotterte Birkenallee und erreichten die Laternen, die das »neue Schloß« ankündigten. Die silbernen Birkenstämme schimmerten noch heller als die Laternen. Die starken Gummiräder der Kalesche rollten glatt und mit einem dumpfen Murmeln über den Schotter, man hörte nur den harten Aufschlag der geschwinden Schimmelhufe. Die Kalesche war breit und bequem. Man lehnte in ihr wie in einem Ruhebett. Leutnant Trotta schlief. Er saß neben seinem Vater. Sein blasses Angesicht lag fast waagerecht auf der Polsterlehne, durch das offene Fenster strich der Wind darüber. Von Zeit zu Zeit beleuchtete es eine Laterne. Dann sah Chojnicki, der seinen Gästen gegenübersaß, die blutlosen, halboffenen Lippen des Leutnants und seine harte, vorspringende, knöcherne Nase. »Er schläft gut!« sagte er zum Bezirkshauptmann. Beide kamen sich vor wie zwei Väter des Leutnants. Den Bezirkshauptmann ernüchterte der Nachtwind, aber eine unbestimmte Furcht nistete noch in seinem Herzen. Er sah die Welt untergehn, und es war seine Welt. Lebendig saß ihm gegenüber Chojnicki, allem Anschein nach ein lebendiger Mensch, dessen Knie sogar manchmal an das Schienbein Herrn von Trottas stießen, und dennoch unheimlich. Der alte Trommelrevolver, den Herr von Trotta mitgenommen hatte, drückte in der rückwärtigen Hosentasche. Was sollte da ein Revolver! Man sah keine Bären und keine Wölfe an der Grenze! Man sah nur den Untergang der Welt!

Der Wagen hielt vor dem gewölbten, hölzernen Tor. Der Kutscher knallte mit der Peitsche. Die zwei Flügel des Tores gingen auf, und gemessen schritten die Schimmel die sachte Steigung hinan. Aus der ganzen Fensterfront fiel gelbes Licht auf den Kies und auf die Grasflächen zu beiden Seiten des Weges. Man hörte Stimmen und Klavierspiel. Es war ohne Zweifel ein »großes Fest«.

Man hatte bereits gegessen. Die Lakaien liefen mit großen, buntfarbigen Schnäpsen umher. Die Gäste tanzten, spielten Tarock und Whist, tranken, dort hielt einer eine Rede vor Menschen, die ihm nicht zuhörten. Einige torkelten durch die Säle, andere schliefen in den Ecken. Es tanzten nur Männer miteinander. Die schwarzen Salonblusen der Dragoner preßten sich an die blauen der Jäger. In den Zimmern des »neuen Schlosses« ließ Chojnicki Kerzen brennen. Aus mächtigen, silbernen Leuchtern, die auf steinernen Wandbrettern und Vorsprüngen aufgestellt waren, oder von Lakaien, die jede halbe Stunde abwechselten, gehalten wurden, wuchsen die schneeweißen und wachsgelben dicken Kerzen. Ihre Flämmchen zitterten manchmal im nächtlichen Wind, der durch die offenen Fenster daherzog. Wenn für ein paar Augenblicke das Klavier schwieg, hörte man die Nachtigallen schlagen und die Grillen wispern und von Zeit zu Zeit die Wachstränen mit sachten Schlägen auf das Silber tropfen. Der Bezirkshauptmann suchte seinen Sohn. Eine namenlose Angst trieb den Alten durch die Zimmer. Sein Sohn – wo war er? Weder unter den Tänzern noch unter den betrunken Dahertorkelnden, noch unter den Spielern, noch unter den älteren, gesitteten Männern, die da und dort in den Winkeln miteinander sprachen. Allein saß der Leutnant in einem abgelegenen Zimmer. Die große, bauchige Flasche stand zu seinen Füßen, treu und halb geleert. Sie sah neben dem schmalen und zusammengesunkenen Trinker allzu mächtig aus, beinahe, als könnte sie den Trinker verschlingen. Der Bezirkshauptmann stellte sich vor dem Leutnant auf, die Spitzen seiner schmalen Stiefel berührten die Flasche. Der Sohn bemerkte zwei und mehr Väter, sie vermehrten sich mit jeder Sekunde. Er fühlte sich von ihnen bedrängt, es hatte keinen Sinn, so vielen von ihnen den Respekt zu erweisen, der nur dem einen gebührte, und vor ihnen allen aufzustehn. Es hatte keinen Sinn, der Leutnant blieb in seiner merkwürdigen Stellung, das heißt: er saß, lag und kauerte zu gleicher Zeit. Der Bezirkshauptmann regte sich nicht. Sein Gehirn arbeitete sehr geschwind, es gebar tausend Erinnerungen auf einmal. Er sah zum Beispiel den Kadetten Carl Joseph an den sommerlichen Sonntagen, an denen er im Arbeitszimmer gesessen hatte, die schneeweißen Handschuhe und die schwarze Kadettenmütze auf den Knien, mit klingender Stimme und gehorsamen, kindlichen Augen jede Frage beantwortend. Der Bezirkshauptmann sah den frisch ernannten Leutnant der Kavallerie in das gleiche Zimmer treten, blau, golden und blutrot. Dieser junge Mann aber war von dem alten Herrn von Trotta jetzt ganz weit entfernt. Warum tat es ihm so weh, einen fremden, betrunkenen Jägerleutnant zu sehn? Warum tat es ihm so weh?

Der Leutnant Trotta rührte sich nicht. Zwar vermochte

er sich zu erinnern, daß sein Vater vor kurzem angekommen war, und noch zur Kenntnis zu nehmen, daß nicht dieser eine, sondern daß mehrere Väter vor ihm standen. Aber weder gelang es ihm, zu begreifen, warum sein Vater gerade heute gekommen war, noch, warum er sich so heftig vermehrte, noch, warum er selbst, der Leutnant, nicht imstande war sich zu erheben.

Seit mehreren Wochen hatte sich der Leutnant Trotta an den Neunziggrädigen gewöhnt. Der ging nicht in den Kopf, er ging, wie die Kenner zu sagen liebten, »nur in die Füße«. Zuerst erzeugte er eine angenehme Wärme in der Brust. Das Blut begann, schneller durch die Adern zu rollen, der Appetit löste die Übelkeit ab und die Lust zu erbrechen. Dann trank man noch einen Neunziggrädigen. Mochte der Morgen kühl und trübe sein, man schritt mutig und in der allerbesten Laune in ihn hinein, wie in einen ganz sonnigen, glücklichen Morgen. Während der Rast aß man in der Grenzschenke, in der Nähe des Grenzwaldes, wo die Jäger exerzierten, in Gesellschaft der Kameraden eine Kleinigkeit und trank wieder einen Neunziggrädigen. Er rann durch die Kehle wie ein geschwinder Brand, der sich selber auslöscht. Man fühlte kaum, daß man gegessen hatte. Man kehrte in die Kaserne zurück, zog sich um und ging zum Bahnhof, Mittag essen. Obwohl man einen weiten Weg zurückgelegt hatte, war man gar nicht hungrig. Und man trank infolgedessen noch einen Neunziggrädigen. Man aß und war sofort schläfrig. Man nahm also einen Schwarzen und hierauf wieder einen Neunziggrädigen. Und kurz und gut: Es gab niemals im Lauf des langweiligen Tages eine Gelegenheit, keinen Schnaps zu trinken. Es gab im Gegenteil manche Nachmittage und manche Abende, an denen es geboten war, Schnaps zu trinken.

Denn das Leben wurde leicht, sobald man getrunken hatte! Oh, Wunder dieser Grenze! Sie machte einem Nüchternen das Leben schwer; aber wen ließ sie nüchtern bleiben?! Der Leutnant Trotta sah, wenn er getrunken hatte, in allen Kameraden, Vorgesetzten und Untergebenen alte und gute Freunde. Das Städtchen war ihm vertraut, als wäre er darin geboren und aufgewachsen. Er konnte in die winzigen Kramläden gehn, die schmal, dunkel, gewunden und von allerlei Waren vollgestopft wie Hamsterlöcher in die dicken Mauern des Basars eingegraben waren, und unbrauchbare Dinge einhandeln: falsche Korallen, billige Spiegelchen, eine miserable Seife, Kämme aus Espenholz und geflochtene Hundeleinen; lediglich, weil er den Rufen der rothaarigen Händler freudig folgte. Er lächelte allen Menschen zu, den Bäuerinnen mit den bunten Kopftüchern und den großen Bastkörben unter dem Arm, den geputzten Töchtern der Juden, den Beamten der Bezirkshauptmannschaft und den Lehrern des Gymnasiums. Ein breiter Strom von Freundlichkeit und Güte rann durch diese kleine Welt. Aus allen Menschen grüßte es dem Leutnant heiter entgegen. Es gab auch nichts Peinliches mehr. Nichts Peinliches im Dienst und außerhalb des Dienstes! Alles erledigte man glatt und geschwind. Onufrijs Sprache verstand man. Man kam gelegentlich in eines der umliegenden Dörfer, fragte die Bauern nach dem Weg, sie antworteten in einer fremden Sprache. Man verstand sie. Man ritt nicht. Man lieh das Pferd dem und jenem der Kameraden: guten Reitern, die ein Roß schätzen konnten. Mit einem Wort: Man war zufrieden. Leutnant Trotta wußte nur nicht, daß sein Gang unsicher wurde, seine Bluse Flecken hatte, seine Hose keine Bügelfalte, daß an seinen Hemden Knöpfe fehlten, seine Hautfarbe gelb am Abend und aschgrau am Morgen war und sein Blick ohne Ziel. Er spielte nicht – das allein beruhigte den Major Zoglauer. Es gab im Leben eines jeden Menschen Zeiten, in denen er trinken mußte. Macht nichts, es ging vorüber! – Der Schnaps war billig. Die meisten gingen nur an den Schulden zugrunde. Der Trotta machte seinen Dienst nicht nachlässiger als die andern. Er machte keinen Skandal, wie mancher andere. Er wurde im Gegenteil immer sanfter, je mehr er trank. Einmal wird er heiraten und nüchtern werden! dachte der Major. Er ist ein Günstling oberster Stellen. Er wird eine schnelle Karriere machen. Er wird in den Generalstab kommen, wenn er nur will.

Herr von Trotta setzte sich vorsichtig an den Rand des Sofas neben seinen Sohn und suchte nach einem passenden Wort. Er war nicht gewohnt, zu Betrunkenen zu sprechen. »Du sollst dich« – sagte er nach längerer Überlegung – »denn doch vor dem Schnaps in acht nehmen. Ich zum Beispiel, ich habe nie über den Durst getrunken.« Der Leutnant machte eine ungeheure Anstrengung, um aus seiner respektlosen, kauernden Stellung in eine sitzende zu gelangen. Seine Mühe war vergeblich. Er betrachtete den Alten, jetzt war es Gott sei Dank nur einer, der sich mit dem schmalen Sitzrand begnügen und mit den Händen auf den Knien stützen mußte, und fragte: »Was hast du eben gesagt, Papa?« »Du sollst dich vor dem Schnaps in acht nehmen!« wiederholte der Bezirkshauptmann. »Wozu?« fragte der Leutnant. »Was fragst du?« sagte Herr von Trotta, ein wenig getröstet, weil ihm sein Sohn wenigstens klar genug erschien, das Gesagte zu begreifen. »Der Schnaps wird dich zu Grund richten, erinnerst dich an den Moser?« »Der Moser, der Moser«, sagte Carl Joseph. »Freilich! Er hat aber ganz recht! Ich erinnere mich an ihn. Er hat das Bild von

Großvater gemalt!« »Du hast es vergessen?« sagte Herr von Trotta ganz leise. »Ich hab' ihn nicht vergessen«, antwortete der Leutnant, »an das Bild hab' ich immer gedacht. Ich bin nicht stark genug für dieses Bild. Die Toten! Ich kann die Toten nicht vergessen! Vater, ich kann gar nichts vergessen! Vater!«

Herr von Trotta saß ratlos neben seinem Sohn, er verstand nicht genau, was Carl Joseph sagte, aber er ahnte auch, daß nicht die Trunkenheit allein aus dem Jungen sprach. Er fühlte, daß es um Hilfe aus dem Leutnant rief, und er konnte nicht helfen! Er war an die Grenze gekommen, um selbst ein bißchen Hilfe zu finden. Denn er war ganz allein in dieser Welt! Und auch diese Welt ging unter! Jacques lag unter der Erde, man war allein, man wollte den Sohn noch einmal sehn, und der Sohn war ebenfalls allein und vielleicht, weil er jünger war, dem Untergang der Welt näher. Wie einfach hat die Welt immer ausgesehn! dachte der Bezirkshauptmann. Für jede Lage gab es eine bestimmte Haltung. Wenn der Sohn zu den Ferien kam, prüfte man ihn. Als er Leutnant wurde, beglückwünschte man ihn. Wenn er seine gehorsamen Briefe schrieb, in denen so wenig stand, erwiderte man mit ein paar gemessenen Zeilen. Wie aber sollte man sich benehmen, wenn der Sohn betrunken war? wenn er »Vater« rief? wenn es aus ihm »Vater!« rief?

Er sah Chojnicki eintreten und stand heftiger auf, als es seine Art war. »Es ist ein Telegramm für Sie gekommen!« sagte Chojnicki. »Der Hoteldiener hat's gebracht.« Es war ein Diensttelegramm. Es berief Herrn von Trotta wieder nach Hause. »Man ruft Sie leider schon zurück!« sagte Chojnicki. »Es wird mit den Sokoln zusammenhängen.« »Ja, das ist es wahrscheinlich«, sagte Herr von Trotta. »Es wird Unruhen geben!« Er wußte jetzt, daß er zu schwach war, etwas gegen Unruhen zu unternehmen. Er war sehr müde. Ein paar Jahre blieben noch bis zur Pensionierung! Aber in diesem Augenblick hatte er den schnellen Einfall, sich bald pensionieren zu lassen. Er konnte sich um Carl Joseph kümmern; eine passende Aufgabe für einen alten Vater.

Chojnicki sagte: »Es ist nicht leicht, wenn man die Hände gebunden hat, wie in dieser verflixten Monarchie, etwas gegen Unruhen zu unternehmen. Lassen Sie nur ein paar Rädelsführer verhaften, und die Freimaurer, die Abgeordneten, die Volksführer, die Zeitungen fallen über Sie her, und alle werden wieder freigelassen. Lassen Sie den Sokolverein auflösen – und Sie bekommen eine Rüge von der Statthalterei. Autonomie! Ja, wartet nur! Hier, in meinem Bezirk, endet jede Unruhe mit Schießen. Ja, solange ich hier lebe, bin ich Regierungskandidat und werde gewählt. Dieses Land ist glücklicherweise weit genug entfernt von allen modernen Ideen, die sie in ihren dreckigen Redaktionen aushecken!«

Er trat zu Carl Joseph und sagte mit der Betonung und der Sachkenntnis eines Mannes, der an den Umgang mit Betrunkenen gewohnt ist: »Ihr Herr Papa muß abreisen!« Carl Joseph verstand auch sofort. Er konnte sich sogar erheben. Mit verglasten Blicken suchte er den Vater. »Es tut mir leid, Vater!«

»Ich habe einigermaßen Sorge um ihn!« sagte der Bezirkshauptmann zu Chojnicki.

»Mit Recht!« antwortete Chojnicki. »Er muß aus dieser Gegend weg. Wenn er Urlaub hat, werde ich versuchen, ihm ein wenig von der Welt zu zeigen. Er wird dann keine Lust mehr haben zurückzukommen. Vielleicht verliebt er sich auch –«

»Ich verlieb' mich nicht«, sagte Carl Joseph sehr langsam.

Sie fuhren ins Hotel zurück.

Es fiel während des ganzen Weges nur ein Wort, ein einziges Wort: »Vater!« sagte Carl Joseph und gar nichts mehr.

Der Bezirkshauptmann erwachte am nächsten Tag sehr spät, man hörte schon die Trompeten des heimkehrenden Bataillons. In zwei Stunden ging der Zug. Carl Joseph kam. Schon knallte unten das Peitschensignal Chojnickis. Der Bezirkshauptmann aß am Tisch der Jägeroffiziere im Bahnhofsrestaurant.

Seit der Abreise aus seinem Bezirk W. war eine ungeheuer lange Zeit verstrichen. Er erinnerte sich mühsam, daß er erst vor zwei Tagen in den Zug gestiegen war. Er saß, außer dem Grafen Chojnicki der einzige Zivilist, am langen, hufeisenförmigen Tisch der bunten Offiziere, dunkel und hager, unter dem Wandbildnis Franz Josephs des Ersten, dem bekannten, allseits verbreiteten Porträt des Allerhöchsten Kriegsherrn im blütenweißen Feldmarschallsrock mit blutroter Schärpe. Just unter des Kaisers weißem Backenbart und fast parallel zu ihm ragten einen halben Meter tiefer die schwarzen, leicht angesilberten Flügel des Trottaschen Backenbartes. Die jüngsten Offiziere, die an den Enden des Hufeisens untergebracht waren, konnten die Ähnlichkeit zwischen Seiner Apostolischen Majestät und deren Diener sehn. Auch der Leutnant konnte von seinem Platz aus das Angesicht des Kaisers mit dem seines Vaters vergleichen. Und ein paar Sekunden lang schien es dem Leutnant, daß oben an der Wand das Porträt seines gealterten Vaters hänge und unten am Tisch lebendig und ein wenig verjüngt der Kaiser in Zivil sitze. Und fern und fremd wurden ihm sein Kaiser wie sein Vater.

Der Bezirkshauptmann schickte indessen einen hoffnungslosen, prüfenden Blick rings um den Tisch, über die flaumigen und fast bartlosen Gesichter der jungen Offiziere und die schnurrbärtigen der älteren. Neben ihm saß Major Zoglauer. Ach, mit ihm hätte Herr von Trotta noch gerne ein besorgtes Wort über Carl Joseph gewechselt! Es war keine Zeit mehr. Draußen vor dem Fenster rangierte man schon den Zug.

Ganz verzagt war der Herr Bezirkshauptmann. Von allen Seiten trank man auf sein Wohl, seine glückliche Reise und das gute Gelingen seiner beruflichen Aufgaben. Er lächelte nach allen Seiten hin, erhob sich, stieß da und dort an, und sein Kopf war schwer von Sorgen und sein Herz bedrängt von düsteren Ahnungen. War doch schon eine ungeheuer lange Zeit verstrichen seit seiner Abreise aus seinem Bezirk W.! Ja, der Bezirkshauptmann war heiter und übermütig in eine abenteuerliche Gegend und zu seinem vertrauten Sohn gefahren. Nun kehrte er zurück, einsam, von einem einsamen Sohn und von dieser Grenze, wo der Untergang der Welt bereits so deutlich zu sehen war, wie man ein Gewitter sieht am Rande einer Stadt, deren Straßen noch ahnungslos und glückselig unter blauem Himmel liegen. Schon läutete die fröhliche Glocke des Portiers. Schon pfiff die Lokomotive. Schon schlug der nasse Dampf des Zuges in grauen, feinen Perlen an die Fenster des Speisesaals. Schon war die Mahlzeit beendet, und alle erhoben sich. Das »ganze Bataillon« begleitete Herrn von Trotta auf den Perron. Herr von Trotta hatte den Wunsch, noch etwas Besonderes zu sagen, aber es fiel ihm gar nichts Passendes ein. Er schickte noch einen zärtlichen Blick zu seinem Sohn. Gleich darauf aber hatte er Angst, man würde diesen Blick bemerken, und er senkte die Augen. Er drückte dem Major Zoglauer die Hand. Er dankte Chojnicki. Er lüftete den würdigen, grauen Halbzylinder, den er auf Reisen zu tragen pflegte. Er hielt den Hut in der Linken und schlug die Rechte um den Rücken Carl Josephs. Er küßte den Sohn auf die Wangen. Und obwohl er sagen wollte: Mach mir keinen Kummer! Ich liebe dich, mein Sohn!, sagte er lediglich: »Halt dich gut!« – Denn die Trottas waren schüchterne Menschen.

Schon stieg er ein, der Bezirkshauptmann. Schon stand er am Fenster. Seine Hand im dunkelgrauen Glacéhandschuh lag am offenen Fenster. Sein kahler Schädel glänzte. Noch einmal suchte sein bekümmertes Auge das Angesicht Carl Josephs. »Wenn Sie nächstens wiederkommen, Herr Bezirkshauptmann«, sagte der allzeit gutgelaunte Hauptmann Wagner, »finden Sie schon ein kleines Monte Carlo vor!« »Wieso?« fragte der Bezirkshauptmann. »Hier wird ein Spielsaal gegründet!« erwiderte Wagner. Und ehe noch Herr von Trotta seinen Sohn heranrufen konnte, um ihn vor dem angekündigten »Monte Carlo« herzlichst zu warnen, pfiff die Lokomotive, die Puffer schlugen dröhnend aneinander, und der Zug glitt davon. Der Bezirkshauptmann winkte mit dem grauen Handschuh. Und alle Offiziere salutierten. Carl Joseph rührte sich nicht.

Er ging auf dem Rückweg neben dem Hauptmann Wagner. »Ein famoser Spielsaal wird's!« sagte der Hauptmann. »Ein wirklicher Spielsaal! Ach Gott! Wie lange hab' ich schon kein Roulette gesehn! Weißt, wie sie rollt, das hab' ich so gern und dieses Geräusch! Ich freu' mich außerordentlich!«

Es war nicht nur der Hauptmann Wagner, der die Eröffnung des neuen Spielsaals erwartete. Alle warteten. Seit Jahren wartete die Grenzgarnison auf den Spielsaal, den Kapturak eröffnen sollte.

Eine Woche nach der Abreise des Bezirkshauptmanns kam Kapturak. Und wahrscheinlich hätte er ein weit größeres Aufsehen erregt, wenn nicht gleichzeitig mit ihm, dank einem merkwürdigen Zufall, jene Dame gekommen wäre, der sich die Aufmerksamkeit aller Menschen zuwandte.

XII

An den Grenzen der österreichisch-ungarischen Monarchie gab es damals viele Männer von der Art Kapturaks. Rings um das alte Reich begannen sie zu kreisen wie die schwarzen und feigen Vögel, die aus unendlicher Ferne einen Sterbenden eräugen. Mit ungeduldigen und finsteren Flügelschlägen warteten sie sein Ende ab. Mit steilen Schnäbeln stoßen sie auf die Beute. Man weiß nicht, woher sie kommen, noch, wohin sie fliegen. Die gefiederten Brüder des rätselhaften Todes sind sie, seine Künder, seine Begleiter und seine Nachfolger.

Kapturak ist ein kleiner Mann von unbedeutendem Angesicht. Gerüchte huschen um ihn, fliegen ihm auf seinen gewundenen Wegen voran und folgen den kaum merklichen Spuren, die er hinterläßt. Er wohnt in der Grenzschenke. Er verkehrt mit den Agenten der südamerikanischen Schiffahrtsgesellschaften, die jedes Jahr Tausende russischer Deserteure auf ihren Dampfern nach einer neuen und grausamen Heimat befördern. Er spielt gerne und trinkt wenig. An einer gewissen gramvollen Leutseligkeit läßt er es nicht fehlen. Er erzählt, daß er jahrelang den Schmuggel mit russischen Deserteuren jenseits der Grenze betrieben und dort ein Haus, Weib und Kinder zurückgelassen habe, aus Angst, nach Sibirien verschickt zu werden, nachdem man mehrere Beamte und Militärs ertappt und verurteilt hatte. Und auf die Frage, was er hier zu machen gedenke, erwidert Kapturak, bündig und lächelnd: »Geschäfte.«

Der Inhaber des Hotels, in dem die Offiziere logierten, ein gewisser Brodnitzer, schlesischer Abstammung und aus unbekannten Gründen an die Grenze verschlagen, machte den Spielsaal auf. Er hängte einen großen Zettel an die Fensterscheibe des Cafés. Er verkündete, daß er Spiele jeder Art bereithalte, eine Musikkapelle allabendlich bis in die Morgenstunden »konzertieren« lassen werde und »Tingel-Tangel-Sängerinnen von Ruf« engagiert habe. Die »Renovierung« des Lokals begann mit den Konzerten der Musikkapelle, die aus acht zusammengeklaubten Musikern bestand. Später traf die sogenannte »Nachtigall aus Mariahilf« ein, ein blondes Mädchen aus Oderberg. Sie sang Walzer von Lehár, dazu das gewagte Lied: »Wenn ich in der Liebesnacht in den grauen Morgen wandre ...«, ferner als Zugabe: »Unter meinem Kleidchen trag' ich rosa Dessous voller plis ...« Also steigerte Brodnitzer die Erwartungen seiner Kundschaft. Es erwies sich, daß Brodnitzer neben den zahlreichen kurzen und langen Kartentischen in einer schattigen und verhängten Ecke auch einen kleinen Roulettetisch aufgestellt hatte. Hauptmann Wagner erzählte es allen und weckte Begeisterung. Den Männern, die seit vielen Jahren an der Grenze dienten, schien die kleine Kugel (und viele hatten noch nie ein Roulette gesehn) einer jener zauberischen Gegenstände der großen Welt, mit deren Hilfe der Mensch schöne Frauen, teure Pferde, reiche Schlösser auf einmal gewinnt. Wem sollte sie etwa nicht helfen, die Kugel? Alle hatten kümmerliche Knabenjahre in der Stiftsschule verlebt, harte Jünglingsjahre in den Kadettenanstalten, grausame Jahre im Dienst an der Grenze. Sie warteten auf den Krieg. Statt seiner war eine Teilmobilisierung gegen Serbien gekommen, von der man ruhmlos in die gewohnte Erwartung des mechanischen Avancements zurückkehrte. Manöver, Dienst, Kasino, Kasino, Dienst und Manöver! Sie hörten zum erstenmal die kleine Kugel rattern und wußten nun, daß das Glück selbst unter ihnen rotierte, um heute den und morgen jenen zu treffen. Fremde, blasse, reiche und stumme Herren saßen da, wie man sie niemals gesehen hatte. Eines Tages gewann Hauptmann Wagner fünfhundert Kronen. Am nächsten Tag waren seine Schulden bezahlt. Er bekam in diesem Monat zum erstenmal nach langer Zeit seine Gage unversehrt, ganze drei Drittel. Allerdings hatten Leutnant Schnabel und Leutnant Gründler je hundert Kronen verloren. Morgen konnten sie tausend gewinnen! ...

Wenn die weiße Kugel zu laufen begann, so daß sie selbst wie ein milchiger Kreis aussah, gezogen um die Peripherie schwarzer und roter Felder, wenn die schwarzen und roten Felder sich ebenfalls vermischten zu einem einzigen verschwimmenden Rund von unbestimmbarer Farbe, dann erzitterten die Herzen der Offiziere, und in ihren Köpfen entstand ein fremdes Tosen, als rotierte in jedem Gehirn eine besondere Kugel, und vor ihren Augen wurde es schwarz und rot, schwarz und rot. Die Knie wankten, obwohl man saß. Die Augen jagten mit verzweifelter Hast der Kugel nach, die sie nicht erhaschen konnten. Nach eigenen Gesetzen fing sie schließlich an, zu torkeln, trunken vom Lauf, und blieb erschöpft in einer numerierten Mulde liegen. Alle stöhnten auf. Auch wer verloren hatte, fühlte sich befreit. Am nächsten Morgen erzählte es einer dem andern. Und ein großer Taumel ergriff sie alle. Immer mehr Offiziere kamen in den Spielsaal. Aus unerforschlichen Gegenden kamen auch die fremden Zivilisten. Sie waren es, die das Spiel beheizten, die Kasse füllten, aus Brieftaschen große Scheine zogen, aus Westentaschen goldene Dukaten, Uhren und Ketten und von den Fingern Ringe. Alle Zimmer des Hotels waren besetzt. Die schläfrigen Droschken, die immer auf ihrem Standplatz gewartet hatten, mit den gähnenden Kutschern am Bock und den mageren Schindmähren davor, wie nachgemachte Fuhrwerke im Panoptikum: Auch sie erwachten, und siehe da: Die Räder konnten rollen, die mageren Mähren trabten mit klappernden Hufen vom Bahnhof zum Hotel, vom Hotel zur Grenze und wieder zurück ins Städtchen. Die verdrossenen Händler lächelten. Lichter schienen die dunklen Läden zu werden, bunter die ausgelegten Waren, Nacht für Nacht sang die »Nachtigall von Mariahilf«. Und als hätte ihr Gesang noch andere Schwestern geweckt, kamen nie gesehene, neue, geputzte Mädchen ins Café. Man rückte die Tische auseinander und tanzte zu den Walzern von Lehár. Die ganze Welt war verändert. –

Ja, die ganze Welt! An anderen Stellen zeigten sich sonderbare Plakate, wie man sie hierorts noch niemals gesehen hat. In allen Landessprachen fordern sie die Arbeiter der Borstenfabrik auf, die Arbeit niederzulegen. Die Borstenfabrikation ist die einzige, armselige Industrie dieser Gegend. Die Arbeiter sind arme Bauern. Ein Teil von ihnen lebt im Winter vom Holzhacken, im Herbst von Erntearbeiten. Im Sommer müssen alle in die Borstenfabrik. Andere kommen aus den niederen Schichten der Juden. Sie können nicht rechnen und nicht handeln, sie haben auch kein Handwerk gelernt. Weit und breit, wohl zwanzig Meilen in der Runde, gibt es keine andere Fabrik.

Für die Herstellung von Borsten bestanden unbequeme

und kostspielige Vorschriften; die Fabrikanten hielten sie nicht gerne ein. Man mußte Staub und Bazillen absondernde Masken für die Arbeiter anschaffen, große und lichte Räume anlegen, die Abfälle zweimal täglich verbrennen lassen und anstelle der Arbeiter, die zu husten anfingen, andere aufnehmen. Denn alle, die sich mit der Reinigung der Borsten abgaben, begannen nach kurzer Zeit, Blut zu spukken. Die Fabrik war ein altes, baufälliges Gemäuer mit kleinen Fenstern, einem schadhaften Schieferdach, umzäunt von einer wildwuchernden Weidenhecke und umgeben von einem wüsten, breiten Platz, auf dem seit undenklichen Jahren Mist abgelagert wurde, tote Katzen und Ratten der Fäulnis ausgeliefert waren, Blechgeschirre rosteten, zerbrochene irdene Töpfe neben zerschlissenen Schuhen lagerten. Ringsum dehnten sich Felder, voll vom goldenen Segen des Korns, durchzirpt vom unaufhörlichen Gesang der Grillen, und dunkelgrüne Sümpfe, ständig widerhallend vom fröhlichen Lärm der Frösche. Vor den kleinen, grauen Fenstern, an denen die Arbeiter saßen, mit großen, eisernen Harken das dichte Gestrüpp der Borstenbündel unermüdlich kämmend und die trockenen Staubwölkchen schluckend, die jedes neue Bündel gebar, schossen die hurtigen Schwalben vorbei, tanzten die schillernden Sommerfliegen, schwebten weiße und bunte Falter einher, und durch die großen Luken des Daches drang das sieghafte Geschmetter der Lerchen. Die Arbeiter, die erst vor wenigen Monaten aus ihren freien Dörfern gekommen waren, geboren und groß geworden im süßen Atem des Heus, im kalten des Schnees, im beizenden Geruch des Düngers, im schmetternden Lärm der Vögel, im ganzen wechselreichen Segen der Natur: Die Arbeiter sahen durch die grauen Staubwölkchen Schwalbe, Schmetterling und Mückentanz und hatten Heimweh. Wenn die Lerchen trillerten, wurden sie unzufrieden. Früher hatten sie nicht gewußt, daß ein Gesetz befahl, für ihre Gesundheit zu sorgen; daß es ein Parlament in der Monarchie gab; daß in diesem Parlament Abgeordnete saßen, die selbst Arbeiter waren. Fremde Männer kamen, schrieben Plakate, veranstalteten Versammlungen, erklärten die Verfassung und die Fehler der Verfassung, lasen aus Zeitungen vor, redeten in allen Landessprachen. Sie waren lauter als die Lerchen und die Frösche: Die Arbeiter begannen zu streiken.

In dieser Gegend war es der erste Streik. Er erschreckte die politischen Behörden. Sie waren seit Jahrzehnten gewohnt, gemächliche Volkszählungen zu veranstalten, den Geburtstag des Kaisers zu feiern, an den jährlichen Rekrutenaushebungen teilzunehmen und gleichlautende Berichte an die Statthalterei zu schicken. Hier und da verhaftete man russophile Ukrainer, einen orthodoxen Popen, Juden, die man beim Schmuggel von Tabak ertappte, und Spione. Seit Jahrzehnten reinigte man in dieser Gegend Borsten, schickte sie nach Mähren, Böhmen, Schlesien in die Bürstenfabriken und bekam aus diesen Ländern fertige Bürsten. Seit Jahren husteten die Arbeiter, spuckten Blut, wurden krank und starben in den Spitälern. Aber sie streikten nicht. Nun mußte man aus der weiteren Umgebung die Gendarmerieposten zusammenziehen und einen Bericht an die Statthalterei schicken. Diese setzte sich mit dem Armeekommando in Verbindung. Und das Armeekommando verständigte den Garnisonkommandanten.

Die jüngeren Offiziere stellten sich vor, daß »das Volk«, das hieß, die unterste Schicht der Zivilisten, Gleichberechtigung mit den Beamten, Adligen und Kommerzialräten verlangte. Sie war keinesfalls zu gewähren, wollte man eine Revolution vermeiden. Und man wollte keine Revolution;

und man mußte schießen, ehe es zu spät wurde. Der Major Zoglauer hielt eine kurze Rede, aus der all das klar hervorging. Viel angenehmer ist allerdings ein Krieg. Man ist kein Gendarmerie- und Polizeioffizier. Aber es gibt vorläufig keinen Krieg. Befehl ist Befehl. Man wird unter Umständen mit gefälltem Bajonett vorgehen und »Feuer« kommandieren. Befehl ist Befehl! Er hindert vorläufig keinen Menschen, in Brodnitzers Lokal zu gehen und viel Geld zu gewinnen.

Eines Tages verlor der Hauptmann Wagner viel Geld. Ein fremder Herr, früher aktiver Ulan, mit klingendem Namen, Gutsbesitzer in Schlesien, gewann zwei Abende hintereinander, lieh dem Hauptmann Geld und wurde am dritten durch ein Telegramm nach Hause gerufen. Es waren im ganzen zweitausend Kronen, eine Kleinigkeit für einen Kavalleristen. Keine Kleinigkeit für einen Hauptmann der Jäger! Man hätte zu Chojnicki gehen können, wenn man ihm nicht schon dreihundert schuldig gewesen wäre.

Brodnitzer meinte: »Herr Hauptmann, gebieten Sie nach Belieben über meine Unterschrift!«

»Ja«, sagte der Hauptmann, »wer gibt so viel auf Ihre Unterschrift?«

Brodnitzer dachte eine Weile nach: »Herr Kapturak!« Kapturak erschien und sagte: »Es handelt sich also um zweitausend Kronen. Rückzahlbar?«

»Keine Ahnung!«

»Viel Geld, Herr Hauptmann!«

»Ich geb's wieder!« erwiderte der Hauptmann.

»Wie, in welchen Raten? Sie wissen, daß man nur ein Drittel von der Gage pfänden darf. Ferner, daß alle Herren bereits engagiert sind. Ich sehe keine Möglichkeit!«

»Herr Brodnitzer – –«, begann der Hauptmann.

»Herr Brodnitzer« – begann Kapturak, als wäre Brodnitzer gar nicht anwesend – »ist mir auch viel Geld schuldig. Ich könnte die gewünschte Summe hergeben, wenn jemand von Ihren Kameraden, der noch nicht engagiert ist, einspringen wollte, zum Beispiel der Herr Leutnant Trotta. Er kommt von der Kavallerie, er hat ein Pferd!«

»Gut«, sagte der Hauptmann. »Ich werde mit ihm sprechen.« Und er weckte den Leutnant Trotta.

Sie standen im langen, schmalen, dunklen Korridor des Hotels. »Unterschreib schnell!« flüsterte der Hauptmann. »Dort warten sie. Sie sehen, daß du nicht magst!« – Trotta unterschrieb.

»Komm sofort herunter!« sagte Wagner. »Ich erwarte dich!«

An der kleinen Tür im Hintergrund, durch welche die ständigen Mieter des Hotels das Kaffeehaus zu betreten pflegten, blieb Carl Joseph stehen. Er sah zum erstenmal den neueröffneten Spielsaal Brodnitzers. Er sah zum erstenmal einen Spielsaal überhaupt. Rings um den Roulettetisch war ein dunkelgrüner Vorhang aus Rips gezogen. Hauptmann Wagner lüpfte den Vorhang und glitt hinüber in eine andere Welt. Carl Joseph hörte das weiche, samtene Surren der Kugel. Er wagte nicht, den Vorhang zu heben. Am andern Ende des Cafés, neben dem Straßeneingang, stand das Podium, und auf dem Podium wirbelte die unermüdliche »Nachtigall aus Mariahilf«. An den Tischen spielte man. Die Karten fielen mit klatschenden Schlägen auf den falschen Marmor. Die Menschen stießen unverständliche Rufe aus. Sie sahen aus wie Uniformierte, alle in weißen Hemdärmeln, ein sitzendes Regiment von Spielern. Die Rökke hingen über den Lehnen der Stühle. Sachte und gespenstisch schaukelten bei jeder Bewegung der Spieler die leeren Ärmel. Über den Köpfen lagerte eine dichte Gewitterwolke aus Zigarettenrauch. Die winzigen Köpfchen der Zigaretten erglommen rötlich und silbern im grauen Dunst und schickten immer neue, bläuliche Nebelnahrung zur dichten Gewitterwolke empor. Und unter der sichtbaren Wolke von Rauch schien eine zweite aus Lärm zu lagern, eine brausende, brummende, summende Wolke. Schloß man die Augen, so konnte man glauben, eine ungeheure Schar von Heuschrecken sei mit schrecklichem Gesang über die sitzenden Menschen losgelassen worden.

Hauptmann Wagner kam völlig verwandelt durch den Vorhang ins Café zurück. Seine Augen lagen in violetten Höhlen. Über seinen Mund hing struppig der braune Schnurrbart, dessen eine Hälfte seltsamerweise verkürzt erschien, und am Kinn standen die rötlichen Bartstoppeln, ein üppiges, kleines Feld von winzigen Lanzen. »Wo bist du, Trotta?« rief der Hauptmann, obwohl er Brust an Brust vor dem Leutnant stand. »Zweihundert verloren!« rief er. »Dies verfluchte Rot! Es ist aus mit meinem Glück im Roulette. Man muß es anders versuchen!« Und er schleppte Trotta zu den Kartentischen.

Kapturak und Brodnitzer erhoben sich. »Gewonnen?« fragte Kapturak, denn er sah, daß der Hauptmann verloren hatte. »Verloren, verloren!« brüllte der Hauptmann.

»Schade, schade!« sagte Kapturak. »Sehen Sie zum Beispiel mich: Wie oft habe ich schon gewonnen und verloren! Sehen Sie, alles hatte ich schon verloren! Alles hab' ich wiedergewonnen! Nicht immer beim selben Spiel bleiben! Nur nicht immer beim selben Spiel bleiben! Das ist die Hauptsache!«

Hauptmann Wagner hakte den Rockkragen auf. Die gewöhnliche, bräunliche Röte kehrte wieder in sein Gesicht.

Sein Schnurrbart ordnete sich gleichsam von selbst. Er schlug Trotta auf den Rücken. »Du hast noch nie eine Karte angerührt!« Trotta sah Kapturak ein blankes Spiel neuer Karten aus der Tasche ziehen und es behutsam auf den Tisch legen, wie um dem bunten Angesicht der untersten Karte nicht weh zu tun. Er streichelte das Päckchen mit seinen hurtigen Fingern. Wie dunkelgrüne, glatte Spiegelchen glänzen die Rücken der Karten. In ihrer sanften Wölbung schwimmen die Lichter der Decke. Einzelne Karten erheben sich von selbst, stehen senkrecht auf ihrer scharfen Schmalseite, legen sich bald auf den Rücken und bald auf den Bauch, sammeln sich zum Häufchen, dieses entblättert sich mit einem sanften Geknatter, läßt die schwarzen und roten Gesichter wie ein kurzes, buntes Gewitter vorbeirauschen, schließt sich neuerlich, fällt auf den Tisch, verteilt in kleinere Häufchen. Diesen entgleiten einzelne Karten, rücken zärtlich ineinander, jede den halben Rükken der andern deckend, runden sich hierauf zu einem Kreis, erinnern an eine seltsame umgestülpte und flache Artischocke, fliegen in eine Reihe zurück und sammeln sich schließlich zum Päckchen. Alle Karten hören auf die lautlosen Rufe der Finger. Hauptmann Wagner verfolgt dieses Vorspiel mit hungrigen Augen. Ach, er liebte die Karten! Manchmal kamen jene, die er gerufen hatte, zu ihm, und manchmal flohen sie ihn. Er liebte es, wenn seine tollen Wünsche den Fliehenden nachgaloppierten und sie endlich, endlich zur Umkehr zwangen. Manchmal freilich waren die Flüchtigen schneller, und die Wünsche des Hauptmanns mußten ermattet umkehren. Im Laufe der Jahre hatte der Hauptmann einen schwer übersichtlichen, äußerst verworrenen Kriegsplan ersonnen, in dem keine Methode, das Glück zu zwingen, außer acht gelassen war: weder die Mittel der Beschwörung noch die der Gewalt, noch die der Überrumpelung, noch die des flehentlichen Gebets und der liebestollen Lockung. Einmal mußte sich der arme Hauptmann, sobald er ein Cœur erwünschte, verzweifelt stellen und der Unsichtbaren im Geheimen versichern, daß er, käme sie nicht bald, heute noch Selbstmord begehen würde; ein anderes Mal hielt er es für aussichtsreicher, stolz zu bleiben und so zu tun, als sei ihm die Heißersehnte vollkommen gleichgültig. Ein drittes Mal mußte er, um zu gewinnen, mit eigener Hand die Karten mischen, und zwar mit der Linken, eine Geschicklichkeit, die er mit eisernem Willen nach langen Übungen endlich erworben hatte; und ein viertes Mal war es nützlicher, an der rechten Seite des Bankhalters Platz zu nehmen. In den meisten Fällen allerdings galt es, alle Methoden miteinander zu verbinden oder sie sehr schnell zu wechseln, und zwar so, daß die Mitspieler es nicht erkannten. Denn dieses war wichtig. »Tauschen wir den Platz!« konnte der Hauptmann zum Beispiel ganz harmlos sagen. Und wenn er im Angesicht seines Mitspielers ein erkennendes Lächeln zu sehen glaubte, lachte er und fügte hinzu: »Sie irren sich! Ich bin nicht abergläubisch! Das Licht stört mich hier!« Erfuhren nämlich die Mitspieler etwas von den strategischen Tricks des Hauptmanns, so verrieten ihre Hände den Karten seine Absichten. Die Karten bekamen sozusagen Wind von seiner List und hatten Zeit zu fliehen. Und also begann der Hauptmann, sobald er sich an den Spieltisch setzte, so eifrig zu arbeiten wie ein ganzer Generalstab. Und während sein Gehirn diese übermenschliche Leistung vollbrachte, zogen durch sein Herz Gluten und Fröste, Hoffnungen und Schmerzen, Jubel und Bitterkeit. Er kämpfte, er focht, er litt schauderhaft. Seit den Tagen, da man hier angefangen hatte, Roulette zu spielen, arbeitete er schon über schlauen Kriegsplänen gegen die Tücke der Kugel. (Aber er wußte wohl, daß sie schwieriger zu besiegen war als die Spielkarte.)

Er spielte fast immer Bakkarat, obwohl es nicht nur zu den verbotenen Spielen, sondern auch zu den verpönten gehörte. Was aber sollten ihm die Spiele, bei denen man rechnen mußte und überlegen – in einer vernünftigen Art rechnen und überlegen –, wenn seine Spekulationen schon an das Unerrechenbare und Unerklärliche rührten, es enthüllten und häufig sogar bezwangen? Nein! Er wollte unmittelbar mit den Rätseln des Geschicks kämpfen und sie auflösen! Und er setzte sich zum Bakkarat. Und er gewann in der Tat. Und er hatte drei Neuner und drei Achter hintereinander, während Trotta lauter Buben und Könige bekam, Kapturak nur zweimal Vierer und Fünfer. Und da vergaß sich der Hauptmann Wagner. Und obwohl es zu seinen Grundsätzen gehörte, das Glück nicht merken zu lassen, daß man seiner sicher sei, verdreifachte er plötzlich den Einsatz. Denn er hoffte, den Wechsel heute noch »hereinzukriegen«. Und hier begann das Unheil. Der Hauptmann verlor, und Trotta hatte gar nicht aufgehört zu verlieren. Schließlich gewann Kapturak fünfhundert Kronen. Der Hauptmann mußte einen neuen Schuldschein unterschreiben.

Wagner und Trotta standen auf. Sie fingen an, Cognac mit Neunziggrädigem zu mischen und diesen wieder mit Okoĉimer Bier. Der Hauptmann Wagner schämte sich seiner Niederlage, nicht anders als ein General, der besiegt aus einer Schlacht hervorgeht, zu der er einen Freund geladen hat, um den Sieg mit ihm zu teilen. Der Leutnant aber teilte die Scham des Hauptmanns. Und beide wußten, daß sie einander unmöglich ohne Alkohol in die Augen sehen konnten. Sie tranken langsam, in kleinen, regelmäßigen Schlucken.

»Auf dein Wohl!« sagte der Hauptmann. »Auf dein Wohl!« sagte Trotta.

Sooft sie diese Wünsche wiederholten, schauten sie sich mutig an und bewiesen einander, daß ihnen ihr Unheil gleichgültig war. Plötzlich aber schien es dem Leutnant, daß der Hauptmann, sein bester Freund, der unglücklichste Mann auf dieser Erde sei, und er fing an, bitterlich zu weinen. »Warum weinst du?« fragte der Hauptmann, und auch seine Lippen bebten schon. »Über dich, über dich!« sagte Trotta, »mein armer Freund!« Und sie verloren sich teils in stummen, teils in wortreichen Wehklagen.

In Hauptmann Wagners Erinnerung tauchte ein alter Plan auf. Er bezog sich auf das Pferd Trottas, das er jeden Tag zu reiten pflegte, das er liebgewonnen hatte und zuerst selbst hatte kaufen wollen. Es war ihm gleich darauf eingefallen, daß er, wenn er soviel Geld hätte, wie das Pferd kosten mußte, ohne Zweifel ein Vermögen im Bakkarat gewinnen und mehrere Pferde besitzen könnte. Hierauf dachte er daran, dem Leutnant das Pferd abzunehmen, es nicht zu zahlen, sondern zu belehnen, mit dem Geld zu spielen und dann das Tier zurückzukaufen. War das unfair? Wem konnte es schaden? Wie lange dauerte es? Zwei Stunden Spiel, und man hatte alles! Man gewann am sichersten, wenn man sich ohne Angst, ohne auch nur ein bißchen zu rechnen, an den Spieltisch setzte. Oh, wenn man nur ein einziges Mal so spielen hätte können wie ein reicher, unabhängiger Mann! Einmal! Der Hauptmann verfluchte seine Gage. Sie war so schäbig, daß sie ihm nicht erlaubte, »menschenwürdig« zu spielen.

Jetzt, wie sie so gerührt nebeneinandersaßen, alle Welt

ringsum vergessen hatten, aber überzeugt waren, sie wären von aller Welt ringsum vergessen worden, glaubte der Hauptmann endlich sagen zu können: »Verkauf mir dein Pferd!« »Ich schenk's dir«, sagte Trotta gerührt. Ein Geschenk darf man nicht verkaufen, auch nicht vorübergehend, dachte der Hauptmann und sagte: »Nein, verkaufen!« »Nimm's dir!« flehte Trotta. »Ich zahl's!« beharrte der Hauptmann.

Sie stritten so einige Minuten. Schließlich erhob sich der Hauptmann, taumelte ein wenig und schrie: »Ich befehle Ihnen, es mir zu verkaufen!« »Jawohl, Herr Hauptmann!« sagte Trotta mechanisch. »Ich hab' aber kein Geld!« lallte der Hauptmann, setzte sich und wurde wieder gütig. »Das macht nichts! Ich schenk' dir's.« »Nein, justament nicht! Ich will's auch gar nicht mehr kaufen. Wenn ich nur Geld hätte!«

»Ich kann's einem andern verkaufen!« sagte Trotta. Er leuchtete vor Freude über diesen ungewöhnlichen Einfall.

»Famos!« rief der Hauptmann. »Aber wem?« »Chojnicki zum Beispiel!« »Famos!« wiederholte der Hauptmann. »Ich bin ihm fünfhundert Kronen schuldig!« »Ich übernehme sie!« sagte Trotta.

Weil er getrunken hatte, war sein Herz erfüllt von Mitleid für den Hauptmann. Dieser arme Kamerad mußte gerettet werden! Er befand sich in großer Gefahr. Er war ihm ganz vertraut und nahe, der liebe Hauptmann Wagner. Außerdem hält es der Leutnant in dieser Stunde für unumgänglich notwendig, ein gutes, tröstliches, vielleicht auch ein großes Wort zu sagen und eine hilfreiche Tat zu vollbringen. Edelmut, Freundschaft und das Bedürfnis, sehr stark und hilfreich zu erscheinen, rannen in seinem Herzen zusammen, gleich drei warmen Strömen. Trotta erhebt sich. Der Morgen ist angebrochen. Nur einige Lampen brennen noch, schon ermattet vor dem Hellgrau des Tages, der übermächtig durch die Jalousien eindringt. Außer Herrn Brodnitzer und seinem einzigen Kellner ist kein Mensch mehr im Lokal. Trostlos und verraten stehen Tische und Stühle und das Podium, auf dem die »Nachtigall aus Mariahilf« während der Nacht herumgehüpft ist. Alles Wüste ringsum weckt schreckliche Bilder von einem plötzlichen Aufbruch, der hier stattgefunden haben kann, als hätten die Gäste, von einer Gefahr überrascht, in hellen Scharen das Café auf einmal verlassen. Lange Zigarettenmundstükke aus Pappe wimmeln in Haufen auf dem Boden neben kurzen Stummeln von Zigarren. Es sind Überreste russischer Zigaretten und österreichischer Zigarren, und sie verraten, daß hier Gäste aus dem fremden Lande mit Einheimischen gespielt und getrunken haben.

»Zahlen!« ruft der Hauptmann. – Er umarmt den Leutnant. Er drückt ihn lange und herzlich an die Brust. »Also mit Gott!« sagt er, die Augen voller Tränen.

Auf der Straße war bereits der ganze Morgen vorhanden, der Morgen einer kleinen östlichen Stadt, voll vom Duft der Kastanienkerzen, des eben erblühten Flieders und der frischen, säuerlichen, schwarzen Brote, die von den Bäckern in großen Körben ausgetragen wurden. Die Vögel lärmten, es war ein unendliches Meer aus Gezwitscher, ein tönendes Meer in der Luft. Ein blaßblauer, durchsichtiger Himmel spannte sich glatt und nahe über den grauen, schiefen Schindeldächern der kleinen Häuser. Die winzigen Fuhrwerke der Bauern rollten weich und langsam und noch schläfrig über die staubige Straße und verstreuten nach allen Seiten Strohhalme, Häcksel und trockenes Heu vom vorigen Jahr. Am freien östlichen Horizont stieg sehr schnell die Sonne empor. Ihr entgegen ging Leutnant Trotta, ein wenig ernüchtert durch den sachten Wind, der dem Tag voranwehte, und erfüllt von der stolzen Absicht, den Kameraden zu retten. Es war nicht einfach, das Pferd zu verkaufen, ohne vorher den Bezirkshauptmann um Erlaubnis zu fragen. Man tat es für den Freund! Es war auch nicht so einfach – und was wäre für den Leutnant Trotta in diesem Leben einfach gewesen! –, Chojnicki das Pferd anzutragen. Aber je schwieriger das Unterfangen erschien, desto rüstiger und entschlossener marschierte ihm Trotta entgegen. Schon schlug es vom Turm. Trotta erreichte den Eingang zum »neuen Schloß« in dem Augenblick, in dem Chojnicki, gestiefelt und die Peitsche in der Hand, sein sommerliches Gefährt besteigen wollte. Er bemerkte die falsche rötliche Frische im hageren und unrasierten Gesicht des Leutnants, die Schminke der Trinker. Sie lag über der wirklichen Blässe des Angesichts wie der Widerschein einer roten Lampe über einem weißen Tisch. Er geht zugrunde! dachte Chojnicki.

»Ich wollte Ihnen einen Vorschlag machen!« sagte Trotta. »Wollen Sie mein Pferd?« – Die Frage erschreckte ihn selbst. Auf einmal wurde es ihm schwer zu sprechen.

»Sie reiten nicht gern, wie ich weiß, Sie sind ja auch von der Kavallerie weg, nun ja – es ist Ihnen also einfach unsympathisch, sich um das Tier zu sorgen, da Sie es doch nicht gern benützen, nun ja –, aber es könnte Ihnen doch leid tun.«

»Nein!« sagte Trotta. Er wollte nichts verheimlichen. »Ich brauche Geld.«

Der Leutnant schämte sich. Es gehörte nicht zu den unehrenhaften, verpönten, zweifelhaften Handlungen, Geld bei Chojnicki zu leihen. Und dennoch war es Carl Joseph, als begänne er mit der ersten Anleihe eine neue Etappe seines Lebens und als bedürfte er dazu der väterlichen Erlaubnis. Der Leutnant schämte sich. Er sagte: »Um es klar zu sagen: Ich habe für einen Kameraden gebürgt. Eine große Summe. Außerdem hat er noch in dieser Nacht eine kleinere verloren. Ich will nicht, daß er diesem Cafetier schuldig bleibt. Es ist unmöglich, daß ich leihe. Ja«, wiederholte der Leutnant, »es ist einfach unmöglich. Der Betreffende ist Ihnen schon Geld schuldig.«

»Aber er geht Sie nichts an!« sagte Chojnicki. »In diesem Zusammenhang geht er Sie gar nichts an. Sie werden mir nächstens zurückzahlen. Es ist eine Kleinigkeit! Sehen Sie, ich bin reich, man nennt das reich. Ich habe keine Beziehung zum Geld. Wenn Sie mich um einen Schnaps bitten, es ist genau das gleiche. Sehen Sie doch, was für Umstände! Sehen Sie«, und Chojnicki streckte die Hand gegen den Horizont aus und beschrieb einen Halbkreis, »alle diese Wälder gehören mir. Es ist ganz unwichtig, nur, um Ihnen Gewissensbisse zu ersparen. Ich bin jedem dankbar, der mir etwas abnimmt. Nein, lächerlich, es spielt keine Rolle, es ist schade, daß wir so viele Worte verlieren. Ich mache Ihnen einen Vorschlag: Ich kaufe Ihr Pferd und lasse es Ihnen ein Jahr. Nach einem Jahr gehört es mir.«

Es ist deutlich, daß Chojnicki ungeduldig wird. Übrigens muß das Bataillon bald ausrücken. Die Sonne steigt rastlos höher. Der volle Tag ist da.

Trotta hastete der Kaserne zu. In einer halben Stunde war das Bataillon gestellt. Er hatte keine Zeit mehr, sich zu rasieren. Major Zoglauer kam gegen elf Uhr. (Er liebte keine unrasierten Zugskommandanten. Das einzige, worauf er im Laufe der Jahre, in denen er Grenzdienst tat, noch achtzugeben gelernt hatte, waren »Sauberkeit und Adjustierung im Dienst«.) Nun, es war zu spät! Man lief in die Kaserne. Man war wenigstens nüchtern geworden. Man traf Hauptmann Wagner vor versammelter Kompanie. »Ja, erledigt!« sagte man hastig, und man stellte sich vor seinen Zug. Und man kommandierte: »Doppelreihen, rechts um. Marsch!« Der Säbel blitzte. Die Trompeten bliesen. Das Bataillon rückte aus.

Hauptmann Wagner bezahlte heute die sogenannte »Erfrischung« in der Grenzschenke. Man hatte eine halbe Stunde Zeit, zwei, drei Neunziggrädige zu trinken. Hauptmann Wagner wußte ganz genau, daß er angefangen hatte, sein Glück in die Hand zu bekommen. Er lenkte es jetzt ganz allein! Heute nachmittag zweitausendfünfhundert Kronen! Man gab fünfzehnhundert sofort zurück und setzte sich, ganz ruhig, ganz sorglos, ganz wie ein reicher Mann zum Bakkarat! Man übernahm die Bank! Man mischte selbst! Und zwar mit der linken Hand! Vielleicht bezahlte man vorläufig nur tausend und setzte sich mit ganzen fünfzehnhundert, ganz ruhig, ganz sorglos, ganz wie ein reicher Mann zum Spiel, und zwar mit fünfhundert zum Roulette und mit tausend zum Bak! Das wäre noch besser! »Anschreiben für Hauptmann Wagner!« rief er zum Schanktisch. Und man erhob sich, die Rast war beendet, und die »Feldübungen« sollten beginnen.

Glücklicherweise verschwand Major Zoglauer heute schon nach einer halben Stunde. Hauptmann Wagner übergab das Kommando dem Oberleutnant Zander und ritt schleunigst zu Brodnitzer. Er erkundigte sich, ob er am Nachmittag, gegen vier Uhr, auf Mitspieler rechnen könnte. Jawohl, kein Zweifel! Alles ließ sich großartig an! Sogar die »Hausgeister«, jene unsichtbaren Wesen, die Hauptmann Wagner in jedem Raum, in dem gespielt wurde, fühlen konnte, mit denen er manchmal unhörbar sprach – und auch dann in einem Kauderwelsch, das er sich im Laufe der Jahre zurechtgelegt hatte –, sogar diese Hausgeister waren heute von eitel Wohlwollen für Wagner erfüllt. Um sie noch besser zu stimmen oder um sie nicht anderer Meinung werden zu lassen, beschloß Wagner, heute ausnahmsweise im Café Brodnitzer Mittag zu essen und sich bis zur Ankunft Trottas nicht vom Platz zu rühren. Er blieb. Gegen drei Uhr nachmittag kamen die ersten Spieler. Hauptmann Wagner begann zu zittern. Wenn dieser Trotta ihn im Stich ließ und zum Beispiel erst morgen das Geld brachte? Dann waren vielleicht schon alle Chancen vorbei. Einen so guten Tag wie heute erwischte man vielleicht niemals mehr! Die Götter waren gut gelaunt, und es war ein Donnerstag. Am Freitag aber! Am Freitag das Glück rufen, das hieß ebensoviel wie von einem Oberstabsarzt Kompanie-Exerzieren verlangen! Je mehr Zeit verging, desto grimmiger dachte Hauptmann Wagner von dem säumigen Leutnant Trotta. Er kam nicht, der junge Schuft! Und dazu hatte man sich so angestrengt, den Exerzierplatz zu früh verlassen, auf das gewohnte Mittagessen im Bahnhof verzichtet, mit den Hausgeistern mühsam verhandelt und gewissermaßen den günstigen Donnerstag aufgehalten! Und dann wurde man im Stich gelassen. Der Zeiger an der Wanduhr rückte unermüdlich vor, und Trotta kam nicht, kam nicht, kam nicht!

Doch! Er kommt! Die Tür geht auf, und Wagners Augen leuchten! Er gibt Trotta gar nicht die Hand! Seine Finger zittern. Alle Finger gleichen ungeduldigen Räubern. Im nächsten Augenblick pressen sie schon einen herrlichen, knisternden Umschlag. »Setz dich hin!« befahl der Hauptmann. »In einer halben Stunde spätestens siehst du mich wieder!« Und er verschwand hinter dem grünen Vorhang.

Die halbe Stunde verging, noch eine Stunde und noch eine. Es war schon Abend, die Lichter brannten. Der Hauptmann Wagner kam langsam näher. Er war höchstens noch an seiner Uniform zu erkennen, und auch diese hatte sich verändert. Ihre Knöpfe standen offen, aus dem Kragen ragte das schwarze Halsband aus Kautschuk, der Säbelgriff steckte unter dem Rock, die Taschen blähten sich, und Zigarrenasche lag verstreut auf der Bluse. Auf dem Kopf des Hauptmanns ringelten sich die Haare des braunen, zerstörten Scheitels, und unter dem zerzausten Schnurrbart standen die Lippen offen. Der Hauptmann röchelte: »Alles!« und setzte sich.

Sie hatten einander nichts mehr zu sagen. Ein paarmal machte Trotta den Versuch, eine Frage zu tun. Wagner bat mit ausgestreckter Hand und gleichsam ausgestreckten Augen um Stille. Dann erhob er sich. Er ordnete seine Uniform. Er sah ein, daß sein Leben keinen Zweck mehr hatte. Er ging jetzt hin, um endlich Schluß zu machen. »Leb wohl!« sagte er feierlich – – und ging.

Draußen aber umfächelte ihn ein gütiger, schon sommerlicher Abend mit hunderttausend Sternen und hundert Wohlgerüchen. Es war schließlich leichter, nie mehr zu spielen, als nie mehr zu leben. Und er gab sich sein Ehrenwort, daß er nie mehr spielen würde. Lieber verrecken als eine Karte anrühren. Nie mehr! Nie mehr war eine lange Zeit, man kürzte sie ab. Man sagte sich: bis zum 31. August kein Spiel! Dann wird man ja sehen! Also, Ehrenwort, Hauptmann Wagner!

Und mit frisch gesäubertem Gewissen, stolz auf seine Festigkeit und froh über das Leben, das er sich soeben selbst gerettet hat, geht der Hauptmann Wagner zu Chojnicki. Chojnicki steht an der Tür. Er kennt den Hauptmann lange genug, um auf den ersten Blick zu sehen, daß Wagner viel verloren und wieder einmal den Entschluß gefaßt hat, kein Spiel mehr anzurühren. Und er ruft: »Wo haben Sie den Trotta gelassen?«

»Nicht gesehn!«

»Alles?«

Der Hauptmann senkt den Kopf, schaut auf seine Stiefelspitzen und sagt: »Ich habe mein Ehrenwort gegeben –«

»Ausgezeichnet!« sagt Chojnicki, »es ist Zeit!«

Er ist entschlossen, den Leutnant Trotta von der Freundschaft mit dem irrsinnigen Wagner zu befreien. Weg mit ihm! denkt Chojnicki. Man wird ihn vorläufig für ein paar Tage in Urlaub schicken, mit Wally! Und er fährt in die Stadt.

»Ja!« sagt Trotta ohne Zögern. Er hat Angst vor Wien und vor der Reise mit einer Frau. Aber er muß fahren. Er empfindet jene ganz bestimmte Bedrängnis, die ihn vor jeder Veränderung seines Lebens regelmäßig befallen hat. Er fühlt, daß ihn eine neue Gefahr bedroht, die größte der Gefahren, die es geben kann, nämlich eine, nach der er sich selbst gesehnt hat. Er wagt nicht zu fragen, wer die Frau sei. Viele Gesichter fremder Frauen, blaue, braune und schwarze Augen, blonde Haare, schwarze Haare, Hüften, Brüste und Beine, Frauen, die er vielleicht einmal gestreift hat, als Knabe, als Jüngling; alle schweben hurtig an ihm vorbei; alle auf einmal: ein wunderbarer, zarter Sturm von fremden Frauen. Er riecht den Duft der Unbekannten; er spürt die kühle und harte Zartheit ihrer Knie; schon liegt um seinen Hals das süße Joch nackter Arme und an seinem Nacken der Riegel ineinandergeschlungener Hände.

Es gibt eine Angst vor der Wollust, die selbst wollüstig ist, wie eine gewisse Angst vor dem Tode tödlich sein kann. Diese Angst erfüllt nun den Leutnant Trotta.

XIII

Frau von Taußig war schön und nicht mehr jung. Tochter eines Stationschefs, Witwe von einem jung verstorbenen Rittmeister namens Eichberg, hatte sie vor einigen Jahren einen frisch geadelten Herrn Taußig geheiratet, einen reichen und kranken Fabrikanten. Er litt an leichtem, sogenanntem zirkulärem Irresein. Seine Anfälle kehrten regelmäßig jedes halbe Jahr wieder. Wochenlang vorher fühlte er sie nahen. Und er fuhr in jene Anstalt am Bodensee, in der verwöhnte Irrsinnige aus reichen Häusern behutsam und kostspielig behandelt wurden und die Irrenwärter zärtlich waren wie Hebammen. Kurz vor einem seiner Anfälle und auf den Rat eines jener windigen und mondänen Ärzte, die ihren Patienten »seelische Emotionen« ebenso leichtfertig verschreiben wie altertümliche Hausärzte Rhabarber und Rizinus, hatte Herr von Taußig die Witwe von seinem Freund Eichberg geheiratet. Taußig erlebte zwar eine »seelische Emotion«, aber sein Anfall kam auch schneller und heftiger. Seine Frau hatte während ihrer kurzen Ehe mit Herrn von Eichberg viele Freunde gewonnen und nach dem Tode ihres Mannes ein paar herzliche Heiratsanträge zurückgewiesen. Von ihren Ehebrüchen schwieg man aus purer Hochschätzung. Die Zeit war damals strenge, wie man weiß. Aber sie erkannte Ausnahmen an und liebte sie sogar. Es war einer jener wenigen aristokratischen Grundsätze, denen zufolge einfache Bürger Menschen zweiter Klasse waren, aber der und jener bürgerliche Offizier Leibadjutant des Kaisers wurde; die Juden auf höhere Auszeichnungen keinen Anspruch erheben konnten, aber einzelne Juden geadelt wurden und Freunde von Erzherzögen; die Frauen in einer überlieferten Moral lebten, aber diese und jene Frau lieben durfte wie ein Kavallerieoffizier. (Es waren jene Grundsätze, die man heute »verlogene« nennt, weil wir so viel unerbittlicher sind; unerbittlich, ehrlich und humorlos.)

Der einzige unter den intimen Freunden der Witwe, der ihr keinen Heiratsantrag gemacht hatte, war Chojnicki. Die Welt, in der es sich noch lohnte zu leben, war zum Untergang verurteilt. Die Welt, die ihr folgen sollte, verdiente keinen anständigen Bewohner mehr. Es hatte also keinen Sinn, dauerhaft zu lieben, zu heiraten und etwa Nachkommen zu zeugen. Mit seinen traurigen, blaßblauen, etwas hervortretenden Augen sah Chojnicki die Witwe an und sagte: »Entschuldige, daß ich dich nicht heiraten möchte!« Mit diesen Worten beendete er seinen Kondolenzbesuch.

Die Witwe heiratete also den irrsinnigen Taußig. Sie brauchte Geld, und er war bequemer als ein Kind. Sobald sein Anfall vorbei war, bat er sie zu kommen. Sie kam, erlaubte ihm einen Kuß und führte ihn nach Hause. »Auf frohes Wiedersehn!« sagte Herr von Taußig dem Professor, der ihn bis vor das Gitter der geschlossenen Abteilung begleitete. »Auf Wiedersehn, recht bald!« sagte die Frau. (Sie liebte die Zeiten, in denen ihr Mann krank war.) Und sie fuhren nach Hause.

Vor zehn Jahren hatte sie zuletzt Chojnicki besucht, damals noch nicht mit Taußig verheiratet, nicht weniger schön als heute und um ganze zehn Jahre jünger. Auch damals war sie nicht allein zurückgefahren. Ein Leutnant, jung und traurig wie dieser hier, hatte sie begleitet. Er hieß Ewald und war Ulan. (Ulanen hatte es hier damals gegeben.) Es wäre der erste wirkliche Schmerz ihres Lebens gewesen, ohne Begleitung zurückzufahren; und eine Enttäuschung, etwa von einem Oberleutnant begleitet zu werden. Für höhere Chargen fühlte sie sich noch lange nicht alt genug. Zehn Jahre später – vielleicht.

Aber das Alter nahte mit grausamen und lautlosen Schritten und manchmal in tückischen Verkleidungen. Sie zählte die Tage, die an ihr vorbeirannen, und jeden Morgen die feinen Runzeln, zarthaarige Netze, in der Nacht um die ahnungslos schlafenden Augen vom Alter gesponnen. Ihr Herz aber war ein sechzehnjähriges Mädchenherz. Mit ständiger Jugend gesegnet, wohnte es mitten im alternden Körper, ein schönes Geheimnis in einem verfallenden Schloß. Jeder junge Mann, den Frau von Taußig in ihre Arme nahm, war der langersehnte Gast. Er blieb leider nur im Vorzimmer stehen. Sie lebte ja gar nicht; sie wartete ja nur! Einen nach dem andern sah sie davongehn, mit bekümmerten, ungesättigten und verbitterten Augen. Allmählich gewöhnte sie sich daran, Männer kommen und gehen zu sehen, das Geschlecht der kindischen Riesen, die täppischen Mammutinsekten glichen, flüchtig und dennoch von schwerem Gewicht; eine Armee von plumpen Toren, die mit bleiernen Fittichen zu flattern versuchten; Krieger, die zu erobern glaubten, wenn man sie verachtete, zu besitzen, während man sie verlachte, zu genießen, wenn sie kaum gekostet hatten; eine barbarische Horde, auf die man trotzdem wartete, solange man lebte. Vielleicht, vielleicht stand einmal ein einziger aus ihrer verworrenen und finsteren Mitte auf, leicht und schimmernd, ein Prinz mit gesegneten Händen. Er kam nicht! Man wartete, er kam nicht! Man wurde alt, er kam nicht! Frau von Taußig stellte dem nahenden Alter junge Männer entgegen wie Dämme. Aus Angst vor ihrem erkennenden Blick ging sie mit geschlossenen Augen in jedes ihrer sogenannten Abenteuer. Und sie verzauberte mit ihren Wünschen die törichten Männer für den eigenen

Gebrauch. Leider merkten sie nichts davon. Und sie verwandelten sich nicht im geringsten.

Sie schätzte den Leutnant Trotta ab. Er sieht alt aus für seine Jahre – dachte sie –, er hat traurige Dinge erlebt, aber er ist nicht an ihnen klug geworden. Er liebt nicht leidenschaftlich, aber vielleicht auch nicht flüchtig. Er ist bereits so unglücklich, daß man ihn höchstens nur noch glücklich machen kann.

Am nächsten Morgen erhielt Trotta drei Tage Urlaub »in Familienangelegenheiten«. Um ein Uhr nachmittags verabschiedete er sich von den Kameraden im Speisesaal. Er stieg mit Frau von Taußig, beneidet und umjubelt, in ein Kupee erster Klasse, für das er allerdings einen Zuschlag gezahlt hatte.

Als die Nacht einbrach, bekam er Angst wie ein Kind vor der Dunkelheit; und er verließ das Kupee, um zu rauchen, das heißt: unter dem Vorwand, rauchen zu müssen. Er stand im Korridor, erfüllt von verworrenen Vorstellungen, sah durch das nächtliche Fenster die fliegenden Schlangen, die aus den weißglühenden Funken der Lokomotive im Nu gebildet wurden und im Nu verloschen, die dichte Finsternis der Wälder und die ruhigen Sterne am Gewölbe des Himmels. Sachte schob er die Tür zurück und ging auf den Zehen ins Kupee. »Vielleicht hätten wir Schlafwagen nehmen sollen!« sagte die Frau überraschend, ja, erschreckend aus der Dunkelheit. »Sie müssen unaufhörlich rauchen! Rauchen dürfen Sie auch hier!« Sie schlief also noch immer nicht. Das Streichholz beleuchtete ihr Angesicht. Es lag, weiß, vom schwarzen, wirren Haar umrandet, auf der dunkelroten Polsterung. Ja, vielleicht hätte man Schlafwagen nehmen sollen. Das Köpfchen der Zigarette glomm rötlich durch die Finsternis. Sie fuhren über eine Brücke, die Räder polterten stärker. »Die Brücken!« sagte die Frau. »Ich habe Angst, sie stürzen ein!« Ja, dachte der Leutnant, sie sollen nur einstürzen! Er hatte lediglich zwischen einem plötzlichen Unglück und einem langsam heranschleichenden zu wählen. Er saß reglos der Frau gegenüber, sah die Lichter der vorüberhuschenden Stationen sekundenlang das Abteil erhellen und das bleiche Angesicht der Frau von Taußig noch blasser werden. Er konnte kein Wort hervorbringen. Er stellte sich vor, daß er sie küssen müsse, statt etwas zu sagen. Er verschob den fälligen Kuß immer wieder. Nach der nächsten Station, sagte er sich. Auf einmal streckte die Frau ihre Hand aus, suchte nach dem Riegel an der Kupeetür, fand ihn und ließ ihn einschnappen. Und Trotta beugte sich über ihre Hand.

In dieser Stunde liebte Frau von Taußig den Leutnant mit der gleichen Heftigkeit, mit der sie vor zehn Jahren den Leutnant Ewald geliebt hatte, auf der gleichen Strecke, um die gleiche Stunde und, wer weiß, vielleicht im selben Kupee. Aber ausgelöscht war vorläufig jener Ulan, wie die Früheren, wie die Späteren. Die Lust brauste über die Erinnerung hin und schwemmte alle Spuren fort. Frau von Taußig hieß Valerie mit Vornamen, man nannte sie mit der landesüblichen Abkürzung Wally. Dieser Name, ihr zugeflüstert in allen zärtlichen Stunden, klang in jeder zärtlichen Stunde ganz neu. Eben taufte sie wieder dieser junge Mann, sie war ein Kind (und frisch wie der Name). Dennoch machte sie jetzt, aus Gewohnheit, die wehmütige Feststellung, daß sie »viel älter« sei als er: eine Bemerkung, die sie jungen Männern gegenüber immer wagte, gewissermaßen eine tollkühne Vorsicht. Übrigens eröffnete diese Bemerkung eine neue Reihe von Liebkosungen. Alle zärtlichen Worte, die ihr geläufig waren und die sie dem und jenem schon geschenkt hatte, holte sie wieder hervor. Jetzt kam – wie gut kannte sie leider die Reihenfolge! – die ständig gleichlautende Bitte des Mannes, nicht vom Alter und von der Zeit zu reden. Sie wußte, wie wenig diese Bitten bedeuteten – – und sie glaubte ihnen. Sie wartete. Aber der Leutnant Trotta schwieg, ein verstockter junger Mann. Sie hatte Angst, das Schweigen sei ein Urteil; und sie begann vorsichtig: »Was glaubst, um wieviel älter ich bin als du?« Er war ratlos. Darauf antwortet man nicht, es ging ihn auch gar nichts an. Er fühlte den schnellen Wechsel von glatter Kühle und ebenso glatter Glut auf ihrer Haut, die jähen klimatischen Veränderungen, die zu den zauberhaften Erscheinungen der Liebe gehören. (Innerhalb einer einzigen Stunde häufen sie alle Eigenschaften aller Jahreszeiten auf einer einzigen weiblichen Schulter. Sie heben tatsächlich die Gesetze der Zeit auf.) »Ich könnt' ja deine Mutter sein!« flüsterte die Frau. »Rate mal, wie alt ich bin?« »Ich weiß nicht!« sagte der Unglückliche. »Einundvierzig!« sagte Frau Wally. Sie war erst vor einem Monat zweiundvierzig geworden. Aber manchen Frauen verbietet die Natur selbst, die Wahrheit zu sagen; die Natur, die sie davor behütet, älter zu werden. Frau von Taußig wäre vielleicht zu stolz gewesen, ganze drei Jahre zu unterschlagen. Aber der Wahrheit ein einziges, armseliges Jahr zu stehlen war noch kein Diebstahl an der Wahrheit.

»Du lügst!« sagte er endlich, sehr grob, aus Höflichkeit. Und sie umarmte ihn in einer neuen, aufrauschenden Welle aus Dankbarkeit. Die weißen Lichter der Stationen rannen am Fenster vorbei, erleuchteten das Kupee, belichteten ihr weißes Angesicht und schienen ihre Schultern noch einmal zu entblößen. Der Leutnant lag an ihrer Brust wie ein Kind. Sie fühlte einen wohltätigen, seligen, einen mütterlichen Schmerz. Eine mütterliche Liebe rann in ihre Arme und erfüllte sie mit neuer Kraft. Sie wollte ihrem Geliebten Gutes tun wie einem eigenen Kind; als hätte ihn ihr Schoß geboren, derselbe, der ihn jetzt empfing.

»Mein Kind, mein Kind!« wiederholte sie. Sie hatte keine Angst mehr vor dem Alter. Ja, zum erstenmal segnete sie die Jahre, die sie von dem Leutnant schieden. Als der Morgen, ein strahlender, frühsommerlicher Morgen, durch die dahinschießenden Kupeefenster brach, zeigte sie dem Leutnant furchtlos das noch nicht für den Tag gerüstete Angesicht. Sie rechnete allerdings ein bißchen mit der Morgenröte. Denn zufällig lag der Osten vor dem Fenster, an dem sie saß.

Dem Leutnant Trotta erschien die Welt verändert. Infolgedessen stellte er fest, daß er soeben die Liebe kennengelernt habe, das heißt: die Verwirklichung seiner Vorstellungen von der Liebe. In Wirklichkeit war er nur dankbar, ein gesättigtes Kind. »In Wien bleiben wir zusammen, nicht?« – Liebes Kind, liebes Kind! dachte sie fortwährend. Sie sah ihn an, von mütterlichem Stolz erfüllt, als hätte sie ein Verdienst an den Tugenden, die er nicht besaß und die sie ihm zuschrieb wie eine Mutter.

Eine unendliche Reihe kleiner Feste bereitete sie vor. Es fügte sich gut, daß sie zu Fronleichnam eintrafen. Sie wird zwei Plätze auf der Tribüne beschaffen. Sie wird mit ihm den bunten Zug genießen, den sie liebte, wie ihn damals alle österreichischen Frauen jedes Standes liebten.

Sie beschaffte Plätze auf der Tribüne. Der fröhliche und feierliche Pomp der Parade beschenkte sie selbst mit einem warmen und verjüngenden Widerschein. Seit ihrer Jugend kannte sie, wahrscheinlich nicht weniger genau als der Obersthofmeister, alle Phasen, Teile und Gesetze des Fronleichnamzuges, ähnlich wie die alten Besucher der angestammten Opernlogen alle Szenen ihrer geliebten Stücke. Ihre Lust zu schauen verminderte sich nicht etwa, sondern nährte sich im Gegenteil von dieser vertrauten Kennerschaft. In Carl Joseph standen die alten kindischen und heldischen Träume auf, die ihn zu Hause, in den Ferien auf dem väterlichen Balkon, bei den Klängen des Radetzkymarsches erfüllt und beglückt hatten. Die ganze majestätische Macht des alten Reiches zog vor seinen Augen dahin. Der Leutnant dachte an seinen Großvater, den Helden von Solferino, und an den unerschütterlichen Patriotismus eines Vaters, der einem kleinen, aber starken Fels vergleichbar war, mitten unter den ragenden Bergen der habsburgischen Macht. Er dachte an seine eigene, heilige Aufgabe, für den Kaiser zu sterben, jeden Augenblick zu Wasser und zu Lande und auch in der Luft, mit einem Worte, an jedem Orte. Die Wendungen des Gelübdes, das er ein paarmal mechanisch abgelegt hatte, wurden lebendig. Sie erhoben sich, ein Wort nach dem andern erhob sich, jedes eine Fahne. Das porzellanblaue Auge des Allerhöchsten Kriegsherrn, erkaltet auf so vielen Bildern an so vielen Wänden des Reiches, füllte sich mit neuer, väterlicher Huld und blickte wie ein ganzer blauer Himmel auf den Enkel des Helden von Solferino. Es leuchteten die lichtblauen Hosen der Infanterie. Wie der leibhaftige Ernst der ballistischen Wissenschaft zogen die kaffeebraunen Artilleristen vorbei. Die blutroten Feze auf den Köpfen der hellblauen Bosniaken brannten in der Sonne wie kleine Freudenfeuerchen, angezündet vom Islam zu Ehren Seiner Apostolischen Majestät. In den schwarzen, lackierten Karossen saßen die goldgezierten Ritter des Vlieses und die schwarzen, rotbäckigen Gemeinderäte. Nach ihnen wehten wie majestätische Stürme, die ihre Leidenschaft in der Nähe des Kaisers zügeln, die Roßhaarbüsche der Leibgarde-Infanterie einher. Schließlich erhob sich, vom schmetternden Generalmarsch vorbereitet, der kaiser- und königliche Gesang der irdischen, aber immerhin Apostolischen Armee-Cherubim: »Gott erhalte, Gott beschütze« über die stehende Volksmenge, die marschierenden Soldaten, die sachte trabenden Rösser und die lautlos rollenden Wagen. Er schwebte über allen Köpfen, ein Himmel aus Melodie, ein Baldachin aus schwarz-gelben Tönen. Und das Herz des Leutnants stand still und klopfte heftig zu gleicher Zeit – eine medizinische Absonderlichkeit. Zwischen den langsamen Klängen der Hymne flogen die Hochrufe auf wie weiße Fähnchen zwischen großen, wappenbemalten Bannern. Der Lipizzanerschimmel kam tänzelnd einher, mit der majestätischen Koketterie der berühmten Lipizzanerpferde, die im kaiserlich-königlichen Gestüt ihre Ausbildung genossen. Ihm folgte das Hufgetrappel der Halbschwadron Dragoner, ein zierlicher Paradedonner. Die schwarz-goldenen Helme blitzten in der Sonne. Die Rufe der hellen Fanfaren ertönten, Stimmen fröhlicher Mahner: Habt acht, habt acht, der alte Kaiser naht!

Und der Kaiser kam: Acht blütenweiße Schimmel zogen seinen Wagen. Und auf den Schimmeln, in goldbestickten, schwarzen Röcken und mit weißen Perücken, ritten die Lakaien. Sie sahen aus wie Götter, und sie waren nur Diener von Halbgöttern. Zu beiden Seiten des Wagens standen je zwei ungarische Leibgarden mit gelb-schwarzen Pantherfellen über der Schulter. Sie erinnerten an die Wächter der Mauern von Jerusalem, der heiligen Stadt, deren König der Kaiser Franz Joseph war. Der Kaiser trug den schneeweißen Rock, den man von allen Bildern der Monarchie kannte, und einen mächtigen, grünen Papageienfederstrauß über dem Hut. Sachte im Wind wehten die Federn. Der Kaiser lächelte nach allen Seiten. Auf seinem alten Angesicht lag das Lächeln wie eine kleine Sonne, die er selbst geschaffen hatte. Vom Stephansdom dröhnten die Glocken, die Grüße der römischen Kirche, entboten dem Römischen Kaiser Deutscher Nation. Der alte Kaiser stieg vom Wagen mit jenem elastischen Schritt, den alle Zeitungen rühmten, und ging in die Kirche wie ein einfacher Mann; zu Fuß ging er in die Kirche, der Römische Kaiser Deutscher Nation, umdröhnt von den Glocken.

Kein Leutnant der kaiser- und königlichen Armee hätte dieser Zeremonie gleichgültig zusehen können. Und Carl Joseph war einer der Empfindlichsten. Er sah den goldenen Glanz, den die Prozession verströmte, und er hörte nicht den düstern Flügelschlag der Geier. Denn über dem Doppeladler der Habsburger kreisten sie schon, die Geier, seine brüderlichen Feinde.

Nein, die Welt ging nicht unter, wie Chojnicki gesagt hatte, man sah mit eigenen Augen, wie sie lebte! Über die breite Ringstraße zogen die Bewohner dieser Stadt, fröhliche Untertanen der Apostolischen Majestät, alles Leute aus seinem Hofgesinde. Die ganze Stadt war nur ein riesengroßer Burghof. Mächtig in den Torbögen der uralten Paläste standen die livrierten Türhüter mit ihren Stäben, die Götter unter den Lakaien. Schwarze Kutschen auf gummibereiften hohen und edlen Rädern mit zarten Speichen hielten vor den Toren. Die Rösser streichelten mit fürsorglichen Hufen das Pflaster. Staatsbeamte mit schwarzen Krappenhüten, goldenen Kragen und schmalen Degen kamen würdig und verschwitzt von der Prozession. Die weißen Schulmädchen, Blüten im Haar und Kerzen in den Händen, kehrten heim, eingezwängt zwischen ihre feierlichen

Elternpaare, wie deren körperhaft gewordenen, etwas verstörten und vielleicht auch ein wenig verprügelten Seelen. Über den hellen Hüten der hellen Damen, die ihre Kavaliere spazierenführten wie an Leinen, wölbten sich die zierlichen Baldachine der Sonnenschirme. Blaue, braune, schwarze, gold- und silberverzierte Uniformen bewegten sich wie seltsame Bäumchen und Gewächse, ausgebrochen aus einem südlichen Garten und wieder nach der fernen Heimat strebend. Das schwarze Feuer der Zylinder glänzte über eifrigen und roten Gesichtern. Farbige Schärpen, die Regenbogen der Bürger, lagen über breiten Brüsten, Westen und Bäuchen. Da wallten über die Fahrbahn der Ringstraße in zwei breiten Reihen die Leibgardisten in weißen Engelspelerinen mit roten Aufschlägen und weißen Federbüschen, schimmernde Hellebarden in den Fäusten, und die Straßenbahnen, die Fiaker und selbst die Automobile hielten vor ihnen an, wie vor wohlvertrauten Gespenstern der Geschichte. An den Kreuzungen und Ecken begossen die dicken, zehnfach beschürzten Blumenfrauen (städtische Schwestern der Feen) aus dunkelgrünen Kannen ihre leuchtenden Sträuße, segneten mit lächelnden Blicken vorübergehende Liebespaare, banden Maiglöckchen zusammen und ließen ihre alten Zungen laufen. Die goldenen Helme der Feuerwehrmänner, die zu den Spektakeln abmarschierten, funkelten, heitere Mahner an Gefahr und Katastrophe. Es roch nach Flieder und Weißdorn. Die Geräusche der Stadt waren nicht laut genug, die pfeifenden Amseln in den Gärten und die trillernden Lerchen in den Lüften zu übertönen. All das schüttete die Welt über den Leutnant Trotta aus. Er saß im Wagen neben seiner Freundin, er liebte sie, und er fuhr, wie ihm schien, durch den ersten guten Tag seines Lebens.

Und es war auch in der Tat, als begänne sein Leben. Er lernte Wein trinken, wie er an der Grenze den Neunziggrädigen getrunken hatte. Er aß mit der Frau in jenem berühmten Speisehaus, dessen Wirtin würdig war wie eine Kaiserin, dessen Raum heiter und andächtig war wie ein Tempel, nobel wie ein Schloß und friedlich wie eine Hütte. Hier aßen an angestammten Tischen die Exzellenzen, und die Kellner, die sie bedienten, sahen aus wie ihresgleichen, so daß es beinahe war, als wechselten Gäste und Kellner in einem bestimmten Turnus miteinander ab. Und jeder kannte jeden beim Vornamen, wie ein Bruder den andern; aber sie grüßten einander wie ein Fürst den andern. Man kannte die Jungen und die Alten, die guten Reiter und die schlechten, die Galanten und die Spieler, die Flotten, die Ehrgeizigen, die Günstlinge, die Erben einer uralten, durch die Überlieferung geheiligten sprichwörtlichen und allseits verehrten Dummheit und auch die Klugen, die morgen an die Macht kommen sollten. Man hörte nur ein zartes Geräusch wohlerzogener Gabeln und Löffel und an den Tischen jenes lächelnde Geflüster der Essenden, das lediglich der Angesprochene hört und das der kundige Nachbar ohnehin errät. Von den weißen Tischtüchern kam ein friedlicher Glanz, durch die hohen, verhangenen Fenster strömte ein verschwiegener Tag, aus den Flaschen rann der Wein mit zärtlichem Gurren, und wer einen Kellner rufen wollte, brauchte nur die Augen zu erheben. Denn man vernahm in dieser gesitteten Stille den Aufschlag eines Augenlides wie anderswo einen Ruf.

Ja, so begann das, was er »das Leben« nannte und was zu jener Zeit vielleicht auch das Leben war: die Fahrt im glatten Wagen zwischen den dichten Gerüchen des gereiften Frühlings, an der Seite einer Frau, von der man geliebt wurde. Jeder ihrer zärtlichen Blicke schien ihm seine junge

Überzeugung zu rechtfertigen, daß er ein ausgezeichneter Mann sei von vielen Tugenden und sogar ein »famoser Offizier«, in dem Sinne, in dem man innerhalb der Armee diese Bezeichnung anwandte. Er erinnerte sich, daß er fast sein ganzes Leben traurig gewesen war, scheu, man konnte schon sagen: verbittert. Aber so, wie er sich jetzt zu kennen glaubte, begriff er nicht mehr, warum er traurig, scheu und verbittert gewesen war. Der Tod in der Nähe hatte ihn erschreckt. Aber auch aus den wehmütigen Gedanken, die er jetzt Katharina und Max Demant nachsandte, bezog er noch einen Genuß. Er hatte seiner Meinung nach Hartes durchgemacht. Er verdiente die zärtlichen Blicke einer schönen Frau. Er sah sie von Zeit zu Zeit dennoch ein wenig ängstlich an. War's nicht eine Laune von ihr, ihn mitzunehmen wie einen Knaben und ihm ein paar gute Tage zu bereiten? Das konnte man sich nicht gefallen lassen. Er war, wie es bereits feststand, ein ganz famoser Mensch, und wer ihn liebte, mußte ihn ganz lieben, ehrlich und bis in den Tod, wie die arme Katharina. Und wer weiß, wie viele Männer dieser schönen Frau einfielen, während sie ihn ganz allein zu lieben glaubte oder zu lieben vorgab?! War er eifersüchtig? Gewiß, er war eifersüchtig! Und auch ohnmächtig, wie ihm gleich darauf einfiel. Eifersüchtig und ohne jedes Mittel, hierzubleiben oder mit der Frau weiterzufahren, sie zu behalten, solange ihm beliebte, und sie zu erforschen und sie zu gewinnen. Ja, er war ein kleiner, armer Leutnant, mit fünfzig Kronen monatlicher Rente vom Vater, und er hatte Schulden …

»Spielt ihr in eurer Garnison?« fragte Frau von Taußig plötzlich.

»Die Kameraden«, sagte er. »Hauptmann Wagner zum Beispiel. Er verliert enorm!«

»Und du?«

»Gar nicht!« sagte der Leutnant. Er wußte in diesem Augenblick, auf welche Weise man mächtig werden konnte. Er empörte sich gegen sein mäßiges Geschick. Er wünschte sich ein glanzvolles. Wenn er Staatsbeamter geworden wäre, hätte er vielleicht Gelegenheit gehabt, einige seiner geistigen Tugenden, die er gewiß besaß, nützlich anzuwenden, Karriere zu machen. Was war ein Offizier im Frieden?! Was hatte der Held von Solferino selbst im Krieg und durch seine Tat gewonnen?!

»Daß du nur nicht spielst!« sagte Frau von Taußig. »Du siehst nicht aus wie einer, der Glück im Spiel hat!«

Er war gekränkt. Sofort faßte ihn die Begierde, zu beweisen, daß er Glück habe, überall! Er begann, geheime Pläne zu brüten, für heute, jetzt, für diese Nacht. Seine Umarmungen waren gleichsam vorläufige Umarmungen, Proben einer Liebe, die er morgen geben wollte, als ein Mann, nicht nur ausgezeichnet, sondern auch mächtig. Er dachte an die Zeit, sah auf die Uhr und überlegte schon eine Ausflucht, um nicht zu spät fortzukommen. Frau Wally schickte ihn selbst weg. »Es wird spät, du mußt gehen!« »Morgen vormittag!« »Morgen vormittag!«

Der Hotelportier nannte einen Spielsaal in der Nähe. Man begrüßte den Leutnant mit geschäftiger Höflichkeit. Er sah ein paar höhere Offiziere und blieb vor ihnen in der vorgeschriebenen Erstarrung stehen. Lässig winkten sie ihm zu, verständnislos starrten sie ihn an, als begriffen sie überhaupt nicht, daß man sie militärisch behandle; als wären sie längst nicht mehr Angehörige der Armee und nur noch nachlässige Träger ihrer Uniformen; und als weckte dieser ahnungslose Neuling in ihnen eine sehr ferne Erinnerung an eine sehr ferne Zeit, in der sie noch Offiziere gewesen waren. Sie befanden sich in einer anderen, vielleicht in einer geheimeren Abteilung ihres Lebens, und nur noch ihre Kleider und Sterne erinnerten an ihr gewöhnliches, alltägliches Leben, das morgen mit dem anbrechenden Tag wieder beginnen würde. Der Leutnant überzählte seine Barschaft, sie betrug hundertundfünfzig Kronen. Er legte, wie er es beim Hauptmann Wagner gesehen hatte, fünfzig Kronen in die Tasche, den Rest in das Zigarettenetui. Eine Weile saß er an einem der beiden Roulettetische, ohne zu setzen – Karten kannte er zu wenig, und er wagte sich nicht an sie. Er war ganz ruhig und über seine Ruhe erstaunt. Er sah die roten, weißen, blauen Häufchen der Spielmarken kleiner werden, größer werden, hierhin- und dorthinrükken. Aber es fiel ihm nicht ein, daß er eigentlich gekommen war, um sie alle an seinen Platz wandern zu sehen. Er entschloß sich endlich zu setzen, und es war nur wie eine Pflicht. Er gewann. Er setzte die Hälfte des Gewinstes und gewann noch einmal. Er sah nicht nach den Farben und nicht nach den Zahlen. Er setzte gleichmütig irgendwohin. Er gewann. Er setzte den ganzen Gewinn. Er gewann zum viertenmal. Ein Major gab ihm einen Wink. Trotta stand auf. Der Major: »Sie sind zum erstenmal hier. Sie haben tausend Kronen gewonnen. Es ist besser, Sie gehn gleich!« »Jawohl, Herr Major!« sagte Trotta und ging gehorsam. Als er die Marken eintauschte, tat es ihm leid, daß er dem Major gehorcht hatte. Er zürnte sich, weil er imstande war, jedem Beliebigen zu gehorchen. Weshalb ließ er sich wegschicken? Und warum hatte er nicht mehr den Mut zurückzukehren? Er ging, unzufrieden mit sich und unglücklich über seinen ersten Gewinn.

Es war schon spät und so still, daß man die Schritte einzelner Fußgänger aus entfernten Straßen hörte. An dem

Streifen des Himmels über der schmalen, von hohen Häusern gesäumten Gasse zwinkerten fremd und friedlich die Sterne. Eine dunkle Gestalt bog um die Ecke und kam dem Leutnant entgegen. Sie schwankte, es war ein Betrunkener, ohne Zweifel. Der Leutnant erkannte ihn sofort: Es war der Maler Moser, der seine gewöhnliche Runde durch die nächtlichen Straßen der inneren Stadt machte, mit Mappe und Schlapphut. Er salutierte mit einem Finger und begann, seine Bilder anzubieten. »Lauter Mädchen in allen Positionen!« Carl Joseph blieb stehen. Er dachte, daß ihm das Schicksal selbst den Maler Moser entgegenschickte. Er wußte nicht, daß er seit Jahren jede Nacht um die gleiche Stunde den Professor in irgendeiner Gasse der inneren Stadt hätte treffen können. Er zog die aufgesparten fünfzig Kronen aus der Tasche und gab sie dem Alten. Er tat es, als hätte es ihm jemand lautlos geboten; wie man einen Befehl vollführt. So wie er, so wie er, dachte er, »er ist ganz glücklich, er hat ganz recht!« Er erschrak über seinen Einfall. Er suchte nach den Gründen, denen zufolge der Maler Moser recht haben sollte, fand keine, erschrak noch mehr und verspürte schon den Durst nach Alkohol, den Durst der Trinker, der ein Durst der Seele und des Körpers ist. Plötzlich sieht man wenig wie ein Kurzsichtiger, hört schwach wie ein Schwerhöriger. Man muß sofort, auf der Stelle, ein Glas trinken. Der Leutnant kehrte um, hielt den Maler Moser auf und fragte: »Wo können wir trinken?«

Es gab ein nächtliches Gasthaus, nicht weit von der Wollzeile. Dort bekam man Sliwowitz, leider war er fünfundzwanzig Prozent schwächer als der Neunziggrädige. Der Leutnant und der Maler setzten sich und tranken. Allmählich wurde es Trotta klar, daß er längst nicht mehr der Meister seines Glücks war, längst nicht mehr ein ausgezeichneter Mann von allerhand Tugenden. Arm und elend war er vielmehr und voller Wehmut über seinen Gehorsam gegenüber einem Major, der ihn verhindert hatte, Hunderttausende zu gewinnen. Nein! Fürs Glück war er nicht geschaffen! Frau von Taußig und der Major aus dem Spielsaal und überhaupt alle, alle machten sich über ihn lustig. Nur dieser eine, der Maler Moser (man konnte ihn schon ruhig einen Freund nennen), war aufrichtig, ehrlich und treu. Man sollte sich ihm zu erkennen geben! Dieser ausgezeichnete Mann war der älteste und der einzige Freund seines Vaters. Man sollte sich seiner nicht schämen. Er hatte den Großvater gemalt! Der Leutnant tat einen tiefen Atemzug, um aus der Luft Mut zu schöpfen, und sagte: »Wissen Sie eigentlich, daß wir uns schon lange kennen?« Der Maler Moser reckte den Kopf, ließ seine Augen unter den buschigen Brauen blitzen und fragte: »Wir – uns – lange – kennen? Persönlich? Denn so, als Maler, kennen Sie mich natürlich! Als Maler bin ich weithin bekannt. Ich bedaure, ich bedaure, ich fürchte, Sie irren sich! Oder« – Moser wurde bekümmert – »ist es möglich, daß man mich verwechselt?«

»Ich heiße Trotta!« sagte der Leutnant.

Maler Moser schaute aus blicklosen, gläsernen Augen auf den Leutnant und streckte die Hand aus. Dann brach ein donnerndes Jauchzen aus ihm. Er zog den Leutnant an der Hand halb über den Tisch zu sich, beugte sich ihm entgegen, und so, in der Mitte des Tisches, küßten sie sich brüderlich und ausdauernd.

»Und was macht er, dein Vater?« fragte der Professor. »Ist er noch im Amt? Ist er schon Statthalter? Hab' nie mehr was von ihm gehört! Vor einiger Zeit hab' ich ihn hier getroffen im Volksgarten, da hat er mir Geld gegeben, da war er nicht allein, da war er mit seinem Sohn, dem Bürscherl – aber halt, das bist du ja eben.«

»Ja, das war ich damals«, sagte der Leutnant. »Es ist schon lange her, es ist schon sehr, sehr lange her.«

Er erinnerte sich an den Schrecken, den er damals gefühlt hatte, beim Anblick der klebrigen und roten Hand auf dem väterlichen Schenkel.

»Ich muß dich um Vergebung bitten, ja, um Vergebung!« sagte der Leutnant. »Ich hab' dich damals miserabel behandelt, miserabel hab' ich dich behandelt! Vergib mir, lieber Freund!«

»Ja, miserabel!« bestätigte Moser. »Ich verzeihe dir!

Kein Wort mehr davon! Wo wohnst du? Ich will dich begleiten!«

Man schloß das Gasthaus. Arm in Arm wankten sie durch die stillen Gassen. »Hier bleibe ich«, murmelte der Maler. »Hier meine Adresse! Besuch mich morgen, mein Junge!« Und er gab dem Leutnant eine seiner unmäßigen Geschäftskarten, die er in den Kaffeehäusern zu verteilen pflegte.

XIV

Der Tag, an dem der Leutnant in seine Garnison zurückfahren mußte, war ein betrüblicher und zufällig auch ein trüber Tag. Er ging noch einmal über die Straßen, durch die zwei Tage früher die Prozession gezogen war. Damals, dachte der Leutnant (damals, dachte er), war er eine kurze Stunde stolz auf sich und seinen Beruf gewesen. Heute aber schritt der Gedanke an seine Rückkehr neben ihm einher wie ein Wächter neben einem Gefangenen. Zum erstenmal lehnte sich der Leutnant Trotta gegen das militärische

Gesetz auf, das sein Leben beherrschte. Er gehorchte seit seiner frühesten Knabenzeit. Und er wollte nicht mehr gehorchen. Er wußte zwar keineswegs, was die Freiheit bedeutete; aber er fühlte, daß sie sich von einem Urlaub unterscheiden mußte wie etwa ein Krieg von einem Manöver. Dieser Vergleich fiel ihm ein, weil er ein Soldat war (und weil der Krieg die Freiheit des Soldaten ist). Es kam ihm in den Sinn, daß die Munition, die man für die Freiheit brauche, das Geld sei. Die Summe aber, die er bei sich trug, glich gewissermaßen den blinden Patronen, die man in den Manövern abfeuerte. Besaß er überhaupt etwas? Konnte er sich Freiheit leisten? Hatte sein Großvater, der Held von Solferino, ein Vermögen hinterlassen? Würde er es einmal von seinem Vater erben? Niemals waren ihm früher derlei Überlegungen bekannt gewesen! Jetzt flogen sie ihm zu wie eine Schar fremder Vögel, nisteten sich in seinem Gehirn ein und flatterten unruhig darin herum. Jetzt vernahm er alle verwirrenden Rufe der großen Welt. Seit gestern wußte er, daß Chojnicki in diesem Jahr früher als gewöhnlich seine Heimat verlassen und noch in dieser Woche mit seiner Freundin nach dem Süden fahren wolle. Und er lernte die Eifersucht auf einen Freund kennen; und sie beschämte ihn doppelt. Er fuhr an die nordöstliche Grenze. Aber die Frau und der Freund fuhren nach dem Süden. Und der »Süden«, der bis zu dieser Stunde eine geographische Bezeichnung gewesen war, erglänzte in allen betörenden Farben eines unbekannten Paradieses. Der Süden lag in einem fremden Land! Und siehe da: Es gab also fremde Länder, die Kaiser Joseph dem Ersten nicht untertan waren, die ihre eigenen Armeen hatten, mit vieltausenden Leutnants in kleinen und großen Garnisonen. In diesen andern Ländern bedeutete der Name des Helden von Solferino gar nichts.

Auch dort gab es Monarchen. Und diese Monarchen hatten ihre eigenen Lebensretter. Es war höchst verwirrend, solchen Gedanken nachzugehen; für einen Leutnant der Monarchie genauso verwirrend wie etwa für unsereinen die Überlegung, daß die Erde nur einer von Millionen und Abermillionen Weltkörpern sei, daß es noch unzählige Sonnen auf der Milchstraße gebe und daß jede der Sonnen ihre eigenen Planeten habe und daß man also selbst ein sehr armseliges Individuum wäre, um nicht ganz grob zu sagen: ein Häufchen Dreck!

Von seinem Gewinn besaß der Leutnant noch siebenhundert Kronen. Einen Spielsaal noch einmal aufzusuchen, hatte er nicht mehr gewagt; nicht allein aus Angst vor jenem unbekannten Major, der vielleicht vom Stadtkommando bestellt war, jüngere Offiziere zu überwachen, sondern auch aus Angst vor der Erinnerung an seine klägliche Flucht. Ach! Er wußte wohl, daß er noch hundertmal sofort jeden Spielsaal verlassen würde, dem Wunsch und Wink eines Höheren gehorchend. Und wie ein Kind in einer Krankheit verlor er sich mit einem gewissen Wohlbehagen in der schmerzlichen Erkenntnis, daß er unfähig sei, das Glück zu zwingen. Er bedauerte sich außerordentlich. Und es tat ihm in dieser Stunde wohl, sich zu bedauern. Er trank einige Schnäpse. Und sofort fühlte er sich heimisch in seiner Ohnmacht. Und wie einem Menschen, der sich in eine Haft oder in ein Kloster begibt, erschien dem Leutnant das Geld, das er bei sich trug, bedrückend und überflüssig. Er beschloß, es auf einmal auszugeben. Er ging in den Laden, in dem ihm sein Vater die silberne Tabatiere gekauft hatte, und erstand eine Perlenkette für seine Freundin. Blumen in der Hand, die Perlen in der Hosentasche und mit einem kläglichen Gesicht trat er vor Frau von Taußig. »Ich hab' dir was gebracht«, gestand er, als hätte er sagen wollen: Ich hab' was für dich gestohlen! Es kam ihm vor, daß er zu Unrecht eine fremde Rolle spiele, die Rolle eines Weltmannes. Und erst in dem Augenblick, da er sein Geschenk in der Hand hielt, fiel ihm ein, daß es lächerlich übertrieben war, ihn selbst erniedrigte und die reiche Frau vielleicht beleidigte. »Ich bitte, es zu entschuldigen!« sagte er also. »Ich wollte eine Kleinigkeit kaufen – aber –« Und er wußte nichts mehr. Und er wurde rot. Und er senkte die Augen.

Ach! Er kannte nicht die Frauen, die das Alter nahen sehen, der Leutnant Trotta! Er wußte nicht, daß sie jedes Geschenk wie eine Zaubergabe empfangen, die sie verjüngt, und daß ihre klugen und sehnsüchtigen Augen ganz anders schätzen! Frau von Taußig liebte ja übrigens diese Hilflosigkeit, und je deutlicher seine Jugend wurde, desto jünger wurde sie selbst! Und also flog sie, klug und ungestüm, an seinen Hals, küßte ihn wie ein eigenes Kind, weinte, weil sie ihn nun verlieren sollte, lachte, weil sie ihn noch hielt, und auch ein wenig, weil die Perlen so schön waren, und sagte, durch eine heftige, prachtvolle Flut von Tränen: »Du bist lieb, sehr lieb, mein Junge!« Sie bereute sofort diesen Satz, insbesondere die Worte: mein Junge! Denn sie machten sie älter, als sie in diesem Augenblick tatsächlich war. Zum Glück konnte sie gleich darauf bemerken, daß er stolz war, wie auf eine Auszeichnung, die ihm der Oberste Kriegsherr selbst verliehen hätte. Er ist zu jung, dachte sie, um zu wissen, wie alt ich bin! ...

Aber um auch ihr wirkliches Alter zu vernichten, auszurotten, in dem Meer ihrer Leidenschaft zu versenken, griff sie nach den Schultern des Leutnants, deren zarte und warme Knochen schon ihre Hände zu verwirren begannen, und zog ihn zum Sofa. Sie überfiel ihn mit ihrer gewaltsamen Sehnsucht, jung zu werden. In heftigen Flammenbögen brach die Leidenschaft aus ihr, fesselte den Leutnant und unterjochte ihn. Ihre Augen blinzelten dankbar und selig das junge Angesicht des Mannes über dem ihrigen an. Sein Anblick allein verjüngte sie. Und ihre Wollust, eine ewig junge Frau zu bleiben, war so groß wie ihre Wollust zu lieben. Eine Weile glaubte sie, niemals von diesem Leutnant lassen zu können. Einen Augenblick später sagte sie allerdings: »Schade, daß du heute fährst! ...«

»Werd' ich dich nie mehr sehen?« fragte er, fromm, ein junger Liebhaber.

»Wart auf mich, ich komm' wieder!« Und: »Betrüg mich nicht!« fügte sie schnell hinzu, mit der Furcht der alternden Frau vor der Untreue und vor der Jugend der anderen.

»Ich liebe nur dich!« antwortete aus ihm die ehrliche Stimme eines jungen Mannes, dem nichts so wichtig erscheint wie die Treue.

Das war ihr Abschied.

Leutnant Trotta fuhr zur Bahn, kam zu früh und mußte lange warten. Ihm war es aber, als führe er schon. Jede Minute, die er noch in der Stadt zugebracht hätte, wäre peinvoll, vielleicht sogar schmachvoll gewesen. Er milderte den Zwang, der ihn befehligte, indem er sich den Anschein gab, ein wenig früher wegzufahren, als er mußte. Er konnte endlich einsteigen. Er verfiel in einen glücklichen, selten unterbrochenen Schlaf und erwachte erst kurz vor der Grenze.

Sein Bursche Onufrij erwartete ihn und berichtete, daß Aufruhr in der Stadt herrsche. Die Borstenarbeiter demonstrierten, und die Garnison hatte Bereitschaft.

Leutnant Trotta begriff jetzt, warum Chojnicki die Gegend so früh verlassen hatte. Da fuhr er also »nach dem Süden« mit Frau von Taußig! Und man war ein schwacher Gefangener und konnte nicht sofort umkehren, den Zug besteigen und zurückfahren!

Vor dem Bahnhof warteten heute keine Wagen. Leutnant Trotta ging also zu Fuß. Hinter ihm ging Onufrij, den Ranzen in der Hand. Die kleinen Kramläden des Städtchens waren geschlossen. Eiserne Balken verrammelten die hölzernen Türen und Fensterläden der niedrigen Häuser. Gendarmen patrouillierten mit aufgepflanzten Bajonetten. Man hörte keinen Laut, außer dem gewohnten Quaken der Frösche aus den Sümpfen. Den Staub, den diese sandige Erde unermüdlich erzeugte, hatte der Wind aus vollen Händen über Dächer, Mauern, Staketenzäune, das hölzerne Pflaster und die vereinzelten Weiden geschüttet. Ein Staub von Jahrhunderten schien über dieser vergessenen Welt zu liegen. Man sah keinen Einwohner in den Gassen, und man konnte glauben, sie seien alle hinter ihren verriegelten Türen und Fenstern von einem plötzlichen Tod überfallen worden. Doppelte Wachtposten standen vor der Kaserne. Hier wohnten seit gestern alle Offiziere, und Brodnitzers Hotel stand leer.

Leutnant Trotta meldete seine Rückkehr beim Major Zoglauer. Von diesem Vorgesetzten erfuhr er, daß ihm die Reise wohlgetan habe. Nach den Begriffen eines Mannes, der schon länger als ein Jahrzehnt an der Grenze diente, konnte eine Reise nicht anders als wohltun. Und als handelte es sich um eine ganz alltägliche Angelegenheit, sagte der Major dem Leutnant, daß ein Zug Jäger morgen früh ausrücken und an der Landstraße, gegenüber der Borstenfabrik, Aufstellung nehmen sollte, um gegebenenfalls gegen »staatsgefährliche Umtriebe« der streikenden Arbeiter mit der Waffe vorzugehen. Diesen Zug sollte der Leutnant Trotta kommandieren. Es sei eigentlich eine Kleinigkeit und Anlaß vorhanden, anzunehmen, daß die Gendarmerie genüge, um die Leute in gehörigem Respekt zu halten; man müsse nur kaltes Blut bewahren und nicht zu früh vorgehen; endgültig aber würde die politische Behörde darüber zu entscheiden haben, ob die Jäger vorzugehen hätten oder nicht; dies sei für einen Offizier gewiß nicht sehr angenehm; denn wie käme man schließlich dazu, sich etwas von einem Bezirkskommissär sagen zu lassen? Schließlich aber sei diese delikate Aufgabe auch eine Art Auszeichnung für den jüngsten Leutnant des Bataillons; und endlich hätten die anderen Herren keinen Urlaub gehabt, und das einfachste Gebot der Kameradschaftlichkeit würde fordern, und so weiter …

»Jawohl, Herr Major!« sagte der Leutnant und trat ab.

Gegen den Major Zoglauer war gar nichts einzuwenden. Er hatte den Enkel des Helden von Solferino fast gebeten, statt ihm zu befehlen. Der Enkel des Helden von Solferino hatte ja auch einen unerwarteten, herrlichen Urlaub gehabt. Er ging jetzt quer über den Hof in die Kantine. Für ihn hatte das Schicksal diese politische Demonstration vorbereitet. Deshalb war er an die Grenze gekommen. Er glaubte jetzt genau zu wissen, daß ein tückisch berechnendes Schicksal besonderer Art ihm zuerst den Urlaub beschert hatte, um ihn hierauf zu vernichten. Die anderen saßen in der Kantine, begrüßten ihn mit dem übertriebenen Jubel, der mehr ihrer Neugier, »etwas zu erfahren«, entsprang als ihrer Herzlichkeit für den Heimgekehrten, und fragten auch, alle gleichzeitig, wie »es« gewesen sei. Nur der Hauptmann Wagner sagte: »Wenn morgen alles vorbei ist, kann er's ja erzählen!« Und alle schwiegen plötzlich.

»Wenn ich morgen erschlagen werde?« sagte der Leutnant Trotta zu Hauptmann Wagner.

»Pfui, Teufel!« erwiderte der Hauptmann. »Ein ekelhafter Tod. Eine ekelhafte Sache überhaupt! Dabei sind's arme Teufel. Und vielleicht haben sie am End' recht!«

Es war dem Leutnant Trotta noch nicht eingefallen, daß es arme Kerle seien und daß sie recht haben konnten. Die Bemerkung des Hauptmanns erschien ihm nun trefflich, und er zweifelte nicht mehr daran, daß es arme Teufel waren. Er trank also zwei Neunziggrädige und sagte: »Dann werd' ich also einfach nicht schießen lassen! Auch nicht mit gefälltem Bajonett vorgehen! Die Gendarmerie soll selber dazuschaun, wie sie fertig wird.«

»Du wirst tun, was du mußt! Du weißt's ja selbst!«

Nein! Carl Joseph wußte es nicht in diesem Augenblick. Er trank. Und er geriet sehr schnell in jenen Zustand, in dem er sich alles nur Erdenkliche zutrauen konnte. Gehorsamsverweigerung, Austritt aus der Armee und gewinnreiches Hasardspiel. Auf seinen Wegen sollte kein Toter mehr liegen! »Verlaß diese Armee!« hatte Doktor Max Demant gesagt. Lange genug war der Leutnant ein Schwächling gewesen! Statt aus der Armee auszutreten, hatte er sich an die Grenze transferieren lassen. Nun sollte alles ein Ende haben. Man ließ sich nicht morgen zu einer Art gehobenem Wachmann degradieren! Übermorgen wird man vielleicht Straßendienst machen und den Fremden Auskünfte erteilen müssen! Lächerlich, dieses Soldatenspiel im Frieden! Niemals wird es einen Krieg geben! Verfaulen wird man in den Kantinen! Er aber, der Leutnant Trotta: wer weiß, ob er nicht schon nächste Woche um diese Stunde im »Süden« sitzen wurde!

All das sagte er zu Hauptmann Wagner, eifrig, mit lauter Stimme. Ein paar Kameraden umringten ihn und hörten zu. Einigen stand der Sinn durchaus nicht nach Krieg. Die meisten wären mit allem zufrieden gewesen, wenn sie etwas höhere Gagen, etwas bequemere Garnisonen und etwas schnellere Avancements gehabt hätten. Manchen war Leutnant Trotta fremd und auch ein wenig unheimlich vorgekommen. Er war ein Protektionskind. Er kam eben von einem herrlichen Ausflug zurück. Wie? Und es paßte ihm nicht, morgen auszurücken?

Leutnant Trotta fühlte rings um sich eine feindselige Stille. Zum erstenmal, seitdem er in der Armee diente, beschloß er, seine Kameraden herauszufordern. Und da er wußte, was sie am bittersten kränken mußte, sagte er: »Vielleicht lass' ich mich in die Stabsschul' schicken!«

Gewiß, warum nicht? sagten sich die Offiziere. Er war von der Kavallerie gekommen, er konnte auch zur Stabsschule gehen! Er würde bestimmt die Prüfungen machen und sogar außertourlich General werden, in einem Alter, in dem ihresgleichen gerade Hauptmann wurde und Sporen anlegen durfte. Es konnte ihm also nicht schaden, morgen zu dem Pallawatsch auszurücken!

Er mußte am nächsten Tag schon zu früher Stunde ausrücken. Denn die Armee selbst regelte den Gang der Stunden. Sie ergriff die Zeit und stellte sie auf den Platz, der ihr nach militärischem Ermessen gebührte. Obwohl die »staatsgefährlichen Umtriebe« erst gegen Mittag zu erwarten waren, marschierte Leutnant Trotta schon um acht Uhr morgens auf der breiten, staubigen Landstraße auf. Hinter den sauberen, regelmäßigen Gewehrpyramiden, die friedlich und gefährlich zugleich aussahen, lagen, standen und wandelten die Soldaten. Die Lerchen schmetterten, die Grillen sirrten, die Mücken summten. Auf den fernen Feldern konnte man die bunten Kopftücher der Bäuerinnen leuchten sehen. Sie sangen. Und manchmal antworteten ihnen die Soldaten, die in dieser Gegend geboren waren, mit denselben Liedern. Sie hätten wohl gewußt, was sie drüben auf den Feldern zu tun hatten! Aber worauf sie hier warteten, verstanden sie nicht. War's schon der Krieg? Sollten sie heute mittag schon sterben?

Es gab in der Nähe eine kleine Dorfschenke. Dorthin ging Leutnant Trotta, einen Neunziggrädigen trinken. Die niedere Schankstube war voll. Der Leutnant erkannte, daß hier die Arbeiter saßen, die sich um zwölf Uhr vor der Fabrik versammeln sollten. Alle Welt verstummte, als er eintrat, klirrend und schrecklich gegürtet. Er blieb an der Theke stehen. Langsam, allzu langsam hantierte der Wirt mit Flasche und Gläschen. Hinter dem Rücken Trottas stand das Schweigen, ein massives Gebirge aus Stille. Er leerte das Glas auf einen Zug. Er fühlte, daß sie alle warteten, bis er wieder draußen wäre. Und er hätte ihnen gern gesagt, daß er nichts dafür könne. Aber er war weder imstande, ihnen etwas zu sagen, noch auch, sofort hinauszugehen. Er wollte nicht furchtsam erscheinen, und er trank noch mehrere Schnäpse hintereinander. Sie schwiegen noch immer. Vielleicht machten sie sich Zeichen hinter seinem Rücken. Er wandte sich nicht um. Er verließ schließlich das Wirtshaus und glaubte zu fühlen, daß er sich an dem harten Felsen aus Stille vorbeizwängte; und Hunderte Blicke steckten in seinem Nacken wie finstere Lanzen.

Als er wieder seinen Zug erreichte, schien es ihm geboten, »Vergatterung!« zu kommandieren, obwohl es erst zehn Uhr vormittag war. Er langweilte sich, und er hatte auch gelernt, daß die Truppe durch Langeweile demoralisiert werde und daß Gewehrübungen ihre Sittlichkeit heben. Im Nu stand sein Zug vor ihm in den vorschriftsmäßigen zwei Reihen, und auf einmal, und wohl zum erstenmal in seinem soldatischen Leben, kam es ihm vor, daß die exakten Gliedmaßen der Männer tote Bestandteile toter Maschinen waren, die gar nichts erzeugten. Der ganze Zug stand reglos, und alle Männer hielten den Atem an. Aber dem Leutnant Trotta, der soeben das wuchtige und finstere Schweigen der Arbeiter in der Schenke hinter seinem Rücken gespürt hatte, wurde es plötzlich klar, daß es zwei Arten von Stille geben könne. Und vielleicht, dachte er weiter, gab es mehrere Arten von Stille, wie es so viele Arten von Geräuschen gab? Niemand hatte den Arbeitern, als er die Schenke betrat, Vergatterung kommandiert. Dennoch waren sie auf einmal verstummt. Und aus ihrem Schweigen strömte ein finsterer und lautloser Haß, wie manchmal aus den trächtigen und unendlich schweigsamen Wolken die lautlose, elektrische Schwüle des noch vorhandenen Gewitters strömt.

Leutnant Trotta lauschte. Aber aus dem toten Schweigen seines reglosen Zuges strömte gar nichts. Ein steinernes Gesicht stand neben dem andern. Die meisten erinnerten ein wenig an seinen Burschen Onufrij. Sie hatten breite Münder und schwere Lippen, die sich kaum schließen konnten, und schmale, helle Augen ohne Blicke. Und wie er so vor seinem Zuge stand, der arme Leutnant Trotta, überwölbt vom blauen Glanz des Frühsommertages, umschmettert von den Lerchen, umsirrt von den Grillen und mitten im Summen der Mücken, und dennoch die tote Schweigsamkeit seiner Soldaten stärker zu hören glaubte als alle Stimmen des Tages, überfiel ihn die Gewißheit, daß er nicht hierhergehöre. Wohin eigentlich sonst? fragte er sich, während der Zug auf seine weiteren Kommandos wartete. Wohin sonst gehöre ich? Nicht zu jenen, die dort in der Schenke sitzen! Nach Sipolje vielleicht? Zu den Vätern meiner Väter? Der Pflug gehört in meine Hand und nicht der Säbel? Und der Leutnant ließ seine Mannschaft in der reglosen Habt-acht-Stellung.

»Ruht!« kommandierte er endlich. »Gewehr bei Fuß! Abtreten!«

Und es war wie zuvor. Hinter den Gewehrpyramiden lagen die Soldaten. Von den fernen Feldern her kam der Gesang der Bäuerinnen. Und die Soldaten antworteten ihnen mit den gleichen Liedern.

Aus der Stadt marschierte die Gendarmerie heran, drei verstärkte Wachtposten, begleitet vom Bezirkskommissär Horak. Leutnant Trotta kannte ihn. Er war ein guter Tänzer, schlesischer Pole, flott und bieder zu gleicher Zeit, und er erinnerte, ohne daß jemand seinen Vater gekannt hätte, dennoch an diesen. Und sein Vater war ein Briefträger gewesen. Heute trug er, wie es Vorschrift im Dienst war, die Uniform, schwarz-grün mit violetten Aufschlägen, und den Degen. Sein kurzer, blonder Schnurrbart leuchtete weizengolden, und von seinen rosigen, vollen Wangen duftete weithin der Puder. Er war fröhlich wie ein Sonntag und eine Parade. »Ich habe Auftrag«, sagte er zum Leutnant Trotta, »die Versammlung sofort aufzulösen. Dann sind Sie bereit, Herr Leutnant.« Er ordnete seine Gendarmen rings um den wüsten Platz vor der Fabrik, auf dem die Versammlung stattfinden sollte. Leutnant Trotta sagte: »Ja!« und wandte ihm den Rücken.

Er wartete. Er hätte gerne noch einen Neunziggrädigen getrunken, aber er konnte nicht mehr in die Schenke. Er sah den Oberjäger, den Zugsführer, den Unterjäger in der Schenke verschwinden und wieder zurückkommen. Er streckte sich ins Gras am Wegrand und wartete. Der

Tag wurde immer voller, die Sonne stieg höher, und die Lieder der Bäuerinnen auf den fernen Feldern verstummten. Eine unendlich lange Zeit schien dem Leutnant Trotta seit seiner Rückkehr aus Wien verstrichen. Aus jenen fernen Tagen sah er nur noch die Frau, die heute schon im »Süden« sein mochte, die ihn verlassen hatte: Er dachte: verraten. Da lag er nun in der Grenzgarnison am Wegrand und wartete – nicht auf den Feind, sondern auf die Demonstranten.

Sie kamen. Sie kamen aus der Richtung der Schenke. Ihnen voran wehte ihr Gesang, ein Lied, das der Leutnant noch niemals gehört hatte. In dieser Gegend hatte man es noch kaum gehört. Es war die Internationale, in drei Sprachen gesungen. Der Bezirkskommissär Horak kannte es, berufsmäßig. Der Leutnant Trotta verstand kein Wort. Aber ihm schien die Melodie jene in Musik verwandelte Stille zu sein, die er vorher im Rücken gespürt hatte. Feierliche Aufregung bemächtigte sich des flotten Bezirkskommissärs. Er lief von einem Gendarmen zum andern. Notizbuch und Bleistift in der Hand. Noch einmal kommandierte Trotta: »Vergatterung!« Und wie eine auf Erden gefallene Wolke zog die dichte Gruppe der Demonstranten an dem starrenden, doppelten Zaun der zwei Reihen Jäger vorbei. Den Leutnant ergriff eine dunkle Ahnung vom Untergang der Welt. Er erinnerte sich an den bunten Glanz der Fronleichnamsprozession, und einen kurzen Augenblick schien es ihm, als wallte die finstere Wolke der Rebellen jenem kaiserlichen Zug entgegen. Für die Dauer eines einzigen hurtigen Augenblicks kam über den Leutnant die erhabene Kraft, in Bildern zu schauen; und er sah die Zeiten wie zwei Felsen gegeneinanderrollen, und er selbst, der Leutnant, ward zwischen beiden zertrümmert.

Sein Zug schulterte das Gewehr, während drüben, von unsichtbaren Händen gehoben, Kopf und Oberkörper eines Mannes über dem dichten schwarzen und unaufhörlich bewegten Kreis der Menge erschienen. Alsbald bildete der schwebende Körper fast den genauen Mittelpunkt des Kreises. Seine Hände hoben sich in die Luft. Aus seinem Munde hallten unverständliche Laute. Die Menge schrie. Neben dem Leutnant, Notizbuch und Bleistift in der Hand, stand der Kommissär Horak. Auf einmal klappte er sein Buch zu und schritt gegen die Menge auf die andere Seite der Straße, langsam zwischen zwei funkelnden Gendarmen.

»Im Namen des Gesetzes!« rief er. Seine helle Stimme übertönte den Redner. Die Versammlung war aufgelöst.

Eine Sekunde war es still. Dann brach ein einziger Schrei aus allen Menschen. Neben den Gesichtern erschienen die weißen Fäuste der Männer, jedes Gesicht flankiert von zwei Fäusten. Die Gendarmen schlossen sich zur Kette. Im nächsten Augenblick war der Halbbogen der Menschen in Bewegung. Alle liefen schreiend gegen die Gendarmen.

»Fällt das Bajonett!« kommandierte Trotta. Er zog den Säbel. Er konnte nicht sehen, daß seine Waffe in der Sonne aufblitzte und einen flüchtigen, spielerischen und aufreizenden Widerschein über die im Schatten liegende Seite der Straße warf, auf der sich die Menge befand. Die Helmknäufe der Gendarmen und ihre Bajonettspitzen waren plötzlich in der Menge untergegangen. »Direktion die Fabrik!« kommandierte Trotta. »Zug Marsch!« Die Jäger gingen vor, und ihnen entgegen flogen dunkle Gegenstände aus Eisen, braune Latten und weiße Steine, es pfiff und sauste, schnurrte und schnob. Leicht wie ein Wiesel rannte Horak neben dem Leutnant her und flüsterte: »Lassen Sie schießen, Herr Leutnant, um Gottes willen!«

»Zug halt!« kommandierte Trotta und: »Feuer!«

Die Jäger schossen, wie die Instruktionen Major Zoglauers gelautet hatten, die erste Salve in die Luft. Hierauf wurde es ganz still. Eine Sekunde lang konnte man alle friedlichen Stimmen des sommerlichen Mittags hören. Und man spürte das gütige Brüten der Sonne durch den Staub, den die Soldaten und die Menge aufgewirbelt hatten, und durch den verwehenden leichten Brandgeruch der abgeschossenen Patronen. Auf einmal schnitt die helle, heulende Stimme einer Frau durch den Mittag. Und da einige in der Menge offenbar glaubten, die Schreiende sei durch einen Schuß getroffen worden, begannen sie neuerlich, ihre wahllosen Geschosse gegen das Militär zu schleudern. Und den wenigen Schützen folgten sofort mehrere und schließlich alle. Und schon sanken ein paar Jäger in der ersten Reihe zu Boden, und während Leutnant Trotta ziemlich ratlos dastand, den Säbel in der Rechten, mit der Linken nach der Pistolentasche tastend, hörte er an der Seite die flüsternde Stimme Horaks: »Schießen! Lassen Sie um Gottes willen schießen!« In einer einzigen Sekunde rollten durch das aufgeregte Gehirn Leutnant Trottas Hunderte abgerissener Gedanken und Vorstellungen, manche gleichzeitig nebeneinander, und verworrene Stimmen in seinem Herzen geboten ihm, bald Mitleid zu haben, bald grausam zu sein, hielten ihm vor, was sein Großvater in dieser Lage getan hätte, drohten ihm, daß er im nächsten Augenblick selbst sterben würde, und ließen ihn zugleich den eigenen Tod als den einzig möglichen und wünschenswerten Ausgang dieses Kampfes erscheinen. Jemand hob seine Hand, wie er glaubte, eine fremde Stimme kommandierte aus ihm noch einmal: »Feuer!«, und er konnte noch sehen, daß diesmal die Gewehrläufe gegen die Menge gerichtet waren. Eine Sekunde später wußte er gar nichts mehr. Denn ein Teil der Menge, der zuerst geflohen zu sein schien oder sich den Anschein gegeben hatte zu fliehen, machte nur einen Umweg und kehrte im Lauf hinter dem Rücken der Jäger wieder, so daß der Zug Leutnant Trottas zwischen die zwei Gruppen geriet. Während die Jäger die zweite Salve abfeuerten, fielen Steine und genagelte Latten auf ihre Rücken und Nakken. Und von einer dieser Waffen auf den Kopf getroffen, sank Leutnant Trotta bewußtlos zu Boden. Man hieb noch mit allerhand Gegenständen auf den Liegenden ein. Die Jäger schossen nun ohne Kommando wahllos und nach allen Seiten gegen ihre Angreifer und zwangen sie also zur Flucht. Das Ganze hatte kaum drei Minuten gedauert. Als sich die Jäger unter dem Kommando des Unteroffiziers in Doppelreihen aufstellten, lagen im Staub der Landstraße verwundete Soldaten und Arbeiter, und es dauerte lange, ehe die Sanitätswagen kamen. Man brachte den Leutnant Trotta ins kleine Garnisonspital, stellte einen Schädelbruch und einen Bruch des linken Schlüsselbeins fest und befürchtete eine Gehirnentzündung. Ein offenbar sinnloser Zufall hatte dem Enkel des Helden von Solferino eine Verletzung am Schlüsselbein beschert. (Im übrigen hätte keiner von den Lebenden, der Kaiser vielleicht ausgenommen, wissen können, daß die Trottas ihren Aufstieg einer Schlüsselbeinverletzung des Helden von Solferino zu verdanken haben.)

Drei Tage später kam in der Tat eine Gehirnentzündung. Und man hätte gewiß den Bezirkshauptmann verständigt, wenn der Leutnant noch am Tage seiner Einlieferung in das Garnisonspital und nachdem er aus seiner Bewußtlosigkeit erwacht war, den Major nicht dringlichst gebeten hätte, dem Vater auf keinen Fall Mitteilung von dem Ereignis zu machen. Zwar war der Leutnant jetzt wieder ohne

Bewußtsein, und es war sogar Anlaß genug vorhanden, für sein Leben zu fürchten; aber der Major beschloß trotzdem, noch zu warten. So kam es, daß der Bezirkshauptmann erst zwei Wochen später von der Rebellion an der Grenze und von der unseligen Rolle erfuhr, die sein Sohn gespielt hatte. Er erfuhr es zuerst aus den Zeitungen, in die es durch die oppositionellen Politiker gekommen war. Denn die Opposition war entschlossen, die Armee, das Jägerbataillon und insbesondere den Leutnant Trotta, der den Befehl gegeben hatte zu feuern, für die Toten und Witwen und Waisen verantwortlich zu machen. Und dem Leutnant drohte in der Tat eine Art Untersuchung, das heißt: eine formal zur Beruhigung der Politiker angestellte Untersuchung, ausgeführt von Militärbehörden, und eine Veranlassung, den Angeklagten zu rehabilitieren und vielleicht sogar auf irgendeine Weise auszuzeichnen. Immerhin war der Bezirkshauptmann keineswegs beruhigt. Er telegraphierte sogar zweimal an seinen Sohn und einmal an den Major Zoglauer. Dem Leutnant ging es damals bereits besser. Er konnte sich noch nicht im Bett bewegen, aber sein Leben war nicht mehr gefährdet. Er schrieb an seinen Vater einen kurzen Bericht. Und er war im übrigen nicht um seine Gesundheit besorgt... Er dachte daran, daß wieder Tote auf seinem Wege lagen, und er war entschlossen, endlich den Abschied zu nehmen. Mit derlei Überlegungen beschäftigt, wäre es ihm unmöglich gewesen, seinen Vater zu sehen und zu sprechen, obwohl er sich nach ihm sehnte. Er hatte eine Art Heimweh nach dem Vater, aber er wußte zugleich, daß sein Vater nicht mehr seine Heimat war. Die Armee war nicht mehr sein Beruf. Und sosehr ihm vor dem Anlaß schauderte, der ihn ins Spital gebracht hatte, so sehr begrüßte er seine Krankheit, weil sie die Notwendigkeit hinausschob, Entschlüsse auszuführen. Er überließ sich dem traurigen Karbolgeruch, der schneeweißen Öde der Wände und des Lagers, dem Schmerz, dem Verbandswechsel, der strengen und mütterlichen Milde der Pfleger und den langweiligen Besuchen der ewig heiteren Kameraden. Er las ein paar jener Bücher wieder – seit der Kadettenzeit hatte er nichts mehr gelesen –, die ihm sein Vater als Privatlektüre einst aufgegeben hatte, und jede Zeile erinnerte ihn an den Vater und an die stillen, sommerlichen Sonntagvormittage und an Jacques, an Kapellmeister Nechwal und an den Radetzkymarsch.

Eines Tages besuchte ihn der Hauptmann Wagner, saß lange am Bett, ließ hier und da ein Wort fallen, stand auf und setzte sich wieder. Schließlich zog er seufzend einen Wechsel aus dem Rock und bat Trotta zu unterschreiben. Trotta unterschrieb. Es waren fünfzehnhundert Kronen. Kapturak hatte ausdrücklich Trottas Garantie gefordert. Hauptmann Wagner wurde sehr lebhaft, erzählte eine ausführliche Geschichte von einem Rennpferd, das er preiswert zu kaufen gedachte und das er in Baden laufen lassen wollte, fügte noch ein paar Anekdoten hinzu und ging sehr plötzlich weg.

Zwei Tage später erschien der Oberarzt bleich und bekümmert an Trottas Bett und erzählte, daß Hauptmann Wagner tot sei. Er hatte sich im Grenzwald erschossen. Er hinterließ einen Abschiedsbrief an alle Kameraden und einen herzlichen Gruß für Leutnant Trotta.

Der Leutnant dachte keineswegs an die Wechsel und an die Folgen seiner Unterschrift. Er verfiel in Fieber. Er träumte – und er sprach auch davon –, daß die Toten ihn riefen und daß es Zeit für ihn sei, von dieser Erde abzutreten. Der alte Jacques, Max Demant, Hauptmann Wagner und die unbekannten erschossenen Arbeiter standen in einer Reihe und riefen ihn. Zwischen ihm und den Toten stand ein leerer Roulettetisch, auf dem die Kugel, von keiner Hand bewegt, dennoch ohne Ende rotierte.

Zwei Wochen dauerte sein Fieber. Ein willkommener Anlaß für die Militärbehörde, die Untersuchung hinauszuschieben und mehreren politischen Stellen bekanntzugeben, daß die Armee ebenfalls Opfer zu beklagen habe und daß die politische Behörde des Grenzorts die Verantwortung trüge und daß die Gendarmerie rechtzeitig hätte verstärkt werden müssen. Es entstanden unermeßlich große Akten über den Fall Leutnant Trottas, und die Akten wuchsen, und jede Stelle jedes Amtes bespritzte sie noch mit etwas Tinte, wie man Blumen begießt, damit sie wachsen, und die ganze Angelegenheit wurde schließlich dem Militärkabinett des Kaisers unterbreitet, weil ein besonders umsichtiger Ober-Auditor entdeckt hatte, daß der Leutnant ein Enkel jenes verschollenen Helden von Solferino war, der in ganz vergessenen, jedenfalls aber intimen Beziehungen zum Allerhöchsten Kriegsherrn gestanden hatte; und daß also dieser Leutnant allerhöchste Stellen interessieren müßte; und daß es besser wäre abzuwarten, ehe man eine Untersuchung begänne.

So mußte sich der Kaiser, der soeben aus Ischl zurückgekehrt war, eines Morgens um sieben Uhr mit einem gewissen Carl Joseph Freiherrn von Trotta und Sipolje beschäftigen. Und da der Kaiser schon alt war, wenn auch durch den Aufenthalt in Ischl erholt, konnte er es sich nicht erklären, weshalb er beim Lesen dieses Namens an die Schlacht bei Solferino denken mußte, und er verließ seinen Schreibtisch und ging mit kurzen Greisenschritten in seinem dürftigen Arbeitszimmer auf und ab, auf und ab, so daß es seinen alten Leibdiener verwunderte und daß dieser, unruhig geworden, an die Tür klopfte.

»Herein!« sagte der Kaiser. Und als er seinen Diener erblickte: »Wann kommt denn der Montenuovo?«

»Majestät, um acht Uhr!«

Es war noch eine halbe Stunde bis acht. Und der Kaiser glaubte, diesen Zustand nicht mehr ertragen zu können. Warum, warum erinnerte ihn nur der Name Trottas an Solferino? Und warum konnte er sich nicht mehr an die Zusammenhänge erinnern? War er denn schon so alt geworden? Seitdem er aus Ischl zurückgekehrt war, beschäftigte ihn die Frage, wie alt er eigentlich sei, denn es erschien ihm plötzlich merkwürdig, daß man zwar das Geburtsjahr vom laufenden Kalenderjahr subtrahieren müsse, um sein Alter zu wissen, daß aber die Jahre mit dem Monat Januar begannen und daß sein Geburtstag auf den achtzehnten August fiel! Ja, wenn die Jahre mit dem August begonnen hätten! Und wenn er zum Beispiel am achtzehnten Januar geboren worden wäre, dann wär's auch eine Kleinigkeit gewesen! So aber konnte man unmöglich genau wissen, ob man zweiundachtzig und im dreiundachtzigsten war oder dreiundachtzig und im vierundachtzigsten! Und er mochte nicht fragen, der Kaiser. Alle Welt hatte sowieso viel zu tun, und es lag auch gar nichts daran, ob man ein Jahr jünger oder älter war, und am Ende hätte man sich auch als ein Jüngerer nicht erinnert, warum dieser verflixte Trotta an Solferino gemahnte. Der Obersthofmeister wußte es. Aber er kam erst um acht Uhr! Vielleicht aber wußte es auch dieser Leibdiener?

Und der Kaiser hielt inne, in seinem trippelnden Lauf, und fragte den Diener:

»Sagen Sie mal: Kennen Sie den Namen Trotta?«

Der Kaiser hatte eigentlich du zu seinem Diener sagen wollen, wie er es oft tat, aber es handelte sich diesmal um die Weltgeschichte, und er hatte sogar Respekt vor jenen, die er um historische Ereignisse fragte.

»Trotta!« sagte der Leibdiener des Kaisers. »Trotta!«

Er war auch schon alt, der Diener, und er erinnerte sich ganz dunkel an ein Lesebuchstück mit der Überschrift: »Die Schlacht bei Solferino«. Und plötzlich erstrahlte die Erinnerung auf seinem Angesicht wie eine Sonne. »Trotta!« rief er, »Trotta! Der hat Majestät das Leben gerettet!«

Der Kaiser trat an den Schreibtisch. Durch das offene Fenster des Arbeitszimmers drang der Jubel der morgendlichen Vögel von Schönbrunn. Es schien dem Kaiser, daß er wieder jung sei, und er hörte das Knattern der Gewehre, und er glaubte sich an der Schulter ergriffen und zu Boden gerissen. Und auf einmal war ihm auch der Name Trotta sehr vertraut, genau wie der Name Solferino.

»Ja, ja«, sagte der Kaiser und winkte mit der Hand und schrieb an den Rand der Trottaschen Akten: »Günstig erledigen!«

Dann erhob er sich wieder und ging zum Fenster. Die Vögel jubelten; und der Alte lächelte ihnen zu, als ob er sie sähe.

XV

Der Kaiser war ein alter Mann. Er war der älteste Kaiser der Welt. Rings um ihn wandelte der Tod im Kreis, im Kreis und mähte und mähte. Schon war das ganze Feld leer, und nur der Kaiser, wie ein vergessener silberner Halm, stand noch da und wartete. Seine hellen und harten Augen sahen seit vielen Jahren verloren in eine verlorene Ferne.

Sein Schädel war kahl, wie eine gewölbte Wüste. Sein Bakkenbart war weiß, wie ein Flügelpaar aus Schnee. Die Runzeln in seinem Angesicht waren ein verworrenes Gestrüpp, darin hausten die Jahrzehnte. Sein Körper war mager, sein Rücken leicht gebeugt. Er ging zu Hause mit trippelnden, kleinen Schritten umher. Sobald er aber die Straße betrat, versuchte er, seine Schenkel hart zu machen, seine Knie elastisch, seine Füße leicht, seinen Rücken gerade. Seine Augen füllte er mit künstlicher Güte, mit der wahren Eigenschaft kaiserlicher Augen: Sie schienen jeden anzusehen, der den Kaiser ansah, und sie grüßten jeden, der ihn grüßte. In Wirklichkeit aber schwebten und flogen die Gesichter nur an ihnen vorbei, und sie blickten geradeaus auf jenen zarten, feinen Strich, der die Grenze ist zwischen Leben und Tod, auf den Rand des Horizontes, den die Augen der Greise immer sehen, auch wenn ihn Häuser, Wälder oder Berge verdecken. Die Leute glaubten, Franz Joseph wisse weniger als sie, weil er so viel älter war als sie. Aber er wußte vielleicht mehr als manche. Er sah die Sonne in seinem Reiche untergehen, aber er sagte nichts. Er wußte, daß er vor ihrem Untergang noch sterben werde. Manchmal stellte er sich ahnungslos und freute sich, wenn man ihn umständlich über Dinge aufklärte, die er genau kannte. Denn mit der Schlauheit der Kinder und der Greise liebte er die Menschen irrezuführen. Und er freute sich über die Eitelkeit, mit der sie sich bewiesen, daß sie klüger wären als er. Er verbarg seine Klugheit in der Einfalt: denn es geziemt einem Kaiser nicht, klug zu sein wie seine Ratgeber. Lieber erscheint er einfach als klug. Wenn er auf die Jagd ging, wußte er wohl, daß man ihm das Wild vor die Flinte stellte, und obwohl er noch anderes hätte erlegen können, schoß er dennoch nur jenes, das man ihm vor den Lauf getrieben hatte. Denn es ziemt einem alten Kaiser nicht, zu zeigen, daß er eine List durchschaue und besser schießen könne als ein Förster. Wenn man ihm ein Märchen erzählte, tat er, als ob er es glaube. Denn es ziemt einem Kaiser nicht, jemanden auf einer Unwahrheit zu ertappen. Wenn man hinter seinem Rücken lächelte, tat er, als wüßte er nichts davon. Denn es ziemt einem Kaiser nicht, zu wissen, daß man über ihn lächelt; und dieses Lächeln ist auch töricht, solange er nichts davon wissen will. Wenn er Fieber hatte und man rings um ihn zitterte und sein Leibarzt vor ihm log, daß er keines habe, sagte der Kaiser: »Dann ist ja alles gut!«, obwohl er von seinem Fieber wußte. Denn ein Kaiser straft nicht einen Mediziner Lügen. Außerdem wußte er, daß die Stunde seines Todes noch nicht gekommen war. Er kannte auch die vielen Nächte, in denen ihn das Fieber plagte, ohne daß seine Ärzte etwas davon wußten. Denn er war manchmal krank, und niemand sah es. Und ein anderes Mal war er gesund, und sie nannten ihn krank, und er tat, als ob er krank wäre. Wo man ihn für einen Gütigen hielt, war er gleichgültig. Und wo man sagte, er sei kalt: dort tat ihm das Herz weh. Er hatte lange genug gelebt, um zu wissen, daß es töricht ist, die Wahrheit zu sagen. Er gönnte den Leuten den Irrtum, und er glaubte weniger als die Witzbolde, die in seinem weiten Reich Anekdoten über ihn erzählten, an den Bestand seiner Welt. Aber es ziemt einem Kaiser nicht, sich mit Witzbolden und Weltklugen zu messen. Also schwieg der Kaiser.

Obwohl er sich erholt hatte, der Leibarzt mit seinem Puls, seinen Lungen, seiner Atmung zufrieden war, hatte er seit gestern Schnupfen. Es fiel ihm nicht ein, diesen Schnupfen merken zu lassen. Man konnte ihn hindern, die Herbstmanöver an der östlichen Grenze zu besuchen, und er wollte noch einmal, und einen Tag wenigstens, Manöver sehen. Er hatte sich durch den Akt dieses Lebensretters, dessen Name ihm schon wieder entfallen war, an Solferino erinnert. Er hatte Kriege nicht gern (denn er wußte, daß man sie verliert), aber das Militär liebte er, das Kriegsspiel, die Uniform, die Gewehrübungen, die Parade, die Defilierung und das Kompanieexerzieren. Es kränkte ihn zuweilen, daß die Offiziere höhere Kappen trugen als er selbst, Bügelfalten und Lackschuhe und viel zu hohe Kragen an der Bluse. Viele waren sogar glatt rasiert. Unlängst erst hatte er einen glattrasierten Landwehroffizier zufällig auf der Straße gesehen, und sein Herz war den ganzen Tag bekümmert gewesen. Wenn er aber selbst zu den Leuten hinkam, wußten sie wieder, was Vorschrift war und was Firlefanz. Den und jenen konnte man derber anfahren. Denn beim Militär schickte sich auch für den Kaiser alles, beim Militär war sogar der Kaiser ein Soldat. Ach! Er liebte das Blasen der Trompeten, obwohl er immer so tat, als interessierten ihn die Aufmarschpläne. Und obwohl er wußte, daß Gott selbst ihn auf seinen Thron gesetzt hatte, kränkte es ihn dennoch in mancher schwachen Stunde, daß er nicht Frontoffizier war, und er hatte was auf dem Herzen gegen die Stabsoffiziere. Er erinnerte sich, daß er nach der Schlacht bei Solferino die disziplinlosen Truppen auf dem Rückweg wie ein Feldwebel angebrüllt und wieder geordnet hatte. Er war überzeugt – aber wem durfte er es sagen! –, daß zehn gute Feldwebel mehr leisteten als zwanzig Generalstäbler. Er sehnte sich nach Manövern!

Er beschloß also, seinen Schnupfen nicht merken zu lassen und sein Taschentuch so selten wie nur möglich zu ziehen. Niemand sollte es vorher wissen, er wollte die Manöver überraschen und die ganze Umgebung mit seinem

Entschluß. Er freute sich über die Verzweiflung der Zivilbehörden, die nicht genügend polizeiliche Vorkehrungen getroffen haben würden. Er hatte keine Angst. Er wußte genau, daß die Stunde seines Todes noch nicht gekommen war. Er erschreckte alle. Man versuchte, ihm abzuraten. Er blieb hart. Eines Tages bestieg er den Hofzug und rollte nach dem Osten.

In dem Dorfe Z., nicht mehr als zehn Meilen von der russischen Grenze entfernt, bereitete man ihm sein Quartier in einem alten Schloß. Der Kaiser hätte lieber in einer der Hütten gewohnt, in denen die Offiziere untergebracht waren. Seit Jahren ließ man ihn nicht richtiges Militärleben genießen. Ein einziges Mal, eben in jenem unglücklichen italienischen Feldzug, hatte er zum Beispiel einen echten, lebendigen Floh in seinem Bett gesehen, aber niemandem was davon gesagt. Denn er war ein Kaiser, und ein Kaiser spricht nicht von Insekten. Das war damals schon seine Meinung gewesen.

Man schloß die Fenster in seinem Schlafzimmer. In der Nacht, er konnte nicht schlafen, rings um ihn aber schlief alles, was ihn zu bewachen hatte, stieg der Kaiser im langen, gefalteten Nachthemd aus dem Bett und sachte, sachte, um keinen zu wecken, klinkte er die hohen, schmalen Fensterflügel auf. Er blieb eine Weile stehen, den kühlen Atem der herbstlichen Nacht atmete er, und die Sterne sah er am tiefblauen Himmel und die rötlichen Lagerfeuer der Soldaten. Er hatte einmal ein Buch über sich selbst gelesen, in dem der Satz stand: »Franz Joseph der Erste ist kein Romantiker.« Sie schreiben über mich, dachte der alte Mann, ich sei kein Romantiker. Aber ich liebe die Lagerfeuer. Er hätte ein gewöhnlicher Leutnant sein mögen und jung. Ich bin vielleicht keineswegs romantisch, dachte er, aber ich möchte jung sein! Wenn ich nicht irre, dachte der Kaiser weiter, war ich achtzehn Jahre alt, als ich den Thron bestieg. Als ich den Thron bestieg – dieser Satz kam dem Kaiser sehr kühn vor, in dieser Stunde fiel es ihm schwer, sich selbst für den Kaiser zu halten. Gewiß! Es stand in dem Buch, das man ihm mit einer der üblichen, ehrfurchtsvollen Widmungen überreicht hatte. Er war ohne Zweifel Franz Joseph der Erste! Vor seinem Fenster wölbte sich die unendliche, tiefblaue, bestirnte Nacht. Flach und weit war das Land. Man hatte ihm gesagt, daß diese Fenster nach dem Nordosten gingen. Man sah also nach Rußland hinüber. Aber die Grenze war selbstverständlich nicht zu erkennen. Und Kaiser Franz Joseph hätte in diesem Augenblick gern die Grenze seines Reiches gesehen. Sein Reich! Er lächelte. Die Nacht war blau und rund und weit und voller Sterne. Der Kaiser stand am Fenster, mager und alt, in einem weißen Nachthemd und kam sich sehr winzig vor, im Angesicht der unermeßlichen Nacht. Der letzte seiner Soldaten, die vor den Zelten patrouillieren mochten, war mächtiger als er. Der letzte seiner Soldaten! Und er war der Allerhöchste Kriegsherr! Jeder Soldat schwor bei Gott, dem Allmächtigen, Kaiser Franz Joseph dem Ersten Treue. Er war eine Majestät von Gottes Gnaden, und er glaubte an Gott, den Allmächtigen. Hinter dem goldgestirnten Blau des Himmels verbarg er sich, der Allmächtige – – unvorstellbar! Seine Sterne waren es, die da am Himmel glänzten, und Sein Himmel war es, der sich über die Erde wölbte, und einen Teil der Erde, nämlich die österreichisch-ungarische Monarchie, hatte Er Franz Joseph dem Ersten zugeteilt. Und Franz Joseph der Erste war ein magerer Greis, stand am offenen Fenster und fürchtete, jeden Augenblick von seinen Wächtern überrascht zu werden. Die Grillen zirpten. Ihr Gesang, unendlich wie die Nacht, weckte die gleiche Ehrfurcht im Kaiser wie die Sterne. Zuweilen war es dem Kaiser, als sängen die Sterne selbst. Es fröstelte ihn ein wenig. Aber er hatte noch Angst, das Fenster zu schließen, es gelang vielleicht nicht mehr so glatt wie früher. Seine Hände zitterten. Er erinnerte sich, daß er vor langer Zeit schon Manöver in dieser Gegend besucht haben mußte. Auch dieses Schlafzimmer tauchte aus vergessenen Zeiten wieder empor. Aber er wußte nicht, ob zehn, zwanzig oder mehr Jahre seit damals verflossen waren. Ihm war, als schwämme er auf dem Meer der Zeit – nicht einem Ziel entgegen, sondern regellos auf der Oberfläche herum, oft zurückgestoßen zu den Klippen, die er schon gekannt haben mußte. Eines Tages würde er an irgendeiner Stelle untergehen. Er mußte niesen. Ja, sein Schnupfen! Nichts rührte sich im Vorzimmer. Vorsichtig schloß er wieder das Fenster und tappte mit seinen mageren, nackten Füßen zum Bett zurück. Das Bild vom blauen, gestirnten Rund des Himmels hatte er mitgenommen. Seine geschlossenen Augen bewahrten es noch. Und also schlief er ein, überwölbt von der Nacht, als läge er im Freien.

Er erwachte wie gewöhnlich, wenn er »im Felde« war (und so nannte er die Manöver), pünktlich um vier Uhr morgens. Schon stand sein Diener im Zimmer. Und hinter der Tür warteten schon, er wußte es, die Leibadjutanten. Ja, man mußte den Tag beginnen. Man wird den ganzen Tag kaum eine Stunde allein sein können. Dafür hatte er sie alle in dieser Nacht überlistet und war eine gute Viertelstunde am offenen Fenster gestanden. An dieses schlau gestohlene Vergnügen dachte er jetzt und lächelte. Er schmunzelte den Diener und den Burschen an, der jetzt eintrat und leblos erstarrte, erschreckt vom Schmunzeln des Kaisers, von den Hosenträgern Seiner Majestät, die er zum erstenmal in seinem Leben sah, von dem noch wirren, ein bißchen verknäuelten Backenbart, zwischen dem das Schmunzeln hin und her huschte, wie ein stilles, müdes und altes Vögelchen, vor der gelben Gesichtsfarbe des Kaisers und vor der Glatze, deren Haut sich schuppte. Man wußte nicht, ob man mit dem Greis lächeln oder stumm warten sollte. Auf einmal begann der Kaiser zu pfeifen. Er spitzte wahrhaftig die Lippen, die Flügel seines Bartes rückten ein bißchen aneinander, und der Kaiser pfiff eine Melodie, eine bekannte, wenn auch ein wenig entstellte Melodie. Es klang wie eine winzige Hirtenflöte. Und der Kaiser sagte: »Das pfeift der Hojos immer, das Lied. Ich wüßt' gern, was es ist!« Aber beide, der Diener und der Leibbursch, wußten es nicht; und eine Weile später, beim Waschen, hatte der Kaiser das Lied schon vergessen.

Es war ein schwerer Tag. Franz Joseph sah den Zettel an, auf dem der Tagesplan aufgezeichnet war, Stunde für Stunde. Es gab nur eine griechische Kirche im Ort. Ein römisch-katholischer Geistlicher wird zuerst die Messe lesen, dann der griechische. Mehr als alles andere strengten ihn die kirchlichen Zeremonien an. Er hatte das Gefühl, daß er sich vor Gott zusammennehmen müsse wie vor einem Vorgesetzten. Und er war schon alt! Er hätte mir so manches erlassen können! dachte der Kaiser. Aber Gott ist noch älter als ich, und seine Ratschlüsse kommen mir vielleicht genauso unerforschlich vor wie die meinen den Soldaten der Armee! Und wo sollte man da hinkommen, wenn jeder Untergeordnete seinen Vorgesetzten kritisieren wollte! Durch das hohe, gewölbte Fenster sah der Kaiser die Sonne Gottes emporsteigen. Er bekreuzigte sich und beugte das Knie. Seit undenklichen Zeiten hatte er jeden Morgen die Sonne aufgehen gesehen. Sein ganzes Leben lang war er beinahe immer noch vor ihr aufgestanden, wie ein Soldat früher aufsteht als sein Vorgesetzter. Er kannte alle Sonnenaufgänge, die feurigen und fröhlichen des Sommers und die umnebelten späten und trüben des Winters. Und er erinnerte sich zwar nicht mehr der Daten, nicht mehr an die Namen der Tage, der Monate und der Jahre, in denen Unheil oder Glück über ihn hereingebrochen waren; wohl aber an die Morgen, die jeden wichtigen Tag in seinem Leben eingeleitet hatten. Und er wußte, daß dieser Morgen trübe und jener heiter gewesen war. Und jeden Morgen hatte er das Kreuz geschlagen und das Knie gebeugt, wie manche Bäume jeden Morgen ihre Blätter der Sonne öffnen, ob es Tage sind, an denen Gewitter kommen oder die fällende Axt oder der tödliche Reif im Frühling oder aber Tage voller Frieden und Wärme und Leben.

Der Kaiser erhob sich. Sein Friseur kam. Regelmäßig jeden Morgen hielt er das Kinn hin, der Backenbart wurde gestutzt und säuberlich gebürstet. An den Ohrmuscheln und vor den Nasenlöchern kitzelte das kühle Metall der Schere. Manchmal mußte der Kaiser niesen. Er saß heute vor einem kleinen, ovalen Spiegel und verfolgte mit heiterer Spannung die Bewegungen der mageren Hände des Friseurs. Nach jedem Härchen, das fiel, nach jedem Strich des Rasiermessers und jedem Zug des Kammes oder der Bürste sprang der Friseur zurück und hauchte: »Majestät!«, mit zitternden Lippen. Der Kaiser hörte dieses geflüsterte Wort nicht. Er sah nur die Lippen des Friseurs in ständiger Bewegung, wagte nicht zu fragen und dachte schließlich, der Mann sei ein wenig nervös. »Wie heißen S' denn?« fragte der Kaiser. Der Friseur – er hatte die Charge eines Korporals, obwohl er erst ein halbes Jahr bei der Landwehr

Soldat war, aber er bediente seinen Obersten tadellos und erfreute sich aller Gunst seiner Vorgesetzten – sprang mit einem Satz bis zur Tür, elegant wie es sein Metier erforderte, aber auch militärisch, es war ein Sprung, eine Verneigung und eine Erstarrung gleichzeitig, und der Kaiser nickte wohlgefällig. »Hartenstein!« rief der Friseur. »Warum springen S' denn so?« fragte Franz Joseph. Aber er erhielt keine Antwort. Der Korporal näherte sich wieder zaghaft dem Kaiser und vollendete sein Werk mit eiligen Händen. Er wünschte sich weit fort und wieder im Lager zu sein. »Bleiben S' noch!« sagte der Kaiser. »Ach, Sie sind Korporal! Dienen S' schon lang?« »Ein halbes Jahr, Majestät!« hauchte der Friseur. »So, so! Schon Korporal? Zu meiner Zeit«, sagte der Kaiser, wie etwa ein Veteran gesagt hätte, »ist's nie so fix gegangen! Aber, Sie sind auch ein ganz fescher Soldat. Wollen S' beim Militär bleiben?« – Der Friseur Hartenstein besaß Weib und Kind und einen guten Laden in Olmütz und hatte schon ein paarmal versucht, einen Gelenkrheumatismus zu simulieren, um recht bald entlassen zu werden. Aber er konnte dem Kaiser nicht nein sagen. »Jawohl, Majestät«, sagte er und wußte in diesem Augenblick, daß er sein ganzes Leben verpatzt hatte. – »Na, dann is gut. Dann sind Sie Feldwebel! Aber sind S' nicht so nervös!«

So. Jetzt hatte der Kaiser einen glücklich gemacht. Er freute sich. Er freute sich. Er freute sich. Er hatte ein großartiges Werk an diesem Hartenstein vollbracht. Jetzt konnte der Tag beginnen. Sein Wagen wartete schon. Man fuhr langsam zur griechischen Kirche, den Hügel hinan, auf dessen Gipfel sie stand. Ihr goldenes, doppeltes Kreuz funkelte in der morgendlichen Sonne. Die Militärkapellen spielten: ›Gott erhalte‹. Der Kaiser stieg aus und betrat die Kirche.

Er kniete vor dem Altar, bewegte die Lippen, aber er betete nicht. Er mußte die ganze Zeit an den Friseur denken. Der Allmächtige konnte dem Kaiser nicht so plötzliche Gunstbezeugungen erweisen wie der Kaiser einem Korporal, und es war schade darum. König von Jerusalem: Es war die höchste Charge, die Gott einer Majestät verleihen konnte. Und Franz Joseph war bereits König von Jerusalem! Schade, dachte der Kaiser. Jemand flüsterte ihm zu, daß draußen im Dorf noch die Juden auf ihn warteten. Man hatte die Juden vollkommen vergessen. Ach, noch diese Juden! dachte der Kaiser bekümmert. Gut! Mochten sie kommen! Aber man mußte sich eilen. Sonst kam man zu spät zum Gefecht.

Der griechische Priester absolvierte die Messe in größter Hast. Noch einmal intonierten die Musikkapellen das ›Gott-erhalte‹. Der Kaiser kam aus der Kirche. Es war neun Uhr vormittag. Das Gefecht begann neun Uhr zwanzig. Franz Joseph beschloß, jetzt schon sein Pferd zu besteigen, nicht mehr den Wagen. Diese Juden konnte man auch zu Pferd empfangen. Er ließ den Wagen zurückfahren und ritt den Juden entgegen. Am Ausgang des Dorfes, wo die breite Landstraße anhub, die zu seinem Quartier und zugleich zum Kampfplatz führte, wallten sie ihm entgegen, eine finstere Wolke. Wie ein Feld voll seltsamer, schwarzer Ähren im Wind neigte sich die Gemeinde der Juden vor dem Kaiser. Ihre gebeugten Rücken sah er vom Sattel aus. Dann ritt er näher und konnte die langen, wehenden silberweißen, kohlschwarzen und feuerroten Bärte unterscheiden, die der sanfte Herbstwind bewegte, und die langen, knöchernen Nasen, die auf der Erde etwas zu suchen schienen. Der Kaiser saß, im blauen Mantel, auf seinem Schimmel. Sein Backenbart schimmerte in der herbstlichen, silbernen

Sonne. Von den Feldern ringsum erhoben sich die weißen Schleier. Dem Kaiser entgegen wallte der Anführer, ein alter Mann im weißen, schwarzgestreiften Gebetmantel der Juden, mit wehendem Bart. Der Kaiser ritt im Schritt. Des alten Juden Füße wurden immer langsamer. Schließlich schien er auf einem Fleck stehenzubleiben und sich dennoch zu bewegen. Franz Joseph fröstelte es ein wenig. Er hielt plötzlich an, so, daß sein Schimmel bäumte. Er stieg ab. Sein Gefolge ebenfalls. Er ging. Seine blankgewichsten Stiefel bedeckten sich mit dem Staub der Landstraße und in den schmalen Rändern mit schwerem, grauem Kot. Der schwarze Haufen der Juden wogte ihm entgegen. Ihre Rükken hoben und senkten sich. Ihre kohlschwarzen, feuerroten und silberweißen Bärte wehten im sanften Wind. Drei Schritte vor dem Kaiser blieb der Alte stehen. Er trug eine große purpurne Thorarolle in den Armen, geziert von einer goldenen Krone, deren Glöckchen leise läuteten. Dann hob der Jude die Thorarolle dem Kaiser entgegen. Und sein wildbewachsener, zahnloser Mund lallte in einer unverständlichen Sprache den Segen, den die Juden zu sprechen haben beim Anblick eines Kaisers. Franz Joseph neigte den Kopf. Über seine schwarze Mütze zog feiner, silberner Altweibersommer, in den Lüften schrien die wilden Enten, ein Hahn schmetterte in einem fernen Gehöft. Sonst war es ganz still. Aus dem Haufen der Juden stieg ein dunkles Gemurmel empor. Noch tiefer beugten sich ihre Rücken. Wolkenlos, unendlich spannte sich der silberblaue Himmel über der Erde. »Gesegnet bist du!« sagte der Jude zum Kaiser. »Den Untergang der Welt wirst du nicht erleben!« Ich weiß es! dachte Franz Joseph. Er gab dem Alten die Hand. Er wandte sich um. Er bestieg seinen Schimmel.

Er trabte nach links über die harten Schollen der herbstlichen Felder, gefolgt von seiner Suite. Der Wind trug ihm die Worte zu, die Rittmeister Kaunitz zu seinem Freund an der Seite sprach: »Ich hab' keinen Ton von dem Juden verstanden!« Der Kaiser wandte sich im Sattel um und sagte: »Er hat auch nur zu mir gesprochen, lieber Kaunitz!« und ritt weiter.

Er verstand nichts vom Sinn der Manöver. Er wußte nur, daß die »Blauen« gegen die »Roten« kämpften. Er ließ sich alles erklären. »So, so«, sagte er immer wieder. Es freute ihn, daß die Leute glaubten, er wolle verstehen und könne nicht. Trottel! dachte er. Er schüttelte den Kopf. Aber die Leute meinten, er wackle mit dem Kopf, weil er ein Greis war. »So, so«, sagte der Kaiser immer wieder. Die Operationen waren schon ziemlich vorgeschritten. Der linke Flügel der Blauen, der heute etwa anderthalb Meilen hinter dem Dorf Z. stand, befand sich seit zwei Tagen fortwährend auf dem Rückzug vor der andringenden Kavallerie der Roten. Die Mitte hielt das Terrain um P. besetzt, ein hügelreiches Gelände, schwer anzugreifen, leicht zu verteidigen, aber auch der Gefahr ausgesetzt, umzingelt zu werden, wenn es gelang – und darauf konzentrierte sich in dieser Stunde die Aufmerksamkeit der Roten –, den rechten und den linken Flügel der Blauen von der Mitte abzuschneiden. Während der linke Flügel im Zurückweichen begriffen war, wankte aber der rechte nicht, er stieß vielmehr noch langsam vor und zeigte die Tendenz, sich gleichzeitig dermaßen zu verlängern, daß man annehmen konnte, er wolle die Flanke des Feindes umklammern. Es war, nach der Meinung des Kaisers, eine recht banale Situation. Und wenn er an der Spitze der Roten gestanden wäre, hätte er den elanvollen Flügel der Blauen durch ein fortwährendes Zurückweichen so weit herangelockt und seine Stoßkraft so weit am äußersten Ende zu beschäftigen versucht, daß sich schließlich eine entblößte Stelle zwischen ihm und der Mitte hätte finden lassen. Aber er sagte nichts, der Kaiser. Ihn bekümmerte die ungeheuerliche Tatsache, daß der Oberst Lugatti, ein Triestiner und eitel, wie nach der unerschütterlichen Meinung Franz Josephs nur die Italiener sein konnten, seinen Mantelkragen hoch geschnitten trug, wie es nicht einmal Blusenkragen sein durften, und daß er, um seine Charge dennoch sehen zu lassen, diesen abscheulich hohen Mantelkragen auch kokett geöffnet hatte. »Sagen Sie, Herr Oberst«, fragte der Kaiser, »wo lassen Sie Ihre Mäntel nähen? In Mailand? Ich hab' leider die dortigen Schneider schon völlig vergessen.« Der Stabsoberst Lugatti schlug die Hacken zusammen und schloß seinen Mantelkragen. »Jetzt könnt' man Sie für einen Leutnant halten«, sagte Franz Joseph. »Jung schauen S' aus!« – Und er gab seinem Schimmel die Sporen und galoppierte dem Hügel zu, auf dem, ganz nach dem Muster der älteren Schlachten, die Generalität zu stehen hatte. Er war entschlossen, wenn es zu lange dauern sollte, die »Kampfhandlungen« abbrechen zu lassen – denn er sehnte sich nach der Defilierung. Der Franz Ferdinand machte es gewiß anders. Er nahm überhaupt Partei, stellte sich auf irgendeine Seite, begann zu befehligen und siegte natürlich immer. Wo gab es noch einen General, der den Thronfolger besiegt hätte? Der Kaiser ließ seine alten, blaßblauen Augen über die Gesichter schweifen. Lauter eitle Burschen! dachte er. Vor ein paar Jahren noch hätte er sich darüber ärgern können. Heute nicht mehr, heute nicht mehr! Er wußte nicht ganz genau, wie alt er war, aber er fühlte, wenn die andern ihn umgaben, daß er sehr alt sein mußte. Manchmal war es ihm, als schwebte er geradezu den Menschen und der Erde davon.

Alle wurden sie immer kleiner, je länger er sie ansah, und ihre Worte trafen wie aus weiter Ferne sein Ohr und fielen wieder ab, ein gleichgültiger Schall. Und wenn dem und jenem ein Unglück zustieß, sah er wohl, daß sie sich Mühe gaben, es ihm behutsam zu erzählen. Ach, sie wußten nicht, daß er alles vertragen konnte! Die großen Schmerzen waren schon heimisch in seiner Seele, und die neuen Schmerzen kehrten nur wie längst erwartete Brüder zu den alten ein. Er ärgerte sich nicht mehr so heftig. Er freute sich nicht mehr so stark. Er litt nicht mehr so schwer. Nun ließ er tatsächlich die »Kampfhandlungen abbrechen«, und die Defilierung sollte beginnen. Auf den uferlosen Feldern stellten sie sich auf, die Regimenter aller Waffengattungen, leider in Feldgrau (auch so eine moderne Sache, die dem Kaiser nicht am Herzen lag). Immerhin brannte noch das blutige Rot der Kavalleriehosen über dem dürren Gelb der Stoppelfelder und brach aus dem Grau der Infanteristen durch wie Feuer aus Wolken. Die matten und schmalen Blitze der Säbel zuckten vor den marschierenden Reihen und Doppelreihen, die roten Kreuze auf weißem Grund leuchteten hinter den Maschinengewehrabteilungen. Wie alte Kriegsgötter auf ihren schweren Wagen rollten die Artilleristen heran, und die schönen braunen und falben Rösser bäumten sich in starker und stolzer Gefügigkeit. Durch den Feldstecher sah Franz Joseph die Bewegungen jedes einzelnen Zuges, ein paar Minuten lang fühlte er Stolz auf seine Armee und ein paar Minuten auch Bedauern über ihren Verlust. Denn er sah sie schon zerschlagen und verstreut, aufgeteilt unter den vielen Völkern seines weiten Reiches. Ihm ging die große, goldene Sonne der Habsburger unter, zerschmettert am Urgrund der Welten, zerfiel in mehrere kleine Sonnenkügelchen, die wieder als selbständige Gestirne selbständigen Nationen zu leuchten hatten. Es paßt ihnen halt nimmer, von mir regiert zu werden! dachte der Alte. Da kann man nix machen! fügte er im stillen hinzu. Denn er war ein Österreicher ...

Also stieg er zum Entsetzen aller Kommandierenden von seinem Hügel und begann, die reglosen Regimenter zu mustern, beinahe Zug für Zug. Und gelegentlich ging er zwischen den Reihen durch, betrachtete die neuen Tornister und die Brotsäcke, zog hier und dort eine Konservenbüchse heraus und fragte, was sie enthielte, sah hier und dort ein stumpfes Angesicht und befragte es nach Heimat, Familie und Beruf, vernahm kaum diese und jene Antwort, und manchmal streckte er die alte Hand aus und klopfte einem Leutnant auf die Schulter. So gelangte er auch zum Bataillon der Jäger, in dem Trotta diente.

Es war vier Wochen her, daß Trotta das Spital verlassen hatte. Er stand vor seinem Zug, blaß, mager und gleichgültig. Als sich ihm aber der Kaiser näherte, begann er, seine Gleichgültigkeit zu bemerken und zu bedauern. Er hatte das Gefühl, eine Pflicht zu versäumen. Fremd geworden war ihm die Armee. Fremd war ihm der Allerhöchste Kriegsherr. Der Leutnant Trotta glich einem Manne, der nicht nur seine Heimat verloren hatte, sondern auch das Heimweh nach dieser Heimat. Er hatte Mitleid mit dem weißbärtigen Greis, der ihm immer näher kam, Tornister, Brotsäcke und Konserven neugierig betastend. Der Leutnant hätte sich jenen Rausch wieder gewünscht, der ihn in allen festlichen Stunden seiner militärischen Laufbahn erfüllt hatte, daheim, an den sommerlichen Sonntagen, auf dem Balkon des väterlichen Hauses, und bei jeder Parade und bei der Ausmusterung und noch vor wenigen Monaten beim Fronleichnamszug in Wien. Nichts rührte sich im Leutnant Trotta, als er fünf Schritte vor seinem Kaiser stand, nichts anderes regte sich in seiner vorgestreckten Brust als Mitleid mit einem alten Mann. Major Zoglauer schnarrte die vorschriftsmäßige Formel herunter. Aus irgendeinem Grunde gefiel er dem Kaiser nicht. Franz Joseph hatte den Verdacht, daß in dem Bataillon, das dieser Mann kommandierte, nicht alles zum Besten stünde, und er beschloß, es sich genauer anzusehen. Er blickte aufmerksam auf die reglosen Gesichter, zeigte auf Carl Joseph und fragte: »Ist er krank?«

Major Zoglauer berichtete, was sich mit dem Leutnant Trotta zugetragen hatte. Der Name schlug an das Ohr Franz Josephs wie etwas Vertrautes, zugleich Ärgerliches, und in seiner Erinnerung erhob sich der Vorfall, wie er in den Akten geschildert war, und hinter diesem Vorfall erwachte auch jenes längst entschlafene Ereignis aus der Schlacht bei Solferino wieder. Er sah noch genau den Hauptmann, der in einer lächerlichen Audienz so beharrlich um die Abschaffung eines patriotischen Lesebuchstückes gebeten hatte. Es war das Lesestück Nummer fünfzehn. Der Kaiser erinnerte sich an die Zahl mit dem Vergnügen, das ihm gerade die geringfügigen Beweise für sein »gutes Gedächtnis« bereiteten. Seine Laune besserte sich zusehends. Wohlgefälliger erschien ihm auch der Major Zoglauer. »Ich erinnere mich noch gut an Ihren Vater!« sagte der Kaiser zu Trotta. »Er war sehr bescheiden, der Held von Solferino!« »Majestät«, erwiderte der Leutnant, »es war mein Großvater!«

Der Kaiser trat einen Schritt zurück, wie weggedrängt von der gewaltigen Zeit, die sich plötzlich zwischen ihm und dem Jungen aufgetürmt hatte. Ja, ja! Er konnte sich noch an die Nummer eines Lesestücks erinnern, aber nicht mehr an die Unmenge der Jahre, die er zurückgelegt hatte. »Ach!« sagte er, »das war also der Großvater! So, so! Und Ihr Vater ist Oberst, wie?« »Bezirkshauptmann in W.« »So, so!« wiederholte Franz Joseph. »Ich werd's mir merken!« fügte er hinzu: eine Art Entschuldigung für den Fehler, den er soeben gemacht hatte.

Er stand noch eine Weile vor dem Leutnant, aber er sah weder Trotta noch die anderen. Er hatte keine Lust mehr, die Reihen abzuschreiten, aber er mußte es wohl tun, damit die Leute nicht merkten, daß er vor seinem eigenen Alter erschrocken war. Seine Augen sahen wieder, wie gewöhnlich, in die Ferne, wo die Ränder der Ewigkeit schon auftauchten. Dabei bemerkte er nicht, daß an seiner Nase ein glasklarer Tropfen erschien und daß alle Welt gebannt auf diesen Tropfen starrte, der endlich, endlich in den dichten, silbernen Schnurrbart fiel und sich dort unsichtbar einbettete.

Und allen ward es leicht ums Herz. Und die Defilierung konnte beginnen.

Dritter Teil

XVI

Verschiedene wichtige Veränderungen gingen im Haus und im Leben des Bezirkshauptmanns vor. Er verzeichnete sie erstaunt und ein wenig grimmig. An kleinen Anzeichen, die er allerdings für gewaltige hielt, bemerkte er, daß sich rings um ihn die Welt veränderte, und er dachte an ihren Untergang und an die Prophezeiungen Chojnickis. Er suchte nach einem neuen Diener. Man empfahl ihm viele jüngere und offensichtlich brave Männer, mit tadellosen Zeugnissen, Männer, die drei Jahre beim Militär gedient hatten und sogar Gefreite geworden waren. Den und jenen nahm der Bezirkshauptmann »auf Probezeit« ins Haus. Aber er behielt niemanden. Sie hießen Karl, Franz, Alexander, Joseph, Alois oder Christoph oder noch anders. Aber der Bezirkshauptmann versuchte, jeden »Jacques« zu nennen. Hatte doch selbst der echte Jacques anders geheißen und seinen Namen nur angenommen und ein ganzes langes Leben mit Stolz geführt, so, wie etwa ein berühmter Dichter seinen literarischen Namen, unter dem er unsterbliche Lieder und Gedichte schreibt. Es erwies sich jedoch schon nach einigen Tagen, daß die Aloise, die Alexanders, die Josephs und die anderen auf den großen Namen Jacques nicht hören wollten, und der Bezirkshauptmann empfand diese Widerspenstigkeit nicht nur als einen Verstoß gegen den Gehorsam und gegen die Ordnung der Welt, sondern auch als eine Kränkung des unwiederbringlichen Toten. Wie? Es paßte ihnen nicht, Jacques zu heißen?! Diesen Taugenichtsen ohne Jahre und ohne Verdienst, ohne Intelligenz und ohne Disziplin?! Denn der tote Jacques lebte im Angedenken des Bezirkshauptmanns weiter als ein Diener von musterhaften Eigenschaften, als das Muster eines Menschen überhaupt. Und mehr noch als über die Widerspenstigkeit der Nachfolger wunderte sich Herr von Trotta über den Leichtsinn der Herrschaften und der Behörden, die so miserablen Subjekten günstige Zeugnisse ausgestellt hatten. Wenn es überhaupt möglich war, daß ein gewisses Individuum namens Alexander Cak – ein Mann, dessen Namen er niemals vergessen wollte, und ein Name, der sich auch mit einer gewissen Gehässigkeit aussprechen ließ, so daß es klang, als würde dieser Cak schon erschossen, wenn der Bezirkshauptmann ihn nur erwähnte: wenn es also möglich war, daß dieser Cak der Sozialdemokratischen Partei angehörte und dennoch bei seinem Regiment Gefreiter geworden war, so konnte man freilich nicht nur an diesem Regiment, sondern auch an der ganzen Armee verzweifeln. Und die Armee war nach der Meinung des Bezirkshauptmanns noch in der Monarchie die einzige Macht, auf die man sich verlassen konnte! Es war dem Bezirkshauptmann, als bestünde plötzlich die ganze Welt aus Tschechen: einer Nation, die er für widerspenstig, hartköpfig und dumm hielt und überhaupt für die Erfinder des Begriffes Nation. Es mochte viele Völker geben, aber keineswegs Nationen. Und außerdem kamen verschiedene, kaum verständliche Erlässe und Verfügungen der Statthalterei betreffend eine gelindere Behandlung der »nationalen Minoritäten«, eines jener Worte, die Herr von Trotta am tiefsten haßte. Denn »nationale Minoritäten« waren für seine Begriffe nichts anderes als größere Gemeinschaften »revolutionärer Individuen«. Ja, er war von lauter revolutionären Individuen umgeben. Er glaubte sogar zu bemerken, daß sie sich in einer widernatürlichen Weise vermehrten, in einer Weise, wie sie dem Menschen nicht entspricht. Es war für den Bezirkshauptmann ganz deutlich geworden, daß die »staatstreuen Elemente« immer unfruchtbarer wurden und immer weniger Kinder bekamen, wie die Statistiken der Volkszählungen bewiesen, in denen er manchmal blätterte. Er konnte sich nicht mehr den schrecklichen Gedanken verhehlen, daß die Vorsehung selbst mit der Monarchie unzufrieden war, und obwohl er im gewöhnlichen Sinne ein zwar praktizierender, aber nicht sehr gläubiger Christ war, neigte er immer noch zu der Annahme, daß Gott selbst den Kaiser strafe. Er kam allmählich auf allerlei sonderbare Gedanken überhaupt. Die Würde, die er seit dem ersten Tage trug, an dem er Bezirkshauptmann in W. geworden war, hatte ihn zwar sofort alt gemacht. Auch als sein Backenbart noch ganz schwarz gewesen war, wäre es keinem Menschen eingefallen, Herrn von Trotta für einen jungen Mann zu halten. Und dennoch begannen die Menschen in seinem Städtchen jetzt erst zu sagen, daß der Bezirkshauptmann alt werde. Allerhand längst vertraute Gewohnheiten hatte er ablegen müssen. So ging er zum Beispiel seit dem Tode des alten Jacques und seit der Rückkehr aus der Grenzgarnison seines Sohnes nicht mehr am Morgen vor dem Frühstück spazieren, aus Angst, eines der so häufig wechselnden verdächtigen Subjekte, die bei ihm Dienst taten, könnte vergessen haben, die Post auf den Frühstückstisch zu legen oder gar das Fenster zu öffnen. Er haßte seine Haushälterin. Er hatte sie schon immer gehaßt, aber hie und da ein Wort an sie gerichtet. Seitdem der alte Jacques nicht mehr servierte, enthielt sich der Bezirkshauptmann jeder Bemerkung bei Tisch. Denn in Wirklichkeit waren seine hämischen Worte immer für Jacques bestimmt gewesen und gewissermaßen Werbungen um den Beifall des alten Dieners. Jetzt erst, seitdem der Alte tot war, wußte Herr von Trotta, daß er nur für Jacques gesprochen hatte, einem Schauspieler ähnlich, der einen langjährigen Verehrer seiner Kunst im Parkett weiß. Und hatte der Bezirkshauptmann immer hastig gegessen, so bemühte er sich jetzt, schon nach den ersten Bissen den Tisch zu verlassen. Denn es erschien ihm lästerlich, den Tafelspitz zu genießen, dieweil die Würmer den alten Jacques im Grabe fraßen. Und wenn er auch dann und wann den Blick nach oben richtete, in der Hoffnung und in einem angeborenen gläubigen Gefühl, daß der Tote im Himmel sei und ihn sehen könne, so sah der Bezirkshauptmann doch nur den bekannten Plafond seines Zimmers; denn er war dem einfachen Glauben entflohen, und seine Sinne gehorchten nicht mehr dem Gebot seines Herzens. Ach, es war ein Jammer.

Hie und da vergaß der Bezirkshauptmann sogar, an gewöhnlichen Tagen ins Amt zu gehen. Und es konnte geschehen, daß er zum Beispiel an einem Donnerstagmorgen den schwarzen Schlußrock anlegte, um die Kirche zu besuchen. Draußen erst merkte er an allerlei unbezweifelbaren wochentäglichen Anzeichen, daß es nicht Sonntag war, und er kehrte um und zog wieder seinen gewöhnlichen Anzug an. Umgekehrt aber vergaß er an manchen Sonntagen den Kirchenbesuch, blieb trotzdem länger im Bett als gewöhnlich und erinnerte sich erst, wenn der Kapellmeister Nechwal unten mit seinen Musikanten erschien, daß es Sonntag war. Es gab Tafelspitz mit Gemüse wie an allen Sonntagen. Und zum Kaffee kam der Kapellmeister Nechwal. Man saß im Herrenzimmer. Man rauchte eine Virginier. Auch der Kapellmeister Nechwal war älter geworden. Bald sollte er in Pension gehen. Er fuhr nicht mehr so häufig nach

Wien, und die Witze, die er erzählte, glaubte selbst der Bezirkshauptmann seit langen Jahren genau zu kennen. Er verstand sie noch immer nicht, aber er erkannte sie, ähnlich wie manche Menschen, denen er immer wieder begegnete und deren Namen er dennoch nicht wußte. »Was machen die Ihrigen?« fragte Herr von Trotta. »Danke, es geht ihnen ausgezeichnet!« sagte der Kapellmeister. »Die Frau Gemahlin?« »Befindet sich wohl!« »Die Kinder?« (denn der Bezirkshauptmann wußte noch immer nicht, ob der Kapellmeister Nechwal Söhne oder Töchter hatte, und fragte deshalb seit mehr als zwanzig Jahren vorsichtig nach den »Kindern«). »Der älteste ist Leutnant geworden!« erwiderte Nechwal. »Infanterie natürlich?« fragte gewohnheitsmäßig Herr von Trotta und erinnerte sich einen Augenblick darauf, daß sein eigener Sohn jetzt bei den Jägern diente und nicht bei der Kavallerie. »Jawohl, Infanterie!« sagte Nechwal. »Er kommt nächstens zu Besuch. Ich werde mir erlauben, ihn vorzustellen.« »Bitte, bitte, wird mich sehr freuen!« sagte der Bezirkshauptmann.

Eines Tages kam der junge Nechwal. Er diente bei den Deutschmeistern, war vor einem Jahr ausgemustert worden und sah nach der Meinung Herrn von Trottas »wie ein Musikant« aus. »Ganz dem Vater ähnlich«, sagte der Bezirkshauptmann, »Ihnen aus dem Gesicht geschnitten«, obwohl der junge Nechwal eher seiner Mutter als dem Kapellmeister ähnlich war. »Wie ein Musikant«: Damit meinte der Bezirkshauptmann eine ganz bestimmte unbekümmerte Forschheit im Angesicht des Leutnants, einen winzigen, blonden, aufgezwirbelten Schnurrbart, der wie eine waagerechte, geschlungene Klammer unter der kurzen, breiten Nase lag, und die wohlgelungenen, schöngeformten, puppenhaft kleinen Ohren, die wie aus Porzellan gemacht waren, und das brave, sonnenblonde, in der Mitte gescheitelte Haar. »Fidel schaut er aus!« sagte Herr von Trotta zu Herrn Nechwal. »Sind Sie zufrieden?« fragte er dann den Jungen. »Offen gestanden, Herr Bezirkshauptmann«, erwiderte der Sohn des Kapellmeisters, »ist es etwas langweilig!« »Langweilig?« fragte Herr von Trotta, »in Wien?!« »Ja«, sagte der junge Nechwal, »langweilig! Schaun S', Herr Bezirkshauptmann, wenn man in einer kleinen Garnison dient, dann kommt's einem gar nicht zum Bewußtsein, daß man kein Geld hat!« Der Bezirkshauptmann fühlte sich gekränkt. Er fand, daß es sich nicht schickte, von Geld zu sprechen, und er fürchtete, daß der junge Nechwal auf die besseren finanziellen Verhältnisse Carl Josephs anspielen wollte. »Mein Sohn dient zwar an der Grenze«, sagte Herr von Trotta, »aber er ist immer gut ausgekommen. Auch bei der Kavallerie.« Er betonte dieses Wort. Es war ihm zum erstenmal peinlich, daß Carl Joseph die Ulanen verlassen hatte. Gewiß kamen derlei Nechwals bei der Kavallerie nicht vor! Und der Gedanke, daß der Sohn dieses Kapellmeisters sich etwa einbildete, dem jungen Trotta in irgendeiner Weise zu gleichen, verursachte dem Bezirkshauptmann fast körperliche Pein. Er beschloß, »den Musikanten« zu überführen. Er witterte geradezu Vaterlandsverrat in diesem Jungen, dessen Nase ihm »tschechisch« erschien. »Dienen Sie gern?« fragte der Bezirkshauptmann. »Offen gestanden«, sagte der Leutnant Nechwal, »ich könnt' mir einen besseren Beruf vorstellen!« »Wieso denn? Einen besseren?« »Einen praktischeren!« sagte der junge Nechwal. »Ist es nicht praktisch, fürs Vaterland zu kämpfen?« fragte Herr von Trotta, »vorausgesetzt, daß man überhaupt praktisch veranlagt ist.« Es war deutlich, daß er das Wort »praktisch« in einer ironischen Weise betonte. »Aber wir kämpfen ja gar nicht«, entgegnete der Leutnant. »Und wenn wir einmal zum Kämpfen kommen, ist es vielleicht gar nicht so praktisch.« »Aber warum denn?« fragte der Bezirkshauptmann. »Weil wir bestimmt den Krieg verlieren«, sagte Nechwal, der Leutnant. »Es ist eine andere Zeit«, fügte er hinzu – und nicht ohne Bosheit, wie es Herrn von Trotta vorkam. Er kniff seine kleinen Augen zusammen, so daß sie beinahe ganz verschwanden, und in einer Art, die dem Bezirkshauptmann ganz unerträglich schien, entblößte seine Oberlippe das Zahnfleisch, der Schnurrbart berührte die Nase, und diese glich den breiten Nüstern irgendeines Tieres, nach der Meinung Herrn von Trottas. – Ein ganz widerlicher Bursche, dachte der Bezirkshauptmann. »Eine neue Zeit«, wiederholte der junge Nechwal. »Die vielen Völker halten nicht lange zusammen!« »So«, sagte der Bezirkshauptmann, »und woher wollen Sie das alles wissen, Herr Leutnant?« Und der Bezirkshauptmann wußte im gleichen Augenblick, daß sein Hohn stumpf war, und er fühlte sich selbst wie ein Veteran etwa, der seinen ungefährlichen, ohnmächtigen Säbel gegen einen Feind zückt. »Alle Welt weiß es«, sagte der Junge, »und sagt es auch!« »Sagt es?« wiederholte Herr von Trotta. »Ihre Kameraden sagen's?« »Ja, sie sagen es!«

Der Bezirkshauptmann sprach nicht mehr. Es schien ihm plötzlich, daß er auf einem hohen Berg stand und ihm gegenüber der Leutnant Nechwal in einem tiefen Tal. Sehr klein war der Leutnant Nechwal! Aber obwohl er klein war und sehr tief stand, hatte er dennoch recht. Und die Welt war nicht mehr die alte Welt. Sie ging unter. Und es war in der Ordnung, daß eine Stunde vor ihrem Untergang die Täler recht behielten gegen die Berge, die Jungen gegen die Alten, die Dummköpfe gegen die Vernünftigen. Der Bezirkshauptmann schwieg. Es war ein sommerlicher Sonntagnachmittag. Die gelben Jalousien im Herrenzimmer ließen gefilterte goldene Sonne einströmen. Die Uhr tickte. Die Fliegen summten. Der Bezirkshauptmann erinnerte sich an den Sommertag, an dem sein Sohn Carl Joseph in der Uniform eines Kavallerieleutnants gekommen war. Wieviel Zeit war seit jenem Tage vergangen? Ein paar Jahre! In diesen Jahren aber schienen dem Bezirkshauptmann die Ereignisse dichter geworden zu sein. Es war, als wenn die Sonne täglich zweimal auf- und zweimal untergegangen wäre; und jede Woche hätte zwei Sonntage gehabt und jeder Monat sechzig Tage! Und die Jahre waren doppelte Jahre gewesen. Und Herr von Trotta fühlte sich gleichsam von der Zeit betrogen, obwohl sie ihm das Doppelte geboten hatte; und es war ihm, als hätte ihm die Ewigkeit doppelte falsche Jahre geboten statt einfacher echter. Und während er den Leutnant verachtete, der ihm gegenüber so tief in seinem Jammertal stand, mißtraute er dem Berg, auf dem er selber stand. Ach! Es geschah ihm Unrecht! Unrecht! Unrecht! Zum erstenmal in seinem Leben glaubte der Bezirkshauptmann, daß ihm Unrecht geschah.

Er sehnte sich nach Doktor Skowronnek, dem Mann, mit dem er seit einigen Monaten jeden Nachmittag Schach spielte. Denn auch das regelmäßige Schachspiel gehörte zu den Veränderungen, die im Leben des Bezirkshauptmanns vorgegangen waren. Er hatte Doktor Skowronnek schon lange gekannt, wie er andere Kaffeehausbesucher kannte, nicht mehr und nicht weniger. Eines Nachmittags saßen sie einander gegenüber. Jeder halb verdeckt von einer aufgespannten und entfalteten Zeitung. Wie auf ein Kommando legten beide die Zeitungen nieder, und ihre Augen begegneten einander. Gleichzeitig und auf einen Schlag erkannten sie, daß sie denselben Bericht gelesen hatten. Es war ein Bericht über ein Sommerfest in Hietzing, an dem ein Fleischermeister namens Alois Schinagl dank seiner übernatürlichen Gefräßigkeit Sieger im Beinfleischessen geblieben war und die »Goldene Medaille des Wettesservereins von Hietzing« erhalten hatte. Und die Blicke der beiden Männer sagten zu gleicher Zeit: Wir essen auch gerne Beinfleisch, aber diese Idee, eine goldene Medaille für so was zu verleihen, ist doch eine recht neumodische und verrückte Idee! Ob es eine Liebe auf den ersten Blick geben kann, wird mit Recht von Kennern bezweifelt. Daß es aber eine Freundschaft auf den ersten Blick gibt, eine Freundschaft unter bejahrten Männern, daran gibt es keinen Zweifel. Doktor Skowronnek sah über die randlosen, ovalen Gläser seiner Brille auf den Bezirkshauptmann, und der Bezirkshauptmann legte im selben Augenblick den Zwikker ab. Er lüftete den Zwicker. Und Doktor Skowronnek trat an den Tisch des Bezirkshauptmanns.

»Spielen Sie Schach?« fragte Doktor Skowronnek. »Gerne!« sagte der Bezirkshauptmann.

Sie hatten es nicht nötig, sich zu verabreden. Sie trafen sich jeden Nachmittag um die gleiche Stunde. Sie kamen gleichzeitig. In ihren täglichen Gewohnheiten schien eine abgemachte Übereinstimmung zu herrschen. Während des Schachspiels wechselten sie kaum ein Wort. Sie hatten auch nicht das Bedürfnis, miteinander zu sprechen. Auf dem engen Schachbrett stießen manchmal ihre hageren Finger zusammen wie Menschen auf einem kleinen Platz, zuckten zurück und kehrten wieder heim. Aber so flüchtig diese Berührungen auch waren: Als hätten die Finger Augen und Ohren, vernahmen sie alles voneinander und von den Männern, denen sie gehörten. Und nachdem der Bezirkshauptmann und Doktor Skowronnek ein paarmal mit ihren Händen auf dem Schachbrett zusammengestoßen waren, kam es beiden Männern vor, daß sie sich schon seit langen Jahren kannten und daß sie keine Geheimnisse mehr voreinander hätten. Und also begannen eines Tages sanfte Gespräche ihr Spiel zu umranden, und über die Hände hinweg, die längst miteinander vertraut waren, schwebten die Bemerkungen der Männer über Wetter, Welt, Politik und Menschen. Ein schätzenswerter Mann! dachte der Bezirkshauptmann vom Doktor Skowronnek. Ein außerordentlich feiner Mensch! dachte Doktor Skowronnek vom Bezirkshauptmann.

Den größten Teil des Jahres hatte Doktor Skowronnek gar nichts zu tun. Er arbeitete nur vier Monate im Jahr als Badearzt in Franzensbad, und seine ganze Weltkenntnis beruhte auf den Geständnissen seiner Patientinnen; denn die Frauen erzählten ihm alles, wovon sie bedrückt zu sein glaubten, und es gab nichts in der Welt, was sie nicht bedrückt hätte. Ihre Gesundheit litt unter dem Beruf ihrer Männer ebenso wie unter deren Lieblosigkeit, unter der »allgemeinen Not der Zeit«, unter der Teuerung, unter den politischen Krisen, unter der ständigen Kriegsgefahr, unter den Zeitungsabonnements der Gatten, der eigenen Beschäftigungslosigkeit, der Treulosigkeit der Liebhaber, der Gleichgültigkeit der Männer, aber auch unter deren Eifersucht. Auf diese Weise lernte Doktor Skowronnek die verschiedenen Stände und ihr häusliches Leben kennen, die Küchen und die Schlafzimmer, die Neigungen, die Leidenschaften und die Dummheiten. Und da er den Frauen nicht alles glaubte, sondern nur drei Viertel von dem, was sie ihm berichteten, erlangte er mit der Zeit eine ausgezeichnete Kenntnis der Welt, die wertvoller war als seine medizinische. Auch wenn er mit Männern sprach, lag auf seinen Lippen das ungläubige und dennoch bereitwillige Lächeln eines Menschen, der alles zu hören erwartet. Eine Art abwehrender Güte leuchtete auf seinem kleinen, verkniffenen Antlitz. Und in der Tat hatte er die Menschen ebenso gern, wie er sie geringschätzte.

Ahnte die einfache Seele Herrn von Trottas etwas von der herzlichen Schlauheit Doktor Skowronneks? Es war jedenfalls der erste Mensch nach dem Jugendfreund Moser, für den der Bezirkshauptmann eine zutrauliche Hochachtung zu fühlen begann. »Sie leben schon lange hier in unserer Stadt, Herr Doktor?« fragte er. »Seit meiner Geburt!« sagte Skowronnek. »Schade, schade«, sagte der Bezirkshauptmann, »daß wir uns so spät kennenlernen!« »Ich kenne Sie schon lange, Herr Bezirkshauptmann!« sagte Doktor Skowronnek. »Ich hab' Sie gelegentlich beobachtet!« erwiderte Herr von Trotta. »Ihr Herr Sohn war einmal hier!« sagte Skowronnek. »Es sind ein paar Jahre her!« »Ja, ja! Ich erinnere mich!« meinte der Bezirkshauptmann. Er dachte an den Nachmittag, an dem Carl Joseph mit den Briefen der toten Frau Slama gekommen war. Es war Sommer. Es hatte geregnet. Einen schlechten Cognac hatte der Junge am Büfett getrunken. »Er hat sich transferieren lassen«, sagte Herr von Trotta. »Er dient jetzt bei den Jägern, an der Grenze, in B.« »Und er macht Ihnen Freude?« fragte Skowronnek. Aber er wollte »Sorgen« sagen. »Eigentlich – ja! Gewiß! Ja!« erwiderte der Bezirkshauptmann. Er stand sehr schnell auf und verließ den Doktor Skowronnek.

Er trug sich schon lange mit dem Gedanken, Doktor Skowronnek alle Sorgen zu erzählen. Er wurde alt, er brauchte einen Zuhörer. Jeden Nachmittag faßte der Bezirkshauptmann aufs neue den Entschluß, mit Doktor Skowronnek zu sprechen. Aber er brachte nicht jenes Wort hervor, das geeignet gewesen wäre, ein vertrautes Gespräch einzuleiten. Doktor Skowronnek erwartete es jeden Tag. Er ahnte, daß die Zeit für den Bezirkshauptmann gekommen war, Geständnisse abzulegen.

Seit mehreren Wochen trug der Bezirkshauptmann in der Brusttasche einen Brief seines Sohnes. Es galt, ihm zu antworten, aber Herr von Trotta konnte es nicht. Indessen wurde der Brief immer schwerer, geradezu eine Last in der Tasche. Bald war es dem Bezirkshauptmann, als trüge er den Brief auf seinem alten Herzen. Carl Joseph schrieb nämlich, daß er gedenke, die Armee zu verlassen. Ja, gleich der erste Satz des Briefes lautete: »Ich trage mich mit dem Gedanken, die Armee zu verlassen.« Als der Bezirkshauptmann diesen Satz las, unterbrach er sich sofort und warf einen Blick auf die Unterschrift, um sich zu überzeugen, daß kein anderer als Carl Joseph den Brief geschrieben hatte. Dann legte Herr von Trotta den Zwicker, den er zum Lesen benutzte, weg und den Brief ebenfalls. Er ruhte aus. Er saß in seiner Kanzlei. Die dienstlichen Briefe waren noch nicht aufgeschnitten. Vielleicht enthielten sie heute Wichtiges, sofort zu erledigende Angelegenheiten. Alle Dinge aber, die den Dienst betrafen, schienen durch die Erwägungen Carl Josephs bereits in der ungünstigsten Weise erledigt. Es geschah dem Bezirkshauptmann zum erstenmal, daß er seine dienstlichen Obliegenheiten von persönlichen Erlebnissen abhängig machte. Und ein so bescheidener, ja demütiger Diener des Staates er auch war: Die Erwägung seines Sohnes, die Armee zu verlassen, wirkte auf Herrn von Trotta etwa so, wie wenn er eine Mitteilung von der gesamten kaiser- und königlichen Armee erhalten hätte, daß sie gesonnen sei, sich aufzulösen. Alles, alles in der Welt schien seinen Sinn verloren zu haben. Der Untergang der Welt schien angebrochen! Und es war dem Bezirkshauptmann, als er sich dennoch entschloß, die dienstliche Post zu lesen, als erfüllte er eine vergebliche und namenlose und heroische Pflicht, wie etwa der Telephonist eines sinkenden Schiffes.

Erst eine gute Stunde später las er den Brief seines Sohnes weiter. Carl Joseph bat ihn um die Zustimmung. Und der Bezirkshauptmann erwiderte folgendes:

»Mein lieber Sohn!

Dein Brief hat mich erschüttert. Ich werde Dir nach einiger Zeit meinen endgültigen Entschluß mitteilen.

Dein Vater.«

Auf diesen Brief Herrn von Trottas antwortete Carl Joseph nicht mehr. Ja, er unterbrach die regelmäßige Reihe seiner gewohnten Berichte, und der Bezirkshauptmann hörte also seit einer geraumen Zeit nichts von seinem Sohn. Er wartete jeden Morgen, der Alte, und er wußte gleichzeitig, daß er umsonst wartete. Und es war, als fehlte nicht jeden Morgen der erwartete Brief, sondern als käme jeden Morgen die erwartete und gefürchtete Stille. Der Sohn schwieg. Aber der Vater hörte ihn schweigen. Und es war, als kündigte der Sohn jeden Tag aufs neue dem Alten den Gehorsam. Und je länger Carl Josephs Berichte ausblieben, desto schwieriger war es dem Bezirkshauptmann, den angekündigten Brief zu schreiben. Und war es ihm noch zuerst ganz selbstverständlich erschienen, dem Jungen den Austritt aus der Armee einfach zu verbieten, so begann jetzt Herr von Trotta allmählich zu glauben, daß er kein Recht mehr habe, etwas zu verbieten. Er war recht verzagt, der Herr Bezirkshauptmann. Immer silberner wurde sein Backenbart. Seine Schläfen waren schon ganz weiß. Sein Kopf hing manchmal auf die Brust herab, und sein Kinn und die beiden Flügel seines Backenbarts lagen auf dem gestärkten Hemd. So schlief er in seinem Sessel plötzlich ein, fuhr nach einigen Minuten wieder auf und glaubte, eine Ewigkeit geschlafen zu haben. Überhaupt entschwand ihm sein peinlich genauer Sinn für den Gang der Stunden, seitdem er diese und jene seiner alten Gewohnheiten aufgegeben hatte. Denn ebendiese Gewohnheiten zu erhalten, waren ja die Stunden und die Tage bestimmt gewesen, und nunmehr glichen sie leeren Gefäßen, die nicht mehr gefüllt werden konnten und um die man sich nicht mehr zu kümmern brauchte. Und nur am Nachmittag zur Schachpartie mit Doktor Skowronnek erschien der Bezirkshauptmann noch pünktlich.

Eines Tages bekam er einen überraschenden Besuch. Er saß über seinen Papieren in der Kanzlei, als er draußen die wohlbekannte, polternde Stimme seines Jugendfreundes Moser vernahm und die vergeblichen Bemühungen des Amtsdieners, den Professor abzuweisen. Der Bezirkshauptmann klingelte und ließ den Professor kommen. »Grüß Gott, Herr Statthalter!« sagte Moser. Mit seinem Schlapphut, seiner Mappe und ohne Mantel sah Moser nicht aus wie jemand, der eine Reise zurückgelegt hat und eben aus der Eisenbahn gestiegen ist, sondern als käme er aus einem Haus gegenüber. Und den Bezirkshauptmann erschreckte der fürchterliche Gedanke, daß Moser gekommen sein könnte, um sich in W. für immer niederzulassen. Der Professor ging zuerst zur Tür zurück, drehte den Schlüssel um und sagte: »Damit man uns nicht überrascht, mein Lieber! Es könnte deiner Karriere schaden!« Dann trat er mit breiten, langsamen Schritten an den Schreibtisch, umarmte den Bezirkshauptmann und drückte ihm einen schallenden Kuß auf die Glatze. Hierauf ließ er sich im Lehnstuhl neben dem Schreibtisch nieder, legte Mappe und Hut vor die Füße auf den Boden und schwieg.

Herr von Trotta schwieg ebenfalls. Er wußte nun, weshalb Moser gekommen war. Seit drei Monaten hatte er ihm kein Geld geschickt. »Entschuldige!« sagte der Herr von Trotta. »Ich wollt's dir sofort nachzahlen! Du mußt entschuldigen! Ich hab' viel Sorgen in der letzten Zeit!« »Kann mir's denken!« erwiderte Moser. »Dein Herr Sohn ist sehr kostspielig! Seh' ihn jede zweite Woche in Wien. Scheint sich gut zu amüsieren, der Herr Leutnant!«

Der Bezirkshauptmann erhob sich. Er griff nach der Brust. Er fühlte den Brief Carl Josephs in der Tasche. Er trat ans Fenster. Den Rücken Moser zugewandt, den Blick auf die alten Kastanien im Park gegenüber gerichtet, fragte er: »Hast du mit ihm gesprochen?«

»Wir trinken immer ein Gläschen, sooft wir uns treffen«, sagte Moser, »nobel ist er ja, dein Herr Sohn!«

»So! Nobel ist er!« wiederholte Herr von Trotta.

Er kehrte schnell zum Schreibtisch zurück, riß eine Schublade hervor, blätterte in Geldscheinen, zog ein paar heraus und gab sie dem Maler. Moser legte das Geld in den Hut zwischen das zerschlissene Unterfutter und den Filz und erhob sich. »Einen Moment!« sagte der Bezirkshauptmann. Er ging zur Tür, sperrte sie auf und sagte dem Amtsdiener: »Begleiten Sie den Herrn Professor zur Bahn. Er fährt nach Wien. Der Zug geht in einer Stunde!« »Ergebenster Diener!« sagte Moser und machte eine Verbeugung. Der Bezirkshauptmann wartete ein paar Minuten. Dann nahm er Hut und Stock und ging ins Kaffeehaus.

Er hatte sich ein wenig verspätet. Doktor Skowronnek saß schon am Tisch, das Schachbrett mit den aufgestellten Figuren vor sich. Herr von Trotta setzte sich. »Schwarz oder weiß, Herr Bezirkshauptmann?« fragte Skowronnek. »Ich spiele heute nicht!« sagte der Bezirkshauptmann. Er bestellte einen Cognac, trank ihn und begann: »Ich möchte Sie belästigen, Herr Doktor!«

»Bitte!« sagte Skowronnek.

»Es handelt sich um meinen Sohn«, begann der Bezirkshauptmann. Und in seiner amtlichen, langsamen, ein wenig näselnden Sprache berichtete er von seinen Sorgen, als spräche er von dienstlichen Angelegenheiten zu einem Statthaltereirat. Er teilte gewissermaßen seine Sorgen in Haupt- und Untersorgen. Und Punkt für Punkt, mit kleinen Absätzen, trug er Doktor Skowronnek die Geschichte seines Vaters vor, seine eigene und die seines Sohnes. Als er geendet hatte, waren alle Gäste verschwunden und die grünlichen Gasflammen im Spielzimmer schon entzündet, und ihr eintöniger Gesang summte über den leeren Tischen.

»So! Das ist es also!« schloß der Bezirkshauptmann.

Es blieb lange still zwischen den beiden Männern. Der Bezirkshauptmann wagte nicht, den Doktor Skowronnek anzusehen. Und der Doktor Skowronnek wagte nicht, den Bezirkshauptmann anzusehen. Und sie schlugen die Augen voreinander nieder, als hätten sie sich gegenseitig auf einer blamablen Tat ertappt. Endlich sagte Skowronnek:

»Vielleicht steckt eine Frau dahinter? Welchen Grund hätte Ihr Sohn, so oft in Wien zu sein?«

Der Bezirkshauptmann hätte in der Tat niemals an eine Frau gedacht. Es erschien ihm selbst unfaßbar, daß er auf diesen selbstverständlichen Gedanken nicht sofort gekommen war. Denn alles – und es war gewiß nicht viel –, was er jemals von dem verderblichen Einfluß vernommen hatte, den Frauen auf junge Männer auszuüben imstande waren, stürzte plötzlich wuchtig in sein Gehirn und befreite gleichzeitig sein Herz. Wenn es nichts anderes war als eine Frau, die in Carl Joseph den Entschluß geweckt hatte, die Armee zu verlassen, so ließ sich vielleicht zwar noch nichts reparieren, aber man sah wenigstens die Ursache des Unheils, und der Untergang der Welt war nicht mehr die Frage unerkennbarer, geheimer, finsterer Mächte, gegen die man sich nicht wehren konnte. Eine Frau! dachte er. Nein! Er wußte nichts von einer Frau! Und er sagte in seinem amtlichen Stil:

»Mir ist nichts von einer Frauensperson zu Ohren gekommen!«

»Eine Frauensperson!« wiederholte Doktor Skowronnek und lächelte: »Es könnte ja auch zufällig eine Dame sein!«

»Sie meinen also«, sagte Herr von Trotta, »daß mein Sohn die ernste Absicht hat, eine Ehe zu schließen.«

»Auch das nicht«, sagte Skowronnek. »Man muß doch auch Damen nicht heiraten.«

Er erkannte, daß der Bezirkshauptmann zu jenen einfachen Naturen gehörte, die gleichsam noch einmal in die Schule geschickt werden mußten. Und er beschloß, den Bezirkshauptmann wie ein Kind zu behandeln, das eben seine Muttersprache lernen soll. Und er sagte:

»Lassen wir die Damen, Herr Bezirkshauptmann! Es kommt nicht darauf an! Aus diesem oder jenem Grunde möchte Ihr Sohn nicht bei der Armee bleiben. Und ich verstehe das!«

»Sie verstehen es?«

»Gewiß, Herr Bezirkshauptmann! Ein junger Offizier unserer Armee kann mit seinem Beruf nicht zufrieden sein, wenn er nachdenkt. Seine Sehnsucht muß der Krieg sein. Er weiß aber, daß der Krieg das Ende der Monarchie ist.«

»Das Ende der Monarchie?«

»Das Ende, Herr Bezirkshauptmann! Es tut mir leid! Lassen Sie Ihren Sohn tun, was ihm behagt. Vielleicht eignet er sich besser zu irgendeinem anderen Beruf!«

»Zu irgendeinem anderen Beruf!« wiederholte Herr von Trotta.

»Zu irgendeinem anderen Beruf!« sagte er noch einmal. Sie schwiegen eine lange Weile. Dann sagte der Bezirkshauptmann zum drittenmal:

»Zu irgendeinem anderen Beruf!«

Er bemühte sich, mit diesen Worten vertraut zu werden, aber sie blieben ihm fremd wie die Worte revolutionär oder nationale Minderheiten zum Beispiel. Und es war dem Bezirkshauptmann, als hätte er nicht erst lange auf den Untergang der Welt zu warten. Er schlug mit der mageren Faust auf den Tisch, die runde Manschette schepperte, und über dem Tischchen wackelte die grünliche Lampe ein bißchen, und fragte:

»Was für einen Beruf, Herr Doktor?«

»Er könnte«, meinte Doktor Skowronnek, »vielleicht bei der Eisenbahn unterkommen!«

Der Bezirkshauptmann sah im nächsten Augenblick seinen Sohn in der Uniform eines Schaffners, eine Zange zum Knipsen der Fahrkarten in der Hand. Das Wort »unterkommen« jagte einen Schauer durch sein altes Herz. Er fror.

»So, meinen Sie?«

»Sonst weiß ich nichts!« sagte Doktor Skowronnek.

Und da sich der Bezirkshauptmann jetzt erhob, stand auch Doktor Skowronnek auf und sagte:

»Ich werde Sie begleiten!«

Sie gingen durch den Park. Es regnete. Der Bezirkshauptmann spannte seinen Regenschirm nicht auf. Hier und dort fielen schwere Tropfen aus den dichten Kronen der Bäume auf seine Schultern und seinen steifen Hut. Es war dunkel und still. Sooft sie an einer der spärlichen Laternen vorbeikamen, die ihre silbernen Häupter zwischen dem dunklen Laub verbargen, neigten beide Männer die Köpfe. Und als sie vor dem Ausgang des Stadtparks standen, zögerten sie noch einen Augenblick. Und Doktor Skowronnek sagte plötzlich: »Auf Wiedersehen, Herr Bezirkshauptmann!« Und Herr von Trotta ging allein über die Straße, hinüber zum breitgewölbten Tor der Bezirkshauptmannschaft.

Er begegnete seiner Haushälterin auf der Treppe, sagte: »Ich esse heute nicht, Gnädigste!« und ging schnell weiter. Er wollte zwei Stufen auf einmal nehmen, aber er schämte sich und ging mit gewohnter Würde geradewegs ins Amt. Zum erstenmal, seitdem er diese Bezirkshauptmannschaft leitete, saß er zu abendlicher Stunde in seiner Amtskanzlei. Er entzündete die grüne Tischlampe, die sonst nur im Winter am Nachmittag brannte. Die Fenster waren offen. Der Regen schlug heftig an die blechernen Fensterbretter. Herr von Trotta zog einen gelblichen Kanzleibogen aus der Schublade und schrieb:

»Lieber Sohn!

Nach reiflicher Überlegung habe ich mich entschlossen, die Verantwortung für Deine Zukunft Dir selbst zu überlassen. Ich ersuche Dich lediglich, mir Deine Entschlüsse mitzuteilen.

Dein Vater.«

Herr von Trotta blieb lange Zeit vor seinem Brief sitzen. Er las ein paarmal die wenigen Sätze, die er geschrieben hatte. Sie klangen ihm wie sein Testament. Es wäre ihm niemals früher eingefallen, seinen väterlichen Charakter für wichtiger zu halten als seinen amtlichen. Da er nun aber mit diesem Brief die Befehlsgewalt über seinen Sohn niederlegte, schien es ihm, daß sein ganzes Leben wenig Sinn mehr hätte und daß er zugleich auch aufhören müßte, Beamter zu sein. Es war nichts Ehrloses, was er unternahm. Aber es kam ihm vor, daß er sich selbst einen Schimpf zufügte. Er verließ die Kanzlei, den Brief in der Hand, er ging ins Herrenzimmer. Hier entzündete er alle vorhandenen Lichter, die Stehlampe in der Ecke und die Hängelampe am Suffit und stellte sich vor dem Porträt des Helden von Solferino auf. Das Angesicht seines Vaters konnte er nicht deutlich sehen. Das Gemälde zerfiel in hundert kleine, ölige Lichtflecke und Tupfen, der Mund war ein blaßroter Strich und die Augen zwei schwarze Kohlensplitter. Der Bezirkshauptmann stieg auf einen Sessel (seit seiner Knabenzeit war er nicht auf einem Sessel gestanden), reckte sich, stellte sich auf die Zehenspitzen, hielt den Zwicker vor die Augen und konnte gerade noch die Unterschrift Mosers in der Ecke rechts auf dem Porträt lesen. Er stieg ein wenig mühsam wieder hinunter, unterdrückte einen Seufzer, wich, rückwärtsschreitend, bis zur Wand gegenüber, stieß sich heftig und schmerzlich an der Kante des Tisches und begann, das Bild aus der Ferne zu studieren. Er löschte die Deckenlampe aus. Und im tiefen Dämmer glaubte er, das Angesicht seines Vaters lebendig schimmern zu sehen. Bald näherte es sich ihm, bald entfernte es sich, schien hinter die Wand zu entweichen und wie aus einer unermeßlichen Weite durch ein offenes Fenster ins Zimmer zu schauen. Herr von Trotta verspürte eine große Müdigkeit. Er setzte sich in den Sessel, rückte ihn so zurecht, daß er gerade dem Bildnis gegenübersaß, und öffnete seine Weste. Er hörte die immer spärlicheren Tropfen des nachlassenden Regens in harten, unregelmäßigen Schlägen an den Fensterscheiben und von Zeit zu Zeit den Wind in den alten Kastanien gegenüber rauschen. Er schloß die Augen. Und er schlief ein, den Brief im Umschlag in der Hand und die Hand reglos über der Lehne des Sessels.

Als er erwachte, strömte der volle Morgen schon durch die drei großen, gewölbten Fenster. Der Bezirkshauptmann erblickte zuerst das Porträt des Helden von Solferino, dann fühlte er den Brief in seiner Hand, sah die Adresse, las den Namen seines Sohnes und erhob sich seufzend. Seine Hemdbrust war zerdrückt, seine breite, dunkelrote Krawatte mit den weißen Tupfen war nach links verschoben, und auf der gestreiften Hose bemerkte Herr von Trotta zum erstenmal, seitdem er Hosen trug, abscheuliche Querfalten. Er betrachtete sich eine Weile im Spiegel. Und er sah, daß sein Backenbart zerzaust war und daß sich ein paar kümmerliche, graue Härchen auf seiner Glatze ringelten und daß seine stichligen Augenbrauen kreuz und quer durcheinanderstanden, als wäre ein kleiner Sturm über sie hingegangen. Der Bezirkshauptmann schaute auf die Uhr. Und da der Friseur bald kommen mußte, beeilte er sich, die Kleider abzulegen und geschwind ins Bett zu schlüpfen, um dem Barbier einen normalen Morgen vorzutäuschen. Aber den Brief behielt er in der Hand. Und er hielt ihn, während er eingeseift und rasiert wurde, und später, als er sich wusch, lag der Brief am Rande des Tischchens, auf dem das Waschbecken stand. Erst als sich Herr von Trotta zum Frühstück setzte, übergab er den Brief dem Amtsdiener und befahl, ihn zusammen mit der nächsten Dienstpost abgehen zu lassen.

Er ging, wie jeden Tag, an seine Arbeit. Und niemand wäre imstande gewesen zu erkennen, daß Herr von Trotta seinen Glauben verloren hatte. Denn die Sorgfalt, mit der er heute seine Geschäfte erledigte, war keineswegs eine geringere als an anderen Tagen. Nur war diese Sorgfalt eine ganz, ganz andere. Sie war lediglich die Sorgfalt der Hände, der Augen, des Zwickers sogar. Und Herr von Trotta glich einem Virtuosen, in dem das Feuer erloschen, in dessen Seele es taub und leer geworden ist und dessen Finger nur noch in kalter, seit Jahren erworbener Dienstfertigkeit dank ihrem eigenen, toten Gedächtnis richtige Klänge erzeugen. Aber niemand bemerkte es, wie gesagt. Und am Nachmittag kam, wie gewöhnlich, der Wachtmeister Slama. Und Herr von Trotta fragte ihn: »Sagen Sie, lieber Slama, haben Sie eigentlich wieder geheiratet?« Er wußte selbst nicht, warum er diese Frage heute stellte und warum ihn plötzlich das Privatleben des Gendarmen etwas anging. »Nein, Herr Baron!« sagte Slama. »Ich werde auch nicht mehr heiraten!« »Da haben Sie recht!« sagte Herr von Trotta. Aber er wußte auch nicht, weshalb der Wachtmeister mit seinem Entschluß, nicht wieder zu heiraten, recht haben sollte.

Das war die Stunde, in der er täglich im Kaffeehaus erschien, und also begab er sich auch heute dorthin. Das Schachbrett stand schon auf dem Tisch. Doktor Skowronnek kam zu gleicher Zeit, sie setzten sich. »Schwarz oder Weiß, Herr Bezirkshauptmann?« fragte der Doktor wie alle Tage. »Nach Belieben!« sagte der Bezirkshauptmann. Und sie begannen zu spielen. Herr von Trotta spielte heute sorgfältig, andächtig beinahe, und gewann. »Sie werden ja allmählich ein wahrer Schachmeister!« sagte Skowronnek.

Der Bezirkshauptmann fühlte sich wahrhaftig geschmeichelt. »Vielleicht hätte ich einer werden können!« erwiderte er. Und er dachte, daß es besser gewesen wäre, daß alles besser gewesen wäre.

»Ich habe übrigens meinem Sohn geschrieben«, begann er nach einer Weile. »Er mag tun, was ihm gefällt!«

»Das scheint mir das Richtige!« sagte Doktor Skowronnek. »Man kann keine Verantwortung tragen! Kein Mensch darf für den andern eine Verantwortung tragen.«

»Mein Vater hat sie für mich getragen«, sagte der Bezirkshauptmann, »mein Großvater für meinen Vater.«

»Es war damals anders«, erwiderte Skowronnek. »Nicht einmal der Kaiser trägt heute die Verantwortung für seine Monarchie. Ja, es scheint, daß Gott selbst die Verantwortung für die Welt nicht mehr tragen will. Es war damals leichter! Alles war gesichert. Jeder Stein lag auf seinem Platz. Die Straßen des Lebens waren wohl gepflastert. Die sicheren Dächer lagen über den Mauern der Häuser. Aber heute, Herr Bezirkshauptmann, heute liegen die Steine auf den Straßen quer und verworren und in gefährlichen Haufen, und die Dächer haben Löcher, und in die Häuser regnet es, und jeder muß selber wissen, welche Straße er geht und in was für ein Haus er zieht. Wenn Ihr seliger Herr Vater gesagt hat, aus Ihnen würde kein Landwirt, sondern ein Beamter, so hat er recht gehabt. Sie sind ein musterhafter Beamter geworden. Aber als Sie Ihrem Sohn sagten, er solle Soldat werden, haben Sie unrecht gehabt. Er ist kein musterhafter Soldat!«

»Ja, ja!« bestätigte Herr von Trotta.

»Und deshalb soll man alles gehen lassen, jedes seinen eigenen Weg! Wenn mir meine Kinder nicht gehorchen, bemühe ich mich nur noch, nicht die Würde zu verlieren. Es ist alles, was man tun kann. Ich sehe sie mir manchmal an, wenn sie schlafen. Ihre Gesichter scheinen mir dann ganz fremd, kaum zu erkennen, und ich sehe, daß sie fremde Menschen sind, aus einer Zeit, die erst kommen wird und die ich nicht mehr erleben werde. Sie sind noch ganz jung, meine Kinder! Das eine ist acht, das andere zehn, und sie haben runde, rosige Gesichter im Schlaf. Dennoch ist sehr viel Grausames in diesen Gesichtern, wenn sie schlafen. Manchmal scheint es mir, daß es schon die Grausamkeit ihrer Zeit ist, der Zukunft, die im Schlaf über die Kinder kommt. Ich möchte nicht diese Zeit erleben!«

»Ja, ja!« sagte der Bezirkshauptmann.

Sie spielten noch eine Partie, aber diesmal verlor Herr von Trotta. »Ich werde kein Meister!« sagte er milde und gleichsam ausgesöhnt mit seinen Mängeln. Es war auch heute spät geworden, die grünlichen Gaslampen, die Stimmen der Stille, surrten schon, und das Kaffeehaus war leer. Sie gingen wieder durch den Park nach Hause. Heute war der Abend heiter, und heitere Spaziergänger begegneten ihnen. Sie sprachen über die häufigen Regen dieses Sommers und von der Trockenheit des vergangenen und der vorauszusehenden Strenge des kommenden Winters. Skowronnek ging bis zur Tür der Bezirkshauptmannschaft. »Sie haben recht getan mit Ihrem Brief, Herr Bezirkshauptmann!« sagte er.

»Ja, ja!« bestätigte Herr von Trotta.

Er ging an den Tisch und aß hastig sein halbes Huhn mit Salat, ohne ein Wort. Die Haushälterin warf ihm verstohlene, ängstliche Blicke zu. Sie bediente selbst, seitdem Jacques tot war. Sie verließ das Zimmer noch vor dem Bezirkshauptmann, mit einem mißlungenen Knicks, wie sie ihn vor dreißig Jahren als kleines Mädchen vor ihrem Schuldirektor ausgeführt hatte. Der Bezirkshauptmann winkte ihr nach mit einer Handbewegung, mit der man Fliegen verscheucht. Dann erhob er sich und ging schlafen. Er fühlte sich müde und fast krank, die vergangene Nacht lag als ein sehr ferner Traum in seiner Erinnerung, aber als ein ganz naher Schrecken noch in seinen Gliedern.

Er schlief ruhig ein, er glaubte, das Schwerste hätte er überstanden. Er wußte nicht, der alte Herr von Trotta, daß ihm das Schicksal bitteren Kummer spann, dieweil er schlief. Alt war er und müde, und der Tod wartete schon auf ihn, aber das Leben ließ ihn noch nicht frei. Wie ein grausamer Gastgeber hielt es ihn am Tische fest, weil er noch nicht alles Bittere gekostet hatte, das für ihn bereitet war.

XVII

Nein, der Bezirkshauptmann hatte noch nicht alles Bittere gekostet! Carl Joseph erhielt den Brief seines Vaters zu spät, das heißt, zu einer Zeit, in der er längst beschlossen hatte, keine Briefe mehr zu öffnen und keine zu schreiben. Was Frau von Taußig betraf, so telegraphierte sie. Wie flinke, kleine Schwalben kamen jede zweite Woche ihre Telegramme, ihn zu rufen. Und Carl Joseph stürzte zum Kleiderschrank, holte den grauen Zivilanzug hervor, seine bessere, wichtigere und geheime Existenz, und zog sich um. Sofort fühlte er sich heimisch in der Welt, in die er sich begeben sollte, er vergaß sein militärisches Leben. An Stelle Hauptmann Wagners war Hauptmann Jedlicek von den Einser-Jägern zum Bataillon gekommen, ein »guter Kerl« von enormen körperlichen Ausmaßen, breit, heiter und sanft wie jeder Riese und jeder guten Zurede offen. Welch ein

Mann! Gleich als er ankam, wußten alle, daß er diesem Sumpf gewachsen war und daß er stärker war als die Grenze. Man konnte sich auf ihn verlassen! Er verstieß gegen alle militärischen Gebote, aber es war, als ob er sie umstieße! Er hätte ein neues Dienstreglement erfinden und einführen und durchsetzen können: so sah er aus! Er brauchte viel Geld, aber es strömte ihm auch von allen Seiten zu. Die Kameraden borgten ihm, unterschrieben Wechsel für ihn, versetzten für ihn ihre Ringe und ihre Uhren, schrieben an ihre Väter für ihn und an ihre Tanten. Nicht, daß man ihn geradezu geliebt hätte! Denn die Liebe hätte sie ihm nahegebracht, und er schien nicht zu wünschen, daß man ihm nahekomme. Aber es wäre auch schon aus körperlichen Gründen nicht leicht gewesen; seine Größe, seine Breite, seine Wucht wehrten alle ab, und es fiel ihm also nicht schwer, gutmütig zu sein. »Fahr du nur ruhig!« sagte er zum Leutnant Trotta. »Ich übernehme die Verantwortung!« Er übernahm die Verantwortung, und er konnte sie auch tragen. Und er benötigte jede Woche Geld. Leutnant Trotta bekam es von Kapturak. Er brauchte selbst Geld, der Leutnant Trotta. Es erschien ihm jämmerlich, ohne Geld bei Frau von Taußig anzukommen. Wehrlos hätte er sich da in ein bewaffnetes Lager begeben. Welch ein Leichtsinn! – Und er steigerte allmählich seine Bedürfnisse, und er erhöhte die Summen, die er mitnahm, und er kam dennoch von jedem Ausflug mit der allerletzten Krone zurück, und er beschloß immer wieder, das nächstemal mehr mitzunehmen. Manchmal versuchte er, sich Rechenschaft über das verlorene Geld zu geben. Aber es gelang ihm niemals, sich an die einzelnen Ausgaben zu erinnern, und oft kamen auch einfache Additionen nicht mehr zustande. Er konnte nicht rechnen. Seine kleinen Notizbücher hätten von seinen trostlosen Bemühungen, Ordnung zu halten, zeugen können. Unendliche Zahlenkolonnen standen auf jeder Seite. Sie verwirrten und vermischten sich aber, er verlor sie gleichsam aus den Händen, sie addierten sich selbst und trogen ihn mit falschen Summen, sie galoppierten vor seinen sehenden Augen davon, sie kehrten im nächsten Augenblick verwandelt zurück und waren nicht mehr zu erkennen. Es gelang ihm nicht einmal, seine Schulden zu addieren. Auch die Zinsen begriff er nicht. Was er geliehen hatte, verschwand hinter dem, was er schuldig war, wie ein Hügel hinter einem Berg. Und er begriff nicht, wie Kapturak eigentlich rechnete. Und mißtraute er auch Kapturaks Ehrlichkeit, so traute er doch noch weniger seiner eigenen Fähigkeit zu rechnen. Schließlich langweilte ihn jede Zahl. Und er gab ein für allemal jeden Rechenversuch auf, mit dem Mut, den Ohnmacht und Verzweiflung erzeugen.

Sechstausend Kronen war er Kapturak und Brodnitzer schuldig. Diese Summe war selbst für seine mangelhafte Vorstellung von Zahlen riesengroß, wenn er sie mit seiner monatlichen Gage verglich. (Und von der wurde noch ein Drittel regelmäßig abgezogen.) Dennoch hatte er sich mit der Zahl 6000 allmählich vertraut gemacht wie mit einem übermächtigen, aber ganz alten Feind. Ja, in guten Stunden konnte es ihm sogar scheinen, daß die Zahl abnehme und Kräfte verliere. In schlechten Stunden aber schien es ihm, daß sie zunehme und Kräfte gewinne.

Er fuhr zu Frau von Taußig. Seit Wochen unternahm er diese kurzen und verstohlenen Fahrten zu Frau von Taußig, sündige Wallfahrten. Den naiven Frommen ähnlich, für die eine Pilgerfahrt eine Art Genuß ist, eine Zerstreuung und manchmal sogar eine Sensation, verband Leutnant Trotta das Ziel, zu dem er pilgerte, mit der Umgebung, in der es lebte, mit seiner ewigen Sehnsucht nach einem freien Leben, wie er es sich vorstellte, mit dem Zivil, das er anlegte, und mit dem Reiz des Verbotenen. Er liebte seine Reisen. Er liebte diese zehn Minuten Fahrt im geschlossenen Wagen zum Bahnhof, während welcher er sich einbildete, daß er von niemandem erkannt wurde. Er liebte die paar geliehenen Hundertkronenscheine in der Brusttasche, die heute und morgen ihm allein gehörten und denen man nicht ansah, daß sie geliehen waren und daß sie schon zu wachsen und zu schwellen begannen in den Notizbüchern Kapturaks. Er liebte diese zivile Anonymität, in der er den Wiener Nordbahnhof passierte und verließ. Niemand erkannte ihn. Offiziere und Soldaten gingen an ihm vorbei. Er grüßte nicht und wurde nicht gegrüßt. Manchmal erhob sich sein Arm zum militärischen Gruß von selbst. Er erinnerte sich schnell an Zivil und ließ ihn wieder sinken. Die Weste zum Beispiel machte dem Leutnant Trotta ein kindisches Vergnügen. Er steckte die Hände in alle ihre Taschen, die er nicht zu gebrauchen wußte. Und er liebkoste mit eitlen Fingern den Knoten der Krawatte über dem Ausschnitt, der einzigen, die er besaß – Frau von Taußig hatte sie ihm geschenkt – und die er trotz unzähliger Bemühungen nicht zu knüpfen verstand. Der simpelste Kriminalbeamte hätte im Leutnant Trotta auf den ersten Blick den Offizier in Zivil erkannt.

Frau von Taußig stand am Nordbahnhof auf dem Perron. Vor zwanzig Jahren – sie dachte, es sei vor fünfzehn gewesen, denn sie hatte so lange ihr Alter verleugnet, daß sie selbst überzeugt war, ihre Jahre hielten im Lauf inne und gingen nicht zu Ende –, vor zwanzig Jahren hatte sie ebenfalls am Nordbahnhof auf einen Leutnant gewartet, der allerdings ein Kavallerist gewesen war. Sie stieg auf den Perron wie in ein Verjüngungsbad. Sie tauchte unter im beizenden Dunst der Steinkohle, in den Pfiffen und Dämpfen der rangierenden Lokomotiven, im dichten Geklingel der Signale. Sie trug einen kurzen Reiseschleier. Sie hatte die Vorstellung, daß er vor fünfzehn Jahren Mode gewesen war. Dieweil waren es bereits fünfundzwanzig Jahre her, und nicht einmal zwanzig! Sie liebte es, auf dem Bahnsteig zu warten. Sie liebte den Augenblick, in dem der Zug einrollte und sie das lächerliche, dunkelgrüne Hütchen Trottas am Kupeefenster erblickte und sein geliebtes, ratloses, junges Angesicht. Denn sie machte Carl Joseph jünger, ebenso wie sich selbst, dümmer und ratloser, ebenso wie sich selbst. In dem Augenblick, in dem der Leutnant das unterste Trittbrett verließ, öffneten sich ihre Arme, wie vor zwanzig beziehungsweise fünfzehn Jahren. Und aus dem Gesicht, das sie heute trug, tauchte jenes frühe rosige und faltenlose auf, das sie vor zwanzig beziehungsweise vor fünfzehn Jahren getragen hatte, ein Mädchengesicht, süß und etwas erhitzt. Um ihren Hals, in dessen Haut sich heute schon zwei parallele Rillen gruben, hatte sie jene kindliche, dünne Goldkette geschlungen, die vor zwanzig beziehungsweise fünfzehn Jahren ihr einziger Schmuck gewesen war. Und wie vor zwanzig beziehungsweise fünfzehn Jahren fuhr sie mit dem Leutnant in eines jener kleinen Hotels, in denen die verborgene Liebe blühte, in bezahlten, armseligen, quietschenden und köstlichen Bettparadiesen. Die Spaziergänge begannen. Die Liebesviertelstunden im jungen Grün des Wienerwalds, die kleinen, plötzlichen Gewitter des Bluts. Die Abende im rötlichen Dämmer der Opernlogen, hinter vorgezogenen Vorhängen. Die Liebkosungen, wohlbekannte und dennoch überraschende Liebkosungen, auf die das erfahrene und dennoch ahnungslose Fleisch wartete. Das

Ohr kannte die oft gehörte Musik, aber die Augen kannten nur Bruchteile der Szenen. Denn Frau von Taußig hatte immer hinter vorgezogenem Vorhang oder mit geschlossenen Augen in der Oper gesessen. Die Zärtlichkeiten, von der Musik geboren und den Händen des Mannes gleichsam vom Orchester anvertraut, kamen kühl und heiß zugleich zur Haut, längst vertraute und ewig junge Schwestern, Geschenke, die man oft schon empfangen, aber wieder vergessen und lediglich vorgeträumt zu haben glaubte. Die stillen Restaurants öffneten sich. Die stillen Nachtmähler begannen, in Winkeln, in denen der Wein, den man trank, auch zu wachsen schien, gereift von der Liebe, die hier im Dunkeln ewig leuchtete. Der Abschied kam, eine letzte Umarmung am Nachmittag, von der ständig tickenden Mahnung der Taschenuhr, die auf dem Nachttisch lag, begleitet und schon erfüllt von der Freude auf das nächste Wiedersehen; und die Hast, mit der man zum Zug drängte; und der allerletzte Kuß auf dem Trittbrett und die im letzten Augenblick aufgegebene Hoffnung, doch noch mitzufahren.

Müde, aber erfüllt von allen Süßigkeiten der Welt und der Liebe, kam Leutnant Trotta wieder in seinem Garnisonort an. Sein Diener Onufrij hielt die Uniform schon bereit. Trotta zog sich im Hinterzimmer des Restaurants um und fuhr in die Kaserne. Er ging in die Kompaniekanzlei. Alles in Ordnung, nichts vorgefallen. Hauptmann Jedlicek war froh, heiter, wuchtig und gesund wie immer. Leutnant Trotta fühlte sich erleichtert und zugleich enttäuscht. In einem verborgenen Winkel seines Herzens hatte er eine Katastrophe erhofft, die ihm den weiteren Dienst in der Armee unmöglich gemacht hätte. Er wäre dann sofort umgekehrt. Aber es war nichts vorgefallen. Und also mußte er noch zwölf Tage hier warten, eingesperrt zwischen den vier Mauern des Kasernenhofes, innerhalb der wüsten Gäßchen dieser Stadt. Er warf einen Blick auf die Schießfiguren rings an den Wänden des Kasernenhofes. Kleine, blaue Männchen, von Schüssen zerfetzt und wieder nachgemalt, erschienen sie dem Leutnant wie boshafte Kobolde, Hausgeister der Kaserne, sie selbst drohend mit Waffen, von denen sie getroffen wurden, keine Ziele mehr, sondern gefährliche Schützen. Sobald er ins Hotel Brodnitzer kam, sein kahles Zimmer betrat, sich aufs eiserne Bett warf, faßte er den Entschluß, von seinem nächsten Urlaub nicht mehr in die Garnison zurückzukehren.

Diesen Entschluß auszuführen, war er nicht imstande. Er wußte es auch. Und er wartete in Wirklichkeit auf irgendein merkwürdiges Glück, das ihm eines Tages in die Arme fallen und ihn befreien würde für alle Zeiten: von der Armee und von der Notwendigkeit, sie aus freien Stükken zu verlassen. Alles, was er tun konnte, bestand darin, daß er aufhörte, seinem Vater zu schreiben, und daß er ein paar Briefe des Bezirkshauptmanns liegenließ, um sie später einmal zu öffnen; später einmal ...

Die nächsten zwölf Tage rollten vorüber. Er öffnete den Kleiderkasten, betrachtete seinen Zivilanzug und wartete auf das Telegramm. Immer kam es um diese Stunde, in der Dämmerung, kurz vor dem Anbruch der Nacht, wie ein Vogel, der heimkehrt in sein Nest. Aber heute kam es nicht, auch nicht, als die Nacht schon eingebrochen war. Der Leutnant zündete kein Licht an, um die Nacht nicht zur Kenntnis zu nehmen. Angekleidet und mit offenen Augen lag er auf dem Bett. Alle vertrauten Stimmen des Frühlings wehten durch das offene Fenster herein: der tiefe Lärm der Frösche und über ihm sein sanfter und heller Bruder, der Gesang der Grillen, dazwischen der ferne Ruf des nächtlichen Hähers und die Lieder der Burschen und Mägde aus dem Grenzdorf. Das Telegramm kam schließlich. Es teilte dem Leutnant mit, daß er diesmal nicht kommen könne. Frau von Taußig wäre zu ihrem Mann gefahren. Sie wollte bald zurück, wüßte nur nicht wann. Mit »tausend Küssen« schloß der Text. Ihre Zahl beleidigte den Leutnant. Sie hätte nicht sparen dürfen, dachte er. Hunderttausend hätte sie auch telegraphieren können! Es fiel ihm ein, daß er sechstausend Kronen schuldig war. Mit ihnen verglichen, waren tausend Küsse eine kümmerliche Zahl. Er stand auf, um die offene Tür des Kleiderschranks zu schließen. Da hing, sauber und gerade, eine gebügelte Leiche, der freie, dunkelgraue, zivilistische Trotta. Über ihm schloß sich der Kasten. Ein Sarg: begraben! begraben!

Der Leutnant öffnete die Tür zum Korridor. Immer saß Onufrij dort, schweigsam oder leise summend oder die Mundharmonika vor den Lippen und die Hände gewölbt über dem Instrument, um die Töne zu dämpfen. Manchmal saß Onufrij auf einem Stuhl. Manchmal hockte er auf der Schwelle. Vor einem Jahr schon hätte er das Militär verlassen sollen. Er blieb freiwillig. Sein Dorf Burdlaki lag in der Nähe. Immer, wenn der Leutnant wegfuhr, ging er in sein Dorf. Er nahm einen Knüppel aus Weichselholz mit, ein weißes, blaugeblümtes Tuch, legte rätselhafte Gegenstände in dieses Tuch, hängte das Bündel an das Knüppelende, schulterte den Stock, begleitete den Leutnant zur Bahn, wartete bis zum Abgang des Zuges, stand salutierend und erstarrt am Bahnsteig, auch wenn Trotta nicht aus dem Kupeefenster blickte, und begann dann seine Wanderung nach Burdlaki, zwischen den Sümpfen, auf dem schmalen Pfad, an dem die Weiden wuchsen, auf dem einzigen sicheren Weg, auf dem keine Gefahr war zu versinken. Onufrij kam rechtzeitig wieder, um Trotta zu erwarten. Und er setzte sich vor die Tür Trottas, schweigsam, summend oder auf der Mundharmonika spielend unter den gewölbten Händen.

Der Leutnant öffnete die Tür zum Korridor. »Du kannst dieses Mal nicht nach Burdlaki! Ich fahre nicht weg!« »Jawohl, Herr Leutnant!« Onufrij stand, erstarrt und salutierend, im weißen Korridor, ein dunkelblauer, gerader Strich. »Du bleibst hier!« wiederholte Trotta; er glaubte, Onufrij habe ihn nicht verstanden.

Aber Onufrij sagte nur noch einmal: »Jawohl!« Und wie, um zu beweisen, daß er noch mehr begriffe, als man ihm sagte, ging er hinunter und kam mit einer Flasche Neunziggrädigem zurück.

Trotta trank. Das kahle Zimmer wurde heimlicher. Die nackte elektrische Birne am geflochtenen Draht, umschwirrt von Nachtfaltern, geschaukelt vom nächtlichen Wind, weckte in der bräunlichen Politur des Tisches trauliche, flüchtige Reflexe. Allmählich verwandelte sich auch Trottas Enttäuschung in wohliges Weh. Er schloß eine Art Bündnis mit seinem Kummer. Alles in der Welt war heute im höchsten Maße traurig, und der Leutnant war der Mittelpunkt dieser erbärmlichen Welt. Für ihn lärmten heute so jämmerlich die Frösche, und auch die schmerzerfüllten Grillen wehklagten für ihn. Seinetwegen füllte sich die Frühlingsnacht mit einem so gelinden, süßen Weh, seinetwegen standen die Sterne so unerreichbar hoch am Himmel, und ihm allein blinkte ihr Licht so vergeblich sehnsüchtig zu. Der unendliche Schmerz der Welt paßte vollkommen zu dem Elend Trottas. Er litt in vollendeter Eintracht mit dem leidenden All. Hinter der tiefblauen Schale des Himmels sah Gott selbst auf ihn mitleidig hernieder. Trotta öffnete noch einmal den Kasten. Da hing, gestorben für immer, der freie Trotta. Daneben blinkte der Säbel Max Demants, des toten Freundes. Im Koffer lag das Andenken des alten Jacques, die steinharte Wurzel, neben den Briefen der toten Frau Slama. Und auf dem Fensterbrett lagen nicht weniger als drei nicht geöffnete Briefe seines Vaters, der vielleicht auch schon gestorben war! Ach! Der Leutnant Trotta war nicht nur traurig und unglücklich, sondern auch schlecht, ein grundschlechter Charakter! Carl Joseph kehrte an den Tisch zurück, schenkte sich noch ein Glas ein und leerte es auf einen Zug. Im Korridor, vor der Tür, begann eben Onufrij, ein neues Lied auf der Mundharmonika zu blasen, das wohlbekannte Lied. ›Oh, unser Kaiser ...‹ Die ersten ukrainischen Worte kannte Trotta nicht mehr: »Oj nasch cisar, cisarewa.« Es war ihm nicht gelungen, die Landessprache zu erlernen. Er war nicht nur ein grundschlechter Charakter, sondern auch ein müder, törichter Kopf. Und kurz und gut: Sein ganzes Leben war verfehlt! Seine Brust preßte sich zusammen, die Tränen quollen schon in seiner Kehle, bald würden sie in die Augen steigen. Und er trank noch ein Glas, um ihnen den Weg zu erleichtern. Schließlich brachen sie aus seinen Augen. Er legte die Arme auf den Tisch, bettete den Kopf in die Arme und begann, jämmerlich zu schluchzen. So weinte er wohl eine Viertelstunde. Er hörte nicht, daß Onufrij sein Spiel unterbrochen hatte und daß er an die Tür klopfte. Erst als sie ins Schloß fiel, hob er den Kopf. Und er erblickte Kapturak.

Es gelang ihm, die Tränen zurückzuhalten und mit einer scharfen Stimme zu fragen: »Wie kommen Sie hierher?«

Kapturak, die Mütze in der Hand, stand hart an der Tür; er ragte nur wenig über die Klinke. Sein gelblich-graues Angesicht lächelte. Er war grau angezogen. Er trug Schuhe aus grauer Leinewand. Ihre Ränder zeigten den grauen, frischen, glänzenden Frühlingsschlamm der Straßen dieses Landes. Auf seinem winzigen Schädel ringelten sich deutlich ein paar graue Löckchen. »Guten Abend!« sagte er und machte eine kleine Verbeugung. Gleichzeitig flitzte an der weißen Tür sein Schatten empor und sank sofort wieder zusammen.

»Wo ist mein Bursche?« fragte Trotta – »und was wünschen Sie?«

»Sie sind diesmal nicht nach Wien gefahren!« begann Kapturak.

»Ich fahre überhaupt nicht nach Wien!« sagte Trotta.

»Sie haben diese Woche kein Geld benötigt!« sagte Kapturak. »Ich habe heute Ihren Besuch erwartet. Ich hab' mich erkundigen wollen. Ich komme eben von Herrn Hauptmann Jedlicek. Er ist nicht zu Hause!«

»Er ist nicht zu Hause!« wiederholte Trotta gleichgültig.

»Ja«, sagte Kapturak. »Er ist nicht zu Hause, es ist was mit ihm passiert!«

Trotta hörte wohl, daß etwas mit dem Hauptmann Jedlicek passiert sei. Aber er fragte nicht. Er war erstens nicht neugierig. (Er war heute nicht neugierig.) Zweitens schien es ihm, daß mit ihm selbst ungeheuer viel passiert sei, zu viel, und daß ihn alle andern wenig kümmern dürften; drittens hatte er durchaus keine Lust, sich von Kapturak etwas erzählen zu lassen. Er war ergrimmt über die Anwesenheit Kapturaks. Er hatte nur nicht die Kraft, irgendwas gegen den kleinen Mann zu unternehmen. Eine sehr vage Erinnerung an die sechstausend Kronen, die er dem Besucher schuldig war, tauchte immer wieder in ihm auf; eine peinliche Erinnerung: Er versuchte, sie zurückzudrängen. Das

Geld, versuchte er sich im stillen einzureden, hat nichts mit seinem Besuch zu tun. Es sind zwei verschiedene Leute: Der eine, dem ich Geld schuldig bin, ist nicht hier; der andere, der hier im Zimmer steht, will mir nur etwas Gleichgültiges über Jedlicek erzählen. Er starrte auf Kapturak. Für ein paar Augenblicke schien es dem Leutnant, daß sein Gast zerfließe und sich aus undeutlichen, grauen Flecken wieder zusammensetze. Trotta wartete, bis Kapturak völlig hergestellt war. Es bedurfte einiger Mühe, um den Augenblick schnell auszunutzen; denn die Gefahr bestand, daß der kleine, graue Mann sofort wiederum zerging und sich auflöste. Kapturak trat einen Schritt näher, als wüßte er, daß er dem Leutnant nicht deutlich sichtbar war, und wiederholte etwas lauter:

»Mit dem Hauptmann ist was passiert!«

»Was ist denn mit ihm schließlich passiert?« fragte Trotta verträumt wie aus dem Schlaf.

Kapturak kam noch einen Schritt näher an den Tisch und flüsterte, die gewölbten Hände vor dem Mund, so daß sein Flüstern wie ein Rauschen wurde: »Man hat ihn verhaftet und verschickt. Wegen Spionageverdachts.«

Bei diesem Wort erhob sich der Leutnant. Er stand jetzt, beide Hände auf den Tisch gestützt. Seine Beine spürte er kaum. Es war ihm, als stünde er lediglich auf den Händen. Er grub sie fast in die Tischplatte. »Ich wünsche nichts von Ihnen darüber zu hören«, sagte er. »Gehen Sie!«

»Leider nicht möglich, nicht möglich!« sagte Kapturak. Er stand jetzt nahe am Tisch, neben Trotta. Er senkte den Kopf, wie um ein schamhaftes Geständnis abzulegen, und sagte: »Ich muß auf einer Teilzahlung bestehen!«

»Morgen!« sagte Trotta.

»Morgen!« wiederholte Kapturak. »Morgen ist es vielleicht unmöglich! Sie sehen, was da jeden Tag für Überraschungen vorkommen. Ich habe am Hauptmann ein Vermögen verloren. Wer weiß, ob man ihn jemals wiedersehen wird. Sie sind sein Freund!«

»Was sagen Sie?« fragte Trotta. Er hob die Hände vom Tisch und stand plötzlich sicher auf seinen Füßen. Er begriff plötzlich, daß Kapturak ein ungeheuerliches Wort gesagt hatte, obwohl es die Wahrheit war; und ungeheuerlich schien es nur, weil es die Wahrheit sagte. Zugleich erinnerte sich der Leutnant an die einzige Stunde seines Lebens, in der er andern Menschen gefährlich gewesen war. Er wünschte sich, jetzt ebenso gerüstet zu sein wie damals, mit Säbel, Pistole, seinen Zug im Rücken. Der kleine, graue Mann war heute weitaus gefährlicher, als es damals die Hunderte waren. Und um seine Wehrlosigkeit wettzumachen, suchte Trotta sein Herz mit einem fremden Zorn zu erfüllen. Er ballte die Fäuste; er hatte es noch nie getan, und er spürte, daß er nicht bedrohlich sein, sondern höchstens einen Bedrohlichen spielen konnte. An seiner Stirn schwoll eine blaue Ader an, sein Angesicht rötete sich, das Blut stieg auch in seine Augen, und sein Blick wurde starr. Es gelang ihm, sehr gefährlich auszusehen. Kapturak wich zurück.

»Was sagen Sie?« wiederholte der Leutnant.

»Nichts!« sagte Kapturak.

»Wiederholen Sie, was Sie gesagt haben!« befahl Trotta.

»Nichts!« antwortete Kapturak.

Er zerrann wiederum für einen Augenblick in undeutliche, graue Flecke. Und den Leutnant Trotta ergriff eine ungeheuere Angst, daß der Kleine die gespenstische Fähigkeit habe, in Stücke zu zerfallen und sich wieder in ein Ganzes zusammenzufügen. Und ein unwiderstehliches Verlangen, die Substanz Kapturaks zu erfahren, erfüllte den Leutnant Trotta, ähnlich der unbezwinglichen Leidenschaft eines Forschers. Am Bettpfosten, hinter seinem Rücken, hing der Säbel, seine Waffe, der Gegenstand seiner militärischen und privaten Ehre und in diesem Augenblick merkwürdigerweise auch ein magisches Instrument, geeignet, das Gesetz unheimlicher Gespenster zu enthüllen. Er fühlte den blinkenden Säbel im Rücken und eine Art magnetischer Kraft, die von der Waffe ausging. Und gleichsam von ihr angezogen, machte er rückwärts einen Satz, den Blick auf den fortwährend zerfallenden und sich wieder zusammensetzenden Kapturak gerichtet, ergriff mit der Linken die Waffe, zog mit der Rechten blitzschnell die Klinge, und während Kapturak einen Sprung zur Tür machte, die Mütze seinen Händen entfiel und vor den grauen Leinenschuhen liegenblieb, folgte ihm Trotta, den Säbel zückend. Und ohne daß der Leutnant wußte, was er tat, hielt er die Spitze der Klinge gegen die Brust des grauen Gespenstes, fühlte durch die ganze Länge des Stahls den Widerstand der Kleider und des Körpers, atmete auf, weil ihm endlich erwiesen schien, daß Kapturak ein Mensch war – und konnte dennoch nicht die Klinge sinken lassen. Es war nur ein Augenblick. Aber in diesem Augenblick hörte, sah und roch Leutnant Trotta alles, was in der Welt lebte, die Stimmen der Nacht, die Sterne am Himmel, das Licht der Lampe, die Gegenstände im Zimmer, seine eigene Gestalt, als trüge er sie nicht selbst, sondern als stünde sie vor ihm, den Tanz der Mücken um das Licht, den feuchten Dunst der Sümpfe und den kühlen Hauch des nächtlichen Windes. Auf einmal breitete Kapturak die Arme aus. Seine mageren, kleinen Hände krallten sich am linken und am rechten Türpfosten fest. Sein kahler Kopf mit den geringelten, grauen Härchen sank auf die Schulter. Gleichzeitig setzte er einen Fuß vor den andern und verschlang die lächerlichen, grauen Schuhe zu einem Knoten. Und hinter ihm, an der weißen Tür, erhob sich vor den erstarrten Augen Leutnant Trottas auf einmal schwarz und schwankend der Schatten eines Kreuzes.

Trottas Hand zitterte und ließ die Klinge fallen. Mit einem leisen, klirrenden Wimmern fiel sie nieder. Im gleichen Augenblick ließ Kapturak die Arme sinken. Sein Kopf rutschte von der Schulter und fiel vornüber auf die Brust. Er hatte die Augen geschlossen. Seine Lippen zitterten. Sein ganzer Körper zitterte. Es war still. Man hörte das Flattern der Mücken um das Lampenlicht und durch das offene Fenster die Frösche, die Grillen und dazwischen das nahe Bellen eines Hundes. Leutnant Trotta wankte. Er kehrte um. »Setzen Sie sich!« sagte er und wies auf den einzigen Stuhl im Zimmer.

»Ja«, sagte Kapturak, »ich will mich setzen!«

Er ging munter an den Tisch, munter, als wenn nichts geschehen wäre, wie es Trotta vorkam. Seine Fußspitze berührte den Säbel am Boden. Er bückte sich und hob ihn auf. Als hätte er die Aufgabe, Ordnung im Zimmer zu machen, ging er, den nackten Säbel zwischen zwei Fingern einer erhobenen Hand, zum Tisch, auf dem die Scheide lag, und ohne den Leutnant anzusehen, versorgte er den Säbel und hängte ihn wieder an den Bettpfosten. Dann umkreiste er den Tisch und setzte sich dem stehenden Trotta gegenüber. Jetzt erst schien er ihn zu erblicken.

»Ich bleibe nur einen Augenblick«, sagte er, »um mich zu erholen.« Der Leutnant schwieg.

»Ich bitte Sie nächste Woche um diese Zeit und genau zu dieser Stunde um das ganze Geld«, sagte Kapturak weiter. »Ich möchte mit Ihnen keine Geschäfte machen. Es sind siebentausendzweihundertfünfzig Kronen im ganzen. Ich möchte Ihnen ferner mitteilen, daß Herr Brodnitzer hinter der Tür steht und alles gehört hat. Der Herr Graf Chojnicki kommt in diesem Jahr, wie Sie wissen, erst später und vielleicht gar nicht. Ich möchte gehen, Herr Leutnant!«

Er erhob sich, ging zur Tür, bückte sich, hob seine Mütze auf und sah sich noch einmal um. Die Tür fiel zu.

Der Leutnant war jetzt vollständig nüchtern. Dennoch kam es ihm vor, daß er alles geträumt hatte. Er öffnete die Tür. Onufrij saß auf seinem Stuhl wie immer, obwohl es schon sehr spät sein mußte. Trotta sah auf seine Uhr. Es war halb zehn. »Warum schläfst du noch nicht?« fragte er. »Wegen Besuch!« erwiderte Onufrij. »Hast alles gehört?« »Alles!« sagte Onufrij. »War Brodnitzer hier?« »Jawohl!« bestätigte Onufrij.

Es gab keinen Zweifel mehr, alles hatte sich so zugetragen, wie Leutnant Trotta es erlebt hatte. Er mußte also morgen früh die ganze Angelegenheit melden. Noch waren die Kameraden nicht heimgekehrt. Er ging von einer Tür zur andern, die Zimmer waren leer. Sie saßen jetzt in der Messe und besprachen den Fall des Hauptmanns Jedlicek, den grauenhaften Fall des Hauptmanns Jedlicek. Man würde ihn vor das Standgericht stellen, degradieren und erschießen. Trotta schnallte den Säbel um, nahm die Mütze und ging hinunter. Er mußte die Kameraden unten erwarten. Er patrouillierte auf und ab vor dem Hotel. Wichtiger als die Szene, die er jetzt mit Kapturak erlebt hatte, war ihm seltsamerweise die Affäre des Hauptmanns. Er glaubte, die tückischen Schliche einer finsteren Macht zu erkennen, unheimlich erschien ihm der Zufall, daß Frau von Taußig gerade heute zu ihrem Mann hatte reisen müssen, und allmählich sah er auch alle düsteren Ereignisse seines Lebens in einen düsteren Zusammenhang gefügt und abhängig von irgendeinem gewaltigen, gehässigen, unsichtbaren Drahtzieher, dessen Ziel es war, den Leutnant zu vernichten. Es war deutlich, es lag, wie man zu sagen pflegt, auf der Hand, daß Leutnant Trotta, der Enkel des Helden von Solferino, teils andern den Untergang bereitete, teils mitgezogen ward von denen, die untergingen, und in jedem Falle zu jenen unseligen Wesen gehörte, auf die eine böse Macht ein böses Auge geworfen hatte. Er ging auf und ab in der stillen Gasse, sein Schritt hallte vor den beleuchteten und verhüllten Fenstern des Cafés wider, in dem die Musik spielte, Karten auf die Tische klatschten und statt der alten »Nachtigall« irgendeine neue sang und tanzte: die alten Lieder und die alten Tänze. Heute saß gewiß keiner der Kameraden dort. Auf jeden Fall wollte Trotta nicht nachsehen. Denn die Schande des Hauptmanns Jedlicek lag auch auf ihm, obwohl ihm der Dienst bei der Armee seit langem verhaßt war. Die Schande des Hauptmanns lag auf dem ganzen Bataillon. Die militärische Erziehung Leutnant Trottas war stark genug, um es ihm wenig begreiflich erscheinen zu lassen, daß sich die Offiziere des Bataillons nach diesem Fall Jedlicek noch in der Garnison in Uniform auf die Straße wagten. Ja, dieser Jedlicek! Groß, stark und heiter war er, ein guter Kamerad, und sehr viel Geld brauchte er. Alles nahm er auf seine breiten Schultern, Zoglauer liebte ihn, die Mannschaft liebte ihn. Allen war er stärker erschienen als der Sumpf und die Grenze. Und er war ein Spion gewesen! Aus dem Kaffeehaus tönte die Musik, scholl Stimmengewirr und Tassenklirren und versank immer wieder im nächtlichen Chor der unermüdlichen Frösche. Der Frühling war da! Chojnicki aber kam nicht! Der einzige, der mit seinem Geld hätte helfen können. Es waren längst keine sechstausend mehr, sondern siebentausendzweihundertfünfzig! Nächste Woche genau um dieselbe Stunde zu bezahlen! Wenn er nicht bezahlte, ließ sich gewiß irgendein Zusammenhang zwischen ihm und dem Hauptmann Jedlicek herstellen. Er war sein Freund gewesen! Aber alle waren schließlich seine Freunde gewesen. Dennoch konnte man just bei diesem unseligen Leutnant Trotta auf alles gefaßt sein! Das Schicksal, sein Schicksal! Vor vierzehn Tagen noch um diese Zeit war er ein froher und freier junger Mann in Zivil gewesen. Um diese Stunde hatte er den Maler Moser getroffen und einen Schnaps getrunken! Und heute beneidete er den Professor Moser.

Er hörte um die Ecke bekannte Schritte, die Kameraden kehrten heim. Alle kamen sie, die im Hotel Brodnitzer wohnten, in einem stummen Rudel gingen sie einher. Er trat ihnen entgegen. »Ah, du bist nicht weg!« sagte Winter. »Du weißt also schon! Furchtbar! Entsetzlich!« Sie gingen, einer hinter dem andern, ohne ein Wort und jeder bemüht, möglichst leise zu sein, die Treppe hinauf. Sie stahlen sich fast die Treppe hinauf. »Alle auf Nummer neun!« kommandierte Oberleutnant Hruba. Er bewohnte Nummer neun, das geräumigste Zimmer im Hotel. Sie traten alle, die Köpfe gesenkt, in das Zimmer Hrubas.

»Wir müssen was unternehmen!« begann Hruba. »Ihr habt den Zoglauer gesehen! Er ist verzweifelt! Er wird sich erschießen! Wir müssen was unternehmen!«

»Unsinn, Herr Oberleutnant!« sagte der Leutnant Lippowitz. Er hatte sich spät aktivieren lassen, nach zwei Semestern Jura, es gelang ihm niemals, den »Zivilisten« abzulegen, und man begegnete ihm mit dem etwas scheuen und auch etwas spöttischen Respekt, den man den Reserveoffizieren zollte. »Hier können wir nichts machen«, sagte Lippowitz. »Schweigen und weiter dienen! Es ist nicht der erste Fall. Es wird leider auch nicht der letzte in der Armee sein!«

Niemand antwortete. Sie sahen wohl ein, daß gar nichts zu machen war. Und jeder von ihnen hatte doch gehofft, daß sie, in einem Zimmer versammelt, auf allerhand Auswege kommen würden. Nun aber erkannten sie mit einem Schlage, daß sie lediglich der Schrecken zueinander getrieben hatte, weil jeder von ihnen fürchtete, mit seinem Schrecken allein zwischen seinen vier Wänden zu bleiben; aber auch, daß es ihnen gar nichts half, wenn sie sich zusammenrotteten, und daß jeder einzelne mitten unter den andern dennoch allein war mit seinem Schrecken. Sie hoben die Köpfe und sahen sich an und ließen die Köpfe wieder sinken. So waren sie schon einmal zusammengesessen, nach dem Selbstmord Hauptmann Wagners. Jeder von ihnen dachte an den Vorgänger Hauptmann Jedliceks, den Hauptmann Wagner, jeder von ihnen wünschte heute, auch Jedlicek hätte sich erschossen. Und jedem kam plötzlich der Verdacht, daß sich auch ihr toter Kamerad Wagner vielleicht nur erschossen hatte, weil er sonst verhaftet worden wäre.

»Ich werde hingehen, ich dring' schon vor«, sagte Leutnant Habermann, »und werde ihn niederknallen.«

»Du dringst eben erstens nicht vor!« erwiderte Lippowitz. »Zweitens ist schon dafür gesorgt, daß er sich selber umbringt. Sobald man alles von ihm erfahren hat, gibt man ihm eine Pistole mit und sperrt ihn mit ihr ein.«

»Ja, richtig, so ist es!« riefen einige. Sie atmeten auf. Sie begannen zu hoffen, daß sich der Hauptmann in dieser Stunde schon umgebracht habe. Und es war ihnen, als hätten sie alle soeben dank ihrer eigenen Klugheit diesen vernünftigen Usus der Militärgerichtsbarkeit eingeführt.

»Um ein Haar hätt' ich heut einen Mann umgebracht!« sagte Leutnant Trotta.

»Wen, wieso, warum?« fragten alle durcheinander.

»Es ist Kapturak, den ihr alle kennt«, begann Trotta. Er erzählte langsam, suchte nach Worten, verfärbte sich, und als er zum Ende kam, war es ihm unmöglich zu erklären, weshalb er nicht zugestoßen hatte. Er fühlte, daß sie ihn nicht verstehen würden. Ja, sie begriffen ihn jetzt nicht mehr. »Ich hätt' ihn erschlagen!« rief einer. »Ich auch«, ein zweiter. »Und ich«, ein dritter.

»Es ist eben nicht so leicht!« rief Lippowitz dazwischen.

»Dieser Blutsauger, der Jud«, sagte jemand – und alle wurden starr, weil sie sich erinnerten, daß Lippowitz' Vater auch Jude war.

»Ja, ich habe plötzlich«, begann Trotta wieder – und es verwunderte ihn höchlichst, daß er in diesem Augenblick an den toten Max Demant denken mußte und an dessen Großvater, den weißbärtigen König unter den Schankwirten –, »ich hab' plötzlich ein Kreuz hinter ihm gesehen!« Einer lachte. Ein anderer sagte kühl: »Bist besoffen gewesen!«

»Also Schluß!« befahl endlich Hruba. »Das alles wird morgen dem Zoglauer gemeldet!«

Trotta sah ein Gesicht nach dem andern an; müde, schlaffe, aufgeregte, aber noch in der Müdigkeit und in der Aufregung aufreizend heitere Gesichter. Wenn der Demant jetzt lebte, dachte Trotta. Man könnte mit ihm reden, mit dem Enkel des weißbärtigen Königs der Schankwirte! Er versuchte, unbemerkt hinauszugehen. Er ging in sein Zimmer.

Am nächsten Morgen meldete er den Vorfall. Er berichtete in der Sprache der Armee, in der er seit seiner Knabenzeit zu melden und zu erzählen gewohnt war, in der Sprache der Armee, die seine Muttersprache war. Aber er fühlte wohl, daß er nicht alles und nicht einmal das Wichtige gesagt hatte und daß zwischen seinem Erlebnis und dem Bericht, den er erstattete, ein weiter und rätselhafter Abstand lag, gleichsam ein ganzes merkwürdiges Land. Er vergaß auch nicht, den Schatten des Kreuzes zu melden, den er gesehen zu haben glaubte. Und der Major lächelte genau so, wie Trotta es erwartet hatte, und fragte: »Wieviel hatten Sie getrunken?« »Eine halbe Flasche!« sagte Trotta. »Na also!« bemerkte Zoglauer.

Er hatte nur einen Augenblick gelächelt, der geplagte Major Zoglauer. Es war eine ernste Geschichte. Die ernsten Geschichten häuften sich leider. Eine peinliche Sache, jedenfalls höheren Orts zu vermelden. Man konnte warten. »Haben Sie das Geld?« fragte der Major. »Nein!« sagte der Leutnant. Und sie sahen einander einen Augenblick ratlos an, mit leeren, starren Augen, mit den armen Augen von Menschen, die sich nicht einmal gestehen durften, daß sie ratlos waren. Es stand nicht alles im Reglement, man konnte die Büchl von vorn nach hinten und wieder von hinten nach vorn durchblättern, es stand nicht alles drin! War der Leutnant im Recht gewesen? Hatte er zu früh nach dem Säbel gegriffen? War der Mann im Recht, der ein Vermögen verliehen hatte und es zurückforderte? Und wenn der Major auch alle seine Herren zusammenrief und sich mit ihnen beriet: Wer hätte einen Rat gewußt? Wer durfte klüger sein als der Kommandant des Bataillons? Und was war nur los mit diesem unseligen Leutnant? Es hatte schon Mühe gekostet, jene Streikgeschichte niederzuschlagen, Unheil, Unheil häufte sich über dem Kopf Major Zoglauers, Unheil über Trotta, Unheil über diesem Bataillon. Er hätte gern die Hände gerungen, der Major Zoglauer, wenn es nur möglich gewesen wäre, im Dienst die Hände zu ringen. Und wenn auch alle Offiziere des Bataillons für Leutnant Trotta gutstanden, die Summe kam nicht zusammen! Und die Geschichte verwickelte sich nur mehr, wenn die Summe nicht bezahlt wurde. »Wozu haben S' denn so viel gebraucht?« fragte Zoglauer, erinnerte sich aber im Nu, daß er alles wußte. Er winkte mit der Hand. Er wünschte keine Auskunft. »Schreiben Sie an Ihren Herrn Papa vor allen Dingen!« sagte Zoglauer. Es kam ihm vor, daß er da eine glänzende Idee ausgedrückt hatte. Und der Rapport war beendet.

Und Leutnant Trotta ging nach Haus und setzte sich hin und begann, an den Herrn Papa zu schreiben. Er konnte es ohne Alkohol nicht. Und er stieg hinunter ins Café, bestellte einen Neunziggrädigen, Tinte, Feder und Papier. Er begann. Welch ein schwerer Brief! Welch ein unmöglicher Brief! Leutnant Trotta setzte ein paarmal an, vernichtete die Anfänge, begann wieder. Nichts ist schwieriger für einen Leutnant, als Ereignisse aufzuschreiben, die ihn selbst betreffen und sogar gefährden. Es erwies sich bei dieser Gelegenheit, daß Leutnant Trotta, dem der Dienst in der Armee seit langem schon verhaßt war, noch genug soldatischen Ehrgeiz besaß, um sich nicht aus der Armee entfernen zu lassen. Und während er seinem Vater den verwickelten Sachverhalt darzustellen versuchte, verwandelte er sich wieder unversehens in den Kadettenschüler Trotta, der einst auf dem Balkon des väterlichen Hauses bei den Klängen des Radetzkymarsches für Habsburg und Österreich zu sterben gewünscht hatte. (So merkwürdig, so wandelbar und so verworren ist die menschliche Seele.)

Es dauerte mehr als zwei Stunden, bis Trotta den Sachverhalt zu Papier gebracht hatte. Es war später Nachmittag geworden. Schon versammelten sich die Karten- und die Roulettespieler im Kaffeehaus. Auch der Wirt, Herr Brodnitzer, kam. Seine Höflichkeit war ungewöhnlich und erschreckend. Er machte eine so tiefe Verbeugung vor dem Leutnant, daß dieser sofort erkannte, der Wirt wolle ihn an die Szene mit Kapturak erinnern und an die eigene authentische Zeugenschaft. Trotta erhob sich, um nach Onufrij zu suchen. Er ging in den Flur und rief ein paarmal den Namen Onufrijs zur Treppe hinauf. Aber Onufrij meldete sich nicht. Brodnitzer aber kam und berichtete: »Ihr Diener ist heute früh weggegangen!«

Der Leutnant machte sich also selbst auf den Weg zur Bahn, um seinen Brief zu befördern. Erst unterwegs fiel es ihm auf, daß Onufrij weggegangen war, ohne um Erlaubnis gebeten zu haben. Seine militärische Erziehung diktierte ihm Zorn gegen den Diener. Er selbst, der Leutnant, war oft nach Wien gefahren – und in Zivil und ohne Erlaubnis. Vielleicht hatte der Bursche sich nur nach dem Beispiel seines Herrn aufgeführt. Vielleicht hat Onufrij ein Mädchen, es wartet auf ihn, dachte der Leutnant weiter. Ich werd' ihn einsperren, bis er blau wird! dachte der Leutnant Trotta. Aber gleichzeitig spürte er wohl, daß er diese Phrase nicht selbständig gedacht und nicht ernst gemeint hatte. Es war eine mechanische Wendung, ewig parat in seinem militärischen Gehirn, eine von den zahllosen mechanischen Wendungen, die in den militärischen Gehirnen Gedanken ersetzen und Entscheidungen vorwegnehmen.

Nein, der Bursche Onufrij hatte kein Mädchen in seinem Dorf. Er hatte viereinhalb Morgen Feld, von seinem Vater ererbt, von seinem Schwager verwaltet, und zwanzig goldene Zehn-Kronen-Dukaten in der Erde vergraben, neben der dritten Weide vor der Hütte links, auf dem Pfad, der zum Nachbarn Nikofor führte. Der Bursche Onufrij hatte sich noch vor dem Aufgang der Sonne erhoben, Montur und Stiefel des Leutnants geputzt, die Stiefel vor die Tür gestellt und die Montur über den Sessel gehängt. Er nahm seinen Knüppel aus Weichselholz und begann, nach Burdlaki zu marschieren. Er ging den schmalen Pfad entlang, auf dem die Weiden wuchsen, auf dem einzigen Weg, der die Trockenheit des Bodens anzeigte. Denn die Weiden verbrauchten alle Feuchtigkeit des Sumpfes. Zu beiden Seiten des schmalen Wegs, den er ging, stiegen die grauen, vielgestaltigen und gespenstischen Nebel des Morgens auf, wallten ihm entgegen und zwangen ihn, sich zu bekreuzigen. Unaufhörlich murmelte er mit zitternden Lippen das Vaterunser. Dennoch war er guten Mutes. Jetzt kamen links die großen, schiefergedeckten Magazine der Eisenbahn und trösteten ihn einigermaßen, weil sie auf dem Platz standen, auf dem er sie erwartet hatte. Er bekreuzigte sich noch einmal, diesmal aus Dankbarkeit für die Güte Gottes, welche die Magazine der Eisenbahn an ihrem gewohnten Platz stehengelassen hatte. Er erreichte das Dorf Burdlaki eine Stunde nach Sonnenaufgang. Seine Schwester und sein Schwager waren schon auf den Feldern. Er betrat die väterliche Hütte, in der sie wohnten. Die Kinder schliefen noch, in den Wiegen, die am Plafond aufgehängt waren, mit dicken Seilen, an mehrfach gewundenen, eisernen Haken. Er nahm Spaten und Harke aus dem Gemüsegärtchen hinter dem Haus und begab sich auf die Suche nach der dritten Weide links von der Hütte. Am Ausgang stellte er sich auf, den Rücken der Tür zugewandt und das Auge gegen den Horizont gerichtet. Es dauerte eine Weile, bis er sich bewiesen hatte, daß sein rechter Arm der rechte, sein linker der linke war, dann ging er links, bis zur dritten Weide, in der Richtung zum Nachbarn Nikofor. Hier begann er zu graben. Von Zeit zu Zeit warf er einen Blick ringsum, um sich zu überzeugen, daß ihm niemand zusehe. Nein! Niemand sah, was er tat. Er grub und grub. Die Sonne stieg so schnell hoch am Himmel, daß er glaubte, der Mittag sei schon gekommen. Aber es war erst neun Uhr morgens. Endlich hörte er die eiserne Zunge des Spatens an etwas Hartes, Klingendes stoßen. Er legte den Spaten weg, begann, mit der Harke zärtlich die gelockerte Erde zu streicheln, warf auch die Harke weg, legte sich auf den Boden und kämmte mit allen zehn Fingern die lockeren Krümchen der feuchten Erde beiseite. Er tastete zuerst ein Taschentuch aus Leinen, suchte nach dem Knoten, zog es heraus. Da war sein Geld: zwanzig goldene Zehn-Kronen-Dukaten.

Er gab sich keine Zeit nachzuzählen. Er verbarg den Schatz in der Hosentasche und ging zum jüdischen Schankwirt des Dorfes Burdlaki, einem gewissen Hirsch Beniower, dem einzigen Bankier der Welt, den er persönlich kannte. »Ich kenne dich!« sagte Hirsch Beniower, »ich habe auch deinen Vater gekannt! – Brauchst du Zucker, Mehl, russischen Tabak oder Geld?«

»Geld!« sagte Onufrij.

»Wieviel brauchst du?« fragte Beniower.

»Sehr viel!« sagte Onufrij – und streckte die Arme aus, soweit er konnte, um zu zeigen, wieviel er brauche.

»Gut«, sagte Beniower, »wir wollen sehen, wieviel du hast!«

Und Beniower schlug ein großes Buch auf. In diesem Buch stand verzeichnet, daß Onufrij Kolohin viereinhalb

Morgen besaß. Beniower war bereit, dreihundert Kronen darauf zu leihen.

»Gehn wir zum Bürgermeister!« sagte Beniower. Er rief seine Frau, übergab ihr den Laden und ging mit Onufrij Kolohin zum Bürgermeister.

Hier gab er Onufrij dreihundert Kronen. Onufrij setzte sich an einen wurmstichigen, braunen Tisch und begann, seinen Namen unter ein Schriftstück zu schreiben. Er legte die Mütze ab. Die Sonne stand schon hoch am Himmel. Auch durch die winzigen Fenster der Bauernhütte, in welcher der Bürgermeister von Burdlaki amtierte, vermochte sie ihre bereits brennenden Strahlen zu schicken. Onufrij schwitzte. Auf seiner kurzen Stirn wuchsen die Schweißperlen, wie kristallene, durchsichtige Beulen. Jeder Buchstabe, den Onufrij schrieb, weckte eine kristallene Beule auf seiner Stirn. Diese Beulen rannen, rannen hinunter wie Tränen, die das Gehirn Onufrijs geweint hatte. Endlich stand sein Name unter dem Schriftstück. Und die zwanzig goldenen Zehn-Kronen-Dukaten in der Hosentasche und die dreihundert papierenen Kronenscheine in der Tasche der Bluse, begann Onufrij Kolohin seine Rückwanderung.

Er erschien am Nachmittag im Hotel. Er ging ins Café, fragte nach seinem Herrn und stellte sich inmitten der Kartenspieler auf, als er Trotta erblickte, so unbekümmert, als stünde er mitten im Kasernenhof. Sein ganzes, breites Angesicht leuchtete wie eine Sonne. Trotta sah ihn lange an, Zärtlichkeit im Herzen und Strenge im Blick. »Ich werde dich einsperren, bis du schwarz wirst!« sagte der Mund des Leutnants, dem Diktat gehorchend, das ihm sein militärisches Hirn befahl. »Komm ins Zimmer!« sagte Trotta und stand auf.

Der Leutnant ging die Treppe hinauf. Genau drei Stufen hinter ihm folgte Onufrij. Sie standen im Zimmer. Onufrij, immer noch mit sonnigem Angesicht, meldete: »Herr Leutnant, hier ist Geld!«, und er zog aus Hosen- und Blusentasche alles, was er besaß, trat näher und legte es auf den Tisch. An dem dunkelroten Taschentuch, das die zwanzig goldenen Zehn-Kronen-Dukaten so lange unter der Erde geborgen hatte, klebten noch silbergraue Schlammstückchen. Neben dem Taschentuch lagen die blauen Geldscheine. Trotta zählte sie. Dann knüpfte er das Tuch auf. Er zählte die Goldstücke. Dann legte er die Scheine zu den Goldstücken in das Tuch, schlang den Knoten wieder zusammen und gab Onufrij das Bündel zurück.

»Ich darf leider kein Geld von dir nehmen, verstehst du?« sagte Trotta. »Das Reglement verbietet es, verstehst du? Wenn ich das Geld von dir nehme, werde ich aus der Armee entlassen und degradiert, verstehst du?«

Onufrij nickte.

Der Leutnant stand da, das Bündel in der erhobenen Hand. Onufrij nickte fortwährend mit dem Kopf. Er streckte die Hand aus und ergriff das Bündel. Es schwankte eine Weile in der Luft.

»Abtreten!« sagte Trotta, und Onufrij ging mit dem Bündel.

Der Leutnant erinnerte sich an jene Herbstnacht in der Kavalleriegarnison, in der er hinter seinem Rücken Onufrijs stampfenden Schritt vernommen hatte. Und er dachte an die Militärhumoresken, die er in schmalen, grüngebundenen Bändchen in der Bibliothek des Spitals gelesen hatte. Dort wimmelte es von rührenden Offiziersburschen, ungeschlachten Bauernjungen mit goldenen Herzen. Und obwohl Leutnant Trotta keinerlei literarischen Geschmack besaß und obwohl ihm, wenn er zufällig einmal das Wort Literatur hörte, lediglich das Drama ›Zriny‹ von Theodor Körner einfiel und gar nichts mehr, hatte er doch immer einen dumpfen Widerwillen gegen die wehmütige Sanftheit jener Büchlein und gegen ihre goldenen Gestalten empfunden. Er war nicht erfahren genug, der Leutnant Trotta, um zu wissen, daß es auch in der Wirklichkeit ungeschlachte Bauernburschen mit edlen Herzen gab und daß viel Wahres aus der lebendigen Welt in schlechten Büchern abgeschrieben wurde; nur eben schlecht abgeschrieben.

Er hatte überhaupt noch wenig erfahren, der Leutnant Trotta.

XVIII

An einem frischen und sonnigen Frühlingsmorgen erhielt der Bezirkshauptmann den unglücklichen Brief des Leutnants. Herr von Trotta wog das Schreiben in der Hand, bevor er es öffnete. Es schien schwerer zu sein als alle Briefe, die er von seinem Sohn bis nun erhalten hatte. Es mußte ein Brief von zwei Bogen sein, ein Brief von einer ungewöhnlichen Länge. Das gealterte Herz Herrn von Trottas erfüllte sich mit Kummer, väterlichem Zorn, Freude und banger Ahnung zugleich. An seiner alten Hand schepperte die harte Manschette ein bißchen, als er das Kuvert öffnete. Er hielt den Zwicker, der im Laufe der letzten Monate etwas zittrig geworden schien, mit der Linken fest und brachte den Brief mit der Rechten ziemlich nahe vor das Angesicht, so daß die Ränder des Backenbartes leise raschelnd das Papier streiften. Die deutliche Hast der Schriftzüge erschreckte Herrn von Trotta im gleichen Maße wie der außergewöhnliche Inhalt. Auch zwischen den Zeilen noch suchte der Bezirkshauptmann nach etwa verborgenen neuen Schrecken; denn es war ihm auf einmal, als enthielte der Brief nicht der Schrecken genug und als hätte er seit langem schon, und besonders, seitdem der Sohn zu schreiben aufgehört hatte, Tag für Tag auf die furchtbarste Botschaft gewartet. Deshalb wohl war er gefaßt, als er das Schreiben weglegte. Er war ein alter Mann einer alten Zeit. Die alten Männer aus der Zeit vor dem großen Kriege waren vielleicht törichter als die jungen von heute. Aber in den Augenblicken, die jenen schrecklich vorkamen und die nach den Begriffen der Tage, in denen wir leben, wahrscheinlich mit einem flüchtigen Scherz erledigt wären, bewahrten sie, die braven, alten Männer, einen heldenhaften Gleichmut. Heutzutage sind die Begriffe von Standesehre und Familienehre und persönlicher Ehre, in denen der Herr von Trotta lebte, Überreste unglaubwürdiger und kindischer Legenden, wie es uns manchmal scheint. Damals aber hätte einen österreichischen Bezirkshauptmann von der Art Herrn von Trottas die Kunde vom plötzlichen Tod seines einzigen Kindes weniger erschüttert als die von einer auch nur scheinbaren Unehrenhaftigkeit dieses einzigen Kindes. Nach den Vorstellungen jener verschollenen und wie von den frischen Grabhügeln der Gefallenen verschütteten Epoche war ein Offizier der kaiser- und königlichen Armee, der einen Angreifer seiner Ehre scheinbar deshalb nicht getötet hatte, weil er ihm Geld schuldig war, ein Unglück und schlimmer als ein Unglück: nämlich eine Schande für seinen Erzeuger, für die Armee und für die Monarchie. Und im ersten Augenblick regte sich auch nicht das väterliche, sondern gewissermaßen das amtliche Herz Herrn von Trottas. Und es sagte: Leg sofort dein Amt nieder! Geh frühzeitig in Pension. Im Dienst deines Kaisers hast du nichts mehr zu suchen! Im nächsten Augenblick aber schrie das väterliche Herz: Die Zeit ist schuld! Die Grenzgarnison ist schuld! Du selbst bist schuld! Dein Sohn ist aufrichtig und edel! Nur schwach ist er leider! Und man muß ihm helfen!

Man mußte ihm helfen! Man mußte verhüten, daß der Name der Trottas entehrt und geschändet würde. Und in diesem Punkte waren sich beide Herzen Herrn von Trottas einig, das väterliche und das amtliche. Also galt es vor allem, Geld zu beschaffen, siebentausendzweihundertfünfzig Kronen! Die fünftausend Florin, einstmals von der kaiserlichen Gnade dem Sohn des Helden von Solferino gespendet, wie das ererbte Geld des Vaters waren längst nicht mehr vorhanden. Sie waren dem Bezirkshauptmann unter den Händen zerronnen, für dies und jenes, für den Haushalt, für die Kadettenschule in Mährisch-Weißkirchen, für den Maler Moser, für das Pferd, für wohltätige Zwecke, Herr von Trotta hatte immer darauf gehalten, reicher zu erscheinen, als er war. Er hatte die Instinkte eines wahren Herrn. Und es gab um jene Zeit (und es gibt vielleicht auch heute noch) keine kostspieligeren Instinkte. Die Menschen, die mit derlei Flüchen begnadet sind, wissen weder, wieviel sie besitzen, noch, wieviel sie ausgeben. Sie schöpfen aus einem unsichtbaren Quell. Sie rechnen nicht. Sie sind der Meinung, ihr Besitz könne nicht geringer sein als ihre Großmut.

Zum erstenmal in seinem nunmehr so langen Leben stand Herr von Trotta vor der unmöglichen Aufgabe, eine verhältnismäßig große Summe auf der Stelle zu beschaffen. Er hatte keine Freunde, jene Schulkollegen und Studiengenossen ausgenommen, die heute in Ämtern saßen wie er und mit denen er seit Jahren nicht verkehrt hatte. Die meisten waren arm. Er kannte den reichsten Mann dieser Bezirksstadt, den alten Herrn von Winternigg. Und er begann, sich langsam an den schauderhaften Gedanken zu gewöhnen, daß er zu Herrn von Winternigg gehen würde, morgen, übermorgen oder schon heute, um ein Darlehen bitten. Er hatte keine überaus starke Vorstellungskraft, der Herr von Trotta. Dennoch gelang es ihm, sich jeden Schritt dieses schrecklichen Bittganges mit qualvoller Deutlichkeit auszumalen. Und zum erstenmal in seinem nunmehr langen Leben mußte der Bezirkshauptmann erfahren, wie schwer es ist, hilflos zu sein und würdig zu bleiben. Wie ein Blitz fiel diese Erfahrung auf ihn nieder, zerbrach in einem Nu den Stolz, den Herr von Trotta so lange sorgfältig gehütet und gepflegt, den er ererbt hatte und weiterzuvererben entschlossen war. Schon war er gedemütigt wie einer, der seit vielen Jahren nutzlose Bittgänge unternimmt. Der Stolz war früher der starke Genosse seiner Jugend gewesen, später eine Stütze seines Alters geworden, nun war ihm der Stolz genommen, dem armen, alten Herrn Bezirkshauptmann! Er beschloß, sofort einen Brief an Herrn von Winternigg zu schreiben. Kaum aber hatte er die Feder angesetzt, als es ihm deutlich wurde, daß er nicht einmal imstande war, einen Besuch anzukündigen, der eigentlich ein Bittgang genannt werden mußte. Und es schien dem alten Trotta, daß er sich in eine Art Betrug einlasse, wenn er nicht von Anfang an den Zweck seines Besuches zumindest andeute. Es war aber unmöglich, eine Wendung zu finden, die dieser Absicht einigermaßen entsprochen hätte. Und also blieb er lange sitzen, die Feder in der Hand, überlegte und stilisierte und verwarf jeden Satz wieder. Man konnte freilich auch mit Herrn von Winternigg telephonieren. Aber seitdem es ein Telephon in der Bezirkshauptmannschaft gab – und das war nicht länger her als zwei Jahre –, hatte Herr von Trotta es nur zu dienstlichen Gesprächen benutzt. Unvorstellbar, daß er etwa an den braunen, großen, ein wenig auch unheimlichen Kasten getreten wäre, die Klingel gedreht hätte, um mit jenem schauderhaften Hallo!, das Herrn von Trotta fast beleidigte (weil es ihm das kindische Losungswort eines ungeziemenden Übermuts zu sein schien, mit dem ernste Leute an die Besprechung ernster Sachen gingen), ein Gespräch mit Herrn von Winternigg anzufangen. Unterdessen fiel es ihm ein, daß sein Sohn auf eine Antwort wartete, eine Depesche vielleicht. Und was sollte der Bezirkshauptmann telegraphieren! Etwa: Werde alles versuchen, Näheres folgt? Oder: Warte geduldig Weiteres ab? Oder: Versuche andere Mittel, hierorts unmöglich? – Unmöglich! Ein langes, schreckliches Echo weckte dieses Wort. Was war unmöglich? Die Ehre der Trottas zu retten? Das mußte ja möglich sein. Das durfte ja nicht unmöglich sein! Auf und ab, auf und ab ging der Bezirkshauptmann durch die Kanzlei, wie an jenen Sonntagvormittagen, an denen er den kleinen Carl Joseph geprüft hatte. Eine Hand hielt er am Rücken, und an der anderen Hand schepperte die Manschette. Dann ging er in den Hof hinunter, getrieben von dem wahnwitzigen Einfall, daß der tote Jacques noch dort sitzen könnte, im Schatten des Gebälks. Leer war der Hof. Das Fenster des kleinen Häuschens, in dem Jacques gewohnt hatte, stand offen, und der Kanarienvogel lebte noch. Er saß auf dem Fensterrahmen und schmetterte. Der Bezirkshauptmann kehrte um, nahm Hut und Stock und verließ das Haus. Er hatte sich entschlossen, etwas Außergewöhnliches zu unternehmen, nämlich den Doktor Skowronnek zu Hause aufzusuchen. Er überquerte den kleinen Marktplatz, bog in die Lenaugasse ein, suchte an den Haustüren nach einem Schild, denn er wußte die Hausnummer nicht, und mußte sich nach der Adresse Skowronneks schließlich bei einem Kaufmann erkundigen, obwohl es ihm wie eine Indiskretion vorkam, einen Fremden mit der Bitte um eine Auskunft zu belästigen. Aber auch das überstand Herr von Trotta starkmütig und zuversichtlich, und er trat in das Haus, das man ihm bezeichnete. Er traf Doktor Skowronnek im kleinen Garten hinter dem Flur, mit einem Buch unter einem riesigen Sonnenschirm. »Um Gottes willen!« rief Skowronnek. Denn er wußte wohl, daß etwas Ungewöhnliches geschehen sein mußte, wenn der Bezirkshauptmann ihn zu Hause aufsuchte.

Herr von Trotta gebrauchte eine ganze Anzahl umständlicher Entschuldigungen, ehe er begann. Und er erzählte, sitzend auf der Bank im kleinen Garten, den Kopf gesenkt und mit der Stockspitze stochernd im bunten Kies des schmalen Pfades. Dann gab er den Brief seines Sohnes in Skowronneks Hände. Dann schwieg er, hielt einen Seufzer zurück und atmete tief.

»Meine Ersparnisse«, sagte Skowronnek, »betragen zweitausend Kronen, ich stelle sie Ihnen zur Verfügung, Herr Bezirkshauptmann, wenn Sie mir erlauben.« Er sagte diesen Satz sehr schnell, so, als fürchte er, der Bezirkshauptmann könnte ihn unterbrechen, und aus Verlegenheit griff er nach dem Stock Herrn von Trottas und begann selbst, im Kies herumzustochern; denn es kam ihm vor, daß er nach diesem Satz nicht mehr mit unbeschäftigten Händen dasitzen könne.

Herr von Trotta sagte: »Danke, Herr Doktor, ich nehme sie. Ich will Ihnen einen Schuldschein geben. Ich zahle, wenn Sie erlauben, in Raten zurück.«

»Davon kann keine Rede sein!« sagte Skowronnek.

»Gut!« sagte der Bezirkshauptmann. Es kam ihm auf einmal unmöglich vor, viele unnütze Worte zu sagen, wie er sie sein ganzes Leben lang aus Höflichkeit Fremden gegenüber gebraucht hatte. Die Zeit drängte ihn plötzlich. Die paar Tage, die er noch vor sich hatte, schrumpften auf einmal zusammen und wurden ein Nichts.

»Der Rest«, fuhr Skowronnek fort, »der Rest kann nur durch Herrn von Winternigg aufgetrieben werden. Sie kennen ihn?«

»Flüchtig.«

»Es bleibt nichts anderes übrig, Herr Bezirkshauptmann! Aber ich glaube Herrn von Winternigg zu kennen. Ich habe einmal seine Schwiegertochter behandelt. Er ist, scheint mir, ein Unmensch, wie man so sagt. Und es könnte sein, es könnte sein, Herr Bezirkshauptmann, daß Sie sich einen Refus holen.«

Hierauf schwieg Skowronnek. Der Bezirkshauptmann nahm dem Doktor wieder den Stock aus der Hand. Und es war ganz still. Man hörte nur das Scharren der Stockspitze im Kies.

»Einen Refus!« flüsterte der Bezirkshauptmann. »Ich fürchte keinen«, sagte er laut. »Aber was dann?«

»Dann«, sagte Skowronnek, »gibt es nur etwas Merkwürdiges, es geht mir so durch den Kopf, aber es scheint mir selbst zu phantastisch. Ich meine, in Ihrem Falle ist es vielleicht gar nicht so unwahrscheinlich. An Ihrer Stelle würde ich direkt hingehn, direkt zum Alten, zum Kaiser, meine ich. Denn es handelt sich ja nicht ums Geld allein. Die Gefahr besteht doch, verzeihen Sie, daß ich so offen rede, daß Ihr Sohn aus der Armee, aus der Armee« – »fliegt« wollte Skowronnek sagen. Aber er sagte: »ausscheiden muß!«

Nachdem Skowronnek dieses Wort ausgesprochen hatte, schämte er sich sofort. Und er fügte hinzu: »Es ist vielleicht doch eine kindische Idee. Und während ich sie ausdrücke, kommt es mir vor, daß wir zwei Knaben sind, die unmögliche Dinge überlegen. Ja, so alt sind wir geworden, und wir haben schweren Kummer, und dennoch ist etwas Übermütiges in meiner Idee. Entschuldigen Sie!«

Der einfachen Seele Herrn von Trottas erschien der Einfall Doktor Skowronneks gar nicht kindisch. Immer, bei jedem Akt, den er aufsetzte oder unterzeichnete, bei jeder geringfügigen Anweisung, die er dem Kommissär oder auch nur dem Gendarmeriewachtmeister Slama erteilte, stand er unmittelbar unter dem ausgestreckten Zepter des Kaisers. Und es war ganz selbstverständlich, daß der Kaiser mit Carl Joseph gesprochen hatte. Der Held von Solferino hatte Blut für den Kaiser vergossen, Carl Joseph auch, in einem gewissen Sinne, indem er nämlich gegen die turbulenten und verdächtigen »Individuen« und »Elemente« gekämpft hatte. Nach den einfachen Begriffen Herrn von Trottas war es nicht ein Mißbrauch der kaiserlichen Gnade, wenn der Diener Seiner Majestät vertrauensselig zu Franz Joseph ging, wie ein Kind in der Not zu seinem Vater. Und Doktor Skowronnek erschrak und begann, an der Vernunft des Bezirkshauptmanns zu zweifeln, als der Alte ausrief:

»Ausgezeichnete Idee, Herr Doktor, das Einfachste von der Welt!«

»So einfach ist sie nicht!« sagte Skowronnek. »Sie haben nicht viel Zeit. In zwei Tagen läßt sich keine Privataudienz ermöglichen.«

Der Bezirkshauptmann gab ihm recht. Und sie beschlossen, daß Herr von Trotta zuerst zu Winternigg gehen müsse.

»Auch im Falle einer Absage!« sagte der Bezirkshauptmann.

»Auch im Falle einer Absage!« wiederholte Doktor Skowronnek.

Und der Bezirkshauptmann machte sich sofort auf den Weg zu Herrn von Winternigg. Er fuhr im Fiaker. Es war Mittagszeit. Er hatte selbst nichts gegessen. Er hielt vor dem Kaffeehaus und nahm einen Cognac. Er überlegte, daß er ein höchst unpassendes Unternehmen begann. Er wird den alten Winternigg beim Essen stören. Aber er hat keine Zeit. Heute nachmittag muß es entschieden sein. Übermorgen ist er beim Kaiser. Und er läßt noch einmal halten. Er steigt vor der Post aus und schreibt mit fester Hand ein Telegramm an Carl Joseph: »Wird erledigt. Gruß, Vater.« Er ist ganz sicher, daß alles gutgeht. Denn mag es vielleicht unmöglich sein, das Geld aufzubringen, noch weniger möglich ist es, daß die Ehre der Trottas gefährdet werde. Ja, der Bezirkshauptmann bildet sich ein, daß ihn der Geist seines Vaters, des Helden von Solferino, bewache und begleite. Und der Cognac wärmt sein altes Herz. Es schlägt ein bißchen heftiger. Er ist aber ganz ruhig. Und er bezahlt den Kutscher vor dem Eingang zur Villa Winterniggs und salutiert wohlwollend mit einem Finger, wie er immer kleine Leute zu grüßen pflegt. Wohlwollend lächelt er auch dem Diener zu. Mit Hut und Stock in der Hand wartet er.

Herr von Winternigg kam, winzig und gelb. Er streckte dem Bezirkshauptmann sein dürres Händchen entgegen, fiel nieder in einen breiten Sessel und verschwand fast in der grünen Polsterung. Seine farblosen Augen richtete er gegen die großen Fenster. In seinen Augen lebte kein Blick, oder sie verbargen geradezu seinen Blick; sie waren matte, alte Spiegelchen, der Bezirkshauptmann sah nur sein eigenes, kleines Abbild in ihnen. Er begann, geläufiger, als er es sich selbst zugetraut hätte, mit wohlgesetzten Entschuldigungen, und er erklärte, wieso es ihm unmöglich gewesen sei, seinen Besuch anzukündigen. Dann sagte er: »Herr von Winternigg, ich bin ein alter Mann.« Er hatte diesen Satz gar nicht sagen wollen. Die gelben, runzligen Lider Winterniggs klappten ein paarmal auf und nieder, und der Bezirkshauptmann hatte die Empfindung, er spräche zu einem alten, dürren Vogel, der die menschliche Sprache nicht verstand.

»Sehr bedauerlich!« sagte dennoch Herr von Winternigg. Er sprach sehr leise. Seine Stimme hatte keinen Klang, wie seine Augen keinen Blick. Er hauchte, wenn er sprach, und entblößte dabei ein kräftiges, überraschendes Gebiß, breite, gelbliche Zähne, ein starkes Schutzgitter, das die Worte bewachte.

»Sehr bedauerlich!« sagte Herr von Winternigg noch einmal. »Ich hab' ja gar kein Bargeld!«

Der Bezirkshauptmann erhob sich sofort. Auch Winternigg schnellte auf. Er stand, winzig und gelb, vor dem Bezirkshauptmann, bartlos vor einem silbrigen Backenbart, und Herr von Trotta schien zu wachsen und glaubte auch selbst zu fühlen, daß er wachse. War sein Stolz gebrochen? Keineswegs. War er gedemütigt? Er war es nicht! Er hatte die Ehre des Helden von Solferino zu retten, wie es die Aufgabe des Helden von Solferino gewesen war, das Leben des Kaisers zu retten. So leicht waren eigentlich die Bittgänge! Mit Verachtung, zum erstenmal füllte sich das Herz Herrn von Trottas mit wirklicher Verachtung, und die Verachtung war fast so groß wie sein Stolz. Er empfahl sich. Und er sagte mit seiner alten, hochmütig näselnden Stimme des Beamten: »Ich empfehle mich, Herr von Winternigg!« Er ging zu Fuß, aufrecht, langsam, schimmernd in der ganzen Würde seines Silbers durch die lange Allee, die vom Hause Winterniggs zur Stadt führte. Die Allee war leer, die Spatzen hüpften über den Weg, und die Amseln pfiffen, und die alten, grünen Kastanien säumten den Weg des Herrn Bezirkshauptmanns.

Zu Hause ergriff er nach langer Zeit wieder die silberne Tischglocke. Ihr dünnes Stimmchen lief hurtig durch das ganze Haus. »Meine Gnädigste«, sagte Herr von Trotta zu Fräulein Hirschwitz, »ich möchte meinen Koffer in einer halben Stunde gepackt sehen. Meine Uniform, mit Krappenhut und Degen, den Frack und die weiße Krawatte bitte! In einer halben Stunde!« Er zog die Uhr, hörbar klappte der Deckel auf. Er setzte sich in den Lehnstuhl und schloß die Augen.

Im Schrank hing seine Paradeuniform, an fünf Haken: Frack, Weste, Hose, Krappenhut und Degen. Stück für Stück trat die Uniform aus dem Kasten, wie selbständig, und von den vorsichtigen Händen der Hausdame nicht getragen, sondern nur begleitet. Der große Koffer des Bezirkshauptmanns in der Schutzhülle aus braunem Leinen öffnete seinen Schlund, ausgestattet mit knisterndem Seidenpapier, und nahm Stück für Stück der Uniform auf. Der Degen ging gehorsam in sein ledernes Futteral. Die weiße Krawatte umhüllte sich mit einem zarten, papierenen Schleier. Die weißen Handschuhe betteten sich in das Unterfutter der Weste. Dann schloß sich der Koffer. Und Fräulein Hirschwitz ging hin und meldete, daß alles bereit sei.

Und also fuhr der Herr Bezirkshauptmann nach Wien. Er kam spät am Abend an. Aber er wußte, wo die Männer zu finden waren, die er brauchte. Er kannte die Häuser, in denen sie wohnten, und die Lokale, in denen sie aßen. Und der Regierungsrat Smekal und der Hofrat Pollak und der Oberrechnungsrat Pollitzer und der Obermagistratsrat Busch und der Statthaltereirat Leschnigg und der Polizeirat Fuchs: Sie alle und noch manche andere sahen an diesem Abend den sonderbaren Herrn von Trotta eintreten, und obwohl er genauso alt war wie sie, dachte doch jeder von ihnen bekümmert, wie alt der Bezirkshauptmann geworden sei. Denn er war viel älter als sie alle. Ja, ehrwürdig erschien er ihnen, und sie scheuten sich fast, ihm du zu sagen. Man sah ihn an diesem Abend an vielen Orten und beinahe gleichzeitig an allen auftauchen, und er erinnerte sie an einen Geist, an einen Geist der alten Zeit und der alten habsburgischen Monarchie; der Schatten der Geschichte. Und so merkwürdig das auch klang, was er ihnen anvertraute, nämlich sein Unterfangen, innerhalb von zwei Tagen eine Privataudienz beim Kaiser zu erwirken, viel merkwürdiger erschien er ihnen selbst, der Herr von Trotta, der früh Gealterte und gleichsam von Anbeginn Alte, und allmählich fanden sie sein Unternehmen gerecht und selbstverständlich.

In Montenuovos Obersthofmeisteramt saß der Glückspilz, der Gustl, den sie alle beneideten, obwohl man wußte, daß seine Herrlichkeit mit dem Tode des Alten und der Thronbesteigung Franz Ferdinands ein schmähliches Ende finden würde. Sie warteten schon darauf. Indessen: er hatte geheiratet, und zwar die Tochter eines Fugger, er, ein Bürgerlicher, den sie alle kannten, aus der dritten Bank, linke Ecke, dem sie alle vorgesagt hatten, sooft er geprüft wurde, und dessen »Glück« sie mit bitteren Sprüchen seit dreißig Jahren begleiteten. Gustl wurde geadelt und saß im Obersthofmeisteramt. Er hieß nicht mehr Hasselbrunner, er hieß von Hasselbrunner. Sein Dienst war einfach, ein Kinderspiel, während sie alle, die andern, unerträgliche und äußerst verwickelte Angelegenheiten zu erledigen hatten. Der Hasselbrunner! Er allein konnte da was machen.

Und am nächsten Morgen, um neun Uhr schon, stand der Bezirkshauptmann vor der Tür Hasselbrunners, im Obersthofmeisteramt. Er erfuhr, daß Hasselbrunner verreist war und vielleicht heute nachmittag zurückkommen würde. Zufällig kam der Smetana vorbei, den er gestern nicht hatte finden können. Und Smetana, schnellstens eingeweiht und flink wie immer, wußte vieles. Wenn Hasselbrunner auch verreist war, so saß doch nebenan der Lang. Und Lang war ein netter Kerl. Und also begann des unermüdlichen Bezirkshauptmanns Irrgang von einer Kanzlei zur andern. Er kannte die geheimen Gesetze keineswegs, die in den kaiser-königlichen Wiener Behörden gültig waren. Jetzt lernte er sie kennen. Diesen Gesetzen zufolge waren die Amtsdiener mürrisch, bevor er seine Visitkarte herauszog; hierauf, sobald sie seinen Rang kannten, untertänig. Die höheren Beamten begrüßten ihn samt und sonders mit herzlichem Respekt. Jeder von ihnen, ohne Ausnahme, schien in der ersten Viertelstunde bereit, seine Karriere und sogar sein Leben für den Bezirkshauptmann wagen zu wollen. Und erst in der nächsten Viertelstunde trübten sich ihre Augen, erschlafften ihre Gesichter; der große Kummer zog in ihre Herzen und lähmte ihre Bereitschaft, und jeder von ihnen sagte: »Ja, wenn's was andres wär'! Mit Freuden! So aber, lieber, lieber Baron Trotta, selbst für unsereinen, na, Ihnen brauch' ich ja eh nix zu sagen.« Und so und ähnlich redeten sie an dem unerschütterlichen Herrn von Trotta vorbei. Er ging durch Kreuzgang und Lichthof, in den dritten Stock, in den vierten, zurück in den ersten, dann ins Parterre. Und dann beschloß er, auf Hasselbrunner zu warten. Er wartete bis zum Nachmittag, und er erfuhr, daß Hasselbrunner gar nicht in Wirklichkeit verreist, sondern zu Hause geblieben war. Und der unerschrockene Kämpfer für die Ehre der Trottas drang in Hasselbrunners Wohnung vor. Hier endlich zeigte sich eine schwache Aussicht. Sie fuhren zusammen zu dem und jenem, Hasselbrunner und der alte Herr von Trotta. Es galt, bis zu Montenuovo selbst vorzudringen. Und es gelang schließlich um die sechste Abendstunde, einen Freund Montenuovos in jener berühmten Konditorei aufzustöbern, in der sich die genäschigen und heiteren Würdenträger des Reiches gelegentlich am Nachmittag einfanden. Daß sein Vorhaben unausführbar sei, hörte der Bezirkshauptmann heute schon zum fünfzehntenmal. Aber er blieb unerschütterlich. Und die silberne Würde seines Alters und die leicht sonderbare und etwas wahnwitzige Festigkeit, mit der er von seinem Sohne sprach und von der Gefahr, die seinem Namen drohte, die Feierlichkeit, mit der er seinen verschollenen Vater den Helden von Solferino nannte und nicht anders, den Kaiser Seine Majestät und nicht anders, bewirkten in den Zuhörern, daß ihnen selbst das Vorhaben Herrn von Trottas allmählich gerecht und fast selbstverständlich vorkam. Wenn es nicht anders ging, sagte dieser Bezirkshauptmann aus W., würde er, ein alter Diener Seiner Majestät, der Sohn des Helden von Solferino, sich vor den Wagen werfen, in dem der Kaiser jeden Vormittag von Schönbrunn in die Hofburg fuhr, wie ein gewöhnlicher Markthelfer vom Naschmarkt. Er, der Bezirkshauptmann Franz von Trotta, mußte die ganze Angelegenheit ordnen. Nun war er dermaßen begeistert von seiner Aufgabe, mit Hilfe des Kaisers die Ehre der Trottas zu retten, daß es ihm vorkam, durch diesen Unfall seines Sohnes, wie er die ganze Affäre für sich nannte, hätte sein langes Leben erst den rechten Sinn bekommen. Ja, dadurch allein hatte es seinen Sinn bekommen.

Es war schwer, das Zeremoniell zu durchbrechen. Man sagte es ihm fünfzehnmal. Er antwortete, daß sein Vater, der Held von Solferino, das Zeremoniell ebenfalls durchbrochen hatte. »So, mit der Hand, hat er Seine Majestät an der Schulter gepackt und niedergerissen!« sagte der Bezirkshauptmann. Er, der nur mit leisem Schaudern heftige oder überflüssige Bewegungen an andern wahrnehmen konnte, erhob sich selbst, griff nach der Schulter des Herrn, dem er die Szene gerade schilderte, und versuchte, die historische Lebensrettung an Ort und Stelle zu spielen. Und keiner lächelte. Und man suchte nach einer Möglichkeit, das Zeremoniell zu umgehen.

Er ging in einen Papierladen, kaufte einen Bogen vorschriftsmäßigen Kanzleipapiers, ein Fläschchen Tinte und eine Stahlfeder, Marke Adler, die einzige, mit der er schreiben konnte. Und mit fliegender Hand, aber mit seiner gewöhnlichen Schrift, die noch die Gesetze von »Haar und Schatten« streng einhielt, setzte er das vorschriftsmäßige Gesuch an Seine K. und K. Apostolische Majestät auf, und er zweifelte nicht einen Augenblick, das heißt: er gestattete sich nicht, einen Augenblick daran zu zweifeln, daß es »im günstigen Sinne« erledigt würde. Er wäre bereit gewesen, Montenuovo selbst mitten in der Nacht zu wecken. Im Laufe dieses Tages war nach der Auffassung Herrn von Trottas die Sache seines Sohnes zu der des Helden von Solferino und somit zu einer Sache des Kaisers geworden: gewissermaßen zur Sache des Vaterlands. Er hatte seit seiner Abreise aus W. kaum etwas gegessen. Er sah hagerer aus als gewöhnlich, und er erinnerte seinen Freund Hasselbrunner an einen jener exotischen Vögel im Schönbrunner Tierpark, die einen Versuch der Natur darstellten, die Physiognomie der Habsburger innerhalb der Fauna zu wiederholen. Ja, der Bezirkshauptmann erinnerte alle Menschen, die den Kaiser gesehen hatten, an Franz Joseph selbst. Sie waren keineswegs an diesen Grad der Entschiedenheit gewöhnt, die der Bezirkshauptmann demonstrierte, die Herren von Wien! Und der alte Herr von Trotta erschien ihnen, die mit den federleichten, in den Kaffeehäusern der Residenzstadt formulierten Witzen noch weit schwierigere Angelegenheiten des Reiches abzutun gewohnt waren, als eine Persönlichkeit, nicht einer geographisch, sondern einer geschichtlich entfernten Provinz entstiegen, Gespenst vaterländischer Historie und verkörperte Mahnung des patriotischen Gewissens. Die ewige Bereitschaft zum Witz, mit dem sie alle Anzeichen ihres eigenen Untergangs zu begrüßen beflissen waren, erstarb für die Dauer einer Stunde, und der Name »Solferino« weckte in ihnen Schauder und Ehrfurcht, der Name der Schlacht, die zum erstenmal den Untergang der kaiser- und königlichen Monarchie angekündigt hatte. Beim Anblick und bei den Reden, die dieser merkwürdige Bezirkshauptmann ihnen bot, erschauerten sie selbst. Sie spürten vielleicht schon den Atem des Todes, der ein paar Monate später sie alle ergreifen sollte, am Nacken ergreifen! Und sie verspürten im Nacken den eisigen Hauch des Todes.

Drei Tage im ganzen hatte Herr von Trotta noch Zeit. Und es gelang ihm, innerhalb einer einzigen Nacht, in der er nicht schlief, nicht aß und nicht trank, das eiserne und das goldene Gesetz des Zeremoniells zu durchbrechen. So wie der Name des Helden von Solferino in den Geschichtsbüchern oder in den Lesebüchern für österreichische Volks- und Bürgerschulen nicht mehr gefunden werden konnte, ebenso fehlt der Name des Sohnes des Helden von Solferino in den Protokollen Montenuovos. Außer Montenuovo selbst und dem jüngst verstorbenen Diener Franz Josephs weiß kein Mensch in der Welt mehr, daß der Bezirkshauptmann Franz Freiherr von Trotta eines Morgens vom Kaiser empfangen worden ist, und zwar knapp vor der Abfahrt nach Ischl.

Es war ein wunderbarer Morgen. Der Bezirkshauptmann hatte die ganze Nacht hindurch die Paradeuniform probiert. Er ließ das Fenster offen. Es war eine helle Sommernacht. Von Zeit zu Zeit trat er ans Fenster. Die Geräusche der schlummernden Stadt hörte er dann und den Ruf eines Hahns aus entfernten Gehöften. Er roch den Atem des Sommers; er sah die Sterne am Ausschnitt des nächtlichen Himmels, er hörte den gleichmäßigen Schritt des patrouillierenden Polizisten. Er erwartete den Morgen. Er trat, zum zehntenmal, vor den Spiegel, richtete die Flügel der weißen Krawatte über den Ecken des Stehkragens, fuhr noch einmal über die goldenen Knöpfe seines Fracks mit dem weißen, batistenen Taschentuch, putzte den goldenen Griff des Degens, bürstete seine Schuhe, kämmte seinen Backenbart, bezwang mit dem Kamm die spärlichen Härchen seiner Glatze, die sich immer wieder aufzustellen und zu ringeln schienen, und bürstete noch einmal die Schöße des Fracks. Er nahm den Krappenhut in die Hand. Er stellte sich vor den Spiegel und wiederholte: »Majestät, ich bitte um Gnade für meinen Sohn!« Er sah im Spiegel, wie sich die Flügel seines Backenbartes bewegten, und er hielt es für ungehörig, und er begann, den Satz so zu sprechen, daß der Bart sich nicht rührte und daß die Worte trotzdem deutlich hörbar waren. Er verspürte keinerlei Müdigkeit. Er trat noch einmal ans Fenster, wie man an ein Ufer tritt. Und er erwartete sehnsüchtig den Morgen, wie man ein heimatliches Schiff erwartet. Ja, er hatte Heimweh nach dem Kaiser. Er stand am Fenster, bis der graue Schimmer des Morgens den Himmel erhellte, der Morgenstern erstarb und die verworrenen Stimmen der Vögel den Aufgang der Sonne verkündeten. Dann löschte er die Lichter im Zimmer. Er drückte die Klingel an der Tür. Er befahl den Friseur. Er zog den Frack aus. Er setzte sich. Er ließ sich rasieren. »Zweimal«, sagte er zu dem schlaftrunkenen jungen Mann, »und gegen den Strich!« Nun schimmerte bläulich sein Kinn zwischen den silbernen Fittichen seines Bartes. Der Alaunstein brannte, der Puder kühlte seinen Hals. Für acht Uhr dreißig war er bestellt. Noch einmal bürstete er seinen schwarz-grünen Frack. Dann wiederholte er vor dem Spiegel: »Majestät, ich bitte um Gnade für meinen Sohn!« Dann schloß er das Zimmer. Er stieg die Treppe hinunter. Noch schlief das ganze Haus. Er zog an den weißen Handschuhen, glättete die Finger, streichelte die lederne Haut, blieb noch einen Augenblick vor dem großen Spiegel auf der Treppe zwischen dem ersten und dem zweiten Stock und versuchte, sein Profil zu erhaschen. Dann stieg er vorsichtig, nur mit den Fußspitzen die Stufen berührend, die rotgepolsterte Treppe hinunter, silberne Würde verbreitend, Duft von Puder und Kölnischem Wasser und den scharfen Geruch der Schuhwichse. Der Portier verbeugte sich tief. Der Zweispänner hielt vor der Drehtür. Der Bezirkshauptmann fegte mit dem Taschentuch über den Polstersitz des Fiakers und setzte sich. »Schönbrunn!« befahl er. Und er saß während der ganzen Fahrt starr im Fiaker. Die Hufe der Rösser schlugen fröhlich aufs frisch bespritzte

Pflaster, und die eilenden weißen Bäckerjungen blieben stehn und sahen dem Wagen nach wie einer Parade. Wie das Glanzstück einer Parade rollte Herr von Trotta zum Kaiser.

Er ließ den Wagen in einer Entfernung halten, die ihm angemessen erschien. Und er ging, mit seinen blendenden Handschuhen an beiden Seiten des schwarz-grünen Fracks, sorgfältig einen Fuß vor den andern setzend, um die glänzenden Zugstiefel vor dem Staub der Allee zu bewahren, den geraden Weg zum Schönbrunner Schloß empor. Über ihm jubelten die morgendlichen Vögel. Der Duft des Flieders und Jasmins betäubte ihn. Von den weißen Kastanienkerzen fiel hier und dort ein Blättchen auf seine Schulter. Er knipste es mit zwei Fingern weg. Langsam ging er die strahlenden, flachen Stufen empor, die schon weiß in der Morgensonne lagen. Der Posten salutierte, der Bezirkshauptmann von Trotta betrat das Schloß.

Er wartete. Er wurde, wie es Vorschrift war, von einem Beamten des Obersthofmeisteramtes gemustert. Sein Frack, seine Handschuhe, seine Hosen, seine Stiefel waren tadellos. Es wäre unmöglich gewesen, einen Fehler an Herrn von Trotta zu entdecken. Er wartete. Er wartete in dem großen Raum vor dem Arbeitszimmer der Majestät, durch dessen sechs große, gewölbte und noch morgendlich verhangene, aber bereits geöffnete Fenster der ganze Reichtum des Frühsommers drang, alle süßen Gerüche und alle tollen Stimmen der Vögel von Schönbrunn.

Er schien nichts zu hören, der Bezirkshauptmann. Er schien auch den Herrn nicht zu beachten, dessen diskrete Pflicht es war, die Besucher des Kaisers zu mustern und ihnen Verhaltungsmaßregeln zu geben. Vor der silbernen, unnahbaren Würde des Bezirkshauptmanns verstummte er und unterließ seine Pflicht. An beiden Flügeln der hohen, weißen, goldgesäumten Tür standen zwei übergroße Wächter wie tote Standbilder. Der braungelbe Parkettboden, den der rötliche Teppich nur in der Mitte bedeckte, spiegelte den unteren Teil Herrn von Trottas undeutlich wider, die schwarze Hose, die vergoldete Spitze der Degenscheide und auch die wallenden Schatten der Frackschöße. Herr von Trotta erhob sich. Er ging mit zagen, lautlosen Schritten über den Teppich. Sein Herz klopfte. Aber seine Seele war ruhig. In dieser Stunde, fünf Minuten vor der Begegnung mit seinem Kaiser, war es Herrn von Trotta, als verkehrte er hier seit Jahren und als wäre er gewohnt, jeden Morgen Seiner Majestät Kaiser Franz Joseph dem Ersten persönlich Bericht zu erstatten über die Vorfälle des vergangenen Tages im mährischen Bezirk W. Ganz heimisch fühlte sich der Herr Bezirkshauptmann im Schlosse seines Kaisers. Höchstens störte ihn der Gedanke, daß er es vielleicht nötig hätte, noch einmal mit kämmenden Fingern durch seinen Backenbart zu fahren, und daß jetzt keine Gelegenheit mehr war, die weißen Handschuhe abzustreifen. Kein Minister des Kaisers und nicht einmal der Obersthofmeister selbst hätte sich hier heimischer fühlen können als der Herr von Trotta. Von Zeit zu Zeit blähte der Wind die sonnengelben Vorhänge vor den hohen, gewölbten Fenstern, und ein Stück sommerliches Grün stahl sich in das Gesichtsfeld des Bezirkshauptmanns. Immer lauter lärmten die Vögel. Schon begannen ein paar schwere Fliegen zu summen, im törichten, verfrühten Glauben, der Mittag sei gekommen, und allmählich fing auch die sommerliche Hitze an, fühlbar zu werden. Der Bezirkshauptmann blieb in der Mitte des Raums stehn, den Krappenhut an der rechten Hüfte, die linke, weißblendende Hand am goldenen Degengriff, das Angesicht gegen die Tür des Zimmers starr gerichtet, in dem der Kaiser saß. So stand er wohl zwei Minuten. Durch die offenen Fenster wehten die goldenen Glockenschläge entfernter Turmuhren herein. Da gingen auf einmal die zwei Flügel der Tür auf. Und mit gerecktem Kopf, vorsichtigen, lautlosen und dennoch festen Schritten trat der Bezirkshauptmann vor. Er machte eine tiefe Verbeugung und verharrte ein paar Sekunden so, das Angesicht gegen das Parkett und ohne einen Gedanken. Als er sich erhob, war die Tür hinter seinem Rücken geschlossen. Vor ihm, hinter dem Schreibtisch, stand Kaiser Franz Joseph, und es war dem Bezirkshauptmann, als stünde hinter dem Schreibtisch sein älterer Bruder. Ja, der Backenbart Franz Josephs war etwas gelblich, um den Mund besonders, aber im übrigen genauso weiß wie der Backenbart Herrn von Trottas. Der Kaiser trug die Uniform eines Generals, und der Herr von Trotta die Uniform eines Bezirkshauptmanns. Und sie glichen zwei Brüdern, von denen der eine ein Kaiser, der andere ein Bezirkshauptmann geworden war. Sehr menschlich, wie diese ganze, in den Protokollen niemals verzeichnete Audienz Herrn von Trottas beim Kaiser, war die Bewegung, die Franz Joseph in diesem Augenblick vollführte. Da er befürchtete, ein Tropfen könnte an seiner Nase hängen, zog er sein Taschentuch aus der Hosentasche und fuhr damit über den Schnurrbart. Er warf einen Blick auf den Akt. Aha, der Trotta! dachte er. Gestern hatte er sich die Notwendigkeit dieser plötzlichen Audienz erklären lassen, aber nicht genau zugehört. Seit Monaten schon hörten die Trottas nicht auf, ihn zu belästigen. Er erinnerte sich, daß er bei den Manövern den jüngsten Abkömmling dieser Familie gesprochen hatte. Es war ein Leutnant, ein merkwürdig blasser Leutnant gewesen. Dies hier war gewiß sein Vater! Und schon hatte der Kaiser wieder vergessen, ob ihm der Großvater oder der Vater des Leutnants das Leben in der Schlacht bei Solferino gerettet hatte. War der Held von Solferino plötzlich Bezirkshauptmann geworden? Oder war es gar der Sohn des Helden von Solferino? Und er stützte sich mit den Händen auf den Schreibtisch. »Na, mein lieber Trotta?« fragte er. Denn es war seine kaiserliche Pflicht, seine Besucher verblüffenderweise beim Namen zu kennen. »Majestät!« sagte der Bezirkshauptmann und verbeugte sich noch einmal tief: »Ich bitte um Gnade für meinen Sohn!« »Was für einen Sohn hat Er?« fragte der Kaiser, um Zeit zu gewinnen und nicht sofort zu verraten, daß er in der Familiengeschichte der Trottas nicht bewandert war. »Mein Sohn ist Leutnant bei den Jägern in B.«, sagte Herr von Trotta. »Ah so, ah so!« sagte der Kaiser. »Das ist der junge Mann, den ich bei den letzten Manövern gesehen hab'! Ein braver Mensch!« Und weil sich seine Gedanken ein wenig verwirrten, fügte er hinzu: »Er hat mir beinah das Leben gerettet. Oder waren Sie es?«

»Majestät! Es war mein Vater, der Held von Solferino!« bemerkte der Bezirkshauptmann, indem er sich noch einmal verneigte.

»Wie alt ist er jetzt?« fragte der Kaiser. »Die Schlacht bei Solferino. Das war doch der mit dem Lesebuch?«

»Jawohl, Majestät!« sagte der Bezirkshauptmann.

Und der Kaiser erinnerte sich plötzlich genau an die Audienz des merkwürdigen Hauptmanns. Und wie damals, als der sonderbare Hauptmann bei ihm erschienen war, verließ Franz Joseph der Erste auch jetzt den Platz hinter dem Schreibtisch, ging seinem Besucher ein paar Schritte entgegen und sagte: »Kommen S' doch näher!«

Der Bezirkshauptmann trat näher. Der Kaiser streckte seine magere, zitternde Hand aus, eine Greisenhand mit blauen Äderchen und kleinen Knoten an den Fingergelenken. Der Bezirkshauptmann ergriff die Hand des Kaisers und verbeugte sich. Er wollte sie küssen. Er wußte nicht, ob er wagen dürfte, sie zu halten oder seine eigene Hand so in die des Kaisers zu legen, daß dieser in jeder Sekunde die Möglichkeit hätte, die seine zurückzuziehen. »Majestät!« wiederholte der Bezirkshauptmann zum drittenmal, »ich bitte um Gnade für meinen Sohn!«

Sie waren wie zwei Brüder. Ein Fremder, der sie in diesem Augenblick erblickt hätte, wäre imstande gewesen, sie für zwei Brüder zu halten. Ihre weißen Backenbärte, ihre abfallenden, schmalen Schultern, ihr gleiches körperliches Maß erweckte in beiden den Eindruck, daß sie ihren eigenen Spiegelbildern gegenüberständen. Und der eine glaubte, er hätte sich in einen Bezirkshauptmann verwandelt. Und der andere glaubte, er hätte sich in den Kaiser verwandelt. Zur linken Hand des Kaisers und zur rechten Herrn von Trottas standen die zwei großen Fenster des Zimmers offen, auch sie noch verhüllt von sonnengelben Vorhängen. »Schönes Wetter heut!« sagte plötzlich Franz Joseph. »Wunderschönes Wetter heut!« sagte der Bezirkshauptmann. Und während der Kaiser mit der Linken nach dem Fenster deutete, streckte der Bezirkshauptmann seine Rechte in die gleiche Richtung aus. Und es war dem Kaiser, als stünde er vor seinem eigenen Spiegelbild.

Auf einmal fiel es dem Kaiser ein, daß er vor seiner Abreise nach Ischl noch viel zu erledigen hatte. Und er sagte: »Es ist gut! Es wird alles erledigt! Was hat er denn angestellt? Schulden? Es wird erledigt! Grüßen Sie Ihren Papa!«

»Mein Vater ist tot, Majestät!« sagte der Bezirkshauptmann.

»So, tot!« sagte der Kaiser. »Schade, schade!« Und er verlor sich in Erinnerungen an die Schlacht bei Solferino. Und er kehrte an seinen Schreibtisch zurück, setzte sich, drückte den Knopf der Glocke und sah nicht mehr, wie der Bezirkshauptmann hinausging, den Kopf gesenkt, den Degengriff an der linken, den Krappenhut an der rechten Hüfte.

Der morgendliche Lärm der Vögel erfüllte das ganze Zimmer. Bei aller Wertschätzung, die der Kaiser für die Vögel empfand, als eine Art bevorzugter Gottesgeschöpfe, hegte er doch auch gegen sie ein gewisses Mißtrauen auf dem Grunde seines Herzens, ähnlich jenem gegen die Künstler. Und nach seinen Erfahrungen in den letzten Jahren waren die zwitschernden Vögel immer der Anlaß seiner kleinen Vergeßlichkeiten gewesen. Deshalb notierte er schnell »Affäre Trotta« auf den Akt.

Dann wartete er auf den täglichen Besuch des Obersthofmeisters. Schon schlug es neun. Jetzt kam er.

XIX

Die fatale Angelegenheit Leutnant Trottas wurde in einer fürsorglichen Stille begraben. Der Major Zoglauer sagte nur: »Von Allerhöchster Stelle aus ist Ihre Affäre beigelegt. Ihr Herr Papa hat das Geld geschickt. Mehr ist darüber nicht zu sagen.« Trotta schrieb hierauf an seinen Vater. Er berichtete, daß die Gefahr für seine Ehre von Allerhöchster Stelle abgewandt worden sei. Er bat um Verzeihung für die frevelhaft lange Zeit, in der er geschwiegen und Briefe des Bezirkshauptmanns nicht beantwortet hatte. Er war bewegt und gerührt. Er bemühte sich, seine Rührung auch aufzuzeichnen. Aber in seinem kargen Wortschatz fanden sich keine Ausdrücke für Reue, Wehmut und Sehnsucht. Es war ein bitteres Stück Arbeit. Als er den Brief unterschrieben hatte, fiel ihm der Satz ein: »Ich gedenke, bald um einen Urlaub einzukommen und dich mündlich um Verzeihung zu bitten.« Als Nachschrift war dieser glückliche Satz aus formalen Gründen nicht unterzubringen. Der Leutnant machte sich also daran, das Ganze umzuschreiben. Nach einer Stunde war er fertig. Durch das Umschreiben hatte die äußere Form des Briefes nur gewonnen. Somit schien ihm alles erledigt, die ganze ekelhafte Sache begraben. Er bewunderte selbst sein »phänomenales Glück«. Auf den alten Kaiser konnte sich der Enkel des Helden von Solferino in jeder Lage verlassen. Nicht minder erfreulich war die nunmehr erwiesene Tatsache, daß der Vater Geld besaß. Unter Umständen, nachdem jetzt die Gefahr, aus der Armee ausgeschlossen zu werden, vermieden war, konnte man sie freiwillig verlassen, in Wien mit Frau von Taußig leben, vielleicht in den Staatsdienst treten, Zivil tragen. Man war schon lange nicht mehr in Wien gewesen. Man hörte nichts von der Frau. Man sehnte sich nach ihr. Man trank einen Neunziggrädigen, und man sehnte sich noch mehr, aber es war schon jener wohltätige Grad der Sehnsucht, der es gestattet, ein bißchen zu weinen. Die Tränen lagen in der letzten Zeit ganz locker unter den Augen. Leutnant Trotta betrachtete noch einmal mit Wohlgefallen den Brief, gelungenes Werk seiner Hände, steckte ihn in den Umschlag und malte heiter die Adresse. Zur Belohnung bestellte er einen doppelten Neunziggrädigen. Herr Brodnitzer selbst brachte den Schnaps und sagte:

»Kapturak ist weg!«

Ein glücklicher Tag, kein Zweifel! Der kleine Mann, der den Leutnant immer an eine der schlimmsten Stunden hätte erinnern können, war also ebenfalls aus der Welt geschafft.

»Warum?«

»Man hat ihn einfach ausgewiesen!«

Ja, so weit reichte also der Arm Franz Josephs, des alten Mannes, der mit Leutnant Trotta gesprochen hatte, einen blinkenden Tropfen an der kaiserlichen Nase. So weit reichte also auch das Andenken des Helden von Solferino.

Eine Woche nach der Audienz des Bezirkshauptmanns hatte man Kapturak weggeschafft. Nachdem die politischen Behörden einmal einen erhabenen Wink erhalten hatten, verboten sie auch den Spielsaal Brodnitzers. Von Hauptmann Jedlicek war nicht mehr die Rede. Er versank in jene rätselhafte, stumme Vergessenheit, aus der man ebensowenig wiederkehren konnte wie aus dem Jenseits. Er versank in den militärischen Untersuchungsgefängnissen der alten Monarchie, in den Bleikammern Österreichs. Wenn den Offizieren gelegentlich sein Name einfiel, verscheuchten sie ihn sofort. Das gelang den meisten dank ihrer natürlichen Anlage, alles zu vergessen. Ein neuer Hauptmann kam, ein gewisser Lorenz: ein behäbiger, untersetzter, gutmütiger Mann, mit einer unbezwinglichen Neigung zur Nachlässigkeit in Dienst und Haltung, jederzeit bereit, den Rock auszuziehen, obwohl es verboten war, und eine Partie Billard zu spielen. Dabei zeigte er seine kurzen, manchmal geflickten und ein wenig verschwitzten Hemdärmel. Er war Vater dreier Kinder und Gatte einer vergrämten Frau. Er wurde schnell heimisch. Man gewöhnte sich sofort an ihn. Seine Kinder, die einander ähnlich waren wie Drillinge, traten zu dritt im Kaffeehaus auf, um ihn abzuholen. Allmählich verzogen sich die verschiedenen tanzenden »Nachtigallen«, die aus Olmütz, Hernals und Mariahilf. Nur zweimal wöchentlich spielte die Musik im Café. Aber es fehlte ihr bereits an Verve und Temperament, sie wurde aus Mangel an Tänzerinnen klassisch und schien eher den alten Zeiten nachzuweinen als aufzuspielen. Die Offiziere begannen, sich wieder zu langweilen, wenn sie nicht tranken. Wenn sie aber tranken, wurden sie wehmütig und hatten herzliches Mitleid mit sich selbst. Der Sommer war sehr schwül. Während der Exerzierübungen machte man zweimal am Vormittag Rast. Die Gewehre und die Mannschaften schwitzten. Aus den Trompeten der Bläser schlugen die Töne taub und unmutig gegen die schwere Luft. Ein dünner Nebel überzog den ganzen Himmel gleichmäßig, ein Schleier aus silbernem Blei. Er lag auch über den Sümpfen und dämpfte sogar den allezeit muntern Lärm der Frösche. Die Weiden rührten sich nicht. Alle Welt wartete auf einen Wind. Aber alle Winde schliefen.

Chojnicki war in diesem Jahr nicht heimgekehrt. Alle grollten ihm, als wäre er ein vertragsbrüchiger Erheiterer, den die Armee zu allsommerlichen Gastspielen verpflichtet hatte. Damit das Leben in der verlorenen Garnison trotzdem einen neuen Glanz erhalte, war Rittmeister Graf Zschoch von den Dragonern auf den genialen Einfall gekommen, ein großes Sommerfest zu veranstalten. Genial war dieser Einfall einfach deshalb, weil das Fest als eine Probe für die große Jahrhundertfeier des Regiments gelten konnte. Der hundertste Geburtstag des Dragonerregiments sollte erst in einem Jahr stattfinden, aber es war, als könnte es sich nicht ganze neunundneunzig Jahre in Geduld fassen, so ganz ohne Jubel. Man sagte allgemein, der Einfall sei genial. Der Oberst Festetics sagte es auch und bildete sich sogar ein, daß er allein und zuerst diese Bezeichnung geprägt hatte. Er hatte ja auch mit den Vorbereitungen für die große Jahrhundertfeier seit einigen Wochen begonnen. Jeden Tag, in freien Stunden, diktierte er in der Regimentskanzlei den untertänigen Einladungsbrief, der ein halbes Jahr später an den Inhaber des Regiments, einen kleinen reichsdeutschen Fürsten aus leider etwas vernachlässigter Nebenlinie, abgeschickt werden sollte. Allein die Stilisierung dieses höfischen Schreibens beschäftigte zwei Männer, den Obersten Festetics und den Rittmeister Zschoch. Manchmal gerieten sie auch in heftige Diskussionen über stilistische Fragen. So hielt zum Beispiel der Oberst die Wendung »Und erlaubt sich das Regiment untertänigst« für gestattet, während der Rittmeister der Ansicht war, daß sowohl das »und« falsch sei als auch das »untertänigst« nicht ganz zulässig. Sie hatten beschlossen, jeden Tag zwei Sätze zu verfassen, und das gelang ihnen auch. Jeder von ihnen diktierte einem Schreiber, der Rittmeister einem Gefreiten, der Oberst einem Zugsführer. Dann verglichen sie die Sätze. Beide lobten einander über die Maßen. Der Oberst verschloß hierauf die Entwürfe im großen Kasten der Regimentskanzlei, zu dem er allein die Schlüssel hatte. Er legte die Skizzen zu den andern Plänen, die er schon gemacht hatte, betreffend die große Parade und das Offiziers- sowie das Mannschaftsturnier. Alle Pläne lagen in der Nähe der großen, unheimlichen, versiegelten Umschläge, in denen die geheimen Befehle für den Fall einer Mobilisierung geborgen waren.

Nachdem also Rittmeister Zschoch den genialen Einfall verkündet hatte, unterbrach man die Stilisierung des Briefes an den Fürsten und machte sich daran, gleichlautende Einladungen in alle vier Richtungen der Welt zu verschicken. Diese knapp gehaltenen Einladungen erforderten weniger literarische Bemühung und kamen auch innerhalb einiger Tage zustande. Es gab nur ein paar Diskussionen über den Rang der Gäste. Denn zum Unterschied vom Obersten Festetics war Graf Zschoch der Meinung, man müßte die Einladungen der Reihe nach zuerst an die vornehmsten, hierauf an die minder Vornehmen absenden. »Alle gleichzeitig!« sagte der Oberst. »Ich befehle es Ihnen!« Und obwohl die Festetics zu den besten ungarischen Familien gehörten, glaubte Graf Zschoch, aus dem Befehl auf eine blutmäßig bedingte demokratische Neigung des Obersten schließen zu müssen. Er rümpfte die Nase und versandte die Einladungen gleichzeitig.

Der Standesführer wurde befohlen. In seinen Händen befanden sich alle Adressen der Reserveoffiziere und der in den Ruhestand Versetzten. Sie alle wurden eingeladen. Eingeladen wurden ferner die näheren Verwandten und die Freunde der Dragoneroffiziere. Diesen teilte man mit, daß es sich um eine Probe für das hundertste Geburtstagsfest handle. Also gab man ihnen zu verstehen, daß sie Aussicht hatten, mit dem Regimentsinhaber persönlich zusammenzutreffen, dem reichsdeutschen Fürsten aus einer leider und allerdings wenig ansehnlichen Nebenlinie. Manche von den Eingeladenen waren von älterem Stamme als der Inhaber des Regiments. Sie hielten trotzdem etwas von einer Berührung mit dem mediatisierten Fürsten. Man beschloß, da es ein »Sommerfest« werden sollte, das Wäldchen des Grafen Chojnicki in Anspruch zu nehmen. »Das Wäldchen« unterschied sich von den Wäldern Chojnickis dadurch, daß es von der Natur selbst und von seinem Besitzer für Feste bestimmt zu sein schien. Es war jung. Es bestand aus kleinen und lustigen Fichtenstämmchen, es bot Kühlung und Schatten, geebnete Wege und ein paar kleine

Lichtungen, die offensichtlich zu nichts anderem taugten, als von Tanzböden bedeckt zu werden. Man mietete also das Wäldchen. Man bedauerte bei dieser Gelegenheit noch einmal die Abwesenheit Chojnickis. Man lud ihn dennoch ein, in der Hoffnung, daß er einer Einladung zum Fest des Dragonerregiments nicht werde widerstehen können und daß er sogar imstande sein würde, »ein paar charmante Menschen mitzunehmen«, wie Festetics sich ausdrückte. Man lud die Hulins und die Kinskys ein, die Podstatzkis und die Schönborns, die Familie Albert Tassilo Larisch, die Kirchbergs, die Weißenhorns und die Babenhausens, die Sennyis, die Benkyös, die Zuschers und die Dietrichsteins. Jeder von ihnen hatte irgendeine Beziehung zu diesem Dragonerregiment. Als der Rittmeister Zschoch noch einmal die Liste der Eingeladenen durchsah, sagte er: »Donnerwetter, Himmelherrgottsakra!« Und er wiederholte diese originelle Bemerkung ein paarmal. Es war schlimm, aber unvermeidlich, daß man zu einem so großartigen Fest auch die schlichten Offiziere des Jägerbataillons einladen mußte. Man wird sie schon an die Wand drücken! dachte der Oberst Festetics. Genau das gleiche dachte auch der Rittmeister Zschoch. Während sie die Einladungen an die Offiziere des Jägerbataillons diktierten, der eine dem Gefreiten, der andere dem Zugsführer, sahen sie einander mit grimmigen Augen an. Und jeder von ihnen machte den andern für die Pflicht verantwortlich, das Bataillon der Jäger einzuladen. Ihre Gesichter erhellten sich, als der Name des Freiherrn von Trotta und Sipolje fiel. »Schlacht bei Solferino«, warf der Oberst hin, nebenbei. »Ah!« sagte Rittmeister Zschoch. Er war überzeugt, daß die Schlacht bei Solferino bereits im sechzehnten Jahrhundert stattgefunden hatte.

Alle Kanzleischreiber drehten grüne und rote Girlanden aus Papier. Die Offiziersburschen saßen auf den dünnen Fichtenstämmen des »Wäldchens« und spannten Drähte von einem Bäumchen zum andern. Dreimal in der Woche rückten die Dragoner nicht aus. Sie hatten »Schule« in der Kaserne. Man unterwies sie in der Kunst, mit vornehmen Gästen umzugehen. Eine halbe Schwadron wurde vorübergehend dem Koch zugeteilt. Hier lernten die Bauern, wie man Kessel putzt, Tabletts serviert, Weingläser hält und den Bratspieß dreht. Jeden Morgen hielt der Oberst Festetics strenge Visite in Küche, Keller und in der Messe ab. Für alle Mannschaftspersonen, denen die geringste Aussicht drohte, mit den Gästen in irgendeiner Weise zusammenzustoßen, hatte man weiße Zwirnhandschuhe angeschafft. Jeden Morgen mußten die Dragoner, denen die Laune der Wachtmeister diese harte Auszeichnung beschert hatte, die ausgestreckten, weißbekleideten Hände, alle Finger gespreizt, dem Obersten vor die Augen halten. Er prüfte die Sauberkeit, den Sitz, die Haltbarkeit der Nähte. Er war aufgeräumt, von einer besonderen, verborgenen, inneren Sonne durchleuchtet. Er bewunderte seine eigene Tatkraft, rühmte sie und verlangte Bewunderung. Er entwickelte eine ungewöhnliche Phantasie. Jeden Tag schenkte sie ihm mindestens zehn Einfälle, während er früher mit einem einzigen wöchentlich ganz gut ausgekommen war. Und die Einfälle betrafen nicht nur das Fest, sondern auch die großen Fragen des Lebens, das Exerzierreglement zum Beispiel, die Adjustierung und sogar die Taktik. In diesen Tagen wurde es dem Obersten Festetics klar, daß er ohne weiteres General sein könnte.

Jetzt waren die Drähte von Stamm zu Stamm gespannt, nun handelte es sich darum, die Girlanden an den Drähten anzubringen. Man hängte sie also probeweise auf. Der

Oberst besichtigte sie. Unleugbar war die Notwendigkeit vorhanden, auch Lampions anzubringen. Aber da es, trotz den Nebeln und der Schwüle, so lange nicht mehr geregnet hatte, mußte man jeden Tag ein überraschendes Gewitter erwarten. Der Oberst bestimmte also eine ständige Wache im Wäldchen, deren Aufgabe es war, bei den geringsten Anzeichen eines nahenden Gewitters die Girlanden wie die Lampions abzunehmen. »Auch die Drähte?« fragte er vorsichtig den Rittmeister. Denn er wußte wohl, daß große Männer den Rat ihrer kleineren Helfer gerne hören. »Den Drähten passiert nix!« sagte der Rittmeister. Man ließ sie also an den Bäumen.

Es kamen keine Gewitter. Es blieb schwül und schwer. Dagegen erfuhr man aus manchen Absagen der Eingeladenen, daß an dem Sonntag, an dem das Fest der Dragoner stattfinden sollte, auch das Fest eines bekannten Adelsklubs in Wien gefeiert wurde. Manche unter den Eingeladenen schwankten zwischen ihrer Begierde, alle Neuigkeiten aus der Gesellschaft zu vernehmen (was nur auf dem Ball des Klubs möglich war), und dem abenteuerlichen Vergnügen, die fast sagenhafte Grenze zu besuchen. Die Exotik erschien ihnen genauso verführerisch wie der Klatsch, wie die Gelegenheit, eine günstige Gesinnung oder eine gehässige zu erspähen, eine Protektion anzuwenden, um die man gerade gebeten worden war, eine andere zu erringen, die man grad nötig hatte. Einige versprachen, im letzten Augenblick allerdings, eine Depesche. Diese Antworten und die Aussicht auf Depeschen vernichteten beinahe vollends die Sicherheit, die sich der Oberst Festetics in den letzten Tagen erworben hatte. »Es ist ein Unglück!« sagte er. »Es ist ein Unglück!« wiederholte der Rittmeister. Und sie ließen die Köpfe hängen.

Wie viele Zimmer sollte man vorbereiten? Hundert oder nur fünfzig? Und wo? Im Hotel? Im Hause Chojnickis? Er war ja leider nicht da und hatte nicht einmal geantwortet! »Der ist tückisch, der Chojnicki. Ich hab' ihm nie getraut!« sagte der Rittmeister. »Du hast ganz recht!« bestätigte der Oberst. Da klopfte es, und die Ordonnanz meldete den Grafen Chojnicki.

»Famoser Bursche!« riefen beide gleichzeitig.

Es wurde eine herzliche Begrüßung. Im stillen fühlte der Oberst, daß sein Genie ratlos geworden war und einer Unterstützung bedurfte. Auch der Rittmeister Zschoch fühlte, daß er sein Genie bereits erschöpft hatte. Sie umarmten den Gast abwechselnd, jeder dreimal. Und jeder wartete ungeduldig, bis die Umarmung des andern vorbei wäre. Dann bestellten sie Schnaps. Alle schweren Sorgen verwandelten sich auf einmal in leichtfertige, anmutige Vorstellungen. Wenn Chojnicki zum Beispiel sagte: »Dann werden wir hundert Zimmer bestellen, und wenn fünfzig leer bleiben, dann ist eben nix zu machen!«, riefen beide, wie aus einem Munde: »Genial!« Und sie fielen noch einmal mit heißen Umarmungen über den Gast.

In der Woche, die noch bis zum Fest verblieb, regnete es nicht. Alle Girlanden blieben hängen, alle Lampions. Manchmal erschreckte den Unteroffizier und die vier Mann, die am Rande des Wäldchens wie eine Feldwache lagerten und nach Westen spähten, nach der Richtung des himmlischen Feindes, ein fernes Grollen, Echo eines fernen Donners. Manchmal flammte ein fahles Wetterleuchten am Abend über die graublauen Nebel, die sich am westlichen Horizont verdichteten, um die untergehende rote Sonne sachte einzubetten. Weit von hier, wie in einer anderen Welt, mochten sich die Gewitter entladen. In dem stummen Wäldchen knisterte es von den trockenen Nadeln und von den verdorrten Rinden der Fichtenstämme. Matt und schläfrig piepsten die Vögel. Der weiche, sandige Boden zwischen den Stämmen glühte. Kein Gewitter kam. Die Girlanden blieben an den Drähten.

Am Freitag kamen ein paar Gäste. Telegramme hatten sie angekündigt. Der Offizier vom Dienst holte sie ab. Die Aufregung in beiden Kasernen wuchs von Stunde zu Stunde. In Brodnitzers Kaffeehaus hielten die Kavalleristen mit den Fußtruppen Beratungen ab, aus nichtigen Gründen und lediglich zu dem Zweck, die Unruhe noch zu vergrößern. Es war niemandem möglich, allein zu bleiben. Die Ungeduld trieb einen zum andern. Sie flüsterten, sie wußten plötzlich lauter merkwürdige Geheimnisse, die sie seit Jahren verschwiegen hatten. Sie vertrauten einander rückhaltlos, sie liebten einander. Sie schwitzten einträchtig in der gemeinsamen Erwartung. Das Fest verdeckte den Horizont, ein mächtiger, feierlicher Berg. Alle waren überzeugt, daß es nicht nur eine Abwechslung war, sondern daß es auch eine völlige Veränderung ihres Lebens bedeutete. Im letzten Augenblick bekamen sie Angst vor ihrem eigenen Werk. Selbständig begann das Fest freundlich zu winken und gefährlich zu drohen. Es verfinsterte den Himmel, es erhellte ihn. Man bürstete und bügelte die Paradeuniformen. Sogar der Hauptmann Lorenz wagte in diesen Tagen keine Billardpartie. Die wohlige Gemächlichkeit, in der er den Rest seines militärischen Lebens zu verbringen beschlossen hatte, war zerstört. Er betrachtete seinen Paraderock mit mißtrauischen Blicken, und er glich einem behäbigen Gaul, der seit Jahren im kühlen Schatten des Stalls gestanden hat und der plötzlich gezwungen wird, an einem Trabrennen teilzunehmen.

Der Sonntag brach schließlich an. Man zählte vierundfünfzig Gäste. »Donnerwetter, Sapperlot!« sagte Graf Zschoch ein paarmal. Er wußte wohl, in welch einem Regiment er diente, aber im Anblick der vierundfünfzig klangreichen Namen auf der Liste der Gäste kam es ihm vor, daß er die ganze Zeit nicht stolz genug auf dieses Regiment gewesen war. Um ein Uhr nachmittags begann das Fest, mit einer einstündigen Parade auf dem Exerzierplatz. Man hatte zwei Militärkapellen aus größeren Garnisonen erbeten. Sie spielten in zwei hölzernen, runden, offenen Pavillons im kleinen Wäldchen. Die Damen saßen in zeltüberdeckten Bagagewagen, trugen sommerliche Kleider über steifen Miedern und rädergroße Hüte, auf denen ausgestopfte Vögel nisteten. Obwohl es ihnen heiß war, lächelten sie, jede eine heitere Brise. Sie lächelten mit den Lippen, den Augen, den Brüsten, die hinter duftigen und festverrammelten Kleidern gefangen waren, mit den durchbrochenen Spitzenhandschuhen, die bis an die Ellenbogen reichten, mit den winzigen Taschentüchlein, die sie in der Hand hielten und mit denen sie manchmal sachte, sachte an die Nase tupften, um sie nicht zu zerbrechen. Sie verkauften Bonbons, Sekt und Lose für das Glücksrad, das vom Standesführer eigenhändig behandelt wurde, und bunte Säckchen mit Konfetti, von dem sie alle überschüttet waren und das sie mit neckisch gespitzten Mündern wegzublasen versuchten. Auch an Papierschlangen fehlte es nicht. Sie umwanden Hälse und Beine, hingen von den Bäumen herab und verwandelten alle natürlichen Fichten im Nu in künstliche. Denn sie waren dichter und überzeugender als das Grün der Natur.

Am Himmel über dem Wald waren unterdessen die längst erwarteten Wolken heraufgezogen. Der Donner kam immer näher, aber die Militärkapellen übertönten ihn. Als der Abend über Zelte, Wagen, Konfetti und Tanz hereinbrach, zündete man die Lampions an, und man bemerkte nicht, daß sie von plötzlichen Windstößen stärker geschaukelt wurden, als es sich für festliche Lampions schicken mochte. Das Wetterleuchten, das immer heftiger den Himmel erhellte, konnte sich mit dem Feuerwerk, das die Mannschaft hinter dem Wäldchen abknallte, noch lange nicht vergleichen. Und man war allgemein geneigt, die Blitze, die man zufällig bemerkte, für mißlungene Raketen zu halten. »Es gibt ein Gewitter!« sagte plötzlich einer. Und das Gerücht vom Gewitter begann sich im Wäldchen zu verbreiten.

Man rüstete also zum Aufbruch und begab sich zu Fuß, zu Pferde und im Wagen in das Haus Chojnickis. Alle Fenster standen offen. Der Glanz der Kerzen strömte frei, im mächtigen, flackernden Fächerschein gegen die weite Allee, vergoldete den Boden und die Bäume, die Blätter sahen aus wie Metall. Es war noch zeitig, aber schon dunkel, dank den Heerscharen der Wolken, die von allen Seiten gegeneinanderrückten und sich vereinigten. Vor dem Eingang zum Schloß in der breiten Allee und auf dem ovalen, kiesbestreuten Vorplatz sammelten sich jetzt die Pferde, die Wagen, die Gäste, die bunten Frauen und die noch bunteren Offiziere. Die Reitpferde, von Soldaten am Zaum gehalten, und die Wagenpferde, von den Kutschern mühsam gezügelt, wurden ungeduldig; wie ein elektrischer Kamm strich der Wind über ihr glänzendes Fell, sie wieherten ängstlich nach dem Stall und scharrten den Kies mit zitternden Hufen. Auch den Menschen schien sich die Aufregung der Natur und der Tiere mitzuteilen. Die munteren Zurufe, mit denen sie noch vor einigen Minuten Ball gespielt hatten, erstarben. Alle sahen, etwas ängstlich, zu den Türen und Fenstern. Jetzt ging die große, zweiflügelige Tür auf, und man begann, sich in Gruppen dem Eingang zu nähern. Sei es nun, daß man mit den zwar nicht ungewöhnlichen, aber dennoch den Menschen immer wieder erregenden Vorgängen des Gewitters zu sehr beschäftigt war, sei es, daß man von den verworrenen Klängen der beiden Militärkapellen abgelenkt wurde, die bereits im Innern des Hauses ihre Instrumente zu stimmen begannen: Niemand vernahm den rapiden Galopp der Ordonnanz, die jetzt auf den Vorplatz heransprengte, mit plötzlichem Ruck anhielt und in ihrer dienstlichen Adjustierung, mit blinkendem Helm, umgeschnalltem Karabiner am Rücken und Patronentaschen am Gurt, umflackert von weißen Blitzen und von violetten Wolken umdüstert, einem theatralischen Kriegsboten nicht unähnlich war. Der Dragoner stieg ab und erkundigte sich nach dem Obersten Festetics. Es hieß, der Oberst sei schon drinnen. Einen Augenblick hierauf trat er heraus, nahm einen Brief von der Ordonnanz entgegen und kehrte ins Haus zurück. Im rundlichen Vorraum, in dem es keine Dekkenbeleuchtung gab, blieb er stehen. Ein Diener trat hinter seinen Rücken, den Armleuchter in der Hand. Der Oberst riß den Umschlag auf. Der Diener, obgleich seit seiner frühesten Jugend in der großen Kunst des Dienens erzogen, konnte dennoch nicht seine plötzlich zitternde Hand beherrschen. Die Kerzen, die er hielt, begannen heftig zu flakkern. Ohne daß er etwa versucht hätte, über die Schulter des Obersten zu lesen, fiel der Text des Schreibens in das Blickfeld seiner wohlerzogenen Augen, ein einziger Satz aus übergroßen, mit blauem Kopierstift sehr deutlich geschriebenen Worten. Ebensowenig wie er etwa vermocht hätte, hinter geschlossenen Lidern einen der Blitze nicht zu fühlen, die jetzt in immer schnellerer Folge in allen Richtungen des Himmels aufzuckten, ebensowenig wäre es ihm auch möglich gewesen, seinen Blick von der furchtbaren, großen, blauen Schrift abzuwenden: »Thronfolger gerüchtweise in Sarajevo ermordet«, sagten die Buchstaben.

Die Worte fielen wie ein einziges, ohne Pause, in das Bewußtsein des Obersten und in die Augen des hinter ihm stehenden Dieners. Der Oberst ließ den Umschlag fallen. Der Diener, den Leuchter in der Linken, bückte sich, um ihn mit der Rechten aufzuheben. Als er wieder aufrecht stand, sah er geradewegs in das Angesicht des Obersten Festetics, der sich ihm zugewandt hatte. Der Diener trat einen Schritt zurück. Er hielt den Leuchter in der einen, den Umschlag in der anderen Hand, und seine beiden Hände zitterten. Der Schein der Kerzen flackerte über das Angesicht des Obersten und erhellte und verdunkelte es abwechselnd. Das gewöhnliche, gerötete, von einem großen, graublonden Schnurrbart gezierte Angesicht des Obersten wurde bald violett, bald kreideweiß. Die Lippen bebten ein wenig, und der Schnurrbart zuckte. Außer dem Diener und dem Obersten war kein Mensch in der Vorhalle. Aus dem Innern des Hauses hörte man schon den ersten gedämpften Walzer der beiden Militärkapellen, Klirren von Gläsern und das Gemurmel der Stimmen. Durch die Tür, die zum Vorplatz führte, sah man den Widerschein ferner Blitze, hörte man den schwachen Widerhall ferner Donner. Der Oberst sah den Diener an. »Haben Sie gelesen?« fragte er. »Jawohl, Herr Oberst!« »Mund halten!« sagte Festetics und legte den Zeigefinger an die Lippen. Er entfernte sich. Er schwankte ein wenig. Vielleicht war es das flackernde Kerzenlicht, in dem sein Gang unsicher erschien.

Der Diener, neugierig und durch das Schweigegebot des Obersten ebenso erregt wie durch die blutige Nachricht, die er soeben wahrgenommen hatte, wartete auf einen seiner Kollegen, um diesem seinen Dienst und den Leuchter zu übergeben, in die Zimmer zu gehen und dort vielleicht Näheres zu erfahren. Auch war es ihm, obwohl er ein aufgeklärter, vernünftiger Mann in mittleren Jahren war, allmählich unheimlich in diesem Vorraum, den er mit seinen Kerzen nur spärlich beleuchten konnte und der nach jedem der heftigen, bläulichweißen Blitze in eine noch tiefere, braune Dunkelheit versank. Schwere Wellen geladener Luft lagen im Raum, das Gewitter zögerte. Der Diener brachte den Zufall des Gewitters mit der schrecklichen Kunde in einen übernatürlichen Zusammenhang. Er bedachte, daß die Stunde endlich gekommen sei, in der sich übernatürliche Gewalten der Welt deutlich und grausam kundgeben wollten. Und er bekreuzigte sich, den Leuchter in der Linken. In diesem Augenblick trat Chojnicki heraus, sah verwundert auf ihn und fragte, ob er sich denn so vor dem Gewitter fürchte. Es sei nicht nur das Gewitter, antwortete der Diener. Denn, obwohl er versprochen hatte zu schweigen, war es ihm nicht mehr möglich, die Last seiner Mitwisserschaft zu tragen. »Was denn sonst?« fragte Chojnicki. Der Herr Oberst Festetics hätte eine schreckliche Nachricht erhalten, sagte der Mann. Und er zitierte ihren Wortlaut.

Chojnicki befahl zuerst, alle Fenster, die schon des Unwetters wegen geschlossen worden waren, auch dicht zu verhängen, hierauf, den Wagen fertigzumachen. Er wollte in die Stadt. Während man draußen die Pferde anspannte, fuhr eine Droschke vor, mit aufgerollter, triefender Plache, an der man erkannte, daß sie aus einer Gegend kam, in der das Gewitter bereits niedergegangen war. Aus dem Fiaker stieg jener muntere Bezirkskommissar, der die politische Versammlung der streikenden Borstenarbeiter aufgelöst hatte, eine Aktentasche unter dem Arm. Er berichtete zuerst, als wäre er vornehmlich zu diesem Zweck gekommen, daß es im Städtchen regne. Hierauf teilte er Chojnicki mit, daß man den Thronfolger der österreichisch-ungarischen Monarchie wahrscheinlich in Sarajevo erschossen habe. Reisende, die vor drei Stunden angekommen seien, hätten zuerst die Nachricht verbreitet. Dann sei ein verstümmeltes, chiffriertes Telegramm von der Statthalterei angelangt. Offenbar infolge des Gewitters sei der telegraphische Verkehr gestört, eine Rückfrage also bis jetzt unbeantwortet geblieben. Überdies sei heute Sonntag und nur wenig Personal in den Ämtern vorhanden. Die Aufregung in der Stadt und selbst in den Dörfern wachse aber ständig, und trotz des Gewitters ständen die Leute in den Gassen.

Während der Kommissär hastig und flüsternd erzählte, hörte man aus den Räumen die schleifenden Schritte der Tanzenden, das helle Klirren der Gläser und von Zeit zu Zeit ein tiefes Gelächter der Männer. Chojnicki beschloß, zuerst ein paar seiner Gäste, die er für maßgebend, vorsichtig und noch nüchtern hielt, in einem abgesonderten Zimmer zu versammeln. Indem er allerhand Ausreden gebrauchte, brachte er den und jenen in den vorgesehenen Raum, stellte ihnen den Bezirkskommissär vor und berichtete. Zu den Eingeweihten gehörten der Oberst des Dragonerregiments, der Major des Jägerbataillons mit ihren Adjutanten, mehrere von den Trägern berühmter Namen, und unter den Offizieren des Jägerbataillons Leutnant Trotta. Das Zimmer, in dem sie sich befanden, enthielt wenig Sitzgelegenheiten, so daß mehrere sich ringsum an die Wände lehnen mußten, einige sich ahnungslos und übermütig, bevor sie noch wußten, worum es sich handle, auf den Teppich setzten, mit gekreuzten Beinen. Aber es erwies sich bald, daß sie in ihrer Lage verblieben, auch als man ihnen alles mitgeteilt hatte. Manche mochte der Schreck gelähmt haben, andere waren einfach betrunken. Die dritten aber waren von Natur gleichgültig gegen alle Vorgänge in der Welt und sozusagen aus angeborener Vornehmheit gelähmt, und es schien ihnen, daß es sich für sie nicht schicke, lediglich wegen einer Katastrophe ihren Körper zu inkommodieren. Manche hatten nicht einmal die bunten Papierschlangenfetzen und die runden Koriandoliblättchen von ihren Schultern, Hälsen und Köpfen entfernt. Und ihre närrischen Abzeichen verstärkten noch den Schrecken der Nachricht.

In dem kleinen Raum wurde es nach einigen Minuten heiß. »Öffnen wir ein Fenster!« sagte einer. Ein anderer klinkte eines der hohen und schmalen Fenster auf, lehnte sich hinaus und prallte im nächsten Augenblick zurück. Ein weißglühender Blitz von einer ungewöhnlichen Heftigkeit schlug in den Park, in den das Fenster führte. Zwar konnte man die Stelle nicht unterscheiden, die er getroffen hatte, aber man hörte das Splittern gefällter Bäume. Schwarz und schwer rauschten ihre umsinkenden Kronen. Und selbst die übermütig Kauernden, die Gleichgültigen, sprangen auf, die Angeheiterten begannen zu taumeln und alle erbleichten. Sie wunderten sich, daß sie noch lebten. Sie hielten den Atem an, sahen aufeinander mit aufgerissenen Augen und warteten auf den Donner. Es dauerte nur ein paar Sekunden, bis er erfolgte. Aber zwischen dem Blitz und dem Donner drängte sich die Ewigkeit selbst zusammen. Alle versuchten, einander näher zu kommen. Sie bildeten ein Bündel von Leibern und Köpfen rings um den

Tisch. Einen Augenblick zeigten ihre Gesichter, so verschiedene Züge sie auch trugen, eine brüderliche Ähnlichkeit. Es war, als erlebten sie überhaupt zum erstenmal ein Gewitter. In Furcht und Ehrfurcht warteten sie den knatternden, kurzen Donner ab. Dann atmeten sie auf. Und während vor den Fenstern die schweren Wolken, die der Blitz aufgetrennt hatte, mit jubelndem Getose niederschäumten, begannen die Männer, ihre Plätze wieder einzunehmen.

»Wir müssen das Fest abbrechen!« sagte Major Zoglauer.

Der Rittmeister Zschoch, ein paar Konfettisternchen im Haar und den Rest einer rosa Papierschlange um den Nakken, sprang auf. Er war beleidigt, als Graf, als Rittmeister, als Dragoner im besonderen, als Kavallerist im allgemeinen und ganz besonders als er selbst, als Individuum von außergewöhnlicher Art, als Zschoch kurzweg. Seine kurzen, dichten Augenbrauen stellten sich auf und bildeten zwei dräuende, gegen den Major Zoglauer gerichtete Hecken aus kleinen, starrenden Stacheln. Seine großen, törichten, hellen Augen, in denen sich alles zu spiegeln pflegte, was sie vor Jahren aufgenommen haben mochten, selten das, was sie im Augenblick sahen, schienen jetzt den Hochmut der Zschochschen Ahnen auszudrücken, einen Hochmut aus dem fünfzehnten Jahrhundert. Er hatte den Blitz, den Donner, die fürchterliche Nachricht, alle Ereignisse der vergangenen Minuten beinahe vergessen. In seiner Erinnerung bewahrte er nur noch die Anstrengungen, die er für das Fest, seinen genialen Einfall, unternommen hatte. Er konnte auch nicht viel vertragen, er hatte Sekt getrunken, und sein kleines Sattelnäschen schwitzte ein wenig.

»Die Nachricht ist nicht wahr«, sagte er, »sie ist halt nicht wahr. Es soll mir einer nachweisen, daß es wahr ist, blöde Lüge, dafür spricht schon allein das Wort ›gerüchtweise‹ oder ›wahrscheinlich‹ oder wie das politische Zeug heißt!«

»Auch ein Gerücht genügt!« sagte Zoglauer.

Hier mischte sich Herr von Babenhausen, Rittmeister der Reserve, in den Zwist. Er war angeheitert, fächelte sich mit dem Taschentuch, das er bald in den Ärmel steckte, bald wieder hervorzog. Er löste sich von der Wand, trat an den Tisch und kniff die Augen zusammen:

»Meine Herren«, sagte er, »Bosnien ist weit von uns entfernt. Auf Gerüchte geben wir nix! Was mich betrifft, ich pfeif' auf Gerüchte! Wann's wahr is, werden wir's eh früh genug erfahren!«

»Bravo!« rief der Baron Nagy Jenö, der von den Husaren. Er hielt, obwohl er zweifellos von einem jüdischen Großvater aus Ödenburg abstammte und obwohl erst sein Vater die Baronie gekauft hatte, die Magyaren für eine der adligsten Rassen der Monarchie und der Welt, und er bemühte sich mit Erfolg, die semitische, der er entstammte, zu vergessen, indem er alle Fehler der ungarischen Gentry annahm.

»Bravo!« wiederholte er noch einmal. Es war ihm gelungen, alles, was der nationalen Politik der Ungarn günstig oder abträglich erschien, zu lieben beziehungsweise zu hassen. Er hatte sein Herz angespornt, den Thronfolger der Monarchie zu hassen, weil es allgemein hieß, er sei den slawischen Völkern günstig gesinnt und den Ungarn böse. Der Baron Nagy war nicht eigens zu einem Fest an der verlorenen Grenze aufgebrochen, um es sich hier durch einen Zwischenfall stören zu lassen. Er hielt es überhaupt für einen Verrat an der magyarischen Nation, wenn sich einer ihrer Angehörigen die Gelegenheit, einen Csárdás zu tanzen, zu dem er aus Rassegründen verpflichtet war, durch ein Gerücht verderben ließ. Er klemmte das Monokel fester, wie immer, wenn er national zu fühlen hatte, ähnlich wie ein Greis seinen Stock stärker faßt, wenn er eine Wanderung beginnt, und sagte in dem Deutsch der Ungarn, das wie eine Art weinerlichen Buchstabierens klang: »Herr von Babenhausen hat sehr recht! Sehr recht! Wann der Herr Thronfolger wirklich ermordet ist, so gibt es noch andere Thronfolger!«

Herr von Sennyi, magyarischer von Geblüt als Herr von Nagy und von plötzlicher Angst erfaßt, ein Judenstämmling könnte ihn in ungarischer Gesinnung übertreffen, erhob sich und sagte: »Wann der Herr Thronfolger ermordet ist, so erstens wissen wir noch nichts Sicheres davon, zweitens geht uns das gar nichts an!«

»Es geht uns etwas an«, sagte der Graf Benkyö, »aber er ist gar nicht ermordet. Es ist ein Gerücht!«

Draußen rauschte der Regen mit steter Gewalt. Die blauweißen Blitze wurden immer seltener, der Donner entfernte sich.

Oberleutnant Kinsky, an den Ufern der Moldau aufgewachsen, behauptete, der Thronfolger sei jedenfalls eine höchst unsichere Chance der Monarchie gewesen – vorausgesetzt, daß man das Wort »gewesen« überhaupt anwenden könne. Er selbst, der Oberleutnant, sei der Meinung seiner Vorredner: Die Ermordung des Thronfolgers müsse als ein falsches Gerücht aufgefaßt werden. Man sei hier so weit von dem angeblichen Tatort entfernt, daß man gar nichts kontrollieren könne. Und die volle Wahrheit würde man jedenfalls erst spät nach dem Fest erfahren.

Der betrunkene Graf Battyanyi begann hierauf, sich mit seinen Landsleuten auf ungarisch zu unterhalten. Man verstand kein Wort. Die andern blieben still, sahen die Sprechenden der Reihe nach an und warteten, immerhin ein wenig bestürzt. Aber die Ungarn schienen munter fortfahren zu wollen, den ganzen Abend; also mochte es ihre nationale Sitte heischen. Man bemerkte, obwohl man weit davon entfernt war, auch nur eine Silbe zu begreifen, an ihren Mienen, daß sie allmählich anfingen, die Anwesenheit der andern zu vergessen. Manchmal lachten sie gemeinsam auf. Man fühlte sich beleidigt, weniger, weil das Gelächter in dieser Stunde unpassend erschien, als weil man seine Ursache nicht feststellen konnte. Jelacich, ein Slowene, geriet in Zorn. Er haßte die Ungarn ebenso, wie er die Serben verachtete. Er liebte die Monarchie. Er war ein Patriot. Aber er stand da, die Vaterlandsliebe in ausgebreiteten, ratlosen Händen, wie eine Fahne, die man irgendwo anbringen muß und für die man keinen Dachfirst findet. Unmittelbar unter der ungarischen Herrschaft lebte ein Teil seiner Stammesgenossen, Slowenen und ihre Vettern, die Kroaten. Ganz Ungarn trennte den Rittmeister Jelacich von Österreich und von Wien und vom Kaiser Franz Joseph. In Sarajevo, beinahe in seiner Heimat, vielleicht gar von der Hand eines Slowenen, wie der Rittmeister Jelacich selbst einer war, war der Thronfolger getötet worden. Wenn der Rittmeister nun anfing, den Ermordeten gegen die Schmähungen der Ungarn zu verteidigen (er allein in dieser Gesellschaft verstand Ungarisch), so konnte man ihm erwidern, seine Volksgenossen seien ja die Mörder. Er fühlte sich in der Tat ein bißchen mitschuldig. Er wußte nicht warum. Seit etwa hundertfünfzig Jahren diente seine Familie redlich und ergeben der Dynastie der Habsburger. Aber schon seine beiden halbwüchsigen Söhne sprachen von der Selbständigkeit aller Südslawen und verbargen vor ihm Broschüren, die aus dem feindlichen Belgrad stammen mochten. Nun, er liebte seine Söhne! Jeden Nachmittag um ein Uhr, wenn das Regiment das Gymnasium passierte, stürzten sie ihm entgegen, sie flatterten aus dem großen, braunen Tor der Schule, mit zerrauftem Haar und Gelächter in den offenen Mündern, und väterliche Zärtlichkeit zwang ihn, vom Pferd zu steigen und die Kinder zu umarmen. Er schloß die Augen, wenn er sie verdächtige Zeitungen lesen sah, und die Ohren, wenn er sie Verdächtiges reden hörte. Er war klug, und er wußte, daß er ohnmächtig zwischen seinen Ahnen und seinen Nachkommen stand, die bestimmt waren, die Ahnen eines ganz neuen Geschlechts zu werden. Sie hatten sein Gesicht, die Farbe seiner Haare und seiner Augen, aber ihre Herzen schlugen einen neuen Takt, ihre Köpfe gebaren fremde Gedanken, ihre Kehlen sangen neue und fremde Lieder, die er nicht kannte. Und mit seinen vierzig Jahren fühlte sich der Rittmeister wie ein Greis, und seine Söhne kamen ihm vor wie unbegreifliche Urenkel.

Es ist alles gleich, dachte er in diesem Augenblick, trat an den Tisch und schlug mit der flachen Hand auf die Platte. »Wir bitten die Herren«, sagte er, »die Unterhaltung auf deutsch fortzusetzen.«

Benkyö, der gerade gesprochen hatte, hielt ein und antwortete: »Ich will es auf deutsch sagen: Wir sind übereingekommen, meine Landsleute und ich, daß wir froh sein können, wann das Schwein hin is!«

Alle sprangen auf. Chojnicki und der muntere Bezirkskommissär verließen das Zimmer. Die Gäste blieben allein. Man hatte ihnen zu verstehen gegeben, daß Zwistigkeiten innerhalb der Armee keine Zeugen vertrugen. Neben der Tür stand der Leutnant Trotta. Er hatte viel getrunken. Sein Gesicht war fahl, seine Glieder waren schlaff, sein Gaumen trocken, sein Herz hohl. Er fühlte wohl, daß er berauscht war, aber er vermißte zu seiner Verwunderung den gewohnten wohltätigen Nebel vor den Augen. Vielmehr kam es ihm vor, als sähe er alles deutlicher, wie durch blankes, klares Eis. Die Gesichter, die er heute zum erstenmal erblickt hatte, glaubte er schon seit langem zu kennen. Diese Stunde war ihm überhaupt ganz vertraut, die Verwirklichung einer oft vorgeträumten Begebenheit. Das Vaterland der Trottas zerfiel und zersplitterte.

Daheim, in der mährischen Bezirksstadt W., war vielleicht noch Österreich. Jeden Sonntag spielte die Kapelle Herrn Nechwals den Radetzkymarsch. Einmal in der Woche, am Sonntag, war Österreich. Der Kaiser, der weißbärtige, vergeßliche Greis mit dem blinkenden Tropfen an der Nase, und der alte Herr von Trotta waren Österreich. Der alte Jacques war tot. Der Held von Solferino war tot. Der Regimentsarzt Doktor Demant war tot. »Verlaß diese Armee!« hatte er gesagt. Ich werde diese Armee verlassen, dachte der Leutnant. Auch mein Großvater hat sie verlassen. Ich werd's ihnen sagen, dachte er weiter. Wie vor Jahren im Lokal der Frau Resi fühlte er den Zwang, etwas zu tun. Gab es da kein Bild zu retten? Er fühlte den dunklen Blick des Großvaters im Nacken. Er machte einen Schritt gegen die Mitte des Zimmers. Er wußte noch nicht, was er sagen wollte. Einige sahen ihm schon entgegen. »Ich weiß«, begann er, und er wußte noch immer nichts. »Ich weiß«, wiederholte er, und trat noch einen Schritt vorwärts, »daß Seine Kaiser-Königliche Hoheit, der Herr Erzherzog Thronfolger, wirklich ermordet ist.«

Er schwieg. Er kniff die Lippen ein. Sie bildeten einen schmalen, blaßrosa Streifen. In seinen kleinen, dunklen Augen glomm ein helles, fast weißes Licht auf. Sein schwarzes, verworrenes Haar überschattete die kurze Stirn und verfinsterte die Falte über der Nasenwurzel, die Höhle des Zorns, das Erbteil der Trottas. Er hielt den Kopf gesenkt. An den schlaffen Armen hingen die Fäuste geballt. Alle blickten auf seine Hände. Wenn den Anwesenden das Porträt des Helden von Solferino bekannt gewesen wäre, hätten sie glauben können, der alte Trotta sei auferstanden.

»Mein Großvater«, begann der Leutnant wieder, und er fühlte den Blick des Alten im Nacken, »mein Großvater hat dem Kaiser das Leben gerettet. Ich, sein Enkel, ich werde nicht zugeben, daß das Haus unseres Allerhöchsten Kriegsherrn beschimpft wird. Die Herren betragen sich skandalös!« Er hob die Stimme. »Skandal!« schrie er. Er hörte sich zum erstenmal schreien. Niemals hatte er, wie seine Kameraden, vor der Mannschaft geschrien. »Skandal!« wiederholte er. Das Echo seiner Stimme hallte wider in seinen Ohren. Der betrunkene Benkyö torkelte einen Schritt gegen den Leutnant.

»Skandal!« schrie der Leutnant zum drittenmal.

»Skandal!« wiederholte der Rittmeister Jelacich.

»Wer noch ein Wort gegen den Toten sagt«, fuhr der Leutnant fort, »den schieß' ich nieder!« Er griff in die Tasche. Da der betrunkene Benkyö etwas zu murmeln anfing, schrie Trotta: »Ruhe!«, mit einer Stimme, die ihm wie eine geliehene vorkam, einer donnernden Stimme, vielleicht war es die Stimme des Helden von Solferino. Er fühlte sich eins mit seinem Großvater. Er selbst war der Held von Solferino. Sein eigenes Bildnis war's, das unter dem Suffit des väterlichen Herrenzimmers verdämmerte.

Der Oberst Festetics und der Major Zoglauer standen auf. Zum erstenmal, seitdem es eine österreichische Armee gab, befahl ein Leutnant Rittmeistern, Majoren und Obersten Ruhe. Keiner von den Anwesenden glaubte noch, die

Ermordung des Thronfolgers sei lediglich ein Gerücht. Sie sahen den Thronfolger in einer roten, dampfenden Blutlache. Sie fürchteten, auch hier, in diesem Zimmer, in der nächsten Sekunde Blut zu sehen. »Befehlen Sie ihm zu schweigen!« flüsterte der Oberst Festetics.

»Herr Leutnant«, sagte Zoglauer, »verlassen Sie uns!«

Trotta wandte sich zur Tür. In diesem Augenblick wurde sie aufgestoßen. Viele Gäste strömten herein, Konfetti und Papierschlangen auf Köpfen und Schultern. Die Tür blieb offen. Man hörte aus den anderen Räumen die Frauen lachen und die Musik und die schleifenden Schritte der Tänzer. Jemand rief:

»Der Thronfolger ist ermordet!«

»Den Trauermarsch!« schrie Benkyö.

»Den Trauermarsch!« wiederholten mehrere.

Sie strömten aus dem Zimmer. In den zwei großen Sälen, in denen man bis jetzt getanzt hatte, spielten beide Militärkapellen, dirigiert von den lächelnden, knallroten Kapellmeistern, den Trauermarsch von Chopin. Ringsum wandelten ein paar Gäste im Kreis, im Kreis, zum Takt des Trauermarsches. Bunte Papierschlangen und Koriandolisterne lagen auf ihren Schultern und Haaren. Männer in Uniform und in Zivil führten Frauen am Arm. Ihre Füße gehorchten schwankend dem makabren und stolpernden Rhythmus. Die Kapellen spielten nämlich ohne Noten, nicht dirigiert, sondern begleitet von den langsamen Schleifen, die der Kapellmeister schwarze Taktstöcke durch die Luft zeichneten. Manchmal blieb eine Kapelle hinter der anderen zurück, suchte die vorauseilende zu erhaschen und mußte ein paar Takte auslassen. Die Gäste marschierten im Kreis rings um das leere, spiegelnde Rund des Parketts. Sie kreisten so umeinander, jeder ein Leidtragender hinter der Leiche des Vordermanns und in der Mitte die unsichtbaren Leichen des Thronfolgers und der Monarchie. Alle waren betrunken. Und wer noch nicht genügend getrunken hatte, dem drehte sich der Kopf vom unermüdlichen Kreisen. Allmählich beschleunigten die Kapellen den Takt, und die Beine der Wandelnden fingen an zu marschieren. Die Trommler trommelten ohne Unterlaß, und die schweren Klöppel der großen Pauke begannen zu wirbeln wie junge, muntere Schlegel. Der betrunkene Pauker schlug plötzlich an den silbernen Triangel, und im selben Augenblick machte Graf Benkyö einen Freudensprung. »Das Schwein ist hin!« schrie der Graf auf ungarisch. Aber alle verstanden es, als ob er deutsch gesprochen hätte. Plötzlich begannen einige zu hüpfen. Immer schneller schmetterten die Kapellen den Trauermarsch. Dazwischen lächelte der Triangel silbern, hell und betrunken.

Schließlich begannen die Lakaien Chojnickis, die Instrumente abzuräumen. Die Musiker ließen es sich lächelnd gefallen. Mit aufgerissenen Augen glotzten die Violinisten ihren Geigen nach, die Cellisten ihren Celli, die Hornisten den Hörnern. Einige strichen noch mit den Bögen, die sie behalten hatten, über das taubstumme Tuch ihrer Ärmel und wiegten die Köpfe zu den unhörbaren Melodien, die in ihren trunkenen Köpfen rumoren mochten. Als man dem Trommler seine Schlaginstrumente fortschleppte, fuchtelte er immer noch mit Klöppel und Schlegel in der leeren Luft herum. Die Kapellmeister, die am meisten getrunken hatten, wurden schließlich von je zwei Dienern weggezogen wie die Instrumente. Die Gäste lachten. Dann wurde es still. Niemand gab einen Laut von sich. Alle blieben, wie sie gestanden oder gesessen hatten, und rührten sich nicht mehr. Nach den Instrumenten räumte man auch die Flaschen weg. Und dem und jenem, der noch ein halbvolles Glas in Händen hielt, wurde es weggenommen.

Leutnant Trotta verließ das Haus. Auf den Stufen, die zum Eingang führten, saßen Oberst Festetics, Major Zoglauer und Rittmeister Zschoch. Es regnete nicht mehr. Es tropfte nur noch von Zeit zu Zeit aus den schütter gewordenen Wolken und von den Vorsprüngen des Daches. Den drei Männern hatte man weiße, große Tücher über die Steine gebreitet. Und es war, als säßen sie schon auf ihren eigenen Leichentüchern. Große, zackige Regenwasserflecke starrten auf ihren dunkelblauen Rücken. Die Fetzen einer Papierschlange klebten feucht und nunmehr unlösbar am Nacken des Rittmeisters.

Der Leutnant stellte sich vor ihnen auf. Sie rührten sich nicht. Sie hielten die Köpfe gesenkt. Sie erinnerten an eine wächserne militärische Gruppe im Panoptikum.

»Herr Major!« sagte Trotta zu Zoglauer, »ich werde morgen um meinen Abschied bitten!«

Zoglauer erhob sich. Er streckte die Hand aus, wollte etwas sagen und brachte keinen Laut hervor. Es wurde allmählich hell, ein sanfter Wind zerriß die Wolken, man konnte im schimmernden Silber der kurzen Nacht, in die sich schon eine Ahnung vom Morgen mischte, deutlich die Gesichter sehen. In dem hageren Gesicht des Majors war alles in Bewegung. Die Fältchen schoben sich ineinander, die Haut zuckte, das Kinn wanderte hin und her, es schien geradezu zu pendeln, um die Backenknochen spielten ein paar winzige Muskelchen, die Augenlider flatterten, und die Wangen zitterten. Alles war in Bewegung geraten, vom Aufruhr, den die wirren, unausgesprochenen und unaussprechlichen Worte innerhalb des Mundes verursachen mochten. Eine Ahnung von Wahnsinn flackerte über diesem Angesicht. Zoglauer preßte Trottas Hand, sekundenlang, Ewigkeiten. Festetics und Zschoch kauerten immer noch regungslos auf den Stufen. Man roch den starken Holunder. Man hörte das sachte Tropfen des Regens und das zarte Rauschen der nassen Bäume, und schon begannen die Stimmen der Tiere zaghaft zu erwachen, die vor dem Gewitter verstummt waren. Die Musik im Innern des Hauses war still geworden. Nur die Reden der Menschen drangen durch die geschlossenen und verhängten Fenster.

»Vielleicht haben Sie recht, Sie sind jung!« sagte Zoglauer endlich. Es war der lächerlichste, ärmlichste Teil dessen, was er in diesen Sekunden gedacht hatte. Den Rest, ein großes, verworrenes Knäuel von Gedanken, verschluckte er wieder.

Es war lange nach Mitternacht. Aber im Städtchen standen noch die Menschen vor den Häusern, auf den hölzernen Bürgersteigen und sprachen. Sie blieben still, wenn der Leutnant vorbeikam.

Als er das Hotel erreichte, graute der Morgen schon. Er öffnete den Schrank. Zwei Uniformen, den Zivilanzug, die Wäsche und den Säbel Max Demants legte er in den Koffer. Er arbeitete langsam, um die Zeit auszufüllen. Er berechnete nach der Uhr die Dauer jeder Bewegung. Er dehnte die Bewegungen. Er fürchtete die leere Zeit, die vor dem Rapport noch zurückbleiben mußte.

Der Morgen war da, Onufrij brachte die Dienstuniform und die glänzend gewichsten Stiefel.

»Onufrij«, sagte der Leutnant, »ich verlasse die Armee.«

»Jawohl, Herr Leutnant!« sagte Onufrij. Er ging hinaus, den Korridor entlang, die Treppe hinunter, in die Kammer, die er bewohnte, packte seine Sachen in ein buntes Tuch, band es an den Griff seines Knüppels und legte alles aufs Bett. Er beschloß heimzukehren, nach Burdlaki, die Erntearbeiten begannen bald. Er hatte nichts mehr in der kaiser- und königlichen Armee zu suchen. Man nannte so was »desertieren« und wurde dafür erschossen. Die Gendarmen kamen nur einmal in der Woche nach Burdlaki, man konnte sich verbergen. Wie viele hatten es schon gemacht! Panterlejmon, der Sohn Ivans, Grigorij, der Sohn Nikolajs, Pawel, der Blatternarbige, Nikofor, der Rothaarige. Nur einen hatte man gefangen und verurteilt, aber das war schon lange her!

Was den Leutnant Trotta betraf, so brachte er seine Bitte um die Entlassung aus der Armee beim Offiziersrapport vor. Er bekam sofort einen Urlaub. Auf dem Exerzierplatz verabschiedete er sich von den Kameraden. Sie wußten nicht, was sie ihm sagen sollten. Sie standen im lockeren Kreis um ihn, bis endlich Zoglauer die Abschiedsformel fand. Sie war höchst einfach. Sie hieß: »Alles Gute!«, und jeder wiederholte sie.

Der Leutnant fuhr bei Chojnicki vor. »Bei mir ist immer Platz!« sagte Chojnicki. »Ich werde Sie übrigens abholen!«

Eine Sekunde lang dachte Trotta an Frau von Taußig. Chojnicki erriet es und sagte: »Sie ist bei ihrem Mann. Sein Anfall wird diesmal lange dauern. Vielleicht bleibt er immer dort. Und er hat recht. Ich beneide ihn. Ich hab' sie übrigens besucht. Sie ist alt geworden, lieber Freund, sie ist alt geworden!«

Am nächsten Morgen, zehn Uhr vormittags, trat Leutnant Trotta in die Bezirkshauptmannschaft. Der Vater saß im Amt. Sobald man die Tür aufgemacht hatte, sah man ihn sofort. Er saß der Tür gegenüber, neben dem Fenster. Durch die grünen Jalousien zeichnete die Sonne schmale

Streifen auf den dunkelroten Teppich. Eine Fliege summte, eine Wanduhr tickte. Es war kühl, schattig und sommerlich still, wie einst in den Ferien. Dennoch ruhte heute auf den Gegenständen dieses Zimmers ein unbestimmter, neuer Glanz. Man wußte nicht, woher er kam. Der Bezirkshauptmann erhob sich. Er selbst verbreitete den neuen Schimmer. Das reine Silber seines Bartes färbte das grüngedämpfte Licht des Tages und den rötlichen Glanz des Teppichs. Es atmete die leuchtende Milde eines unbekannten, vielleicht eines jenseitigen Tags, der schon mitten im irdischen Leben Herrn von Trottas anbrach, wie die Morgen dieser Welt zu grauen beginnen, während die Sterne der Nacht noch leuchten. Vor vielen Jahren, wenn man aus Mährisch-Weißkirchen zu den Ferien gekommen war, war der Backenbart des Vaters noch eine kleine, schwarze, zweigeteilte Wolke gewesen.

Der Bezirkshauptmann blieb am Schreibtisch stehen. Er ließ den Sohn herankommen, legte den Zwicker auf die Akten und breitete die Arme aus. Sie küßten sich flüchtig. »Setz dich!« sagte der Alte und wies auf den Lehnstuhl, auf dem Carl Joseph als Kadettenschüler gesessen hatte, an den Sonntagen, von neun bis zwölf, die Mütze auf den Knien und die leuchtenden, schneeweißen Handschuhe auf der Mütze.

»Vater!« begann Carl Joseph. »Ich verlasse die Armee.«

Er wartete. Er fühlte sofort, daß er nichts erklären konnte, solange er saß. Er stand also auf, stellte sich dem Vater gegenüber, an das andere Ende des Schreibtisches, und sah auf den silbernen Backenbart.

»Nach diesem Unglück«, sagte der Vater, »das uns vorgestern getroffen hat, gleicht so ein Abschied einer – einer – Desertion.«

»Die ganze Armee ist desertiert«, antwortete Carl Joseph.

Er verließ seinen Platz. Er begann, auf und ab durchs Zimmer zu gehen, die Linke am Rücken, mit der Rechten begleitete er seine Erzählung. Vor vielen Jahren war der Alte so durch das Zimmer gegangen. Eine Fliege summte, die Wanduhr tickte. Die Sonnenstreifen auf dem Teppich wurden immer stärker, die Sonne stieg schnell höher, sie mußte schon hoch am Himmel stehen. Carl Joseph unterbrach seine Erzählung und warf einen Blick auf den Bezirkshauptmann. Der Alte saß, beide Hände hingen schlaff und halbverdeckt von den steifen, runden, glänzenden Manschetten an den Armlehnen. Sein Kopf sank auf die Brust, und die Flügel seines Bartes ruhten auf den Rockklappen. Er ist jung und töricht, dachte der Sohn. Er ist ein lieber, junger Tor mit weißen Haaren. Ich bin vielleicht sein Vater, der Held von Solferino. Ich bin alt geworden, er ist nur bejahrt. Er ging auf und ab und er erläuterte: »Die Monarchie ist tot, sie ist tot!« schrie er auf und blieb still.

»Wahrscheinlich!« murmelte der Bezirkshauptmann.

Er klingelte und befahl dem Amtsdiener: »Sagen Sie Fräulein Hirschwitz, daß wir heute zwanzig Minuten später essen.«

»Komm!« sagte er, stand auf, nahm Hut und Stock. Sie gingen in den Stadtpark.

»Frische Luft kann nicht schaden!« sagte der Bezirkshauptmann. Sie vermieden den Pavillon, in dem das blonde Fräulein Soda mit Himbeer ausschenkte. »Ich bin müde!« sagte der Bezirkshauptmann. »Wir wollen uns setzen!« Zum erstenmal, seitdem Herr von Trotta in dieser Stadt amtierte, nahm er auf einer gewöhnlichen Bank im Garten Platz. Er zeichnete sinnlose Striche und Figuren mit dem Stock auf die Erde und sagte dazwischen:

»Ich war beim Kaiser. Ich hab's dir eigentlich nicht sagen wollen. Der Kaiser selbst hat deine Affäre erledigt. Kein Wort mehr darüber!«

Carl Joseph schob seine Hand unter den Arm des Vaters. Er fühlte jetzt den mageren Arm des Alten wie vor Jahren beim abendlichen Spaziergang in Wien. Er entfernte die Hand nicht mehr. Sie standen zusammen auf. Sie gingen Arm in Arm nach Hause.

Fräulein Hirschwitz kam im sonntäglich grauseidenen Kleid. Ein schmaler Streifen ihrer hohen Frisur über der Stirn hatte die Farbe ihres festlichen Kleides angenommen. Sie hatte noch in aller Eile ein sonntägliches Essen ermöglicht: Nudelsuppe, Rinderspitz und Kirschknödel.

Aber der Bezirkshauptmann verlor kein Wort darüber. Es war, als äße er ein ganz gewöhnliches Schnitzel.

XX

Eine Woche später verließ Carl Joseph seinen Vater. Sie umarmten sich im Hausflur, bevor sie den Fiaker bestiegen. Nach der Meinung des alten Herrn von Trotta durften Zärtlichkeiten nicht auf dem Perron, vor zufälligen Zeugen, stattfinden. Die Umarmung war flüchtig wie immer, umweht vom feuchten Schatten des Flurs und vom kühlen Atem der steinernen Fliesen. Fräulein Hirschwitz wartete schon auf dem Balkon, gefaßt wie ein Mann. Vergeblich hatte Herr von Trotta ihr zu erklären versucht, daß es überflüssig sei zu winken. Sie mochte es für eine Pflicht halten. Obwohl es nicht regnete, spannte Herr von Trotta den Regenschirm auf. Leichte Bewölkung des Himmels schien ihm ein hinreichender Grund dazu. Unter dem Schutz des

Regenschirms stieg er in den Fiaker. Also konnte ihn Fräulein Hirschwitz vom Balkon aus nicht sehen. Er sprach kein Wort. Erst, als der Sohn schon im Zug stand, hob der Alte die Hand, mit ausgestrecktem Zeigefinger: »Es wäre günstig«, sagte er, »wenn du krankheitshalber abgehn könntest. Man verläßt die Armee nicht ohne wichtige Ursache! ...«

»Jawohl, Papa!« sagte der Leutnant.

Knapp vor der Abfahrt des Zuges verließ der Bezirkshauptmann den Perron. Carl Joseph sah ihn dahingehen, mit straffem Rücken und den zusammengerollten Regenschirm mit aufwärtsgerichteter Spitze wie einen gezogenen Säbel im Arm. Er wandte sich nicht mehr um, der alte Herr von Trotta.

Carl Joseph bekam seinen Abschied. »Was willst denn jetzt machen?« fragten die Kameraden. »Ich hab' einen Posten!« sagte Trotta, und sie fragten nicht mehr.

Er erkundigte sich nach Onufrij. Man sagte ihm in der Regimentskanzlei, daß der Bursche Kolohin desertiert sei.

Der Leutnant Trotta ging ins Hotel. Er kleidete sich langsam um. Zuerst schnallte er den Säbel ab, die Waffe und das Abzeichen seiner Ehre. Vor diesem Augenblick hatte er Angst gehabt. Er wunderte sich, es ging ohne Wehmut. Eine Flasche Neunziggrädiger stand auf seinem Tisch, er mußte nicht einmal trinken. Chojnicki kam, um ihn abzuholen, schon knallte unten seine Peitsche; jetzt war er im Zimmer. Er setzte sich und sah zu. Es war Nachmittag, drei Uhr schlug es vom Turm. Alle satten Stimmen des Sommers strömten zum offenen Fenster herein. Der Sommer selbst rief den Leutnant Trotta. Chojnicki, in hellgrauem Anzug mit gelben Stiefeln, das gelbe Peitschenrohr in der Hand, war ein Abgesandter des Sommers. Der Leutnant fuhr mit dem Ärmel über die matte Scheide des Säbels, zog die Klinge, hauchte sie an, wischte mit dem Taschentuch über den Stahl und bettete die Waffe in ein Futteral. Es war, als putzte er eine Leiche vor der Bestattung. Bevor er das Futteral an den Koffer schnallte, wog er es noch einmal in der flachen Hand. Dann bettete er den Säbel Max Demants dazu. Er las noch die eingeritzte Inschrift unter dem Griff. »Verlaß diese Armee!« hatte Demant gesagt. Nun verließ man diese Armee ...

Die Frösche quakten, die Grillen zirpten, unten vor dem Fenster wieherten die Braunen Chojnickis, zogen ein bißchen am leichten Wägelchen, die Achsen der Räder stöhnten. Der Leutnant stand da, im aufgeknöpften Rock, das schwarze Halsband aus Kautschuk zwischen den offenen, grünen Aufschlägen der Bluse. Er wandte sich um und sagte: »Das Ende einer Karriere!«

»Die Karriere ist zu Ende!« bemerkte Chojnicki. »Die Karriere selbst ist am Ende angelangt!«

Jetzt legte Trotta den Rock ab, den Rock des Kaisers. Er spannte die Bluse über den Tisch, so wie man es in der Kadettenschule gelernt hatte. Er stülpte zuerst den steifen Kragen um, faltete hierauf die Ärmel und bettete sie in das Tuch. Dann schlug er die untere Hälfte der Bluse auf, schon war sie ein kleines Päckchen, das graue Moireeunterfutter schillerte. Dann kam die Hose darüber, zweimal geknickt. Jetzt zog Trotta den grauen Zivilanzug an, den Riemen behielt er, letztes Andenken an seine Karriere (den Umgang mit Hosenträgern hatte er niemals verstanden). »Mein Großvater«, sagte er, »dürfte auch eines Tages seine militärische Persönlichkeit so ähnlich eingepackt haben!«

»Wahrscheinlich!« bestätigte Chojnicki.

Der Koffer stand noch offen, die militärische Persönlichkeit Trottas lag drinnen, eine vorschriftsmäßig zusammengefaltete Leiche. Es war Zeit, den Koffer zu schließen. Nun ergriff der Schmerz plötzlich den Leutnant, die Tränen stiegen ihm in den Hals, er wandte sich Chojnicki zu und wollte etwas sagen. Mit sieben Jahren war er Stift geworden, mit zehn Kadettenschüler. Er war sein Leben lang Soldat gewesen. Man mußte den Soldaten Trotta begraben und beweinen. Man senkte nicht eine Leiche ins Grab, ohne zu weinen. Es war gut, daß Chojnicki daneben saß.

»Trinken wir«, sagte Chojnicki. »Sie werden wehmütig!«

Sie tranken. Dann stand Chojnicki auf und schloß den Koffer des Leutnants.

Brodnitzer selbst trug den Koffer zum Wagen. »Sie waren ein lieber Mieter, Herr Baron!« sagte Brodnitzer. Er stand, den Hut in der Hand, neben dem Wagen. Chojnicki hielt schon die Zügel. Trotta fühlte eine plötzliche Zärtlichkeit für Brodnitzer – Leben Sie wohl! wollte er sagen. Aber Chojnicki schnalzte mit der Zunge, und die Pferde zogen an, sie hoben die Köpfe und die Schwänze gleichzeitig, und die leichten, hohen Räder des Wägelchens rollten knirschend durch den Sand der Straße wie durch ein weiches Bett.

Sie fuhren zwischen den Sümpfen dahin, die vom Lärm der Frösche widerhallten.

»Hier werden Sie wohnen!« sagte Chojnicki.

Es war ein kleines Haus, am Rande des Wäldchens, mit grünen Jalousien, wie sie vor dem Fenster der Bezirkshauptmannschaft angebracht waren. Jan Stepaniuk hauste hier, ein Unterförster, ein alter Mann mit herabhängendem, langem Schnauzbart aus oxydiertem Silber. Er hatte zwölf Jahre beim Militär gedient. Er sagte »Herr Leutnant« zu Trotta, heimgekehrt zur militärischen Muttersprache. Er trug ein grobgewebtes Leinenhemd mit schmalem, blau-rot besticktem Kragen. Der Wind blähte die breiten Ärmel des Hemdes, es sah aus, als wären seine Arme Flügel.

Hier blieb der Leutnant Trotta.

Er war entschlossen, niemanden von seinen Kameraden wiederzusehen. Beim Schein der flackernden Kerze, in seiner hölzernen Stube, schrieb er dem Vater, auf gelblichem, fasrigem Kanzleipapier, die Anrede vier Finger Abstand vom oberen Rand, den Text zwei Finger Abstand vom seitlichen. Alle Briefe glichen einander wie Dienstzettel.

Er hatte wenig Arbeit. Er trug die Namen der Lohnarbeiter in große, schwarz-grün gebundene Bücher ein, die Löhne, den Bedarf der Gäste, die bei Chojnicki wohnten. Er addierte die Zahlen, guten Willens, aber falsch, berichtete vom Stand des Geflügels, von den Schweinen, von dem Obst, das man verkaufte oder behielt, von dem kleinen Gelände, in dem der gelbe Hopfen wuchs, und von der Darre, die jedes Jahr an einen Kommissionär vermietet wurde.

Er kannte nun die Sprache des Landes. Er verstand einigermaßen, was die Bauern sagten. Er handelte mit den rothaarigen Juden, die schon Holz für den Winter einzukaufen begannen. Er lernte die Unterschiede zwischen dem Wert der Birken, der Fichten, der Tannen, der Eichen, der Linden und des Ahorns kennen. Er knauserte. Genauso wie sein Großvater, der Held von Solferino, der Ritter der Wahrheit, zählte er mit hageren, harten Fingern harte Silbermünzen, wenn er in die Stadt kam, am Donnerstag, zum Schweinemarkt, um Sattel, Kummet, Joch und Sensen einzukaufen, Schleifsteine, Sicheln, Harken und Samen. Wenn er zufällig einen Offizier vorbeigehen sah, senkte er den Kopf. Es war eine überflüssige Vorsicht. Sein Schnurrbart wuchs und wucherte, seine Bartstoppeln starrten hart, schwarz und dicht an seinen Wangen, man konnte ihn kaum erkennen. Schon bereitete man sich allenthalben für die Ernte vor, die Bauern standen vor den Hütten und schliffen die Sensen an den runden, ziegelroten Steinen. Überall im Land sirrte der Stahl an den Steinen und übertönte den Gesang der Grillen. In der Nacht hörte der Leutnant manchmal Musik und Lärm aus dem »neuen Schloß« Chojnickis. Er nahm diese Stimmen in seinen Schlaf hinüber wie das nächtliche Krähen der Hähne und das Gebell der Hunde bei Vollmond. Er war endlich zufrieden, einsam und still. Es war, als hätte er niemals ein anderes Leben geführt. Wenn er nicht schlafen konnte, erhob er sich, ergriff den Stock, ging durch die Felder, mitten durch den vielstimmigen Chor der Nacht, erwartete den Morgen, begrüßte die rote Sonne, atmete den Tau und den sachten Gesang des Windes, der den Tag verkündet. Er war frisch wie nach durchschlafenen Nächten.

Jeden Nachmittag ging er durch die angrenzenden Dörfer. »Gelobt sei Jesus Christus!« sagten die Bauern. »In Ewigkeit. Amen!« erwiderte Trotta. Er ging, wie sie, die Knie geknickt. So waren die Bauern von Sipolje gegangen.

Eines Tages kam er durch das Dorf Burdlaki. Der winzige Kirchturm stand, ein Finger des Dorfes, gegen den blauen Himmel. Es war ein stiller Nachmittag. Die Hähne krähten schläfrig. Die Mücken tänzelten und summten, die ganze Dorfstraße entlang. Plötzlich trat ein vollbärtiger, schwarzer Bauer aus seiner Hütte, stellte sich mitten in den Weg und grüßte: »Gelobt sei Jesus Christus!«

»In Ewigkeit. Amen!« sagte Trotta und wollte weitergehen.

»Herr Leutnant, hier ist Onufrij!« sagte der bärtige Bauer. Der Bart umhüllte sein Angesicht, ein gespreizter, schwarzer, dichtgefiederter Fächer. »Warum bist du desertiert?« sagte Trotta. »Bin nur nach Hause gegangen!« sagte Onufrij. Es hatte keinen Sinn, so törichte Fragen zu stellen. Man verstand Onufrij gut. Er hatte dem Leutnant gedient, wie der Leutnant dem Kaiser. Es gab kein Vaterland mehr. Es zerbrach, es zersplitterte. »Hast du keine Angst?« fragte Trotta. Onufrij hatte keine Angst. Er wohnte bei seiner Schwester. Die Gendarmen gingen jede Woche durchs Dorf, ohne sich umzusehen. Es waren übrigens Ukrainer, Bauern wie Onufrij selbst. Wenn man beim Wachtmeister keine schriftliche Anzeige erstattete, brauchte er sich um nichts zu kümmern. In Burdlaki erstattete man keine Anzeigen.

»Leb wohl, Onufrij!« sagte Trotta. Er ging die gebogene Straße hinauf, die unversehens in die weiten Felder mündete. Bis zur Biegung folgte ihm Onufrij. Er hörte den Schritt der genagelten Soldatenstiefel auf dem Schotter des Weges. Die ärarischen Stiefel hatte Onufrij mitgenommen. Man ging zum Juden Abramtschik in die Dorfschenke. Man bekam dort Kernseife, Schnaps, Zigaretten, Knaster und Briefmarken. Der Jude hatte einen feuerroten Bart. Er saß vor dem gewölbten Tor seiner Schenke und leuchtete weithin, über zwei Kilometer der Landstraße. Wenn er einmal alt wird, dachte der Leutnant, ist er ein weißbärtiger Jude, wie der Großvater Max Demants.

Trotta trank einen Schnaps, kaufte Tabak und Briefmarken und ging. Von Burdlaki führte der Weg an Oleksk vorbei, zum Dorfe Sosnow, dann zu Bytók, Leschnitz und Dombrowa. Jeden Tag ging er diesen Weg. Zweimal passierte er die Bahnstrecke, zwei schwarzgelbe, verwaschene Bahnschranken und die gläsernen, unaufhörlich klingenden Signale in den Wächterhäuschen. Das waren die fröhlichen Stimmen der großen Welt, die den Baron Trotta nicht mehr kümmerten. Ausgelöscht war die große Welt. Ausgelöscht waren die Jahre beim Militär, als wäre man immer schon über Felder und Landstraßen gegangen, den Stock in der Hand, niemals den Säbel an der Hüfte. Man lebte wie der Großvater, der Held von Solferino, und wie der Urgroßvater, der Invalide im Schloßpark von Laxenburg, und vielleicht wie die namenlosen, unbekannten Ahnen, die Bauern von Sipolje. Immer den gleichen Weg, an Oleksk vorbei, nach Sosnow, nach Bytók, nach Leschnitz und Dombrowa. Diese Dörfer lagen im Kreis um Chojnickis Schloß, alle gehörten ihm. Von Dombrowa führte ein weidenbestandener Pfad zu Chojnicki. Es war noch früh. Schritt man stärker aus, so erreichte man ihn noch vor sechs Uhr und traf keinen der früheren Kameraden. Trotta verlängerte die Schritte. Jetzt stand er unter den Fenstern. Er pfiff. Chojnicki erschien am Fenster, nickte und kam heraus.

»Es ist endlich soweit!« sagte Chojnicki. »Der Krieg ist da. Wir haben ihn lang erwartet. Dennoch wird er uns überraschen. Es ist, scheint es, einem Trotta nicht beschieden, lange in Freiheit zu leben. Meine Uniform ist bereit. In einer Woche, denke ich, oder in zwei werden wir einrücken.«

Es schien Trotta, als wäre die Natur niemals so friedlich gewesen wie in dieser Stunde. Man konnte schon mit freiem Aug' in die Sonne blicken, sie sank, in sichtbarer Schnelligkeit, dem Westen entgegen. Sie zu empfangen, kam ein heftiger Wind, kräuselte die weißen Wölkchen am Himmel, wellte die Weizen- und Kornähren auf der Erde und streichelte die roten Gesichter des Mohns. Ein blauer Schatten schwebte über die grünen Wiesen. Im Osten versank das Wäldchen in schwärzlichem Violett. Das kleine, weiße Haus Stepaniuks, in dem Trotta wohnte, leuchtete am Rande des Wäldchens, in den Fenstern brannte das schmelzende Licht der Sonne. Die Grillen zirpten heftiger auf. Dann trug der Wind ihre Stimmen in die Ferne, es wurde einen Augenblick still, man vernahm den Atem der Erde. Plötzlich hörte man von oben, unter dem Himmel, ein schwaches, heiseres Kreischen. Chojnicki erhob die Hand. »Wissen Sie, was es ist? Wilde Gänse! Sie verlassen uns früh. Es ist noch mitten im Sommer. Sie hören schon die Schüsse. Sie wissen, was sie tun!«

Es war Donnerstag heute, der Tag der »kleinen Feste«. Chojnicki kehrte um. Trotta ging langsam den glitzernden Fenstern seines Häuschens zu.

In dieser Nacht schlief er nicht. Er hörte um Mitternacht den heiseren Schrei der wilden Gänse. Er kleidete sich an. Er trat vor die Tür. Stepaniuk lag im Hemd vor der Schwelle, seine Pfeife glomm rötlich. Er lag flach auf der Erde und sagte, ohne sich zu rühren: »Man kann heute nicht schlafen!«

»Die Gänse!« sagte Trotta.

»So ist es, die Gänse!« bestätigte Stepaniuk. »Seitdem ich lebe, habe ich sie noch nicht so früh im Jahr gehört. Hören Sie, hören Sie! ...«

Trotta sah den Himmel an. Die Sterne blinzelten wie immer. Es war nichts anderes am Himmel zu sehen. Dennoch schrie es unaufhörlich heiser unter den Sternen. »Sie üben«, sagte Stepaniuk. »Ich liege schon lange hier. Manchmal kann ich sie sehen. Es ist nur ein grauer Schatten. Schaun Sie!« Stepaniuk streckte den glimmenden Pfeifenkopf gegen den Himmel. Man sah in diesem Augenblick den winzigen, weißen Schatten der wilden Gänse unter dem kobaltenen Blau. Zwischen den Sternen wehten sie dahin, ein kleiner, heller Schleier. »Das ist noch nicht alles!« sagte Stepaniuk. »Heute morgen habe ich viele Hunderte Raben gesehen, wie noch nie. Fremde Raben, sie kommen aus fremden Gegenden. Sie kommen, glaub' ich, aus Rußland. Man sagt bei uns, daß die Raben die Propheten unter den Vögeln sind.«

Am nordöstlichen Horizont lag ein breiter, silberner Streifen. Er wurde zusehends heller. Ein Wind erhob sich. Er brachte ein paar verworrene Klänge aus dem Schloß Chojnickis herüber. Trotta legte sich neben Stepaniuk auf den Boden. Er sah schläfrig die Sterne an, lauschte auf das Geschrei der Gänse und schlief ein.

Er erwachte beim Aufgang der Sonne. Es war, als hätte er eine halbe Stunde geschlafen, aber es mußten mindestens vier vergangen sein. Statt der gewohnten zwitschernden Vogelstimmen, die jeden Morgen begrüßt hatten, erscholl heute das schwarze Krächzen viel Hunderter Raben. An der Seite Trottas erhob sich Stepaniuk. Er nahm die Pfeife aus dem Mund (sie war kalt geworden, während er geschlafen hatte) und deutete mit dem Pfeifenstiel auf die Bäume ringsum. Die großen schwarzen Vögel saßen starr auf den Zweigen, unheimliche Früchte, aus den Lüften herabgefallen. Sie saßen unbeweglich, die schwarzen Vögel, und krächzten nur. Stepaniuk warf Steine gegen sie. Aber die Raben schlugen nur ein paarmal mit den Flügeln. Sie hockten wie angewachsene Früchte auf den Zweigen. »Ich werde schießen«, sagte Stepaniuk. Er ging ins Haus, er holte die Flinte, er schoß. Ein paar Vögel fielen nieder, der Rest schien den Knall nicht gehört zu haben. Alle blieben auf den Zweigen hocken. Stepaniuk las die schwarzen Leichen auf, er hatte ein gutes Dutzend geschossen, er trug seine Beute in beiden Händen zum Haus, das Blut tropfte auf das Gras. »Merkwürdige Raben«, sagte er, »sie rühren sich nicht. Es sind die Propheten unter den Vögeln.«

Es war Freitag. Am Nachmittag ging Carl Joseph wie gewöhnlich durch die Dörfer. Die Grillen zirpten nicht, die Frösche quakten nicht, nur die Raben schrien. Überall saßen sie, auf den Linden, auf den Eichen, auf den Birken, auf den Weiden. Vielleicht kommen sie jedes Jahr vor der Ernte, dachte Trotta. Sie hören, wie die Bauern die Sensen schleifen, dann versammeln sie sich eben. – Er ging durch das Dorf Burdlaki, er hoffte im stillen, daß Onufrij wieder kommen würde. Onufrij kam nicht. Vor den Hütten standen die Bauern und schliffen den Stahl an den rötlichen Steinen. Manchmal sahen sie auf, das Krächzen der Raben störte sie, und schossen schwarze Flüche gegen die schwarzen Vögel ab.

Trotta kam an der Schenke Abramtschiks vorbei, der rothaarige Jude saß vor dem Tor, sein Bart leuchtete. Abramtschik erhob sich. Er lüftete das schwarze Samtkäppchen, deutete in die Luft und sagte: »Raben sind gekommen! Sie schreien den ganzen Tag! Kluge Vögel! Man muß achtgeben!«

»Vielleicht, ja, vielleicht haben Sie recht!« sagte Trotta und ging weiter, den gewohnten, weidenbestandenen Pfad, zu Chojnicki. Jetzt stand er unter den Fenstern. Er pfiff. Niemand kam.

Chojnicki war sicherlich in der Stadt. Trotta ging den Weg zur Stadt, zwischen den Sümpfen, um niemandem zu begegnen. Nur die Bauern benutzten diesen Weg. Einige kamen ihm entgegen. Der Pfad war so schmal, daß man einander nicht ausweichen konnte. Einer mußte stehenbleiben und den andern vorbeilassen. Alle, die Trotta heute entgegenkamen, schienen hastiger dahinzugehen als sonst. Sie grüßten flüchtiger als sonst. Sie machten größere Schritte. Sie gingen mit gesenkten Köpfen, wie Menschen, die von einem wichtigen Gedanken erfüllt sind. Und auf einmal, Trotta sah schon den Zollschranken, hinter dem das Stadtgebiet begann, vermehrten sich die Wanderer, es war eine Gruppe von zwanzig und mehr Menschen, die jetzt einzeln abfielen und hintereinander den Pfad betraten. Trotta blieb stehen. Er merkte, daß es Arbeiter sein mußten, Borstenarbeiter, die in die Dörfer heimkehrten. Vielleicht befanden sich unter ihnen Menschen, auf die er geschossen hatte. Er blieb stehen, um sie vorbeizulassen. Sie hasteten stumm dahin, einer hinter dem andern, jeder mit einem Päckchen am geschulterten Stock. Der Abend schien schneller einzubrechen, als verstärkten die dahineilenden Menschen seine Dunkelheit. Der Himmel war leicht bewölkt, rot und klein ging die Sonne unter, der silbergraue Nebel erhob sich über den Sümpfen, der irdische Bruder der Wolken, der seinen Schwestern entgegenstrebte. Plötzlich begannen alle Glokken des Städtchens zu läuten. Die Wanderer hielten einen Augenblick ein, lauschten und gingen weiter. Trotta hielt einen der letzten an und fragte, warum die Glocken läuteten. »Es ist wegen des Krieges«, antwortete der Mann, ohne den Kopf zu heben.

»Wegen des Krieges«, wiederholte Trotta. Selbstverständlich gab es Krieg. Es war, als hätte er es seit heute morgen, seit gestern abend, seit vorgestern, seit Wochen gewußt, seit dem Abschied und dem unseligen Fest der Dragoner. Das war der Krieg, auf den er sich schon als Siebenjähriger vorbereitet hatte. Es war sein Krieg, der Krieg des Enkels. Die Tage und die Helden von Solferino kehrten wieder. Die Glocken dröhnten ohne Unterlaß. Jetzt kam der Zollschranken. Der Wächter mit dem Holzbein stand vor seinem Häuschen, von Menschen umringt, an der Tür hing ein leuchtendes, schwarzgelbes Plakat. Die ersten Worte, schwarz auf gelbem Grunde, konnte man auch aus der Ferne lesen. Wie schwere Balken ragten sie über die Köpfe der angesammelten Menschen: »An meine Völker!«

Bauern in kurzen und stark riechenden Schafspelzen, Juden in flatternden, schwarz-grünen Kaftans, schwäbische Landwirte aus den deutschen Kolonien in grünem Loden, polnische Bürger, Kaufleute, Handwerker und Beamte umringten das Häuschen des Zollwächters. An jeder der vier freistehenden Wände klebten die großen Plakate, jedes in einer anderen Landessprache, jedes beginnend mit der Anrede des Kaisers: »An meine Völker!« Die des Lesens kundig waren, lasen laut die Plakate vor. Ihre Stimmen vermischten sich mit dem dröhnenden Gesang der Glocken. Manche gingen von einer Wand zur anderen und lasen den Text in jeder Sprache. Wenn eine der Glocken verhallt war, begann sofort eine neue zu dröhnen. Aus dem Städtchen strömten die Menschen herbei, in die breite Straße, die zum Bahnhof führte. Trotta ging ihnen entgegen in die Stadt. Es war Abend geworden, und da es ein Freitagabend war, brannten die Kerzen in den kleinen Häuschen der Juden und erleuchteten die Bürgersteige. Jedes Häuschen war wie eine kleine Gruft. Der Tod selbst hatte die Kerzen angezündet. Lauter als an den andern Feiertagen der Juden scholl ihr Gesang aus den Häusern, in denen sie beteten. Sie grüßten einen außerordentlichen, einen blutigen Sabbat. Sie stürzten in schwarzen, hastigen Rudeln aus den Häusern, sammelten sich an den Kreuzungen, und bald erhob sich ihr Wehklagen um jene unter ihnen, die Soldaten waren und morgen schon einrücken mußten. Sie gaben sich die Hände, sie küßten sich auf die Backen, und wo zwei sich umarmten, vereinigten sich ihre roten Bärte wie zu einem besonderen Abschied, und die Männer mußten mit den Händen die Bärte voneinander trennen. Über den Köpfen schlugen die Glocken. Zwischen ihren Gesang und die Rufe der Juden fielen die schneidenden Stimmen der Trompeten aus den Kasernen. Man blies den Zapfenstreich, den letzten Zapfenstreich. Schon war die Nacht gekommen. Man sah keinen Stern. Trüb, niedrig und flach hing der Himmel über dem Städtchen!

Trotta kehrte um. Er suchte nach einem Wagen, es gab keinen. Er ging mit schnellen, großen Schritten zu Chojnicki. Das Tor stand offen, alle Zimmer waren erleuchtet wie bei den »großen Festen«. Chojnicki kam ihm im Vorraum entgegen, in Uniform, mit Helm und Patronentäschchen. Er ließ einspannen. Er hatte drei Meilen bis zu seiner Garnison, er wollte in der Nacht fort. »Wart einen Augenblick!« sagte er. Er sagte zum erstenmal du zu Trotta, vielleicht aus Unachtsamkeit, vielleicht, weil er schon in Uniform war. »Ich fahr' dich noch vorbei und dann in die Stadt.«

Sie fuhren vor Stepaniuks Häuschen. Chojnicki setzt sich. Er sieht zu, wie Trotta sein Zivil ablegt und die Uniform anzieht. Stück für Stück. So hat er vor einigen Wochen erst – aber lang ist es her! – in Brodnitzers Hotel zugesehen, wie Trotta seine Uniform ausgezogen hatte. Trotta kehrt in seine Montur zurück, in seine Heimat. Er zieht den Säbel aus dem Futteral. Er schnallt die Feldbinde um, die riesigen, schwarz-gelben Quasten streicheln zärtlich das schimmernde Metall des Säbels. Jetzt schließt Trotta den Koffer.

Sie haben nur wenig Zeit, Abschied zu nehmen. Sie halten vor der Kaserne der Jäger. »Adieu!« sagte Trotta. Sie drücken sich die Hand sehr lange, die Zeit vergeht fast hörbar, hinter dem breiten, unbeweglichen Rücken des Kutschers. Es ist, als wäre es nicht genug, die Hände zu drükken. Sie fühlten, daß man mehr tun müßte. »Bei uns küßt man sich«, sagt Chojnicki. Sie umarmen sich also und küssen sich schnell. Trotta steigt ab. Der Posten vor der Kaserne salutiert. Die Pferde ziehen an. Hinter Trotta fällt das Tor der Kaserne zu. Er steht noch einen Augenblick und hört den Wagen Chojnickis wegfahren.

XXI

Noch in dieser Nacht marschierte das Bataillon der Jäger in Richtung nach Nordosten gegen die Grenze Woloczyska. Es begann zuerst sachte, dann immer stärker zu regnen, und der weiße Staub der Landstraße verwandelte sich in silbergrauen Schlamm. Der Kot schlug klatschend über den Stiefeln der Soldaten zusammen und bespritzte die tadellosen Uniformen der Offiziere, die vorschriftsmäßig in den Tod gingen. Die langen Säbel störten sie, und an ihren Hüften hingen die prachtvollen, langhaarigen Quasten der schwarz-goldenen Feldbinden, verfilzt, durchnäßt und bespritzt von tausend kleinen Schlammklümpchen. Beim Morgengrauen erreichte das Bataillon sein Ziel, vereinigte sich mit zwei fremden Infanterieregimentern und bildete Schwarmlinien. So warteten sie zwei Tage, und es war nichts vom Krieg zu sehen. Manchmal hörten sie aus der Ferne, zu ihrer Rechten, verlorene Schüsse. Es waren kleinere Grenzgeplänkel zwischen berittenen Truppen. Man sah manchmal verwundete Grenzfinanzer, auch hie und da einen toten Grenzgendarmen. Sanitäter schafften Verwundete wie Leichen weg, an den wartenden Soldaten vorbei. Der Krieg wollte nicht anfangen. Er zögerte, wie manchmal Gewitter tagelang zögern, bevor sie ausbrechen.

Am dritten Tag kam der Befehl zum Rückzug, und das Bataillon formierte sich zum Abmarsch. Die Offiziere wie die Mannschaften waren enttäuscht. Es verbreitete sich das Gerücht, daß zwei Meilen östlich ein ganzes Dragonerregiment aufgerieben worden sei. Kosaken sollten bereits im eigenen Lande eingebrochen sein. Man marschierte schweigsam und mißmutig nach Westen. Man merkte bald, daß ein unvorbereiteter Rückzug stattfand, denn man stieß auf ein verworrenes Gewimmel verschiedenster Waffengattungen an den Kreuzungen der Landstraßen und in Dörfern und kleinen Städtchen. Vom Armeekommando kamen zahlreiche und sehr verschiedene Befehle. Die meisten bezogen sich auf die Evakuierung der Dörfer und Städte und auf die Behandlung der russisch gesinnten Ukrainer, der Geistlichen und der Spione. Voreilige Standgerichte verkündeten in den Dörfern voreilige Urteile. Geheime Spitzel lieferten unkontrollierbare Berichte über Bauern, Popen, Lehrer, Photographen, Beamte. Man hatte keine Zeit. Man mußte sich schleunigst zurückziehen, aber auch die Verräter schleunigst bestrafen. Und während sich Sanitätswagen, Trainkolonnen, Feldartillerie, Dragoner, Ulanen und Infanteristen im ständigen Regen, auf den aufgeweichten Straßen in ratlosen und plötzlich entstandenen Knäueln zusammenfanden, Kuriere hin und her galoppierten, die Einwohner der kleinen Städtchen in endlosen Scharen nach dem Westen flüchteten, umflattert vom weißen Schrekken, beladen mit weißen und roten Bettpolstern, grauen Säcken, braunen Möbelstücken und blauen Petroleumlampen, knallten von den Kirchplätzen der Weiler und Dörfer die Schüsse der hastigen Vollstrecker hastiger Urteile, und der düstere Trommelwirbel begleitete die eintönigen Urteilssprüche der Auditoren, und die Weiber der Ermordeten lagen kreischend um Gnade vor den kotbedeckten Stiefeln der Offiziere, und loderndes rotes und silbernes Feuer schlug aus Hütten und Scheunen, Ställen und Schobern. Der Krieg der österreichischen Armee begann mit Militärgerichten. Tagelang hingen die echten und die vermeintlichen Verräter an den Bäumen auf den Kirchplätzen, zur Abschreckung der Lebendigen. Aber weit und breit waren die Lebenden geflohen. Rings um die hängenden Leichen an den Bäumen brannte es, und schon begann das Laub zu knistern, und das Feuer war stärker als der ständige, leise rieselnde, graue Landregen, der den blutigen Herbst einleitete. Die alte Rinde der uralten Bäume verkohlte langsam, und schwellende, winzige, silberne Funken krochen zwischen den Rillen empor, feurige Würmer, erfaßten die Blätter, das grüne Blatt rollte sich zusammen und wurde rot, dann schwarz, dann grau; die Stricke lösten sich, und die Leichen fielen zu Boden, die Gesichter verkohlt und die Körper noch unversehrt.

Eines Tages machten sie Rast im Dorfe Krutyny. Sie kamen am Nachmittag, sie sollten am nächsten Morgen, noch vor Sonnenaufgang, weiter nach Westen. An diesem Tage hatte der Landregen aufgehört, und die Sonne eines späten Septembertages spann ein gütiges, silbernes Licht über die weiten Felder, auf denen das Getreide noch stand, das lebendige Brot, das nicht mehr gegessen werden sollte. Der Altweibersommer zog langsam durch die Luft. Sogar die Raben und Krähen verhielten sich still, getäuscht von dem flüchtigen Frieden dieses Tages und also ohne Hoffnung auf das erwartete Aas. Man war seit acht Tagen nicht aus den Kleidern gekommen. Die Stiefel hatten sich mit Wasser vollgesogen, die Füße waren geschwollen, die Knie steif, die Waden schmerzten, die Rücken konnten sich nicht mehr biegen. Man war in den Hütten untergebracht, versuchte, aus den Koffern trockene Kleidungsstücke zu holen und sich an den spärlichen Brunnen zu waschen. In der Nacht, sie war klar und still, und nur die vergessenen und verlassenen Hunde in einzelnen Gehöften heulten vor Hunger und Angst, konnte der Leutnant nicht schlafen. Und er verließ die Hütte, in der er einquartiert war. Er ging die langgestreckte Dorfstraße entlang, in die Richtung des Kirchturms, der sich mit seinem griechischen doppelten Kreuz gegen die Sterne erhob. Die Kirche mit schindelgedecktem Dach stand in der Mitte des kleinen Friedhofs, umgeben von schiefen, hölzernen Kreuzen, die im nächtlichen Licht zu tänzeln schienen. Vor dem großen, grauen, weitgeöffneten Tor des Friedhofs hingen drei Leichen, in der Mitte ein bärtiger Priester, zu beiden Seiten zwei junge Bauern in sandgelben Joppen, grobgeflochtene Bastschuhe an den reglosen Füßen. Die schwarze Kutte des Priesters, der in der Mitte hing, reichte bis zu seinen Schuhen. Und manchmal bewegte der Nachtwind die Füße des Priesters so, daß sie wie stumme Klöppel einer taubstummen Glocke an das Rund des Priestergewandes schlugen und, ohne einen Klang hervorzurufen, dennoch zu läuten schienen.

Leutnant Trotta ging näher an die Gehenkten heran. Er sah in ihre aufgedunsenen Gesichter. Und er glaubte in den dreien den und jenen seiner Soldaten zu erkennen. Das waren die Gesichter des Volkes, mit dem er jeden Tag exerziert hatte. Der schwarze, gespreizte Fächerbart des Priesters erinnerte ihn an den Bart Onufrijs. So hatte Onufrij zuletzt ausgesehen. Und, wer weiß, vielleicht war Onufrij der Bruder dieses aufgehängten Priesters. Leutnant Trotta sah sich um. Er lauschte. Es war kein menschlicher Laut zu hören. Im Glockenturm der Kirche rauschten die

Fledermäuse. In den verlassenen Gehöften bellten die verlassenen Hunde. Da zog der Leutnant seinen Säbel und schnitt die drei Gehenkten ab, einen nach dem andern. Dann nahm er eine Leiche nach der andern auf die Schulter und trug sie alle, eine nach der andern, in den Kirchhof. Dann begann er, mit dem blanken Säbel die Erde auf den Wegen zwischen den Gräbern aufzulockern, so lange, bis er Platz für drei Leichen gefunden zu haben glaubte. Dann legte er sie alle drei hin, schaufelte die Erde über sie, mit Säbel und Scheide, trat noch mit den Füßen auf der Erde herum und stampfte sie fest. Dann machte er das Zeichen des Kreuzes. Seit der letzten Messe in der Mährisch-Weißkirchener Kadettenschule hatte er nicht mehr das Kreuz geschlagen. Er wollte noch ein Vaterunser sagen, aber seine Lippen bewegten sich nur, ohne daß er einen Laut hervorbrachte. Irgendein nächtlicher Vogel schrie. Die Fledermäuse rauschten. Die Hunde heulten.

Am nächsten Morgen, vor dem Aufgang der Sonne, marschierten sie weiter. Die silbernen Nebel des herbstlichen Morgens verhüllten die Welt. Bald aber entstieg ihnen die Sonne, glühend wie im Hochsommer. Sie bekamen Durst. Sie marschierten durch eine verlassene, sandige Gegend. Manchmal schien es ihnen, als hörten sie irgendwo Wasser rauschen. Einige Soldaten liefen in die Richtung, aus der das Geräusch des Wassers zu kommen schien, und kehrten sofort wieder um. Kein Bach, kein Teich, kein Brunnen. Sie kamen durch ein paar Dörfer, aber die Brunnen waren verstopft von Leichen Erschossener und Hingerichteter. Die Leichen hingen, manchmal in der Mitte gefaltet, über die hölzernen Ränder der Brunnen. Die Soldaten sahen nicht mehr in die Tiefe. Sie kehrten zurück. Man marschierte weiter.

Der Durst wurde stärker. Der Mittag kam. Sie hörten Schüsse und legten sich flach auf die Erde. Der Feind hatte sie wahrscheinlich schon überholt. Sie schlängelten sich weiter, auf die Erde gedrückt. Bald begann, sie sahen es bereits, der Weg breiter zu werden. Schon leuchtete eine verlassene Bahnstation. Hier fingen die Schienen an. Im Laufschritt erreichte das Bataillon die Station, hier war man sicher; ein paar Kilometer weit war man zu beiden Seiten von den Bahndämmen gedeckt. Der Feind, vielleicht eine dahingaloppierende Sotnia Kosaken, mochte sich jenseits des Dammes auf gleicher Höhe befinden. Still und gedrückt marschierten sie zwischen den Bahndämmen. Plötzlich rief einer: »Wasser!« Und im nächsten Augenblick hatten alle auch schon den Brunnen auf dem Grat des Bahndammes neben einem Wächterhäuschen erblickt. »Hierbleiben!« kommandierte Major Zoglauer. »Hierbleiben!« wiederholten die Offiziere. Die durstigen Männer aber waren nicht zu halten. Einzeln zuerst, dann in Gruppen, liefen die Männer den Abhang hinan; Schüsse knallten, und die Männer fielen. Die feindlichen Reiter jenseits des Bahndamms schossen auf die durstigen Männer, und immer mehr durstige Männer liefen dem tödlichen Brunnen entgegen. Und als sich der zweite Zug der zweiten Kompanie dem Brunnen näherte, lag schon ein Dutzend Leichen auf dem grünen Abhang.

»Zug halt!« kommandierte Leutnant Trotta. Er trat seitwärts und sagte: »Ich werde euch Wasser bringen! Daß keiner sich rührt! Hier warten! Eimer her!« Man brachte ihm zwei Eimer aus wasserdichtem Leinen von der Maschinengewehrabteilung. Er nahm beide, je einen Eimer in jede Hand. Und er ging den Abhang hinauf, dem Brunnen zu. Die Kugeln umpfiffen ihn, fielen vor seinen Füßen nieder, flogen an seinen Ohren vorbei und an seinen Beinen und über seinen Kopf hinweg. Er beugte sich über den Brunnen. Er sah auf der anderen Seite, jenseits des Abhangs, die zwei Reihen der zielenden Kosaken. Er hatte keine Angst. Es fiel ihm nicht ein, daß er getroffen werden könnte wie die anderen. Er hörte schon die Schüsse, die noch nicht gefallen waren, und gleichzeitig die ersten trommelnden Takte des Radetzkymarsches. Er stand auf dem Balkon des väterlichen Hauses. Unten spielte die Militärkapelle. Jetzt hob Nechwal den schwarzen Taktstock aus Ebenholz mit dem silbernen Knauf. Jetzt senkte Trotta den zweiten Eimer in den Brunnen. Jetzt schmetterten die Tschinellen. Jetzt hob er den Eimer hoch. In jeder Hand einen vollen, überquellenden Eimer, von den Kugeln umsaust, setzte er den linken Fuß an, um hinabzugehen. Jetzt tat er zwei Schritte. Jetzt ragte gerade noch sein Kopf über den Rand des Abhangs.

Jetzt schlug eine Kugel an seinen Schädel. Er machte noch einen Schritt und fiel nieder. Die vollen Eimer wankten, stürzten und ergossen sich über ihn. Warmes Blut rann aus seinem Kopf auf die kühle Erde des Abhangs. Von unten her riefen die ukrainischen Bauern seines Zuges im Chor: »Gelobt sei Jesus Christus!«

In Ewigkeit. Amen! wollte er sagen. Es waren die einzigen ruthenischen Worte, die er sprechen konnte. Aber seine Lippen rührten sich nicht mehr. Sein Mund blieb offen. Seine weißen Zähne starrten gegen den blauen Herbsthimmel. Seine Zunge wurde langsam blau, er fühlte seinen Körper kalt werden. Dann starb er.

Das war das Ende des Leutnants Carl Joseph, Freiherrn von Trotta.

So einfach und zur Behandlung in Lesebüchern für die

kaiser- und königlichen österreichischen Volks- und Bürgerschulen ungeeignet war das Ende des Enkels des Helden von Solferino. Der Leutnant Trotta starb nicht mit der Waffe, sondern mit zwei Wassereimern in der Hand. Major Zoglauer schrieb an den Bezirkshauptmann. Der alte Trotta las den Brief ein paarmal und ließ die Hände sinken. Der Brief fiel ihm aus der Hand und flatterte auf den rötlichen Teppich. Herr von Trotta nahm den Zwicker nicht ab. Der Kopf zitterte, und der wacklige Zwicker flatterte mit seinen ovalen Scheibchen wie ein gläserner Schmetterling auf der Nase des Alten. Zwei schwere, kristallene Tränen tropften gleichzeitig aus den Augen Herrn von Trottas, trübten die Gläser des Zwickers und rannen weiter in den Backenbart. Der ganze Körper Herrn von Trottas blieb ruhig, nur sein Kopf wackelte von hinten nach vorn und von links nach rechts, und fortwährend flatterten die gläsernen Flügel des Zwickers. Eine Stunde oder länger saß der Bezirkshauptmann so vor dem Schreibtisch. Dann stand er auf und ging mit seinem gewöhnlichen Gang in die Wohnung. Er holte aus dem Kasten den schwarzen Anzug, die schwarze Krawatte und die Trauerschleifen aus schwarzem Krepp, die er nach dem Tode des Vaters um Hut und Arm getragen hatte. Er kleidete sich um. Er sah dabei nicht in den Spiegel. Immer noch wackelte sein Kopf. Er bemühte sich zwar, den unruhigen Schädel zu zähmen. Aber je mehr sich der Bezirkshauptmann anstrengte, desto stärker zitterte der Kopf. Der Zwicker saß immer noch auf der Nase und flatterte. Endlich gab der Bezirkshauptmann alle Bemühungen auf und ließ den Schädel wackeln. Er ging, im schwarzen Anzug, das schwarze Trauerband um den Ärmel, zu Fräulein Hirschwitz ins Zimmer, blieb an der Tür stehen und sagte: »Mein Sohn ist tot, Gnädigste!« Er schloß schnell die Tür, ging ins Amt, von einer Kanzlei zur andern, steckte nur den wackelnden Kopf durch die Türen und verkündete überall: »Mein Sohn ist tot, Herr Soundso! Mein Sohn ist tot, Herr Soundso!« Dann nahm er Hut und Stock und ging auf die Straße. Alle Leute grüßten ihn und betrachteten verwundert seinen wackelnden Kopf. Den und jenen hielt der Bezirkshauptmann an und sagte: »Mein Sohn ist tot!« Und er wartete nicht die Beileidssprüche der Bestürzten ab, sondern ging weiter, zu Doktor Skowronnek. Doktor Skowronnek war in Uniform, ein Oberarzt, vormittags im Garnisonspital, nachmittags im Kaffeehaus. Er erhob sich, als der Bezirkshauptmann eintrat, sah den wackelnden Kopf des Alten, das Trauerband am Ärmel und wußte alles. Er nahm die Hand des Bezirkshauptmanns und blickte auf den unruhigen Kopf und auf den flatternden Zwicker. »Mein Sohn ist tot!« wiederholte Herr von Trotta. Skowronnek behielt die Hand seines Freundes lange, ein paar Minuten. Beide blieben stehen, Hand in Hand. Der Bezirkshauptmann setzte sich, Skowronnek legte das Schachbrett auf einen anderen Tisch. Als der Kellner kam, sagte der Bezirkshauptmann: »Mein Sohn ist tot, Herr Ober!« Und der Kellner verbeugte sich sehr tief und brachte einen Cognac.

»Noch einen!« bestellte der Bezirkshauptmann. Er nahm endlich den Zwicker ab. Er erinnerte sich, daß die Todesnachricht auf dem Teppich der Kanzlei liegengeblieben war, stand auf und kehrte in die Bezirkshauptmannschaft zurück. Hinter ihm folgte Doktor Skowronnek. Herr von Trotta schien es nicht zu merken. Aber er war auch gar nicht überrascht, als Skowronnek, ohne zu klopfen, die Kanzleitür aufmachte, eintrat und stehenblieb. »Hier ist der Brief!« sagte der Bezirkshauptmann.

In dieser Nacht und in vielen der folgenden Nächte schlief der alte Herr von Trotta nicht. Sein Kopf zitterte und wakkelte auch in den Kissen. Manchmal träumte der Bezirkshauptmann von seinem Sohn. Der Leutnant Trotta stand vor seinem Vater, die Offiziersmütze mit Wasser gefüllt, und sagte: »Trink, Papa, du hast Durst!« Dieser Traum wiederholte sich oft und immer öfter. Und allmählich gelang es dem Bezirkshauptmann, seinen Sohn jede Nacht zu rufen, und in manchen Nächten kam Carl Joseph sogar einigemal. Herr von Trotta begann, sich also nach der Nacht und nach dem Bett zu sehnen, der Tag machte ihn ungeduldig. Und als der Frühling kam und die Tage länger wurden, verdunkelte der Bezirkshauptmann die Zimmer des Morgens und am Abend und verlängerte auf eine künstliche Weise seine Nächte. Sein Kopf hörte nicht mehr auf zu zittern. Und er selbst und alle anderen gewöhnten sich an das ständige Zittern des Kopfes.

Der Krieg schien Herrn von Trotta wenig zu kümmern. Eine Zeitung nahm er nur zur Hand, um seinen zitternden Schädel hinter ihr zu verbergen. Zwischen ihm und Doktor Skowronnek war von Siegen und Niederlagen niemals die Rede. Meist spielten sie Schach, ohne ein Wort zu wechseln. Manchmal aber sagte einer zum andern: »Erinnern Sie sich noch? Die Partie vor zwei Jahren? Damals haben Sie genausowenig aufgepaßt wie heute.« Es war, als sprächen sie von Ereignissen, die vor Jahrzehnten stattgefunden hatten.

Lange Zeit war seit der Todesnachricht vergangen, die Jahreszeiten hatten einander abgewechselt, nach den alten, unbeirrbaren Gesetzen der Natur, aber den Menschen unter dem roten Schleier des Krieges dennoch kaum fühlbar – und dem Bezirkshauptmann von allen Menschen am allerwenigsten. Sein Kopf zitterte noch ständig wie eine große, aber leichte Frucht an einem allzu dünnen Stengel. Der Leutnant Trotta war schon längst vermodert oder von den Raben zerfressen, die damals über den tödlichen Bahndämmen kreisten, aber dem alten Herrn von Trotta war es immer noch, als hätte er gestern erst die Todesnachricht erhalten. Und der Brief Major Zoglauers, der ebenfalls schon gestorben war, lag in der Brusttasche des Bezirkshauptmanns, jeden Tag wurde er aufs neue gelesen und in seiner fürchterlichen Frische erhalten, wie ein Grabhügel erhalten wird von sorgenden Händen. Was gingen den alten Herrn von Trotta die hunderttausend neuen Toten an, die seinem Sohn inzwischen gefolgt waren? Was gingen ihn die hastigen und verworrenen Verordnungen seiner vorgesetzten Behörde an, die Woche für Woche erfolgten? Und was ging ihn der Untergang der Welt an, den er jetzt noch deutlicher kommen sah als einstmals der prophetische Chojnicki? Sein Sohn war tot. Sein Amt war beendet. Seine Welt war untergegangen.

Epilog

Es bleibt uns nur noch übrig, von den letzten Tagen des Herrn Bezirkshauptmanns Trotta zu berichten. Sie vergingen fast wie ein einziger. Die Zeit floß an ihm vorbei, ein breiter, gleichmäßiger Strom, mit eintönigem Rauschen. Die Nachrichten aus dem Kriege und die verschiedenen außerordentlichen Bestimmungen und Erlasse der Statthalterei kümmerten den Bezirkshauptmann wenig. Längst wäre er ja ohnehin in Pension gegangen. Er diente nur weiter, weil der Krieg es erforderte. Und also war es ihm zuweilen, als lebte er nur noch ein zweites, ein blasseres Leben, und sein erstes und echtes hätte er längst vorher beschlossen. Seine Tage – so schien es ihm – eilten nicht dem Grabe entgegen wie die Tage aller anderen Menschen. Versteinert, wie sein eigenes Grabmal, stand der Bezirkshauptmann am Ufer der Tage. Niemals hatte Herr von Trotta so sehr dem Kaiser Franz Joseph geglichen. Zuweilen wagte er sogar selbst, sich mit dem Kaiser zu vergleichen. Er dachte an seine Audienz in der Burg zu Schönbrunn, und nach der Art der einfachen alten Männer, die von einem gemeinsamen Unglück sprechen, sagte er in Gedanken zu Franz Joseph: Was?! Wenn uns jemand damals das gesagt hätte! Uns beiden Alten! ...

Herr von Trotta schlief sehr wenig. Er aß, ohne zu merken, was man ihm vorsetzte. Er unterschrieb Aktenstücke, die er nicht genau gelesen hatte. Es kam vor, daß er am Nachmittag im Kaffeehaus erschien, und Doktor Skowronnek war noch nicht da. Dann griff Herr von Trotta zu einem ›Fremdenblatt‹, das drei Tage alt war, und las also noch einmal, was er schon lange kannte. Sprach der Doktor Skowronnek aber von den letzten Neuigkeiten des Tages, so nickte der Bezirkshauptmann nur, ganz so, als hätte er die Neuigkeiten schon seit langem gewußt.

Eines Tages erhielt er einen Brief. Eine gewisse, ihm gänzlich unbekannte Frau von Taußig, derzeit freiwillig Krankenschwester in der Wiener Irrenanstalt Steinhof, teilte dem Herrn von Trotta mit, daß der Graf Chojnicki, vor ein paar Monaten wahnsinnig vom Schlachtfeld zurückgekehrt, sehr oft von dem Bezirkshauptmann spreche. In seinen verworrenen Reden wiederholte er die Behauptung immer, daß er dem Herrn von Trotta etwas Wichtiges zu sagen habe. Und wenn der Bezirkshauptmann zufällig die Absicht hätte, nach Wien zu kommen, so könnte sein Besuch bei dem Kranken vielleicht eine unerwartete Klärung des Gemüts hervorrufen, wie es schon hie und da in ähnlichen Fällen vorgekommen sei. Der Bezirkshauptmann erkundigte sich bei Doktor Skowronnek. »Alles ist möglich!« sagte Skowronnek. »Wenn Sie es ertragen, leicht ertragen, mein' ich ...« Herr von Trotta sagte: »Ich kann alles ertragen.« Er entschloß sich, sofort abzureisen. Vielleicht wußte der Kranke etwas Wichtiges vom Leutnant. Vielleicht hatte er dem Vater etwas von der Hand des Sohnes zu übergeben. Herr von Trotta fuhr nach Wien.

Man führte ihn in die Militärabteilung der Irrenanstalt. Es war später Herbst, ein trüber Tag; die Anstalt lag im grauen Landregen, der seit Tagen über die Welt niederrann. Im blendendweißen Korridor saß Herr von Trotta, schaute durch das vergitterte Fenster auf das dichtere und zartere Gitter des Regens und dachte an den Abhang des Bahndamms, auf dem sein Sohn gestorben war. Jetzt wird er ganz naß, dachte der Bezirkshauptmann; als wäre der Leutnant erst heute oder gestern gefallen und die Leiche noch frisch. Die Zeit verging langsam. Man sah Menschen mit irren Gesichtern und grausamen Verrenkungen der Gliedmaßen vorbeigehen, aber für den Bezirkshauptmann bedeutete Wahnsinn nichts Schreckliches, obwohl er zum erstenmal in einem Irrenhaus war. Schrecklich war nur der Tod. Schade! dachte Herr von Trotta. Wenn Carl Joseph verrückt geworden wäre, statt zu fallen, ich hätte ihn schon vernünftig gemacht. Und wenn ich es nicht gekonnt hätte, so wäre ich doch jeden Tag zu ihm gekommen! Vielleicht hätte er den Arm so grauenhaft verrenkt wie dieser Leutnant hier, den man eben vorbeiführt. Aber es wäre doch sein Arm gewesen, und man kann auch einen verrenkten Arm streicheln. Man kann auch in verdrehte Augen sehen! Hauptsache, daß es die Augen meines Sohnes sind. Glücklich die Väter, deren Söhne verrückt sind!

Frau von Taußig kam endlich, eine Krankenschwester wie die anderen. Er sah nur ihre Tracht, was kümmerte ihn ihr Gesicht! Sie aber betrachtete ihn lange und sagte dann: »Ich habe Ihren Sohn gekannt!«

Jetzt erst richtete der Bezirkshauptmann seinen Blick auf ihr Angesicht. Es war das Angesicht einer gealterten Frau, die immer noch schön war. Ja, die Schwesternhaube verjüngte sie, wie alle Frauen, weil es in ihrer Natur liegt, von Güte und Mitleid verjüngt zu werden und auch von den äußerlichen Abzeichen des Mitleids. Sie kommt aus der großen Welt, dachte Herr von Trotta. »Wie lang ist es her«, fragte er, »daß Sie meinen Sohn gekannt haben?« »Es war vor dem Krieg!« sagte Frau von Taußig. Dann nahm sie den Arm des Bezirkshauptmanns, führte ihn den Korridor entlang, wie sie gewohnt war, Kranke zu geleiten, und sagte leise: »Wir haben uns geliebt, Carl Joseph und ich!«

Der Bezirkshauptmann fragte: »Verzeihen Sie, war das Ihretwegen, diese dumme Affäre?«

»Auch meinetwegen!« sagte Frau von Taußig. »So, so«, sagte Herr von Trotta, »auch Ihretwegen.« Dann drückte er den Arm der Krankenschwester ein bißchen und fuhr fort: »Ich wollte, Carl Joseph könnte noch Affären haben, Ihretwegen!«

»Jetzt gehen wir zum Patienten!« sagte Frau von Taußig. Denn sie fühlte Tränen aufsteigen, und sie war der Meinung, daß sie nicht weinen dürfe.

Chojnicki saß in einer kahlen Stube, aus der man alle Gegenstände weggeräumt hatte, weil er manchmal wütend werden konnte. Er saß auf einem Sessel, dessen vier Füße im Boden festgeschraubt waren. Als der Bezirkshauptmann eintrat, erhob er sich, ging dem Gast entgegen und sagte zu Frau von Taußig: »Geh hinaus, Wally! Wir haben was Wichtiges zu besprechen!« Nun waren sie allein. Es gab ein Guckloch an der Tür. Chojnicki ging zur Tür, verdeckte mit dem Rücken das Guckloch und sagte: »Willkommen in meinem Hause!« Sein kahler Schädel erschien Herrn von Trotta aus rätselhaften Gründen noch kahler. Von den etwas vorgewölbten blauen, großen Augen des Kranken schien ein eisiger Wind auszugehen, ein Frost, der über das gelbe verfallene und zu gleicher Zeit aufgedunsene Angesicht dahinwehte und über die Wüste des Schädels. Von Zeit zu Zeit zuckte der rechte Mundwinkel Chojnickis. Es war, als ob er mit dem rechten Mundwinkel lächeln wollte. Seine Fähigkeit zu lächeln hatte sich justament im rechten Mundwinkel festgesetzt und den Rest des Mundes für immer verlassen.

»Setzen Sie sich!« sagte Chojnicki. »Ich habe Sie kommen lassen, um Ihnen etwas Wichtiges mitzuteilen. Verraten Sie es niemandem! Außer Ihnen und mir weiß es heute kein Mensch: Der Alte stirbt!«

»Woher wissen Sie das?« fragte Herr von Trotta.

Chojnicki, immer noch an der Tür, hob den Finger gegen die Zimmerdecke, legte ihn dann an die Lippen und sagte: »Von oben!«

Dann wandte er sich um, öffnete die Tür, rief: »Schwester Wally!« und sagte zu Frau von Taußig, die sofort erschienen war: »Die Audienz ist beendet!«

Er verbeugte sich. Herr von Trotta ging hinaus.

Er ging durch die langen Korridore, begleitet von Frau von Taußig, die breiten Stufen hinunter. »Vielleicht hat es gewirkt!« sagte sie.

Herr von Trotta empfahl sich und fuhr zum Bahnrat Stransky. Er wußte selbst nicht genau warum. Er fuhr zu Stransky, der sich mit einer geborenen Koppelmann vermählt hatte. Die Stranskys waren zu Haus. Man erkannte den Bezirkshauptmann nicht sofort. Man begrüßte ihn dann, verlegen und wehmütig und kalt zugleich, wie ihm schien. Man gab ihm Kaffee und Cognac. »Carl Joseph!« sagte Frau Stransky geborene Koppelmann. »Wie er Leutnant war, ist er sofort zu uns gekommen. Er war ein lieber Junge!«

Der Bezirkshauptmann kämmte seinen Backenbart und schwieg. Dann kam der Sohn der Familie Stransky. Er hinkte, es war häßlich anzusehen. Er hinkte sehr stark. Carl Joseph hat nicht gehinkt! dachte der Bezirkshauptmann. »Der Alte soll im Sterben liegen!« sagte der Oberbahnrat Stransky plötzlich.

Da erhob sich der Bezirkshauptmann sofort und ging. Er wußte ja, daß der Alte starb. Chojnicki hatte es gesagt, und Chojnicki hatte immer schon alles gewußt. Der Bezirkshauptmann fuhr zu seinem Jugendfreund Smetana ins Obersthofmeisteramt. »Der Alte stirbt!« sagte Smetana.

»Ich möchte nach Schönbrunn!« sagte Herr von Trotta. Und er fuhr nach Schönbrunn.

Der unermüdliche, dünne Landregen hüllte das Schloß von Schönbrunn ein, genau wie die Irrenanstalt Steinhof. Herr von Trotta ging die Alleen hinan, die gleiche Allee, über die er vor langer, langer Zeit gegangen war, zu der geheimen Audienz, in Angelegenheit des Sohnes. Der Sohn war tot. Und auch der Kaiser starb. Und zum erstenmal, seitdem Herr von Trotta die Todesnachricht erhalten hatte, glaubte er zu wissen, daß sein Sohn nicht zufällig gestorben war. Der Kaiser kann die Trottas nicht überleben! dachte der Bezirkshauptmann. Er kann sie nicht überleben! Sie haben ihn gerettet, und er überlebt die Trottas nicht.

Er blieb draußen. Er blieb draußen, unter den Leuten des niederen Gesindes. Ein Gärtner aus dem Schönbrunner Park kam, in grüner Schürze, den Spaten in der Hand, fragte die Umstehenden: »Was macht er jetzt?« Und die Umstehenden, Förster, Kutscher, niedere Beamte, Portiers und Invaliden, wie der Vater des Helden von Solferino einer gewesen war, antworteten dem Gärtner: »Nichts Neues! Er stirbt!« Der Gärtner entfernte sich, mit dem Spaten ging er dahin, die Beete umgraben, die ewige Erde.

Es regnete, leise, dicht und immer dichter. Herr von Trotta nahm den Hut ab. Die umstehenden niederen Hofbeamten hielten ihn für ihresgleichen oder für einen der Briefträger vom Postamt Schönbrunn. Und der und jener sagte zum Bezirkshauptmann: »Hast ihn gekannt, den Alten?«

»Ja«, erwiderte Herr von Trotta. »Er hat einmal mit mir gesprochen.«

»Jetzt stirbt er!« sagte ein Förster.

Um diese Zeit betrat der Geistliche mit dem Allerheiligsten das Schlafzimmer des Kaisers.

Franz Joseph hatte neununddreißig, drei, soeben hatte man ihn gemessen. »So, so«, sagte er zum Kapuziner. »Das ist also der Tod!« Er richtete sich in den Kissen auf. Er hörte das unermüdliche Geräusch des Regens vor den Fenstern und dazwischen hie und da das Knirschen von vorübergehenden Füßen auf dem Kies. Es schien dem Kaiser abwechselnd, daß die Geräusche sehr fern waren und sehr nahe. Manchmal erkannte er, daß der Regen das sanfte Rieseln vor dem Fenster verursachte. Bald darauf aber vergaß er, daß es der Regen war. Und er fragte ein paarmal seinen Leibarzt: »Warum säuselt es so?« Denn er konnte nicht mehr das Wort »rieseln« hervorbringen, obwohl es ihm auf der Zunge lag. Nachdem er aber nach dem Grund des Säuselns gefragt hatte, glaubte er in der Tat, lediglich ein »Säuseln« zu hören. Es säuselte der Regen. Es säuselten auch die Schritte vorbeigehender Menschen. Das Wort und auch die Geräusche, die es für ihn bezeichnete, gefielen dem Kaiser immer besser. Im übrigen war es gleichgültig, was er fragte, denn man hörte ihn nicht mehr. Er bewegte nur die Lippen, aber ihm selbst schien es, daß er spreche, allen hörbar, wenn auch ein wenig leise, nicht anders jedoch, als in den letzten Tagen. Zuweilen wunderte er sich darüber, daß man ihm nicht antwortete. Bald darauf aber vergaß er sowohl seine Fragen als auch seine Verwunderung über die Stummheit der Befragten. Und wieder ergab er sich dem sanften »Säuseln« der Welt, die rings um ihn lebte, indes er starb – und er glich einem Kinde, das jeden Widerstand gegen den Schlaf aufgibt, bezwungen vom Schlaflied und in diesem eingebettet. Er schloß die Augen. Nach einer

Weile aber öffnete er sie wieder und erblickte das einfache, silberne Kreuz und die blendenden Kerzen auf dem Tisch, die den Priester erwarteten. Und da wußte er, daß der Pater bald kommen würde. Und er bewegte seine Lippen und begann, wie man ihn gelehrt hatte, als Knaben: »In Reue und Demut beichte ich meine Sünden – –« Aber auch das hörte man nicht mehr. Übrigens sah er gleich darauf, daß der Kapuziner schon da war. »Ich hab' lang warten müssen!« sagte er. Dann überlegte er seine Sünden. »Hoffart!« fiel ihm ein. »Hoffärtig war ich halt!« sagte er. Eine Sünde nach der andern ging er durch, wie sie im Katechismus standen. Ich bin zu lange Kaiser gewesen! dachte er. Aber es kam ihm vor, daß er es laut gesagt hatte. »Alle Menschen müssen sterben. Auch der Kaiser stirbt.« Und es war ihm zugleich, als stürbe irgendwo, weit von hier, jener Teil von ihm, der kaiserlich gewesen war. »Der Krieg ist auch eine Sünde!« sagte er laut. Aber der Priester hörte ihn nicht. Franz Joseph wunderte sich aufs neue. Jeden Tag kamen die Verlustlisten, seit 1914 dauerte der Krieg. »Schluß machen!« sagte Franz Joseph. Man hörte ihn nicht. »Wär' ich nur bei Solferino gefallen!« sagte er. Man hörte ihn nicht. Vielleicht, dachte er, bin ich schon tot und rede als ein Toter. Deshalb verstehen sie mich nicht. Und er schlief ein.

Draußen unter dem niederen Gesinde wartete Herr von Trotta, der Sohn des Helden von Solferino, den Hut in der Hand, im ständig niederrieselnden Landregen. Die Bäume im Schönbrunner Park rauschten und raschelten, der Regen peitschte sie, sacht, geduldig, ausgiebig. Der Abend kam. Neugierige kamen. Der Park füllte sich. Der Regen hörte nicht auf. Die Wartenden lösten sich ab, sie gingen, sie kamen. Herr von Trotta blieb. Die Nacht brach ein, die Stufen waren leer, die Leute gingen schlafen. Herr von

Trotta drückte sich gegen das Tor. Er hörte Wagen vorfahren, manchmal klinkte jemand über seinem Kopf ein Fenster auf. Stimmen riefen. Man öffnete das Tor, man schloß es wieder. Man sah ihn nicht. Der Regen rieselte, unermüdlich, sacht, die Bäume raschelten und rauschten.

Endlich begannen die Glocken zu dröhnen. Der Bezirkshauptmann entfernte sich. Er ging die flachen Stufen hinunter, die Allee entlang bis vor das eiserne Gitter. Es war offen in dieser Nacht. Er ging den ganzen langen Weg zur Stadt, barhäuptig, den Hut in der Hand, er begegnete niemandem. Er ging sehr langsam, wie hinter einem Leichenwagen. Als der Morgen graute, erreichte er das Hotel.

Er fuhr nach Hause. Es regnete auch in der Bezirksstadt W. Herr von Trotta ließ Fräulein Hirschwitz kommen und sagte: »Ich geh' zu Bett, Gnädigste! Ich bin müde!« Und er legte sich, erstmals in seinem Leben, bei Tag ins Bett.

Er konnte nicht einschlafen. Er ließ den Doktor Skowronnek kommen. »Lieber Doktor Skowronnek«, sagte er, »würden Sie mir den Kanarienvogel holen lassen?« Man brachte den Kanarienvogel aus dem Häuschen des alten Jacques. »Geben Sie ihm ein Stück Zucker!« sagte der Bezirkshauptmann. Und der Kanarienvogel bekam ein Stück Zucker.

»Dieses liebe Vieh!« sagte der Bezirkshauptmann.

Skowronnek wiederholte: »Ein liebes Vieh!«

»Es überlebt uns alle!« sagte Trotta. »Gott sei Dank!« Dann sagte der Bezirkshauptmann: »Bestellen Sie den Geistlichen! Kommen Sie aber wieder!«

Doktor Skowronnek wartete den Geistlichen ab. Dann kam er wieder. Der alte Herr von Trotta lag still in den Kissen. Er hielt die Augen halb geschlossen. Er sagte: »Ihre Hand, lieber Freund! Wollen Sie mir das Bild bringen?«

Doktor Skowronnek suchte das Herrenzimmer auf, stieg auf einen Stuhl und holte das Bildnis des Helden von Solferino vom Haken. Als er zurückkam, das Bild in beiden Händen, war Herr von Trotta nicht mehr imstande, es zu sehen. Der Regen trommelte sacht an die Scheibe.

Doktor Skowronnek wartete, das Porträt des Helden von Solferino auf den Knien. Nach einigen Minuten erhob er sich, nahm die Hand Herrn von Trottas, beugte sich gegen die Brust des Bezirkshauptmanns, atmete tief und schloß die Augen des Toten.

Es war der Tag, an dem man den Kaiser in die Kapuzinergruft versenkte. Drei Tage später ließ man die Leiche Herrn von Trottas ins Grab hinunter. Der Bürgermeister der Stadt W. hielt eine Rede. Auch seine Grabrede begann, wie alle Reden jener Zeit überhaupt, mit dem Krieg. Weiter sagte der Bürgermeister, daß der Bezirkshauptmann seinen einzigen Sohn dem Kaiser gegeben und trotzdem weiter gelebt und gedient hatte. Indessen rann der unermüdliche Regen über alle entblößten Häupter der um das Grab Versammelten, und es rauschte und raschelte ringsum von den nassen Sträuchern, Kränzen und Blumen. Doktor Skowronnek, in der ihm ungewohnten Uniform eines Landsturmoberarztes, bemühte sich, eine sehr militärische Habt-acht-Stellung einzunehmen, obwohl er sie keineswegs für einen maßgeblichen Ausdruck der Pietät hielt. – Zivilist, der er war. Der Tod ist schließlich kein Generalstabsarzt! dachte der Doktor Skowronnek. Dann trat er als einer der ersten an das Grab. Er verschmähte den Spaten, den ihm ein Totengräber hinhielt, sondern er bückte sich und brach eine Scholle aus der nassen Erde und zerkrümelte sie in der Linken und warf mit der Rechten die einzelnen Krumen auf den Sarg. Dann trat er zurück. Es fiel ihm ein, daß jetzt

Nachmittag war, die Stunde des Schachspiels nahte heran. Nun hatte er keinen Partner mehr; er beschloß dennoch, ins Kaffeehaus zu gehn.

Als sie den Friedhof verließen, lud ihn der Bürgermeister in den Wagen. Doktor Skowronnek stieg ein. »Ich hätte noch gern erwähnt«, sagte der Bürgermeister, »daß Herr von Trotta den Kaiser nicht überleben konnte. Glauben Sie nicht, Herr Doktor?« »Ich weiß nicht«, erwiderte der Doktor Skowronnek, »ich glaube, sie konnten beide Österreich nicht überleben.«

Vor dem Kaffeehaus ließ Doktor Skowronnek den Wagen halten. Er ging, wie jeden Tag, an den gewohnten Tisch. Das Schachbrett stand da, als ob der Bezirkshauptmann nicht gestorben wäre. Der Kellner kam, um es wegzuräumen, aber Skowronnek sagte: »Lassen Sie nur!« Und er spielte mit sich selbst eine Partie, schmunzelnd, von Zeit zu Zeit auf den leeren Sessel gegenüber blickend und in den Ohren das sanfte Geräusch des herbstlichen Regens, der noch immer unermüdlich gegen die Scheiben rann.

Joseph Roth
im insel taschenbuch

Geschichte von der 1002. Nacht. Roman.
it 3605. Ca. 230 Seiten

Hiob. Roman eines einfachen Mannes. it 3478. 208 Seiten

Hotel Savoy. Roman. it 3607. 208 Seiten

Die Kapuzinergruft. Roman. it 3477. 192 Seiten

Die Legende vom heiligen Trinker. Roman.
it 3604. Ca. 90 Seiten

Radetzkymarsch. Roman. it 3476. 464 Seiten

Das Spinnennetz. Roman. it 3606. Ca. 130 Seiten

Das Leben ist ein Wartesaal. Über die Kunst, sich Neuem zu stellen. Ausgewählt von Susanne Schaber. it 3479. 144 Seiten

NF 725/1/9.09

»Österreich«
im insel taschenbuch
Eine Auswahl

Alt-Wiener Geschichten. Gesammelt von Joseph Peter Strelka. Mit sechs farbigen Abbildungen. it 784. 298 Seiten

Literarischer Führer Österreich. Von Wolfgang Straub. Mit Abbildungen, Karten und Register. it 3277. 228 Seiten

Wien – Eine Musikgeschichte. Von Henry-Louis de La Grange. Übersetzt von Christina Mansfeld. 600 Seiten. Leinen

Wien. Ein Reisebegleiter. Von Susanne Schaber. Mit farbigen Fotografien und Stadtplänen. it 3278. 272 Seiten

Wien im Gedicht. Herausgegeben von Gerhard C. Krischker. it 1488. 177 Seiten

Wiener Adressen. Ein kulturhistorischer Wegweiser mit Straßenplänen und Fotos von Dietmar Grieser. it 1203. 217 Seiten

Das Wiener Kaffeehaus. Mit zahlreichen Abbildungen und Hinweisen auf Wiener Kaffeehäuser. Herausgegeben von Kurt-Jürgen Heering. it 1318. 318 Seiten

Dietmar Grieser
- Alle Wege führen nach Wien. Abenteuer eines Literaturtouristen. it 2543. 255 Seiten
- Im Rosengarten. Eine literarische Spurensuche in Südtirol. Mit zahlreichen Abbildungen. it 2509. 245 Seiten
- Nachsommertraum im Salzkammergut. Eine literarische Spurensuche. Mit Abbildungen. it 1848. 262 Seiten

NF 63/1/9.07

- Pinocchio, Pumuckl und Peter Pan. Kinderbuchfiguren und ihre Vorbilder. it 2928. 244 Seiten
- Sie haben wirklich gelebt. Literarische Figuren und ihre Vorbilder. it 2938. 338 Seiten

Hugo von Hofmannsthal
- Brief des Lord Chandos und andere poetologische Schriften. Herausgegeben von Hansgeorg Schmidt-Bergmann. it 2659. 320 Seiten
- Die Erzählungen. Herausgegeben von Hansgeorg Schmidt-Bergmann. it 2622. 400 Seiten
- Gedichte. IB 461. 79 Seiten
- Die Gedichte. Herausgegeben von Hansgeorg Schmidt-Bergmann. it 2623. 272 Seiten
- Jedermann. Das Spiel vom Sterben des reichen Mannes. Mit einem Nachwort von Joachim Seng. it 3113. 134 Seiten
- Der Tor und der Tod. IB 28. 31 Seiten

Karl Kraus
- Die chinesische Mauer. Mit Illustrationen von Oskar Kokoschka. Herausgegeben von Friedrich Pfäfflin. IB 1199. 69 Seiten
- Karl Kraus für Gestreßte. Ausgewählt von Christian Wagenknecht. it 2190. 139 Seiten
- Lob der verkehrten Lebensweise. Satiren. Ausgewählt von Christian Wagenknecht. 240 Seiten. Leinen

Nikolaus Lenau
- Gedichte. Herausgegeben von Hansgeorg Schmidt-Bergmann. it 1986. 328 Seiten
- Liebesgedichte. Ausgewählt von Wilfrid Lutz. it 2838. 132 Seiten

Alexander Lernet-Holenia
- Der Baron Bagge. Eine Novelle. Mit einem Nachwort von Rüdiger Görner. it 2736. 128 Seiten

NF 63/2/9.07

- Mars im Widder. Roman. Mit einem Nachwort von Rüdiger Görner. it 2799. 230 Seiten
- Die Standarte. Roman. Mit einem Nachwort von Rüdiger Görner. it 2848. 381 Seiten
- Ein Traum in Rot. Roman. Mit einem Nachwort von Rüdiger Görner. it 2719. 208 Seiten

Johann Nestroy. Komödien. Mit einem Vorwort von Siegfried Diehl. it 1742. 427 Seiten

Arthur Schnitzler
- Fräulein Else. Leutnant Gustl. Andreas Thameyers letzter Brief. Herausgegeben von Hansgeorg Schmidt-Bergmann. it 2802. 157 Seiten
- Frauengeschichten. Herausgegeben von Hansgeorg Schmidt-Bergmann. it 2804. 344 Seiten
- Reigen. Komödie in zehn Dialogen. Herausgegeben von Hansgeorg Schmidt-Bergmann. it 2820. 117 Seiten
- Der Weg ins Freie. Roman. Herausgegeben von Hansgeorg Schmidt-Bergmann. it 2794. 463 Seiten

Adalbert Stifter
- Bergkristall. Mit einem Nachwort von Joseph Vilsmaier und farbigen Fotos aus dem Film. it 3069. 91 Seiten
- Bergkristall. Und andere Erzählungen. it 438. 326 Seiten
- Die kleinen Dinge schreien drein. 59 Briefe. Ausgewählt und herausgegeben von Werner Welzig. 231 Seiten. Leinen
- Der Nachsommer. Mit einem Essay von Hugo von Hofmannsthal. it 653. 801 Seiten
- Nachkommenschaften. Eine Erzählung. Großdruck. it 2415. 120 Seiten

Stefan Zweig
- Die Augen des ewigen Bruders. Eine Legende. IB 349. 61 Seiten

NF 63/3/9.07

- Brasilien. Ein Land der Zukunft. Mit einem Nachwort von Volker Michels. Mit zahlreichen farbigen Abbildungen auf Tafeln. it 1889. 302 Seiten
- Sternstunden der Menschheit. Fünf historische Miniaturen. IB 165. 79 Seiten

Stefan Zweig. Leben und Werk im Bild. Herausgegeben von Donald A. Prater und Volker Michels. it 3213. 362 Seiten

Für Liebhaber des boshaften Humors

- Bernhard für Boshafte. Ausgewählt von Raimund Fellinger. it 3224. 120 Seiten
- Horváth für Boshafte. it 3276. 120 Seiten
- Karl Kraus für Boshafte. Ausgewählt von Christine M. Kaiser. it 3240. 112 Seiten
- Nestroy für Boshafte. Ausgewählt von Peter Cardorff. it 3310. 120 Seiten

NF 63/4/9.07

Literatur der Moderne
im insel taschenbuch
Eine Auswahl

Thomas Bernhard. Bernhard für Boshafte. Ausgewählt von Raimund Fellinger. it 3224. 120 Seiten

Bertolt Brecht
- Die Flaschenpost und andere Geschichten aus der Weimarer Zeit. Herausgegeben von Jan Knopf. it 2948. 249 Seiten
- Die Gedichte in einem Band. Herausgegeben von Jan Knopf. it 3331. 1540 Seiten
- Lektüre für Minuten. Aus seinen Stücken, Gedichten, Schriften und autobiographischen Texten. Auswahl und Nachwort von Günter Berg. it 2864. 212 Seiten
- Liebesgedichte. Ausgewählt von Werner Hecht. it 2824. 117 Seiten

Max Frisch
- Skizze eines Unglücks. Erzählungen aus dem Tagebuch 1966-1971. Großdruck. it 2391. 101 Seiten

Hermann Hesse
- Die Antwort bist Du selbst. Briefe an junge Menschen. Herausgegeben von Volker Michels. it 2583. 420 Seiten
- Bäume. Betrachtungen und Gedichte mit Fotografien von Pieter Jos van Limbergen. Zusammenstellung der Texte von Volker Michels. it 455. 141 Seiten
- Eigensinn macht Spaß. Individuation und Anpassung. Ein Lesebuch. Zusammengestellt von Volker Michels. Großdruck. it 2373. 275 Seiten. it 2856. 192 Seiten
- Die Enheit hinter den Gegensätzen. Religionen und Mythen. it 2898. 192 Seiten
- Farbe ist Leben. Eine Auswahl seiner schönsten Aquarelle. Vorgestellt von Volker Michels. it 1810. 173 Seiten

NF 25/1/9.07

- Franz von Assisi. Mit Fresken von Giotto und einem Essay von Fritz Wagner. it 1069. 127 Seiten
- Freude am Garten. Betrachtungen, Gedichte und Fotografien. Mit farbigen Abbildungen des Dichters. it 2204. 240 Seiten
- Die Gedichte. Herausgegeben und mit einem Nachwort von Volker Michels. 700 Seiten. Gebunden. it 2762. 840 Seiten.
- Gedichte des Malers. Zehn Gedichte mit farbigen Zeichnungen. it 893. 48 Seiten
- Hesse für Gestreßte. Herausgegeben von Volker Michels. it 2538. 160 Seiten
- Jedem Anfang wohnt ein Zauber inne. Lebensstufen. Zusammengestellt von Volker Michels.
  Großdruck. it 2357. 280 Seiten. it 2854. 208 Seiten.
- Kurgast. Großdruck. it 2386. 132 Seiten
- Das Leben bestehen. Krisis und Wandlung. it 2858. 196 Seiten
- Lebenszeiten. Ein Brevier, ediert von Siegfried Unseld. Mit Abbildungen und Dokumenten. Großdruck. it 2343. 290 Seiten
- Das Lied des Lebens. Die schönsten Gedichte. it 2859. 256 Seiten
- Luftreisen. Herausgegeben von Volker Michels. Mit zahlreichen Abbildungen. it 1604. 81 Seiten
- Magie der Farben. Aquarelle aus dem Tessin. Mit Betrachtungen und Gedichten zusammengestellt und mit einem Nachwort versehen von Volker Michels. it 482. 114 Seiten
- Mit dem Erstaunen fängt es an. Herkunft und Heimat. Natur und Kunst. it 2899. 195 Seiten
- Mit der Reife wird man immer jünger. Betrachtungen und Gedichte über das Alter. Mit Fotografien von Martin Hesse. Herausgegeben von Volker Michels. Großdruck.
  it 2311. 191 Seiten. it 2857. 148 Seiten
- Piktors Verwandlungen. Ein Liebesmärchen, vom Autor handgeschrieben und illustriert, mit ausgewählten Gedichten und einem Nachwort versehen von Volker Michels.
  it 122. 91 Seiten
- Schmetterlinge. Betrachtungen, Erzählungen, Gedichte. Mit einem Nachwort von Volker Michels. it 2424. 155 Seiten

NF 25/2/9.07

- Siddhartha. Eine indische Dichtung. Großdruck. it 2432. 192 Seiten
- Tessin. Betrachtungen, Gedichte und Aquarelle. Herausgegeben und mit einem Nachwort versehen von Volker Michels. it 1494. 307 Seiten
- Vogel. Ein Märchen. Großdruck. it 2399. 100 Seiten
- Wanderung. Aufzeichnungen. Mit 14 Aquarellen. it 2354. 135 Seiten
- Wer lieben kann, ist glücklich. Über die Liebe. it 2855. 224 Seiten
- Wolken. Betrachtungen und Gedichte. Herausgegeben und mit einem Nachwort versehen von Volker Michels. Mit Fotografien von Pieter Jos van Limbergen. it 3332. 180 Seiten
- Wunder der Liebe. Liebesgedichte. Herausgegeben und mit einem Nachwort versehen von Volker Michels. it 2263. 125 Seiten

Hugo von Hofmannsthal
- Brief des Lord Chandos. Poetologische Schriften, Reden und erfundene Gespräche. Herausgegeben von Hansgeorg Schmidt-Bergmann. it 2659. 307 Seiten
- Die Erzählungen. Herausgegeben von Hansgeorg Schmidt-Bergmann. it 2622. 388 Seiten
- Die Gedichte. Herausgegeben von Hansgeorg Schmidt-Bergmann. it 2633. 251 Seiten
- Jedermann. Das Spiel vom Sterben des reichen Mannes. Mit einem Nachwort von Joachim Seng. it 3113. 134 Seiten

Ödön von Horváth. Horváth für Boshafte. it 3276. 120 Seiten

Franz Kafka
- Brief an den Vater. Mit einem Nachwort von Hans-Ulrich Treichel. it 2949. 93 Seiten
- Lektüre für Minuten. Ausgewählt von Peter Höfle. it 3051. 130 Seiten

Marie Luise Kaschnitz
- Der alte Garten. Ein Märchen. it 2394. 277 Seiten

NF 25/3/9.07

- Eisbären. Ausgewählte Erzählungen. it 4. 175 Seiten
- Elissa. Roman. it 1694. 188 Seiten
- Ferngespräche. Erzählungen it 1422. 324 Seiten
- Gedichte. Ausgewählt und mit einem Nachwort versehen von Elisabeth Borchers. it 2803. 272 Seiten
- Liebe beginnt. Roman. it 1603. 180 Seiten
- Liebesgedichte. Ausgewählt von Elisabeth Borchers. it 3123. 123 Seiten
- Liebesgedichte. Ausgewählt und mit einem Nachwort versehen von Elisabeth Borchers. it 2895. 154 Seiten
- Menschen und Dinge 1945. Zwölf Essays. Mit einem Nachwort von Karl Krolow. it 1710. 116 Seiten
- Mit Marie Luise Kaschnitz durch Rom. Herausgegeben von Iris Schnebel-Kaschnitz und Michael Marschall von Bieberstein. Mit Fotografien von Mario Clementi. it 2607. 196 Seiten
- Orte und Menschen. Aufzeichnungen. Mit einem Nachwort von Marcel Reich-Ranicki. it 1361. 176 Seiten
- Steht noch dahin. Betrachtungen. it 1729. 88 Seiten
- Tage, Tage, Jahre. Aufzeichnungen. it 1453. 364 Seiten
- Weihnachten. Ausgewählt von Iris Schnebel-Kaschnitz. it 3305. 126 Seiten
- Zwischen Immer und Nie. Gestalten und Themen der Dichtung. it 1527. 318 Seiten

Wolfgang Koeppen
- Die Erben von Salamis oder Die ernsten Griechen. Mit farbigen Fotografien. Großdruck. it 2401. 80 Seiten
- Muß man München nicht lieben? Herausgegeben von Alfred Estermann. Mit Fotografien von Isolde Ohlbaum. it 2712. 154 Seiten
- Reisen nach Frankreich. Mit farbigen Fotografien von Angelika Dacqmine. it 2218. 268 Seiten
- Übers Jahr vielleicht wieder in Venedig. Phantasien über eine Traumstadt. Herausgegeben von Alfred Estermann. it 3176. 133 Seiten

NF 25/4/9.07